南无袈裟理科佛 著

金蚕往事

⑫

上海社会科学院出版社
SHANGHAI ACADEMY OF SOCIAL SCIENCES PRESS

本故事纯属虚构。

目录

第三十二卷　血变　　　　　　　　　　**001**

第二十九章　迷宫破碎　　　　　　　001

第三十章　大人释疑　　　　　　　　004

第三十一章　破阵杀敌　　　　　　　008

第三十二章　威尔垂死　　　　　　　011

第三十三章　血族血变　　　　　　　015

第三十四章　硝烟散尽　　　　　　　018

第三十五章　国际合作　　　　　　　021

第三十三卷　南洋风云再起　　　　**025**

第一章　事务所的困境　　　　　　　025

第二章　各奔东西　　　　　　　　　028

第三章　华人商会　　　　　　　　　031

第四章　说曹操　　　　　　　　　　034

第五章　吴武伦的警告　　　　　　　037

第六章　我的肚子里有魔鬼　　　　　040

第七章　夙敌　　　　　　　　　　　043

第八章　小村坦达　　　　　　　　　046

第九章　以退为进，釜底抽薪　　　　049

第十章　先文后武　　　　　　　　　052

第十一章　泰纹瞬破，法师斗法　　　055

第十二章　战！仰光地区顶尖降头师　058

第十三章	明暗两条线	061
第十四章	契努卡的危机	064
第十五章	生日礼物	067
第十六章	龟甲锁头,树屋搞塌	070
第十七章	敌手夺美	073
第十八章	贴身搏击,头槌取牌	076
第十九章	狗血剧情,历史重现	079
第二十章	山中静候	082
第二十一章	问责	085
第二十二章	贼心不死,同归于尽	089
第二十三章	重返大其力	092
第二十四章	般智上师之死,以及凤敌	096
第二十五章	死于烟雨三月,人生啊人生	100
第二十六章	最神秘的机构——佛爷堂	103
第二十七章	蹲伏草丛	106
第二十八章	泰拳高手,苗村空寨	109
第二十九章	苗寨备战	112
第三十章	骑虎者	115
第三十一章	敦寨苗蛊,海外分支	118
第三十二章	十八郎	122
第三十三章	龙血树旁的武装分子	125
第三十四章	营中异变	128
第三十五章	肥虫凶虐	131
第三十六章	关于死亡,关于生存	134

第三十七章	耶朗秘闻	137
第三十八章	离别苗寨	140
第三十九章	魔罗初现	143
第四十章	达图降魔	146
第四十一章	言午先生	149
第四十二章	巫山镇宁，人皮封蛊	152
第四十三章	身陷牢笼，达图交心	155
第四十四章	毒枭基地，许家堂弟	158
第四十五章	弃徒遗恨，生死难消	161
第四十六章	狱花绽放，编撰法门	164
第四十七章	心生种子，移步囚楼	167
第四十八章	天空之战，诡异来临	170
第四十九章	真假圣母，驱凶伤人	173
第五十章	达图逆袭，大人解药	176
第五十一章	离火隐身，魔罗暴走	179
第五十二章	金刚降魔，魔罗异变	182
第五十三章	三人夺舍，谁人能成	185
第五十四章	魔罗逃逸，暗室中的那一抹刀光	188
第五十五章	瞎眼老头，背后暗算	191
第五十六章	许鸣带路，阴阳镇压	194
第五十七章	生日快乐，小妖朵朵	197
第五十八章	猴子偷剑，丢脸追踪	200
第五十九章	崖底山谷，还我剑来	203
第六十章	五星长老，剑劈僵尸	206

第六十一章	黑央先祖，半路被伏	209
第六十二章	突出重围，祖宗陵墓	213
第六十三章	两掌扇懵，先祖出土	216
第六十四章	圣女引路，黑暗潜行	220
第六十五章	空间崩溃，巨大石门	223
第六十六章	耶朗南殿，龟腹藏符	226
第六十七章	凶龟汹涌，寒潭出凶	229
第六十八章	鬼剑掷兽，小妖昏迷	232
第六十九章	震木精元，骑虎女现	235
第七十章	四娘中邪，鲭鱼再现	238
第七十一章	魔罗狡诈，借尸攻击	241
第七十二章	双亲齐出，头颅飞扬	244
第七十三章	千年召唤，头破门开	247
第七十四章	三方合力，夺门之战	250
第七十五章	势不可挡，头降神光	253
第七十六章	黄梁一梦，魔罗冰封	256
第七十七章	双手异变，四人聚首	260
第七十八章	杂毛杂毛，许生逗凶	263
第七十九章	南征大将，熊氏蛮子	266
第八十章	杀人青竹，魔罗化灵	269
第八十一章	临死反击，金蚕渔利	272
第八十二章	大人前世，先锋布阵	275
第八十三章	镇压十万山峦大阵	278
第八十四章	我心即禅，朵朵定音	281

第八十五章	逆徒伏法，逃脱生天	**284**
第八十六章	战后余韵，再朝黑央	**287**
第八十七章	峡谷养伤，畅谈离别	**290**
第八十八章	得此强援，黑央尊者	**293**
第八十九章	丽妹失望，恍然如梦	**296**

第三十二卷 血变

第二十九章 迷宫破碎

当敌人纷纷后撤的时候，视野顿时一空，我瞧见离我不远处的杂毛小道将手虚抓于空中，仿佛小妖操控九尾缚妖索的那种姿势，而在他的前方，一个中年贵族打扮的吸血鬼活生生地撞到了岩壁上，那本来能够让这些鬼灯操控方自由出入的岩壁上面贴着一张灰白色的符箓，这东西使岩壁变得异常坚硬，那倒霉的吸血鬼本来以为是通道，结果一头撞去，整个人都给撞得迷糊了。

我瞧着那散发着凝固气息的灰白色符箓，知道杂毛小道在茅山待的那些天，整日不见人影，是跟着新出关的师父陶晋鸿学到了不少本事。形象本来并不是很佳的杂毛小道，在那一刻简直就是酷毙了。

大部分敌人遁走了，只余地上这一个将脑袋撞得血肉模糊的家伙，我们自然小心翼翼地收缩阵形，朝着这个倒霉的吸血鬼围了上去。

能够与杂毛小道在这几分钟的时间里纠缠不休，即使身受重伤，也是一个十分厉害的家伙。在遭受到沉重的撞击之后，他迅速地调整自己的状态，先是将手中的刺剑往杂毛小道方向舞起一蓬剑花，防止杂毛小道趁机冲上来，然后使劲地甩头，让自己受到震荡而意识模糊的脑袋能够清醒一些。他一边舞着剑花，一边扶着岩壁缓慢爬了起来。因为视角的缘故，他瞧不见杂毛小道射在岩壁上的符箓，于是在扶着这岩壁的过程中，他还在不断地试探，想摸清楚为何通道变成了实心的。

经过好一通尝试之后，他终于发现，自己真的被那潘神的迷宫给困在了这里，再也跳不出去了。瞧见我们只是围了上来，并没有立刻攻击，他暂且停下了疾刺不休的利剑，抽出一只手擦了擦糊满眼睛的鲜血，闷哼了一声，然后朝着头顶愤怒地大声咆哮着。我听不懂英语，回头瞧威尔，伤痕累累的威尔在等到那个家伙咆哮完之后，给我们解释道："他在骂总控的奥黛丽茨密希小姐，说倘若他真的死在了野蛮人手里，他就是到了冥界都不会放过这些猪队友的！"

奥黛丽茨密希？杂毛小道眼睛突然一亮，说是不是一个长得很漂亮、身材又爆好

001

的大洋马美妞儿？

没人理会杂毛小道突如其来的兴奋，我们将这吸血鬼给围住，一边警戒着会否有人前来解救，一边死死盯着这家伙。经过与杂毛小道一番艰难血战，再将头给撞破之后，此人显得虚弱无比。威尔上前一步，眯着眼睛瞧这个家伙，平心静气地说道："嘿，朋友，想活下来的话，将这迷宫的出口说予我们听；不然，你的下场只有一个字，那就是死！"

威尔为了照顾我们，说的是中文，不过这个吸血鬼并不是很懂，口中还在大声叫嚷着，威尔只有用英文给他下最后通牒。那个家伙突然变得异常激动起来，手持刺剑，朝着威尔猛扑过来，威尔后退一步，而我则伸手抓住这个家伙的左臂，旁边的小妖早就憋了一肚子火，人影闪动，一拳砸在此人的脸颊上。呼一声，这吸血鬼的整个脑袋都歪到了一边去，扑通一下就栽倒在了地上。

他显然是已经到了穷途末路，被小妖一拳砸倒之后，再也没有起来。小妖附身下来，摸了摸他的脉搏，说了声还活着，然后开始熟练地去掏那个家伙的吸血牙，喀嚓两下，那雪白的吸血牙就被掰下，收藏起来。

旁边的威尔看着一阵忐忑，感同身受，忍不住发颤了一会儿。然而他瞧着地上这头徘徊于生死边缘的吸血鬼，沉思了三秒钟，然后俯身下来，一口咬在了那家伙的脖子上。他在吸血。吸血鬼以血液为生，所有的力量都集中在血液菁华里，通过这种行为，他可以快速获得自己需要的力量。一般血族之所以不敢如此，是因为他们恐惧血变，担心自己被先祖惩罚，败血而死，然而服用过该隐祝福的威尔，却是其中的异类。现在情形危急，他也顾不得许多。

看到威尔咕嘟咕嘟吸着血，从始至终，我们担忧的解救行动都没有发生。这个通道里空空荡荡，能够看到远处有曲折的道路，更远的地方一片黑暗。在这所谓潘神的迷宫里，一切都变得静寂无声。

我们所面对的，是一个差不多全封闭的、真切的地下迷宫，而不再是沿河不远的一处小村子。所有的环境，在那盏血族圣器鬼灯出现之后，都发生了改变。

时间其实并没有过去多久，当所有的吸血鬼在王茄子的带领下销声匿迹，当那个不知名的吸血鬼被威尔吸尽鲜血之后，整个空间宁静下来。从极动到极静，几分钟的时间里，刚才还在搏斗的我们此刻心脏仍然在剧烈跳动。我努力地调整着呼吸，瞧见威尔已经将身下吸血鬼的血液菁华吸食殆尽，抬起头来，便问他前来援救我们之前，有没有跟掌柜的确定好方位，援兵何时到来？

饱饮一顿同类鲜血的威尔并没有表现出畅快的感觉，而是皱着眉头，仿佛思索着什么。听得我问起，他耸了耸肩膀，将自己衣兜的东西全部掏出来，我才发现偷摸跑出来的他没带联络器。

这表示我们没有援兵，一切都需要靠我们自己。然而我们也确实是他及时来解救的，此刻也抱怨不得，只是有些郁闷。

在我和威尔对话的过程中,杂毛小道和小妖都在摸索查探我们身处的地方,这会儿走了过来,杂毛小道的眉头几乎皱成了一个"川"字。他语气沉重地表示:"小毒物、威尔,我们有大麻烦了,这个地方我并不确定是不是通往冥府的通道,但是可以肯定的是,我们已经被那鬼灯的力量给转移到了某一处地方,倘若不能够找到出路,只怕我们就算是不被那些吸血鬼杀死,也会饿死的。"

小妖对杂毛小道的判断表示赞同,说:"是啊,这个地方十分古怪,说实话,我已经不确定这里是不是我们所熟知的领域了。而那老蝙蝠的撤走,显然已经表明了一个立场,那就是打不死我们,就拖死我们。反正我和朵朵没事,饿不死也困不死,但倘若你们饿上几天,说不定把性命丢在这里了。"

威尔听他们说得严重,歉意升起,向我们抱歉地说道:"对不起,看来我们是中了陷阱了,他们在这里埋伏着,主要目的就是我,而你们被牵连了。所以,这一切,由我来承担吧!"他说完,从怀里取出一个化学实验室里面用的、包裹严实的小试管,朝着空地处大声喊道:"所有的一切,都结束吧,我这里有世界上最后一支'该隐的祝福',如果你们想要,将我的朋友放走,我会留在这里做人质;当然,如果你们不想要,我直接将它给摔了,那么你们所有的努力,都会白费了。给你们考虑三秒钟,我开始数数了!"

威尔这人倒也直接,知道那圣器鬼灯实在破解不了,竟然想通过这一招,让布局者直接将通道给打开。他的分寸把握得非常好,知道王茄子一伙人想要的,除了"该隐的祝福"之外,还有世界上唯一知道配方的自己,所以他并没有妄图用一支药剂,就让所有人都脱身,而是让自己留下来。

说实话,倘若我是身处其外的密谋者,一定会被威尔的这一番言辞说动,然而让我们都很奇怪的是,寂静的迷宫中依然没有任何动静,仿佛那些人并不在周围,或者说他们只是将我们送到此处,而他们并没有赶过来,也听不到威尔的最后宣言。

当威尔数到"三"的时候,迷宫的巷道中,一片宁静,而他朝着地上摔去的手最终还是没有松开。倘若敌人在幕后盯着我们的话,这场博弈的胜者,就是他们了。

宣言无效之后,威尔低声对我们说,依他对敌人的了解,他们应该不会这么淡定,一定是不知道的什么原因,他们与此处也暂时失去了联系。说话间,我们突然听到一种奇怪的动静,警惕地抬头望去,只见远方的景物开始变换了,那些实物开始分解,消失不见,而这种消失一直在持续,已经蔓延了过来。我们几个对视一眼,小妖突然出声大叫道:"不对劲,这个地方好像要崩塌了!"

到底怎么回事?瞧着眼前的景物逐渐空虚了,我们不得不朝着反方向退开,然而我们跑得越快,分解的地方就越多。我们足足跑了十多分钟,迷宫依旧还在持续,仿佛无穷无尽,就在那分解即将蔓延到我们身后的时候,我的耳朵边突然响起了一个声音来。

"傻瓜们,躲这儿来!"

第三十章 大人释疑

这紊乱的空间可不像面对实打实的对手，可以力搏，眼见着即将被那些破碎的景象给撕裂的时候，惊恐交加的我陡然间听到了一个特有的沙哑嗓子在喊叫。一开始还以为是幻觉，然而当瞧见杂毛小道和两个朵朵朝着前方路口的一个黑色凹口冲过去的时候，心中难免就激动了，大叫一声"虎皮猫大人"，也跟着飞奔而去。

事情还真的是惊险万分，当我冲进那凹口，而威尔又将我挤得紧紧的时候，我回过头去，我们刚才跑动的那路居然就消失不见了，更加让人恐惧的是，我们周边的景物也开始破成了碎片，微微抖动了几下之后，便湮灭不见。整个视野里，除了我们所处的这个凹口外，所有的一切都变成了黑色，我们仿佛悬浮在宇宙真空中一样，分不清上下和左右。

我们被封在一个狭小的空间里，这个地方几乎只有一个木箱子那么大，依次挤着杂毛小道、我还有最外面的威尔三个大男人。威尔紧紧抱着我的腰，发现那导致一切消失殆尽的力量并没有波及我们，不由好奇地问："难道这还是幻觉？我们是不是可以出去？"

"小蝙蝠，你有本事你就出去，看看到时候你还能不能趴在美女身上酣畅淋漓地吸血。"

虎皮猫大人的声音从前方传了过来，不过因为杂毛小道挡着，旁边的空隙还塞有小妖和朵朵两人，我根本瞧不见它。不过瞧不见归瞧不见，见到大人在最关键的时刻又赶了过来，我按捺不住内心中的激动，隔着杂毛小道的肚子，兴奋地跟这肥母鸡打招呼，说大人，你怎么过来了？

由于担心我们嫌这里太挤，贸然跑出去，虎皮猫大人先是跟我们解释了一番，说："你们自己可得小心点了，这个地方是我用大法力开辟出来的一个节点，任何力量都冲击不到，所以安全，但是如果谁掉出去了，到时候被奇怪的法则撕得粉碎，我可也救不了你们啊！"

威尔是个大个子，此刻勉强挤在最外面，整个人都缩成了一个虾米，浑身难受得要命，不由得小声抱怨道："大人，能不能弄大一点啊？我这样子好难受啊！"

虎皮猫大人几天不见，脾气见长，大声喊道："难受也得忍着，还嫌拥挤？大爷的，大人我为了开辟这个地方，可是用了吃奶的劲，要是你们几个都跟大人我这般小巧灵便，我至于这么疲累吗？哎哟，浑身好虚弱啊，朵朵媳妇儿，帮你虎皮猫哥哥揉揉肩膀好不好？"

威尔听到虎皮猫大人这一番抢白,也无语了。朵朵跟虎皮猫大人说了几句话,然后这肥厮解释起它过来的原因。

原来大人嘴上说不管,但是这几天却并不是玩儿去了,而是在整个珠三角、特别是东官帮我们查找那伙偷渡血族的下落。整天高强度的飞翔和观察,并不比我们轻松。那些家伙隐蔽,大人也查找不到,于是回过头来找我们,却发现我们陷身于这村外,之后更是瞧见了一盏古里古怪的宫灯,似乎蕴藏着大法力。好奇之下,就悄然潜了进来,我们之前的对话,它也大概听了一二。

虎皮猫大人一介痴蠢肥母鸡的模样,倒也没有引起旁人的注意,使得它在旁边能够知晓到更多的东西。原来那宫灯确实是血族十三圣器中的鬼灯,里面藏着一个迷宫,可将人直接吸入其中。

大人跟我们解释,说这鬼灯应该跟道家的袖里乾坤、佛家的纳须弥于芥子等等远古大神通相似。要想具备这样的能力,必须得有一种叫做原砖,又或者高维碎块的材料,那玩意儿跟飞剑符文技术一样,南宋之前还有,现在早就没有了。鬼灯里面藏有一个迷宫,那迷宫是以大法力从现实世界里面切割下来的,所以并不是我们被转移到了什么冥界通道,而是被直接吸入了鬼灯内。

我豁然开朗。原来如此。其实大家都在装波伊,有事没事就往宗教里面扯,这鬼灯哪是能够联通冥界通道的潘神迷宫,其实就是一个移花接木的手段而已。

不过问题在于,虽然知道我们所处的是在圣器鬼灯内,但是刚才那一下,到底是怎么回事呢?

说到这个问题,虎皮猫大人嘿嘿直笑,说其实那些家伙的计划呢,就是想把你们给困死在这里,到时候虚弱到奄奄一息,再无反抗之力的时候,他们再露面。到时候无论做什么,都好谈。不过凡事呢,计划不如变化,他们千算万算,却终究遗漏了一件事情。

这时朵朵奶声奶气的声音从里面传了出来:"他们算漏的,应该就是臭屁猫大人你吧?"

"宾果,答对了,朵朵媳妇儿,你真的是太聪明了。"朵朵的互动让虎皮猫大人顿时就兴奋了,开始卖弄起来:"他们千算万算,却偏偏漏了在旁边虎视眈眈的大人我。当我瞧见那个掌管鬼灯的女人开始操纵鬼灯规则,将身旁的那些吸血鬼给引入鬼灯里的时候,大人我几次尝试着去抓取鬼灯,然而旁边一直有一个老蝙蝠在暗中监视。我去抢夺,哪怕是将鬼灯带上空中,也难逃那家伙的追捕。里面的那些家伙狼狈逃出来的时候,我终于出手了!"

虎皮猫大人停顿了一下,威尔出言惊喜地问道:"你趁那个伯爵思想开小差,出手夺取鬼灯了?"

杂毛小道没好气地纠正威尔的妄想道:"威尔,你没长眼睛啊?这家伙说的出手,不是抢夺鬼灯,而是也钻了进来,并且运用手段,将这里面的规则改得乱七八糟,切断了外面对这里的控制,不过也使得这个迷宫消失了。倘若不是这个临时弄出来的凹口,只怕我们所有人,包括小妖和朵朵,都变成了虚无之物,就连神魂都无法存留。我说得对不对?虎皮猫大人!"

"咳、咳、咳……"

虎皮猫大人在咳嗽着。这肥鸟儿装起咳嗽来,像模像样的,不过我们都不由得一阵胆寒,敢情刚才威尔撂狠话没反应,还有这迷宫被碾碎消失,居然都是这个肥厮干的?

想到刚才那恐怖的情形,我不由得一额头的冷汗,不过也知道虎皮猫大人是好意,杂毛小道既然已经损它了,我此刻也不好火上浇油。于是瞧了瞧周围这无尽的虚空,说这地方什么时候能够好啊?

虎皮猫大人不好意思地嘿嘿笑,说:"对不住啊大家。我对这外国佬,特别是欧罗巴那疙瘩的东西不是很熟,所以刚才进来的时候,下手有点重了,也不知道这里面到底多久能够重新恢复稳定。不过不用着急啊,那个操纵鬼灯的外国妹子对这圣器也不是很熟悉,应该是刚刚拿到这玩意儿。刚才我趁其不备飞了进来,切断了联系,她应该察觉不到,现在应该正在忙着与这里面作勾连,到时候一旦有通道形成,我立即带着你们离开此处。"

威尔一听虎皮猫大人提到外国妹子,不由得激动地大声问道:"大人,嘿,大人,你过来的时候,有没有看到他们这儿关押着一个很漂亮的女孩儿,跟我一样也是血族,有一头漂亮的栗色秀发,左边嘴角有一个小痣……"

威尔急迫地想得到关于自己女友安吉列娜的消息,而虎皮猫大人表示栗色头发的女人倒是见到一个,不过没有被捆起来,而是跟那些家伙是一伙的,有说有笑,至于长得漂亮,老外在大人眼里都差不多,谁都没有朵朵长得漂亮。

威尔听到这话,颇为沮丧,说唉,难道他们没有按照我的要求,将她带到中国来?

虎皮猫大人露骨的赞美让朵朵一阵娇笑,我忍不住出言说它,你这个萝莉控,能不能跟威尔说正经的,人家可是担心死了。虎皮猫大人骄傲地说道:"萝莉控怎么了?萝莉控怎么了啊?胸不平,何以平天下?跟你这样的人,就是无法交流,哼!"

我无语,没有话说。而杂毛小道直接问出了我们所有人最关心的问题:"谁知道情况会变得怎么样,虎皮猫大人,你有没有办法,现在就让我们出去?"

大人奋力地挣扎着,似乎想往朵朵那边挤,听得杂毛小道用期盼的口吻问着这话,它毫不犹豫地直接泼冷水:"办法倒有一个,不过不实际,我们还是等那小妹子自己开启吧?"

我追问,说到底什么办法,说出来听听呗?

虎皮猫大人被我逼得够呛,不得不说道:"他们在外面也问那个叫做奥黛丽的美女,结果她直接摇头了,说进入这鬼灯里,除非是她想要放,要不然除了手持血匙的高贵血族，谁也不能够主动出来。"

　　我挠了挠头，说那血匙，到底是咋回事呢？

第三十一章　破阵杀敌

听我问起血匙，虎皮猫大人嗤之以鼻，说："小毒物你脑子秀逗了是吧？我们都给困到这个鸟地方来了，你问那玩意儿有什么用？那个奥黛丽说血匙在黑暗中世纪的时代就已经失落了，不是在梵蒂冈的宗教裁判所里面，就是在黑暗联盟的祭坛上，难道还会出现在你身上不成？"

它语重心长地呱唧道："少年，空想无用，你还不如多积蓄些精神气力，想一想当他们再次控制起鬼灯、大人我开辟通道出去之时，如何战胜那一大堆蝙蝠吧。告诉你，他们外面可有两个顶端厉害的老家伙，说起来应该就是伯爵呢。"

除了王茄子之外，还有一个没有现身的伯爵？

我心中计较着，这敌人隐藏得还真够深的。不过我心里面有一个想法，依然还是执着地问道："奥黛丽对于血匙，到底有没有什么描述？"

听到我这不罢休地追问，大人没办法了，不过闲着无聊、挤得难受，它也接了腔："嘿，你小子还真的是猜中了，大人我通晓英、德、意、法各国语言。确实有一小子问起，那个奥黛丽倒是说了几句，说血匙拥有神奇的能量，是开启地狱大门的钥匙，可以自由出入空间，但是外表却并不是钥匙，而是一串华美的项链，用来自星空的神秘金属雕琢而成，是该隐送给他的情人、夜之魔女莉莉丝的定情信物……"

虎皮猫大人说着说着，语气越来越停滞，说到最后，它毫无风度地一声大叫，说小毒物，你不会认为你的那串六芒星精金项链，就是威尔他们的血族圣器，血匙吧？

我被紧紧地挤在威尔和杂毛小道的夹心位置，手脚都挪动不得，这种捡肥皂的亲密程度让我从怀里取出项链那是一件极为困难的事情。不过我还是努力回手，伸入怀中。

我一边摸索，一边颤抖着出言说道："怎么不会？你们自己想，精金是何等珍贵的制器材料，仅仅一点儿边角料，就能够让我和老萧的木剑具有金属的韧性和锋利，这样的东西用来做符文的载体也就算了，居然奢侈到花边饰物也用上；第二，我们拿到这六芒星精金项链，是在洪山大学，虽然不知道布置诡异法阵的人为何会放这么一个东西在那里，但是我们知道，那是一个英国留学生，他应该不是血族，但一定跟你们口中的那个黑暗联盟有关系！"

说话间我已经拿出了六芒星精金项链，这串唯美的饰物在我和杂毛小道这两个实用主义者的折腾下，早已经没有了最开始的魅力，边角的饰物被我们熔炼了，狗啃一般，倘若不是顾忌核心处的能源殉爆，说不定整个儿都给熔到了鬼剑之上。

这东西我、杂毛小道、虎皮猫大人和两个朵朵看得多了，习以为常，并没有什么稀奇的，然而威尔却是第一次见，他看着我将这东西掏出来，眼睛都不由得直了，吞咽着口水说道："陆，我觉得你的判断有可能是对的，因为我从这上面，感受到了先祖的气息。"

　　"是吗？"

　　我将这精金项链反复看了一下，虽然能够感受到里面的力量存在，但是对于如何使用，却没有什么办法。威尔小心翼翼地说道："陆，血族的圣器，能够使用的只有血族的人。你倘若想要用它，我并不介意给你一个完美的初拥！"

　　"我介意，介意极了！"我皱着眉头说道："被一个男人趴在脖子上又咬又啃，想想心里面就膈应。威尔，东西给你，拜托你不要再这么兴奋。呃，说实话，你顶到我了，你倘若是再进一步，信不信我翻脸，把你那货给割了，让你以后只能用手指去面对安吉列娜？"

　　我严厉的警告让威尔尴尬不已，他惨白的脸色居然红了，激动地解释道："陆，陆，我想你是误会了，主要是这里太挤了，而我又瞧见这么美好的东西。哦，不！"

　　他尖叫一声，仿佛被人揪住了脖子，大声喘息着，声音里面充满了颤抖："天啊，天啊，我的天啊！我简直无法形容我此刻的心情，陆，你真的是天使，是改变我一生的贵人，瞧瞧这是什么？这真的是血匙，是已经开始苏醒的血匙，我感受到了先祖的力量，我感受到了传承的力量，我的脑袋快要炸了……哦，不，它在哭泣，我亲爱的莫尼卡夫人在哭泣，你们这些混蛋到底对它做了什么？"

　　威尔这销魂的呻吟让在最前面不明白状况的杂毛小道也看不下去了，破口大骂道："威尔，我警告你，你能不能正常一点？如果不能的话，我不介意让你永远也正常不起来！"

　　有了我和杂毛小道两个人对他男性尊严的警告，威尔终于控制住了激动的心情，努力用平缓的语气说道："嘿，伙计们，不要着急，我感觉我可以控制它了。不过，我们还需要举行一个仪式！"

　　他说着话，右手持着六芒星精金项链，左手则放在额头上，用一种我们谁也听不懂的语言在祈祷着，然后那尖锐的指甲在自己的额头上划出一个简易的六芒星图案。他俯着头，鲜血滴落到了六芒星精金项链上去，每滴落一滴血，那项链便明亮一分。

　　当这项链被鲜血浸润的时候，我们待着的地方开始通体明亮，仿佛站在聚光灯下面一般，虎皮猫大人高声警告道："不对，我构建的这一区域不稳定了，很快就要崩溃，威尔，是你干的吗？"

　　"是的，我亲爱的猫大人，我初步掌握了血匙的力量，为了我下半生的幸福，我现在就带着大家离开这个鬼地方！"威尔爽朗而大声地笑着，而我们脚下突然出现了一个由光组成的六芒星，我感觉整个空间似乎都宽阔起来，不由得站直了身体。

　　眼前的一切在不断变化，惟有脚下的六芒星越来越亮，当它亮到了我无法直视的时候，所有的一切倏然一收。我的耳边突然听到威尔一声大喊："伙计们，准备战斗吧！"

灼热的光明在我的视网膜上停留了好一会儿，然后我听到了兵刃交击之声，还有嘈杂的人声，世界瞬间变得丰富多彩，层次分明，我费劲睁开眼睛，发现我们出现在村子老宅的庭院里，杂毛小道和小妖、朵朵已经接敌了，而威尔则是直接趴在一个高大威猛的老年绅士身上一顿猛啃。

那个老血族拥有着恐怖的力量，他尝试着甩开威尔，然而威尔却如同附骨之疽一般，怎么甩也甩不下来。老血族被甩得一阵软弱，朝着旁边的院墙撞去，轰隆一下，整面墙都给撞得垮塌下来，而旁边的一个血族则痛苦地大叫道："唐尼伯爵，天啊……"

伯爵？威尔这个家伙还真的是算得精准啊，竟然利用血匙的力量，突然出现在实力最强的伯爵身边，贴身吸食，给自己增强战斗的筹码。

我的脑海里还在飞速转动，却见几头与我腰齐高的魔物朝着我冲来，这时我才发现，除了吸血鬼之外，还有许多奇怪的魔物在这庭院里。有浑身都是鳞甲的血豹，有拳头大的毒马蜂，有与矮骡子有几分相似的矮冬瓜，还有一条七米长，吐着蓝色信子的双头蛇蟒。

还真的是敌人大本营啊，真不知道这些怪物到底是怎么偷运过来的，莫不呈现出一种让人恐惧的血腥气息。只是瞧了一眼的功夫，那矮冬瓜已然冲到了我的身前，尖锐的前爪朝着我的胸口掏来。

鬼剑吞吐如蛇，缠绕着这家伙的手臂，一招老蟒缠根，那家伙半边手臂的肌肉都被我削了下来，疼得吱吱叫。面对这些丑恶凶猛的家伙，我的心中满是轻松惬意，跟之前在鬼灯内被那规则力量追逐的感受完全不同。

些许魔物，我对付得轻松自如，旁边的朵朵和小妖也是如此，至于杂毛小道，手中飞剑纵横，上下翻飞，更是大杀特杀，除了那敏捷神速的吸血鬼，其他由茨密希通过活体试验创造出来的魔物，遇到他也只有被屠戮的下场。

这时，我听到围墙外传来了一声惊天动地的吼叫声，接着整个大地都为之一震，咚！庭院里面的所有东西，包括那接雨水的巨大水缸，都往上跳了几分。声音稍歇之后，从黑暗中走出一个人来，一脸的鲜血，有风将他的衣服吹动，乱发飞扬，气势攀升到了极为惊人的程度。

此人正是威尔，他走到庭院中来，那些还在战斗的吸血鬼互看一眼，纷纷向后院退去，此刻的威尔完全就是陌生人一般，眼睛里面全是红色的光芒。他没有跟我们打招呼，而是长驱直入，朝着第二道院门走去。木门紧锁，他根本不理会，一脚蹬去，门直接飞开，同时还传来了两声痛苦的哀鸣。我们跟在其后，看见刚刚跨过门口的威尔突然浑身僵直，停顿在那里。好一会儿才缓缓地伸出双手，艰难地说道："哦，天啊，我亲爱的安吉列娜。"

第三十二章　威尔垂死

"安吉列娜！"

说出这个让自己魂牵梦萦的名字时，威尔语气里充满了苦涩，先前所有的冷漠和张狂都在瞬间收敛殆尽。我们不明白什么状况，冲上前去瞧。在第二个院子里，王茄子和那个漂亮的外国妞奥黛丽都在，在他们的旁边，还站着一个栗色头发的高挑美女，平衣素服，眼睛宛若最纯净幽蓝的海洋，而性感饱满的红唇微微张开，显得十分惊讶。

嘘！杂毛小道吹了一个口哨，说不错啊，这儿还有一个漂亮妞，国色天香，倾城佳人，嗯，嘿，奥黛丽小姐，我们又见面了，惊喜吧？

杂毛小道在旁边欢快地插科打诨，然而威尔的脸上却没有一点儿重逢的惊喜，脚步缓慢前移，眼睛死死地盯着前面那个栗色秀发的女郎，喃喃自语道："我亲爱的安吉列娜，这到底是怎么回事，你没有事吧？"

场中其余的吸血鬼都没有说话，而那个栗色秀发的美人儿也朝着威尔走来，眼睛流露出最浓郁的悲伤，滚滚热泪涌出，口中轻轻说道："威尔，我的爱人，是我，我是你的安吉列娜，我在这儿，我没有受伤。"

两人缓缓走近，一副恋奸情热的模样，只不过在我们双方都战得你死我活的背景下，却显得无比的怪异。瞧到威尔这番模样，我自然知道这个栗色秀发的外国美女，就是威尔所牵挂的恋人安吉列娜，只是怎么看都感觉有些怪异：本来被魔党生擒的安吉列娜，怎么会跟王茄子和奥黛丽等人站在一起呢？一生挚爱的恋人在前方几欲死去，她却始终都没有露面，而当我们突破鬼灯的束缚出现时，她又跟威尔玩起这久别重逢的戏码来。

什么情况？等等，鬼灯？

我突然想了起来，对了，敌方拥有圣器鬼灯这种能够迷惑、影响人心智的东西，通过洗脑，完全有可能将安吉列娜变成他们自己的傀儡，然后诱使威尔交出药剂配方。想到此节，我赶紧朝着准备与安吉列娜拥抱的威尔大声叫道："小心，安吉列娜被鬼灯控制了！"

话音未落，与威尔紧紧相拥的安吉列娜手中已经多了一柄暗淡无光的黑色匕首，朝着威尔的小腹猛地捅了进去。这一刺进入，她又毫不停歇地一阵奋力搅和，剧烈的疼痛让威尔一阵仰天狂叫，然后双腿一软，跪倒在地上，当安吉列娜准备再出一刀的时候，一道金色寒光已至，将这黑匕首给弹开去。

这是杂毛小道出了手,雷罚在空中一转,正准备朝着安吉列娜美丽的头颅刺去之时,痛得几乎昏厥的威尔放声大喊:"萧,别,别杀她!"

我们冲到威尔的跟前,对着突然变得有些呆木的安吉列娜,我抬腿就是一脚,将她踹飞出去。杂毛小道持剑警戒,我蹲下身来,扶起威尔,急声问道:"嘿,威尔,你没事吧?"

威尔在我的搀扶下勉强站起来,我低头一看,他本来已经愈合的小腹,此刻又是一阵血肉模糊,好几截肠子都流了出来,上面还有缕缕青烟在冒。看到我关切的眼神,威尔苦笑,说鬼灯果然不愧是我们血族的圣器,它不但将安吉列娜的神志给迷惑住了,就连小心防范的我,也被它利用。在我进门的时候我被迷惑住了,倘若不是疼痛,说不定我就已经被捕死在这里,还面含着笑容呢。

听到威尔这般说起,不远处的王茄子心平气和地说道:"不,我们并不想让你死,只要你肯将手上的'该隐的祝福'和配方一起交出来,我们甚至可以让你和安吉列娜共同生活在一起。我实在没有想到,你们竟然能够从潘神的迷宫中逃出来,所以没有跟你们提前谈。我们前来此处的目的一直没有变。威尔,我说过,只要你肯交出配方,所有的一切不幸都会消失!"

"至于你们,"王茄子看着我们,平和地说道,"只要你们能够将雷昂伯爵和可怜的瑟特交出来,饶了你们的性命又何妨?"

正在空中与一头血鹰周旋的虎皮猫大人降落到了杂毛小道的头顶,屁股一撅,不屑地说道:"饶了我们,呵呵,好大的口气,你到底是凭着什么,会有这么大的自信?"

王茄子往后退一步,拍拍手,从院子里的黑暗角落中,露出无数造型古怪的魔物头来。他耸耸肩,又指向了威尔身前的那把匕首,说这是毁灭魔刃,是黑暗联盟执事长亲手制作,只要被这把匕首给刺中身体,那么浑身都会被黑暗力量所吞噬,倘若没有我们的解药,威尔,你绝对活不了半个小时。

说到这里,他的语气变得十分严肃了:"所以,威尔,你可要想清楚了,是放弃漫长的生命,拥抱死亡,还是选择与我们合作,过着幸福快乐的日子?这些,你必须马上做选择了!"

"呵呵,幸福快乐的日子?"

被我扶着的威尔连声冷笑,嘴巴里不断咀嚼着这些可笑的字眼,眼睛里面透露出冰冷的寒光。他直视着王茄子,愤怒地说道:"我亲爱的伯爵大人,你以为我不知道么,但凡是被圣器鬼灯深度控制过的人,她的灵魂都会被指引到一个不可知的地方藏匿起来,我面前的这个安吉列娜,她只是一副躯壳,只是一个供你们驱使的傀儡木偶。"

他越说越愤恨,深呼吸了好几次,才咬牙切齿地说道:"我万万没有想到,你们竟然会做得如此过分,竟然会让我可怜的安吉列娜受到这样的痛苦。不可饶恕,不可饶恕！"

瞧见愤怒到了极点的威尔，被拆穿的王茄子也收起了虚伪的面具，狞声说道："威尔岗格罗，一切与我魔党作对的人，都不会有好下场。因为你，我们魔党损失了近十位高贵的成员，像雷昂伯爵这样高贵的领主大人，现在居然还被关在中国的监牢里。这所有的一切，都是你造成的，你居然还奢望着我们魔党成员低下高傲的头颅与你合作？做梦吧，威尔。我，唐顿庄园的领主，萨弗茨伯里伯爵大人给你两个选择，要么投降，你或许还有机会和你可怜的安吉列娜重逢；要么死亡，让我来将你肮脏的一生，给亲手葬送吧！"

王茄子将手高高举起，下了最后的通牒，周遭包括安吉列娜在内的八九个血族以及黑暗中无数嗜血的魔物都伸出了爪牙，准备最后的一击。

威尔头颅低垂，陷入了沉默，而杂毛小道则在我的耳边轻轻说道："小毒物，将朵朵和小妖唤回来，这些肮脏魔物，由我来料理吧！"先前在鬼灯制造出来的幻境中，我已经知道杂毛小道从陶晋鸿那里传承到了真正的"神剑引雷术"，这雷电乃是至阳至刚之力，倘若误伤到了两个小宝贝，实在不美。于是我一声招呼，小妖和朵朵都回到了我的槐木牌中来。

大战在即，威尔依然保持着沉默。不对，他在说话，口中喃喃地祈祷着，用先前驱使血匙的那种古老而神秘的语言。

我不知道威尔在爱人离去、生命只剩下半个小时的这一刻，到底在想着什么，只知道正在持咒的他，应该是最为虚弱的，别说是面前的吸血鬼和诸般魔物，便是一个普通人，都能够将心神完全沉浸其中的他给推倒在地上。

反常必为妖，威尔长时间的沉默让王茄子看出了端倪，他冷笑着，说死到临头，居然还要垂死挣扎，果然是岗格罗的后裔，完全就是粗鲁的野兽。

此言一出，他高高举起的右手就要准备往下斩击，让进攻开始，而我们的身后却又出现了一个披着大氅的身影。王茄子疑惑地瞧着那人，奇怪地问道："唐尼，你没死吗？"

新出现的这个面相威严的高大血族，正是之前被威尔咬中脖子的唐尼伯爵，他并没有理会王茄子的问候，而是直接来到了威尔面前，单膝跪倒在地，沉声说道："我的主人，您的安危就是我的职责，您忠实的仆人唐尼，愿誓死守护！"

王茄子一脸的震惊，大声叫道："唐尼，你没有疯吧？"

唐尼伯爵行礼完毕，霍然站起来，朝着王茄子缓步走去："异端，你们都受死吧！"王茄子瞧见眼神坚定的唐尼，摇头说疯了，然后大声下令道："全体进攻！"此话一落，有一个断臂吸血鬼吹了一个口哨，所有藏匿在黑暗中的魔物都一齐扑出，朝着我们这边奔涌而来。

大战一触即发，我将鬼剑抖起，不放心地瞧了一眼身旁那个身形魁梧的老吸血鬼，正准备将威尔放在地上，准备厮杀的时候，突然我的手如触电，条件反射地缩了

013

回来。但见威尔体内飙射出了大团大团的红色血液,将他整个人以及我们所处的方圆五米之内,全部都渲染出了微微的红色雾气。

威尔整个人被不知名的力量依托着,悬空浮起,脸变得通红,血液滚烫,蒸腾出许多血雾来,我听到骨头咔嚓咔嚓的折断声,此时的威尔整个人都陷入到了一团猩红的血雾中,瞧不见人影,只有痛苦的嚎叫声,响彻天际、不绝于耳。

此时,那些魔物已然冲上前来,尖锐的爪子和雪亮的利齿充斥眼前,我们顿时陷入苦战。王茄子一边与冲到近前的唐尼伯爵战斗,一边哈哈大笑:"螳臂当车。看看,这回惨了吧?去死吧,你们所有人!去死吧,唐尼你这个疯子!"

第三十三章 血族血变

王茄子张狂地笑着,笑声一浪高过一浪。敌方的攻击一波强过一波,杂毛小道的飞剑虽然总能够出其不意,诡变莫测,但终究是底蕴不足,形不成李腾飞除魔飞剑那种绝对的威力,不时还需要燃符支撑。而敌方魔物则凶猛得很,而且根本就没有生死概念,斩杀一个,下一拨立即就奔拥而来,让人疲于应付。

我守着威尔化身的那团红色血雾,战得疲惫,不由得催促起杂毛小道,让他赶紧引雷,将这里夷为平地。然而杂毛小道尝试了几次,却终于还是放弃了,苦笑着对我说,此地应该是有那鬼灯笼罩全场,他的意识传递不出去,引不得天上雷电。

我顿时一阵无语。抬头看天上悬挂的鬼灯,此刻闪现着幽蓝的光芒,恍如迷梦。我顺着那灯往下看,却见那个大胸脯的奥黛丽正在全神贯注地操控着鬼灯,周边只有两个年纪较轻的普通氏族,当下也是毫不犹豫,指着那个外国妹子喊道:"这个时候就别怜香惜玉了,速杀那女人!"

目标一旦确定之后,我立即重聚体内力量,劲气勃发,鬼剑倏然就大了一倍,黑光萦绕,一剑斩飞前面一头满身腐臭的血豹,双脚一蹬,人就朝着奥黛丽的方向冲去。我这边一启动,敌方立刻发现了我的企图,纷纷上前来拦我。

看得出来,能够掌控血族圣器鬼灯,奥黛丽在这一伙血族中虽然实力并不是最强,但是地位一定是极为显要的,哪怕是身为领主的雷昂伯爵,在准备跑路的那一刻,所做出来的选择也是掩护奥黛丽。不过我鬼剑在手,黑雾勃发,必剑朝前直冲,人也是夷然不惧,不管前面挡着什么,我都不管,偌大的鬼剑直接斩了过去。

这一番冲锋,斩杀了七八头魔怪,又逼退了两个吸血鬼的进攻,我终于在一条腐臭双头鳞蛇面前停下了脚步。这是一条长约两丈的怪蛇,头属双生,高高昂起,蓝色的信子吞吐不定,披着鳞甲,整个身子绷得笔直,仿佛下一刻就要弹射而来。一番冲阵,我有些乏力,瞧着正在后撤的奥黛丽,心中不由得激情再起,鬼剑朝着那双头蛇的七寸斩去。

然而那蛇狡猾极了,其中的一个头颅佯攻,另外一个头突然吐出黑色的汁液来,我下意识地往侧里一躲,还没有站稳身子,便被这蛇海碗粗的身子给紧紧缠住。它浑身的鳞甲在缠住我的一刻变得宛若坚铁,不断地绞着,想要将我的骨头给碾碎。将我缠住之后,那蛇开始低头来咬我,然而此时肥虫子出现了,凭着小小的身子与那蛇头硬碰硬,有金石的铿锵声响出现,在我的耳边轰鸣不休。那些后退的家伙见我被双头鳞蛇缠住,以为有便宜可占,都朝前挤来,然而一道金光飞过,雷罚将我的侧翼护住，游离的雷光将那些汹涌而来的家伙给吓得不住后退。

突然，我身后传来了一声响彻天地的咆哮声。我回过头去，却见从那红色血雾中飞出一大蓬血红色的蝙蝠，这些蝙蝠盘旋在半空中几秒钟之后，俯冲下来，朝着场中所有的吸血鬼张嘴攻击。

这让王茄子一干人等都惊呆了，立刻就有人被咬中了脖子，无论他如何强硬地反抗，将那蝙蝠拍得稀烂也好，这些小蝙蝠的牙齿，最终还是留在了脖子上；当然，也有反应迅疾的，纷纷施出各式手段来驱赶飞临头顶的血红蝙蝠。

"啊！"一个独臂吸血鬼哀号着倒了下去，口中的竹哨声音停歇，这一声动静出乎我们意料地改变了整个战场，那些原本朝着我们攻击的血腥魔物突然之间就变得十分癫狂了，有的居然调转过头，朝着吸血鬼冲去。然而缠着我的那条双头鳞蛇却并不在此列，暴躁的它就盯着眼前的我，不断地收缩身子，意图将我给勒得骨节寸断。

然而到了此刻，我早就已经积蓄好了惊人的力量，当下气沉于胸，大喝一声"啊"，原本绷得紧紧的身子涨大数倍，然后骤然收缩，空出来的间隙处，我将鬼剑插入其中，运起手腕之力，顺着其中的一处鳞甲间隙，用力一剖。鳞甲破碎，鬼剑直入肉中，卡在了脊椎上面，一时间难以动弹。受痛之后的双头鳞蛇开始猛地拍打蛇尾，然后就地翻滚。

滚落这么一圈，我必定头开骨裂，自然不能随它。正当我与这畜生搏力之时，一个魁梧的黑影将我们给笼罩住，我来不及抬头打量，那双头鳞蛇的尾巴已被那黑影伸手抓住，顺着整根脊椎，稍微就是这么一抖，那条让我无比头疼的长蛇哀号一声，瘫倒在地，形如一摊烂泥。

我抬起头来，见这个魁梧的壮汉足足有两米多高，浑身都是流动不休的红色雾气，再看那张脸，竟然有威尔几分轮廓。不过此刻的威尔与帅气俊朗还真的没有什么关系，这个家伙如同雷神一般，俯身抓起那条软绵绵的长蛇，再次抖了一下，竟然将蛇当作了皮鞭，往空中一甩，一个炸响轰然出现。接着他就用这蛇形鞭子，将那些围攻上来的古怪魔物给悉数抽翻在地，没有一点儿犹豫。

有从蝙蝠喙下逃生的吸血鬼瞧见威尔此刻的模样，愤愤不平，飞身冲来，准备将这个异变的同类斩杀。个子虽然变大，威尔的灵敏度却不弱于旁人，当下稍微闪开一些，错过此人的攻击，出手，捏小鸡一样一把就抓住这个家伙的脖子。威尔眯着眼睛打量面前的这个同族，指甲一划，那头颅立刻冲天飞起，而威尔则以其身躯为酒杯，将这个吸血鬼的血液给吸干抽尽。

威尔势如破竹，短暂时间，竟然将困扰我们许久的魔物给清理大半。正在与唐尼伯爵缠斗的王茄子瞧见这幅场景，顿时失声大叫，往后一跃，朝着奥黛丽大声喊道："启动鬼灯，将他们全部给送走，要不然我们就真的麻烦了！"

他的话音未落，眼前出现了一个魁梧的身影，出手又快又准，一把抓住了王茄子的左手。左手被擒，王茄子并不介意，他出手如电，朝着威尔攻击。然而威尔却浑然不管，任由这家伙手中的刺剑捅入腹中，依然伸手过去，直接将王茄子给抓在手里。

我难以置信地瞧向威尔，难以想象这个男人竟然会突然变得如此厉害，仿佛打了鸡血一般。然而伯爵就是伯爵，战斗并没有结束，王茄子被威尔抓在手上，当下一声厉叫，整个人竟然不点自燃起来，熊熊的火焰将他包裹住，那火焰不断跳跃，呈现出了极致的黑色。这个家伙能够操纵邪恶的黑色火焰，也就是因为这能力，使得当初威尔伤口一直不能愈合。那火焰热得厉害，威尔抓住他身体的双手被灼烧得阵阵黑烟升起，大半个手掌都融化了。然而威尔却并没有因为受痛而放开变成火焰人的王茄子，他似乎完全不知道痛苦一般，将嘴便劲儿张开，咬在了王茄子的脖子上。

啊！身处火焰中心的伯爵大人被一口咬中，大量的鲜血被吸了出去，痛苦地惨叫出声。见到首领被制，旁边剩余的吸血鬼纷纷冲上来解围，结果要么被不知道为何变节的唐尼伯爵挡住，要么被我横剑拦截。至于那个控制着圣器鬼灯的奥黛丽则被杂毛小道拦住。

战局几乎在威尔出现的那一刻，就已经实现了扭转，他一个人承担了大部分的压力，至于那个王茄子，在被威尔一口咬住之后，发疯一般地满地乱滚，我们身处的这套宅院，大半的屋子都给这个老吸血鬼给撞碎。

威尔陪着他一起滚地板，我感到整个大地都轰隆隆的，血雾遮天。不过这时候也来不及多想，清理了身边几个小杂鱼之后，我与杂毛小道合在一起，尽力生擒面前这个容貌艳丽的外国大美女。

一分钟之后，我们身旁的建筑物终于不再传出声响，威尔冒着熊熊烈火走了出来，身子开始雾化，热力将他身体里的血蒸腾而出，又是一团血雾，接着从这血雾中再次走出一个人来，却正是之前的威尔岗格罗。

此刻的他脸色灰白，目光扫向面前三个还在负隅顽抗的吸血鬼，将双手举向天空，威严地说道："臣服，或者死亡，三秒钟，开始选择吧！"

携着之前血变的余威，威尔气势滔天，瞧见唐尼伯爵都选择了臣服，那两男一女几乎没有考虑，直接跪倒在地，尊称道："吾主，请您责罚！"

瞧见这一幕，威尔点了点头，然后回过头来，看向了我们。

第三十四章 硝烟散尽

威尔之前的模样实在是太吓人，而他那彪悍的实力也让我们产生了一种陌生的恐惧，此刻瞧见他平静望来，我心脏顿然收缩，没来由地发麻。按理说我们与威尔相交甚久，也有过命的交情，他被血族万里追杀，第一个想到的就是过来投靠我们，这是真真正正的友谊。然而我们到底还是对血族不了解，瞧见他总是咬人脖子，感觉这种变态的行为多了，说不定就会影响心智，扭曲了心理。

我的心中防范着，杂毛小道也有些心虚，将雷罚抓在手里，一抖手腕，撒落几朵剑花，嘿嘿笑道："怎么着，威尔，你不会想要杀人灭口吧？你倘若被血族秘法迷惑了心智，我们可以帮着浇你一头凉水的！"

威尔笑了笑，走上前来，将昏迷在旁边的安吉列娜拦腰抱起，盯着自己爱人那睡得像个婴孩似的脸孔，脸上露出了笑容，朝着我和杂毛小道说道："怎么会？陆、萧，你们在我最困难的时候，伸出了无私的援助之手，才使得我能够找回我亲爱的安吉列娜，也使我获得了先祖的传承。所有的一切，都是因为你们，我感激不尽。从现在开始，我将会实现我的诺言，开始五十年的打工生涯，只希望两位老板不要开除我啊。"

瞧见威尔此刻的眼神清澈而湛蓝，里面充满了激动之情，我和杂毛小道总算是松了一口气。我们的紧张并不是说害怕威尔，而只是生怕他心智迷失，到时候朋友变成敌人，并肩作战、生死与共的兄弟却拔刀相向，实在是没有意思。

我开心地走上前去，一拳打在了威尔的胸口，说你刚才那副冷酷模样，搞得我们都以为你走火入魔了，还好还好。

威尔并没有表面上看起来的那么强大，几次血变，此刻他已经十分虚弱了，我这一拳打过去，他差一点儿栽倒在地，吓得旁边的唐尼伯爵慌忙冲上前来，朝我大声呵斥，一副要拼命的样子。威尔拦住了他，说无妨，唐尼，将他们三个带过来，让他们放开心灵，我要给他们种下先祖印记。听得威尔这么说，我们才知道这个唐尼伯爵从高高在上的领主大人，瞬间就变成狗腿子，居然是因为在刚才被咬的过程中，被威尔强行种下了控制的手段。

唐尼伯爵恶狠狠地瞪了我们一眼，回过头去招呼那三个投降的吸血鬼，而旁边那个已然被我们捆住的奥黛丽此刻偷偷想逃，却被杂毛小道给看得死死。按照头晚制服王豆腐的方法，威尔将这三个吸血鬼以及奥黛丽都种下了不可违抗的主宰印记。

当威尔吩咐唐尼伯爵带着其余人等前去打扫战场的时候，我从垮塌了大半的房子里找出三张凳子来，大家分了分，坐在一片废墟里，使劲儿松了一下懒腰，感觉浑身疲惫。

威尔已经将圣器鬼灯收获囊中，而失去了鬼灯屏蔽，我们也终于联络到了无头苍蝇一般到处找寻的掌柜的。知道具体地点的破烂掌柜表示半个小时内就会赶到，让我们坚持一下。他以为我们还在苦战呢，殊不知我们三个人，已经将敌人全数打垮，而且还将大部分敌人都转化为自己的战力。

血族的命令和传承是基于生物遗传学上的东西，跟人性无关，所以唐尼等人虽然还是自己，想法和行为能力都与以前无异，但是此刻却是基本能够信任。想到威尔的这能力，我们都不由得感叹，说这个家伙是一个病毒般的存在，如果一直持续下去，说不定还真的能够成为一段传奇。

面对着我们的调侃，威尔表示这只是妄想，任何人都不可能无限制地发展，哪怕是先祖该隐都不能，无论是什么，都会有限制，他亦然。不过有了两个伯爵的帮助，他暂时就不用再害怕魔党的越洋追杀了，只可惜安吉列娜……

听到威尔的叹息，我们疑惑，问他安吉列娜到底是怎么回事？

威尔很痛苦，说安吉列娜被鬼灯控制过，她表现出了强烈的反抗，所以灵魂便被吸入了鬼灯，现在的她只是一副躯壳而已，他爱的人永远消失在了不知名处。杂毛小道说那还不赶快叫奥黛丽将你马子放出来，还等什么呢？

威尔叹气，说奥黛丽虽然是茨密尔家族的大小姐，但是她对鬼灯的理解实在是太肤浅了，不然我们也不会这么容易成功，她并不知道如何召回逝去的灵魂，这正是我发愁的地方。

我问他以后的打算是什么？威尔从怀里掏出六芒星精金项链来还我，并与我商量道："陆，我说过要为你工作的，但是安吉列娜的事情不能耽搁，所以我想先回欧洲，找到密党，或者我的老师克鲁克斯先生，将安吉列娜的灵魂找回来，如果一切顺利的话，我会返回来，重新加入茅晋事务所。"

我没有接回项链，而是重新递交到威尔手中，诚恳地说道："威尔，我们是朋友，那么一切都好商量。这血匙对于我们无用，但是对于即将重返欧洲的你却有着大用场，所以你自己收着便是。对于将来，你此刻已然成为血族跨时代的革命性人物，你的命运已经不是你来主宰了，所以茅晋事务所请不起你这样的员工，所以你是自由的。"

瞧见威尔一脸讶然的表情，我笑了，说："当然，即使不为我工作，但是我们的友谊长在，有什么需要我们帮忙的，或者我们需要你做的，这些都是后事，而目前，将安吉列娜救回来，这事情最要紧！"

听到我斩钉截铁的话语，威尔眼眶里面闪现出热泪，紧紧抓着我的手，激动地说道："陆、萧，我的朋友们，不管威尔在何方，不管你们有什么事情，只要招呼一声，你们的威尔，会在第一时间内赶过来的！"

我们这边说着话，唐尼已经带着刚刚臣服的四名吸血鬼清理了大院。刑黑虎的手下被抓了，那些魔物也被一一收服，王茄子也已经重新醒转，过来向威尔表示了臣服。

这时天边微亮，除了已经战死的，其余吸血鬼都需要躲入地下，威尔吩咐他们自行躲避，自己则与我们一起等待着破烂掌柜和秦振到来。

就在那些吸血鬼藏入还没有垮塌的房间里没多久，掌柜的就到了，同行的还有五辆汽车，两卡车全副武装的特警。车轮子碾压村中小道的声音将村民们吵醒了，因为鬼灯隔绝，这些村民并不知道自己村子里发生了什么事，如往常一样醒转，却瞧见村中最老的几套院子几乎垮塌了大半，莫不惊奇，出来瞧热闹。

掌柜的和秦振一下车就匆匆赶了进来，却发现根本没有什么战斗，我、杂毛小道和威尔三人各自坐着一把竹椅，在废墟旁边悠闲地聊天，旁边的虎皮猫大人脑袋一啄一啄，打起了瞌睡，不由得紧张地走过来，问明情况。

此战并不艰苦，我们甚至没有竭尽全力，一切战斗都因为威尔的突然爆发而迅速结束。不过大战之后，人都普遍慵懒，我们三个人便一人讲一截，好不容易将事情说了个大概，掌柜的听后，眼睛不由得瞪得滚圆，指着威尔，说照你这么讲，我们这些天费尽心思要抓的吸血鬼，现在全部都变成了你的手下？

威尔点了点头，说是的，准确的说是死了几个，其余的此刻受了我的管控，他们不会做出任何不良的举动，当然，如果你们需要，我可以让他们进入监狱里，接受你们的监督。

秦振与威尔在集训营的时候就认识了，在旁边笑，说威尔，居然还可以这样，我和老赵火急火燎地带着一堆特警队的同志们过来支援，结果就是帮你们封锁现场的。哈哈，这回的差事，可真轻松！

情况有点复杂，掌柜的有些吃不准，思索再三，还是决定打电话给大师兄汇报。大师兄很快就回了话，让他留人在当地维持秩序，平息风波，然后带着我们三个以及威尔制服的六个吸血鬼，直接到南方市总局去见他，具体怎么解决，到时候再看。

听得掌柜的转述了大师兄的回话，威尔犹豫了一下，瞧了我们一眼。

杂毛小道笑了，说放心，我大师兄对任何力量都没有歧视，只对作恶的人严苛，你放宽心，我保你无事！威尔这才点头，小心将怀里的安吉列娜放到随大部队一同前来的救护车上，然后进入了藏身的房间，将那六个吸血鬼以及双手齐断的王豆腐给召集到一起，说了几句话，然后将这些人给押送上了车子里。车子启动，朝着北边的方向开去。

威尔在押运车里镇场面，没有和我们一起，我们这里的司机就是老阳，他开得平稳，我一上了车，与杂毛小道并坐在后排，脑袋一挨靠椅，人便昏昏沉沉睡了过去。

累了，实在是太累了。

第三十五章 国际合作

老阳是个老司机，开车四平八稳，一路上我几乎都没有醒。车子到南方市总局的时候差不多已经是早上的七点半，那一车吸血鬼由董秘书亲自接待，直接开进了局里面的隔离审查室收监。因为威尔之前好生安抚过，所以并没有闹起来，十分合作地听从了安排。

掌柜的和秦振去相关科室备案，而大师兄早上又要跟各位局领导开碰头会，所以暂时没有时间接待我们。不过七剑里面的布鱼道人余佳源在，带着我们去总局附近的一家早餐店里面吃早点，忙活了一夜的我们几乎是横扫老板的库存，好一顿胡吃海塞，最后喝着暖暖的豆浆，止不住地打嗝。

威尔食欲不佳，一来是心忧女友的安危，二来是为自己新收的手下未来的命运担忧，生怕大师兄是冥顽不化的老顽固，直接将这些吸血鬼当作功绩上报了，到时候他费尽心力招揽的班底就给全部洗牌了。倘若如是，他还真的只能窝在东官给我打工，欧洲是不敢回了。

好在这等待并不用多久，没吃一会儿，余佳源便接到了董秘书的电话，说大师兄开完会之后，推掉了所有的事务和见面，专门抽出一个小时，约谈我们，让我们现在就到他办公室去。

我们经常与大师兄接触，倒也没有什么，威尔却是第一次来见这传说中的官方大佬，即使是一身本事，多少也有些紧张。我们离开早餐店，来到总局，并且在余佳源的指引下，来到了大师兄的办公室。敲了敲门，我们得了吩咐进去，便见到大师兄春风满面地走过来，跟我们几个人握手，热情得很。

将我们引到会客区落座，大师兄回头吩咐余佳源去泡茶，然后大马金刀地坐了下来，环顾面上露出疲惫之色的我们，诚恳地说道："今天凌晨，你们辛苦了，我代表东南局和我个人，向你们表示感谢！"

听得大师兄的问候，我们又站起来，好是一番谦虚。余佳源端茶进来，我们再次落座，大师兄摆了摆手，说你们不必谦虚，今天凌晨的行动概要我看过了。陆左、小明表现得都不错，特别是威尔，竟然以一人之力，将大部分来犯之敌都制服了，以最小的损失完成了最大的目的，这才是实打实的功绩，不错，不错，长江后浪推前浪，你们的表现都让我刮目相看。

说完前面，大师兄话锋一转，又说道："不过呢，该表扬的是得表扬，该批评的还是需要批评。陆左、小明，你们两个当初进村的决定实在是太轻敌，我知道你们现在的实力很厉害，很多人都不放在眼里，但是这世间险恶，未来不可知，倘若你们两个因为贪功冒进而出了意外，你叫把你们牵扯进来的我如何自处？叫你们自己的家人如何接受这事实？所以，须知凡事慎为先，不要冲动行事，可知？"

大师兄语气严厉，表现出了浓浓的关切之情，且仔细回想起来，我们皆有些后怕，于是都点头，承认了错误，表示不会再这么冒进了。

说完这些，大师兄又好言安慰我们，然后询问起威尔之后的打算。

因为此前与我们有过沟通，威尔将与我们商量的计划毫无保留地说了出来，表示有两名吸血鬼伯爵的护翼，他应该能够和平返回欧洲，到时候如果能够将他女友安吉列娜的灵魂找回来的话，他应该会与密党达成妥协，在欧洲驻扎下来，形成自己的势力。

对于威尔的打算大师兄表示了高度的兴趣，询问了威尔关于血族世界的很多具体事务以及相关的势力构成。威尔除了涉及戒条和公约的部分表示不可透露之外，其余的也是知无不言。

谈到后来，大师兄沉吟了一番，直接跟威尔谈定条件："威尔，你是小明和陆左的好朋友，那么我自然也会帮你。你刚才谈了你的想法，我这里也不给你多作隐瞒。你今天降服的吸血鬼，他们在我们国家都是有案底的要犯，如果任由你带回欧洲，只怕我这里也不好交待。不过既然我们已经谈了这么多，我就开诚布公地跟你说了，我们可以同意你将这些人带回欧洲，也可以让驻扎在欧洲的相关组织在必要的时候，给予你帮助，不过我想说的是，作为朋友，当你在以后的西方世界里打下一片江山，形成一股势力之后，也请你在必要的时刻，对我们的人保持友好，并且在需要的时候提供帮助。"

听到大师兄的条件，我不由得暗自佩服他所做的不过就是将那些仓皇的吸血鬼批送回国，便在欧洲扎下了一根钉子，空手套白狼，获得了一个盟友。

依威尔此刻表现出来的能力，可以预见，只要他返回欧洲不死，那么以后欧洲的风云人物榜，他必然能够占上一席，那么有了这么一个关系亲密的盟友，以后我们的人如果在欧洲行走，身上又多了一层保障。至于那些放回去的吸血鬼会不会为祸，这死道友不死贫道，祸害的是欧洲人民，跟他自然没有什么关系。更重要的是，此刻雪中送炭的是大师兄，是他黑手双城，威尔以后倘若发达了，其他高层领导的面子其实并不一定会甩，这也将是他一个人的功绩。

所以说，黑手双城便是黑手双城，他的脑子还真的不是我们所能够比拟的。

不过大师兄提出来的条件是双赢的，威尔也找不到理由拒绝，只是一个劲儿地感谢。如此说了一会儿，大师兄还跟威尔详谈了一番回到欧洲时的行动安排，这周密的行动计划让人啧啧生叹，完全不像是刚刚想出来的。

说到最后，大师兄拍拍手，说好了，有三个血族伯爵在，你回欧洲虽然危险，但也不是没有机会，祝你一切顺利吧。威尔奇怪地说不对啊，我这里就只有两个。

大师兄笑了笑，说我可没错，牢里面还关着一个刀螂伯爵呢，我这里可没有鲜血给他喝，还得由你带回去才是。

　　大师兄不动声色地示好让威尔瞬间就感动了，好是一番感激。谈到当下的行动，威尔说被他种下了印记，那些人暂时还会虚弱一段时间，可能需要先休养，然后才能返回欧洲。

　　大师兄点头，突然说起一个事情，就是关于王豆腐交待的，前来追捕威尔的血族分为明暗两队，走海路的这一批人全军覆没了，接应的刑黑虎也被通缉，但是从喜马拉雅那边翻过来的一队吸血鬼却没有能够抓到。他们曾经在西川犯过案，一个村子有七个人失血而亡，然后就再次消失了，他们的目标最终还是威尔，所以局里面还在拟定计划，倘若时间来得及，到时候可能还要将这一伙给打落网中。

　　听得大师兄的提醒，威尔点头，说这些血族都是魔党直属的黑暗之手成员，十分神秘和残暴，可以说魔党臭名昭著的名声都是黑暗之手弄出来的，倘若能够将这手斩断，他返回欧洲，会轻松很多。

　　大师兄点头，说消息很快就会传来，他让董仲明安排威尔以及他的手下，到时候会通知到他。

　　话谈至此，差不多算是结束了，我们起身告辞，而大师兄则留杂毛小道下来，要说一说师门之事。我出来之后，董秘书找到威尔，跟他办理那伙吸血鬼的交接手续。大概会将他们先安排在东南局位于西郊的一个训练基地里，限制出入，后续的事情还需要商洽。

　　威尔跟着董秘书离去，我想起自家堂妹来，在旁边的办公室找到余佳源，方才得知也给安排到了西郊的那个训练基地里面。正说着话，有人敲门，余佳源喊了一声"请进"，门推开，走进一个汉子，瞧见我不由得惊喜地大叫，说陆左，你怎么也在这里？

　　我抬起头，见是从西南局借调过来的赵兴瑞，于是上前好一阵寒暄。

　　老赵刚刚从西川过来，今天是来报到的。我问他事情顺不顺利，他点头笑，说杨操说得对，他那个本家赵承风果然是想把他晾起来，磨磨性子，谁知道他找了门路，调来了东南局，结果那边完全就变了态度，那个张伟国和朱国志先后两次找他喝酒，想要挽留他，结果老赵是铁了心，谁劝也不听。到了最后，他们酸溜溜地签署了报告，把老赵给放了过来，也正因为如此，他才会耽搁这么多天。

　　说起杨操，我问那女尸被盗案破了没有，老赵说没有，那里情况复杂，老杨给陷在那里了。

　　不在其位不谋其事。我也不多说，拍着他的肩膀，说是金子早晚都会发光的，跟着陈老大干，前途远大，那些烂事就不用再想了，你忙，得闲了咱们一起喝酒。

　　因为是刚来报到，所以余佳源带着他去见大师兄，而杂毛小道也结束了谈话，跟我一起出来，问威尔的那些手下，给安排到哪里去了。我说是西郊，他忙不迭地说那去看看呗,威尔是老外,人生地不熟,别到了地头,跟人起冲突可不好。我还不知道他的花花肠子,于是不愿意,说要回去睡觉,结果被这厮死拖活拽地拉了过去。

所有的事情忙得差不多了,过了好几天我才想起了我的那个小老乡闻铭来,打电话给赶回东官的曹彦君,让他去看一下,结果后来回了话,说人不在了,去工厂查,也没有消息。

我听了,恍然若失。

第三十三卷 南洋风云再起

第一章 事务所的困境

前文有讲，特勤局主要的职能机关有六个，分别为政法司、业务一司、业务二司、业务三司、业务四司、外事司和人事司，其上还有总办以及顾问团。像陶晋鸿所在的全国道家理事协会这种地位超然的社会团体，其实也是挂靠在局里面，接受外事司的指导。本书中经常提到的有关部门，一般指的是业务四司这个隐秘而庞大的机构。

言归正传。东南局位于南方市西郊的训练基地是一个准军事化机构，主要是对新招入有关部门的相关职员和行动部队，进行针对性培训。毕竟像我和杂毛小道这样的人很少，赵中华、赵兴瑞这种已经算是人中龙凤，就连曹彦君这种龙虎山天师道的二流子弟，也是极为稀少的，缺口很大，更多的成员都是从社会上招募，以及定向学院培训而来。

像怒江集训营那种专门培养局内骨干成员的培训机构，规格是极高的，以至于邪灵教认为将我们这些种子成员杀死，便会使特勤局一蹶不振，不过这种集训营一年只有一次，各省都只有少数名额，平常的培训都是各大区自行解决。

西郊训练基地位置十分隐秘，周围是大片的农田，离市区也远。我们到达门口，远远看到有武警放哨，进入的时候除了出示证件，还需要人员接引，好在"七剑"中的尹悦是这基地的主管，也就是坐地虎，我们很轻松地办理了出入卡，并且找到了威尔。

有大师兄的特批，威尔手下的这些血族被安排在靠南的一处小楼内，里面还有哨岗，防范有些森严。我找威尔谈事，杂毛小道则直接溜到了楼上，去找奥黛丽关心关心生活情况去了。坐在一楼的会客区，威尔向我表达了对大师兄的敬仰之情。

他颇为夸张地谈起，说他从来没有见过哪一个官员有像陈先生这样开明、睿智和果断，这是一个极为优秀的领导者，善于把握手中的一切筹码，总能够在人生的博弈中，取得出人预料的好成绩。

我对于他和大师兄的计划并不关心，倒是对杂毛小道和奥黛丽的事情感兴趣，问威尔："老萧喜欢奥黛丽这种大洋马，那妞儿被你种下印记之后，智商会不会有影响，你能不能控制奥黛丽，然后让老萧……嘿嘿，你懂的。"

　　对于我的想法，威尔摇头否定，说："不行。首先，作为一个绅士，每个人都有追求幸福的权利，但是这一切都需要以双方自愿为前提；其次奥黛丽是茨密希家族的重要成员，她的父亲甚至是一名大公，贸然对她采取强制措施，只怕即使有印记在，我也遭受不住大公的怒火——印记并不是让血族变成奴隶，而只是一种意识上的强烈认同感。"

　　得到威尔的答复，我幸灾乐祸地笑了，杂毛小道的如意算盘落空了，接下来恐怕又是一场为期甚长的攻坚战了，要知道，大公的女儿，可不是那么好攻克的。我与威尔稍作接触，又有工作人员过来找他交接雷昂伯爵和瑟特的相关事宜，于是不再打扰，也没有去叫正在兴头的杂毛小道，而是径直去找也被安置在这边的堂妹小婧。

　　西郊训练基地占地面积颇大，我几经周折，在工作人员的带领下，终于在地下练枪场找到她。尹悦带着小婧在这里练枪，我看着小婧打完十发子弹，然后与尹悦开心地交流着，心中一万头神兽奔腾而过——这小姑娘动枪，还真的不是什么好事。

　　两人说说笑笑，看见我出现在门口，于是放好枪具迎了上来，小婧手上还拿着避音耳机，兴奋地跟我说道："左哥，你看到没有？我打了54环哎，尹悦姐说初学者能够打到我这个成绩的，算是十分厉害的啦。"

　　我笑着点点头，跟她说了两句，然后一把抓过尹悦来，低声问这个女汉子，让他们看着不出事就行，你没事带这小屁孩子打什么手枪，会出人命的你知道吗？

　　尹悦一脸无辜地摊手说："陆左，你知道的，我们这基地里都是训练场，根本没有什么可玩的，连网络都是内部网，而且还不能给她接触。小女孩无聊又好奇，我也是看在你面子上才给她玩玩枪的，你还不领情。"

　　我无语了，正想跟她辩驳几句，小婧在我旁边闹我，说："左哥，听尹悦姐说你认识这儿的大人物。你能不能跟领导说说，走个后门，我以后毕业了，能加入这里吗？我实在太喜欢这里了。"

　　我木着脸说不行，这丫头便一直说说说，说得我头都大了。过了好一会儿，我问她学校那边怎么样，假请好了没有？小婧点头说学校批了半个月假，她可以在这儿学习。说到这里，小婧告诉我，说紫汐告诉她，我们老家有个帅气的大哥曾经来找过她，还说好几个当时牵连到的同学也被人询问了，不过因为小婧的交待，都没有透露。

　　小婧这边儿我算是放心了，让她先待在这儿，等风头过了再回去上学。差不多到了饭点，赵兴瑞打电话过来，想请我和萧道长一同吃个便饭。

　　这是应有之礼，我找到正在骚扰奥黛丽的杂毛小道，过赵兴瑞定的餐厅去。到了地儿，除了我和杂毛小道之外，老赵还请了董仲明和余佳源，因为是中午，一会儿还

要工作,大家都没有怎么喝酒,浅尝辄止。

　　老赵此次前来,是接替董仲明的职位,董仲明前些时候已经升了办公室主任,接下来应该会调往鹏市去挑大梁。席间董仲明不断地跟老赵讲一些大师兄的工作习惯和理念,老赵也听得仔细,不断点头。

　　不过我瞧得出来,老赵这人心思太重,做助理的话应该是做不来的,大师兄大概是想带他在身边了解一下,倘若可堪大用,自然可以走董仲明的道路,倘若不行,那也怪不了谁,反正机会是给了的。老赵知道大师兄能够接纳他,多少也是看了我和杂毛小道的面子,不住感谢。

　　午餐快结束的时候,我接到事务所王铁军的电话,跟我说新来不久的那两位风水师已经递交了辞呈,准备离开事务所了,让我如果有时间,尽快回公司一趟。

　　我和杂毛小道从藏地归来,其实很少参与事务所的正常运作,一般事务还是依托于张艾妮和新来的两个风水师在处理,此次事务所一下子走了两个风水师,基本上就开不下去了。

　　得知消息之后,我立刻与杂毛小道说起,这家伙并不上心,说这事务所不过是当时的游戏之作,既然变成了麻烦,不如直接关张了便是,何必心焦。他倒也是洒脱,不过我多少还有些责任心,也不理会他,出门打车,赶回了东官。

　　刚进办公室,王铁军就赶了过来,递交给我两份文件,正是两个风水师的辞呈。辞呈这东西可以写得天花乱坠,但就是没有一句实话。我请王铁军坐下,也不看辞呈,直接问他到底是什么原因?

　　这个顾老板派来的公共关系专员沉默了一下,还是说道:"老板,李悦和唐道他们两个人呢,倒是都有些本事,不过走的都是文路子,跟我们事务所一直以来的定位并不是很相符,不过我们这儿薪水优渥呢,也就养着。可是前几天你办公室发生的那件事情,对于他们来说实在是太匪夷所思了。像他们这样的人,毕竟家里面还有长辈和孩子呢,苦学一身谋算业技,所为的也不过是名利和钱财,到哪里高就都一样,倘若真的有危险,他们怎么肯把小命赔在这里?"

　　王铁军虽然没有前任苏梦麟那么长袖善舞,但也是一个实诚人。他离开之后,我沉默了很久,一直在思考,茅晋风水事务所以后的路,到底要怎么走。这件事情让我头疼极了,不知不觉就已经到了傍晚。突然手机响了起来,我看了上面的号码,是许久没有联系的顾老板。

　　他打电话来干吗?是作为股东,问责茅晋事务所的业务吗?

第二章　各奔东西

说句老实话，我陆左从来都是一个知恩图报的人，顾老板在我人生最落魄的时候赏识我，也无私地帮助过我，到了现在，即使我有了一身本事，常人不敢小瞧于咱，而顾老板在我的朋友圈子里面并不算厉害的，但是我对他的尊敬，并不逊于大师兄。也便是如此，我才不想把我们合伙弄起来的茅晋风水事务所给弄砸了，这里面，毕竟灌注着我们的心血。

电话一通，顾老板开口便大声嚷嚷，陆左，我这边出大事了，你能不能立刻来一趟？顾老板这话儿让我心中一惊，连忙问到底怎么回事，你现在在哪儿呢？

顾老板有些激动，说："呃，我说错了，不是我有事，是老李，李家湖，雪瑞爸爸，你还记得你以前给雪瑞解的那个降头术吗？老李现在也被中上了，很急，眼瞧着都快不行了，我现在正在仰光帮忙照看着呢，Coco 的眼睛都快哭瞎了，你现在手上的事情多不多？如果能够抽得开身，就赶快过来吧，就当老哥我求你了，好不好？"

雪瑞所中的降头术？

我脑子还停留在如何处理那两个风水师辞职的事情上，一时之间有些转不过弯来。好几秒钟后才想起来，问是不是马来西亚的那个行脚僧人达图禅师？顾老板说："对，应该就是那个人。其实我也不知道到底是谁，但是瞧老李那症状，跟雪瑞当时是一模一样，陆左，你老哥我这也是没有办法了，想来想去，也就只有你了，帮帮忙，好吗？"

顾老板这般恳求我，让我不由得一阵诧异，说："不对啊，倘若是那玻璃蛊降头术，雪瑞也直接就能够解了，为何还千里迢迢找到我这儿来呢？"

顾老板在电话那头沉默了好一会儿，当我几乎要抓狂的时候，他叹息了一声，说雪瑞失踪了。

放下电话，我立刻匆匆收拾了行李，打电话给还在南方市的杂毛小道，结果电话一直不通，找了好几个人，都说没有看见，急得我都想把电话给摔了。实在没有办法，我只有叫小俊先送我前去鹏市过关。在路上的时候，董仲明打电话过来，说找到杂毛小道了，在局里面跟大师兄谈话。我本来以为这个家伙谁都联系不上，说不定是在跟奥黛丽大洋马啪啪呢，没想到在跟大师兄谈正事，心中的火气也消了一些。

等快到鹏市的时候，杂毛小道打电话过来了，问我火急火燎地找他有什么事？

我听他情绪很不错，下意识地问他到底跟大师兄谈什么，搞这么久？杂毛小道笑嘻嘻，说，正有一个好消息告诉你呢，大师兄那里得到一个线报，说在湘南洞庭湖那

边有人发现了真龙出没的踪迹,你知道这意味着什么吗?

我心中一动,莫非是龙涎水?

杂毛小道哈哈大笑,说:"对头咯,这雨红玉髓之所以被唤作龙涎水,并不是它就是那真龙的口水,而是跟凤凰栖那梧桐树一样,有那龙涎水的地方,才是真龙所喜欢盘踞之处。不过这件事情暂时还不确定,我也是先在南方市这儿等消息,顺便帮大师兄谋算那帮偷偷潜来的血族。你呢,那两个屌毛的事情搞定了没有?若是能够搞定,便过来,我们这边需要人手呢!"

我苦笑,没想到事情居然还赶到一块儿来了,捏了捏鼻梁,我将顾老板刚才电话里面的信息,告诉了他。

"什么?雪瑞失踪,李家湖身受降头?"

果然,听到我的话语,杂毛小道也是大吃一惊,问怎么回事?

我告诉他,具体的情况我也不是很了解,大概就是李家湖缅甸分公司的经理郭佳宾里通外贼,将分公司的财产转移一空。这还不是关键,因为要添置翡翠原石,总公司押了一大笔资金在那儿,结果给那狗东西动了手脚,串通了卖家和鉴定师,买了一堆无用的玉石,然后一把火烧在了仓库里。李家湖的一个叔叔栽在那儿了,他亲自去,据说又牵扯到南洋黑巫僧联盟契努卡,雪瑞过去了,结果莫名其妙李家湖就受了降头,雪瑞则在追击敌人的时候失踪了,到现在还杳无音信。

我的这一番讲述,让杂毛小道感受到了形势的严峻,他沉默了一会儿,说,那小毒物,你在关口那儿等等我,我跟大师兄说明情况,然后直接赶过来帮你。

我考虑了一下,拒绝了他的提议,说:"老萧,三叔的情况,我们上次回去的时候你也看到了,倘若再找不到龙涎水,只怕他整个人就要废了,说不定也活不了几年。这事情呢,两边都急,不过孰轻孰重,我们心中都有一杆秤。所以呢,你先待在南方市听候确切消息,而我则赶往缅甸去,实在不行,我去找熊明,找蛊丽妹,雪瑞也是她的徒弟,我不相信那老蛊婆会不出手。"

听到我的话,杂毛小道那边沉默了许久。我知道他在纠结,雪瑞是他的朋友,但是三叔的病也实在拖不得,两边冲突到了一起,着实难以抉择。

差不多一分钟的样子,我听到了他在与虎皮猫大人对话,声音很小,我听得不是很清楚,又过了一会儿,他在电话那头问我:"小毒物,你还在不在?"

我答在。他说是这样的,他在南方市这边呢,主要是探听消息,即使过湘南那边去,估计也用不着费什么力,而南洋一行,实在是太过于诡异凶险,虎皮猫大人放心不下它的媳妇儿,所以决定跟我一起走。至于他,到时候看情况,如果实在凶险,而他这边的消息又不确切的话,他也会赶过来的。

听得杂毛小道的话,我的心中不由得一阵暖意,所谓朋友,所谓兄弟,不就是这样,处处都站在你的立场,为你考虑吗?

有着虎皮猫大人这种睿智与装波伊十分在行的老家伙前来坐镇,我自然是欢迎都来不及的,当下约好在香岛见面的地点和时间。小俊送我到了罗湖口岸,那边过来接我的是事务所以前的公共关系专员苏梦麟。此时已是夜里,他直接将我接到酒店安排住下,并告诉我已经定了明天中午直飞缅甸仰光的班机。

当夜虎皮猫大人寻来,与小妖、朵朵和肥虫子好是一番嬉闹。我心忧雪瑞,辗转反侧,难以入睡,脑海里总是浮现出初次见到这个小女孩时那张苍白柔弱的脸孔,心忍不住地变得柔软。

次日中午,我们登机前往仰光,落地时顾老板亲自过来接我。空气中依旧是熟悉的南洋气息,潮湿的风让人浑身发腻,我看见顾老板除了身边的贴身助理阿洪外,另外还聘了四个职业安保公司的彪形大汉在旁,黑衣墨镜,便知道他的心情已经是十分忐忑。我问他,电话里不清不楚的,到底是怎么回事?

顾老板让我先上车,待坐安稳之后,他才与我谈起,说当时李家湖已经找到保人去跟郭佳宾那个二五仔谈判了,那家伙也有些怵,托人说会退一半的资金回来,然后此事作罢。因为此事涉及南洋最大的黑巫僧组织契努卡,老李其实是有些想妥协的心思,只不过看看能不能再谈谈,获取最大的利益。然而雪瑞这小丫头却不肯,硬仗着自己的一身本事,非逼得包庇郭佳宾的那个人,让郭佳宾交出吞没的全部钱财,并且将这个二五仔给交出来,方才罢休。俗话说得好,强龙不压地头蛇,雪瑞自然是一身本事,结果却惹恼了人家,偷摸使了手段,不但将老李给下了降头,而且还设计将追击而去的雪瑞给掳了。

我皱了皱眉头说,雪瑞按理说不是这么死轴的人啊,郭佳宾这种人,先放过,到时候召集人手再抢死便是,何必直接耍狠?

顾老板摇摇头说,陆左,你还记得崔晓萱吗?

我点头,说记得,是雪瑞以前的女保镖,两人关系很好,后来嫁给了郭佳宾这小子,婚礼我都参加了,怎么说起这个?

顾老板叹气,说:"这女娃也是命苦,她嫁给郭佳宾之后便留在了仰光,还怀了娃。结果后来郭佳宾认识了一个叫做钟水月的女人,这女人是个有夫之妇,两人不知道怎么就勾搭在一起了。这是人家自个儿的家务事,本不必言,然而崔晓萱十月怀胎,竟然生下一个三头六臂的鬼胎来,当场就把接生婆给生吃了,而这女娃也疯了。后来我们才晓得,那个叫做钟水月的女人其实就是个降头师,此次事件也多是由她来策划的。雪瑞和晓萱是极好的朋友,这也只是为了给疯了的朋友出气。"

顾老板说着,而我的眉头却越发地皱了起来,感觉目前的情况就如同一团乱麻,叫人如何解开?

车子晃悠一个多小时,在仰光最大的一家医院前停下,我长吸了一口气,对顾老板说道:"好吧,我们先去看看李家湖,至于其他的事情,到时候我们再细谈吧。"

第三章　华人商会

李家湖住的是医院的贵宾间。阿洪在前面带领着，我们来到了医院主楼的第六层，通道有人盯着，门口也有两个黑西服的安保人员执勤，阿洪跟他们交谈几句，门打开了，请我们进去。

这病房是套间，里外两室，还有独立的洗手间。我们进去的时候，看见沙发前李家湖的妻子Coco正在跟一个秃顶半老头儿说话，情绪悲恸，瞧见了我，Coco抛下秃顶半老头儿，一阵香风携着，跑到我面前，紧紧握着我的手，惊慌地说："陆左啊，你终于来了，你可要救救我们家老李啊！还有，雪瑞那孩子失踪了整整一天，这可怎么办？我们都指望着你呢！"

这个香岛的名门贵妇在我的印象中，向来都是高贵典雅，充满了知性美，然而此刻眼袋红肿，头发散乱，脸上黯淡无光，疲倦就像爬山虎，悄悄地攀上了她那张酷似雪瑞的成熟脸孔上来，人都老了好几岁，让人心酸。想来也是，丈夫和女儿，她生命中两个最亲密的人突然就遭了劫难，难怪她会崩溃。

我伸手拍了拍她的肩，好言安慰，说，一切有我，无需担心。

说着话，旁边的秃顶半老头儿也迎了上来，他穿着一身质量考究的灰白色衬衫，领口处一尘不染，面含微笑，显示出了极好的素养。顾老板给我介绍，说："来来来，陆左，给你介绍一下，这是缅甸华人商会的戚长生戚副会长，今天是特地过来看望老李的，你们可以好好亲热亲热。"

我伸出手，与副会长握在一起，不卑不亢地说道："戚会长好，我叫做陆左，是李先生和顾大哥的合作伙伴，也是平日里极好的朋友。这次过来主要是处理最近发生的一些事情，这些估计您比我清楚，而我人生地不熟，又是一头雾水，所以这几天可能还要多多劳烦您才是。"

戚长生与我使劲地握了握手，说："早就听说老李家有一个神通广大的神秘朋友，现如今一见，陆先生还真是年轻有为啊，不错不错。呃，至于相关之事，不必多言，咱们华人在国外本来就弱势，倘若再不抱团起来，相互帮助，相互守望，只怕就要给赶回老家去了。"

他跟我讲起了现在事情的进展："目前我们已经跟军政府在交涉了，希望他们能够尽快交出凶手来，私下里我们也托了比较亲近的师傅过去说情，希望能够将事情用一个双方都能够认可的办法来解决。做生意嘛，以和为贵，即使现在亏损了，日后再赚便是，没必要将性命留在这里，太不值当了。"

他说的是老成之言，应该也是当地华人圈子应对这种危机时所采取的常用公关法子。不过说句实话，就是因为我们中国人惯来表现出这种谦隐忍让的态度，才会让很多白眼狼肆意妄为，将华商当作肥羊，平时没事的时候就让你好生养着，一旦需要，便拿起屠刀来，磨刀霍霍，毫不留情面，也没有顾忌。

我心中虽然对这件事情充满怒火，但也不会如雪瑞一样冲动，当面表达出来，而是对能够前来帮忙的华人商会表示了最诚挚的谢意。

再聊了几句，戚会长瞧出我们这儿有要事，也不久留，说他先回去打点，等到了确切的消息，会立刻通知这边的。

我点头，与他再次握手，顾老板将戚会长送出病房去，我则平静地跟雪瑞的母亲说道："带我去见一下李先生吧，我想先看看他的病情。"Coco连忙点头，将我带到里间的病房。走入里间，我瞧见病床上躺着一个两鬓斑白的男人，双目紧闭，眉眼深凹，一张脸虽然消瘦得不成模样，但是依稀还能够看出是李家湖本人来。此刻的他比痛失爱子的李隆春还要憔悴显老，虽在昏迷，但是喉结和眼珠不停抖动，显然是遭受着极大的痛苦。

我叹息了一声，还没说话呢，Coco便哭泣起来，痛苦地抽噎道："老李当日发现仰光分公司这边的账目不清，而且手续十分混乱，便过来这里查账。他是那么信任郭佳宾那个烂仔啊，没想到那家伙竟然勾结当地人，将财产给转移了。雪瑞听说了便赶过来，跟当地军政府磨了这么久的嘴皮，一直在协商解决，终于查清楚了事情的来龙去脉。谁想到那家伙竟然会下这种狠手，不但将老李给害了，就连雪瑞都给抓去。这挨千刀的啊，老李和雪瑞要是真的有什么问题，我可怎么活啊！"

这贵妇变成了祥林嫂，我也没有办法，她往日倒是颇为镇定，只是这天塌了，人的精气神就没了。

我走到床边，仔细端详着李家湖的脸，感觉其晦暗的脸皮下面，游离着许多负面诡异的东西，手搭在他脖子的大动脉上，那心跳衰弱到了极点，有一搭没一搭，仿佛下一刻就要停歇般；在他的胃袋右侧，盘踞着一团阴寒的气息，如那盘树的老藤，吸血的虫子，正源源不断地摄取李家湖的生命力，并且将他体内的脏器逐渐转化为晶状体。

此为玻璃降，但是与雪瑞当日所中的又有着极大的区别。须知雪瑞中降半年，除了眼睛受损之外，身体机能都还在运转，而李家湖此次中降，却是又急又猛，直接就躺倒在病床之上，药石无力，倘若我来得再晚一些，恐怕他就真的逃不开那肠穿肚破的惨死下场了。

我的手指不断在昏迷中的李家湖旁侧敲击着，闭上眼，用心感受着里面的气息流动。此为苗家巫医的勾连诊脉法，宛若敲鼓，测听风险。那个邪恶气息被如此挑逗，便顺着血气流转，朝着我的手上侵蚀而来。我微微一声冷笑，当下也运起了劲力，与其猛地一相撞，那气息并不能敌，缩了回去。

它倒是退缩了，却是苦了李家湖，昏迷中的他咳起来，浑身颤动，一张口，一大堆凝结成果冻块状的黑血就流到了下巴来，隐隐还有不断扭动的虫子，细长如蜈蚣，看着让人浑身发麻。

我收回手，旁边的雪瑞母亲瞧见了这模样，连忙惊慌地按铃叫护工。一番忙乱，终于收拾完了之后，Coco 小心翼翼地问我，刚才老李到底是怎么回事？我苦笑，说老顾说得没错，这降头术还真的是给雪瑞下降的那个家伙，或者跟他有关的人下的，不过这一次是真的想要人命了，又凶又急，李先生这一次可真的是遭了大劫了。

Coco 表示听不懂这些，直接问我：陆左，老李这回到底有没有救？

我沉吟，不知道怎么回答。Coco 顿时就急了，紧紧抓着我的手，说，陆左，你救过雪瑞，这回一定也能够救我们家老李，对不对？我点头，说问题应该不大，不过现在我担心的事情在于，这东西已经病在脏里了，而且太过于诡异和沉重，我这边强行解除，只怕以李先生的身体状况，未必能够扛得过来，所以我还需要思考一下。咦，虎皮猫大人呢？

我环顾一圈，却见一直跟在我身后的虎皮猫大人不见了，正问着，窗口传来了"扣扣"的声响，一瞧，却是大人在窗外，用鸟喙敲击窗子呢。雪瑞妈妈去开窗，大人飞了进来。我将情况跟它说明，问那股灵降气息一旦扩散爆开，对李家湖定会有很深的影响，只怕解了降头，也会扛不住这阴寒，没几日的活头，怎么办？

大人也不说话，飞到病床上，拿着翅膀搭在李家湖的脖子上，过了好一会儿，大人声音凝重，意味深长地说道："醉翁之意不在酒啊。不过呢，既然要救人，就不用犹豫太多事情。这样吧，小毒物，你让小肥肥来解蛊，至于那灵降意志，便交由大人我来解决吧！"

我深深地吸了一口气，高级病房里面没有药水的味道，只有淡淡的香水味儿，但是我却能够闻到，病床之上，那掩盖不住的腥臭。这里面是汇聚着人类最邪恶的意念化成的古怪长虫，散发着让人作呕的腥臭。

我转过头来，对着露出一脸盼望神情的雪瑞母亲说道："李太太，你出去吧，这里我来应付就好了！"雪瑞母亲露出了紧张的表情，小心翼翼地跟我商量："陆左，我能够在这里看着吗？"我面无表情地回答了两个字："不行！"

"为什么？"Coco 显得很不理解，"我就在身边看看，不会打扰到你的……"

我将她给推出了门外，在关门的那一刻，我轻轻对她说了一句话："太恶心了，我怕你以后会做噩梦，所以一切都交给我吧！"

门关，世界为之一静，我朝着胸口拍去："有请金蚕蛊大人现身！"

第四章　说曹操

肥虫子出场，摇头晃脑，三转过后的它模样显得有些狰狞了，平日里看着肥肥软软，一旦较起劲儿来，金光灿灿，柔和的暗金色氤氲化作千般游丝，无风自动，身子两侧的眼睛原本微微眯着，但倘若是进入战斗戒备状态，便个个睁开，大小不一，射出不同情绪的光芒来，让人看上一眼，满心底里都是那晶莹的眼睛，恍若天神在俯视凡间。

陶晋鸿曾说不要过度使用本命金蚕蛊，因为它很容易摆脱我的控制，六亲不认，化作灾难，故而我也有所忌惮。此间一出，它倒也还是往日那憨皮模样，与我亲昵招呼一会儿，方才恋恋不舍地飞落在李家湖的头上，缓缓爬到了这位可怜的父亲唇边。它肥硕的身躯不断蠕动，奋力地钻进了李家湖的嘴里去。

看着李家湖脸上尽是清亮的黏液，一张嘴被撑成了"O"字形，我心中并没有笑意，而是用绳索将他的四肢给固定住，然后紧张地看了虎皮猫大人一眼。事到临头，大人倒也淡定，挥挥翅膀，说，小毒物你只管施为便是，那东西，有我罩着。

我点头，口吐九字真言，双手结印，从不动明王印、大金刚轮印一直到最后的宝瓶印，统统快速演示一遍，整个空间炁场中，都充满了佛法律理的真空鸣动。

此为何哉？需知下手的乃一名研习降头术的黑巫僧。何谓黑巫僧？这其实是东南亚一种特殊的人群，是印度传来的小乘佛教与当地最盛行的黑巫法相结合，从而掌握信仰和神秘力量的僧侣。他们在佛教的理义中断章取义，获得信仰的力量，又掌握邪恶的秘法，心中自有一套准则，平日里总在深山隐修，或者为了教义四处行走，部分人终生参研，修为极高，最是可怕。要化解这样的气息，须采用同如觉者我佛的方法，徐徐图之。

一套印法结完，空间中隐隐有佛陀诵经之声，这是我的修为已经登堂入室之体现。虎皮猫大人双翅一张，低声喝道："小肥肥，行动吧！"

话音一落，本来安静躺在病床上的李家湖浑身一颤，脸色立刻由蜡黄转为了锅底一般的黑，而脖子之下，则有无数蚯蚓般的血管在蠕动。肥虫子在李家湖体内开始驱赶那些化虫和结晶的降头戾气，这是全面战争的第一步。而我也毫不含糊，拿出一把随身携带的锋利小刀，抓紧李家湖的手掌，在他的十指指尖，全部划上了一个"卍"字形的口子。

一刀划破，有浓黑如墨的汁液从他的指头破口处，一滴一滴地挤出来。与此同时，我还需要不时地关注他的口鼻之处，那些有着积粪老坑气味的污秽之物不断冒出,将他整个儿头都给覆盖住,我需要保持他鼻子和嘴巴的呼吸通畅,必要的时候,甚至不能计较那种极致的污秽,直接动手去抠。

时间一秒一秒地过去,李家湖像是个溺水者,喉咙里不断地发出"嗬嗬"的声响,时而身子弓成了煮熟的虾子状,时而又奋力地左右摇晃,即使将其捆住也无用。不得已,我只有唤出了小妖和朵朵,两个小萝莉帮忙按着,方才勉强好一些。

此时,床头已经充满了秽物,尽是些黏稠的黑色液体和呕吐物,里面还有密密麻麻翻滚的虫子和结成晶状物的小石块。整个房间臭味熏天。就在我准备将这秽物移至卫生间的时候,李家湖浑身突然一震,口中大叫一声,整个人几乎就要坐起来。门外雪瑞母亲在大声地问,我只是不作理会,将手中的脸盘往旁边一甩,冲将上去,双手扶住李家湖的头,运出一股柔和的气息,护住他的脑袋。一股浓黑如墨的气息被那金色光芒给驱出体外,一停顿之后,化作无边森寒,朝着我迎面袭来。

我冷笑,果然是醉翁之意不在酒,而是在于一了前仇。不过我已非吴下阿蒙,不急不慌,双手结一不动明王印,迎上这黑气。

下降者到底是极为厉害之人,单单这一股离体气息,都让人不寒而栗,与我双手接触之后,化作一个面目狰狞的古怪头颅,往上飘飞,朝着我的脑袋咬来。而我心脉深处那曾经的印记,也与之交相呼应,如那南北极磁石,这两者融合一体,朝着我的脑域袭去。一阵铺天盖地的黑暗侵袭,如巨石压顶,我却双手回拍,将浑身的气劲转化为恶魔巫手的力量,与其击挡。

轰然一声,我听到一声惨烈的呼叫,从仿佛很近的遥远之处传入我的耳中。

这一场无声的战斗极为凶险,我瞧见李家湖终于平静下来,知道灵降源头已灭,而他呼吸通畅,显然是在虎皮猫大人的护翼之下,总算熬过了这次劫难。我一屁股坐在旁边的椅子上,大口喘着粗气。须知此役最难的不是清除灵降,而是保住受降者的性命,所幸我做到了。

喘了几口气,虎皮猫大人抖了抖羽毛,围着朵朵转了几圈,然后与我们告别道:"我去看看,到底是哪个狗东西在弄这腌臜事,你们且等,大人我去去便回。"

这肥母鸡朝着窗口飞去,朵朵交待道:"臭屁猫大人,你可要小心呢!"

听得这心窝暖暖的话儿,大人心中一颤,差一点儿撞到墙上去。我站起身来,走到窗口往外望,但见在远处街角,有一个红袍僧人正朝着这边望,见我看去,他故作不经意地将视线移开。我心中冷笑,这些家伙欺生,当中国人是那软柿子,我倘若真软了,岂不是正中他们下怀?都说猛龙不过江,但是兔子逼急还咬人。到了现在,为了雪瑞,我也只有破釜沉舟了。

病床上的解降工作已经进入尾声,为避免太多的解释,我将小妖和朵朵唤回槐木牌中,然后揪着臭烘烘的肥虫子,让它自己去卫生间洗刷几遍。肥虫子不情不愿地离去,我则将早已经敲得震天响的门给开启。

门一开,我发现外面围着一堆人,为首的便是雪瑞妈妈Coco女士,她一脸焦急地问我到底怎么样了,老李没事吧?

她话儿还没有说完,房间里那股排泄物的气味便铺天盖地地袭来,人便给熏昏过去。顾老板在后面指挥护士扶住她,捂着鼻子叫嚷:"陆左,到底怎么回事啊,这病房怎么变成毒气室了?"

我看着自己的双手之上还有虫子爬行的黑色浓浆,再回头,一床的秽物,虫子满地爬,那臭气浓郁得跟高百分比的浓氨间一样,确实是十分恐怖。

我吩咐旁边的医务人员,请给李先生换间病房,洗一个热水澡后安心静养便是。

身处缅甸,类似的事情虽少,但是也都有听闻,钱给足了,那些医务工作者倒也敬业,戴着口罩便进去了。我则去洗了一个手,跟顾老板说:"老李应该没事了,过一会儿我给他们公司的工作人员留一个调养的药方子,休养一两个月便无大碍,走,我们去外面,找个地方聊一聊雪瑞的事情。"

顾老板喜形于色,说:"好,陆左,我说找你来没错吧,手到擒来啊。不过,呃,你去洗个澡吧,不然自己和别人都难受。"

瞧见顾老板一副都要被熏晕的表情,我装作要将手揩在他身上,吓得这家伙敏捷度瞬间超出上限,惊慌地往后躲闪,惹得我哈哈大笑。

我下了飞机就直接赶到了医院,行李箱也在这里,老李换了房间之后,我在他的浴室里匆匆洗过后,来到医院主楼前的花园里。这边有一个专供人吸烟的区域,顾老板坐在那儿等我,见我过来,散我一根烟,我摆摆手,说不用,还是谈谈雪瑞的事情吧。

我们两个坐在石凳上,不远处还有安保人员,蓝色的烟雾迷蒙中,顾老板盯着我看好一会儿,突然叹了一口气,说陆左,多谢你。

我说都是自己人,何需多言?

顾老板摆手说:"真的要感谢,你知道么,陆左,我最开始认识你的时候,就觉得这人日后一定能成大器,没想到我还真的是一言成谶了。"我也感慨地说:"顾哥,当初若不是蒙你看重,说不得我还在江城那个工业园里面卖快餐,这情谊,兄弟我一直记着呢。"

我们两个说了些掏心窝子的话,然后顾老板说雪瑞失踪一事,他们现在是抓瞎了,除了报案之外,只有寄希望于商会协调的结果,没办法,他真的没有这方面的人脉。我问,报案了,官方有什么说法没?顾老板冷笑,能做什么?军政府的那些家伙,一天八小时有五六个小时不在工作,这效率,只怕找到雪瑞的时候,她已经……唉。

我点点头,说,那看来只有靠自己的了。

顾老板说是啊,就指望你了。他话还没说完,从远处来了一个黑西服,朝着我们说道:"老板,有一个叫做吴武伦的政府官员找你们。"我和顾老板诧异地对望一眼,不会这么巧吧,还真的是说曹操,曹操到啊。

第五章　吴武伦的警告

吴武伦一身黑衣,面容严肃,从花园的转角处缓缓走来,身后还跟着两个贴身小弟,有一个看着特别眼熟,好像上次在缅北山林中见过。

跟我们这边的特勤局一样,吴武伦也属于缅甸军政府方专门从事相关工作的人员,不过与我们的不同之处在于,我们是一个法制社会,特勤局诸多事务都会受到牵制,而且为了避免民众恐慌,一般都隐秘低调,而吴武伦他们这儿全民信佛,社会风气如此,而且又经常处于战争和动荡之间,相应的权力也极大。

都是老相识了,双手合十敬礼完毕,我们都坐了下来。我问吴武伦怎么来了,他说这次本来是来看望李先生的,过来才知道我在这儿,都是老朋友了,而且还有并肩作战、生死患难的情谊,自然是要过来一见的。

这家伙的话自然不可信,我看顾老板一脸茫然的样子,知道吴武伦以前是没有露过面的,此时出现,大概也是因为我。我心中明了,却也不点透,与他叙起了旧日情谊。说了没一会儿,吴武伦便有些按捺不住,旁敲侧击地问我此番前来,所为何事。

这是废话,我直接挑明,说我过来就是处理我朋友李家湖被诈骗以及雪瑞失踪一事。吴武伦咳了咳嗓子,告诉我,说这案件今天已经正式转交到了他的手上,虽然是朋友,但是有些话不得不提前打个招呼。

我点头说,但讲无妨。

吴武伦说,我们都是老交情了,你的本事我自然也是清楚的,不过我还是希望你能够在缅甸法律的条框下行事,不要做出太出格的事情来,不然的话,到时候双方都难堪。

我笑了笑,说,武伦你说得倒是直接,按理说这越俎代庖之事,谁也不想做,倘若是之前的诈骗案,你们拖几个月我也不会说,但是我朋友现在失踪了,生死不知,再让我拖几个月,人都变成地下的白骨一堆了,你要我怎么办?

听得我毫不留情面地揭穿他们办事效率低下的伤疤,吴武伦略有些尴尬,又咳了咳,说以前是别人办的,他不了解,现在他接手了,那就不会。说到这里,吴武伦真诚地跟我说:"陆左,我知道我拦不了你,但是一旦有情况,你最好还是及时联络我,要不然我们很难做的。"

我知道在人家的地头办事,确实是要守人家的规矩,官方人物也得罪不得,吴武伦能把话说到这个份上,也多是因为当日在缅北山林萨库朗总部的情谊。我于是点头,与他互留了联系方式。

吴武伦此番前来，仿佛是专门为了向我警告一番，谈完之后便匆匆离去，案情的进展也没有透露几分，这让我十分郁闷。吴武伦离去之后，顾老板愤愤地说，这些黄皮猴子，对我们就耀武扬威，对那些真正的凶手却置若罔闻，根本就不敢管，最让人恶心了。

我接着之前的话题问："现在确定郭佳宾那龟孙子藏在哪儿了吗？"

顾老板点头说："之前雪瑞已经查出来了，郭佳宾和他的那个姘头在出事后，并没有跑远，而是躲在了仰光东郊的一个小村子里。那村子有一家大户，主家叫做果任，是仰光附近最有名的降头师之一，也是契努卡的成员。这个果任就是钟水月那个贱人的授鼎师。"

见我凝神细听，他便接着讲："雪瑞去找过那人两次，结果人家都没有搭理她，到了第三次，雪瑞放了狠话，说如果再不交出钟水月和郭佳宾的话，她就不客气了，不但是那两个狗贼，便是所有包庇者，也不会有好下场。当时雪瑞准是气急了，准备回去找她在缅北的师父来。当时陪她去的代经理连双龙回来跟人说，果任那老头儿当时的脸就黑了，一言不发，他总感觉会有事，结果第二天雪瑞出门之后，就再也没有回来，而老李这边也中了降头，昏迷不醒，直接进了医院。我当时还在清迈，Coco 一个女人，六神无主，就找到我这儿来了。老李跟我是多年的朋友了，他有事，我自然就赶过来了，想来想去，就打了你的电话。"

事情的来龙去脉基本明了，雪瑞在这里其实已做了很多工作，但是在我看来，她实在是太心软，对于这种家伙，太客气了。当然，底层出身的我和从小都是小公主的雪瑞，在处理事情上的看法是不一样的。

第一天来，我两眼都抓黑，现在急也急不来，只有等虎皮猫大人那边的消息，才能定下一步行动。于是我在顾老板的提议下先去宾馆落脚，养精蓄锐。

杂事不谈，与顾老板吃完晚饭之后，杂毛小道的电话就打到了我刚刚买的全球通上来，问我情况怎么样。我把我了解的情况跟他谈起，他叹气，说事情其实并不复杂，只是雪瑞处理事情的方式实在是太小孩子气了。

叹息完，他给了我一个号码，说他特地跟大师兄谈过了，局里面已经通过外交途径，连同港府向缅甸的有关部门施压了，相信那边会给予配合的。这个电话呢，如果有什么困难，也可以打过去寻求支援，反正大师兄已经交待好了。

杂毛小道的话也解开了我心里面的疑惑，敢情吴武伦今天之所以找过来，是大师兄那边给使了力。我不知道这里面到底是怎样的弯弯绕绕，不过缅甸官方能够积极一点的话，我们就不至于那么被动。

我和杂毛小道谈了好一会儿。他告诉我，他在南方市这儿等消息，龙涎水大师兄已经托专人去调查了，报告过几日就出来，至于那些血族，消失无踪影。

时间好无聊，所幸他亲爱的奥黛丽开理他了，两个人勉强能够交流，拉拉小手什么的，只不过这老外怎么不像电影里面的那么开放，怎么弄都弄不到床上去。我听

到这话都内伤了,憋了半天,问他那种电影,确定不是在快播里面看的?

玩笑话说完,我告诉杂毛小道关于洪山大学之事,那六芒星精金项链的主人找回来了,说不定要找我们麻烦。其实这是必然的,血匙是血族圣器,不是六福珠宝店里面万儿八千的金项链。我让杂毛小道追踪一下,其一是为了小婧安全,其二这些人没安什么好心,来意不善,一定会出么蛾子。给杂毛小道找点事情做,总比他终日无聊泡妞要有意义得多。

挂完电话,我见时间还早,又与顾老板去了一趟医院。新病房里,李家湖已经醒了过来,雪瑞母亲正在小心翼翼地给他喂汤。

我们进来后好是一番热闹。我瞧见雪瑞母亲脸色稍好,笑着跟她说,下午叫你不要进来,你偏进,结果晕过去了吧?Coco 红着脸说谁想到老李会搞得这么臭啊。我笑,而李家湖则对我说,陆左,救命之恩不言谢,我李家湖记住了。

我摇摇头,说无妨,你能够挺过来就好。李家湖又问起雪瑞,我告诉他,一切有我,一定会还你一个活蹦乱跳的女儿。这两口子又是一番感谢。我顺便将后续调养的方子给他们说起,其实雪瑞当年也用过,Coco 记忆犹新,倒也不陌生。

刚刚解完降头的人需要静养,我和顾老板告辞。走出了房间,顾老板突然问我:"陆左,雪瑞今年满十八了,你们打算什么时候订婚?"

我一脑子事情,正计较着呢,结果被顾老板这一句话给雷得外焦里嫩,连忙辩驳说没有,我跟雪瑞除了朋友,什么关系都没有的。

顾老板说,拉倒吧,什么都没有,人家小姑娘会抛下美国的学业,跑到你事务所里去打工?

我说,爱信不信吧,我懒得跟你解释。顾老板笑嘻嘻,说,傻子都看得出来雪瑞喜欢你,说实话,依她的条件,你们两个真就是绝配了,老李也很喜欢你,恨不得把你当作女婿了。顾老板不知道发什么神经,一直在我耳边讲。雪瑞此刻生死不明,我连反驳的心思也没有了,于是不理。然而回到宾馆,躺在浴缸里面泡澡的时候,我闭上眼睛,又不由得想起了顾老板的话儿来。我又不是傻子,雪瑞对我的好感自然心里明白,然而我却一直抗拒着不去接受,这是为什么呢?

我脑子乱糟糟的,想了好久,才发现我总感觉自己并不是单身。在家乡的那个小县城里,还有一个美丽的女人、一个温暖的小窝,还有一夜迷梦,在等待着我。我和黄菲的分手实在太突然了,突然到我怀疑这或许是场梦。然而一直放在我钱包深处的那张纸笺,却是那么的真实。

一夜乱梦,虎皮猫大人没有回来,倒是华人商会那边传来了消息。

第六章 我的肚子里有魔鬼

华人商会在缅甸扎根多年，跟当地自然也是盘枝错节的关系，托朋友中转，说说话，通通气，最终还是能够牵上线的。李家在香岛商界是名门望族，除了李老太爷，李家湖的小叔李隆春在金融界也是呼风唤雨的腕儿，这样的人物华人商会自然会多加照拂的，故而办事效率极为迅速。

第二天，戚副会长便遣人过来，说果任那边已经松了口，愿意跟这边先接触接触，讲讲数。何谓讲数？其实这种事情我们在茅晋风水事务所刚刚开张、立招牌的时候，就在锦绣阁茶楼做过一次。也就是邀请一些有名望的业内长辈前来，然后双方开始掰扯，要么讲道理，要么斗本事，文斗武斗皆可，负者服输，在众人的见证下，断然没有反悔的道理。

这本是封建社会时，那些乡绅耆老处理问题的一种手段，沿袭至今，在国内都快没有了，没想到在缅甸这边，居然也还兴这一套。

对方既然提出讲数，自然也是有一定信心的。我沉吟了一会儿，问参加的都有什么人？

那个传话小弟说，我们这边有戚副会长，还有当地几个颇有名望的华侨——反正商会想办法多叫几个有名望的人；至于对方，也会叫一些同样地位的长辈。我点头，说好吧，什么时候？他告诉我，说明日下午五点过一刻。

我一愣，酉时过后，公鸡归巢，太阳即将落山，正是降头术张扬之时，他们倒也是好谋算。不过对方既然划出了道道来，为了雪瑞的安全考虑，我不答应自然是不行的，便让他回话，说行，我们准时到。

传话小弟告诉我明天中午先去商会总部，与戚副会长合计一番，到时候再出发。

等传话小弟离开，顾老板一脸发愁："怎么办，对方让李家这边的话事人过去讲数，老李大病初愈，而 Coco 又做不得主，这可如何是好？"

我想起一人来，说总公司那边不是派了一个李家的人过来么，那就他呗？

我说的那人，是李家湖出事之后，李老太爷派过来的一个高级经理，算是李家湖的堂弟，这人一直在分公司那边处理事务，这两天我也没有见着。顾老板听到这话，嘴巴不由得一撇，说李宇波这个混蛋，他除了玩女人，什么本事都没有，到时候真的动起手脚来，只怕就给吓尿了。

我说先去医院合计一下吧，我们两个在这里说有什么用？

顾老板嘿嘿笑，说，陆左，倘若照我昨天说的，你要真成了老李的女婿，那可就

名正言顺了。

我不理会顾老板的玩笑话,赶到了医院,走进病房的时候,看见里面除了雪瑞母亲和床上躺着的李家湖之外,还有一个穿着白色西装的年轻男子。缅甸这边的气候偏湿热,常见的穿着都是短装,或者一块笼基围住,我难以想象到底是有多骚包的人,才会穿着一身白西装出门。

当雪瑞母亲跟我介绍,说这是分公司暂时派驻的高级经理李宇波时,我终于明白为何顾老板会评价此人极不靠谱。李宇波先生穿白西装、白皮鞋也就罢了,还打着让人鼻子受不了的古龙香水,着实是奇葩一朵。不过他在得知我就是顾老板请来的救兵,而且昨天刚刚给李家湖解了降头之后,言语间便多了几分热情,与我好是一番握手。他细腻而修长的手指滑得跟小姑娘一样,摇几下,我后背立即一身的鸡皮疙瘩。

寒暄几句,我走到床头来查看李家湖的病情。恢复得不错,肥虫子基本已经将他身体里的毒素或吞噬或驱除,而那灵降也被我和虎皮猫大人合力降服击溃;只可惜那降头之害来得太猛,他的身体机能受损严重,乐观点估计,只怕一年都难以好转过来。

华人商会那边也遣人来通知过了,他们三人刚才还在商谈此事呢,我们这会儿又谈及,没说两句,那李宇波便气势汹汹地埋怨道:"还谈什么谈?我来的时候,老太爷已经托人找过港首了,到时候让缅甸政府来制裁这些人。我还就不信了,区区一个小村长,泥腿子一个,我们还会怕他?"

李宇波说的这话,让我感觉还真的是遇到了猪队友,即使李家在香岛商界有一定的话语权,但是他根本就不明白,这两个地方离得远着呢。

李宇波的天真让我和顾老板一阵苦笑,而Coco却是黑起了脸,说,老八,你说等官方,那雪瑞怎么办?

"咳咳,雪瑞啊,这个嘛……"李宇波低声说道:"雪瑞这孩子顽皮,说不定是到哪里去游玩,没有告诉家里面呢,我们可能完全就担多了心,过几天她就回来了。"

李宇波的话说得病床上的李家湖和旁边的Coco脸都黑了起来,李家湖为人稳重,并不说话,然而Coco却直接顶了过去:"老八,老爷子还健在,你能够收敛起你的那些小心思来吗?"香岛豪门恩怨,风云诡变,不过都是私底下的事情,被自家堂嫂直接指出,李宇波脸上立刻挂不住了,好是一阵辩驳。

这般吵闹,我看李家湖眼皮子不住翻动,显然是困倦之极,当下上前一步,直接说道:"别吵了,都听我说!"

所谓"养移体,居移气",经历过太多的生死交锋,我一旦严肃起来,自然有一种威势,这可以理解为淡淡的杀气。如此说来或许太玄,但当我的精气神一往外释放,被我主要锁定的李宇波浑身就是一阵哆嗦,脚一软,差点就要跌倒在地。

我只是想保持安静,并不想刺激周围,一放即收,然后环视左右,平静地说道:"这样吧,对方既然要求李家人到场,李先生病倒在床需要休养,那么李宇波先生,

041

你就代表李家去一趟吧。放心,到那儿之后,一切都由我来应付,你只要摆个台子就好了。"

李宇波刚才说得轻松,但是在缅甸待了这么些天,所见的、所闻的也并不少,自然知道其中厉害,于是发了虚,推说公司诸事繁忙,怎么说都不肯去。

我自然是知道他的打算,走上前,拍了一下他的背,他吓一跳,问我这是干吗?

我笑了,说你有没有感觉到一股阴寒的凉气,顺着自己的脊梁骨,一直蔓延到心肺处,浑身直想打哆嗦?李宇波像被踩到尾巴的猫,惊恐地跳开,大声尖叫道:"你到底对我做了什么?"我微微笑,说你知道的,我略微懂一点巫医之法,刚才帮你诊断了一下,发现你体内有异,好心提醒一下你。李宇波阴着脸说,竟敢给我下降头?我耸了耸肩,不承认。他沉默了好一会儿,点头说好,明天下午是吧,我准时到。

说完这话,他匆匆离开。顾老板望着这白色的背影,不由得蔑然说道:"自己家人的事,还要让别人来逼他就范,这也太草包了吧?"我摇头苦笑,而病床上的李家湖则虚弱地问道:"陆左,你不会给他真的下了蛊吧?"

我看着旁边隐没了身形的朵朵,哈哈一笑,说我才没时间浪费在这家伙身上呢,刚才就是朝他吹了一口气。房内几人哈哈笑。

李宇波是惜命之人,我们也不必担心他会临时出状况,谈了一下明天讲数的讲究,李家湖授权我处理,一切皆由我来做主,那李宇波只是一张门面而已。我向他保证,说只要雪瑞在那儿,我一定会将她给带回来的。

Coco 跟我说着话,不由得就泪流满面了,拉着我的手说,陆左,钱不钱的都没关系,重要的是别让雪瑞受欺负了啊。我点头答应。

离开医院之后,我在顾老板安排的翻译程思齐陪同下,去了一趟附近的精神病院,探望雪瑞以前的女保镖崔晓萱。

来之前我就打听过了,崔晓萱疯了之后,被郭佳宾直接送到了这家精神病院里来接受治疗。在交了一年的费用之后,郭佳宾便很少来看望她,公然跟钟水月过上了姘居的生活。在经过一番折腾后,我终于在会见室里见到了崔晓萱。这个当初英姿飒爽的漂亮女保镖此刻完全憔悴了,脸色蜡黄,嘴唇苍白,眼神游离不定。

我想起当日那个因为雪瑞和我大声争吵的女孩子,又想起她婚礼上那甜蜜温馨的笑容,再看看此时她畏首畏尾、将自己的心灵小心翼翼地包裹进自己世界的恐惧模样,我不由得叹息了一声。

女孩子嫁人,还真的是一件慎重的事情,倘若嫁了个人渣,这辈子就完全毁了。

医务人员和程翻译关门离开之后,我叹了一口气,轻轻问这个将整个身子都缩在椅子上的可怜女人:"崔晓萱,你还记得我吗?"

崔晓萱听得我的话,缓缓抬起头来,凝望我,那浑浊的眼神里没有一点儿神采,几秒钟之后,她突然大叫了一声,疯狂地笑道:"啊,哈哈,我的肚子里有魔鬼,我的肚子里有一个小魔鬼啊……"

第七章　夙敌

崔晓萱突然癫狂地大嚷大叫起来,她奋力地挥舞着手臂,朝自己的肚子猛烈敲打。周围有精神病人的朋友或许能够知晓,这人一旦发起癫狂来,气力是极大的,便是一个小孩,或者弱女子,都有不输于壮汉的爆发力。如果用来自残,瞧她这虚弱的身板,估计还真的扛不住几下子。

医生并没有走远,一听到动静就推门而入,两三个人将她给紧紧压住。崔晓萱表现出了很强烈的攻击性,奋力挣扎。有医生立刻拿出了镇定剂的针管来,准备给她注射。我拦住了,口中快速念了一遍"金刚萨埵降魔咒",手中还结着内狮子印,朝着正在疯狂叫嚷的崔晓萱头上猛地一印,口吐真言,曰:"洽!"

我将手印在了崔晓萱的额头上,闭上眼睛,万物之灵力任我接洽,意念传导间,她也安静了下来,随着我的呼吸而呼吸,禅念游动,整个人的身子都放松了几分。我睁开眼睛,对程翻译说,给我们一些时间,我来处理。女翻译立刻转告了旁边的两个医生。缅甸乃佛之国,我刚才的那一手充满禅意,他们也感受到了其中的力量,于是尊敬地双手合十,表示同意之后离开。

送走了这些人,我回过头来瞧崔晓萱,她轻轻地闭上双眼,鼻翼微动,安静得像是一个婴孩。我这一招是从藏地跟那些喇嘛学来的,乃当头棒喝之法。然而让人遗憾的是,这崔晓萱并没有因此惊醒过来,显然她的魂魄病离太久,已然呼唤不回来,唯有慢慢调养。不过此时的她,已经处于类似于深度催眠的状态,我倒是可以问一些问题。

想到这里,我深吸了一口气,开始盘问起心中的疑惑来。

事情大概的经过,其实我已经从顾老板等人的话语中,拼凑了一个大概,但是从当事人口中说出来,却又是另一番味道。

迷迷糊糊中,崔晓萱告诉我,她是在孩子满五个月的时候认识的钟水月,郭佳宾告诉她这女人是他的表姐,专门从桂林过来照顾她的。钟水月来了之后,总是给她熬难吃的药汤喝,还让她对着一个十分难看的黑色恶鬼雕像进行冥想。在她快八个月的时候,钟水月甚至带她去一个很远的地方,做人体彩绘,就是在凸起的肚皮上面画出丑陋之极的恶鬼油像。她不愿意,钟水月便让郭佳宾来劝,说这是一个能够赐予孩子幸福吉祥的宗教仪式。崔晓萱人在异乡,又没有什么依靠,迫不得已,只有听从。崔晓萱谈到自己生产的那一天,语气显得格外地瘆人:"我生产的前几天晚上,一直在做梦,感觉天地都是黑的,总有一个东西在看着我,没有模样;在临盆的头天夜里,我做梦,有三个脑袋的一妖怪来找我,这三个头,一个笑,一个哭,一个怒,它们转啊转,转啊转,就钻到了我的肚子里面来。"她做了一个猛然撞击的动作,然后回忆道:"第二天是预产期。哈哈,你知道么,我生得很顺利,别人说的分娩那种痛苦我完全没有,就感觉肚子里那一坨肉,一使劲儿就出来了。结果你知道么,我睁开眼睛来的时候,产房里面已经死了三个人,那小畜生趴在一个护士的头上正啃着呢,那女人半张脸全部烂了,它看我望过来,突然就朝我笑。它就是个怪物你知道吗?"崔晓萱有些语无伦次了:"它脑袋上面有三张脸,全都糊在一起,就是眼睛特别亮,手也多,哈哈哈,它出来就会说话,嘴巴里面一边啃肉,一边叫妈妈。天啊!啊!"

悲惨往事的回演,让崔晓萱再次陷入了疯狂,她放肆地尖叫着,双手不断地抓住自己的脑袋,使劲儿地撕扯头发,歇斯底里。一个人不能在同一天接受两次棒喝,我没有办法了,只有上前去将她给紧紧抱住,向她输入平和的气劲,舒缓紧张的心情,不让她自残。

门外守候的众人再次拥入,将崔晓萱给死死压住。她的力气大得惊人,倘若不是我在,只怕这几个大男人都拿不住她。我按了几次,发现反抗过于激烈,当下准备提神运气,这时崔晓萱突然停了下来,僵直不动,扭过头来冲我们笑。这笑容僵冷得厉害,我看见她的眼神,寒得像一块冰。

沉默了几秒钟,只见她冷冷地笑道:"苍天已死,黑天当立,吾为圣母,管辖天地!"这话一说完,她的头一歪,昏迷过去,旁边一个打完镇定剂的医生朝我嚷了几声,程翻译告诉我,说我给医院的工作带来了太多的麻烦,他们让我离开这里。并且如果能够找到病人家属的话,请转告他不要关机,要是到时候不能交纳相关费用,他们就要将病人给转交出去了。

我僵直地坐在椅子上,没有理会任何人,脑海里不断回响着崔晓萱刚才说的那句话:"苍天已死,黑天当立,吾为圣母,管辖天地!"我心中一直在吐槽,这话不是抄袭人黄巾军的谶言么,能创新一点不?然而那一瞬间,我却是被崔晓萱冰冷的眼神给吓到了。其实这么说来很可笑,我陆左出道三年多,见过凶险无数,生死好多回,怎么会被一个疯子给吓到呢?但我也说不出什么理由来,当时的心就是一惊,感觉到一种前所未有的威胁和恐惧。

我坐了好久,直到程翻译反复地催了几遍,我才醒过神来,跟着她离开。

回酒店的时候,我心中差不多已经有了计较:此次前来缅甸,救雪瑞自然是第一紧要,但是郭佳宾和钟水月炮制出来的那东西,我也一定要消灭掉,无他,直觉告诉我,不共戴天。

我回酒店后,饭都没吃,倒头便睡,感觉浑身都冷,一觉醒来,已经后半夜。我躺在床上,一身的冷汗,听到窗子有动静,我打开灯,是虎皮猫大人回来了。屋子里小妖在对月吞食光华,朵朵则依在我不远处打坐,大人要耍流氓来抱朵朵,结果给甩到了床上,翻了几个身,肚皮颤动,将小妖和朵朵逗得直乐。

玩闹了一阵,虎皮猫大人开启了正经模式,仔细打量了一下我,说,小毒物,怎么感觉你人不对劲啊,有点中邪的感觉。我点头,将下午去精神病院探望崔晓萱的情况,说与它知晓。听得这些经过之后,虎皮猫大人沉默了好一会儿之后,长叹说,多事之秋,它们竟然纷纷前来。

我惊讶莫名,问"它们"到底是谁?

虎皮猫大人抖了抖脖子上面的露珠,沉思了好一会儿之后,抬头问我,还记得我们在大其力北部深山里,曾经遇见过的阿耐刚亭勒吗?

我点头,说就是小黑天,那个萨库朗从血池之中召唤出来的女人。

虎皮猫大人点头,说:"你说的那东西上一次出现在这个世界上时叫做魔罗,最早出现于印度教的典籍里,曾经是悉达多成佛过程中最大的敌人。它们来自于我们身处之地外,不同的世界。你听着可能有些玄啊。这么跟你说吧,你知道人死之后都会前往幽府,但是在到达那里之前,会经过一个地方,那个地方古人把它叫做'房子',西方人把它叫做'十字路口',而佛教则将它称为'六道轮回',不管是什么,都能够通往它们所处的世界,那里到处都是火山、地震、悲伤、分离,以及宇宙的黑暗深渊。深渊盛产强者,但深渊没有一丁点美好的东西,里面的存在都是恶魔,而现在,它们不甘享受漫无边际的苦难,准备将血腥、杀戮和绝望,带到这里来!"

虎皮猫大人说得郑重,望着我的眼睛,缓缓说道:"小毒物,告诉我,你会将它们给全部驱赶回去吗?"我说当然,这还要说?虎皮猫大人脸色依旧郑重地说道:"小毒物,摸着你的心,再说一遍!"我被它严肃的声音吓到了,照着念了一遍,它方才满意,然后开始说起它追踪之后的收获。

原来昨日它跟着那红袍僧人离开之后,一路向东,到了离仰光足有两小时车程的一个山村中,瞧见了一个骨瘦如柴的老和尚,因为感觉到对方的强大,所以只是远远地瞧上一眼。不过它能够确定,这个家伙,应该就是几年前给雪瑞下降,又将印记标注在我身上的那个行脚僧人,马来西亚瓜拉丁加奴婆恩寺的黑巫僧达图。

当听到虎皮猫大人这番话时,我不由得吸了一口凉气。

第八章　小村坦达

听到这么多麻烦之人扎堆，我的心中便有些郁闷。虎皮猫大人安慰我："你不必太过介怀，说实话，你刚刚出道三年，就已经拥有了不弱于他们的实力，有小肥肥在，何必怕他们？到时候你可要把敦寨苗蛊的名头给立起来，不要给洛十八那家伙丢脸啊！"

这家伙的安慰反倒像是给我刺激一般，搞得我心头压力山大。

次日早晨，我前往李家位于仰光的分公司。仰光市内缺少高层建筑，分公司单独占了一栋五层大楼，产业倒也不小。在工作人员的带领下，我直接来到总经理办公室，敲敲门，过了好一会儿，才有一个面容姣好、脸色潮红的女人过来开门。

我闻闻空气中还有一丝苦栗子和洗衣粉混杂的怪味，朝着坐在老板桌后面的李宇波笑道："你倒挺有空闲，堂哥躺在医院里九死一生，堂侄女失踪，生死不知，你还躲在办公室里搞女人？"

李宇波没有了昨天的气愤，端着桌子上面的红酒杯喝了一口，微微一品，用一种很恶心的语气缓缓说道："82年的正宗拉菲，在这个鬼地方还真的少见，要不要来一杯？"我耸耸肩，直接坐到他桌子前面的大靠椅上，问他准备好了没有，什么时候走？

李宇波故作不知地问，走什么走？没见我在公司这么忙，我可没有时间跑那个乡下的鬼地方去玩儿。

我的脸色当时就沉了下来，盯着他的眼睛，平淡地说："你确定？"

李宇波被我瞧得毛骨悚然，却依然嘴硬："别唬我了，我昨天回来，越想越不对劲，你小子在诈我吧，反正我现在身体好得很。"我看着办公室为了偷情而拉得昏暗的窗帘，轻轻敲了敲胸前的槐木牌，看到朵朵隐匿身形飘到了李宇波身后，露出了灿烂的笑容，认真说道："有没有病，你自己不能肯定，医生说了才算，对……不对？"

我说得缓慢，而这个时候朵朵已经开始朝着李宇波吹气了，一股严寒的气息蔓延到了他的全身上下，这家伙浑身僵直，汗毛竖立，霍地站起来，恐惧地朝我问道："你到底对我做了什么？"

我躺在舒服的靠椅上，往后仰了仰头，说："小子，说句难听的话，你的性命有人或许会很珍惜，但是在我这里，一文不值。我这次来呢，对手是仰光最顶级的降头师和黑巫僧，而不是像你这种纨绔子弟，所以我没有闲情逸致再跟你玩什么花样。你要么乖乖跟我合作，救出你的侄女，或者是你遗产继承的有力竞争者；要么我转身离开,你则受那万虫吞噬而死。给你一分钟,你自己选择吧!"

我说过,世人都很惜命。李宇波尤其如此,几乎没有几秒钟的时间,在朵朵鼓着腮帮子一阵猛吹之后,他毫不犹豫地选择了妥协,说了好多冠冕堂皇服软的话。我本来还想跟他好好相处,然而见到他这般谄媚的模样,知道这种人就是欠抽,更是瞧不起他,于是便当作手下一般,带着他前往华人商会的总部。

到了地头,发现这是一个富有东方气息的大型会馆,门前开了一排商铺都有中文招牌,周围来往的多是些气宇轩昂的男男女女,跟当地人的体型面容有着很明显的区别,显然都是中国人,而这一片区域,俨然就是一个小型的唐人街。

与我同行的除了李宇波,还有分公司新提拔的经理连双龙,以及顾老板派过来帮忙的安全助理阿洪,还有这两天一直跟着我的程翻译。

来之前我们有过联络,下了车,会馆门口已经有人在接引。走过两进院子,那人将我们带到了一间会客厅落座。稍微等了几分钟,我们听到门口有谈话声,刚刚站起来,就见戚副会长带着好几个气度不凡的男人走了进来。

这些人有的正值盛年,有的也颇有些年岁,头发斑白了,他们都是在仰光颇有些名望的华人华侨,也是商会的主要成员,能够抽空前来,颇为不易。戚副会长与我们几人一一介绍,好是一阵寒暄。李宇波到底是出自名门,在这种场合还是能够收敛性子,待人接物都十分妥帖,当下也是相谈甚欢。各自坐定之后,戚副会长跟我们谈起此次讲数的流程,逐一确定之后,他停顿了一会儿,跟我们商量,说此次前去,最重要的就是先把雪瑞接回来,确保安全之后,再作他图。

听到这话,我们都点头,而李宇波却有些愤愤不平,说这怎么成,难道我们家的那些钱就这样打水漂了?他说的这话颇不合时宜,然而他却不自知,一副义愤填膺的模样,旁人皆尴尬。

我则咳了咳,沉稳地恭声说道:"戚会长说得极是,只要人没事,一切休提。"我瞪了李宇波一眼,他这才闭上了嘴。旁边的连双龙跟各位隆重介绍:"陆左先生是李家湖先生的朋友,也是特地请来的高人。来的时候李先生特意交待,此次讲数的一切计较,都由陆先生来主持。"

确定主次地位之后,再次交流起来就顺畅许多,进展很快。看看时间,差不多到点了,我问何时可以出发?戚副会长问了旁边一个年轻人几句话,那人摇了摇头,他便告诉我说要再等等。我下意识地问等谁;戚副会长说等一位大人物,有他镇场子,谅那些人也不敢使什么龌龊手段。听他说得神秘,我不由来了好奇心,说这还真的要请教了,敢问是何方神圣?戚副会长说等的这人,是会长的老朋友,本来住在清迈,不过这几天正好路过仰光,就央求来看看了。这人自己倒不厉害,主要是认识许多高僧名流。他也不知道那人具体叫什么,就听会长称呼为"言老先生"。

等到下午三点多钟,那个言老先生来了,看着年岁并不算大,也就六十多岁的样子,穿着一身灰衫,精神矍铄,道骨仙风,有一把漂亮的斑白胡须,像是古董店里的大掌柜；为人也客气，跟我们寒暄，当我们表示感谢的时候，他摆了摆手说，我言午就是个糟老头子，帮不上什么忙，也就凑个人头，看看热闹而已。

车子早已等待多时，言老先生来了之后，我们便出发了。一路朝东，越过一个个街口，看着那些热带植物在路边肆意生长，那些富有异域风情的建筑和人物朝着身后移去，瞧见好多佛塔和寺庙，以及穿着红色僧袍的僧尼。这些景色看腻了，我便不再关注，而是跟身边的阿洪聊起天来。

阿洪是万岁军松骨峰英雄连出身的退伍军人，现年三十五岁，性子跟牺牲在怒江的刘明差不多，骨子里都有一种军人的气质和情怀。阿洪家是苏北农村的，退役之后在县里待了两年，然后出来闯世界。不过跟传奇小说里不同的是，他并没有闯出什么名堂，反而因为在军队熔炉里面磨练出来的耿直性子，处处碰壁。最穷的时候跟我一样，除了一张嘴要吃饭，什么都没有。后来碰巧，救了顾老板一回，结果就做了保镖。

跟他聊起往昔的峥嵘岁月，倒使得我忘记了旁边还有一个浑身喷香的娘娘腔。

这一路往东，我们终于在快五点钟的时候，到达了那个叫做坦达的小村子。这村子背靠青山，前面一条蜿蜒清亮的小河，田野里尽是金黄的稻子，倒与我的家乡大敦子镇有几分相似。

传统的讲数，一般都是在茶楼或者宗族祠堂，这里与附近镇子离得远，当地人又不像中国人那般信仰祖宗，于是便直接在对方家中进行。所幸的是这家在此处是大户，富有缅甸风格的大屋，里里外外好多间。

村口有人接引，华人商会找的中人也在，领着我们进了村子里最大的一户人家，来到一间木结构的茅草大厅中。里面已经有了七八人，年纪也长，当地人模样，我们这边的人跟他们聊天招呼，显然是认识的。

我打量四周，发现这个人的家里占地颇广，别说藏两个人，便是藏一个排的军队都足够。一路走来，我发现这房梁屋角的布置都有蹊跷，红线、籼米以及红砖垒砌的小庙，都显示出主人家的身份；再观炁场，阴寒浓郁，显然是常常接触阴灵之所。我深深地吸了一口长气。这个地方果然不凡，还真的有一点龙潭虎穴的样子啊。

堂上座位一左一右，左为主人，右为来宾。我们坐定之后，我瞧了一下手表，正好是五时过一刻，正想问主人何在，便听到一声清脆的磬声响起，接着有脚步声从后面传来。我抬头，只见一行穿着当地服饰的人正朝着堂中走来。

第九章　以退为进，釜底抽薪

在这一行人中，为首的是一个五十来岁的黑瘦男人，颧骨有些高，两腮刮得铁青，嘴唇乌紫，紧紧闭着，看起来显得有些刻薄；而他露出来的两条胳膊上面，纹得有两条交缠的青蛇，狰狞触目，栩栩如生，周边还有许多古怪的符文，我看着有些熟悉，似乎在哪儿见过一般。

那人带着几个男女走进来后，双手合十，给场中的人致敬，然后冷冷地瞧了我们一眼，一甩头，大马金刀地坐到了左边的竹编椅子上。

我们这边，只有我和李宇波有椅子坐，那么相应的，对面也只有两个位置，除了那个黑瘦中年男人之外，还有一个三十来岁、留着胡须的青年。

落座之后，场中有一个主持人，胡须花白，开始为双方作介绍。对面的那个黑瘦男人便是此行的主要人物，也是这套宅院的主人，降头师果任，而他旁边那个看上去有些老实的青年，则是果任的侄子歹菲（音译，或是戴菲，不详）。

我特意扫量了一下，并没有看到那个行脚僧人达图的影子，不由得朝外面的窗口看去，但见虎皮猫大人贼眉鼠眼地挂在不远处的树枝上，朝我眨眼睛。

所谓讲数，自然是要说一说这事情的经过，于是在给双方做完介绍之后，主持人让提议方开始呈诉。我们这边安排的，是刚刚提拔上来顶替郭佳宾职位的分公司经理连双龙。他是在缅甸土生土长的华人，语言和沟通自然不是问题，在向众人合手为礼后，他便从我的身后走到场中来，轻轻咳了咳嗓子，开始讲述。从钟水月的出现说起，讲到了公司账目变得混乱，讲到钟水月如何勾引郭佳宾，如何一步一步将郭佳宾的新婚妻子弄成疯癫，将其孕育的孩子变成怪物并掳走，并且如何谋算公司财产，运用移花接木的手段，转移公司的流动资金，又火烧库房，再接着就是在被识破之后逃遁，又找人谋害了主家，并且掳走了雪瑞。这一切的一切，作为事件部分当事人的连双龙讲得情真意切，内容翔实，听得在座的我方各位见证者莫不咬紧了牙根，直感叹这对狗男女，做法实在是太过分了。

在整个讲述过程中，我都在观察那位据说是极为有名的降头师，果任法师。我发现他听到连双龙的讲述，并没有表现出情绪波动，而是眯着眼睛，昏昏沉沉，仿佛是睡过去一般，表现出了十分的漠不关心状。看到这情况，我心中有些奇怪，要知道这所谓的讲数，除了比拼实力之外，主要的还是讲理。正所谓"有理走遍天下，无理寸步难行"，倘若果任将这整件事情都给断然应承下来，只怕在座的诸位都会看不下去。

而事实上，就连果任请来的这些老者，也都不断摇头，纷纷朝着左边主座看来，眼神里充满了疑虑。

而就是在这样的注视下，果任法师坦然自若地坐着，仿佛一尊佛像。倒是他旁边的侄子歹菲有些愤然不平，含怒之色溢于言表，嘴巴里面不停地念叨着什么，几次还都想站起来，却被这老法师给伸手拦住，不得发作。歹菲显然对他的这个伯伯十分敬畏，那手势刚刚一抬起，他就心虚了，坐了回去。

我瞧着果任这般淡定，心中不由得一阵又一阵的疑虑，这到底是什么节奏？要知道当初华人商会请的调解中人传回来的消息，说这次讲数可是由他们发起的，而我们这边的发言也是证据确凿，在道德上面占据了制高点，倘若他们坐视不管的话，根本就不用费什么心思，对方直接就理亏了，打都打不起来。而倘若对方硬是蛮着来的话，吴武伦这些人自然不是吃素的，到时候该打击还是得打击。不过对方真的会这么蠢，直接将自己的把柄送到我们的手上吗？

连双龙讲述完事情的前因后果之后，指着坐在椅子上面打盹的果任厉声说道："今天我们之所以找过来，便是因为那个叫做钟水月的女人，她的授鼎师便是我们面前这位'德高望重'的果任法师。她那所有恐怖的害人手段，都是果任法师授予的。而事发之后，郭佳宾和钟水月又躲入了您的庄园里，我们老板的女儿雪瑞几次找您，请求您看在公平和正义的份上，交出这两个人来，然而您这样一个有着尊崇地位的人，竟然不问是非，直接将雪瑞给掳走，还给我老板李家湖下了降头，倘若不是我们请来了解降之人，只怕现在我们老板一家人，早就分东离西、阴阳两隔了。"连双龙说得悲愤，眼眶通红，泪水都憋出了好几行，湿嗒嗒地划过脸面，颇为感伤。

场中大部分人都被连双龙的讲述给打动了，特别是华人商会这边请来的见证者，这些人都是在异国他乡打拼成长起来的，经历过类似的欺诈和痛苦，更能够理解这种感受；而钟水月对付崔晓萱的手段则让所有人都不由得动容，要知道类似这样的行为，即使是在降头术横行的东南亚，都是十分恐怖的。婴儿是人类延续的基本保障，一个文明社会，对于婴儿的珍惜程度是极高的，在东南亚，即使有很多降头师鼓捣死人、虫子和阴灵，但是少有人对婴儿下手，更何况是处心积虑地对付一名孕妇？飞头降虽然在降头术中是最厉害的招数，然而实际上也常常被人唾弃，只有那邪恶至极的激进教徒，才会练那玩意儿。之所以会如此，是因为飞头降在第四个阶段往后，就要去吸食孕妇肚中未成形的胚胎。这样灭绝人性的行为多了，自然会引起各方高人的关注，追寻而来，一招弄死。

这时候所有的人，都瞧向了被连双龙手指死死指着的果任法师，都想听一听这位法师的解释。

这一下是要揭牌的时刻了。我瞥了一眼旁边的李宇波，只见这个身穿白色西服的花花公子满脸的汗珠，一双手紧紧抓着扶手，显然是紧张到了极点。

在所有人的注视下，果任法师缓缓地睁开眼皮，双手虚按着椅子的扶手，打量了一下周遭的目光。这些目光中有疑惑，有质问，有愤怒，也有坚定不移的支持。果任法师沉默了几秒钟，然后平静地说道："的确，我承认钟水月确实是我的弟子，她从十一岁的时候就跟着我了，这大部分的本事，也都是我教的。"

果任法师的这一句话，惹起了轩然大波，好多人都按捺不住心中的愤怒直接站了起来，围到了前面，大声嚷嚷。面对着群情激愤的场面，他摇头一笑，沉声说了一句话："先听我说！"这句话他用上了自个儿的修行手段，一言既出，便来回在空间中震动。我听得翻译，心中暗叫不好，这个家伙如此说话，定然是早就计算妥当了，然而他到底想要怎么解围呢？在安静下来的气氛中，果任法师突然将坐在旁边的那个黑脸青年给拉了起来，朝着众人介绍道："有的人可能知道，有的人可能不知道，我这里再跟大家讲一下，歹菲除了是我的侄子之外，他还是钟水月的丈夫！"

什么？这个从出现就一直表现得暴躁不安的黑脸青年，居然是钟水月的合法丈夫？这也太不合常理了，倘若这个黑脸青年歹菲真的是钟水月的丈夫，又是果任法师的侄子的话，那果任法师怎么可能会派自己的侄媳妇去勾引郭佳宾那厮呢？对于性观念，缅甸这种国度其实还是趋向于保守的，头上有这么一顶绿帽子，作为一个男人，只怕要给嘲笑半辈子。

等等，我突然想明白了一件事情，啊，果任法师之所以敢直言不讳地说起自己与钟水月的师徒关系，不就是因为这一层关系吗？果任法师再怎么下作，也不会派自己的侄媳妇去勾引一个无名小卒啊？换言之，他们也是受害者！

想到这一节，我浑身冰凉，感觉中了这个家伙的诡计。他一直隐瞒着这关系，所为的，就是今天的这致命一击啊！

第十章　先文后武

果任法师的话，让刚才群情激奋的旁观者偃旗息鼓了，难以置信地瞧着面前这两个男人，交头接耳。而一直被自己伯父给阻拦着的歹菲也终于站了起来，似乎在大声说着什么，义愤填膺。

我看向了程翻译，她小声给我讲起，原来这歹菲从小就很喜欢拜入果任法师门墙里面的钟水月，屡次央求自己的伯父说媒，为此果任也撮合了好几次，于是钟水月一成年，两人就结婚了，还有了孩子。不过钟水月这个人性格比较开朗，而歹菲是一个地质勘探师，总是在城里面忙碌自己的事业，得了闲就爱钓鱼，也不怎么管那妇人。他这次应政府邀约前往克钦邦地区去勘探玉矿，一去两年，没承想妻子竟然"红杏出墙"了。

歹菲的叙述愤然不平，脖子上面的青筋不断鼓起，朝着我们大声地叫嚷着："太过分了，那贱人被你们的人给勾引，自己的孩子都不要，这也就算了，你们还好意思几次三番地找上门来闹事。前几次我们也就忍了，毕竟你们也蒙受了损失，这次居然还诬陷我伯父谋害了你们的老板、又绑架一个小女孩，诸位评评理，世间哪有这样的道理，是不是太过分了？"

尽管隔了一层翻译，然而我却能够从他的这表达中，体会到最深沉的疼痛来。这是一种极度的悲哀，自己的爱人不但给自己戴了绿帽子，而且还直接跟人跑了，消失无影踪。歹菲将绿帽男的悲哀表现得淋漓尽致，真假莫测，即使以我的阅历，也瞧不出来，倘若是假的，只怕这人真的是奥斯卡影帝级别了。

不过我知道，对方绝对不可能无辜，因为虎皮猫大人亲眼见证，给李家湖下降头的那行脚僧人达图，就在这个庄子里，达图和果任法师认识，那么所有的一切，特别是雪瑞的被掳和李家湖的中降，果任要是不知道，我想我都可以直接跳进村口那条河里面去了。回想起事情经过，我不由得感叹：老辣，真的是太老辣了！

"是啊是啊，人家都悲惨成这副模样了，他们还要苦苦相逼，实在是太过分了……"

"要真的如此，只怕误会人家了！"

听得这两个人的表述，旁观者中便有人立即倒戈，摇头叹气，看我们的目光中，也多了几分质疑。便是戚副会长这边，好几个人都不由得皱起了眉头，不过那个言老先生却是出奇的气定神闲。

面对着这么多人的质疑，连双龙不由得有些慌了，不假思索地质疑道："你说是你老婆，就是你老婆啊？口说无凭，你拿什么来证明？"他这话正好配合了对方的表演，歹菲直接从怀里掏出一本证件来，摔在了连双龙的身上。这本子掉落在地，连双龙弯腰捡起来，仔细一看，脸色大变。我不知道缅甸的结婚证长什么样，瞧着这怪怪的模样，以及连双龙那见鬼的表情，也知道这东西确凿无疑。

连双龙脸上的肌肉不断抽动，而歹菲则凄惨地冷笑着："我们在这一带地面也是有名望的家族，犯得着为了你们那点小钱，将自己老婆都给献出来吗？你们还好意思找我要人？我不找你们要人，已经是极为克制了，你们还有脸？"

这般颠倒黑白，连双龙瞠目结舌，语无伦次，而旁边的诸人也都议论纷纷，似乎已经听信了果任伯侄两人的解释。瞧着这几乎失控的场面，我叹了一口气，站起身子来："双龙，你先退下吧，我来。"听得我的吩咐，连双龙如释重负地松了一口气，一边退回，一边喃喃自语："明明都是你们在捣鬼，还装什么清纯？"

我双手抱拳，朝着场中拱手，高声唱喏道："在下陆左，来自中国苗疆，此番专门为了解决这件事情而来，见过各位，见过果任法师！"我说的是中文，然而在场的大部分却都听得懂。程翻译在旁边给我翻译，果任法师伸手打断了她，眯着眼睛盯了我好几秒钟，才用一种沙哑而怪异腔调的中文缓缓说道："年轻人，我看你年纪轻轻，眼睛炯炯有神，是个不错的孩子；然而这修行不易，你还是需要修养一些气度，凡事不要收了人钱财，就强出头，倘若是让自己莫名陨落了，那可真的不是什么好事。呵呵，年纪大了，心也软了，最看不得英杰才俊遭受委屈，这便多唠叨了几句，莫见怪啊！"

他这一番爱才兼威胁的话语，让我不由得哂然一笑，扫视一番周围的这些人，平静说道："果任法师，并不是说我非要趟这摊浑水。我这次下南洋，所为的只是雪瑞，如果她没有事，我立刻调头就走！"

"好情谊。不过既然如此，你更不应该找我了，像这种失踪的事情，你应该去报警，让军政府来帮你出头，而不是来骚扰我们这种平民百姓。"果任法师一点儿也不为所动，面不改色地撒谎。

我面前这位是个滑不溜手的老油条。我将心神沉下来，不慌不忙地说道："果任法师，或许你不是很清楚，我也没有跟你提起，这雪瑞呢，她有一个师父，名字叫做蛊丽妹，不知道你可知晓？"

果任法师的眉毛一掀，说："我可不认识什么妹不妹的，也不知道你想说什么，年轻人，你想唬我吗？"

他不知晓，堂下却有人惊讶说道："啊，这事情还涉及白河苗蛊神女的后辈？"

听得这句话，我下意识地扭头看去，却见之前淡定无比的言吉先生脸上，露出了惊讶之色，似乎晓得些什么。白河苗蛊神女？这个名号，说的是那个泡在虫池中的绝色女人吗？我的心中还在诧异，果任法师的眉毛却是又一阵耸动，他眯着眼睛说道："好大的名头，还真的有些唬人呢。这位老先生，未曾请教高姓大名？"

言先生摆摆手，摇头说："我就是一山野村夫，临时过来凑数的。不过小法师，作为一个年长者呢，我给你一个忠告，那就是倘若那个叫做雪瑞的小女孩在你手上的话，那就把她交出来吧，大家面子上都好看，和解也容易。你也许并不知道，自己到底惹到了什么人。"

果任法师浑然不理，微微一笑，说："你个老家伙，倒是好谋算，你和这个疤脸小子这般一唱一和，不就是想诓骗于我吗？然而我什么都没有做，正如你们中国人所说，'不做亏心事，不怕鬼敲门'，我心里面坦荡荡，也没有什么好说的。"

他抬起头来，沉声宣布道："陆左，还有你，李宇波，既然大家都召集了乡绅名望之辈前来，摆场讲数，所有的事由都掰烂了、揉碎了，讲了个清清楚楚，你们是受害者，我们也是，老天公平，并没有厚此薄彼。不过我这里提前讲明，此次讲数都是因为你们的纠缠，我们才不得不劳烦在座诸位名望之士前来勘查。既是如此，那么我们虽然不要求你们进行精神损失的赔偿，但是你们还需要出一笔车马费，犒劳众人，如此可好？倘若你们同意这个数额，那么就万事皆休了！"瞧见果任法师这般说法，又摆出一个让人诧异的数额，言老先生摇了摇头，叹了声"自作孽不可活"，然后隐入了人群中。

这番讲理，不但没有讨到个说法，将雪瑞给救出来，反而被这家伙一番羞辱，临了，居然还敢叫我们赔钱，这可真的是滑天下之大稽。我回头瞧了一眼，发现我方之人，脸上皆露出了愤慨的神色。我心中愤怒，却不露于脸上，而是淡淡地说道："倘若我们不罢休呢？"

"不罢休？"果任法师双目如电，猛然瞪了我一眼，磨着牙，阴森森地说道："倘若不愿，我这大门，也不是说进就进，说出就出的！"果任法师脸色肃然，整个人轻轻一抖，立刻有一大团黑雾弥漫开来，肆意张扬。这黑雾乃灵阁之气，如鬼魂一般，非修行者不可见，常人只感觉整个空间突然一阴，而我眼里这家伙则是"魔焰滔天"。

不过瞧见他露出这番模样，我不怒反喜。因为斗心眼，讲诡计，我还真的不是这种活了一大把岁数的老家伙的对手，但若是斗本事，我还真不惧。当下摆明车马，我也是哂然一笑，说："大家都是明白人。果任法师，你既然说出这般话，那我们便斗上一斗，倘若你赢了，我们调头便走，该咋赔咋赔。但倘若是我赢了，一天之内，不管你用什么办法，我要见到活蹦乱跳的雪瑞！"

果任瞧见我战意盎然，却不接战，左耳朵微微一动，旁边蹿出一条大汉，怒吼道："想与我师父较量，先让我姚谦书试试你的本事！"

第十一章 泰纹瞬破，法师斗法

这汉子与一般缅甸当地人不同，他身高足有一米八，显得鹤立鸡群；赤裸着上身，硬生生露出了一身精美绝伦的文身来。

我瞧这文身，上面有佛像，有符文，小腹间还盘踞着一头吊睛斑白恶虎，那蝎子、蛇、蜘蛛、蜈蚣和蟾蜍等五毒，更是环绕其间。我越看越熟悉，猛地想起来，也是上一次茶楼讲数，吴萃君从泰国清迈契迪龙寺请来了一位名字叫做巴剃的白巫僧人，身上也有相差不离的青黛色文身，瞧这手法和画技，倒是有几分神似。

此为泰纹，起初的文身图案只有佛像和佛经，据说是 13 世纪时由高棉（即柬埔寨）传入泰国的。16 世纪欧洲人到达泰国的时候，文身已在当地流行起来。人们相信文身能够带来勇气和毅力，以及达到改善运势、广增善缘、护佑健康等非凡作用。到了后来，文身图案渐渐增多，逐渐扩展到神灵、符咒及一些动物和神兽，每种图案都代表不同的含义，它开始发展成为一种专门的符刺文化。刺符师需要经过"龙波"或"阿赞"这种高僧的祷告验证，方能执业。

我当日便见过巴剃将一身的符刺文身炼制成鬼降之物，心随意动，竟然能够驱使身上的刺符文身下来，直接作用于实体，取人性命。瞧见这个壮汉从斜侧里冲出来，比梁山好汉九纹龙还要拉风的刺符文身之上，隐隐散发着一股氤氲的光华，我便知道这人应该跟巴剃修行的方向差不多，都是走的文身唤灵的路子。这人应该是华裔，说的是类似于白话的中文，几乎没有一刻停留，便抡直拳头，朝着我砸来。

我心中郁闷，还没有跟正主撞上，便被他的"脑残粉"给缠住了；对手明明就是一个华人，却偏偏做了人家的狗腿。当下我左脚后撤，气沉丹田，将劲气全部凝结于腰胯之间，见这人没头没脑地直冲我的面前，我一不犹豫，二不闪避，将拳头绷得挺直，朝着这人的拳头砸去。

硬碰硬，刚对刚，针锋相对！

这人是个壮汉，捏紧的拳头几乎有我的一个半大，然而我根本就不怵，迎击上前。只听到"咔嚓"一声，那人哀号着往后退。我寸步不让，收回拳头来，瞧着这个叫做姚谦书的壮汉脸色憋得铁青，显然是在刚才的一击中伤到了筋骨。不过他也是一个硬汉子，这十指连心的痛苦说忍就忍了。踉跄后退两步，双手一展，如那白鹤亮翅，浑身上下密密麻麻的刺青陡然间就活了过来，如同显示屏一般闪动着。接着并不出乎我意料的事情发生了，他那一股由刺符文身组成的气息，开始疯狂地攀升着。

我感觉这个家伙应该是被我强硬的对抗能力给吓到了，只见他回过身之后，并没有着急攻击，而是后退两步，大叫了一声："好汉子！"这一声大吼仿佛是一句咒诀，他的脸变得有些陌生，冷若冰霜的表情让他看起来更像是一个机器人。他的眼睛中闪现出了红芒，身上那些青黛色的刺符文身光芒流转，开始往他的体内灌注。想必他平日里不断对自己身上的刺符文身进行祈祷祝愿，积蓄愿力，而此刻，他对于这刺符文身的所有修行，都开始反哺至自己的身体中来。

吼——

姚谦书像野兽一样狂吼一声，堂中围观的人纷纷往后退开。伴随着吼声，姚谦书浑身肌肉绷起，再次朝着我冲来。此人攻击颇为狠厉，而且手肘和膝盖用得有些频繁，显然是学过些泰拳套路。我不急不慢地应付着他暴风骤雨般的攻击，不断后退，将他引到人少的地方。瞧见他这打得虎虎生风的直拳勾拳，我在退避了大约一分钟后，突然加速，将劲力灌足于右腿之上，迅猛而果断地拼力朝前一踹。

这一脚，穿过所有的虚招，直接踢在了姚谦书的肚子上，他整个人停滞几秒钟，然后往地上滚了两圈之后才勉强翻爬了起来，一口黑红色的血块就喷了出来。

我收回脚，刚想说两句场面话，结束这小辈的挑衅，突然感觉左耳一阵"呼"的风响，下意识地往左边一偏，一股阴森寒冷的气息绕在了我的身后。当下我随意往后一抓，恶魔巫手也下意识地启动了一下，立即听到一声惨烈的虎吼，回头一看，却是从对方腹中文身所化鬼降。我对这类降头之物素来不喜，刚才那一下鬼降虽然有人没有什么感觉，但是对于我来说，却是一种极大的挑衅。当时右手使劲一掐，将那鬼东西给死死掐住，不得动弹。抓紧之后，我拿到前面来瞧了一眼，还真的是一头灵性猛虎，文身愿力所化。我心中默默念了一句超度咒诀，然后直接嘲笑道："想试我的斤两，却忘记了自己的屁股不干净，跟我还有这天差与地别。我可不想跟你们来车轮战大循环，要上，一起抓紧时间，不必这般扭捏纠缠。"

我也是心中恼恨，当下劲气吞吐，一阵激烈的颤动过后，那东西消失于我的手中。离我四五米远的姚谦书则滚倒在地，嘴里有大口大口的鲜血吐了出来，浑身青黛之色似乎浅薄了几分。

看到徒弟的志气被我瞬间破去，果任也变得黑雾缭绕起来，浑身"魔焰"，嘶吼一声，直接朝着我冲了过来。我正在想办法震慑敌人，下下狠手，便见果任法师如同一道离弦之箭，倏然朝着我连出四拳，风声呼呼，凌厉之极。我下意识地反应，避开锋芒。

身具降头奇术的果任法师，速度十分迅疾，在几秒钟的时间里，与我交手十来个回合，那双手捏合如毒蛇吐信，一会儿在我的喉咙间，一会儿晃到腋窝处，一会儿飘到了胯间，在这短暂的时间里，攻击如同暴风骤雨。

说实话，果任还真的是无愧于"仰光附近最杰出的降头师之一"这称号，别的不说，光这瞬间的爆发力和格斗水准，就着实让人侧目。不过所谓降头师，擅长的东西并不是打打杀杀的手段，在与我形成了胶着状态之后，果任突然间人就闪到了东北角,这处几乎没有什么人,站在这个位置,他身子半蹲着,犹如蟾蜍蹲坐,眯着眼睛瞧我,说:"果然是从中国请来的年轻高手,真是好本事,竟然能够做到这般地步。只可惜,太年轻了,肝火旺盛,害了自己的性命。"

他身子轻微一动,手中立刻多了一串古铜色的铃铛来,轻轻一晃,我便感觉双脚像是黏到了地上一般,动弹不得。

不过这只是一种炁场变化的瞬间感觉,一秒钟过后,我开始感觉到身下的土地变得绵软,宛若泥潭,有无限的吸力从里面传出来。我低头一看,只见木地板上裂开了一个大口子,从那口子处有密密麻麻蠕动的斑斓腹虫涌现,拇指大,朝着我的双脚攀爬上来。很快这些虫子就将我大半条腿给包裹住,尖锐的口器开始撕咬我的肌肤。

蛊术迷幻吗?我一声冷笑,这本事旁人会怕,我哪里能够被这玩意儿迷惑?当下一跺双腿,口吐真言,内狮子印结在胸口,朝着果任法师断然印去:"一切奸邪,破!"

第十二章　战！仰光地区顶尖降头师

轰，我心中嘶吼着，然而这实际上是悄无声息。世界在印法结出、前推之后，廓然一清。所有的一切，都变得真实而清晰。我瞧见堂下安坐之人不多了，大部分人都惶然退到了角落或者门口处；李宇波这小子吓得连连后退，倘若不是阿洪扶着，只怕就要瘫倒在地了。我还看见那条浑身刺符文青的大汉被人搀扶下去，而与我拼斗的果任法师则在离我四米的地方，手中持着一坨生长在银盘中的血肉，正对着我。我眯着眼睛一看，方才知道自己刚才所有的感触和体验，都来自于他手中这物件。

这东西盛在一块刻满繁复符纹的银色圆盘中，整块肉足有手掌大，扁长块状，呈现出了粉嫩的红色以及清亮的黏液，不停蠕动，许多丝状触角紧紧黏着银盘。最让人不寒而栗的是那肉块的中间，有一颗黑白两色的圆珠子，我怎么看，都像是人的眼球。不知道怎么回事，我对这种眼珠子极度排斥，恨不得立刻冲上去，将这东西给扔在地上，踏上一万脚，碾个粉碎。不过，我还是压制住这种近乎生物本能的冲动，努力地调节着自己的呼吸，试图让自己处于最佳的状态。

果任法师瞧见我在极短时间就清醒过来，手中银盘一收，凝重地瞧着我，缓缓说道："不错啊，能够在我的精神冲击下，瞬间回复清醒。小伙子，你的意志可真的是坚定啊。"

我踏前一步，看着被拖出去的壮汉姚谦书，冷冷说道："怎么，这么说我现在有资格说刚才那句话咯？还有谁觉得我没有资格的，站出来，我不介意出手再重几分！"

果任法师摇摇手，平静说道："不用了，我的弟子里面，还没有能够与你比肩的人，所以你的实力已经得到肯定了。不过年轻人，你确定要跟我赌？"

我点头，说这是自然。

果任法师又说，你新来，可能没有人提醒你，我可是整个仰光地区最厉害的术法师之一，便是那大金塔里，比我厉害的也没有几个。

我点头，说："你厉害，自然有人说与我知晓了。不过失踪的雪瑞，与我有非同寻常的友谊。我这次来，答应过她的父母，我必须找到她，要不然，我绝对不会善罢甘休的。"

他沉默了一会儿，也点头，说好，来签生死状吧。

早已有人备下此物，而且为了照顾我们的身份，这文书还是双语版，缅文版和中文版都有，我草草浏览一遍，签下大名。然后勾动肥虫子，摩挲了一下，才将笔递给了果任。生死状签署完毕，双方退回安全位置，然后由主持人大声公示生死状内容。

我听不太懂，便眯着眼睛打量果任法师。这个外貌偏老、实力正值盛年的降头师脸上有着一双毒蛇般的三角眼，这使他变得十分的猥琐和凶恶。我仔细回忆了刚才与他短暂的交锋，感觉他不但拳脚功夫十分了得，而且下降的手段也层出不穷，幻术厉害，手中那银盘眼球也诡异得紧。等等，那眼球血淋淋的，仿佛是刚刚掏出来的一般，难道是？

我想到一个可能，心中不由得诧异，难道郭佳宾与钟水月已经能够完全地控制住崔晓萱生下来的那个怪物魔罗，并且将这魔物的眼睛掏出了一颗，用来给自己师父上贡，寻求庇护吗？

想到这个可能，我似乎对事情的前因后果有了一些把握。这时又是一声清脆的磬响，回音阵阵，果任已经化作一道黑影，朝着我冲来。

这是一位成名已久的南洋降头师，此人的战斗风格根本就不像是一个玩神秘术的降头师，而如同邻国凶猛狠戾的泰拳高手，指戳、肘击、高踢腿、头槌……一连串的攻击行云流水，如瀑布连绵。不过这种强度的格斗，对于我来说并不陌生，当下也是空着双手，与他过招。

再次交手，我发现此人在明处是运用修为拳脚相加，暗则不断地将指甲处蕴含的粉末朝我弹射，行走的步伐诡异变换，一直试图通过空间移位，将我的气场变得紊乱，继而再次施行降头之术。

若以接敌为前提，降头师分为两种：一种是终日在巫像前祈祷，将自己的一身念力淬炼，然后通过谋算、排列和毒性牵连，不露面而杀人，这种类型的降头师最多；还有少部分就是实打实地战斗，他们通常有着一身厉害格斗技、召唤技以及体术，能够在与敌人纠缠的过程中对其下降，达到高效、轻松以及迅猛的目的。果任法师属于后者，乃实战型的降头师。

激烈的战斗一直在持续，几乎每一秒钟都有凶险。有时我占上风，有时又被追得处处逃遁，而我们的战场也不再局限于堂内，当我被一脚蹬飞，破壁而出之后，我们两个都跃到了草庐堂前的平地上来。这里是果任法师授徒的道场，修葺平整，周围有石锁若干，是用来打熬气力的器具。我将这百斤石锁轻松挑起，与果任玩起了"扔枕头"游戏，将他这院子里好是一通砸，墙裂屋塌，惨烈不堪。漫天的石锁飞舞，吓得来参与讲数的几个老头子紧紧捂着胸口，显然心脏是有些受不了了。

不过说句实话，也正是因为这些围观者在，这众目睽睽之下，我和果任法师都有所忌讳，没敢使出真正的本事，导致战况一直僵持。场中缕缕黑烟，那是果任法师下降未遂的药粉在作用，四周都是浓浓的腥臭。战况持续了近十分钟，这样高强度的战斗使得我们两个都是汗出如浆，白色的蒸汽从我们的头顶冒出。在经历无数次失败之后，果任法师一声大吼，从怀中掏出一粒腥臭的药丸，吞服进肚子中去，整个脸孔开始变得格外狰狞起来。

我感觉到了他身上的无边黑气，也感觉到了这药丸里面散发出的激进的死亡气息，猜测此人应该是准备给自己下降，激发潜力了。而这种力量勾连黑暗，正是我擅长克制的，于是哈哈一笑，怀中震镜一掏，一声大吼："无量天尊！"

人妻镜灵在我刻意的压制下早就憋得一身法力，当下蓝光一耀，果任法师给我定在了当场，脸上的肌肉都停滞不动，我一个前冲，手抡得滚圆，照着那右脸一个大嘴巴子就扇了上去——啪！

我这一巴掌扇得用力，一声脆响过后，果任腾空而起，重重砸在院墙上。我径直冲了过去，好是一阵拳打脚踢，将这个即将进入忘我魔境的降头师给噼里啪啦，捶打得毫无反抗之力。

我打得正欢，突然感觉砸到了一块软肉，却见这个家伙居然将刚才那块用银盘盛着的恶心肉块抵在了我的拳头之上，那眼球破碎，蓝色的脓汁飞溅，糊了我一手，一股阴寒之力蔓延到了我的全身。

他笑了，脸色扭曲，嘴里都是血，却异常开心："小伙子，身手不错，不过你到底还是太年轻了，大意！你有没有感到浑身僵直，好像被恶魔给盯上了？"

我一抖身子，那股阴寒彻底的冰冷立即被我下丹田升腾而起的力量给包裹住，然后被缓缓推动至我的双手，逼行到了恶魔巫手之上来，缓慢磨砺。

果任法师扭曲而狰狞地笑，我也笑，惬意非常："是吗？那你有没有感觉到自己的小腹绞痛，大肠、小肠和十二指肠都绞如乱麻，怎么理也理不清，感觉整个身子都不是自己的，而属于痛苦之神呢？"我说着话，打了一个响指，刚才签订生死状时下在签字笔上面的蛊毒立刻发作，肥虫子疯狂地驱动着。果任法师闻言，脸色一变，立即感觉自己被痛苦的潮水淹没，起初强忍了几秒钟，豆大的汗珠几乎在瞬间出现于他的脸上，接着大浪奔来，他便跪倒在地，浑身直抽搐，口吐白沫，陷入了无边痛苦的修罗地狱中。

果任法师倒地不起，我平静地看着周边围上来的人群，拍了拍手，说道："游戏结束，Game Over！"

第十三章　明暗两条线

　　说实话，拥有着本命金蚕蛊和法器震镜在身，这种程度的拼斗我并不是很担心。因为南洋降头术与苗疆蛊术，师出同源，一个爹两个崽，只不过一个是兼容并蓄，一个则是更纯粹的蛊毒研究。降头师防止蛊毒的手段虽有，但是并不像道家那般敏感，也没有专门的法器和理论系统来克制，在我刚才并没有表明身份的情况下，果任法师中招，就一点也不稀罕了。

　　看着地上痛苦不堪的果任，我很想揪起他的脖子，盘问雪瑞的下落，然而旁边毕竟还有这么多见证人，倘若我直接施展暴力手段，只怕雪瑞还没有找到，吴武伦那些官方人员就已经找上门来了。故而在主持人宣布结束之后，没有再继续对果任法师展开攻击，而是看着歹菲等人冲上前来对他救治。

　　我此刻也被异样的目光包围着，许多人直接露出了难以置信的吃惊模样，他们断然不会想到久负盛名、名闻仰光的降头师果任，竟然被一个乳臭未干的小子给毫无争议地击败倒地，而且还被人反过来下了降头。在那一刻，几乎所有人看向我的目光，都充满了恐惧。

　　力量给予人权力，也给予人尊敬。当我缓步走回草庐大厅之中时，人群不由自主地让出一条道路来。我方人员眼神炽热，不断地小声交流着；而果任这一方则面色尴尬，不能平静。安坐在椅子上，我轻轻打了一个响指，闹腾不休的肥虫子安静下来，饱受折磨的果任法师也终于松了一口气，用手抹了一把额头的汗水，湿漉漉的一层。果任法师不甘地开了口："你是怎么做到的？"

　　什么？我不明白他到底在问我如何下蛊，还是对那魔物诅咒免疫。见我不明白，果任法师再次问道："你到底是怎么做到的，你竟然没有被恶魔诅咒到？"

　　面对着这个家伙喷火一般的纠结表情，我笑了笑，并不打算告诉这位对手我的底细，说道："刚才我们已经讲定，我俩比斗，倘若我输了，你开的一切条件我都接受，而我们则自行离去，不做纠缠；不过若是你输了，就交出雪瑞来。那么现在，请吧！"

　　果任法师此刻像被抽掉了脊梁骨的土狗，瘫软在椅子上，却仍有抵抗心理："我有答应过你这条件吗？"

　　我眉毛一掀，的确，开打之前，因为那个壮汉姚谦书的介入，他的确是没有开口同意，不过我并不怕他耍无赖，于是冷冷地笑着提醒道："看来你是打算当着这么多人的面反悔了？那么也罢，如果你真的喜欢刚才那种感受的话，我们立刻离开，也无妨！"

回想起刚才的痛苦,果任法师不由得又是一脸的冷汗,他痛苦地捏着拳头,脸色灰白地辩驳道:"你们的那个雪瑞失踪,与我并无半点关系,你要我将她交出来,这根本就是强人所难,让我怎么去执行呢?"他这番表现让人由不得不相信,然而我却根本不管。说:"既然如此,那我们离开吧,此次比斗,双方都是签了生死状的,一切后果自行负责,到时候出了岔子,你们可不要来找我。"

我站起身来,吩咐左右,然后走到戚副会长面前,拱手为礼,说,此次有劳华人商会的诸位前辈了,不过事情既然这样,我们便回去吧。戚长生笑容满面地摇摇手,说无需客气,自家人,彼此相帮也是应有的。自古英雄出少年,陆左你这一身本事,倒是给我们华人长脸了。旁边几人也都称赞不已,便是阅历颇广的言老先生也抚颌称赞说,陆左,好本事,让人刮目相看啊。我再次拱手为礼,表示感谢。

准备离开之时,果任法师叫住了我,一脸沮丧地说道:"雪瑞失踪之事我确实是一点儿也不知情。不过我在这边经营多年,很多朋友都能给些面子,倘若我要打听,应该能够得知消息的,这样吧,给我三天时间,到时候我给你回复。"

我转过身来,盯着他,知道在刚才的时间里,他已经检查过身体,并且知晓自己没有能力驱除我的手段,方才会如此好说话,不过我并不打算给他拖延的机会,而是郑重地下了最后通牒:"一天之内,我要见到完好无损的雪瑞。另外,我要搜查你的宅子,以确定你话语中的真伪。不然,我们一拍两散!"

瞧见我这咄咄逼人的态度,歹菲不由得气愤地大声质问道:"太过分了,你们怎么可以这么逼迫我们?我们本来就够倒霉了,你们还步步紧逼,到底想怎么样?"

我有些同情地看着这位绿帽男。他不但被自己的妻子欺骗,便是他的伯父,以及周遭这些人,都在欺骗着他,然而他却一点也不自知,反而在这里强出头,着实可悲可怜。果然,感受到了我话语里面的强硬,果任法师在沉默了数分钟之后,语气沙哑地同意了我的要求。

当下我也不客气,与阿洪分了两组,在这大宅子里搜索起来。

有虎皮猫大人在空中坐镇,我并不怕里间有人在我视线范围之外离去,哪怕是有密道暗室,我相信我也能够找寻出来。然而出乎意料,一个小时的仔细搜索后,我并没有找到任何一个目标人物,郭佳宾、钟水月、雪瑞,乃至之前虎皮猫大人确定无疑的那个行脚僧人,都消失无影踪。在整个过程中,果任都表现出了极为配合的态度,哪怕是我搜查他静坐修行的房间,以及配制降头之物的地方,他都没有阻拦,一副天生的无辜模样。

他的这番表现也赢得了许多人的同情,便是李宇波也犹豫了,凑到我的耳朵边来,小声商量道:"呃,陆左,你看你是不是做得太过分了?人家既然都已经服软了,那就不要这样紧紧相逼呗,他们都是仰光有头有脸的大人物,我们毕竟还要在这里做生意呢,和气生财最重要!"

尽管有人相劝,我还是将整个大宅子搜索了一整遍方才罢休。我们是下午五点的时候过来讲数的,在此差不多折腾了两个多小时,等到离开村子的时候已经快8点。

天色已晚,夜幕初升,坐在舒适的商务车里面,随着这道路左右摇晃,阿洪瞧见我眉头不展,便劝慰我,说:"陆左,你也别太担心了,那些人是地头蛇,白道黑道的关系熟络得很,消息也灵通,今天你既然逼迫得他们答应明天便找到人,那么他们一定会拼了死力,玩儿命地去找寻雪瑞,我相信这事情应该不会有差池。你今天连战两场,也是累得厉害,还是休息一会儿吧。"

旁边的李宇波也用羡慕的眼神看着我,接口说,是啊,是啊,陆左你今天实在是太厉害了,果任那个家伙牛皮吹破天,据说是仰光这一带顶尖的法师,却三拳两脚之下,就给你弄趴下了。实在是太厉害了。

自上车起,我一言不发,任由两人说话,等车驶出小村庄的时候,我突然说道:"阿洪,事情有蹊跷,路过那片树林的时候我便下车,你们不要停,装作我在车上的样子,并且见到顾老板之后,告诉他,倘若我明天没有回来,让他打电话给我的朋友,将情况讲明。李宇波,一会你请此次前来的华人商会诸位前辈吃饭,倘若有人问起我,便说我今天比斗太过劳累,先回宾馆歇息了,改天再登门拜访。我说的话,你们可都记住了?"

听闻我的这话儿,车内的人都大吃一惊,问为何这么急?我也不解释,只是让他们照做,并且叫司机落在车队尾处,在路过前面一个转弯的时候,我将车门推开,车速不减,人便朝着路边的田里跳了出去。从车上跳下来,我朝前又跑了几步,瞧见一行车列朝着黑暗的远处离开之后,毅然转身,身子贴着山林中的黑影,快步朝那座小村子,潜返回去。

第十四章 契努卡的危机

随着夜色潜入坦达，一路上我身形宛若鬼魅，每经过一个地方，都会小心打量，防止被人发现。所幸天色已晚，家家户户炊烟升起，辛劳一天的村民守在屋子里，开始享受起了并不富余的晚餐来，倒也没人有闲情张望。此番前来，所为的是雪瑞的安危，我也不敢托大，把注意力放在随时有可能发生的状况上，打起了十二分的精神。

一路潜行，速度并不算快，好久才从山林边缘摸到果任所住的大宅院。瞧着那两人高的墙垣，以及上面红线勾连、木牌错落的布置，我知道此处并不好闯，稍有差池，我便有暴露的危险。要知道，此时所有人都已经离去，这个黑黢黢的大宅子，便成了龙潭虎穴，我自得小心。

围着院子绕了一个圈，我来到了东南角的一处凹口停下，抬头张望了一番，这时墙头上出现了一道黑影，压低着声音问："你是猴子请来的救兵吗？"碰到这种又爱表演又爱胡闹的家伙，我也很无奈，抬头望着虎皮猫大人肥硕的身影，低声问道："我走了之后，到底是什么个情况？"这肥母鸡翅膀一扇，飞了下来，告诉我，我们离开之后，宅子里立刻跑出一个黑影，往村东而去。而就在刚才，那人引着一个光头老和尚回来，果任去迎接了，两人刚刚躲入修行静养的屋子里去了，似乎在密谋什么，你赶巧了，快去。

听得虎皮猫大人的话，我心中一阵激动，将隐匿气息的遁世环开启，顺着这处已经被大人破解了阵法的墙体，攀爬上去。院墙颇高，不过对于此刻的我来说并不是什么问题。双手微微弯曲，形如龙爪，劲气从小腹往着肩头提去，人便轻了数分，很轻巧地翻上了墙头，一个跃身，跳入了院子里。

果任这老宅子面积颇大，里里外外加起来有三十多间房子，占去整个村子的一小半。这里面居住着的，都是果任法师的家族成员以及诸位弟子。我之前已经对这个地方进行了详细的探查，自然知道修行室在哪里。

修行需要安静，所以果任法师自己参详静养之处，离其他建筑也远，周边有一个小花园，小径门口有两个没有露过面的弟子在把守着，我从侧面越过竹篱笆，悄然潜到旁边。因为知道房间里有果任以及达图两位极高明的人物，风吹草动皆入耳中，所以我更是小心翼翼，十来米的距离，足足用了差不多5分钟。

终于，在虎皮猫大人的指引下，我来到一扇有灯光的窗前停下，小心地蜷缩着身子，窝在黑暗中，将耳朵附在墙壁上，所有的精力都集中在了耳膜之上，仔细倾听。也是极为幸运，两人谈话的地方离我所在的位置并不算远，一个陌生而苍老的声音传到了我的耳朵里来，我听了几句，顿时无语。这尼玛说的是啥话啊，我怎么一个字都听不懂？

我顿时感到一阵无力。正郁闷间，胸口的槐木牌冒出了微微的白色光华，小妖出现在了我的旁边。小妞儿眉目曼妙，红唇似火，咬着我的耳朵轻轻说道："我能听懂他们说的话，不过你要答应我一件事情，我才帮你翻译。"

我感觉耳朵痒痒，下意识地缩了一下脑袋，压低声音问她什么事。

小妖咬着粉嫩的嘴唇，媚眼如丝，轻轻说道："你答应便是，他们在谈很重要的事情哦！"

听得她的诱惑，我虽然知道这是不平等条约，但也没办法，只得听从。我这边一点头，小妖便在我的耳边开始同声翻译起来："……他这蛊毒并不可怕，从清迈到曼谷、四色菊，会解的人遍地都是，你无需害怕。按理说，只要你与他保持距离，他的咒怨便传不到你身上；即使当着面，你有我这佛牌护翼，也不怕他半分。我已经叫我徒弟回去招人了，不出三天，我们找的解降师便能够前来，到时候你身上的蛊毒自然解了，何必怕他？"

"那小子看着年纪不大，但是修为却十分高深，而且也是一个降头师，真不知道那个小公司去哪里找来的这么一个高手。说实话，今天和他交手之后，我感觉如果没有恶魔之眼，我都没有信心一个人对上他，而他明天就要来找我交出那个上好的鼎炉了，达图上师，你是举世的贤者，你来说说，这可怎么办？"

大概是听出了果任语气里面的一丝慌张，达图说道："这个人呢，虽然与我素未谋面，但是算起来我们还是打过几次交道的。他成长迅速啊，当年我随便标记的小人物，现如今竟然能够在正面拼斗中，击败于你，可叹可叹！"

果任不满地反驳："倘若不是那小子手中古怪的铜镜子，我哪里能够这么快就落败？虽然掌握的时间不长，但是只要让我将那魔罗之魂附在体内，十个那样的小子，也要给我生生撕碎！"

"也许吧。魔罗的力量，确实能够让人疯狂，只可惜我此番前来，却没有能够一见，实在是让人遗憾啊。"行脚僧达图轻轻叹气，问道："那两个贱人现在还是没有消息传来吗？"

果任说："是。最近一次，是听在大其力的差猜传来的消息，说他们曾经出现在湄公河，去了泰国湄赛，据说准备前往清迈，不过后来便再也没有消息了。"

"务必要抓紧，魔罗的力量一定要掌握在自己的手中，要不然以现在动荡的局势，只怕我们契努卡很快就要被萨库朗给吞并，消亡殆尽了！"

行脚僧说得十分慎重，倒是让果任疑惑了。他问道："达图上师，现在到底发生了什么事情，萨库朗的善藏、麦神猜等人不是已经死掉了吗？他们的老巢都给缅甸军政府梳子篦头一样地扫过了一遍，还有什么好担心的呢？"

听到果任法师这疑问，达图沉默了将近半分钟之后，说道："有件事情你可能不知道,那就是消失了半个世纪之久的萨库朗二号人物许先生,前些日子又出现了,他整合了萨库朗隐藏起来的所有力量,正在密谋着将我们契努卡的主要骨干给一网打尽呢。你也许不知晓当年的火拼大战,但是我告诉你,这一次,一定会比上次还要恐怖,血流成河。"

"许先生,就是那个来自中国的恶魔许应智?"果任一声惊呼,而达图也显得有些惊讶,说:"哎,常人知晓的都只是姓氏,你居然还知道他的名字?大半个世纪了,能够知道他名字之人,实在是少之又少。"

果任尴尬地笑,说:"当年我父亲也参与了那一场大战,不过只是在外围而已,但是他的消息还算灵通,知道得多些。后来我父亲返乡,在我和兄弟们很小的时候,经常会说与我听。也正是因为这些故事的激励,我这些年勤练不辍,才有了今天这样的成就。"

"最近发生的事情多得很,契迪龙寺的般智上师死了,在老挝南部有上千名的孩子一夜之间死去,欧洲人在步步紧逼,日本人四处蔓延,我们有很多成员开始与兄弟会接触,接受他们的灭世净化论,成为新世界公民,情形已经危急到了极点!倘若我们这个联盟再不紧密团结起来,只怕不但契努卡消失于世,就连我们这些成员的性命,都难以得到保证。我们需要力量,你知道吗?"

达图忧心忡忡地说着,惆怅极了,而我在墙角听得一身冷汗。他说得有些危言耸听,我知道契努卡虽然是一个极为松散的组织,但同时也是一个庞大的联盟,它囊括了东南亚十国杰出的黑巫僧以及降头师,倘若凝聚起来,在这样的庞然大物面前,还真不知会闹出什么事来。

两人又聊了很多事情。谈完之后,达图说要前往市里,去查探一番那个疤脸小子的底细,倘若可以,顺手就料理了这个麻烦。说完他悄然离开,果任并没有离去,而是在房间里待了好一会儿。我听不到动静,心里就有些发慌,站起身来,准备去窗下探听,结果那扇窗户突然间被从里面推开,一声威严的声音传了出来:"谁在外面?"

第十五章　生日礼物

　　我吓了一跳，刚刚站直起来的身子立刻缩了回去，背脊骨紧紧贴着墙壁，缩在那个黑暗的角落，一点也不敢动弹。

　　果任法师狐疑地探出脑袋来，在窗口张望着。这时从前面花园处转过来一个身影，迎着果任说道："伯父，是我。"来人正是绿帽男歹菲。他愤愤不平地朝果任法师说道："伯父，他们明天就要来拿人了，这可怎么办啊？"果任瞧见自家的侄子，还是有些不放心，问："你刚才在这里吗？"那歹菲倒也帮忙，点头说道："是啊，我过来几次了，阿莱说你在跟人谈事情，让我不要打扰你，不过我心烦得很，想找你说说话。"果任法师这才放了心，把歹菲叫过来问，怎么了？

　　歹菲说起他老婆钟水月跟别人跑了之事，颇为不甘，说道："我父亲死于拼斗，结果我母亲自小便不让我学习降头术，而是规规矩矩去读书。现在想起来好恨，倘若我当年在您跟前学习，现在说不定就能够亲手杀掉那对奸夫淫妇了！"

　　果任法师问，水月可是小巴喜的妈妈，你舍得杀她吗？

　　"我……"这一句话将歹菲所有的愤恨怨怒都给堵住了，愣在当场，一时语塞，竟然号啕大哭起来。

　　哭声悲恸，果任法师安慰他两句，然后又让门口弟子将他送回房间去。望着自家侄子离远，这位老人轻轻地叹气，说："孩子，我当初派水月去谋夺魔罗，却没想到这欲求不满的女人竟然跟别人上了床。你恨，我也恨啊。不行，我这恶魔之眼被损伤了，没几个月好不了，我这就去将那鼎炉给吸了，免得明日那疤脸小子打上门来，又吃了亏。"他这般说完，在房间里收拾了一会儿东西，然后出了修行房，带着门口两个徒弟，朝着后门走去。

　　这老宅子被我搜遍，又在虎皮猫大人的监视下，藏不了人，那么倘若雪瑞被掳，只怕窝藏之处是另有地点。见到果任离开，我的心中暗喜，顺着原路折回，出了这套老宅子。黑暗中，只见果任一行三人，背着包裹，朝着村后山林行去。

　　进山了？我疑惑地看着这几人的背影，也悄然潜出村子。

　　离开了人群聚集之地，又要进入山林，我一挥手，便将朵朵和肥虫子给召唤出来，帮忙看路。虽然我今天打败了果任，但毕竟是因他太轻敌，而且又束手束脚。现在他得了行脚僧达图上师赠予的佛牌，我并不知道肥虫子能否联络到他肚子里的蛊毒，也怕倘若雪瑞真的在那儿，一威胁，我便投鼠忌器，于是也不敢跟得太紧，只是小心地远远跟着。

一路走得无聊，我这才想起刚才与小妖的承诺，回过头来，问这小妮子刚才到底想要说什么。小妖越过我，在前面领着路，默不作声。我以为她听不到，跟在后面又追问了一句，她回过头来，月光下，那张精致的瓜子脸上竟然有些许羞红："陆左，一个星期之后，你要送我一份礼物哦，跟麒麟胎项链一样的礼物！"也许觉得直接要礼物有些不好意思，小妖说完这句话就扭过了头去，越走越快。

这要求提得有些突兀，我莫名其妙，问为什么啊？小妖不理我了，一溜烟竟然没了影儿。我摸了摸鼻子，脑子里乱糟糟的，扭头问朵朵："小宝贝，你知道是怎么回事吗？"

朵朵的身子飘在半空，修为越发精深的她，身子宛若天上之明月，散发出荧荧的光芒来，这光芒传递不到远方，但是近看看，宛若天使。她将手指放在红润的小嘴里含着，眼睛滴溜溜地转了一会儿，讶然道："啊，差点忘记了，上次小妖姐姐说下个星期六是她的生日哎。我这猪脑子，这么重要的事情怎么能够忘记呢？小肥肥，你记住了啊，到时候记得提醒我，要不然我弹你屁股啊！"肥虫子瞪着一双黑豆子眼睛，也不知道明白了没有，忽闪忽闪，只点头。而我则是摸不着头脑，小妖她草木成精，竟然也有生日啊？朵朵说当然，她有了意识的那一天，便是她的生日啊，笨蛋！

要生日礼物啊，难怪这小狐媚子会这么害羞呢。我摸着下巴想着，不过跟麒麟胎项链一般的礼物，这叫我去哪里寻找啊？我本来在追踪果任法师，结果一路上却思考起这个让人头疼的问题来。走着想着，两边的树木不知不觉间变得有些稀疏，转过一个山道，前面出现了一个狭长的山谷，坡地上面有草地，前方不远处还有一条一丈多宽的小溪，在山谷中间靠里的地方，还有一片巨大的榕树。这些榕树有了些年头，华盖笼罩，节枝丛生相连，密密麻麻，竟然连成了一大片林子，黑压压的。有亮光从这榕树枝叶里透露出来，透过间隙，能够看见十来间木屋搭建在榕树之上，看着颇有些情趣。我刚准备往山谷继续走，一只小手从草丛中伸出来，拽着我的衣角。我扭头，小妖微红的俏脸探出来，警示道："这里应该是果任的大本营，前面有些布置，很危险，为了避免打草惊蛇，需要绕路才行。"

绕路啊？我顺着小妖给我指的地方瞧去，在更远的地方，有一个宽阔的水潭。那里因为常人难以渡过，故而布置也相应少一些，我们需要绕到对面岩壁上，垂直而下，横渡水潭，然后再缓慢靠近这谷中的榕树木屋。事情是比较麻烦些，但也只有如此了。

我们穿过林子，绕到对面的山壁上。这山壁落差极大，下面又有深潭，我在两个朵朵的照顾下，攀着悬崖间的树枝儿往下，然后启用天吴珠，进入了有些寒冷的深潭。潭中淤泥甚多，所幸有天吴珠在，浮浮沉沉，我终于越过了寒潭，从另外一边爬了出来。尽管天吴珠能避水，但是在这潭里走一遭，我仍感觉自己浑身潮湿，颇为不自在，拧拧衣袖，甩甩头，想让自己变得干燥一些。然而我这边一分心，就忘记了看路，脚下一绊，整个人就朝着前面跌去。

哐啷！

安静的晚上，从我脚下传来了一道清脆的声音。我低头一看，原来自己踢到了一个陶罐子，盖子掉了下来。这陶罐有我老婆腌咸菜的那种坛子差不多大，一半埋在土里，还有一部分露在外面。刚才我没有注意，这会儿瞧了一下，才发现在这潭边往里的近百米内，密密麻麻，全都是这种陶罐子，怕不得有上千个，分布得错落有致，颇合章法。

我有些好奇，这陶罐子里面到底装着啥玩意儿，正想低头察看，却是心中一动，身子低伏，朝着不远处的荆棘林中躲去。

我刚刚在旁边的草丛中蹲下，便有两个人赶了过来，蹲在我刚才踢开的陶罐旁边察看。这两人一瘦一胖，瘦的那个拿出一个手电来，朝着陶罐子里面看去，里面有金属反光，应该是没有发现什么异常，他将盖子合上，然后与胖子左右查了一圈，嘀咕着离开。

我问小妖这两个家伙说的啥。她笑嘻嘻地轻声告诉我，那些人嘀咕，说定是麦阿龙养的狗又乱跑了，大晚上也不拴牢一点儿。

胖子和瘦子的出现，提醒了我，这个山谷里面，应该还有许多人，有可能还包括像达图这样的神秘高手。于是我更加小心了，待那两人离去之后，我才绕到小树林边，缓慢朝着里面的榕树林摸去。

榕树是热带植物中最大的木本树种之一，有板根、支柱根、绞杀、老茎结果等多种热带雨林的重要特征。位于这片榕树林中心的几株，树围竟能有七八米，高有二十余米，枝繁叶茂，浓荫蔽天，所盖之地有上百平方米。

到了边缘的时候，朵朵收敛身子，低声跟我说道："陆左哥哥，我感应到雪瑞姐姐的气息了，她在那儿，不过很微弱，好像被什么给控制住了！"

雪瑞在那儿？

听得朵朵肯定的话语，我朝最中间的那棵巨大榕树看去，树上有一间树屋，里间有着昏黄的光线传递出来。我心中一阵热乎，不过也忍不住担忧起来。当下按捺不住心中的焦急，顺着树林的阴影，朝着目标疾步走去。

榕树林里不见天光，除了几栋树屋有灯光传来，下面一片黯淡，形如鬼域，而且陷阱也多，得亏小妖和朵朵在前引路。很快，我来到榕树下方不远处，那树下不远处站着一个黑影子，面朝北方，树上有软梯垂下来，得以出入。

这榕树巨大，我从后方绕来，前面的人看不到，而我也不敢爬那软梯子，沿着枝丫小心攀爬，很快就来到了木屋的下方不远处。里面有人说话，是果任的声音，而且还是生涩的中文："小贱人，今天达图去市里面办事了，我忍不住了，你这鼎炉，就让我来采摘了吧，哈哈哈……"

第十六章　龟甲锁头，树屋搞塌

一声虚弱至极的骂声传入我的耳朵里："老东西，你敢！"

是雪瑞，我浑身一震，激动得难以言表，当下一边倾听，一边悄然往上攀爬。

果任嘿嘿笑，似乎还在搓手，言语轻佻地说道："我为何不敢？这些日子，因为达图那个老和尚在，我也就给他几分面子，对你礼待有加；现在那多管闲事的老和尚前去杀过来救你的疤脸小子了，无暇分身，这山谷里面也没有地位比我高的人，所以我便可以为所欲为了。哼哼，虽然我采你阴元，是为了恢复修为，但是倘若这过程中你肯好生配合一些，浪叫几声，我倒是不会那么粗暴的。"

"呸！"

听到果任法师的这般污言秽语，雪瑞不由得怒火攻心，恨声说道："我又不是你的乖徒儿钟水月，滚蛋！告诉你，那个老和尚是杀不了我陆左哥的，说不定明天传来的消息，死的反而是他。"

果任法师嘿嘿笑，说："丫头，你也太瞧得起那个疤脸小子了！是，我承认他很厉害，但是你可能不知道，达图上师是契努卡里面地位甚高的观察员，一身法力和地位，便是政府都不敢小瞧的。"

雪瑞没有跟他纠缠这话儿，而是恶狠狠地警告这个老头儿："我师父可是茧丽妹，你不想死的话，赶紧放了我！要不然，我保证你下半辈子都会处于悔恨的状态之中。"

"茧丽妹？你也来骗我，你之前不是说你师父，是那美国天师道北宗的大宗师罗恩乎么，怎么又冒出一个什么妹来的？"果任法师嘿嘿淫笑，说道："天师道修炼，养精、养气、养神、养形和养食，养精独占魁首，而你天生就是一个上好鼎炉，倘若用你来炼化精元之气，只怕我的修为就会更加精深了——啊，敢吐我口水？你这小贱人，我们有一整晚的时间玩，你可不要急啊！"

在两人对话时，我已经小心攀爬到了木屋的窗子边上，透过缝隙，只见雪瑞整个人被用编织复杂的粗树纤维给捆住，她的头上罩着一个古怪的东西，那东西似乎是用青墨色的龟甲拼制而成，上面有许多梵文在不断地亮起，将雪瑞整个人给照得灰蒙蒙的，脸色苍白虚弱，似乎随时都有可能闭上眼睛，再无声息。

而另外一边，果任已经将身上的衣服脱下来，露出了一身丑陋的排骨，下身仅仅剩下一块布围成的短裤。这厮外表看着五十多，然而瞧这副骷髅一般的骨架子，以及虽然纹得有精美繁复的刺符纹青，但尽是老人斑的皮肤，显得比表面上的模样更加苍老。这道理其实前面有讲，那便是整日跟阴灵鬼气打交道，太过激进，调养又不得法,所以身体机能才会老化得快。而就是这具散发着沉沉暮气的身体,裆部却有一根木橛子一样的硬物,挺直翘起,两相对比,显得格外丑陋。

果任法师就这般嘿嘿地笑着,朝被捆得无法动弹的雪瑞走去:"小贱人,当日你隔天跑来我这里闹,还数次威胁于我,我懒得理你;而这次达图将你的天眼封住,一身修为也给禁锢,我倒要看看,你到底还有什么底气,敢跟我较量,哈哈哈……"

面对着这个猥琐淫亵的老降头师,雪瑞莹白如玉的俏脸上终于露出了悲哀的情绪,闭上眼睛,滚落出两行晶莹剔透的清泪来。她咬着牙,嘴唇颤抖,带着哭腔说道:"老东西,你胆敢碰我一根毫毛,我陆左哥一定会把你剁成碎片,拿去喂狗的!"她是那么的害怕,以至于说话儿的语调都抖个不停。然而果任却是越发开心,跨步上前,嘿然说道:"小妹妹,你现在拼死拼活,一会儿你就会欢喜得直喊老哥哥我啦——啊,谁!"

这老家伙胸口的黑色佛牌一阵闪耀,他的脸色一变,滚爬到椅子上,将挂在上面的一个布囊拿起来,四处张望。瞧见这情形,我不由得暗自恼恨,达图给他的佛牌竟然真的起了作用,压制住了果任身体之内的蛊毒发作,不但如此,这小小佛牌居然还有预警作用——我这次可真的是打草惊蛇了。

我因为刚刚攀爬上来,暂时还够不着那窗口,果任法师警觉,我也只有暂且抓住树枝忍着。瞧见四周无动静,果任法师瞧了瞧自己胸前的黑色佛牌,自言自语道:"难道这东西上面有达图的印记,一旦我行为不轨,它便示警?"

他也是精虫上脑,竟然没有想到我这一茬,而是怀疑起给他佛牌的达图来。他看了看佛牌,又看了看因为悲愤欲绝而俏脸通红的雪瑞,咽了咽口水,手几次伸向脖子,想将这佛牌给摘下来。我的心都悬到了嗓子眼了,只等着这家伙一摘落,我这边就催动蛊毒,悄无声息地将其解决,然后将雪瑞带离此处。然而他每次都停住了,四处张望,突然,他披上衣服,大步朝着窗子这边走来。

瞧见他离我越来越近,虽然我知道他未必发现了我,但是机会不易,我也是积蓄好全身气力,伺机而动。我猜测得没错,他果然将那木窗往外推开,伸出头来准备看一个究竟,结果,迎面飞来一个小拳头,直砸他的鼻子。

到底是成名已久的人物,而且这名气并不是靠年纪来堆积的,早有戒备的他双手一震,竟然有黑气萦绕其上,接住小妖这一击。

此刻,我已然依靠腰肢力量,翻进了树屋,朝着果任法师当胸一拳。这一记黑虎掏心,蕴含着我积蓄已久的愤怒,破空声响起,果任一接,立刻吃不住力,整个人便重重地砸在了树屋靠近主干的板壁上,整个屋子好是一阵摇晃,天地颤抖。雪瑞本来都已经做好被污辱的苦难降临,没承想事件陡然转变,我如若天神降临,喜得她美目张开,朝着我哭喊道:"陆左哥哥……"

人生大起大落,大悲大喜,这转折让雪瑞喜极而泣。瞧着这个被捆得严严实实、宛若羔羊的小女子,我这才想起来,这个漂亮柔美的女孩儿,其实也才过了十八岁,还只是一个孩子,却需要面对着世间如此肮脏龌龊的东西。

想到这些,我就越发地愤怒,朝着雪瑞微微一笑,吩咐早已经守候在雪瑞身边的朵朵照顾她,然后扭过头来,眯着眼睛看向这个老畜生,用自己都难以相信的冰冷嗓音说道:"果任法师,你不是说你不知道雪瑞在哪里吗?"

果任法师整个人砸在木质板壁上,本来还有些惊慌,待看清楚了我的脸孔,不由得轻松了起来。待我说完,他露出了狰狞的笑容,嘿然笑道:"小子,你到底还是太年轻了,我说什么就是什么啊?实话告诉你吧,钟水月就是我派去的,李家湖也是被我们的人下了降头,而雪瑞,更是被达图上师亲自出手擒获。至于为什么,我就不说出来吓你了。你今天把我果任大半辈子的脸都给丢尽了,本来达图上师说去杀你,我也就算了,没想到你竟然还亲自找到这里来,实在是上天眷顾我啊。等死吧,小子你!"

他将身上披着的棉布一抖,揉搓成棍,朝天一竖,又往后一挑,一道金光便被拨开来。我瞧见准备偷袭的肥虫子被挡开,顿时感到从它身上,有一股愤怒的气息蔓延开来,力量飞快提升。我并没有感到高兴,心中反而一跳。肥虫子再次展翅,朝着果任胸口射去,而那块黑色佛牌里面竟然也射出一道黑色祥光,汇聚成一尊怒目金刚,手持禅杖,朝着肥虫子打去。

南洋邪术,多有厉害之处,我也不管肥虫子的战斗,一蹬地板,朝着果任冲去。那家伙全然不惧,浑身黑烟缭绕,手中劲气凝结而成的布棍舞弄出呼呼的风声,向我砸来。对方束帛成棍,我自然不会将鬼剑闲置,一抖剑花三两朵,朝着这个让我愤怒到了极点的恶棍杀去。

俗话说得好,拳怕少壮,棍怕老郎。缅甸习棍乃传统,向上可溯至万佛王朝时期,果任的棍法是极好的,一点不比我遇见过的高手差,精妙之处,更胜一筹。如此棍来剑往,狭窄的树屋被我和果任震得东一晃西一摇,宛若旋转的陀螺,几欲散架。

我与果任交手几个回合,果断掏出震镜一照,然而他双手合十,真言念诵,胸口那黑色佛牌立刻光芒大现,挡住了这一波蓝光。至此,我终于知道速杀果任法师的企图落空了,回头瞧向朵朵,大声问解开雪瑞了没有,朵朵委屈地摇头,说:"不行,他们在柱子上布置了法阵,我靠近不得。"

听到这话,我扭头刚准备回去瞧,却听得果任法师一声狞笑:"你们全部去死吧!"他将手中布棍往脚底一顿,一股磅礴的黑气从体内冲出,重重砸在本已摇摇欲坠的树屋上。

轰隆——我脚下一晃,感觉天地颠倒,顿时心中只叫苦也。

树屋塌落了!

第十七章　敌手夺美

这树屋离地足有五六米,偌大的屋子砸落在地的话,身处里间的人不死也要重伤。瞧见果任法师一棍击打在地板上,然后人朝着后面破壁而出,我也条件反射一般地朝着柱子那边跳。雪瑞的娇躯给紧紧捆在上面,有白色光芒如刀游走,朵朵在旁边焦急地不断施法破解。我不管不顾,抱住了雪瑞,感觉一阵触电的酥麻传入我的全身各处,头发像吃了万艾可一样,根根竖直起来。这时"咔擦"一声响,那柱子终于熬不住垮塌以及我施加的双重力道,断了。我抱着雪瑞和其中的一截柱子,在天旋地转中猛然一蹬脚,以我的后背为锤,也破壁而出,朝着后方破空越去。

啪,我冲出树屋,并没有往下坠,朵朵和小妖在空中将我给托起来,带向了树冠的另一片主枝干上落了脚。身下一片轰隆隆的垮塌声,那树屋的残体重重地砸在了满是落叶的地上,发出让人牙酸的声音来。我不理会脚下的一切,只感觉浑身发麻,膀胱处的肌肉都在不断放松,这种电击的痛苦并没有让我放弃雪瑞,我强忍着痛苦,抽出鬼剑,将捆着雪瑞的这些神秘粗麻绳给一一挑开。

这粗麻绳上面显然有着束缚雪瑞的法阵,也是将我电得小便失禁的元凶。不过一物克一物,镀有精金的鬼剑实在是太锋利,粗麻绳虽然阵法精妙,但本身的材质并不足以抵御鬼剑,故而一点一点被挑开,几秒钟之后,所有的粗麻绳都被我扔到了树下去。当最后一根粗麻绳给我挑开来的时候,终于没有刺痛酥麻的电击传来,浑身发麻的我差一点儿就栽落到了树下去,所幸小妖扶助了我,方才没有出洋相。

我瞧着哭得一塌糊涂的雪瑞,说,好点没?能动吗?

雪瑞抹着眼泪,摇摇头,指着自己脑袋上如同贝雷帽的龟甲,痛苦地说道:"他们给我扣上了这个,让我无法使用天眼,也聚不了气。"我伸手去取,然而雪瑞痛苦地闷哼了一声,我低头一看,只见那龟甲拼凑而成的弧形头盔下竟然伸出一根根粉红色的细密肉丝,伸进了雪瑞的头皮里去,根本就取脱不得。

瞧见这等诡异的情形,我知道她定然是中了些手段。瞧她一脸痛苦,我心中也着急,将雪瑞交给小妖背着。感觉我们身处的树枝一阵剧震,原来是站稳了脚跟的果任法师在作祟,想要将我们给弄下树来。

瞧见雪瑞的痛苦模样,我的心好像给钝刀子割来割去一般,疼得厉害,顿时火起,飞身跳下树来,手中的鬼剑一抖,朝着那个手下败将刺去。这一剑居高临下,凌厉之极,果任知道厉害,也不硬挡,人急速后退,我双脚着地,稍微一缓冲,立即上前,挺剑而出。

073

我这边但求速杀，然而果任却并不着急。他瞧见来袭之人只有我一个，便放宽了心，嘿然笑道："小子，到了我的地盘，你还想胜我吗？去死吧，现在也只有用你的死，来洗刷我的声誉了——起！"他一声大喊，从我们脚下立刻升腾出两道黑色鬼风，鬼风将落叶不断旋转，化成两个身高一米六的人形傀儡，挡在了我的前面。

些许傀儡降，我并不在意，鬼剑一展，朝着当前的一个胸口刺去。我的鬼剑对此等降头之术正好克制，一剑透胸，剑身便开始摄取这傀儡之中的灵气（也作鬼气）。

世间万物皆可通，在鬼剑海绵吸水的力道下，那不断旋转的落叶傀儡止住了动作，双手紧紧抓住我的鬼剑，然而整个人从脚部开始，慢慢地化成一道黑烟，枯黄的落叶悉数跌落在泥地里。

我出手便解决了一记杀手，当下避开旁边，一脚飞蹬，另一头落叶傀儡给我踢到了一边儿去，正好碰到小妖和朵朵背着雪瑞跳下来。瞧见雪瑞这般可怜模样，可爱的朵朵也是气愤得很，这小乖乖最见不得别人伤害她关心的人，当下脸色一变，一片青狞，伸手将这头落叶傀儡给抓起来，口中一团幽火喷出，口中娇喝："鬼噬！"幽火莹蓝，喷到落叶傀儡的身上，又是一大团烈焰生成。

我盯着脸色微变的果任，厉声质问道："你们到底对雪瑞做了什么，她头上戴着的是什么玩意儿？"

果任法师手再次一招，又有三头小一号的落叶傀儡出现在他的身边，仿佛这样能给他安全感一般。他嘿嘿地笑，说这是达图上师从马来西亚带来的龟甲秘降，能封一切修为与秘术，你有种就直接揭开取下来，我也想看看这小美人儿脑浆炸裂的景象。

我瞧见果任法师这老东西淫贱的笑容，气得脑袋都快要炸掉了，回过头朝着小妖她们喊，让她们原路撤回，吩咐完了之后，我状若疯虎，朝着前方冲去。

我一旦发怒，势不可挡，当头两个落叶傀儡被我鬼剑一阵乱刺，烟消云散。果任法师不知道从哪里摸出来一根铁梨木做的法杖来，前头有鹰钩，不时冲上来与我交锋一番，弄些毒液灰粉撒出，与傍晚时的紧张，完全不同。

我自认对付这个家伙，完全可以战而胜之，然而实际上并不能够形成压倒性优势，这需要时间。这个时候，从附近的树屋以及远处山坡上已经开始冒出了十来个人，纷纷朝着我这边跑。我即使再痛恨果任法师，也不会逞一时之勇，去跟他拼个你死我活，于是急攻几剑之后，虚晃一招，朝着小妖她们离去的方向跑去。

我刚一走，便听到身后传来了果任气急败坏的声音："还真的是个没胆鬼啊，软蛋，你怎么不继续了？"

我理都不理他，当下运起山阁老遗著中记载的神足通一脉，朝着水潭发足狂奔。我这边跑，果任便在我后边紧紧跟着，大声招呼道："追，他往西边跑了！"我跑了十几米，突然感觉到心头一阵慌乱，下意识地一偏头，便感觉到周身的气场急剧变化，一阵灼热的风几乎是贴着我的耳边穿过，我的耳根子几乎在一瞬间红了起来。当瞧见前方一棵手臂粗的小树折倒，而一声轻微的"噗"隐隐传入我耳中，我才知道，黑暗

中应该是藏匿了枪手。

国内禁枪,所以类似的枪击场面我遇见得也少,不过好在当初在集训营中有过培训,当下呼唤正在紧紧跟随着果任寻找下手机会的肥虫子,前去将这暗中杀手给灭了,然后就地一滚,朝着前方的一个凹口躲去。

果然,当我刚刚蹲身躲入那岩石凹口的时候,从三个角度,全部装得有消声器的火力点里射出了一连串的子弹,击打在了我的上方,有的打在我上方的岩石处,碎石飞溅,有的甚至直接贴着我的额头飞过,十分惊险。这一阵枪击让我冷汗直流,我可不是什么钢铁侠、超人之类的美国超级英雄,一样的肉体凡胎,一枪击中,照样完蛋。这正是我所担心的。不过好在肥虫子够给力,枪声差不多响了一分钟之后,便相继熄火了,黑暗中我还能够听到惨烈的叫声。

我不知道肥虫子搞定那些潜伏的枪手没有,枪声停止了十秒钟,在第三声惨呼响起来的那一刻,我绷紧的身子立刻弹起,朝着前方的斜坡一阵猛跑。

我疾跑两步,刚才那种让人心悸的第六感并没有袭来,而我在做了两次规避躲闪之后,确定肥虫子已经将躲在暗处的枪手给搞定,于是径直大跨步,冲下了山坡,来到了刚才那一片密密麻麻的陶罐草地前。小妖她们已经快到潭边了,我们只要越过这一片区域,跳入潭中,便能够先躲闪一阵,然后再通过水道,或者旁边藤条枝叶遮蔽的区域离开。

然而人算不如天算,当我冲进陶罐区的时候,刚刚追到坡顶的果任法师朝着前方大声喊道:"拦住他,布阵,施法!"我一愣,瞧见从前方的黑暗处奔来两个身影,一胖一瘦,正是先前巡逻两人,两人手中各自拿着一根招魂幡一般的东西,朝着我头上罩来。

我不与他们纠缠,转向往左,快速疾奔,然而没走几步,脚下又是一绊,整个人腾空而起,朝着前方的一个陶罐子摔去。"哐啷"一声响,我重重地撞在了那个陶罐子上。

这玩意儿虽然看着坚固,但终究还是碎了。后有追兵,我来不及多看,正准备以手撑地爬起来,突然左手手腕被一双小手抓住,力道甚大,我竟然甩不开来。

第十八章　贴身搏击，头槌取牌

这是一双精瘦油润的小手，指甲又尖又长，僵硬得像我老家那挂在灶房上面流油的腊肉，而这双小手的主人，竟然是一具不到两岁小孩的尸体，这尸体被香料填充肚子，外表裹镀着一层金箔，金箔之上，纹绘得有神秘诡异的黑色符文，不停地流转着。它整个身体佝偻着，散发着一种诡异的阴寒之气，让人直打寒颤。

我低头瞧，正好看见这婴尸将头抬起来，这是一张扭曲恐惧的脸，眼眶空荡荡，里面有一窝子的尸油，几条肥嘟嘟的白色蛆虫正在欢乐地蠕动着。

我的左手传来一阵火辣辣的刺痛。那陶罐子里滚出来的婴尸闻得空气，居然又活了过来，双手紧紧抓着我的手腕，尖锐的指甲已经抓进了我的皮肤里面去，一股冰寒无比的阴气顺着伤口，混合在血液中，朝着我的心房涌去。而此物更是得寸进尺，张开嘴巴，朝着我的胳膊咬了过来。

常在河边走，哪有不湿鞋。当下我也是焦急到了极点，顾不得这东西是福婴，还是古曼童寄物，抬手便是一剑，对着这婴尸的额头刺入。这鬼物经过不知道多长时间的腌制，风干流油如腊肉，肉质坚韧具有弹性，鬼剑刺入，先是朝着侧边一滑，来到了右眼眶处，才穿颅而过。

对于类似阴灵来说，鬼剑便是一台强力高效的吸尘器，抵入头颅里面，剑身立刻疯狂地将其内里恶灵吸收。我听到一声若有若无的哀号，抓在我左手上面的那双小手也终于失去了力量，垂落下来。我翻身而起，感觉到左手一阵刺痛，微微发麻，知道应该是中了尸毒。只感觉左手发麻，开始失去知觉，而整个手臂都开始肉眼可见地肿了起来，心中慌了，立刻凝神聚气，用意识勾动肥虫子前来救驾。

我这边呼唤着肥虫子，身子站了起来，四处一望，却见那一胖一瘦两个黑衣人摇动手中旗幡，口中发出鬼哭一般的声音，接着视线之内，一个又一个的陶罐盖子被掀开，从里面爬出了身上裹覆金箔，上面纹绘蚂蚁一般的符文，不断游动着的婴尸来，一个、两个、三个……在黑地里，根本看不清数量，只见着密密麻麻地蠕动，那种场面，回想起来都让人不寒而栗。

尸臭与香料混合的怪异味道在四处飘扬，阴寒之地，让整个炎热的夜晚多了几分深入骨髓的冰寒。当我将视线收回来的时候，我的身边已经围上了十来头大小不一的婴尸，油乎乎的嘴巴张开，洒落许多尸油，又黑又尖的牙齿几乎充斥了我的视野。

几乎是在我爬起来的瞬间，便有三头离我最近的婴尸腾空而起，口中发出尖厉的嘤嘤啼叫声，朝我扑来。这东西毒性剧烈。我感觉头脑昏昏沉沉，有点像是高烧的状况，便不敢再让这些婴尸临体，唰唰唰，又出了三剑，如毒龙探穴，扎入其眉心处。然而因为我出剑实在太快，鬼剑来不及发挥功效，结果除了我最后刺中的那头魂销魄散之外，余者两头只是跌落在地，接着再次冲上来。

虽然毒性上涌，然而我的心中却是更加冷静，眼见这两头陶罐婴尸即将临体，鬼剑一个大旋转，将这两头婴尸的爪子给全部削断。不过我到底还是躲闪不及，被这一扑之下，再次后仰，跌倒在地，后脑勺重重磕在了破碎的陶罐上，一阵剧痛，头发湿透，知道是流了血。

猛虎还怕群狼，我这会儿算是真正明白这句话的含义了。瞧见这两头婴尸张开尽是尸油的嘴巴，那乌黑的牙齿尖锐，朝着我的腿部咬来，顿时就是一阵恐惧，奋力往旁边一滚，避开这一击，艰难地站起来，踉跄着朝潭边跑去。身后，无数婴尸如蝗虫，朝着我奋力追来。我只跑了十米不到，又被缠住，正当我在这些小东西之中挥舞鬼剑，奋力还击时，耳边传来了朵朵清脆的喊声："陆左哥哥，我来助你！"

一身莹白的朵朵出现在我的身旁。经过日喀则鬼妖婆婆的醍醐灌顶，以及这些日子不断的修炼，特别是我体内尸丹气息的调养，朵朵已经能够自主控制心中的暴戾，此刻脸上虽然尽是青黛之色，不时蚯蚓一般的血管鼓起，然而她却还能神志清晰。她张开双手，一股浩大磅礴的佛光从体内生成，五光十色，将场中照得透亮，色彩迷离，宛若天国一般。朵朵张开檀口，轻轻念喝道："唵、嘛、呢、叭、咪、吽！"此言一出，空间中立刻沟通天地，一股异常丰富、奥妙无穷、至高无上的气息自虚无处传递而来，它蕴藏了宇宙中的大能力、大智慧、大慈悲。

朵朵的个性向来平淡，早先打架都会哭鼻子，此后也一直不怎么显露身手，所以我并不知晓她从鬼妖婆婆那儿到底学了什么本事。此刻瞧见了我这番狼狈模样，这小萝莉也终于发威了，展露出了让我惊喜的实力来。不愧是鬼妖之身，昔日妖师鲲鹏入得佛门，而今朵朵真言也是深得佛韵三味，一招既出，整个潭边偌大的草地之上，立刻展露出了恢宏而庞大的佛家气息来。那些至邪至阴的陶罐婴尸哪里见过这种场面，稍微强壮些的纷纷后退，而有的刚刚生成的阴灵之体，直接便被佛光度化了。

这般恐怖的愿力并非朵朵所为，她只是做了一个沟通的作用。有的老和尚一辈子吃斋念佛，心极虔诚，也能有此功效。此乃信仰，却并不能持续多久，朵朵一招接引，旁边婴尸纷纷闪避，而她则拉着我的手，朝着潭边跑去。

那些从陶罐子里爬出来的婴尸给佛光吓到，停滞不前，然而使用招魂幡驱使这些鬼物的胖瘦二人却并不恐惧，早已经抄了我的去路。在我后方，果任法师带着十来个衣着各异的人，将我给隐隐围住。他冲下坡时，正好看见朵朵展露出这一手，不由得高声大叫道："摩哩？这里居然有一个摩哩，天啊，我要她，活捉她！"

后路被堵，当下我强行压下那钻入心肺的尸毒，一个箭步冲到瘦子面前。这个家伙一脸错乱纵横的刀疤，此刻也有些慌乱，手中那两米长的幡子抖动如大枪，朝我心口刺来。

我脚下踏着迷踪步，晃过这透体一击，双手抓住招魂幡的一端，用劲一抽，那人便朝着我这边飞来。瘦子失去平衡，但仍旧保持着狠辣的作风，手上多了一把土制的尖刀，半尺长，朝着我的心窝捅来。我后退一步，捉住他的手腕，凌空抡起后就地一摔，很轻松地将这个不超过一百斤的瘦子砸在了旁边的一个陶罐上，"哐啷"一声响，那瘦子发出撕心裂肺的狼嚎声，手中的招魂幡往天空一扔，大声诅咒着。因为说的是缅甸语，我听不懂，然而周边那些本来还有些怯怯的婴尸顿时就是一阵喧哗，仿佛打了鸡血一般，开始蠢蠢欲动起来。

　　瞧见这场景，我心道不好，这胖瘦二人应该是负责照看祈愿这一片婴尸地的"园丁"，身上自有秘法，能够刺激那些毫无心智可言的婴尸奋不顾身。当下顾不得许多，鬼剑一挥，将他喉咙割破，腥臭的鲜血飚射，隐没在了浓重的尸臭之中。

　　解决完瘦子之后，我与朵朵趁着这些婴尸还残留着一点儿畏惧，返身便跑。眼瞧着离潭边不远，这时从我的右侧突然传来一阵风声，我的鬼剑下意识地挥去，"铛"的一声响，黑夜中火花溅出，巨大的力道往我的手上传来，我的鬼剑下意识地往回收，人便被一道黑影给扑倒在草地上。

　　我连续翻了好几个滚，朵朵在旁边叫了一声"陆左哥哥"，立即被许多奋起的婴尸给淹没。混乱之中，我的右手被砸了好几下，鬼剑跌落，当感觉世界都停止下来的时候，我看到一张狰狞的脸孔，喷着潮湿而腥臭的气息朝我喊道："小子，我说过，从哪里跌倒，就从哪里站起来！这一回，我要亲手宰了你！"他说得咬牙切齿，身上浓重的黑雾已经将他给笼罩得不似活人，我四肢被制，冷笑道："未必！"言罢，我给了他一个头槌，然后用牙齿，将他胸口的佛牌扯断。

第十九章 狗血剧情，历史重现

果任胸口处的黑色佛牌如同小孩儿手掌一般大小，用朱砂染红的粗麻绳捆制，我伸头咬住，猛力一拽，那绳子末端受不住力，断裂开来。我挣脱出手，将那佛牌给紧紧抓在右手上，上面有一种诡异的力量在左冲右突，那气息与祥和宁静的佛陀之力有些类似，然而更加激进、更加邪门一些。我手握着黑色佛牌，冰冰凉凉，竟然能够压制住我伤口处的尸毒，昏昏沉沉的脑袋顿时为之一清。

果任法师佛牌被夺，脸色大变，伸手来夺。我微微撇开，屈膝拱起，朝着这个家伙的下身一顶，然后全身游鱼一般扭动，逃脱了这个家伙的掌控，意念沟通，潜伏在果任体内的蛊毒立刻与我热烈呼应，浑身黑雾缭绕的果任法师"啊"的一声惨叫，浑身的黑雾暴涨一倍，挥掌朝着我猛拍而来。

"你这可恶的家伙，快解除我体内的降头，要不然，我让你死无葬身之地！"

果任法师利用灌注于身上的强体自降之术，以毒攻毒，暂且压制住了体内蛊毒的发作，瞧见我爬将起来低头去找鬼剑，便伸出手中的铁梨木法杖，朝我捅来。

我躲开他的这一击，发现鬼剑已经被淹没在拥挤上来的婴尸群中，当下一声大喝，九字真言念出，伸手一招，意念凝聚蔓延，令人惊奇的事情发生了——那跟随我接近一年的鬼剑居然发出了一声轻微的鸣叫，从混乱的尸群中弹出，朝着我的手中飞来。

佛牌换左手，右手紧紧抓着鬼剑麻绳缠绕的剑柄，我的心中一阵激动，这莫不是人剑合一的前奏？这惊喜让我短暂忘记了肥虫子迟迟未归的不快，当下积聚小腹之中的气息，一面压制尸毒蔓延心肺，一面流转至鬼剑之上。劲气注入，鬼剑涨了一倍有余，化作了名副其实的大剑。鬼剑一转，划出一个大圈，逼退汹涌而上的婴尸，然后朝着果任法师冲去。

瞧见手持黑色鬼剑的我意气风发，势不可挡，果任不敢迎上来硬拼，朝着旁边退开，不过手中那铁梨木法杖不时飞出些许粉末，意图下降于我。我并不是要跟这个穷途末路、必死无疑的家伙拼命，见他让开道路，便也不作计较，一边挥舞着鬼剑逼开围攻上来的陶罐婴尸，一边夺路而走。

除了与我相当的果任法师之外，山谷之内并没有出现能够力压全场的高手，手持变异鬼剑的我与朵朵一左一右，往前冲击，竟有些势不可挡的风范。那些婴尸倒也不怕死，纷纷飞扑而来，被鬼剑一阵扫，轻则跌飞一边，重则一剑两段，魂销当场。

然而我再厉害，也挡不住成百上千的婴尸横空扑来。这些小东西大部分都是不满周岁而死，本来纯净的心灵被阴风洗涤，最容易变质，一旦邪恶歹毒起来，绝对是让人头皮发麻。很快我又陷入了寸步难行的苦战之中，几乎每挪一步，都会有两三头婴尸死去，却有数十头婴尸拥上来，将我和朵朵给团团围住。

即将被这些种在地里面的婴尸狂潮给淹没的时候，久唤不来的肥虫子终于驾到了。这家伙并不是独自前来，它是被虎皮猫大人给揪过来的。身处肥母鸡精钢一般的利爪之下的它，与三转刚出现时的造型一模一样，疯狂挣扎着，身上那十来双眼睛不断地扩张和收缩，发射出五光十色的光芒，将大半个空间都给照耀得梦幻迷离。

肥母鸡倒是有老大风范，一边用坚硬的鸟喙啄动这不听话的小东西，一边朝着我大声吩咐："小毒物，我记得你镇压山峦十二法门里面有一段镇压蛊毒的口诀，可还记得？"

我这法门曾经向虎皮猫大人请教过，它也能够知晓一些，而我自然是烂熟于胸，知道它说的是育蛊中小功德汤的熬药法诀。当下一阵念诵，然后配合着九字真言中内狮子印和金刚萨埵降魔咒，一起快速喝念而出，肥虫子当时便是一震，浑身恐怖的光芒一顿收敛，暗金色皮肤上面的眼睛，也微微眯了起来。虎皮猫大人感应极灵敏，马上松开爪子，将肥虫子放到了我的头顶，那小东西振翅扇动，一股无形的气势陡然生出，朝着两边绽放。

苗疆蛊毒，盛名曾经威震南中国，乃至整个东南亚。而作为其中王者，三转过后的本命金蚕蛊，它的这气势或许没有朵朵刚才的那一招佛光普照来得底蕴深厚，却让所有往前冲击的婴尸都停下了脚步，僵直当场。就在这突然的宁静中，一个痛苦的叫声响彻山谷："啊……"

在肥虫子钻入我体内排解尸毒的时候，一直嚣张到极点的果仁法师终于扛不住体内爆炸性的蛊毒喷发，跪倒在了地上。肥虫子也是恨他胆敢染指雪瑞的龌龊行为，将二十四日子时和午时发作的痛苦给他全部叠加，催速爆发出来。这在原来本是不可能的事情，因为所谓蛊毒，它不是毒药，而是一种细微的小生物，必须要有一段培养发育的时间，循序渐进才行，然而如此快速，这也是三转之后的肥虫子才能催发。

"二十四日子午断肠蛊"爆发的痛苦，我曾经用分娩来比喻，那么此刻果仁法师所面临的痛苦，便相当于同时生出了近五十个小孩——是同时哦，反正果仁像个被父母抛弃的小孩子，在地上翻来滚去，放声地哭嚎着。

没有人嘲笑这个地位尊崇的降头师，因为他们都感受到了未知的恐惧。几秒钟之后，浑身黑雾缭绕的果任整个人瘫软在地，身体宛若燃烧过后的蜡烛一般柔软，不多时，这个让我恨得牙齿痒痒的奥斯卡影帝肚子突然"噗"的一声炸开，散落出一大蓬花花绿绿的虫子来。这些虫子奇形怪状，密密麻麻地爬满了果仁的整个身体，在他的嘴巴、鼻孔以及眼睛里钻来钻去。直至此刻，这位著名降头师依然还有意识，他不甘地仰天大叫着："怎么会，我还有好多手段都没有使出来呢，你赶紧将我身上这降头解开，我们再斗一场！"

然而我哪里还有时间理会这个天真的家伙，几步冲到潭水边。小妖背着浑身虚弱的雪瑞，在此等待了许久，见我过来，问我是拼是跑？

这黑漆漆的夜里，敌人不知多少，光那一大片密密麻麻的婴尸，倘若再次恢复过来，只怕我们也扛不住，而且要是那个行脚僧达图上师折回，我对付起来也有些困难。此行前来，为的就是解救雪瑞，而此刻雪瑞急需找一个安静的地方救治，我还是见好就收。

如此思虑，我抚摸起怀中天吴珠，说走，我们先撤。

潜入水中之后，我们往东行走一截路，忽觉身后潭水浑浊，才发现那些婴尸已经脱离了肥虫子的震慑，再次追了上来，有的直接跳入水里。我悄不作声地从边角的黑暗处爬出水面，借着岩壁上垂落的藤条树枝遮掩，离开了深潭。

刚刚走开几步，便听到一声剧烈的爆炸声，水花腾空四溅，要不是天吴珠作用没消，只怕我就要被淋个落汤鸡了。我扭过头，火光中，十来个衣着不一的男女站在潭边，有两个壮汉端着自动步枪，在朝潭水里面死命扫射，也有人悲愤地嚷嚷着，似乎在为果任法师的陨落而悲伤。

我藏身的这个地方隐秘，他们一时间还没有发现，而开启遁世环之后的我也让婴尸失去了目标，在潭水里面扑腾着，密密麻麻，挤满了潭面。

瞧着那些火力凶猛的家伙，一点儿也不顾忌影响，我心中有些跃跃欲试，倘若把肥虫子驱出，给这些家伙种上蛊毒，岂不妙哉？然而这个念头一说出，虎皮猫大人就否定了："肥肥现在心性很混乱，倘若造就太多杀孽，只怕大人我也治不住，你确定要这么做？"想到肥虫子刚才那狰狞模样，我叹了一口气，然后遗憾地说道："得，其实弄死果任那个大奸似忠的演技派，我已经心满意足了，那我们回去吧！"说罢我扶着雪瑞，按着原路，朝着山谷外走去。

悬崖攀爬，其实颇为不易，更何况还带着雪瑞这个浑身无力的萌妹子。出了山谷之后，我并没有选择进山的道路走，因为此时的我尸毒方消，而且又战得浑身酸痛，一身是伤，害怕撞上那个马来西亚的行脚僧人。于是让小妖故布疑阵，在山里面绕了几圈，然后找到一处背风的凹口，停了下来。

将雪瑞小心放在一片干草地上面，瞧见她脸色红润迷离，我问她，雪瑞你怎么了？

雪瑞紧紧咬着嘴唇，一双明亮得宛若星空的眼睛里仿佛要滴出水来，声音发颤："陆左哥，那老家伙好像给我下了药，啊……"

她忍不住呻吟起来，那一声，荡人心魄，无比销魂。

第二十章　山中静候

我从未想过雪瑞会这么妩媚地娇嗔，不由得热血冲头，心魂荡漾，脸红脖赤。不过我到底不是十七八岁的少年郎，倒也能够克制住这种动物性的本能，蹲身下来，问她情况还好吧？雪瑞闭着眼睛，雪脖微红，娇喘连连，红唇之中，含糊不清地说道："果任那个老家伙，刚才往我鼻间抹了点红色药粉，我闻到了寄生蟹和乌蝇液的味道，他……"

听到雪瑞的这话儿，我顿时火冒三丈，果任这个老不修，做的事情还真的是下作无比啊。身为养蛊人的我自然知晓，这寄生蟹壮阳，激发女性情欲，而乌蝇身上提炼出来的液体分泌物，则是一种神经系统兴奋剂，它还有另一个大名鼎鼎的称呼——西班牙苍蝇水。对一个刚满十八岁的少女，使用这种东西，我恨不得回返过头去，将果任那个老混蛋给碾碎踩烂，烧成灰。

瞧着雪瑞不断地扭动身体，口鼻咻咻，散发出清新好闻的少女气味来，脸红得像蒙上了一层红布，我不由得咽了咽口水，说，雪瑞，那你现在感觉好一点没有？

雪瑞细长雪白的双腿紧紧夹着，整个身子都在颤抖，声音似哭了一般："不知道，我好热啊，我好渴啊，陆左哥，怎么办啊？"

听到雪瑞这如怨如慕、如泣如诉的哭声，我心神晃动，难为情地瞧了一下旁边。朵朵将手指放嘴里，一脸无辜地看；虎皮猫大人将翅膀捂住脸，然后透过羽毛间隙，贼眉鼠眼地望来；至于小妖，这小狐媚子则将脸拉得老长，瞧见我看她，不由得气咻咻地骂道："看什么看啊，你别以为我不知道你在想些什么！是不是觉得我和朵朵是电灯泡？你要说是，我们走便是。"

我被说得老脸一红，结巴地说，哪、哪有？

小妖越说越气，叉着腰，指着我的鼻子骂道："男人没有一个好东西，你也是！你那混蛋心思一出来，就厚起了脸皮来当借口。明明小肥肥就能把那药性解掉，你偏偏当作不知道，你是当我们傻，还是你真傻啊？"

不识庐山真面目，只缘身在此山中。刚刚被雪瑞无意识地撩拨了几下，素了好久的我一下子就有些把持不住了，脑子也几乎停止了运转，直到小妖说了这句话，真的是一语惊醒梦中人，我这才想起自己的身份，也想到了肥虫子的妙处来。这小家伙活血化淤，销毒排油那可是一等一的好手，些许春药水，对于肥虫子来说，还不是手到擒来的事儿？

思维走出死胡同，我顾不得反驳小妖的嘲讽，连忙沟通正在我体内清除尸毒的肥虫子，将这肉乎乎的小虫儿唤出来，然后指着神志不清、美目迷离的雪瑞说道："咳咳，快去！"

肥虫子刚才差点暴走，此刻也回过神来了，讨好地在我脸上蹭了蹭，摇头晃脑，当我瞪它的时候，才落在雪瑞的酥胸上——这小家伙倒也是随杂毛小道——顺着雪瑞领口处的乳沟往下爬。过了几秒钟，一脸春色的雪瑞闷哼了一声，蕴含秋水的双眼紧紧闭起来，弯翘的睫毛抖动，精致漂亮的小脸终于恢复了瓷器一般的洁白莹润，我知道肥虫子已经在起作用了，于是全身都放松下来，从随身背包里面取出一件衣服，小心地垫在她的头下，然后俯身察看那紧紧贴在雪瑞头顶的龟甲。

这玩意儿外表像是一个帽子，里面则有血肉，伸出红色细线，直接深入雪瑞的脑部去。瞧见那细密的肉触，我的心中发麻，转过头来看了虎皮猫大人一眼，说："大人，这是什么，你可有法子破解？"

虎皮猫大人装作纯洁地捂了半天脸，见我没有按照狗血剧本出演，便下意识地骂了一声，听得我ریgirdle起，立刻转为正经模式，走上前来观察，不时用鸟喙敲击一下，试探雪瑞的反应。不过当它瞧见雪瑞皱着眉头呼痛的时候，停止了试探，沉吟道："东南亚地处热带，潮湿瘴热，而且这里的原始土著又极端崇尚蒙昧的巫法，经常用人体来做试验，发明了许多让人恐惧的邪法，闻所未闻，也无解。不过我瞧见这龟甲已经寄生在了雪瑞的头上，贸然取下来，对她的伤害定然十分大，我们还需要小心研究再说！"

大人擅长奇门遁甲、炼丹制药之术，虽然触类旁通一些南洋降头，也并不是全能全知。倒是旁边的小妖插了句嘴，说相传唐朝三藏法师到印度天竺国拜佛取经回国时，路过安南境内的通天河，也就是流入暹罗的湄江河上游，乌龟精所化渡船至半途时潜入河底，想害死唐僧，后唐僧虽不死，但所求的经书都沉入了河底，幸得徒弟入水捞起，但仅取回一部分大乘的"经"，另部分小乘的"谶"，则流入暹罗，为暹人献与暹僧皇。

她见我们都瞧过来，顿了一顿，然后沉声说道："此谶则为现如今支撑降头术最重要的理论基础，而当日那乌龟精之所以害唐僧，是因为谶上曾有一法，唤作龟甲封神术。"

虎皮猫大人摇摇头，说三藏西行取经，确有其事，然而这乌龟精坏经文之事，恐为后人编造。小妖说："也许，不过这龟甲封神术，应该就是雪瑞头上这个。达图竟然懂传闻中的小乘圣典，谶上术法，定是个厉害角色，陆左恐怕不是他对手，我们加起来，只怕也不行。"

听得小妖说起这长他人志气、灭自己威风的话，虎皮猫大人不服气，嘴硬地说："就那傻瓜，当年我就曾隔空与他有过精神碰撞，不过如此。这样的家伙，要是大人我当年的时候，来一个灭一个，来两个灭一双！"它牛皮吹得震天响，小妖直接一句话塞给它："那是当年，你现在在人家眼里，还不够一盘菜！""你……"虎皮猫大人勃然大怒，正想说些场面话，想想自己此刻痴肥的身子，不由也丧了气，摇头叹了一回英雄气短，然后问小妖："你个小丫头，懂得倒蛮多，你以前混哪儿的？"小妖没好气地反问："老讲自己以前多么威风，我也想问你以前干啥的呢？"话说到这，两人互瞪一眼，哼哼哼，然后回过头去。而雪瑞则一声叹息，幽幽醒了过来。

瞧得雪瑞醒转，我从随身行囊里拿出水壶，放到她的唇边，这小丫头倒也不客气，咕嘟咕嘟喝了一大半，这才仰起头来，说不要了。我见她恢复了正常之色，问好一点儿没有，雪瑞脸红红的，点点头，说好多了。

果任法师的歹毒之处在于，被下过药的人虽然极度渴望，但是自己还是有意识的，也能够明了事情的经过，所以刚才雪瑞也明白自己的妩媚之处，回想起来，颇有些不好意思，面红耳赤。

为了缓解我们之间的尴尬，我让朵朵将雪瑞扶坐起，然后说出了自己心中的疑问："你怎么就这么轻松地落入敌人的掌控了呢？"

雪瑞一脸悔意，她说当日确定郭佳宾和钟水月寄住在坦达村果任法师处时，她几次上门无果，请求军政府也没有回音，于是想请自己的师父蛊丽妹出面，只是她担心那两个贱人趁机离开，逃无影踪，而知道寨黎苗村位置的除了她，就只有精神崩溃的崔晓萱。没有办法，得知青虫惑可以担此重任之后，便放它离去，没承想才过几天，她父亲便出了事，而她去追赶的过程中，被一个古怪的光头僧人出重手擒获，然后被限制了一身修为。

"你的那只吉娃娃呢？"雪瑞身边有一头巴掌大的小狗儿，咒灵娃娃出身，后来被她师父蛊丽妹用大法力塑形，化作了吉娃娃，这回却没见它。听得我提起，雪瑞神色黯淡，眼泪又啪嗒啪嗒地掉了下来："小吉给那臭光头给度化了。"

达图居然有这么厉害？是啦是啦，也只有这么强悍之人，方能跨越千里给我标识印记，见到麒麟胎而不强取。我心中悲叹，为何我遇见的敌人，都是这种变态啊，怎么没有几个可以让我秒杀的家伙？

瞧见雪瑞哭得稀里哗啦，我也无奈，只有好声安慰她一会儿，然后摸出手机，发现居然有信号了。这可真的是一个奇迹。我立刻拨打吴武伦的电话，告知他山谷的方位和事情的经过，特意嘱咐，说要带上高手和军队，不然一样抓瞎。吴武伦答应立马去办，我便不再担心，给顾老板他们报了平安，便在山里待到天明。

次日凌晨，我才带着诸人摸回城中酒店，还没有歇口气，便来了十几个制服男，为首的一个正是上次跟着吴武伦的小弟，面色不善地告诉我，武伦主任要见我。

第二十一章　问责

我坐在沙发上，懒洋洋地往后一靠，眯着眼睛，盯着这个满脸锐利和不善的黄脸小子，悠然说道："吴武伦倘若想要见我，他自然会过来，我又不是犯人，他这般相邀，我才懒得理会他呢。我昨天忙碌了一夜，困倦得要死。还有没有什么事情？倘若没有，那我就不送了，请吧！"

这个身着黑色制服的黄脸小子见我并不配合，不由得着了急，一脸怒意，用并不流畅的中文大声说道："我师兄他现在正给你擦屁股呢，哪里还有时间专门过来请你？你去不去？别以为我们什么都不知道，你昨天在埃洛地山谷里面杀了人，信不信我现在就拘你回去？"

听得他这般强硬的话语，我不由得也怒上心头，一掌拍在茶几上，哐啷一声，质地坚硬如钢的玻璃给我震垮，化作一地玻璃碎末。我指着这家伙的鼻子，破口就骂："你敢跟我这么说话？我们的人来你们这里投资、做生意，给你们增加税收，减轻就业压力，发展经济，结果不但财产得不到保护，就连人身安全都不能够保证，今天被人下降，明天被人掳走，报案之后，要么没有消息，要么就是无能为力，无能你妹啊！"

瞧见这人脸色一阵青，我越想越气："收那么多的税，你连这个都保证不了，你都不脸红？你知道么，要不是我自己赶过来，李老板已经死了，雪瑞也给果任那老狗杀害了！看看你们这帮蛀虫，都做了什么，有种去抓达图啊，有种将果任的余党肃清啊，你怕他们啊，不怕我？老子单枪匹马就敢在他们那个破山谷杀几个来回，信不信我现在就让这几个街区没有一个活人？敢跟我横，你什么单位的？"

雪瑞昨夜差一点儿就受辱了，至今头上还戴着乌龟壳，而这一切，都是军政府懦弱无能造成的。我心里面早就窝着一肚子的气，而吴武伦这个小师弟仗着自己有些本事，心高气傲，竟然对我耍起了官僚作风，让我顿时就气炸了。

出身于社会底层的我又不是没有见过浑的，当下也是直言不讳出口顶撞，用愤怒如刀的眼神死死瞪着这家伙。听得我的话，黄脸小子也爆了，咬牙大叫道："你这恶棍，你有胆试试看！"

我这一通臭骂出了口，心中爽利，情绪稍微能控制了，也不吵了，只是抱着胳膊冷笑，说："你想看看吗？你是不相信我的手段呢，还是这几千上万号人的性命，你都觉得不重要，准备拿来当作你的赌注？年轻人，你赌得起吗？反正我赌得起，就你们这垃圾办事效率，我搞完事之后，吃顿晚饭再走，你们也抓不到我！"

我和他这般剑拔弩张地对峙，旁边终于有了一个老成些的人前来打圆场，拱手赔笑道："陆先生、陆先生，别开玩笑了，瓦谦这个人性子直，说话难免冲了点，您见谅，您见谅。是这样的，武伦主任他刚从埃洛地山谷回来，这个时候正在跟上面汇报情况，所以暂时来不了。昨夜的事情您最是清楚，所以想找您来了解一下情况，并没有别的意思。"这个中年人年纪四五十岁了，修为虽然不高，但是一脸精明，显然是个油滑之人。

他这话中听，不过我还是没有松口，指着门口围着的这一堆人说道："请我，需要找这么多人来吗？这是什么意思？"中年人倒也机灵，说这些人是带过来保护宾馆里的其他人，防止果任的余孽再次过来骚扰。

我眯着眼睛瞧了一会儿，指着面前这个黄脸小子说道："那好，他带着人留在这里帮我照看雪瑞，你领我去见武伦法师。"

听得我的安排，那个名唤瓦谦的黄脸小子不乐意，说他到这儿来的任务是带我回去，可不是过来当保镖的。他这般说，我便懒得理了，说，那我不管，我不走了。我在沙发上安坐，中年男人则拉着瓦谦到一旁商量。过了几分钟，瓦谦冷着脸走过来，说："好，我在这里给你看护雪瑞小姐，你去见我师兄吧。"

见到这小子服了软，我的一口恶气总算是消了些。盯着他的眼睛，缓缓说道："给我看好点，如果雪瑞再出什么事情，我会，杀了你！"这话说完，我不管他愤怒的表情，站起来，跟着那个中年男人走出门外去。

我能够感到有一股杀气在后方，死死地锁定着我，不过我并不在乎，像黄脸小子这种人，学得一身本事，初出茅庐，自以为天老大地老二，傲气冲天。我倘若跟他服一个软，他定然会骑到我的头上来，拉屎拉尿；我只有摆出更加桀骜不驯的姿态，他才会对我重视一些。

因为还是不放心这些家伙，我将虎皮猫大人和小妖也留在了房内，贴身保护雪瑞。

我们所住的酒店就在市中心，离吴武伦所在的单位并不算远。不多时，我们就来到了一处并不算醒目的建筑。在中年男人指引下，我被带到了一间宽敞的院子里，这院子四周防卫森严，围墙上布得有铁丝网，四角都有瞭望楼，上面荷枪实弹的士兵，两人一组，四处巡望。瞧见这戒备，我不由得跟那个中年人开玩笑："这不会真的是鸿门宴的节奏吧？"我这个笑话应景，不过显然这人并不懂这里面的典故，只是笑笑。

走进院子，只见正中有一个布袋，里面传出凄厉的哀嚎声，声声入耳，让人毛骨悚然。我回过头来，问他这是什么意思，杀鸡儆猴？中年人依旧不懂，摇摇头。不过这个时候我的身后传来了一个声音："倒不是杀鸡儆猴，只是一个人证罢了！"我回过头来，却是一脸倦容的吴武伦走了过来，他挥挥手，旁边自有小弟走到场院中间，解开那布袋上面的绳子，抄底一倒，滚出一个人来。

这人浑身皆有密密麻麻、蠕动翻滚的黑色虫子，胸口和皮肤几乎变成了蜂巢，到处都是黑乎乎的孔洞，流着黏糊糊的红黑色脓水，浑身都散发着刺鼻的气味，好像屠宰场处理下水的垃圾堆。而就是这样一个状态，这人还能中气十足地嚎叫着，显示出了他过人的体格和修为。

瞧着地上这个如同烂泥一般的仰光地区顶尖降头师，我有些惊奇，这家伙怎么还没死？

吴武伦的整个脸儿都黑了，说这不就是你成心弄的吗？

我一脸无辜，说他们当时有枪，我没有多留，跑到山里面躲了一晚，凌晨刚回来，哪里晓得这个？

吴武伦指着一双眼珠都没有了、形如恶鬼的果任法师，说："我们昨天赶到的时候，整个山谷都没有人了，只有几具尸体和焚烧殆尽的建筑，以及他。当时他被几条恶狗给围着，要不是这般嘶叫，只怕就给那狗吃了。我们抓到了那狗，也是被下过降的，凶猛精悍，吃人肉没有一点儿问题的。"

我皱着眉头说，那你们没有见到婴儿的尸体，裹着金箔的那种，还有好多埋在地里面的陶罐？

吴武伦摇头又点头，说破陶罐是见到几个，那水潭附近的草地上有上千个坑，也瞧见了，不过你说的，我倒是真没有瞧见。吴武伦的话说得我一阵头痛，对方到底是什么想法，短短几个小时的时间里，便将婴尸给转移走了，却留下身中蛊毒的果任法师在那儿——是打算让我来救治他吗？

我这边刚刚念及，吴武伦便开了口，陆左，你能够救他，对吧？

我迎上吴武伦的目光，微微眯上眼，轻声说道："吴武伦，你不会是要我救这个人渣吧？"

吴武伦点头说是，即使果任有参与谋杀李家湖先生以及绑架李雪瑞小姐的嫌疑，但是这些都需要呈交上面，由法庭来判决。陆左，你昨天的行为让我很为难，你知道么，有人已经去我上司的上司那儿告状了，说你作为一个外国人，在我们这儿胡作非为，这种行为简直就是在藐视军政府的权威，以及法律的尊严。

我听吴武伦这般说着，脸上更加的冷淡了，说，那人是谁？

吴武伦不答，只是说果任法师在仰光这么多年，屹立不倒，自然有他的圈子和交际，重要的是你的身份，并不适合在我们这里办事，更加不能授人以柄，不然，即使是我，也很难保你。

吴武伦的声音越来越小，而我则逼视着他的眼睛，大声质问道："你是要我现在就救活他吗？你知道这个人面兽心的家伙在昨天夜里，对雪瑞做了什么吗？"

面对着我恶劣的态度，吴武伦脸色也变了，肃然说道："陆左，我只是提醒你，这是在缅甸！"

我哈哈一笑，摊开双手说道："好吧，等那个魔罗成长起来，祸害缅甸百姓的时候，你可别来找我！"

"什么,魔罗?"吴武伦的脸色倏然一变,紧紧抓着我的手说道。
我点头:"是的,魔罗!"

第二十二章　贼心不死，同归于尽

《大论》云：秦言能夺命，死魔实能夺命，余者能作夺命因缘，亦能夺智慧命，是故名杀者。又翻为障，能为修道作障碍故；或言恶者，多爱欲故。垂裕云：能杀害出世善根。第六天上，别有魔罗所居天，他化天摄，魔名波旬。

此魔罗乃佛祖悉达多修行之时的大敌，又唤作"第六天魔王"，神话传说中的魔物。缅甸信佛，乃万塔之国，吴武伦此番人等，或多或少皆与佛教牵连，无论大乘小乘，这典故也都是知晓的，所以闻得这名字，才会勃然变色。

他打量了一番我的脸色，小心翼翼地问："你说的到底是什么意思，为何会牵扯到这魔物？"

我望着地上那个还在哀嚎着的果任法师，严肃地说道："武伦，你或许刚刚接手这件案子，并不知情，我在这里可以很肯定地告诉你，整个案件的开端，就是郭佳宾的妻子崔晓萱肚子里面，所怀着的孩子。我不知道整个事情到底是怎么回事，但是我告诉你，这最后的结果，是崔晓萱生下了一个三头六臂的鬼物，它便是魔罗！"我深吸了一口气，说道："这鬼物已经被钟水月和郭佳宾给控制住了。你可以回想一下阿耐刚亭勒刚出生时的那种恐怖，再想一想，如果那魔罗得到一定时间的发育，那将会是一种什么样的情况！"

我的话说完，吴武伦的脸已经完全黑了。他沉默了好久，然后问道："你确定？"

我严肃地点了点头，说现在已经不是一笔钱、一桩生意或者一笔仇恨的事情了，而是人类跟异类的战争，这里是你们的国土，与我无关，但是那些即将要死去的人，他们是无辜的，上天有好生之德，说实话，我不愿任何人，死于此次危难。

瞧我说得恳切，吴武伦又沉思了半分钟，终于重重地点了点头，说："好，我立刻去向上面汇报，并且给予你尽可能方便行事的权利，当然，这一切都要以不伤及政府的根本利益为前提。你同意吗？"我点头，说好，然后用下巴点了点院子里的果任法师，说这位已经是千疮百孔了，伤势非人力所能及，而我当时真的是在自卫，并不是过错方，所以……

吴武伦扬眉，不屑地说道："什么狗屁顶尖降头师，自吹自擂的家伙，弄成了这副模样，真丢脸。我们的人已经审过他了，一会儿让人给他一个痛快吧。我去汇报了，至于陆左你，留在这边做一个笔录，我去去就来。"

有着魔罗这个共同的恐怖敌人，吴武伦显得十分急切，原本还准备兴师问罪，而此刻却对果任这个家伙弃之不管，匆匆离去。世间没有绝对的黑与白，吴武伦这种实用主义态度我也不会用喜恶来作评价，看到他的身影消失在院门口，我并没有与那个中年男人一起去做笔录，而是缓步走到了果任法师的面前。

也许是我体内肥虫子的气息让这些享受盛宴的黑色虫子产生了恐惧，停止不动，当我走到果任法师面前一米处时，他抬起了头，朝着我的方向看来，烂成一片的嘴唇轻轻颤动，用沙哑的声音说道："陆左，你来了？"

我站定，瞧着面前这一堆烂肉，缓缓说道："是的，我来了。"

知道是我在这儿，他如释重负一般地松了一口气，叹息道："我果任一生纵横，威加仰光，死在我手下的降头师大者一十二，小者无数，却不承想我竟然也死于降头术，真的是善泳者溺于水啊。我熬到现在，就想亲口问一下你，你给我下的，到底是什么降头？"

我瞧着这个如同腐尸一般的降头师，负手而立，傲然说道："降中飞头，蛊中金蚕，这世间无人可解。好叫你晓得，我来自中国苗疆，沿袭的是苗蛊三十六峒清水江流的敦寨苗蛊一脉，这本命……"我正夸赞着自家传承，突然心中一动，后退一步，手结外缚印，口中高喝道："解！"此言一出，体内金蚕蛊立刻爆发出巨大的金色光芒，将我给紧紧笼罩。此时，果任则桀桀地厉声笑道："能与你同死，其幸甚也！"在这尖利的叫声中，他体内有一颗术法的种子发芽，迅速膨胀，然后将这一堆烂肉给撑开，朝着四周爆裂——轰！

数不胜数的烂肉和蛊虫以果任为中心，朝四周炸开，巨大的冲击波将我往后连推了四五米。我浑身金光闪现，肥虫子将我的周围几米撑出了一个坚固不可破的气场护罩来。那血肉簌簌而射，却伤不了我分毫。然而旁人却没有那么幸运，刚才过去解开绳子的那个工作人员，整个人都给射成了筛子。我身后那个准备带我去做笔录的中年男人，因为有我阻挡，并未受伤，只是脸给吓得灰白，一屁股坐在地上，半天也没有回过神来。除此之外，场院中的青石板上出现了一个直径两米有余的大坑，周边的建筑都有受损，伤害不一。

这沉闷的爆炸声引来了好多人，瞧见现场这幅场面，有人甚至直接掏出枪来戒备，我一脸不善地看着这个中年人，他捂着胸口，过了好半天才回过神来，开始疏散人员，然后跟我道歉，并跟我请教处理这些蛊虫的手段。

没过多久，吴武伦也匆匆赶了过来。发生这样的事情，他的脸色并不好看，因为这人是他带回来的，然而体内居然还积聚着这么一记杀招，显然是他们工作的失误。不过我除了受到一些惊吓，倒也没有什么实质性的伤害，所以只是拿拿架子，也不再刺激死了兄弟的吴武伦。

其实换一个立场想一想，也能够理解，毕竟果任之前那一副烂肉模样，便是拿着这裹尸袋将他装起来，都需要鼓足勇气才行。

扫尾结束之后，吴武伦郁闷地跟做完笔录的我再次道歉，我表示不必在意，说起来，果任想要报复的主要对象是我，那位被射成筛子的兄弟，倒是受了池鱼之灾。

吴武伦一脸严峻，咬牙切齿地说道："这些人太嚣张了，不打击不行了，一会儿我就去签署命令，将他的余党，给一网打尽，而且务必要追查到那个潜逃离开的达图！"发泄完愤怒之后，吴武伦才告诉我，说他们上面同意了我在此处协助调查魔罗的行动，并且愿意在这方面尽量配合我。

我点头，想起一事，便将雪瑞所中的龟甲封神术说予他听，问他们系统里面，可有人能解这个？吴武伦摇头，说这东西听都没有听过，他需要问过之后才能回答我。说着话，他告诉我，他师父迪河上师是缅甸国内第一流的白巫僧，对于解降之术，颇有研究，现在就在大金塔修行，他会帮忙问一下，到时候让我们直接去找他师父。

我想起来，当日与雪瑞同游大金塔的时候，我似乎见过那个和尚。心中急切，打算先回去，一是准备给雪瑞解术，二则要将李家湖、顾老板这些普通人，给撤离仰光，这里到底是太危险了。

吴武伦这儿忙得焦头烂额，于是也没有跟我多说，送我到了门边，连公车也没有给我派一辆，没办法，我只好找了辆贵死人的出租车，返回酒店。

我返回酒店已经是上午十点。套房里的人变得多了起来，除了顾老板、阿洪以及被我勒令在此保护雪瑞的瓦谦等人外，华人商会的戚副会长和李宇波等人也闻讯赶来了，至于雪瑞的母亲Coco女士，更是第一时间就从医院赶了回来，现在正在里头的房间，跟雪瑞抱着哭作一团。

我与在座诸人寒暄。听了顾老板一番半真半假的吹嘘，这戚副会长等人看向我的神色都变了，态度恭谨得不行，言必称"陆大师"，如此的谦让中，好累。

戚副会长问我接下来有什么打算，我说现在问题有些麻烦，雪瑞虽然救回来了，但是中了术法，必须解开才行。不过敌人的势力很大，我怕李家湖夫妇在这里有闪失，所以想尽快安排他们回香岛，我依旧留在这儿，救治雪瑞。戚副会长点头，说今天下午正好有一班飞机，他这就帮忙订机票，至于我，只要还在仰光，任何事情，招呼一声即可。

我想起一事，问言老先生还在吗？他摇头，说老先生已经返回清迈去了。我的心中隐忧，不过也不谈。

华人商会的人走了之后，我进里间与雪瑞母亲商量，她自然是不愿意这么急地跟自己的女儿分开，我好是一阵劝，雪瑞也帮着劝说，她终于意识到自己留下来只是累赘，于是答应了，只要求临走前，让李家湖和雪瑞见上一面，我自然答允。

诸事匆匆处理完毕，顾老板这边也准备跟李家湖夫妇一起返港，但是把阿洪留给我，说阿洪跟他这么久，也能说缅甸语，我面前多少也要有人跑个腿，我征求了阿洪意见，方才答应。下午，我便到机场送走了这些人，然后带着雪瑞，直奔大金塔。

第二十三章　重返大其力

我们要去的雪德宫大金塔，位于皇家园林西圣山上面，是久负盛名的佛家胜地。当年我和雪瑞，还有杂毛小道，曾经一起来过，只不过当时肥虫子不喜这儿，虎皮猫大人也离得远远，所以就没有进去。也正是那一次，我们算是与吴武伦说上了话，也感受到大金塔里面，有着许多不同凡响的高手。时过境迁，当日对我们形成极大心理压力的武伦法师已然成了合作伙伴，而那些让人望而生畏的老和尚，我也能够坦然面对。人生之变化就在于点点滴滴、不知不觉。

来之前吴武伦已经帮我们联系好了一切，我们到寺，立刻被引入后面的一处建筑，佛香一炷，香茗两盏，没一会儿，一个慈眉善目的老和尚便从内屋走了出来。

我看着老和尚眼熟，略微一回忆，想起当日他在塔前川流不息的人群中参禅坐忘，浑身融于天地，宛若一幅画、一面墙、一尊勾连佛陀的雕像……

原来他便是吴武伦的师父迪河上师，难怪会如此厉害。

我们起身，上前见礼。这位老禅师一生钻研佛法，心思至纯，故而不通中文，于是我们在阿洪的帮助下，与他进行交流。

迪河上师修炼的是小乘佛法，言谈中有许多佛教术语，让阿洪有些不适应，不过还是能够勉强交流。话谈不多，几分钟之后老禅师便领着我们来到后边，这是一个很简单的僧舍，一床一桌一椅一柜，如此而已。

雪瑞依言平躺于床上，酥胸高耸，颇为诱惑，然而老禅师却不观不瞧，整个人的精力都集中于附在她头上的那几片龟甲。结了几个手势，诵唱着经文，他从怀中掏出一个绘得有药师佛画像的小瓷瓶来，将瓶口红布打开，手托在底部注入劲道，里面便有数缕白烟浮出。他右手结观音拈花状，将这白烟轻轻导引至雪瑞额头处。这时奇怪的事情发生了，那些龟甲之下的粉红色肉丝纷纷伸出触手，密密麻麻，宛若头发，朝着这白烟探来。老禅师以这白烟为诱饵，右手勾引，左手悄无声息地覆在雪瑞脑后的龟甲上，经过两分钟左右，正准备一举揭开的时候，那些头发丝状的粉红色肉丝迅速回缩，根本没有留下一丝反应的空间，雪瑞一声大叫，脸色一阵惨白，一大口鲜血就吐了出来，洒落在雪白如玉的脖颈和胸前。

迪河上师见解降之事功亏一篑，不甘地以白烟再次勾引，然而那些肉丝压根就不再上当，死死地窝在龟甲与雪瑞的头皮之间。又尝试了几次，老禅师长叹一口气，将瓶中白烟悉数放出，倾倒在龟甲上，一时间烟雾缭绕，宛若仙灵。

我在旁边一直死死地盯着，直到迪河上师站起身来，才迎上来问他，怎么样了啊？

老禅师指了指雪瑞，说她需要休息一会儿，我们出去谈。

我和阿洪跟着他来到外屋，落座之后，迪河上师告诉我，雪瑞所中的这降头，的确叫做龟甲封神术，是泰国皇室的御用之法，专门用来禁锢为非作恶的降头师和黑巫僧，不过自从拉玛九世王普密蓬·阿杜德登基以来，效仿西方文明，大力革新，所以在20世纪60年代时宫廷大乱，大部分白巫僧离开了泰国皇室。

他回忆往事道："这些人，有的投效了萨库朗，有的则在契努卡谋就高位。这些人很多都参与了那一场令人瞩目的神山之战，不过后来便没有了消息，此术也是失传已久，能解的人不多。我这瓶梵净水是当时的一位前辈所赠，对于龟甲之中的降头术灵有极强的诱惑力，也具有催眠作用，只可惜这些恶灵植入这个小姑娘的头颅内太久，自成灵识，受不得骗了。我已经将其尽数倒入内里，可以催眠那些恶灵，只要不过度刺激它们，二十日之内，它们不会有动静，但倘若过了这个界限，只怕那个小姑娘的大脑，便会受损了。"

听得老禅师的话，我知道这梵净水十分珍惜，当下一躬到地，表示了感谢。

他摆摆手，说："魔罗之事，我已经听得武伦说过。除魔卫道，乃上体天心，下悯民意之事，说起来我倒是要谢你了。只可惜老僧并不能够将这小姑娘彻底治好，惭愧，惭愧啊。"

我想起肥虫子，提出我倘若有可供驱使的蛊虫，进入人体，能不能把这些降头恶灵给吞噬呢？

他摇了摇头，说最好不要，这事情的成功几率，一半一半，倘若因为失误，反而害了那个小姑娘，只怕你一生都会后悔的。我叹息，的确如此，这世间没有后悔药，太冒险的事情，只怕难以成功。

我又问，大师，在你知道的人里面，何人可解此术？

迪河上师沉思了一番，伸出两个手指头："据我所知，这世间还有两个人可解。"

我大喜，拱手问道："还请赐教。"

老禅师闭目回忆，缓缓言道："其一乃泰国清迈契迪龙寺的般智上师，他是泰国宫廷白巫僧出身，当年宫廷内乱，他没有参与，而是隐退清迈，对小乘秘典谶术研究颇深，据闻他近年来已经能够达到肉体悬空的空灵境界，想来解这龟甲封神术，并不困难。至于第二人，他在马来西亚丁加奴州首府瓜拉丁加奴的婆恩寺中，名唤作达图，不过此人行事诡异，善恶随心，虽然手段高强，但是未必会相帮于你，若想请动他，你可能要备上一份厚重的香火钱啦。"

听闻这话，我的脸不由得黑了，般智大师我自然是认得的，也有过并肩作战的情谊，只不过我已经从果任的口中，得知他已然圆寂的消息。至于达图，我小心问他道："上师，你可知给雪瑞下降的，是何人？"

迪河上师恍然想起来，说："我倒是糊涂了，这下降之人，也可作解降之人，那

093

他是?"

我咬牙切齿地说道:"便是达图那个老东西!"

听到这名字,老禅师摇头叹息,说,过分了,过分了,以达图他这样的名声和地位,做出这种事情来,确实是有点过分了。

我接着将般智上师圆寂的消息告知迪河上师,他又是一番感慨,说这中流砥柱,一朝缺失,莫非是不祥之兆?

谈话回来,见雪瑞睡得安详,我也不忍心打扰,当日便在大金塔借宿一晚,次日则与阿洪、雪瑞一起转乘前往大其力的航班,重回故地。

因为是下午的航班,我们到大其力市的时候正好是傍晚。出了机场,看见那些门口揽客的黑导游,我感到莫名的亲切。扫量一圈,并没有发现那个把"还珠格格"唤作"憨猪哥哥"的吴刚同志,稍微有一些遗憾。

顾老板的贸易公司在东南亚地区到处做生意,阿洪办事极为妥帖,早就预订好了车子,先行前往大其力市内,住进我们上次落脚的酒店里。

回大其力的路上,我与杂毛小道通过电话,他告诉我,说洪山大学那边的事情官方已经介入,不过那些兔崽子十分警觉,一听到风声就消失得无踪影了,至于那一队从喜马拉雅山翻过来的血族也终于找到踪迹了,他们横穿藏区的时候,被出关的宝窟法王带着众位喇嘛追击,穷追几百里,损失了大半,后来逃到了西川,犯了几件事情,现在整个西南局都被调动起来,赵承风准备拿这些家伙来开刀,奠定他升任总瓢把子的功绩。

我心忧三叔,问,那龙涎水的消息呢?

杂毛小道告诉我,说他现在就在洞庭湖旁边,昨天听说岳阳县的一个乡里面出现了真龙踪影,他现在正随队前往呢,不过很多宗门也听说了这消息,龙虎山、青城山、阁皂山、峨嵋金顶以及昆仑悬空寺都有弟子在洞庭湖周围走动,便连一直蛰伏的邪灵教,都有动静,至于其余闲散人等、江湖术士,那摆摊的、算卦的、看坟的、坐馆的,等等,也一窝蜂地赶了过来,跟当年黄山龙蟒得有一拼。

杂毛小道那边热闹,而我这边则是愁云惨淡,将这几天的事情给他草草一说,他便也有些担忧,毕竟这第六大魔王的威名,他也是听过的。杂毛小道告诉我,说他还在这边等几天,倘若只是瞎热闹,他也就不参与了,直接去缅甸来帮我。我虽然心忧,但是想到蛊丽妹这尊大神,也没有太多恐惧,说让他先待着,等我求援再说。

到了市里的时候,我准备挂电话,杂毛小道让我去看一下当初帮助过我们的廖老鬼父子,我说好。

此时天色已晚,摸黑去寨黎苗村并不现实,我们在酒店住下,填饱肚子,洗去旅途劳顿后,我准备去一趟廖老鬼家里。雪瑞虽然脸上有些倦容,但是不愿留在酒店,缠着跟我一起去。我是惊弓之鸟,也不放心留她在酒店,于是便让阿洪一个人待在酒店留守。

走在大其力街头,有种逛小县城的感觉,不过雪瑞反倒乐在其中,带着白色小洋帽,脸上笑容绽放。走了一会儿,路过一个街区,我看见一个小和尚的身影颇为熟悉,不由得瞧过去,那人也似有感应,回过头来,我一见,心中诧异,怎么会是他?

第二十四章　般智上师之死，以及夙敌

我的视线中出现了一个十六七岁的少年僧人，绛红色的僧袍和他的脸一样，脏兮兮的，赤着双脚，一脸的疲惫和伤痛，整个人都佝偻着，缩头缩脑，完全没有往日的精神。这人叫做他侬阿杜德，我自然是认得他的。小和尚出身于泰国清迈的契迪龙寺，而他的师父，正是圆寂不久的般智上师。

当初我们在缅北山林中分离的时候，他对朵朵和小妖依依不舍，还找我留了地址，说是如果有机会，一定会到中国来找我。此刻瞧见他居然出现在远离清迈的缅甸境内，我不由得有些惊讶，让雪瑞跟上我，然后朝前招呼道："他侬，他侬……"

我这般喊着，小和尚他侬却如同惊弓之鸟，头一缩，身子就如同游鱼一般，朝着人群里面钻去。

我心中更是诧异，转头吩咐小妖照看好雪瑞，便追了上去。他侬跑得飞快，左冲右突，光脚板在地上吧嗒吧嗒地跑路，人群密集，一时间竟然很难找寻。不过我却并不慌张，当下将气行于奇脉，运于足底，一阵飞驰，终于在一处街角小巷里面抓到了他的胳膊。这个小和尚十分有攻击性，我一抓住他，他回手便朝着我的脸上挠来。

这孩子面貌清秀，身矮手长，我怕给他挠花了脸，便使那小擒拿手里面的摔技，一下子将他给按倒在地上。他奋力挣扎着，神志好像有些不清醒，我也不管，死死将他给按在了地上，不让他动弹。过了好一会儿，他侬终于停止了挣扎，仿佛认命似的趴在地上，口中喃喃说道："不是我干的，不是我干的。"

我瞧着这个脏兮兮的少年僧人，咳了咳，说："他侬，是我啊，还记得我不？是我啊！"

也许是我的中文口音刺激到了他侬，他终于幽幽回过神来，扭头来看，见到我，不由得眼睛瞪得滚圆，失声高喊道："你是陆左居士？"我笑了，说："不然呢，你到底以为我是谁，怎么见到我就跑啊？"

他侬伸出一双脏兮兮的手，紧紧抓着我的左臂。他这手是如此的瘦弱，仿佛那骨头上多长出来一层皮一般。我瞧见他恢复了神志，便扶他起来。感受到我胳膊上面的温度，他侬的眼泪立刻就滚了下来："陆左居士啊，我、我冤枉啊……"话说到一半，他的双眼一翻白，人就昏迷过去。

这动静把我吓了一跳，一摸鼻间，还有气息，当下赶紧把他给放平了，又是掐人中又是按胸口，好是一阵忙活。而这时雪瑞和小妖也赶过来了，瞧见这少年僧人，小妖不由得笑了，说竟然是这小家伙啊，他怎么跑这儿来了？

雪瑞懂医，蹲身下来检查了一番，阻止了我的忙活，说他就是又疲又累，加上好多天没有吃饭，饿晕了。

饿晕了？

我想起他侬刚才仓皇逃窜的狼狈样，知道这里面一定有蹊跷，当下也顾不得去找廖老鬼，而是将他给扶起来，去找医院。结果我走了两个街区，都没有看到医院，连个诊所都没有，他侬倒是醒了过来。

小妖瞧见他睁开了眼，说，得了吧，不找了，带他去饭馆吧。

他侬瞧见了这么多熟人，不好意思地打完招呼后，露出了一脸掩藏不住的兴奋，说："好啊，好啊，那么就叨扰了。"我没有什么意见，随意找了一家餐馆，点了些素面和素食，让他侬先解决一下肚子问题。这小和尚倒也没有跟我客气，就跟那从牢里放出来的饥荒贼一般，二话不说就开动了，不多时功夫，便横扫一空，我不得不让小妖再次点餐。瞧见这小和尚吃饭不要命的样子，我有点吓到了，说，你长期未进食的话，第一顿要少吃点。他从一叠盘子中抬起头来，一边往自己嘴巴里塞米饭，一边含糊地说道："不妨事的，我也是修行人，知道分寸。"他这般说，我便也不再管，免得被人说小气。

吃了好一会儿，我瞧见他喝了一大碗素式罗宋汤，终于放下碗来，抚摸着肚子，方才问道："吃饱了没有，要不要再点一些？"他侬不断地打着饱嗝，却说道："感觉还是有些饥饿感，不过差不多了，再吃下去，只怕我的肚子就要爆炸了。"缓了好一会儿，这少年才略微不好意思地说道："不好意思，我有四五天没怎么吃过饭了，刚才没吓到你们吧？"

我感觉他的中文比以前好了很多，而且好像还有一些熟悉的口音，不过也不问，含笑不语。雪瑞并不知道般智上师的事情，所以奇怪地问道："他侬，你怎么会弄成这个样子啊，你师父呢？"

她不提还好，一提般智上师，他侬的泪水立马就冒了出来，双手捂住了脸，痛哭道："我师父他，死了！"小和尚看来是真的怀念他的师父，这一番哭，眼泪鼻涕都流了出来。悲声喧扰，我怕他影响店里面别的客人，于是手结外缚印，当头棒喝一声道："解！"这印法敲在了脑门上，小和尚又打了几个饱嗝，终于停止了哭泣，哽咽地说道："我师父被人害死了，然后我被他们诬陷，说我也有份，我害怕了，就逃，一直逃，他们一直追，于是就逃到这里来了。"虽然被我当头棒喝，然而他的情绪依然十分激动，语无伦次。

我的心中不由得也有些疑惑，要知道，般智上师我也是见过的，可以力扛小黑天的猛人，当日若不是他在前面将小黑天的锐气磨砺，只怕即使有七剑助阵，以及李道子真火灵符压场，也未必能够将其超度。可就是这么一个修为已入化境之人，却给人害死了，到底是谁有这番本事？

我待他侬的心情稍微平和了一些，将这个疑问说出来。这小和尚告诉我，说是漪罗。

听到这个陌生的名字,我有些摸不着头脑,说,这人是谁,是很厉害的高手吗?

他侬摇摇头,说:"不是,他是我师弟,是我师父三年前在禅邦收的徒弟。当时他与人争斗,身受重伤,几乎要死了,我师父施术救了他。他是中国人,头脑十分机灵,根骨奇佳,而且对佛法、特别是修行之道理解得十分透彻,几乎是一学就会,一会就精,我师父喜欢得不得了,于是就收他做了关门弟子,悉心教导,还说我太笨了,一辈子只能做个吃斋念佛的小和尚,以后他的衣钵,要由漪罗来继承。"

他侬眼里满是泪水:"不过我不在乎,师父说什么就是什么,而且漪罗对我也挺好,教了我很多东西,还跟我讲很多故事。他越来越厉害了,进门三年不到,他竟然能有我师父一半厉害,见过他的人都说他是天才中的天才,师父对他越来越喜爱了,很多绝密的东西都给他知道,结果,"

"结果怎么啦?"

他侬紧紧咬着牙齿,一脸可以燃烧起来的愤怒:"结果他居然伙同外人,一个叫做许先生的家伙,把我师父给害了,而且通过强制醍醐灌顶的方式,给他自己灌注了师父一辈子的修行。他们所有龌龊的勾当,我都瞧见了,正要揭发,却发现所有的矛头都指向了我,到处都是他们的人,我没办法,只有跑,这些天来我东奔西跑,一个好觉都没有睡过,几乎就要累死了。"

我瞧见了他侬与般智上师的感情,也有过被全世界误解追杀的经历,当下感叹,他侬才十七八岁,终日礼佛,哪里能够知晓这人间险恶。

只不过那个叫做漪罗的家伙,还真的是一个狗东西,跟那农夫与蛇的寓言一样,蒙受大恩不但不报答,反而反嘴一口咬,这行为,跟周林那小子一模一样,甚是让人厌恶——而且还是中国人,真丢人。想到这儿,我下意识地问他侬,那家伙姓什么,哪里人?

他侬扬起泪水模糊的脸庞,咬着牙说道:"那是师父给的法号,他不姓漪,我记得他跟你是老乡,都是黔州省晋平县人。"我吓了一跳,似乎想到了什么,紧紧抓着他的手,问道:"他叫什么名字?"想到那个家伙,他侬的嘴唇都咬出了血,一字一句地说道:"他大名我们都不知道,只记得当时别人都叫他青伢子!"

青伢子?王万青?

我的脑海里瞬间想起了在晋平青蒙乡色盖村里,身穿旧校服的那个十三四岁的少年,想起他那一双怨毒得让人不寒而栗的眼睛,想起了他那执拗、偏激、愤愤不平的话语:"你是叛徒,你是我们苗家的叛徒。"

我往餐厅的椅子后面靠了靠,浑身有些发凉。

我并不是害怕这个少年,这几年来,更加狠厉的人物我见过不少,他排不上号。我只是在感叹命运,感叹冥冥之中有那么一双大手,它无所不在,压得我有些喘不过气来。

王万青，般智上师的徒弟，弑师，而后一身修为尽归他身，这个同样出身苗疆的少年，会是我宿命中的敌人吗？

第二十五章　死于烟雨三月，人生啊人生

我一个人呆呆想了很久，方才回过神来。雪瑞看我刚才魂不守舍的模样，略微担心地问我怎么了，没事吧？

瞧着大家关切的眼神，我感到一阵温暖，点了点头，长吸了一口气，用尽量和缓的语气说道："青伢子，大名叫做王万青，他不但是我晋平的老乡，而且还跟我打过交道，更重要的事情是……"我环顾一圈，淡淡说道："他是杀害朵朵，让朵朵变成小鬼的杀人凶手！"

啊，所有人都是一阵惊呼，表示难以置信，天下间的事情，居然会是这么巧，让人觉得世界实在是太小了。雪瑞感叹道："朵朵这么可爱的孩子，他怎么下得去手啊？"

我摇头，说这世界上大部分坏人，其实心中都有着温暖的地方，有着对美的追求，这就是人性，但是有的人整个性格都扭曲了，变态了，心中只奉着一个所谓的信念，与其背道而驰的，便是不对的，就想去打击，想去毁灭，王万青便是这种人。他从小吃过很多苦，少年时就亡命天涯，流亡海外，心智早就变得黑暗无比，也懂得伪装，居然连般智大师这样的高僧，也瞧不出他的本性来，唉。

这一番感叹完毕，我开始具体询问起关于王万青的情况来。他侬告诉我，他们是在禅邦的一个黑矿场里面碰到青伢子的，当时他因为对打骂监禁自己的工头下降，结果不成，给发现了，于是被吊在树上让人用皮鞭抽得奄奄一息，他师父般智上师见着可怜，便上前阻拦劝解。缅甸崇佛，僧人的地位极高，所以工头即使再凶恶，也还是给了面子，将他放了下来。当般智上师准备离开的时候，青伢子突然冲过去抱住他师父的大腿，恳求收留。般智上师一般是非有缘而不收弟子，然而摸到这少年的头颅，发现他根骨奇佳，乃大才，绝顶的修行材料，于是就动了心，稍微问了几句，青伢子言谈也得体，便收归了门墙。带回清迈之后，青伢子勤奋极了，干活的时候，一个人能顶三两个大人，修行的时候，几乎是瞬间入定，渐渐地他就赢得了般智上师的信任。

当他侬谈及青伢子在去年曾经回国时，我想起了当时茅晋事务所办案子的时候，遇到了行脚僧达图的弟子，降头师巴达西，当时与他一起的，应该就是这个小子。他应该从他侬这儿骗到了我的地址，当时应该是觉得学有所成，前去报复，然而没想到根本惹不起我们，于是返回般智上师这儿，谋求更高层的力量，才会有了这惨剧发生。想到般智上师的厉害之处，我不由得胆寒，倘若青伢子果真继承般智上师的力

量,而且又有着如毒蛇一般的心机和耐性,绝对是我所头疼的大敌啊。

想到这里,我立刻问起青伢子现在的情况来,他侬告诉我,青伢子强行吸收他师父一生修为的法门,是从小乘秘典讖经之上得来的,唤作菩提袈裟,据闻乃一恶罗汉所作,乃极为邪恶之法,条件也苛刻,须得有过师承印记的两代人而为,归本同源,这修为才不会排斥,而且断然消化这一切,多则三五年,少者大半年,其间,之前所有的修为全部腾空,化作空瓶,用以积蓄新力。

我点头,表示明白,虽然师承同源,但是世界上没有完全相同的两个鸡蛋,两个人的修为便如同相似的油,看上去一样,但终究是不同的,青伢子倘若想将般智上师的修为融入体内,须得散去自己的一身修为,如同一个瓶子,倒出去,方才能装进来。不过他既然选择了做这件事情,那么必然会有后招,只怕早就找好地方藏匿,至少一年,我依然看不到他。而且,与他同谋的那个许先生,倘若真的是萨库朗的二号人物,只怕整个事情,会更加严重了。

形势是如此严峻,我心里计较着,表面不说。问他侬,那你现在有什么打算?

他侬哭丧着脸,说:"不知道,他们现在还在追杀我,一定要将我捉拿回去,我害怕我被他们找到之后,连申辩的机会都没有,就给他们在路上秘密处决了。要不然,我跟你们走吧?你们带我回中国,我在那里找一家寺庙,留下来修行。"

他侬也是病急乱投医,站起身来,紧紧抓着我的手,说:"陆左,我不会给你们添麻烦的,只要离开那些人的追杀,我可以自己过得很好,我自出生就跟着我师父了,我学得有很多本事,我、我只要不被他们抓到,我就可以活下来,然后、然后,我会修炼得很厉害,帮我师父报仇的。"

精疲力竭的他侬说起话来,有些语无伦次,我能够体会到他那种绝望和渴求帮助的心态,但是我们现在还有很多事情要解决,并不会回国去,我明日就要进山,去找蛊丽妹给雪瑞解降。

等等,我突然想起一事,紧紧抓着小和尚他侬的手,有些焦急、有些期待地问道:"他侬,你说你师父教了你很多东西,不知道龟甲封神术,你可曾有学得?"

"龟甲封神术……"他侬脑子乱乱的,这会儿有些短路了,皱着眉头回忆。我和雪瑞的心都要跳出来了,终于,他很肯定地点头说道:"是的,我会!我不喜欢给人下降的手段,更喜欢治病救人,给人解降,所以对这个还是了解一些的。"

他侬的话让我忍不住跳起来,激动地抓住他,说是么,那你来帮我们看看。餐馆人多,我把他侬拉到旁边来,用背部遮挡住旁人的视线,而雪瑞稍微掀开小洋帽的一角来给他看。

他侬瞧见了,眉头不由得紧紧皱起,左右打量一番,脸色凝重地表示:"这龟甲采用的是百年老龟的背壳,放入虫池中浸泡三年,日日持咒念诵而得。现在的问题很严重,那降头恶灵已经隐隐跟施降者在精神上有着联系,倘若不是你们之前让这恶灵陷入沉眠,只怕雪瑞小姐已经命悬一线,生死皆在别人的一念之间呢。我虽然可解,但是没有那么高深的修为,将雪瑞小姐隔绝于世……"

我笑了,说,你不能,我不能,但是我们明天要去见的那个人,却一定可以。

想到雪瑞那个化为蚕茧、藏身于虫池之间的便宜师父,我的心终于松了下来。当下带着他侬去附近的服装店里面换了装扮,瞧着这儿离廖老鬼的杂货店不远,便带着几人前去探望。

到了地点,门面有两个伙计看着,而廖老鬼则刚刚吃完晚饭,正躺在院子里的椅子上乘凉,见到我,好不高兴,拉着我寒暄,聊了一会儿天,我问起了当日带着我们藏在地窖的小廖,也就是他的二儿子。

老鬼叹气,说老二回国了。他当年亲手将四肢被砍去的古丽丽送回家乡之后,一直在中国照顾她,直到今年三月份的时候,古丽丽伤重去世,他家老二打了个电话回来,说丽丽死在一个细雨朦胧的傍晚,虽然全身的伤痛将她折磨得痛不欲生,但是她走得依旧很安详。小廖还告诉老鬼,他爱上了这个倔强的女孩,也爱上了中国,他决定留在中国,留在他父亲出生并且长大的地方。

说到这里,老鬼一脸的泪水,说这样也好,叶落归根,我这把老骨头,就留在异国他乡,发光发热,孩子嘛,回去吧,让他的子子孙孙都知道自己是中国人,为这个伟大的国度,感到自豪。

老鬼这慷慨激昂的爱国情绪让我胸中发胀,思乡之情又听得我心酸,在国内犹不觉得,出了国门,方才真真正正地明白,只有祖国强大了,我们才能够挺直腰杆,有尊严地活着。

返回宾馆的路上,我的情绪一直不高,当时我记得我说要去古丽丽的家乡看一看她的,然而这诺言一直都没有实现,反倒是身为陌生人的小廖,担起了这责任来。我闭上眼睛,总是能够看到那个漂亮的女孩子,倔强而绝望的眼神,像刀子一样,扎在了我的胸口。说来可笑,我见过的死人无数,然而还是会有这样的情绪。

返回宾馆之后,因为第二天就准备去山里,我将他侬安排在我们同一个套间,正准备休息,阿洪过来敲门,说:"陆左,刚才你们离开的时候,有一个姓许的先生过来找你,我说你不在,他说他在酒店旁边的咖啡馆里等你,让我告诉你,回来去那里找一下他。

第二十六章　最神秘的机构——佛爷堂

"姓许的先生？"

说实话，在这处处危机的异国他乡，我还真有些草木皆兵了。在咖啡馆等着我的那位，不会是那个神龙见首不见尾的萨库朗二号人物吧？要是这样，我只怕跑都来不及跑呢。

说来也好笑，我当时就有些腿软，扶住门框，舒缓了一会儿心情，才想起来问道："那个许先生，长什么样啊？"阿洪回答道："中国人，二十来岁，戴着黑色边框的眼镜，斯斯文文的，脸上留了一些胡须，很有礼貌，说是你的朋友，我感觉很面熟。"

我努力照着他的描述回忆，想起无数种可能，然而最终没有一个答案，不过想来应该也不会有太大危险，说不定是大师兄那边的人。于是吩咐小妖照看好雪瑞和他侬，转身下楼，朝着酒店旁边的咖啡馆走去。

这家咖啡馆并不算大，里面飘扬着当地民俗音乐，倒也好听。我在昏暗灯光下巡视了一圈，都没有瞧着找我的那人，正疑惑是不是有人耍我呢，感觉身后有人在靠近，背脊一紧，猛然回过头看去，却见到一个身材挺拔的青年站在我后面，精致的眼镜在灯光下闪闪发亮。

这青年脸上带着平和的笑容，与我打招呼道："嗨，陆左，好久没有见了，还记得我吗？"

瞧见这人，我的心情一下子很不好，冷言说道："李致远，哦，现在应该叫回你的本名了，许鸣，真的没有想到，你居然还敢出现在我的面前。"

是的，出现在我身后的正是当年香岛换魂事件的主角之一，就读于香岛中文大学的优等生许鸣，当时从和合石山上下来，我们出于好心，以及心软等原因，隐瞒了他与李致远换魂的真实情况，使得他能够以李致远的身份，周转于香岛的上流社会。

然而世事就宛若追妹子，或者勾引男神，并不是你用了心，付出许多，就会有回报的。后来我们前往缅甸赌石，寻找麒麟胎时，这小子居然将雪瑞给掳走，又将其扔在了山里面，后来更是出现在萨库朗的基地里面，完全坐实了他萨库朗一方的立场。不过也算是这小子命大，后来我们破狱而出，斩黄金蛇蛟、超度小黑天，最后追剿余孽的时候，跑掉的人，后来被尹悦击杀的黎昕算一个，他也算是一个。

我仔细地打量起面前的这个男人，他跟李致远以前那个花花公子的形象很不一样，古铜色的肌肤，黝黑深邃的眼眸，人也健壮了，宽肩窄腰，脸颊处有着阳刚的稀疏黑色胡须，将原本阴柔的气质一扫而空，这种帅气大概能让妹子心脏扑通乱跳吧。

然而我不是妹子，而且还与许鸣有着过往的恩怨，跟萨库朗也有解不开的疙瘩，于是走上前去，伸出手去跟他握："不过你敢出现在我的面前，倒是有几分胆气，相逢即是有缘，握个手吧？"

许鸣伸出手与我紧紧相握，说："陆左，其实我们两人之间，并无仇怨，我个人也一直不想与你结仇，相比之下，与你做朋友，是我更乐意的事情。我这次来，找你也是有正事的，不如我们坐下来聊？"

我收回手，直接用命令的语气跟他说道："别的我们先不谈，说一说萨库朗现在的结构，还有，他们对我到底有什么图谋。"

许鸣摇着头微笑，说："陆左，咱们两人打过这么多次交道，我以为你是一个有分寸的人，没想到居然会说出这种话来。恕我无可奉告。"我捻了捻手指，笑道："你有没有感觉自己的右手发痒？如果你想过几天肠穿肚烂而死的话，我不介意你缄默。"

许鸣笑了，伸出左手来，从右手上面揭下来一层高度仿真的人皮，说："你说的是这个吗？"

我的脸色一变，右手猛然往前一抓，而许鸣则不知道使了什么步伐，人便退到了门口。我知道许鸣来见我是做好了充足的准备，于是没有再进攻了，朝他淡淡地笑道："这么久过去了，你也有进步了。很好，你现在有跟我谈话的资格了。嗯，帮我点东西了没有？"

许鸣脸色有些不好，不过还是出声讲明："陆左，你是个养蛊人，这我早就知晓了，所以人皮手套、防瘟药、开光佛牌等一应物件，我都有。两兵交战，不斩来使，不过相对于我要说的事来讲，我的命不值钱。嗯，我帮你点了一杯卡布奇诺，可以吗？"

我耸耸肩，调节气氛道："只要不加咖喱就好！说吧，什么事情？"

两人坐定，许鸣开言道："首先我想向你解释一下，其实我对李家、对你们，根本就没有任何恶意，当时掳走雪瑞，我也只是奉了秦伯的命令行事而已。说句实话，我很喜欢李家的生活，它让我有钱，让以前的家人过上不那么辛劳的日子，也深深感受到了一个伟大父亲的爱。倘若有可能，这样的生活，我宁愿过一辈子，给李隆春养老送终，然后把遗产全部捐赠给福利院，靠着自己的双手创造事业。只可惜，我左右不了自己的生活。"谈及自己的家人和李隆春，许鸣情感流露，显得十分伤感，让人感慨世事无常、人间艰难。不过经历了许多欺骗，特别是果任法师这样的影帝级人渣给我的教训，我再不会轻易地相信别人，只是点头，让他继续说下去。

"不过现在好了，秦伯已经对我放手了，我现在效力于另外一个大人物，一个真正让人敬仰的伟大人物，活在上个世纪的传奇。他似乎很关注你，这次我过来，就是想向你表达一个意思，那就是这一次关于魔罗之事，请你不要参与。"

我眉毛一掀，说："哦，原来是另投了东家，难怪我发现你最近修为大涨，跟以

前相比是天与地。那么说说吧,到底是谁想让我滚蛋?"

许鸣苦笑,说:"陆左,你别这样,我知道钟水月和郭佳宾两人的行为让李家蒙受了巨大的损失,也知道他们弄得李家湖和雪瑞处境危险。不过他们现在已经跟我们接触了,算得上是我们的人了,所以我过来求个情,你放过他们吧,相关的经济损失,我们会责令他们退回去的。"

我的心中明了,说:"哦,原来你是为那两个贱人说情啊。不过我之所以要找他们,还真的不是为了钱,而是为了雪瑞,为了那个待在疯人院里面的崔晓萱,以及公义。还有,我也很想看一看,那个女人到底长什么样,竟然能够让郭佳宾那小子做出这么贱的事情来?"

许鸣的脸色开始变得有些严肃,盯着我说道:"陆左,说实话,我只是作为一个朋友过来劝你的,这是一场庞然大物之间的游戏,根本就不是你能够玩得起的,要是真搅和进来,你这小舢板,随时都有覆灭的危险。你懂吗?我不是在求你,而是在帮你!"

我低头沉默了好一会儿,然后抬起头来问道:"许鸣,你是契努卡的人了吗?"

他抬起头来,看着我,一字一句地说道:"不是,我现在是佛爷堂的人。以你的经历,你应该知道我这个部门到底是怎么一回事!"

话不投机半句多,许鸣警告了我之后,转身离开了。

我坐在咖啡馆里,独自一人待了许久。说实话,我自然知晓佛爷堂到底是一个什么样的机构,邪灵教如此势大,遍布天南海北,而那掌教元帅小佛爷上则通过实力卓著的十二魔星、各地庐主掌控教众,下则任用各路贤才,组建佛爷堂,实行集权控制。这两者之间的关系,宛若古时的封疆大吏和东厂锦衣卫。

佛爷堂的人我曾见过两个,一个是曾经有过交道、扮猪吃老虎的翟丹枫,还有一个是当日进犯茅山时的苏参谋,他们的相似之处在于,修为都不是很厉害,然而心计和忠诚,却是一等一的。而现在许鸣告诉我,他也是佛爷堂的人,而且出手保下了钟水月和郭佳宾。他还告诉我,他们不想与我为敌。这里面的信息量太多了,让我的脑袋有些转不过弯来。回到酒店之后,我请教了虎皮猫大人,它也知晓不多,不过它推测,萨库朗的许先生,想来应该跟小佛爷有一定联系,因为秦鲁海这个老不死,就是香岛鸿庐的头儿,也是十二魔星之一,唤作秦魔。

事情烦扰,大人帮忙看夜,我们先行歇下。第二天,阿洪找了车,将我们送出城,行了两个半小时,下车入山,开始朝着蛊丽妹所在的寨黎苗村行去。

路程遥远,不过进山方才半个小时,我便停了下来,将上次收起来的黑色佛牌拿出,问虎皮猫大人,我们就在这儿伏击?大人说好。

第二十七章　蹲伏草丛

这是一个山坳转角口，大人一声令下，我便将手中的黑色佛牌放在地下，用泥土掩盖，然后与雪瑞潜入附近的荆棘草丛中。旁边的他侬不知道怎么回事，问，这是要干吗？小妖轻轻拉了一下他，说，躲起来便是，问这么多干吗？

小和尚倒是蛮听小妖的话，小狐媚子瞪了他一眼，浑身的骨头都轻了几斤，屁颠屁颠儿地朝着草丛中跑了过去。

当虎皮猫大人飞向天空之后，我蹲在一丛缅甸山林罕有的石斛后面，眼睛一直盯着山道上，看有什么动静。这黑色佛牌当日戴在果任法师的脖子上，竟然能够防范肥虫子的进攻，这并不是它有多么厉害，而是它直接勾连达图的意志，通过秘法，请神入牌。我当日收回来，而不是将其扔掉，其实也正是想诱使敌人追踪我们，然后跟着我们的节奏走。敌人之所以可怕，是因为他难以捉摸，倘若能够按照我们的步调行动，那么威胁也就少了一半。这件事情我与虎皮猫大人商量过，它同意了，并且负责探知尾随而来的敌人，前两日倒也没有出现什么不妥，到了今天早上出城的时候，虎皮猫大人告诉我，说有人盯上来了，不过应该不是达图，或者相同级别的高手。既然不是达图，那么我也没有什么好顾忌的，那跟踪的人简直就是送菜，我也不客气，反过身来伏击，抓几个舌头，把身后的敌人给弄清楚再说。

大人给的情报很准，大概过了十分钟，在我们的来路附近就有了点动静。来了人，我更加小心了，都不敢直视对方，只是用眼角余光略微扫描。那动静越来越近了，我将遁世环开启，屏住气息，然后将鬼剑给缓慢地抽了出来，尽量让自己的心变得平静，收敛杀心。

出现了，对面的草丛处出现了一个毛头毛脸的家伙，比猴子要大一点，浑身阴气缭绕，黏稠熏臭的黏液将身体弄得湿漉漉的，脸上长了三只眼，嘴巴大得直接咧到了耳朵里去。瞧见这类似于矮骡子形象的东西，我有一点儿错愕，没想到跟在我们后面的不是人，而是这么一个怪物。

我这边惊讶，他侬也是用极低的声音说道："嘎达西（音译）？"

我扭过头来，用疑问的眼光看了他一眼，他低声解释道："这东西中文应该叫做魔泥猿，是南印度洋深处的一种水生动物，最喜欢待在河塘的烂泥里，少部分也会生活在大陆，以蚯蚓和虫子为食。它的性格暴躁，而且天性通灵，是绝佳的媒介物，但是非常敌视人类，很多时候会隐藏于水底，将河里游泳的人拉下水里杀死。相传有厉害的降头师死了，会用这猴子转身，暂寄魂魄，不过这也只是传说，更多的降头师会

豢养厉鬼，然后灌注于它的体内，作为鬼宠……"

他侬低声说着话，那东西敏感，本来朝着我们这边走着的，结果忽然停下了脚步，四处张望。我赶紧瞪了一眼他侬，他也知道了不对劲，闭上了嘴巴，气息都细了几分。

魔泥猿在原地停留了差不多两分钟，左右观察，没有发现什么不对劲的地方，将窟窿一般的鼻孔在空中吸了吸，似乎在感受着什么。当时我的心差一点儿都跳了出来，就怕给发现了。所幸那家伙也没有太谨慎，察觉无异之后，朝着我刚才埋牌的地方，蹦蹦跳跳地赶了过来。

来的既然是这种鬼东西，而不是人，那么就没有太多伏击的价值了，我扭过头，瞧了虎皮猫大人一眼，想征求它的意见，虎皮猫大人也正好朝着我看来，脑袋很肯定地点了点，十分用力。

这是要务必擒拿的意思啊！

我左右看了一下，小妖在右，肥虫子在左，我在正前方，后方自然是速度最快的鸟人，也就是尊敬的虎皮猫大人坐镇了。万事俱备，静待那家伙上前来，待瞧到它伸手将地上的泥土挖开，翻出了黑色佛牌，下面预留得有一张"压煞四鬼斗厄符"。这是我出发前杂毛小道赠送的几张得意之作，能够致人浑身酥麻，对这东西倒也有效。一瞬间，蓝光闪耀，宛若电光游过，那魔泥猿活力十足的身子陡然间就是一僵。

它这一顿，除了雪瑞之外，我们立刻群扑而上，便是那什么状况都不明了的他侬小和尚，为了表明自己并非什么忙也帮不上的闲人，也咬着牙冲了上去。然而状况还是发生了，就在我指尖即将触及这东西的胳膊时，它突然朝着右边一跳，整个身子就蹦到了旁边的树上去。

它虽然反应敏捷，却还有更加厉害的，小妖早已经抵达了它的前方，不过这小狐媚子嫌魔泥猿浑身脏兮兮、臭烘烘，也不伸手来抓，抬腿便踢，那东西被踢中了下颚，仰头翻下树，正好撞上了追赶上来的他侬。小和尚跟随般智上师多年，本事自然有，双手齐出，一声经诀念诵，竟然有隐隐金光浮动。那东西凶悍，根本就不闪避，直接挥手来抓，他侬虽然一掌拍在那东西的背脊处，但也中了一抓，半截袖子都给抓碎，血淋淋的几道血口子。

他侬受伤，人朝旁边跌开，而我则朝着被他侬拍入荆棘草丛的魔泥猿箭步冲去，刚刚到了跟前，那家伙弹身而起，朝着我的下三路冲来，手上的利爪尖锐，想来是要跟我的小小来亲密接触。当下我将鬼剑一抖，削开它欲断人子孙根的爪子，然后果断一刺，直接将这东西给钉在了草地里。

啊——这魔泥猿一声厉吼，隔小半个山头都能够听到这凄厉的叫声。我正想将它给彻底干掉，不承想它张口朝我吐了一口阴气逼人的黑雾，黑雾中有无数怨灵凝聚，朝着我的心脉袭来。当下我也有点心惊，好在这个时候肥虫子拍马赶到了，翅膀一振，金光闪耀，宛若烈阳融雪，所有的黑雾都化作了乌有。

危机解除，我冲上前，一脚踩在它的胸口，滑滑腻腻的，差一点儿滑倒。我这一脚十分狠厉，那家伙的胸口立刻就塌了半边，骨头碎裂的声音传来。让我惊奇的事情发生了，这看着凶恶野蛮的鬼东西，这个时候居然开口说话了！只是，只是说的唧唧哇哇，我也听不懂，当下心惊，脚下又是一股猛力，顿时一阵喊哩喀喳声，这家伙终于给我踩死了。

他侬这时捂着手臂赶上来，我回过头来问他："这家伙说了什么？"

小和尚脸色有些晦暗，说："这个家伙被你说的那个达图上师附身了。他说无论你跑到天涯海角，他一定会用最残忍的方式，杀掉你的。"

我嘴角上翘，说，那这么说来，他应该有什么事情耽搁了，还没有赶到大其力，如此最好，我也省了心思防范他。

他侬龇牙咧嘴，我低头看了一下，发现他的伤口正在以肉眼可见的速度恶化，流着脓血，瞧见他一脸的灰暗，我也不多说，让肥虫子进入其中吸毒。过了几分钟，终于消了，我从背包里面找出医用纱布给他包扎好，小和尚他侬这才长长地呼了一口气，盯着正在跟我炫耀邀功的肥虫子羡慕不已，说，我要是能够有这么一条，多好？

他这话说得肥虫子有些骄傲了，黑豆子眼睛眯成了一条缝，地冲我唧唧叫，一副小人得志的好笑模样。我还待夸夸它，结果小妖直接过来，照着它的屁股弹了几下，肥虫子泪流满面，急吼吼地躲入了我的体内。

笑闹完，我蹲下来，看这魔泥猿。这玩意儿是真心丑，看着很重，然而当我用鬼剑将其挑起来的时候，发现根本就没有几斤肉。这十分符合通灵的特点，因为鬼魂阴体喜欢肌肉结实、骨骼匀称的活物，这也是瘦子容易见到鬼，而胖子则在鬼屋里却能其乐融融的原因，当然，前提是别做太惹鬼生厌的事情。

闲话不谈。魔泥猿有毒，我准备将这东西掩埋起来，免得遗祸路人，然而这个时候天上盘旋的虎皮猫大人突然降落下来，朝着我小声示警道："小毒物，你可得小心了，在那边半里处，有三个人匆匆赶了过来，来意不明。你再猥琐点，蹲一下草丛，一会儿我们开黑！"

我诧异，难道是带这魔泥猿前来追踪的契努卡会众吗？

我们再次蹲伏回去，不多时，来人渐近，他侬突然激动了，低声喊道："是来找我的追兵！"

第二十八章 泰拳高手，苗村空寨

他侬指着为首那个身高腿长、眉目犀利的黑瘦光头说道："当头的那个，是我契迪龙寺的师兄乃篷，他是个一等一的泰拳高手，当年泰国南部拳王阿育称霸拳坛，傲气凛然、不可一世，有一天来我寺内，进门不脱鞋，结果被乃篷师兄一拳击倒，三个月都没能比赛！"

我心中凛然，须知这泰拳是古代泰国在战争中的产物，去除了原先很多复杂的动作，以实用和高效率著称，极具杀伤力和科学性，它的一切思想就是为了消灭敌人，把身体上所有能用的部位都当作武器来攻击，其实战性并不是软绵绵的花架子所能够比拟的，也算得上外功的一种巅峰。能够称霸拳坛的，自然是绝顶的外功高手，乃篷能够将拳王一拳击倒，说起来实在吓人。

当年在缅北萨库朗基地逃狱，我曾经与两名天残地缺的泰拳高手合作过，确实见识到泰拳在实战中所表现出来的那种凶猛和犀利，当下问了他侬一句，这些人，你想怎么处理？

他侬哭丧着脸说，我与乃篷师兄关系其实挺好，只不过师兄他误以为我害死了师父，心中愤恨，才会亲自追杀于我，我并不想与他为敌，能不打最好。我点头，决定不动声色，让他们自行离去便是。

然而愿望总是美好的，现实却很残酷。那三人快步走来，乃篷鼻子异常灵敏，三两步就冲到了我刚才斩杀魔泥猿的地方，蹲身下来检查了一番，然后转过头来，朝着我们这边的草丛低喝。

我听不懂他们的话，还抱着侥幸心理蹲着，结果小妖在我的身后推了一把，说，别猥琐了，他闻到了血腥味，就知道我们躲藏在这里了，出去吧，别让人给小瞧了。

留下不能战斗的雪瑞继续藏在原地，他侬哭丧着脸，与我以及小妖一起，站起身来，走出草丛。

他怯生生地跟那个黑脸光头僧人打招呼，乃篷立刻火爆地大喊，我回过头来求助小妖，她帮我翻译道：乃篷在骂他侬，责问他怎么不跑了啊，是不是找到帮手了，是不是就这两个帮手，跟他一起谋害的上师？

躺着也中枪的我表示很无奈，不过师兄弟说话，我也不便插嘴，只是让小妖给我翻译，然后遣出肥虫子，伺机而动。

他侬和乃篷两人激烈地交谈着，他侬极力表明自己是冤枉的，一切都是青伢子所为，然后举出各种例证。看得出来，乃篷与他侬是多年的小伙伴，彼此的性格也十分熟悉，乃篷似乎有些信了他侬，问他为什么不回寺里面去，讲个清楚。

他侬摇头，说："不行，现在他们又伪造了那么多证据，寺里面已经被人控制了，你身后的沙曼就是青伢子一伙的，我只怕还没到寺里面，就已经死在路上了。我不愿，我要走，等修为大涨的时候，我再回来，以报师仇！"

"胡说，你现在就跟我回去，我来保证你的安全！"

乃篷大声地喊，而他侬则拼命摇头，如此僵持了一分钟。我瞧见乃篷的目光转冷，便将手中的鬼剑握紧，小心防范着。果然，乃篷并不是一个愿意用言语来说服别人的家伙，相比之下，他更相信自己的拳头，当下一声大吼："你不肯跟我走，那就把你抓回去！"此言方落，他的人便如同一道残影，霍然横跨四五米的距离，化拳为掌，朝着他侬的胸口抓来。

他侬惊声后退，这时，我的鬼剑已经出现在了乃篷手指前方。

瞧得鬼剑锐利，乃篷倒也没有敢尝试与剑交击，变招抬腿朝着我的胸口蹬来。我横手去挡，感觉一阵巨力袭来，轰！我的手上如遭雷轰，蹬蹬蹬，连退了好几步，方才稳住身形。

就在刚才的交手中，我已差不多了解了这个乃篷的实力，他的力量自然没有我强大，但是他的爆发力和变招敏捷度，却是一等一的强悍，绝对的实战派。遇到这样的对手，我不但没有感到害怕，反而心中不由得一阵热血燃烧，浑身激动得直哆嗦。

当我站定的那一刻，右手之上的鬼剑收于身后，出了八极拳的架子。这八极拳乃破烂掌柜赵中华所授，拳法刚猛暴烈，也是战场得来，由于拳法直接狠辣，杀伤力强，屡次成为近代史上保护政要人物的"大内武术"，名气极大。乃篷瞧见我这番架势，脸上不由得一阵冷笑，当下脚步一蹬，如箭袭来，到了跟前时猛地右转髋和肩，左肘稍抬，呈弧线向目标击打。他向右拧转身体的同时，以左脚前脚掌为轴，脚跟外旋，使左拳发出产生鞭打效果，如同子弹射出一般。

乃篷来势汹汹，一出即杀招，浑然天成。我却也不慌，当下浑身内外劲气交融流动，双手如大枪，毒蛇探巢，轰然而动，与乃篷重重交击在一起。巨大的撞击力从我与乃篷接触的拳骨上传来，因为长年用铁砂训练，乃篷的拳骨坚硬如铁，这一拳，我估计便是一头牛，挨了都得躺倒在地。然而我虽然使的是外家拳的样子，但底子却有劲气辅佐，不会吃亏。两者一触即收，接着再次突前，攻击宛若潮水，暴风骤雨一般。

我与乃篷交战，几乎每一秒都面临着巨大的压力，这种压力并不是以往那种碾压性的恐怖，而是连绵不绝的攻击，以及熊熊燃烧、暴烈如火的战意，仿佛每一次的疏忽都会让我落败，身受重伤。

不过我越打越兴奋，因为对于我来说，像这样的交手机会并不多。在格斗技上面，我所学颇杂，"十二法门"中巩固体质、类似瑜伽的固体术，杂毛小道所传的道家入门拳脚法，出身武术之乡沧州的破烂掌柜各路法门，集训营中的军中格杀技，以及生死边缘所领悟的各类手段；然而能够如同杨过一般，将所有的手段融为一体，形成自己的风格，这种事情我还从来没有尝试过，当下也是拿这泰拳中的顶尖人物来练手，一时间好不激烈。

乃篷与我交手，他旁边的两人则被小妖和他侬接下来，一时间山道上交击的身影处处，拳风脚影，十分惊人。

来人除了乃篷，其余两个并不算厉害，按说以小妖的实力，早就直接拿下，然而这小狐媚子的注意力总在我这边，打得勉强应付，弄得那人好不郁闷，大叫连连。

我与乃篷斗了十来分钟，当真是酣畅淋漓，感觉浑身的劲气行于筋骨之间，整个人的实战能力，仿佛上了一个台阶般，让我受益无穷。有了收获，我便不想再死缠烂打了，当下一声使唤，那本待与我决一死战的乃篷突然双手捂在裆部，跪在了草丛中，一脸的冷汗。我瞧见乃篷这般作态，不由得暗声大骂，肥虫子这小家伙又恶性不改，居然又走那条道路。

功夫再高，肥虫撂倒。瞧见乃篷跪下，小妖也是三下五除二，直接将对手给揍趴倒地，然后又帮着被追得到处跑的他侬，将那个叫做沙曼的小子给弄翻。

小妖对捆人情有独钟，一切搞定之后，她去抽了些坚韧的藤条，将这三人都给绑在树上。我拿柔嫩的叶子给肥虫子擦理身子，然后问他侬，怎么办？

他侬瞧了他师兄一眼，叹息表白道："乃篷师兄，我们是一起长大的，曾经多么好的小伙伴儿，我是什么样的人，你应该也能知道。我对着佛祖发誓，我没杀我师父，杀他的是青伢子，我现在不能跟你回去，但是总有一天，我会回到契迪龙寺，用我自己的实力，来证明这一切的！"

说完，他转身朝前走。我警告这三人："今天我不杀你们，但是如果你们再来骚扰我，就别怪我不客气了！"我们不再管这三个被绑在树上的人，回过头来，招呼正在吸食魔泥猿凶魂的虎皮猫大人，朝着深山行去。雪瑞有些担心，说在这山里面，他们要是碰到蛇，或者其他野兽怎么办？

小妖在旁边笑，说："雪瑞，你还真是善良啊，这些人本来就是敌人，不杀他们就算仁慈了，何必想这么多？生死由命，看他们造化吧。"我也在旁边说，这些人后面还有援手，会赶过来给他们解开的，不过倘若他们再次前来，不肯罢休，那我们可就真的没有那么好说话了。

将追兵解决之后，我们的脚步加快，中午时便到了错木克。这个克扬族人生活聚居的地方经历过战火之后，又恢复了生机，能够看到里面有人在活动，不过比以前的规模，似乎小了很多，也破落。我们过村而不入，继续赶路，终于在下午三点多的时候，到了目的地寨黎苗村。来到村外，我感觉有些不对劲，整个寨子静悄悄的，也没有见着人，甚至连鸡鸣狗吠之声，也没有。

这到底，是怎么回事？

第二十九章　苗寨备战

　　走过了好大一片水田，我们来到了离寨门有二十米的地方。寨门外有布置，我们不敢再走。雪瑞上前，朝着里面喊山道："黎贡大伯、丽花婆婆、熊明大哥，我是雪瑞啊，我来了，你们在哪儿呢？"

　　如此喊了三遍，寨门突然吱呀一声响，然后喀喀喀地往上升起。中门大开之后，寨门前出现了十来个人，为首的三个，正是苗寨子的头人黎贡，还有熊付姆、熊明叔侄俩。

　　瞧见这些人，我们的心算是落了地，兴奋地直挥手。熊明快步上前，来接我们，让我们随着他的脚步行进。如此磕磕绊绊，终于进了寨门，我这才发现在村口的围墙边，居然还有四十多个精壮汉子，和二十来个五大三粗的婆娘，手上都有猎刀梭枪，还有的甚至拿着现代火器，一副如临大敌的模样。瞧见这副场面，我和雪瑞都有些发懵，想来应该不是在迎接我们，而是有别的事情。

　　寒暄过后，雪瑞沉不住气，问头人黎贡，这是怎么回事？

　　黎贡表达了见到我们的喜悦心情，朝着前面密林中瞧了一眼，吩咐寨门上面的村民关闭这沉重的木门，接着吩咐熊付姆在此照看，才跟我们说道："这事情有些复杂，先跟我回去，到家里面，再跟你们说。"

　　熊明在前面领路，我们则沿着蜿蜒的寨中小路行走，瞧见左右的人家都是门窗紧闭，往日热情的村民们一个也没有见到踪影，那些整日玩闹疯癫的小屁孩子也见不到了。到了头人家里，他吩咐婆娘弄点待客的油茶来，然后搬了板凳过来让我们歇下，这才说道："你们来得还真不是时候，蛊婆婆进山采药，已经有大半个月没有回来了。最近大毒枭王伦汗不知道怎么回事，要在这片山区开辟新的罂粟地，派人过来说服我们也种植，被我拒绝后，他恼羞成怒，放下狂言，说要灭了我们这个村子，杀鸡儆猴，所以我们才会摆出这个阵势，让你们担心了。"

　　大毒枭，王伦汗？

　　我想起来了，当时这一片区域里有三股比较大的势力：其一错木克的善藏和尚，也就是低调的萨库朗；其二则是王伦汗这个大毒枭；最后便是神秘的黑央族。这王伦汗是当年金三角霸主坤沙手下的营长，坤沙集团覆灭之后，他自己带着队伍辗转至此，自立门户。

　　当时我们前来缅北，王伦汗已经加入了格朗教派，追杀我们的军人便都是他的手下。这家伙自成一股势力，手下有枪，而且当时萨库朗基地被抄，他也没有什么动静,吴武伦他们当时便也没有清剿,没想到现在居然这么嚣张,胆敢说出灭了寨黎苗村这种大话来。

说实话,蛊丽妹虽然几十年来从未现身,便是寨子里的人知道的也不多,但是她妹妹,蛊丽花婆婆的手段也是极为高强,周围的人应该都是知晓的,这王伦汗是哪里来的底气呢?

说到这里,旁边的熊明有些愤然,他告诉我们,王伦汗手下空有一堆杀人越货的丘八货,不过并没有特别厉害的降头师,这也是他当年屈服于萨库朗的重要原因,不过现在不同了,黑央族那伙在脑门上刻着星星的野蛮人不知道发了什么疯,居然走出了丛林,开始为王伦汗效力了。也正是因为黑央族的助纣为虐,王伦汗在近半年以来,势力得到极大的扩展,一跃成为金三角地区冉冉升起的新星。

手下有人了,有枪了,也有钱了,他行事就肆无忌惮起来,才有了今天这么一出戏。

我点头,表示了解,问他们什么时候来呢,到时候我们也能够帮一帮忙。

黎贡笑着说,你能来自然最好,不过你们这次来的目的,是什么?

我回过头看雪瑞,她点了点头,将头上戴着的小洋帽取下来,露出了紧紧相连在头皮之上的那几片龟甲,将头往后仰起。黎贡瞧见雪瑞头皮与龟甲之间露出来的那些无意识游动的粉红色肉丝,大为惊讶,问这究竟是怎么一回事。

我将事情的来龙去脉说了清楚,他不由得愤然叹息,说:"真是造孽哦,这样的事情,那些家伙还真的做得出来。不知道神女醒没醒过来,倘若她知道了这事,只怕会大发雷霆的。"

我问他,我们现在能去见雪瑞她师父吗?

黎贡还没有说话,雪瑞自己便摇了摇头,说:"不行,我师父的房间,倘若没有丽花婆婆提前沟通好,然后领着去的话,谁也不能进,要是敢贸然闯入的话,下场只有一个死字。我想起那一地的恐怖虫子,摇头叹气,心中暗自感觉蛊丽妹这个女人虽然是雪瑞的师父,也曾经帮助过我们,不过她行事,的确也是有些太过邪门了,让人心里面想起她,忍不住有飕飕的凉风吹起。

既然如此,那我们也没有办法,只有等这寨子里的神婆蛊丽花回来再说。不过说实话,我的心中隐隐有些担忧,外面这兵荒马乱,蛊婆婆一个人去采药,半个月没有回来,莫非是出了事?我见头人黎贡和熊明的脸色都不是很好,也不好提起,于是在喝完油茶之后,跟着熊明一起去蛊丽花的家中,这里有一间房是雪瑞以前住过的,她自然会留在这里。这一路赶来也疲累,我让雪瑞先行歇息,然后去了熊明家放下行李。

杂事处理完毕之后,我跟着熊明来到寨子边缘,巡视防卫。

王伦汗手下是一群有着现代化火器的士兵,倘若再加上一些迫击炮之类的远程攻击武器,我担心寨子守不住。

对于我的担忧，熊明表示不用太在意："王伦汗的那些手下极信鬼神，我们这个寨子有神女，他们断然不敢直接轰击的。即使上面话事的人下了命令，下面的士兵也不会攻击。当然，退一万步说，他们真敢来了，蛊婆婆布的蛊阵也不是吃素的，保准他们有来无回。像他们这种整日在山林里讨生活的毒枭，最看重的无外乎利益二字，当损失多了，承受不住了，他们自然会撤离。所以我们现在最担心的事情，就是黑央族的人过来，他们手段厉害，没有蛊婆婆镇场，我们心虚，所以才会这般如临大敌。不过也是老天帮忙，把你们送了过来。"熊明这汉子是个粗豪之人，天塌下来也无所谓，如此倒也豁达。

我点头说，既然来了，我自然是要出力的，只要来的不是什么老怪物，我倒还是应付得来的。熊明竖着大拇哥儿说："那是，蛊婆婆曾经说过，你是神女当年最尊敬的对手的后人，应天而生，是有大作为的人，所以你来了，我们有什么好担心的？你看看，刚才吃油茶的时候，头人的脸不就笑成了花儿了吗？哈哈。"

熊明带着我与寨墙后面的族人打招呼，这些人我有的面熟，有的则完全不认识，不过他们却都认识我，虽然语言不通，但是直冲我乐呵。村民们纯朴的笑容就像那清澈的山泉水，洗涤了我烦躁的内心，瞧着这一张张粗糙而亲切的脸孔，我暗自觉得，保护这些人，我也有一份责任在。与村民们打过招呼，又上寨前鼓楼观望了一番，我下来的时候，有一个十五六岁的少女在旁边用生硬的中文，好奇地问我，你是小神女的对象吗？

这句话直接将脸皮颇厚、自我感觉良好的我打回原形。敢情别人之所以这么热情，竟然还是因为雪瑞。

小神女？这个称号貌似不错啊！

巡逻一番后，我找到小和尚他侬，问解开龟甲封神术都需要什么材料，我这边需要提前准备。小和尚说其实并不难，主要就是熬制一锅药水来洗头，然后配合专门的咒诀解降就行，不过问题就在于如何屏蔽达图的意识干扰，因为解降的时候，那降头恶灵是最为敏锐的，一旦达图察觉，一个指令下来，只怕雪瑞的大脑就给破坏殆尽了。小和尚给我开了一个药单，我草草浏览一番，都是缅甸常见的草药，想来蛊丽花那儿都是有的，于是让他去找雪瑞，看看蛊婆婆的药房里面都齐全不。

晚饭我们是在头人黎贡家里吃的，一锅干辣椒炒腊兔子，吃得我满面流油，而小和尚他侬则在旁边抱着老玉米棒子一边啃，一边闻着空气中那四溢的香气，不断地念阿弥陀佛，不知道是在难过自己的肚皮，还是在难过那死去的兔子。

我们饭还没有吃到一半，就听到寨门口好大一阵喧闹，有人在门外大喊："出事了，出事了！"

第三十章　骑虎者

"什么事,大惊小怪的,王伦汗的人打上来了吗?"

头人黎贡正在举碗朝我劝酒,这酒是农家自酿,纯正的红苕酒,里面泡了些蛇虫鼠蚁,雪瑞虽然以前见过,但还是有些接受不了,我却不会,一小口一小口地喝,感觉一股股燥热上身,爽快不已,至于那些泡制的蛇虫,碗底会留些渣渣,我推到旁边,虎皮猫大人则帮我将这些吃完,然后再满上一碗。

这小酒喝得正酣,敌人打上了跟前来,我霍地站起来,往门口瞧去。

灶房门口冲进来一个年轻人,火急火燎地跟头人黎贡汇报道:"黎大大,他们来了!"黎贡虎着脸,问来了多少人。那人回答,出现了一个,至于山林里面的,看不到。黎贡气得一脚蹬去,破口大骂道:"就一个人,瞧把你慌成什么样子,就你这点出息!"

那后生不服气,说来的人虽然只有一个,但是她是骑着老虎过来的。

"老虎?"头人黎贡不由得深吸一口凉气,皱眉说道:"骑着老虎,来的人应该是黑央族的御兽女央仓了。她过来干什么?"那后生抿了抿干裂的嘴唇,结结巴巴地说道:"她是过来挑衅的,让我们寨子派一个最厉害的勇士过去跟她单打独斗,如果我们输了,让我们答应王伦汗的条件,不然……"

黎贡不再问了,而是转头,用期待的眼神看向了我,说:"陆左,你看这……"

那红苕酒有些劲大,我喝得正酣,平日里收敛起来的狂傲性子顿时就发作了,将手中的这碗红苕酒一口饮尽,咀嚼着里面的一点蛇骨头,将碗递给黎贡,大声说道:"头人,请帮我再斟一碗酒,待我回来,再痛饮一碗!"此言说罢,我已冲出了头人家的大宅院,朝着旁边的小妖喊道:"小妖,你的二毛呢,借我一用!"

小妖巧笑盈盈地瞧着醉意勃发的我,也不阻拦,从怀中取出石雕,轻轻一抚摸,大叫一声"好",接着身形硕大的阵灵貔貅巨兽霍然闪现,一张锦帛贴在背上,化作一套鞍具,金光闪闪。

这畜生也是憋闷许久,一出现,顿时仰天一阵狂啸,不过它的叫声比较特别,"吼哇吼哇",并不比娃娃鱼的声音威猛多少。当下我浑身燥热,将那畜生脖子上面的毛使劲一揪,它吃不住疼,伏卧在地,我跃身而上,往前一推,大叫走起。小妖也在后边敲打二毛,说,一定要听陆左的话,要是落败了,你永远待在这石雕里面吧。这话儿刺激得二毛好是一阵激动,浑身毫毛炸起,纵身一跃,直接从坡上跳了下来。

我骑在这畜生的背上,耳边生风,呼呼直刮。我身下这货原本也算是一方神兽,虽然只是阵灵,却也厉害非凡,不过脱离了东夷迷幻杀戮阵的给养,日渐萎缩,即便有陶晋鸿所赠的锦鞍符篆,实力却退步了许多。

不过凡事都相对而言,此时的二毛用来当作坐骑,依旧是无比拉风,当我骑着二毛冲到寨子门口时,那些被吓到的村民见到威风凛凛的我,不由得齐声欢呼,让人热血沸腾。寨门前的那个小伙子问我是不是要开门,我摆手说不用,一拍身下的二毛,那畜生顿时一声大吼,后腿一蹬,三米多高的寨墙便轻松越过,稳稳地落在了寨子门口的平地里。

在我面前十几米处,有一个古铜色皮肤的妞儿,十八九岁,长得还算不错,穿着一身短装迷彩,又黑又粗的大辫子在身后晃荡,手中一杆缠着许多花纹飘带的长枪随着气息摇摆,而在她的身下,则有一头凶猛的孟加拉虎,在不断迈着步子。这头孟加拉虎花纹大斑,吊额红睛,口中尖牙锐利,显然是经过特殊的手段处理过,整个身子竟然比寻常的同类要大上一整圈,威猛得紧。常年身处山林之中,山民们对猛虎是又惧又怕,现如今却被人骑在身下,这美女配野兽的组合倒也夺人眼球,也难怪刚才寨门一阵喧闹,而那后生又如此仓皇。

那黑央族的御兽女央仓刚才在门口叫嚣,瞧见里面的人都畏畏缩缩,不由得更加嚣张,然而刚才那一声震天的欢呼和呐喊,让她略微有些疑惑,将身下猛虎驱赶往后退了几步,结果这二毛便越墙而出,从天而降,轰然出现在了寨门口,这让她不由得瞪起了一双大大的眼睛,表示难以置信。

御兽女央仓身下这头孟加拉虎个头只有两米,不过跟二毛的魁梧身材比起来,我还真的有一种欺负人的感觉。美女似乎朝我喊了几句话,我表示啥也听不懂,当下也是懒得理睬,一夹双腿,二毛便宛若离弦之箭,朝着前方冲了过去。到底是敢只身前来挑战的猛人,央仓也是来了蛮横之气,将手中那杆两米长的长枪一提,驱使身下猛虎,朝着我这边冲来。

我早上才战过泰拳高手,巅峰对决已然将我的身子预热,而后又有红茗酒壮了豪气,当下抽出鬼剑,俯身朝着那女人的身上刺去。

两者双向前冲,在即将撞上的那一刻,孟加拉虎急转弯,避开了二毛的冲击,而央仓手中的长枪却如同毒蛇探巢,朝着我的喉咙扎来,这时机、角度和劲道,都是一等一的厉害,简直就是宗师风范。

就这种程度,说实话,纵横这缅北山林那是小意思了,不过我却不是这小池塘里面的杂鱼,二毛也不是寻常的猛虎可堪比拟。二毛爆发出了巨大的潜能,在转身的一刹那,后爪一摆,将那猛虎给轰然绊倒。身下的坐骑失去平衡,御兽女央仓那本来必杀的一招就变成了笑话,歪歪斜斜地朝着旁边刺去。

二毛给我创造了这么好的机会,我自然要把握住,鬼剑回旋,以削字诀,将那失去方向的长枪卷起,脱离了央仓的掌控,然后在二毛回身扑向那头孟加拉虎的时候,我也俯下身子,去抓那个失去平衡、即将摔落到地的御兽女。不过她到底还是狠辣,右手上又多了一把边缘发黑的匕首，朝着我的手掌捅来。

我十分敏感，当下一扭身，避开这一刺，然后跃下了二毛，直接将这女人给扑倒。我从高速行驶的坐骑上扑下来，这强大的冲击力让被压在最下面的央仓顿时就如遭雷轰，我倘若直接将她按倒在地，只怕她不死也得残，不过我倒也没有这么狠心，于是抱着她在地上翻滚两周。让我没有想到的是，即使到了这个时候，她也还在坚持反抗，手中的匕首坚定不移地朝我心脏部位捅去。

这时我有点儿真火了，瞧见二毛已经以一种极具侮辱性的姿势将那头孟加拉虎给制服，我也放了心，再次翻滚两圈，将央仓给带到了旁边的水田里，直接将她给按倒在泥地里，溺了几回，她的口鼻之间全部都是淤泥和污水，呛得血都流了出来。到了这时，她那旺盛的斗争之心终于熄灭了，整个人奄奄一息，眯着眼睛，努力地瞧着我。

看着面前这异国美女一副泥猴儿的模样，我不由得笑了，说，看什么看，没看过帅哥啊？

我一说话，她便有些诧异，用带着云省腔的话儿问道："你是中国人？"

我点头，正想说些什么，小妖提着缚妖索就走了过来，一把将这妞儿给抓起来，三两下捆好，然后恶狠狠地说道："输了就输了，攀什么交情？怎么着，你还想勾引陆左不成？"

瞧着这小狐媚子一副老母鸡护崽的可爱模样，我就想笑，抖了抖身上的泥浆，指着被二毛虐得不成模样的孟加拉虎说道："把那畜生也捆起来，不然它一会儿作起恶来，普通人可要遭殃的。"

我们带着俘虏走到村口，寨门缓缓升起，呼声震天，头人黎贡端着刚才那碗酒，走到我面前，慷慨激昂地说道："古有关云长温酒斩华雄，今有你陆左一招破敌凶，壮哉！来，老头子我代表寨中同胞，敬你这杯酒，请饮尽！"

熊明的叔叔熊付姆在旁边用苗话翻译，气氛热烈，群情鼎沸。我知道这是黎贡为了鼓舞士气而特意为之，当下也是不作犹豫，接过来，一口饮尽，然后将手中陶碗一摔，大声喊道："干了！"

黎贡又说了几句激励人心的话，完了之后自有人过来接收俘虏，而熊明则带我回去换身衣服。审讯俘虏我没有参加，当晚我执勤到十二点，然后回房歇息，一夜无事。第二天早上，熊明来到我的房间，跟我说道："蛊婆婆回来了！"

第三十一章　敦寨苗蛊，海外分支

听到这个消息，我连脸都没有洗，披着一件衣服就朝神婆家里跑去。

经过昨天的胜利，寨子里出门的村民也多了起来，瞧见我，都纷纷笑着打招呼，简单的苗话我也会讲，与他们挥手致意。熊明家在寨头，而神婆家则在中间的位置，我一路小跑，很快就到了那里，进了堂屋，一头古怪发髻的蛊丽花正坐在椅子上面，跟雪瑞聊着天呢。

见到这个令人尊敬的老人，我恭声问好，老人家并没有起初的那种冷漠神态，而是慈祥地朝我笑，说，好，来了就好。

我问她什么时候回来的，她说今天凌晨四点多的时候，没有惊动谁，知道的人也不多。

我问她，在外面还好吧？这老神婆脸色有些转冷，说："回来时碰到好多带枪的丘八，鬼鬼祟祟。事情我已经听黎贡说过了，王伦汗这个小家伙，得势便猖狂。当年萨库朗如日中天，也没有来惹过我们，现如今他们得了黑央族的助力，竟然起了歹心，三番五次地来撩拨我们，实在可恶啊。"

我说，这世界上认不清自己的人多的是，多一个他不多，少一个他不少。野狗在睡梦中的雄狮面前狂吠，以显示自己的存在，殊不知恰恰暴露了自己的无知。

我这话是在拍马屁，蛊丽花婆婆听得舒服，心情也好了许多，说："昨天我不在，多亏你在这里撑了场面，不过那个黑央族的那个小女孩过来，倒也没有什么坏心眼，只是简单地想着用最和平的方式，解决问题。我早上见过她了，得到一个消息，黑央族这次之所以跟王伦汗合流，并不是因为他们并入了王伦汗，而是一个消失很久的人物重新出现，然后说服了他们的头人，这才有了后面的事情。"

消失了很久的人物？我愣了一下，想起一个人来，下意识地问道："你说的莫非是萨库朗的二号人物，许先生？"

听我直接道出，蛊婆婆显得有些意外，古怪地打量了我一眼，说："你已经知道他是你师叔公了？"

"什么？师叔公？这什么跟什么啊？"

听到蛊婆婆的这番话，我脑袋如遭雷轰，心中顿时一阵大乱，思绪停滞了好一会儿，才想起来问，到底是怎么回事，什么师叔公？

蛊婆婆见我的表情不似作假，略微有些惊讶，说："北边那个萨库朗，当年其实也就是一个二流的小教派，勉强在山区里混口饭吃。后来许应智，也就是现在的许先生，被你太师父逐出师门之后，心中愤愤不平，认为自己一定可以比洛十八还要强大，于是来到这降头术的发源地。他是个绝顶聪明的人，拜访了许多功成名就的降头师，在短短的一段时间里，就闯下了偌大的名头，而且在老挝和泰国的边界森林里创立了一个专门研究降头术改进的试验营地，获得了巨大的成功，好多名动一时的降头师都被他打败，然后纳于麾下。萨库朗当时的领袖仓差拿是个雄才大略的人物，邀请许应智加入萨库朗，才有了后来的强大。四十年前的神山一战，萨库朗和契努卡双方都打残了，首领或死或遁，要么隐姓埋名，我们本以为他已经死了，没想到这个时候，他居然又出现了。果然是应劫而生的人物啊！"

听得蛊婆婆这般娓娓道来，我浑身不由得感到冰凉，我便是有再强大的想象力，也实在想不到那威震东南亚的许先生，竟然就是我太师祖洛十八当年逐出门墙去的弃徒，而就是这位弃徒，不但一手铸就了东南亚20世纪地下势力的版图分布，直至21世纪的今天，他居然还活跃在此地，展示出了恐怖的影响力和威慑力，让达图这些契努卡骨干，惶惶不安。

这位传奇人物居然是我的师叔公，想到这一点，说实话，我的心情十分复杂，既兴奋自豪，又忐忑不安。他当日被逐出门去，心中自然是有一股怨气的，今日会如何对待我这许邦贵一脉？说实话，我心里面没底。

从般智上师之死可以看出，许先生是一个做事不择手段的人。他的徒弟巴颂，当年要不是杂毛小道那一张传承自李道子的雷符，只怕早就尸骨满地了。更加让人蛋疼的事情是，对于很多人来说，我所有的《镇压山峦十二法门》只是一堆废纸，但是与我师出同源的许先生，他倘若知道我的身份，自然会逼迫我交出来的……

如此想着，我感觉自己的脑袋都快要胀开了。

蛊婆婆见我一时之间难以消化，也不多言，说她要进屋去，跟她姐姐联系一下，看她倘若能够苏醒，便给雪瑞解降。

这老神婆慢腾腾地朝着后屋走去之后，雪瑞抬起头来，一双明亮的眼睛直瞅我，说，没想到，你和许先生还有这么一层关系。我哭笑不得，说，倘若可以选择，我宁愿我们一点儿关系都没有。

想到雪瑞要解降，我也没有再多想，出了房门。瞧见小和尚他侬也跟了过来，正在门前不远处的小树下跟熊明聊天，便招呼他过来，问昨天让他准备的药都找好了没有。他说都有，没问题，就等吩咐之后，开始熬药了。我点头，说好。

等了差不多半个小时，蛊婆婆精神抖擞地从房间里走了出来，然后跟我们说道："她醒了，你们跟我来吧！"

我指着旁边的小和尚他侬，说，他知道给雪瑞解降的法子，可能要带着他一起去。

蛊婆婆盯着这小和尚好一会儿，他侬被看得浑身毛骨悚然，不由自主地低下头来。差不多一分多钟的样子，她才开口说道："可以，不过他只能在外面等着，不可以进去。"

他侬不清楚状况,下意识地问为什么。我连忙拦住他,代替他答应,然后拉着不情不愿的他,低声说道:"一会儿到了地方,不管是见到了什么样的东西,都要保持镇定,不该问的别问,不该说的别说,小心行事,不然我就不带你回中国了,知道吗?"

听得我这番威胁,小和尚终于明白了重要性,小鸡啄米似地点头。

来到鼓楼祠堂,依旧是上次的通道,我们下到了地底密室,当初我们所瞧见的那虫子:马蜂、蜥蜴、蜘蛛、蟋蟀、金蝎、蛤蟆、马陆、桑蠹虫、斑蝥、僵蚕、乌梢蛇、金钱白花蛇、水蛭、九色蜘蛛……一应之物,天花板上、墙壁上、地面上,密密麻麻,诸般毒物依旧还在。

瞧见这幅场景,当年最为排斥的雪瑞早已习以为常,我是养蛊人,又有着心理准备,所以勉强还能够面色如常,倒是苦了他侬,虽然也经常与降头毒虫打交道,但是哪里见过这番场面,看着这密密麻麻、不断蠕动的虫子,想象着倘若这些虫蛊失控,爬到自己的身上来,那种密密麻麻的酥痒感,让他浑身不寒而栗,紧紧抓着我的衣袖,哆嗦着问:"陆居士,这怎么回事啊?什么个情况啊?"

我瞪了他一眼,说,在上面的时候,不是说得好好的么,不要说话。

听得我的训斥,小和尚终于不敢开口了,但是整个身子都在哆嗦,显然是害怕极了。

缓缓行走,小心地避开脚下那时而爬行而过的长虫,我们来到了第二扇门前,蛊婆婆突然转过身来,指着小和尚他侬说道:"他留在这里,不能再进去了!"

一听这话,他侬的整个身子都酥软了,差一点儿都站不住了,眼泪都快急出来了,紧紧拉着我,哭诉道:"陆居士,可别抛下我啊,我要是被这虫子给咬着了,可怎么办啊?"

我瞧他这状态都快要崩溃了,当下也是求救似地看了一眼蛊婆婆,她毫不留情地摇头,说,不行,她不喜欢见生人。胳膊拧不过大腿,我只有好言劝慰陷入崩溃中的小和尚。他一直哭,抱着我的腿不肯撒手,到了最后,无奈的我只好唤出小妖和朵朵来。也是奇怪了,瞧见这两个粉雕玉琢的女孩儿,这小和尚立刻站起身来,擦着眼泪装没事人儿样。

我让朵朵和小妖留在这里陪他,然后我和雪瑞跟着蛊婆婆再进了两道门,一直来到了有虫池的那个房间。还是原来那个地方,所有的摆设也都没有什么变化,然而我总是感觉有不对劲的地方,过了好一会儿才发现,那虫池里面黏稠的黑色液体,似乎浅了许多,原本可以覆盖住整个卵型巨茧的虫池,此刻仅能覆盖住一小半了。

当我们走到虫池跟前来的时候,那白色巨茧漂漂荡荡地朝着这边过来,最后大头朝下地立住了。稳定住了之后,白色巨茧上面的黑色黏液开始消退,而面对着我们这边的茧丝,肉眼可见地解开来,没有几秒钟,上方便褪去了一小半,显露出了那凝若牛乳的雪白肌肤、鸦色如云的秀丽长发,接着那明媚动人、璀璨夺目的双眸、月儿弯弯的眉目、完美到了极致的脸庞以及粉嫩欲滴的红唇,也都一一显露出来。

我再次看见了一个倾城倾国、绝代风华的大美人儿,只是让我遗憾的是,这次虽然蛊丽妹显露出了艳光四射的容颜,可惜那蚕茧抽到了她脖颈下的那一片雪白之后,便停止了。

不得不说,蛊丽妹是我见过的女人中,除了小黑天之外,最美丽夺目的一个。

她出现之后,美目扫量了我们一番,淡淡地说道:"魔罗来了!"听到这曼妙若仙音的话语,我的双眼瞪得滚圆——什么,她,居然开口说话了?

第三十二章 十八郎

这虫池我来过两次，这两次与蛊丽妹的交流，都是通过她的妹妹蛊丽花婆婆来完成的。当时我的猜测，那便是她沉浸于这虫池之中，沉眠静养，属于二次发育，就是在等待破茧成蝶的那一刻，而在此之前，我相信她除了露出来的这张脸孔之外，很多东西，都还没有发育完全。这里面，也包括了人体发声所必需的音带。

然而时隔两年有余，这个绝代风华的美丽女人，不但上半身都已经发育完全，而且还能够开口说话了。当我还在为蛊丽妹开口说话而震惊的时候，雪瑞却听出了她所要表达的含义，开口说道："是的，魔罗已经通过一个孕妇的子宫，经过一个叫做钟水月的女性降头师接引出世，并且据说已经被控制住了，而那人也已经前往泰国去了。"

蛊丽妹摇了摇头，说："不对，他们就在附近，没走远。"

旁边的蛊丽花婆婆听不懂，问她，姐姐，到底怎么回事，怎么牵扯到了魔罗身上去了？

蛊丽妹脸色凝重地说道："我刚才在边界，看到了魔罗从深渊浮出，挣破罡风，越境而过，朝着我们这边来了。"她说得轻松，而我却不由得倒吸了一口冷气，这句话里面，信息量也太大了吧？美女，你不是在这虫池底下待着么，说边界啊，深渊啊什么的，到底是在闹哪样？

不过不管我这边心情惊诧到什么地步，姐妹俩的谈话依旧在进行，蛊婆婆将雪瑞的情况说与她姐姐知晓，听完之后，蛊丽妹面无表情地跟雪瑞说道："过来。"

雪瑞依言走到了虫池边缘，池子里突然伸出了一条宛若螃蟹腿般的修长节肢，将雪瑞头顶的白色小洋帽给取下，瞧见龟甲之下那不断游动的粉红色肉丝，她脸上的神情变得更加严肃了，那节肢末端有着锋利如刀的硬化角质，闪着寒光，在雪瑞的头上舞弄了几下，试探了个来回，然后她扭头瞧向我，问道："谁干的！"

我被她盯着，莫名感到有一些胆寒。我不知道这种恐惧来自于哪里，但仿佛能够感受到如同陶晋鸿、杨知修那种级别碾压性的力量，在锁定着我。抿了抿嘴唇，我说道："是马来西亚的一个行脚僧人，叫做达图，现在挂名在……"

"哦，是他，我知道了。哼，当年在我面前，宛如蝼蚁一样的生物，现在竟然敢骑到我的头上来了，真的是可悲啊。"蛊丽妹闭上眼睛，弯弯的睫毛在微微抖动着，似乎有些生气。

达图这样厉害的角色，在她的眼中竟然只是蝼蚁一般，她的口气是如此之大，然而我却没有觉得她在装波伊，因为在我面前神秘得宛如深邃星空的她，绝对有资格说这样的话。

在沉默了好一会儿之后，蛊丽妹睁开了眼睛，对我说道："我需要你做三件事情！"

她的语气几乎是直接命令式的，我拱手回答，说："请讲！"

蛊丽妹的声音空灵而玄妙，轻启红唇，开口说道："我现在动不了身子，所以需要你帮我做三件事情：第一，我要给雪瑞提升修行的功力，你给我找到三样药草，分别是龙血树浆、人熊面包果和七星蚕花，它们在这方圆五十里内。具体的信息，一会儿我妹妹会告诉你，在找药的过程中，你顺便将骚扰寨子的王伦汗给击退去；第二，帮我杀了达图这小和尚；最后，帮我把魔罗杀了！"

听得蛊丽妹的要求，我顿时就是一阵头大。真的把我当牲口了，我也干不成这些事情啊！

第一件还好说，我挖掘身边所有的资源，驱动肥虫子，勉强能够成功。至于后面两个，就我孤身一人，怎么搞得定？我面露难色地抬起头来，刚要说拒绝的话语，她似乎能够洞察我的心灵一般，直接开口封死了我的退路："放心，你的潜能比你自己所想象的要大得多，你可以的，去做吧，不要回头！"

蛊丽妹直接来这么神棍的一句话，我就真的无语了，倘若再次拒绝，倒显得我真的懦弱胆小、没有担当一般，于是点了点头，说，既然前辈你这么说了，我自当效死命便是。

见我爽快答应了，蛊丽妹满意地点了点头，回过头来瞧着雪瑞，平静地说道："雪瑞，你现在功力太浅，留在我这里再修行一段时间吧，我亲自来给你补课，如何？"

雪瑞对于自己师父的话语自然是言听计从，点头说谨遵师命。

蛊丽妹点头，而就在此刻，在雪瑞旁边徘徊着的那根螃蟹一般的黑色节肢，突然将虫池边缘的雪瑞一绞，这少女"啊"的一声惊呼，话儿都还没有说出口，人便跌落进了那虫池中去。

瞧见剧变陡生，我的心中一跳，一股愤怒情绪从心底里升腾而出，整个人仿佛被这种情绪所控制，也没有了一开始的敬畏和恐惧，阴沉着脸，朝着虫池中大吼一声："你干吗？"

我的这一声大吼，将整个虫池的液体都震得一阵抖动，房间里来回地荡起了我愤怒的吼声。

出人意料的事情发生了，本来冷若冰霜的蛊丽妹瞧见我这般凶神恶煞的模样，脸上竟然露出了少女一般的娇羞，眼神迷离地盯着我瞧，朱唇轻启，缓缓地说道："十八郎，是你吗？你回来了啊？"

我这股怒气在蛊丽妹这柔情的呼唤中霍然消散，旁边的蛊婆婆则拄着拐杖走上前来，拦住了剑拔弩张的我，指着虫池中迅速生成的另外一个白色巨茧，厉声骂道："小子，你看不出来么，要想隔绝精神世界的联络，只有将雪瑞沉入这万毒魔神厄罗池中，方能做到！"

我瞧见雪瑞从池中浮起来，那些从黑色池水中不断生成的白色丝线将她包括得严严实实，才知道这只是一种救治方法，当下幡然醒悟，诚惶诚恐地拱手谢罪："小子一时之间看花了眼，没有瞧明白过来，惊扰了两位前辈，还请恕罪！"

瞧见我这番谦卑的模样，刚才还眉目含笑的池中美人此刻又换了一张冰霜脸，眼睑低垂，看都不看我一眼，淡然说道："好，你退下吧，让外面那个小和尚进来一下，我有些事情想要问他。"

一切恍若幻觉，我有一种在云间行走的感觉，空虚得紧，不过也不敢惹这喜怒无常的恐怖女人，不再多说什么，拱手离开。

回到了上面，蛊婆婆跟着我出来，给了我一张地图，标明了那三样东西的所在之处，说这三个地方十分隐秘，很久以前就被她姐姐用法阵封锁起来了，东西应该还在，算起来差不多也到了成熟期，熊明会跟你一起去，你看看什么时候能出发呢？

我问什么时候要，她说越快越好。我点头，说择日不如撞日，就今天吧，不过王伦汗的人要是过来的话……她看到了我眼中的疑虑，平静地说道："保护自己的家园，这一点，老太婆我还是能够做到的，敌人只要是敢来，定叫他们有去无回。"

有蛊丽妹这尊大神在此坐镇，我自然是十分放心的，当下拿起了地图，问明情况之后，去找熊明作出发前的准备。

熊明是山里汉子，猎户出身，同时也有当年耶朗祭殿中护殿武士的格斗法门传承，行事极为利落，差不多半个小时的工夫，我们就已经收拾好行装，准备出发。这时坡上下来一个秃瓢，却正是小和尚他侬，只见他的脸色惨白，似乎还吐过了几次，有气无力的，瞧见我们的装扮，问是不是要出门。

我点头说，瞧你这番无精打采的模样，还不赶快进屋休息？

他摇了摇头，也要跟着去。我问为什么，他哭丧着脸，说，不行也得行啊，那位姐姐说了，倘若我能够协助你完成她交代的事情，那么她便传我一门术法，专门用来克制类似于青伢子那种歹毒的功法，我想要给师父报仇，这段时间就得跟在你身边拼命了。

我问什么术法，他摇头说，那姐姐说不准告诉任何人，我不敢说。

瞧他虽然不情不愿的样子，但是眼睛里却闪耀着缕缕精光，跟以前那种惶然无措的神情，有着明显的区别，我点头，说好，那你自己小心一些。

因为担心寨黎苗村被人监视，我们并没有走正门，而是从一处角落偷偷潜出，在此之前还让肥虫子和小妖去探了路。不过事情倒也奇怪，那御兽女昨日被擒，敌人却没有任何反应，让人感觉这平静的背后，有着山雨欲来的趋势。

没有监视，这也是好事，我们三人一路小心，朝着西面的龙血树林前去。

第三十三章 龙血树旁的武装分子

什么是龙血树？这并不是什么传说中或者捏造出来的神物，而是一种热带常绿乔木，它的树皮一旦被割破，便会流出殷红的树脂，如同鲜血一般，又名"血竭"或"麒麟竭"，是一种名贵的中药，可以治疗筋骨疼痛，活血化淤，同时还是一种高级防腐剂，古代东南亚各国王族，都会用这东西来保存尸体。

不过我们这次所要寻找的龙血树浆却非同寻常。须知这树生长十分缓慢，一年内树干增粗不到一厘米，几百年才能长成一棵树，树龄可达八千年。想想这八千年的风雨岁月，会历经多少沧桑变故？

一路上我们小心翼翼。作为侦察兵，肥虫子和小妖展露出了极好的天赋，方圆1里内，查探得明明白白，不留一丝空地。只是可怜了那些常年在潮湿丛林中蛰伏栖息的各路蛇虫鼠蚁，纷纷流出了一包眼泪水，仓皇搬家，被驱赶得四处奔逃。跑得快些的，哧溜一下不见踪影，跑得慢些的，则直接被肥虫子那股恐怖气息给碾压在地，动弹不得。这些腌臜货色，卖相好的直接就给肥虫子当作零食一般活吃生嚼了，倘若是卖相不咋地，总算是逃过一劫，不过心中却还是留下了巨大的阴影。作为有翅一族，虎皮猫大人就显得疲懒许多，它老人家一会儿去干扰肥虫子这吃货的进食，一会儿又消失无踪，一会儿竟然叼着一条浑身毛茸茸的大虫子过来四处蹭，还非要喂给肥虫子吃，说是关爱。

按照地图，我们来到了离寨黎苗村二十里地的一片老林子。这儿的路况有一些奇怪，按理说龙血树比较喜欢干燥的环境，但是这周边却尽是溪水蔓延，半人高的水草地，一踩进去就是一个大脚印子，让我怀疑地图是不是有误，毕竟瞧着这布的材质，也是有些年头了。

我刚刚走到边缘的时候，前面查探的小妖返回来示警，告诉我那里有一个临时兵营。我们三个人面面相觑，不会吧，一路上都没有瞧见王伦汗手下的身影，没想到他们居然扎根在我们的目的地？这事情也太巧合了吧？

当下我有点儿懵，熊明也挠了挠头，说，我也不知道，我就负责过来给你们破阵，以及指导取药的。

小妖是天不怕、地不怕的性子，摩拳擦掌地说：“嘿，陆左，敢不敢干，要不要弄？”

三个人，对抗一支军队，嘿，我勒个擦擦，这么凶残的事情我还真的没有做过。我吞了一口唾沫，左右打量了一番，只见他俩一副梦游发呆的状况，而熊明则满目崇拜地看着我，想来是在回忆我昨天的威风，以为此乃区区小事。我稳定一下心情，折中说道："先过去看一看，倘若好弄，搞垮他们；倘若不行，我们偷偷潜入，然后再伺机而动！"当下我们商定，由小妖领路，悄悄朝着前面的坡地洼处摸去。

我和身边两人相互照看，悄无声息地摸到了边缘处，这时小妖指着前方的一片草丛说道："别走路了，前面有一组暗哨，那边有两组明哨，每隔一段时间就会有巡逻，整个临时军营有差不多九十人，戒备还是蛮森严的。"

我眯着眼睛望去，虽然只是临时军营，但是周边的铁丝网和戒备手段都搞得像模像样，而且瞧那些明哨的装备和精神状态，想来应该是王伦汗手底下的一支精锐。要知道，金三角很多有名的毒枭虽然手上有部队，但是能够做到如此齐整的，实在难得。

我左右瞧了一下，发现布置临时军营的人十分周密，很难有秘密潜入的机会。极目远眺，发现在一顶顶帐篷中间围着一块平地，那儿竖立着几个木架子，上面绑着三个人，一堆人围在旁边，有一个赤裸上身的光头壮汉不断地抽打着鞭子，皮鞭在空中炸响，那汉子浑身热气腾腾，身上纹绘着的黛青色刺青是一只猛虎，活灵活现，在这雾霭中几乎都要扑将出来。

这是什么情况？听到声声凄厉的叫喊声，本来还在神游的小和尚他侬突然身子一僵，低声喝道："不对，那是我三个师兄！"

乃篷？我放目看去，只见那个一身精瘦肌肉的契迪龙寺泰拳高手，被捆在正中间的那根木桩上面，被那个身纹猛虎的光头男抽打，他倒也是一个硬汉子，咬着牙，默默念诵着佛经，以求得到钢铁般的意志。

不过这世间的硬汉并不多，旁边那个猥琐的小个子，叫做沙曼的家伙在惨叫得喉咙沙哑之后，痛哭流涕地哀求道："别打了，别打了，你们是王伦汗的手下对不对？我也是萨库朗的人，我是在他们身边的暗线，别打了，你们倘若不信，看看我身上的文身。"

他这几声特别犀利，我们相隔这么远都能够听到，本来还在念经硬扛着的乃篷听到这话，顿时就暴跳如雷，朝着这个没骨头的家伙一阵大骂，而一身肥膘的光头男则将沙曼的裤带一把拉开，在他的裆部掏弄几下之后，转头吩咐旁边的人松绑。

被松绑之后的沙曼给人搀扶着，似乎还讥讽了几句乃篷。乃篷气得几乎都疯掉了，使劲地挣扎，摇晃身子，那深埋在土里面的木桩子几乎都给他弄出来，然而终究还是受制于人，给那光头男重重地抽了几记鞭子，立刻老实了，头垂了下来，显然是已经昏厥过去。

虽然此前为敌，但是乃篷到底还是他侬打心底里敬重的师兄，见到他受到这般折磨，小和尚心底里也多了一团怒火，紧紧抓着我的手，说，陆左，救救我师兄吧！

其实在此之前，瞧见了这里戒备如此森严，我都已经做好了先行离开的打算，不过乃篷之所以被抓起来，想来也是因为我们。我不杀伯仁，伯仁因我而死，我的心终究是不安的,再说了,倘若乃篷能够活着回去,我身边这个小和尚也就有了一丝沉冤得雪的希望。班智大师对我有恩,而我又深深知道那种被冤枉的滋味,如此掂量一番,我终于点头说好。

既然准备营救,那么我就开始上了心思。回头数一数,一二三四五,总共就这几个人,手上还都是冷兵器,如何冲击这上百号人的临时军营呢?不过对于普通的士兵,肥虫子就代表着战略级的核武器。但金蚕蛊也不是万能的,并不能虎躯一振,整个军营便轰然崩塌。我把肥虫子找了过来,与它商量,让它到军营的水源处去下点蛊药,不需要谋人性命,只需要让他们丧失战斗力即可,等这大半个军营的丘八都不行了,我们再前去营救,如此最是妥帖。

肥虫子闻得指令,振翅而飞,猥猥琐琐地沿着附近的草丛行进。

也是巧了,肥虫子进去不到十分钟,便有人招呼喝水,有人过来舀水喝,也有两个汉子抬着一桶水,走到脑袋低垂着的乃篷面前,一盆泼下。被水淋醒过来的乃篷破口大骂,沙曼在旁边怂恿促,那个光头男似乎听信了他的话,从手下那里接来了一把匕首,瞄准了乃篷垒块结实的胸口扎去。

他这突如其来的杀手将我们所有的计划都给打乱了,他侬几乎是第一时间站出来,朝那平地上远远大吼:"不可以!"

他这一声激动的叫喊立刻把我们的位置给暴露了,熊明一声粗话出口,人便朝着旁边的岩石滚去。沙曼瞧见了他侬的身影,立刻跟光头男说了一句,我听到了下命令的声音,接着明哨、暗哨以及巡逻队都动了手,铺天盖地的枪子横空飞来。

还好我们所在的地方是一个深坑,死死低伏着身子,那弹头带着硝烟,从我们的上方飞过,那爆豆一样的枪声让我顿时就想把被我按在深坑中的他侬,给活活掐死。

所谓的猪队友,大概就是这样的吧?

我们伏卧着这儿,仅仅几秒钟,旁边的小妖便大声示警,不好,手雷!

这一声喊得我们魂儿都飞了,朝着旁边翻身滚去,下一秒钟,小妖霍然从我们的藏身之处冲出去,将那个横空飞来的手雷朝着前边儿踢开去。

哐啷一声响,那手雷虽然给踢开了,然而她却在一刹那,暴露在了敌人的视野中,立刻有子弹朝她身上射来。小妖虽然有麒麟胎身,但是被子弹射中,却也是受不住,跌落在地。在一声巨大爆炸声中,我伸出手,紧紧抓住小妖的手,使劲儿一拽,将她给拉到了我们这边来。

当下我也是不敢停留,朝着旁边的树林死命狂奔,跑了二十来米,我回手,抽出鬼剑,招呼旁边的熊明和他侬先藏起来。

这样躲下去不行,肯定要反击的。我望着前面不远处的追兵,深深吸了一口气。

第三十四章　营中异变

瞧见小妖被枪击得一身伤痛的模样，我的心几乎在滴血，这情绪传递到了肥虫子身上，它那边便有一种汹涌奔腾的愤怒冲出来。我不再约束它，而是紧紧地低伏着身子，让吓得快要丢魂的他侬朝着回路跑，吸引敌人的视线，让那些前来搜寻的武装分子持枪追过去。

前来追击的差不多有三十号人，都拿着枪，一起朝着他侬逃离的方向追去，脚步错乱，大呼小叫，根本就没有来得及巡查沿途的可疑之处。

瞧见对手并不是我想象中的那么强大，我心中大慰。在这幽深的林子里，我将早就按捺不住的朵朵给唤出来，塞给她陶晋鸿所赠的那把碧落回阳伞，嘱咐她小心一些。当最后一批人朝着前方冲过去的时候，我再次深吸一口气，将鬼剑激发出黑雾，手持着宽阔了整整一倍的大号鬼剑，朝着敌人的尾巴扑过去。

其实在出发前我的心情是无比忐忑的，见识过热兵器真正威力的人心里面都会有阴影，都会把看到被枪打死的那种血腥场面，不由自主地移植到自己的身上来，从而心中发慌。然而当我提着鬼剑冲入人群中间的时候，看到那些人慌乱的脸容，我才深刻地感觉到，自己是一名真正的强者，对于弱者的恐惧，只是根深蒂固的屌丝心态而已。

此念一起，鬼剑就化作一阵龙卷风，肩部、腿部、臀部……特别是持枪的手腕处，我的眼中根本就没有整体的画面，但凡对我有威胁之处，立刻就是一剑划过，鲜血迸射。

这种战斗中的诡异宁静，并没有被一声声的惨叫所打破，鬼剑所指之处，必有鲜血飘射。不过即便是到了生死相搏的这一刻，出于人道主义和我那固有的道德观念的牵绊，我终究还是下不了死手。能不杀人，便不杀人。

鬼剑一旦灌注劲气，顿时无可匹敌，倘若运对了旋转中的气力和剑势，便是钢枪也能够一刀斩断，鲜血狂飙间，有一种猛虎入了羊群的错觉。几乎在很短暂的时间里，有十余人被我贴身给砍得失去战斗力，躺在血泊之中。然而到底都是训练有素的武装分子，当距离拉开之后，剩余的那一半人全部钻入了草丛中，朝着宛若凶神一般的我射击。

我抓起一个因为太过凶悍而被我狠心击杀的武装分子，这是一个大个儿，绝对的亡命徒，刚才在右手腕被斩之后，他居然想拉响身上的手雷，与我同归于尽，却终究还是被我一刀捅入胸口，劲气一运，内脏爆出，血腥异常。将这个死去的家伙当作盾牌，我朝着树林里躲去，身后子弹飞扬，就像欢快的小精灵。当泵场全开的那一刻，我终于明白躲闪子弹，并不会比正面交锋困难多少，就宛若下围棋，普通人事到临头才知晓，而国手则总能够先知先觉。

世间万物都是有联系的，子弹从枪口射出，到火光四溢的那一秒钟，我便有所知觉，再联系自己的方位，下意识地调整姿势，便能避开必杀的一击。

我以前所面临的战斗，大部分都不是势均力敌，两者实力悬殊，要么是闵魔或者杨知修这种神州大佬级的，让我感觉自己总是在死亡边缘求生存，根本没有自信，也没有依靠自己的能力去奋力拼搏的雄心；要么就是普通人或者会些三脚猫功夫的三流货色，让我感觉胜利来得太容易，真正像与乃蓬以及当下这种程度战斗相当的，能够凭借自己的力量去拼搏，取得胜利的并不算多，所以我更加能够明显地感觉到自己的进步。

潜入林中之后，我形如鬼魅，不断地在茂密的丛林中奔走，见到落单的，或者三两一组的人，便跳出来制服，并且将武器给全数斩断，与此同时，熊明、朵朵也都在做着同样的事情。

相对于人来说，朵朵似乎更加厉害，那些枪火对于她来说根本就没有任何作用，身为鬼妖的她根本不像是麒麟胎体的小妖，必要时可以直接隐去身形，故而对那些出身缅甸山林中的武装分子来说，绝对让他们精神崩溃。

战斗在五分钟之后结束，我的最后一个对手，是个额头上面文着三颗星星的青年男子，黝黑的皮肤以及那狼一般狠戾的眼神，让我能够知晓他应该和那个驭兽女央仓一样，都是那个神秘的黑央族成员。他并没有用火枪，而是双手各自反提着一把菊纹鲜明的日本军刀，看样子是二战遗物，不过保养得十分好，砍出来，一蓬雪亮。这个青年在追兵中，是身手最为厉害的一个，双刀如飞，身上还有隐隐黑雾缭绕，口中不断地高声喝骂着，也不知道在说个啥。然而鬼剑却不是普通日本刀所能够比拟的，我一个前冲，鬼剑以最蛮横无理的攻势砸出，叮的一声响，两把上等钢口的日本刀应声碎裂，而他则被巨大的力道往后砸飞，重重地撞在树林中，折断好多小树。

这时一个身影蹿了出来，是熊明，在那人的后颈处双手一捏，这人便昏了过去。

战斗结束，他侬和熊明也都跑了回来，朵朵在挨个儿排除隐患，而小妖则捂着肚子，脚步缓慢地从草丛中走了过来，我朝她笑了笑，说，怎么样，没事吧？这小狐媚子一脸不快，嚷嚷道："早知道就不换这副身体了，搁以前多好，小娘早就直接掩杀过去，把这些人都给活活吃了。麒麟胎身孕育而出的这身体，现在连吃人肉都没有胃口了，这可叫小娘怎么活啊？"

旁边的他侬上来劝解："妖妖，你这样挺好的啊，跟正常人一样，你别吃人肉了，吃素挺好。"

小妖横了他一眼，闷声说道："小娘我就是素菜成的精，下不去那个嘴！"

他侬睁大了眼睛，结结巴巴地说道："啊？那、那我以后也不吃素了，就吃三净肉，好不？"

小妖不理他，说："你爱吃啥吃啥，关我啥事？"我见大家都没有受到严重的伤，小妖这会儿还有气力吵架，想来也不太严重，便担忧起军营中的乃篷，招呼众人一声，再次折回。

这次回去，我和熊明都捡起了地上完好的枪支，当作戒备的武器。

回到原路的时候，我突然感觉到有一丝不对劲。沿路倒下了好几个人，我检查了一下，都死了，尸体完整无损，口张开，双目瞪得滚圆，仿佛看见了人世间最可怕的事情，而四周突然间静得可怕，就连鸟叫虫鸣的声音都没有，我瞧着这尸体，心中隐隐有些担忧，当下也是顾不得太多的戒备，朝着低洼处的那片临时军营冲去。

很快，我们就到了军营外的平地，放目过去，到处都是倒卧在地的尸体，有的交叠在一起，有的则四处分散。瞧见这一副瘟疫般的场景，我心中发凉，放目瞧去，才发现这临时军营早已经死气沉沉，让人心中压抑。这到底是怎么回事，难道是另外杀出来一队人马，在这短暂时间里，将此处给踏平了？只不过，这手段也太暴烈了吧，让刚刚杀气凛然的我，心中都有些发寒。

正犹豫间，他侬突然急躁起来，说，我师兄怎么了？他顾不得里面潜在的危险，奋不顾身地朝着营房门口跑过去。我担心有事，也紧紧追随。我们如风一般越过营前平地，冲进了临时军营中，正好看见之前那个身上文着一头活灵活现猛虎的头领，这汉子一身肥膘肉，脸上堆积着的蛮横也都化作了乌有，一边扬着手中一支五色令旗，一边大声地叫嚷着，似乎还在求饶。他从我们前面十几米处跑过，一身肥肉直晃荡，似乎瞧见了我们，却也不敢停留，朝着营中的那片空地跑去。我们正诧异，却见一道闪耀的金光从他身后射来，径直逼近他的身后，那人似有感觉，将手中令旗一抖，黑气涌出，朝着金光罩去。然而那金光只是稍微停止一下，倏然挣脱，射进了他的体内。这壮汉捂着喉咙跪倒下来，下一刻，轰然倒地。

我瞧见这副情形，感觉到浑身冰凉，大声喊道："肥虫子……"然而我并没有得到回应，只见那道金光朝着营中间的木桩射去。我们跟随着冲过去，却并没有见到肥虫子的身影，只是见到小和尚他侬的师兄乃篷，正在慢条斯理地将身上的绳索，给解了开来。

瞧见我们出现，他抬头望了过来，我心中一冷，这眼神，冰冷。

第三十五章 肥虫凶虐

他侬最后一个进入营地,不了解情况,瞧见自己的师兄脱离了危险,心情激动,高兴地冲上前去说道:"师兄,师兄!你刚才听到沙曼的话了没有?我真的是冤枉的,他们根本就是萨库朗的人,杀害师父的,就是那个青伢子啊。"

瞧见他侬一点儿警觉心都没有,我不由得浑身冰凉,冲上前去厉声喊道:"他侬,小心!"然而我的提醒并没有引起一心想要洗脱冤屈的他侬注意,他太过急切地想得到最尊敬的师兄乃篷的谅解,却没想到站在他面前的这个人,早就不是他的师兄了。

乃篷脸上的阴寒,浓郁得几乎都能滴下水来,一双眼眸中凝现出诡异的暗金色,他将双手放在脸前二十公分处,异样地瞧着自己的双手,脸上隐约露出了一点儿好奇。他就这样盯着自己的手在看,当他侬一边说着话,一边靠近的时候,乃篷立刻露出了被惊扰的神色,仿佛自己的地盘被侵扰了一般,脚步瞬间前移,二话不说,一掌就击打在他侬的胸口。

小和尚还没有来得及说完话,胸前喀嚓一声响,人便飞了出去。

我顿时就有一阵火气,冲到近前来,大声叫道:"肥虫子,是你吗?"

乃篷将他侬一掌击飞,脸上立刻露出了不似人类的扭曲神色,眼神凶狠非常,见到我冲了上来,几乎是下意识地再次递出一掌,朝着我的胸口猛力拍来。我心中焦急万分,意识中与肥虫子的联系早已经被切断了,此刻蔓延过去,只能够感觉到一片寒狱般的冰凉,瞧见乃篷一掌打来,想也不想,回手便硬拼一击。

嘭!两掌交击,巨大的气劲爆发声骤然响起,我们各退好几步。看着自己的手掌,我心中一凛,乃篷之前虽然是个一等一的泰拳高手,一身的外门功夫,钢筋铁骨,然而断然不可能有这么强大的气力,从刚才的交击之中,我更加肯定对面这个乃篷的身子之中,金蚕蛊绝对在里面。

只是,肥虫子这是在干什么,为何会变成这般模样?

我刚才那一掌似乎也激发了乃篷血液里面的泰拳天赋,当下身子一震,浑身仿佛充上了电一般,背脊骨一挺,人就冲了上来,双手如电,宛若毒龙出巢,凶猛非常。

我不愿意打这种莫名其妙的架,一边往后退,一边问小和尚他侬的伤势如何。

熊明在我身后回答,说断了好几根骨头,没死,不过也差不多了。我正想回头过去瞧,却因为分了心,给肥虫子驻扎的乃篷手掌擦到一击,顿时胳膊火烧火燎的,疼得厉害。

这疼痛也让我瞬间清醒过来,想起了当日在茅山后院里陶晋鸿跟我说的话,这肥虫子是一把双刃剑，它可以让我厉害非凡，也能让我死于非命，所有的转变，都只是在于我能否有镇压住它的力量。

往昔我有镇压山峦十二法门里面记载的手段，初始之时，乃至一转二转，肥虫子都无所挂碍，然而到了三转之后，肥虫子就有了明显的转变，它倘若不是为了抵御噬心雷而丧失大部分力量，只怕一开始就暴走了。

肥虫翻脸，六亲不认。倘若现在它进入乃篷身体里，是嫁金蚕的节奏的话，只怕我们都得遭殃了。当务之急，并不是跟暴走的肥虫子摆事实讲道理，而是先将这闯祸的小惹事精给揍一顿，镇压住再说。如此一想，我的心中就有些激情澎湃。肥虫子与我自相遇，命运就连结在一起，相生相息，它是个不会说话的小东西，却能够卖得一手好萌，比起小妖和虎皮猫大人来说，它是个老实性子，被自己人欺负了，从来都不知道反抗，就像我们身边最老实的那个孩子，从来都只知道傻笑。只有在一致对外时，它才会显露出自己狰狞的爪牙，显示出自己身为万蛊之王的豪气。肥虫子跟我们身边那个最不起眼的老实孩子一样可爱，我从来没有想过会与它对敌，心中没有怨恨，反而有一种友谊赛的稀奇，当下也是稳住身形，朝着身形如电的乃篷迎去。

虽然之前与乃篷交过手，然而再次与他交锋之时，我立刻感受到了喘不过气来的沉重压力，真的是仿佛变了一个人，肥虫子不但增强了乃篷身上的劲力，而且还将这个外功达到一流的泰拳高手，所有的天赋都开发出来，我感觉跟自己作战的并不是一个人，而是一台精准无比的机器，全身上下，每一处器官都是武器，手掌、脚、膝、肘、头、肩、牙齿。

倘若之前的乃篷是一名顶尖的匠人，那么此刻的他，绝对是一代宗师，他的战斗方式简直已经是一门艺术，是教科书式的打击，即使全神贯注，运转周身气力而动的我，也顶不住这暴风骤雨般的打击。

交手几十个回合，我便败下阵来，跌倒在地，倘若不是朵朵上前以癸水之力阻拦，只怕我就要给一脚踩死。我连滚带爬地往后退开，这会儿回复过来的小妖从我身边越过，轻飘飘地说了一句话："瞧瞧，同样是小肥肥在肚子里，你这么弱，那人却强得没有了边，这就是差距啊。"说完这话，小妖一脚踏前，双手往头上一举，一股青朦朦的光芒就笼罩了正与朵朵对阵的乃篷身上，地上那些杂草开始疯狂蔓延开来，将双眼暗金的乃篷给困住，朵朵一手拿着碧落回阳伞，一手与小妖紧紧相牵，共同将这青木乙罡给激活增长。

然而乃篷此刻的气势十分强盛，那些疯狂攀附在他腿上的杂草野藤仿佛被洒了毒药一般，纷纷枯萎，而他则在一步一步地坚定前移着。小妖瞧见乃篷如此犀利，顿时就着急了，朝天上望了一眼，大声喊道："肥母鸡，你再不下来帮忙，我和朵朵都要死了！"

一道肥硕的身影从天而降，虎皮猫大人一脸郁闷地说道："不是不帮，是帮不上忙，小肥肥找人附了体，我这瘦胳膊瘦腿的，可顶不住它一巴掌！"话是这般说，但

它还是不断地念起了古里古怪的咒诀。

此时的乃篷当真有些势不可挡的意思，当下双脚一蹬，从地上突然冒出一股无可匹敌的气劲来，将整个禹场都搅和得极端紊乱，小妖和朵朵联手激发出来的青木乙罡也就此湮灭，乃篷倏然前进五米，双手分别抓中了小妖和朵朵的胳膊。朵朵乃鬼妖之体，一被触及，立刻化作虚无，裹挟着碧落回阳伞往旁边退开；而小妖却是个暴脾气，抬腿便朝着乃篷踹了过去，乃篷伸手来挡，两人眼花缭乱地互攻了几回合，结果乃篷身体一阵金光萦绕，小妖顿时就没了气力，给一把抓住，举得高高，然后再往下面用力一掼，硬生生地给砸到了泥地里去。

"啊！"即使是麒麟胎体，被这般重摔下来，小妖也忍不住呼痛。我不知道肥虫子是用了什么法子，让小妖突然失去了力量，当时的心中却是无名业火熊熊燃起，一股我也说不上来的气息从小腹之中升腾而起，某一种藏匿在脑海神识深处的意识，正在迅速觉醒起来。它似乎对我的这般弱小极为愤慨，我的意识在一瞬间就被压制，接着我看见自己身子如飞一般，冲向了前面的乃篷，一拳击在其胸口。乃篷腾空而起，飞跃过数十顶帐篷，跌落到了附近的淤泥洼地里面去。

我纵步如风，根本就不顾旁人，越过周边的一顶顶帐篷，跨越栅栏，一跃而进入了那泥洼之中，骑在还兀自挣扎着的乃篷身上，不断地扇耳光，将这硬汉扇得直发懵，牙齿都吐了好几颗。他奋力反抗，然而我根本就不在乎，将他给死死地压在身下，将他的脑袋往泥浆里面灌去，然后死死摁着。

好几秒钟之后，一只拳头大、全身都是古怪眼睛的虫子从乃篷的身上射了出来，张牙舞爪地朝着我咬来。我伸出手，虚张五爪，口中莫名就喊出了一句话来："孽畜，敢尔！"话语一出，一股恐怖的气息直接罩住了肥虫子，将它给裹得紧紧，一丝都动弹不得。

就在此刻，一道青光从寨黎苗村的方向横空射来，落在了肥虫子的旁边，然后蛊丽妹的声音在我的脑海里响起来："十八……"

第三十六章　关于死亡，关于生存

　　永恒的黑暗是死亡，短暂的黑暗是沉眠，而人的思维一旦陷入停滞，便不会知道自己到底是生，还是死——没有知觉、没有思想、没有意识，有的只是无边无际的黑暗。

　　很多人应该都思索过死亡之后，到底是什么样子。按照最科学的说法，人是由有机物所组成，那么死后蛋白质被分解，也就什么都没有了。没有风、没有水、没有阳光，也没有人世间种种让人依依不舍的一切，皇帝和农夫，贵族与走卒，都是一样的归宿，想想这种可怕的事情，都会让善于思考者不寒而栗。对于死亡之后的想象和思考多了，就产生了信仰，产生了宗教，产生了无穷无尽的好奇，也产生了我所述说的，多彩迷离的世界。

　　我的意识从心灵之海中一点一滴地浮现，当我感觉我还是我的时候，疲劳潮水一般从全身各处袭来，我想努力地睁开双眼，却发现自己无能为力，静静躺着，意识中妥协的因素不断在聚集，好想永远沉沦进入那无尽的黑暗之中。

　　我听到有声音在呼唤我，似乎远在天边，似乎又近在眼前，模模糊糊听不清楚，却让我有努力醒过来的欲望。慢慢的、慢慢的，当这种情感积累到了一定程度，量变引发质变，我终于能够睁开眼睛，苏醒过来，入目处，是朵朵、小妖以及虎皮猫大人关切的面容。

　　瞧见我醒了过来，朵朵欢呼雀跃，虎皮猫大人长舒了一口气，至于小妖，在微微一笑之后，伸手就拧住了我的耳朵，大声叫嚷道："哎呀，你终于醒过来了是吧，想想你都干了什么好事？居然敢骂小娘是个小浪蹄子，你还敢反了天？看小娘我怎么收拾你！"

　　我脑袋乱糟糟的，疼得厉害，此刻又感觉自己的右耳都快要被拧下来了，大声求饶道："小姑奶奶，我到底做了啥事，你说清楚呗，先别动手哈。"

　　朵朵瞧见我龇牙咧嘴地直叫唤，由不住地心疼，上前好言相劝："小妖姐姐，臭屁猫大人不是说了么，骂你的不是陆左哥哥，你就别生气了啊。"

　　小妖瞧见我一副头疼欲裂的表情，心里面也有些软了，松开手，嘴上却还强硬地骂道："陆左，你给我记着，这是第一次，也是最后一次，你敢再犯，别怪小娘不客气，到时候，哼，我直接阉了你！"

　　我揉了揉快被扯下来的耳朵，委屈地朝正幸灾乐祸的虎皮猫大人问道："大人，到底发生了什么事情？"

虎皮猫大人正自顾自地用鸟喙，梳理着自己鲜艳的羽毛，见我问起，它顾左右而言他地说道："咳咳，小毒物，小妖妹子已经说得很清楚了，还问什么？男子汉大丈夫，敢做敢当，你自己先仔细回忆回忆吧。"

我闭着眼睛想了好一会儿，昏迷之前的事情，一幅一幅地浮现在我的脑海中——龙血树林旁边的临时军营，猪一样的队友，丛林杀戮，诡异营地，恐怖的乃篷以及……变异的肥虫子！

啊！

我忍不住大声叫了起来，捂着头，感觉仿佛被人用棒球棍重重敲击了一番，疼痛欲裂。朵朵和小妖各自一声惊叫，两股性质各异、但都很柔和的气息注入我的体内，让我这种疼痛舒缓下来，我的嘴唇上痒痒的，摸了摸，才知道自己流出了鼻血来。

长长地吸了一口气，我患得患失地问道："肥虫子呢？"

虎皮猫指着朵朵的肩膀说："看，不就在这儿吗？"我急切地抬头一看，却见肉乎乎、软绵绵的肥虫子攀附在朵朵的肩上，正用一双黑得发亮的黑豆子眼睛，无辜地瞧着我呢。它完全没有之前那般凶神恶煞的模样，萌得可爱，除此之外，就是屁股肿了一圈。

我对这个家伙狂暴时的恐怖心有余悸，问："它现在变乖了？"

小妖叉着腰，说："看屁股不就知道了？"

肥虫子委屈地飞上前来，讨好地蹭了蹭我的脸，我心软得很，没有再多责怪它，只是问旁人："这么看来，营地里外躺着的那五六十号人，全部是这小东西弄的？"虎皮猫大人点头，说是，全部毙命了，就因为造了太多杀孽，死气累积，方才使得它暴走失控。

我左右看了一下，才发现自己是回到了寨黎苗村，此刻正躺在熊明家的客房床上。为了照顾朵朵，屋子里光线偏黑，不过依旧有金子一般灿烂的阳光在窗棂上停留，让人看了，心旷神怡。

我问现在到底是个什么状况，虎皮猫大人回答，说那个临时营地的武装分子，的确是王伦汗派来围攻村子的大部队，不过现在的情况有变化，差不多有七十人死于我们的围攻，剩下十五人或伤或残，包括一名黑央族成员，被我们缴了武器之后，驱赶回去。临走之前，他侬这个小和尚十分机智，跟那些人宣扬，说是他们得罪了神灵，所以才会遭受此灾。缅甸人普遍信奉这些，再加上他侬这光头身份，基本上都跪下来，请求宽恕。所以这三天来，王伦汗都没有过来找麻烦了。事实上，失去了这近百人精锐，他手上的实力也有些捉襟见肘了。

我问，那小和尚他侬，还有熊明呢？

虎皮猫大人告诉我，乃篷给揍得不轻，现在还下不了床呢，所以他侬这几天都在照顾自家师兄。熊明正率领着村里面的民兵队在村外巡逻，所以都不在。

我问，蛊丽妹交待找寻的任务呢，我们可有找到？

旁边的小妖抱着胳膊，愤愤不平地说道："当时你尽顾着跟青虫惑讲话去了，打扰一下就给你骂得半死，谁还敢提这一茬？等到你跟那死虫子讲完话之后，双眼一翻白，就昏死过去了，谁还管得了这些？还不是屁颠屁颠地把你给带回来。"

我知道自己理亏，也没有接腔，只是看向虎皮猫大人，说，现在呢？

大人也有些不满，说："送你回来后，蛊丽花自己出马，头天傍晚就带回来了，你不必担心。"

这些东西本来就是蛊丽妹当年收藏之物，地理位置、取药手段以及相关的法阵布置，他们最是清楚，本来就不必叫我这外人前去取出，如此说来，蛊丽妹当初跟我说起这件事情的时候，心中就已经有所谋算，要不然青虫惑也不会这么快就赶来。

难道这一切，都是因为……

我深深吸了一口气，用最凝重的口气问虎皮猫大人道："我昏迷之前，他出来了吧？"虎皮猫大人抖抖身子，装作听不懂，说，谁啊，谁出来了啊？

我大怒，伸手揪住这肥母鸡的脖子，拎到我面前来，说："得了吧，不要给我装，大家心里面其实都清楚得很，我体内住着的这一位大神洛十八，时不时出来放一下风，我又不是傻子，自然知道。跟我说吧，到底是怎么回事，不要支支吾吾的！"肥母鸡被抓住脖子，大声向朵朵求救，然而朵朵到底还是心向着我，手指放在唇间，咯咯直笑。

吵闹间，房门被推开，我抬头一看，却是熊明的叔叔熊付姆走了进来，他瞧见我在床上与虎皮猫大人嬉闹，高兴地上前来打招呼："陆左，蛊婆婆刚才叫我来找你，说神女要见你，我心想着你不是还在昏迷么，没想到她当真是神机妙算，你果然已经醒过来了。三天了，不容易啊，走吧，我带你去。"熊付姆二话不说，上前来拉我。这老叔叔五十多岁，我可不敢劳烦他伺候我起床，当下也顾不得与虎皮猫大人求证，起床穿衣，随便洗漱一番之后，跟随着熊付姆离开。

走在寨子里，我发现几天不见，路上的人便多了起来，虽然暂时还不会回复往日轻松，但是他们脸上的笑容也多了几分。我发现当他们瞧见我，脸上都会露出一丝敬畏的神色，站定身子，朝我鞠躬致礼，让我感觉有些莫名其妙。

很快就来到了祠堂，蛊丽花婆婆正在这里等着我，熊付姆告辞离去之后，她领着我前往地下密室。说句老实话，不管第几次来到这密室中，我的心情总是很压抑，这一方面是因为满目的虫子，显凝着让人不寒而栗的冰冷，另外一方面，就是那个虫池之中，让我揣摩不透的女人。想一想，一个活了超过一百岁的女人，却如同十八岁女一般鲜花绽放，让人感觉实在是太诡异。

缓行慢走，再次来到了虫池之前，那里面的池水似乎又涨高了一些，漂着一大一小两个白色蚕茧，大的那个露出了脸目，里面正是蛊丽妹，她显然已经在等待着我们了，瞧见我站到跟前来，她的脸上露出了观音娘娘一般的微笑："陆左，关于你的身世，你想知道吗？"

第三十七章　耶朗秘闻

　　狗血电视剧或者话本小说，通常会把主角演绎成自己并非亲生，而是领养，至于他的父母则是十分厉害的大拿。这种段子我最近也瞧过一些，听到蛊丽妹如此说起，下意识地想到那上面去。

　　不过继而我便为自己的想法感觉到好笑，我就是在晋平那种穷乡僻壤土生土长的小屌丝一枚，父母也都是很普通的人，除了外婆龙老兰稍微厉害一些之外，有什么身世可言？

　　面对着绝代风华的蛊丽妹，我莫名地感觉自己低了一头，心中又有无数疑问，便拱手说道："还请前辈赐教。"

　　蛊丽妹长吸了一口气，平缓地说道："你出身的敦寨苗蛊，和我所在的白河苗蛊，其实都是来自于当年耶朗大联盟的祭师后裔，这你可知道？"我点头，说知道，苗家三十六峒，花开天南与海北，纷纷离散，不知东西，不过源头的确都是当年那些在耶朗祭殿中幸存下来的祭师，还有护坛武士。

　　蛊丽妹说，你知道就好，那么背景便不用与你普及了。

　　话说当年耶朗大联盟幅员辽阔，盛名远播。之所以能够在这穷山恶水中有如此成就，这与各处祭殿中的祭师有很重要的关系。当年耶朗祭殿中的祭师在联盟中的地位十分尊崇，他们信奉一种叫做"巫咸"的三眼小人为神，据说这种生物通过洞悉天地之间的至理，打败了当时统治天地的大巫一族，残暴的大巫要么被赶尽杀绝，要么就远走他域。

　　巫咸在平原和山区建立了辉煌的文明，然而这一切，却被一名逃遁至深渊的大巫给打破，那个叫做共工的大巫，将封锁各界的晶壁给撞塌，从深渊里放出了数不胜数的怪物和灾难，喷发的火山、裂开的地缝以及滔天巨浪的洪水，将那个辉煌的文明给摧毁，将世间扰得一片混乱不休。

　　直到后来，那些巫咸遗族与这片土地上逐渐成长起来的其他种族，经过长达几个世纪的时间，终于将这些怪物赶回深渊，并且分别在五个裂缝处建立了祭坛，以所有巫咸人的生命为代价，将这些裂缝给永远封印住。

　　听到她说起往昔的神话传说，我刚开始还在撇嘴，然而听到后面，脑海里却不由自主地浮现出我第一次进入神农架的耶朗祭殿之时，那祭坛石壁雕版之上，所描绘的画面：

　　第一幅画是空虚混沌，渊面黑暗，世界在一个胎腹之中；第二幅画是群山出现，天空环绕，林木森森，巨人出现在巍峨的高山之中；第三幅画是两山间的冲积平原上出现了三只眼睛的小人，它们建立了国度、耕作、狩猎、打鱼、祭祀；第四幅画是混沌黑暗的地底，涌现出各种恐怖的怪物；第五幅画是战争，家园毁于光与火，伏尸千里；第六幅画是建筑祭坛，三眼小人终于战胜了黑暗，带翅膀者成为王，铸了四个大鼎，镇压各方山峦中的黑暗阵眼。

那壁画上面的故事，与蛊丽妹所讲的事情，几乎都能够重合在一起，这情形让我浑身僵直，不再说话，继续听蛊丽妹诉说着尘封已久的历史。

巫咸族的覆灭，换来新世界的重生。耶朗大联盟的祭师们找到了古巫咸的遗迹，并且从中找到了力量的修行之路，于是这个国度开始兴盛起来。然而好景不长，盛极而衰，被镇压的裂缝再次动荡，黑暗势力蠢蠢欲动，越境而出，耶朗大联盟的国力在一次又一次的交锋中，迅速衰败。而且，中原大国也对这个国度开始觊觎。终于，在一次大动乱中，耶朗大联盟覆灭了。

时间慢慢过去了，然而一个流言却越传越广，光明虽然永远，但是黑暗却会再次来临。有的人对现实绝望，屈服于恐惧，幻想让那黑暗将这人世间的所有给重新洗牌，并且崇拜起从深渊诞生出来的邪神；有的人却桀骜不屈，宁愿战死，也不愿意让黑暗重临。

传说神奇恐怖，然而现实却从来平淡，时间可以冲淡一切，除了一部分执着的人在思考，更多的，则是忘却和抛弃，因为未来太遥远，那些都是子子孙孙该考虑的事情。千年沧桑，时光流转，当工业革命兴起，大潮流、大时代之后，那些末法时代的修行者陆续退出了历史的舞台，一切都已经被人淡忘。而就在百年之前，有一个叫做洛东南的人出现了，自称已经轮回十八世。

蛊丽妹平静地看着我，淡淡地说道："你应该能够猜到，那个人叫做洛十八，也就是你的太师祖，同时，也是你的前世。"

我面无表情地点了点头，说："这个我知道，很久以前就猜测到了，不过我的心中仍旧有很多疑问，既然前辈提出来了，那我就斗胆请您帮我释疑了。"

蛊丽妹精致绝美的脸上浮现出一丝肯定，点头，说，你讲。

我说："你前面说的五道裂缝，也就是耶朗人看守的五座祭坛，其实我已经去过了三个半，之所以有半个，是因为那个地方我只是在梦中去过，而它，就在此地，就在萨库朗的基地下面。我想问的问题是，前辈，你之所以隐居在此，是否就是为了守护祭坛？"

蛊丽妹点头，又摇头，说："我隐约能够感觉到这里是耶朗大联盟南部祭坛的所在地，但是不知道具体方位。而我之所以在这里，是因为我的祖辈也在这里，我的根在这里，这里有我所需要守护的子民，从来没有变过。"

我点头，又问道："都说黑暗会再次来临，那么我想问，什么时候？"

蛊丽妹依旧摇头："不知道，该来的时候，自然会来，不该来的时候，有人导引，

也会来的。"

听到这模棱两可的说法,我的脸顿时就黑了,这一副神棍腔,我往昔陪杂毛小道摆地摊算命的时候就十分熟稔。心里面也知道蛊丽妹并不会在这些方面给我回答,于是我努力地平复了一会儿心情,然后直视着她的眼睛,一字一句地说道:"如果我觉醒了,我还会是我吗?"

问完这句话,我的心情立刻变得无比紧张起来,其实我最想知道的事情,就是这一件。

什么是"我"?

看过美国大片《第六日》的朋友也许有过这样的思考:虽然拥有着共同的记忆,但是无数的前尘往事相叠加,那个时候的我,还是真正的我么,还是现在的、此时此刻的陆左呢?我还会对自己的父母、亲人以及所有的朋友怀揣着同样的情感,遵循这二十多年来一直保持的人生观和道德体系吗?洛东南变成了洛十八,而我陆左,会不会变成陆十九?

说实话,我不是尼奥,也不想当什么救世主,我所追求的从来都只是小富即安,老婆孩子热炕头的普通人生活,倘若注定要有一个为了拯救世界而经历无数轮回的绝世高人,我想那一定不会是我了。既然不是我,那意识消亡之后,陆左虽然依旧活着,但是我却已经死去。

想到这一点,我不由得一身冷汗。蛊丽妹似乎看到了我的紧张,不由得笑了。她很少笑,一笑便宛若鲜花绽放,阴暗的密室里立刻充满阳光,让人感觉浑身暖洋洋的。瞧着我,她平静地说道:"你以为洛十八会夺舍重生,将你的神识侵去?"

这个时候我也说了实话,点了点头,说:"我怕,要是那样,我宁愿自己不是他,不是那个人。"

蛊丽妹没有接着说起此事,而是问起我来:"你可知道,洛十八是怎么死的吗?"

我点头,说:"听说死于洞庭湖的一处龙宫之中,他以及三个亲信弟子前去,结果只有一个能够回来,那个人,就是我的师公许邦贵。"她又问:"那你知道洛十八为何偏偏要去那么危险的地方吗?"我皱眉想了一番,然后回答道:"呃,不知道!"

蛊丽妹上下打量了我一会儿,问我:"你体内的本命金蚕蛊,带了没有?"

我点点头,说在,说话间,我已经将肥虫子祭了出来。蛊丽妹眯着眼睛打量这个装萌卖傻的小东西,深深吸了一口气,说:"当年洛十八对我说,炼就此物,三十六峒无一人可先于他。我尤不相信,现在想来,到底还是他深谋远虑啊。"

我说:"这是何意?"蛊丽妹认真对我说道:"如果洛十八对我说的话是真的,他当年和带翅膀者的传人,早就已经推算过了,而这小东西,则是解决一切的关键。只可惜,没有人能够控制得住它,而洛十八,就是在洞庭湖寻找控制本命金蚕蛊秘法的过程中,丧生的!"

听闻此言,我不由得大惊失色——洛十八,竟然是为了金蚕蛊,而死的?

第三十八章　离别苗寨

"这小东西里面，可有生死之间的大恐怖啊！"

蛊丽妹美目流转，定定地瞧着这个浑身皆是各色形状眼睛的肥虫子，轻轻叹道："十年为蛊，百年为惑。当年我还以为我能够凭借着白河苗蛊中的不传之秘青虫惑，扳回当年的战局，现如今看来，我当时真的是太天真。凡事皆有天定，人力难有所及。他在多年以前，就向我证明了一件事情，那就是：到了最后，他依然是对的，是最后的胜利者！"

蛊丽妹这般感叹着，而我还在纠结之前的那个问题，再次认真地问道："我，不会被夺舍吧？"

见我这般说，蛊丽妹笑了，她盯着我，淡淡地说道："这个很重要吗？"

我认真地点了点头，说："对于别人或许只是一个无关紧要的问题，但是对于我，对于我现在的朋友和亲人来说，却是比天还要大的事情，所以还请前辈，如实相告。"

蛊丽妹没有再回避，直勾勾地瞧着我说："小子，你身上，有山阁老、洛十八传承下来的《镇压山峦十二法门》，还有洛十八都没有瞧见过的《正统巫藏》的携自然论述巫力以及巫蛊两部上经，我说得可对？"

青虫惑仿佛蛊丽妹分身一般，而这些事情在我们小圈子里面又不算是秘密，蛊丽妹能够知晓，我并不意外，点了点头，说："没错，我有山阁老传承下来的三部经诀，这又如何？"

蛊丽妹摇头叹息，说："这些别人是遥遥不得企及，你是空有宝山而不知。山阁老是南明之时最强大的蛊师，也是十万大山中万毒窟陨落前最后的一代传人，他是个绝顶的天才人物，当年遍访遗失之古迹，重新订正了流传各处的苗蛊之法，铸就此十二法门，意在镇压各处山峦中蠢蠢欲动的黑暗力量，如此之磅礴远见，岂是今人所堪比拟？《巫蛊上经》，乃镇压一切蛊毒之总诀，压制蛊物降头一脉；《巫力上经》，乃修行自身之法门，可以对抗带翅膀者，也就是"仙人"传承的中原道门——当年虚清真人带陶晋鸿游历天下，此经便是中原第一人从汉蛊王手中亲自夺得，没想到最终又流转到你的手中……"

讲到这里，蛊丽妹顿了顿，突然抬头看我，说："讲了这么多，你可知道我想表达的意思吗？"

我挠挠头，摇头说不知道。

蛊丽妹大为叹息，说："孺子不可教也。当年洛十八仅仅凭借着十二法门，便能威震苗疆,宵小不敢犯,而你现在的际遇,比他好过不知多少倍,却驽钝不堪,难怪还在头疼这等问题。简单告诉你吧,世间之事都是相通的,你强则敌弱,你弱则敌强,倘若想要保存自己的意识不受侵害,那便让自己变得更强,只有当你足够强大,万事莫可挡,到了那个时候,你才能够完全把握自己的命运。"

她身子往巨茧中缩去:"洛十八对于你来说,他可以是一场助力,也可以是覆灭你的恐惧恶魔,至于他是什么,其实说来说去,最终还是你来作出选择,知道了吗?"

话说得这么透彻,我点了点头,说知晓了。这洛十八的回归,或者说是苏醒,自然是不可预料的,但是就跟陶晋鸿跟我谈及肥虫子时候的道理一样,如果我没有足够强,强到主宰一切的程度,那么到最后,我终究沦为给他人作嫁衣裳。但倘若我能够将自己体内的力量真正汇聚在一起,成为一个绝对的强者,那么无论是肥虫子,还是那虚无缥缈的前世,都只能够屈服于我的意志之下。

见我通晓此事,包裹着蛊丽妹的白色巨茧往下沉了一截,她明亮的眼睛仿佛能够穿透我的身子,那仙音般曼妙的声音从我的耳边响起来:"相比洛十八那茅坑里臭石头的死人脾气,我倒是蛮喜欢你这个有礼貌的小子。加油哦,陆左!"

她的这一句话,听得我一阵酥软,禁不住就心驰神荡起来。这个美貌绝对堪比妲己、褒姒的女人,一旦给人好脸色,还真的是让人把持不住啊——特别是素了好久的我。不过到底不是毛头小子了,我很快就将心情给扳转回来,深吸一口气,指着旁边的那个白色巨茧说道:"前辈,雪瑞什么时候能够安好?"

蛊丽妹并没有瞧自家徒弟,缓缓说道:"她头上的龟甲封神术已经被我依照那小和尚之法解开。同时,我也将那个下降之人给引了过来。不过那人到底是多年的老油条,并没有冲动,只是远远瞧了一眼之后,便不再向前,所以暂时也没有办法。你无须担心雪瑞,她留在我这儿,一两年的功夫,自然会打着我白河苗蛊的招牌出现,到了那个时候,她未必会逊于你,或者其他人。"

我点头,说:"我远在异国他乡,人生地不熟,那达图、魔罗之事,我也插手不得,既然一切安好,那么我便要离开此处了,不知道前辈有何指教?"

这句话,我其实在来的路上就在想,因为达图与我,实力悬殊,他不找我麻烦,我就阿弥陀佛了,杀了他,便等于跟东南亚最大的黑巫僧、降头师联盟契莫卡结仇;而被郭佳宾和钟水月拐带走的魔罗,则更不关我事,之前我对魔罗那种不共戴天的心情,想来应该是来自洛十八对我的情绪控制,现在想想,东南亚隐匿的高手何其多也,宛若那过江之鲫,我何必去操那闲心?我此番前来,所为的就是解救李家湖和雪瑞,如今李家湖降头已解,人回了香岛,而雪瑞则有蛊丽妹罩着,不劳我担忧;至于郭佳宾和钟水月,跳梁小丑而已,人贱自有天收,我何必理会。

不过我之前答应了蛊丽妹,此番又反悔离去,总有些担忧她的反应,然而她似乎并不是很在意,而是平静地点了点头,说,好吧,你若有事,自行离去就好。

蛊丽妹这回答颇为诡异,让我感觉到她那淡淡的笑容里面,也有很多看不清楚的奇怪东西,不过我还是强行按捺住自己心中的疑惑,最后问道:"临行前,不知道前辈对我,还有什么交待?"

就在我说话的时候,白色蚕茧开始重新织丝,那些不断变换的丝线开始遮掩住了蛊丽妹宛若天仙的精致面容,接着这两个巨茧相继沉入池底,只有一声飘渺的声音传到我耳边来:"命运是一条河流,总会流向一个方向。是你需要经过的风景,就一定会经过,逃避不是解决事情的办法。至于建议,洞庭龙宫里有降服本命金蚕蛊的大秘密,你如果解开了,那么便不用这么恐惧了。"

走出让人心情凝重的密室,我抬头看了一眼天空,瓦蓝瓦蓝的,纯净如镜面一样光洁,心情似乎又好了许多。

我们在苗寨里又待了一天,一切似乎都恢复了平静,我便与虎皮猫大人商量回国事宜,虎皮猫大人的态度有些奇怪,并不表态。得知自己体内还有着另一位住客,并且随时都在对我的掌控权进行觊觎,我的心情一直很乱,没有再多说,决定第二日清晨离去。

一直叫嚷着要跟我回国的小和尚他侬此时却没有跟我一同离开的意愿,他当日受了肥虫子附体的师兄一掌,人飞出去,听熊明说几乎要挂掉,却没承想一股气息将他包裹,又将其从死亡边缘拉了回来。虎皮猫大人告诉我,这小和尚并不简单,他身上有般智上师的气息,应该是一缕残魄寄托,使得他能够在危急时刻自救,不过他自己却并不知晓。

几天过后,他侬的伤势虽然还是有碍,却并没有多严重,勉强能行走,然而他师兄乃篷却还在昏迷中。不过好在乃篷是因为被肥虫子寄身,然后将所有的潜能给榨干,所以才会昏迷,只须好好调养十天半月,应该就会醒来。他侬自己身上有伤,师兄又在此处,另外这里又有蛊丽妹罩着,也便不想再到北方那个陌生的大国里去。

各人自有各人的想法,我自然不强求。第二天清晨,用过了早点,我与村子里几个相熟的人物依次辞行之后,带着小妖离开此处。

出了寨黎苗村,路过福龙潭的时候,我不由得想起当日与杂毛小道再次遇到熊明之时的情景,如今回忆起来,颇多唏嘘。不知为何,我总有些感伤,感觉自己留在这个世界上的日子,渐渐少了。如此心绪不宁,也就精神恍惚,小妖叫了我几声,都没有听到,结果屁股被飞起一脚,人直接就往前一扑,来了个狗吃屎。瞧见一身草屑的我,小妖哈哈直笑,气得我一声大叫,朝她追去,小妖咯咯地笑着,说,小毒物,来追我呀。

有这小女王在旁边闹腾,我的心情总算好了一些,追追逐逐间,便到了克扬族人的聚集地错木克村,远远望着那处村落,我的心莫名地跳了一下,回头对小妖说道:"小妖,你看看,是不是有些不对劲啊?"

第三十九章　魔罗初现

上次我们路过的时候，能够看见村里炊烟袅袅，富有生气，然而此刻，却根本见不到人影，就连活着的动物都没有一个，有浓郁的血腥味，附在人的鼻头上，麻麻痒痒的，让人直想打喷嚏。

我招呼小妖过来，让她瞧一瞧。小妖眯着眼睛看了一会儿，不由得深吸一口气，惊叹道："好重的魔气啊！"

魔气？我的眉头一皱，不由得心中发凉，说："难道是魔罗来了？"

小妖点了点头，说："有可能，说不准就是啦。"

我心中不由得有些纠结起来，理智告诉我，此刻的我可能把握不住那种场面，倘若贸然前去，只怕自己还给陷进去。但倘若无动于衷，不管不顾，我的心中却总有些难安。我在这儿犹豫，旁边的小妖则说道："去看看吧，开启遁世环，小心点，谁能发现你呢？"

此言说得极是，当下我与小妖商量完毕之后，从东侧面的一片田地进入。这一连片的田地里有好多枯萎的植物，一开始我还不知道是什么，快接近村子边缘的时候，我看到村中有好几口煮熬用的大锅，才明白这些都是罂粟。这一片区域，居然沦为毒枭的后花园。

悄然潜入村中，朝着有动静的地方摸去，终于，我们在小莫丹家附近的一处茅草房旁边，瞧见了人影。一个身形瘦小的老和尚，正缓缓走来，他孤身一人，身着红袍，挂着一根雕工精美的木质禅杖。瞧着这人年岁颇高，垂垂老朽，然而脚步走动，却有如同山一般的凝重，让人瞧一眼，就有喘不过气来的感觉。

达图上师！

我的脑海里，一下子就想起了这个人来，此人应该就是契努卡的高层人物，来自马来西亚的行脚僧人达图上师。在他的对面，站着两个人，男的长得倒也帅气，只是脸色苍白，畏畏缩缩，让人感觉并不强势，另外一个，是个女人，长得一副好相貌，丰乳肥臀，眼含秋水，有着当地人所没有的牛乳白肤。那男的我认识，他便是拐走李家湖公司大笔资金的经理郭佳宾，至于那美貌的妇人，想来应该是果任的美女徒弟钟水月。这些都不是重点，重点是在钟水月的怀中，还抱着一个黑乎乎的小家伙，有一两岁的小男孩那么大，不过浑身发黑，身有细密麟甲，黏稠发光。这东西有点像是那螃蟹一样，居然有三对手，每一只手上都拿着一样人体器官，有手掌、脚踝、半张人脸、一颗眼球或者湿漉漉的一大坨肠子，上面的鲜血嘀嗒直落，热气腾腾，显然是刚刚从活人的身上挖出来的。左右周围，都有哀号的人群，不过他们已经失去了行动能力，唯一能够做的，就是让自己的声音，变得更加凄厉。

那小家伙六臂，却不是三头，整体来说，应该是一个头颅，三张脸孔，成三面分布在那头颅之上，三张嘴不断地咀嚼着新鲜的人肉，吃得高兴了，还将手上那颗挂着许多肉屑的眼球，递到钟水月的嘴边，"啊伊、啊伊"地叫唤。

这眼球在它的心中，应该是美味，然而对于人类来说，不呕吐出来已经算是有极高的忍耐力了。然而小家伙很执着，一定要让这妇人吃，无奈之下，钟水月张开红润饱满的嘴唇，将这眼球给活生生地吞了下去，那小家伙才高兴地拍着手，引来鲜血飞溅。

这三面六臂的小家伙，想来就是众人所要寻找的魔罗吧？

没想到不到一年时间，它居然就长成了这副模样。瞧这副做派，这整个山村的村民，只怕都已经遭了它的毒口。生吞完一整颗黏乎乎的人眼球，钟水月显然有些难受，不断恶心反胃，不过她并不敢触怒怀中的这头魔物，只是凝声朝着面前走来的这个老和尚说道："老和尚，你追了我们快五天了，到底想要干什么？"

达图猥琐的脸上长了一个鹰钩鼻，目光凝聚间，显得十分锐利，他将手中的禅杖缓慢扬起，指着她怀里抱着的那头魔物，一字一句地说道："我要它，给我，你们自己离开！"

"不行！"

旁边吓得直发抖的郭佳宾突然发声道："这是我的孩子，我谁也不会给的！"他挺身站了出来，一直藏在身后的右手也抬起，一把手枪，准星对着达图。有枪在手，他的胆气也旺盛了几分，大声喊道："你太托大了，竟然敢一个人来。看看这是什么？这是枪！枪，知道吗？有了它，我想要你黑你就黑，想要你白你就白，信不信我现在就将你给抹杀了？"

达图不理会"一枪在手，天下我有"的郭佳宾，而是平静地看着钟水月，再次说道："把魔罗给我，我还是能够饶你们一命的！"钟水月笑着说道："我带孩子不容易，大师，你何苦为难我一个妇道人家呢？再说了，我们现在，是许先生的人，您不看僧面，也看一下佛面不是？"

达图的脸上波澜不惊，不过眉头却皱了起来，轻轻叹道，既然如此，那就不要怪我不……

他的话还没有说完，便听到郭佳宾大喝道："老婆，跟这秃驴说啥呢，杀了他就是！"他话说完，我们这边就听到了三声枪响，砰砰砰，枪声在村中回荡着，然而在他正前方五米处的达图上师，却依然站在那里，连衣角都没有被沾到。

开枪的郭佳宾自然是被吓得半死，而在旁边观战的我，心中也惊诧到了极点。郭佳宾普通人一个，自然瞧不出什么蹊跷，然而我却能够看到，在不到一秒钟的时间里，达图的身形连着变换了三次，在躲开了子弹的攻击之后，他又稳稳地回到了原来的位置,让人有一种子弹穿过虚空的错觉。

好精准的身法,好淡定的心境,好恐怖的实力,我感觉自己的头皮发麻。然而我还来不及感叹,便见到达图上师已经化作一道虚影,出现在郭佳宾的前方,手一伸,那把被郭佳宾依赖制胜的手枪立刻化作了一堆零件,散落在地上。而郭佳宾的脖子,则被这个矮他一截的老和尚给紧紧掐住,动弹不得。

相对于只是一个普通人的郭佳宾,自小就师从了仰光一流降头师果任的钟水月,却是一等一的练家子,她抱着怀中魔罗往旁边一跃,正瞧见达图将自家相好给死死掐住,不由得心急地大叫:"老公,你还好吧?"

郭佳宾都喘不过来气了,脸涨得发紫,却仍忘不了给她回应:"宝贝,我没事,你快带着宝宝离开。"

两人浓情蜜意,而达图则第三次肃容说道:"交出魔罗!"

钟水月瞧见郭佳宾脖子被掐,有进气没出气的样子,本来还可怜兮兮的美艳脸孔之上,突然浮现出了疯狂的神色,双眼鼓出,厉声大叫道:"它是我的,是我一点一点将它从深渊中导引而出的,是我将它喂养长大,我以后就是圣母,统御天下,谁也休想从我的手里夺走它,要么放我们离开,要么,一起死吧!"

她这般说着,怀中正在吃人肉的魔罗感受到了钟水月心中的怒火,"嗷呜"一声叫,整个天空似乎都低了几分,黑云垂落而下,而它则化为了一道黑色闪电,朝着达图扑了过去。

瞧见魔罗陡然间气势大盛,朝着自己扑来,达图上师的脸上也出现了慎重的表情,将气息奄奄的郭佳宾给扔在一边,手上突然多了一团浓黑如墨的雾气,朝着魔罗罩去。黑雾悬空浮起,立刻化作一张巨大的网,将气焰滔天的魔罗给一下网住,收紧。举手之间,达图便将这恐怖的魔罗给收于囊中,显然是有过针对性的准备。然而事情总是出乎人的预料,魔罗被黑色雾网给紧紧束缚,最后给缩成了一团之后,并没有放弃挣扎,它大声地尖叫起来:"呜哇、呜哇……"这叫声诡异,周边散落着的那些伤者突然停止了呻吟,仿佛受到了魔力导引一般,直挺挺地站了起来,朝着达图上师的方向飞奔而去。周围或死或伤的村民有十来个,此刻一番冲刺,几秒钟便到了达图上师的身前。他用脚蹬飞几个后,却发现更多的人奋不顾身地冲上来,当下也是怒了,挥手拍死一个之后,朝着旁边退开。

这时,正在照看郭佳宾的钟水月突然站起身来,双目喷发出疯狂的怒气,厉声喊叫道:"风、风、风,宝贝,给我杀了他!"一直被达图控制着的魔罗一听到这叫声,身子一摇,化作了一阵恐怖的飓风,脱离了雾网的束缚,朝着达图上师卷去。

第四十章　达图降魔

魔罗化作飓风，不断旋转，周遭的劲气宛若最锐利的刀锋，但凡被它卷入其中的东西，立刻就变成一堆不断飞扬的碎屑。

达图上师极为厉害，早前一步，已经做好了防范。当魔罗挣脱开了他的控制，他已退到了十米之外，手中的拐杖不断地旋转，化作一块盾牌，产生着与魔罗排斥的风力。

魔罗在钟水月的驱使下暴走，将旁边那些无辜的村民给碾得粉碎，漫天的血浆与碎肉飘扬，然后朝着达图碾压过去。达图上师人看着矮个瘦弱，身手却是一等一的厉害，人影在废墟中不断地穿梭奔走。而魔罗则一路碾压，将村中幸存的茅草屋给拆得散乱，恐怖非凡。如此周旋了三两分钟之后，一直疲于奔命的达图上师突然回转身子，将手中的禅杖高高举起，一股血红色的气息从禅杖龙头处喷薄而出，迎着那股黑色旋风冲去。

那血红色的气息一离开达图的禅杖，立刻化作曼妙的美女数名，搔首弄姿，扑进了黑色旋风之中，魔罗化身的飓风一停，浓黑的色彩一点一点儿地褪去，最后展露出了三面六臂的魔罗来。但见三个风骚无比的曼妙女郎围着它，上下其手，似乎已经将这暴戾无比的恐怖生物给制伏了。

瞧着魔罗那一脸的茫然，达图上师长舒了一口气，得意地朝着满脸错愕的钟水月笑道："魔罗与其他魔物所不同的一点在于，幼时其性甚淫，太容易被迷惑，被勾引，倘若不是这一点，我还真的不敢只身前来，夺取此物！你们炼制的手法实在是太落后了，这魔罗倘若在我的手中，三五年之后，整个世界，都会传颂着我的名号！"他手一招，那三个正在搔首弄姿的血红色女郎立刻回首轻笑，朝着达图这边飘来，被这三个幻化鬼灵所勾引的魔罗根本不作犹豫，直愣愣地跟在后面，亦步亦趋。

瞧见自家的魔罗被那个道貌岸然的达图上师，用美女鬼灵给勾引走，钟水月顿时就气疯了，站前一步，厉声念起了古怪的咒语来。这咒文叽里咕噜，谁也听不懂，然而本来双目呆滞的魔罗，三张脸上突然浮现出一笑、一哭、一怒，三种不同的诡异表情，身子在空中一顿，接着冲到了中间，三对胳膊各自抱住一头妩媚风骚的鬼灵美女，张口一吸，那些从达图禅杖中冒出来的粉红女郎，全部丧身于魔罗之口。

吞服了这些血腥之气所幻化出来的美女，魔罗身上那股黑色的气焰顿时就涨了几分，眼睛变成血红色，死死地盯着达图上师，喉咙里不断地发出让人恐惧的吼声来。

达图瞧见那钟水月能够完全控制这魔罗的情绪，略为惊讶，指着她说道："不可能，果任都没有操纵魔罗的手段，你为何会如此厉害？"

钟水月脸上浮现了胜利的笑容，得意地说道："这孩子自降临于世间，十月怀胎，我都一直伴随它的身边，悉心导引照料，它熟悉了我的气息，自然会听从于我。啊，这就是母爱的伟大！"

达图脸色阴沉，指着面前这个恐怖的魔罗说道："你还真的好意思，它的母亲，不是那个躺在精神病院里面，被抛弃的可怜女人吗？你……"

听得这话语，钟水月愤怒地打断道："不要再说了，你这混蛋！宝宝，吃了他！"

那魔罗宛若一条最忠实的小狗，听得命令，立刻朝着达图上师扑去。这小东西在钟水月怀中看着腼腼腆腆，然而此刻却是凶恶之极，三张脸同时张开了嘴巴，里面一片黏糊，尽是血浆和黏稠的体液，那六只眼睛中闪耀着恐怖的红色，让这个看着柔柔弱弱得如同小孩儿一样的魔罗，竟然发出了大魔王的威势来。

轰，一声巨响在村中爆出，达图与魔罗交上了手。一方是成名已久的行脚僧人，一方则是转生投胎，不过一年光景的传说魔物，两者轰然撞在一起，立刻爆发出了精彩绝伦的战斗来，漫天的黑雾以及光芒乍现，两者竟然拼得旗鼓相当。手持禅杖的达图上师浑身青黛色的气息流转，禅杖舞动得看不见本体，只是一道道永不停歇的残影，在不断地防守着，抵御着魔罗状若疯狂的攻击。

两人斗得正酣，我瞧得精彩，不由得全神贯注，仔细观摩。

某一刻，我的心突然一跳，扭过头来，发现身边的小妖不见了踪影。这情形吓得我魂飞魄散，四下张望一番，发现刚才在天空上远远跟着我们的虎皮猫大人，也不见了踪影。这种突发情况让我的心脏几乎停止了。就在此刻，我瞧见对面的茅草屋里，突然出现了小妖曼妙的身影，她一点一点地从屋子边缘摸出来，移动身子，低伏着，朝正在旁边观战的钟水月和郭佳宾潜去。

射人先射马，擒贼先擒王。魔罗的恐怖我们也都见着了，硬拼过去，只怕要被它给活活磨死，但倘若将郭佳宾和钟水月这两人给擒获，威逼其自投罗网，或许还有一线生机。值此生死存亡之际，小妖的思路倒也是蛮清晰。

在魔罗又一声恐怖的大吼中，小妖从对面的茅草棚中一跃而下，朝着那对私奔的情侣冲过去。

钟水月一直在提防着达图，此刻感觉有异，回过头来，正好与小妖四目相对。钟水月不认识小妖，却能够感觉到这小狐媚子身上汹涌的气息，顿时拉着郭佳宾，慌不择路地朝着我们这边跑来。

小妖既已出手，我自然就没有得选择，当下将鬼剑抽出，静静等待着。两者来得很快，几息之间便已冲到了近前。瞧着两人从我身边越过，钟水月穿着暴露，我不好意思下手，一手抓住郭佳宾的脖子，扯过来，然后往地下一摔，按倒道："别动，动一下，杀了你！"

郭佳宾给我死死按着，挥手乱舞，待听闻我的话语，不由得诧异地喊了一声：

147

"陆左？"

我一声冷笑，说："正是我，郭佳宾，你个吃里爬外的畜生。枉李家湖对你这般好，你竟然伙同那女人，谋害结发妻子，又盗谋公司资产，真以为没有人收拾你吗？"我说着话，啪啪两记耳光，甩得郭佳宾一阵发懵，大声哭喊道："你误会了，你误会了，我没有……"

"哪来的小贼，要你多管什么闲事？"一道鞭子横空飞来，空中一道炸响，我退开一些，却见钟水月抖着手上红绳缠绕的皮鞭，朝着我的身上抽来。她这皮鞭之上，仿佛有着浓重的鬼气，我想，自己倘若被抽上，妥妥的皮开肉绽。

然而她师父任都败于我的手下，她又待如何？

我一声冷哼，退后一步，正想祭起鬼剑，将她拿下，小妖手持着九尾缚妖索，一声喝骂道："你这个浪货！"那九尾缚妖索光华毕露，微微一抖，便将钟水月手中的皮鞭给交织在一块儿，伸手一拉，钟水月便被扯得飞身上前来，小妖啪啪两个巴掌扇过去，口中大骂道："这是为了精神病院的那个姐姐抽的！"

她骂完，还待甩耳光，却见一道黑色魔气倏然撞到胸口，将小妖给撞到了坍塌的茅草棚里面去。我在旁边瞧得分明，是魔罗瞧见了这边有危险，奋力来袭。

这小畜生虽然并未成熟，然而已是极为恐怖，将小妖给撞飞之后，又瞧上了我，正面对着我的那张脸露出了恐怖而细密的牙齿，嗤嗤一笑，化作一道闪电扑来。我二话不说，将鬼剑抖起，立刻化作一把巨剑，朝着这东西劈去。

我这一用力，附于双手之上的恶魔巫力便开始激发，这一下可好，就仿佛鲨鱼闻到了血腥味，魔罗立刻放弃了与达图缠斗，全力朝着我攻来，一时间，漫天飞舞的黑气以及锋利爪牙，将我所有的精力都给牵引住。

偷鸡不成蚀把米，泥巴掉进裤裆里，我心情坏得很。达图上师缓过气来，居然并没有走，而是围上来，朝我招呼道："这位小兄弟，坚持住，待我与你共擒此魔！"

达图与我虽然没有照过面，然而我们却是知根知底，彼此都了解，听得他这一句话，我便知道他是在忽悠我给他当作肉盾，顶住这暴风骤雨的攻击。当下我却是不愿，一边朝着小妖跌落的地方退去，一边大声叫道："上师，这魔物的控制者便是那个穿短裙的女人，你将她制住，一切皆安！"

达图的手段其实并未用尽，听到我这话，却鬼使神差地信了，折身朝着被小妖推落地上的钟水月冲去。他这一下，使得被钟水月控制得严严实实的魔罗慌了神，顿时转换了攻击对象。我这边压力一减，便冲到废墟之中，将里面躺着的小妖扶起来，大声问她，还好吗？

小妖满脸都是疼痛，却扭开了头，瞧向了我们的身后。我抬起头来，却见从一片尘烟中，走出了一大群人来，为首的一个人，甚为面熟，脑筋转了一圈，我骇然喊道："怎么是你？"

第四十一章 言午先生

眼前这个老头仙风道骨，精神矍铄，一把漂亮的雪白胡子将他衬托得跟电视上那些世外高人一个模样，让人心中好不敬仰。他的脸色微红，有着老年人所没有的光滑和健康，皱纹也细密些，骨骼精奇，仿佛躯体里面藏卧着一头猛虎。这老人天生一副好相貌，想来年少之时，定是一翩翩少年郎。不过这并没有什么奇怪之处，我之所以惊讶，是因为我恰好认识这人，而且还有过交谈。

他便是我刚来缅甸时，前往坦达村去讲数，华人商会的副会长戚长生所请来的言午老先生。

戚副会长曾经跟我谈起，说这位老先生为人虽然低调，但是在清迈、曼谷等地颇有些强力的朋友。然而我万万没有想到，在这个小山村中，在魔罗大开杀戒的情况之下，他竟然会带着大队人马赶来。

是过来救援的吗？

不是！我从言午老先生身旁那些披着黑色大氅的同行者脸上，并没有瞧见一丝一毫的善意，他们狞笑着，不怀好意地打量着我和小妖，仿佛我们便是他们手中的猎物。锐利的目光将我们洗礼了一遍又一遍，不过他们并没有行动，而是等待着走在最前面那个老头子的吩咐。我相信，只要言午老先生一声令下，他们便会群狼扑食一般，狂涌上来。

我的身后战况激烈，达图上师和狂躁的魔罗战作一团，这么多人围拢上来，他也就没有了战意，一边拼斗，一边往后退却。然而那魔罗就仿佛一头发疯的野狗，追着达图上师撕咬着。

既是认识，我也尽量装得自然一些，不动声色地将脖子上的槐木牌取下来，塞在小妖的手上，然后牵着她的手，跟言午老先生打招呼，说："老先生，当日仰光匆匆一别，没有想到我们竟会再次见面，幸会幸会啊。"

言午带着身周二三十号人，走到我面前五米处站定，一笑，说："自古英雄出少年。陆左小友，没想到你不但把果任这个目中无人的狂徒给干掉了，而且居然还能适逢其会，来到这里。不过不知道你的目的，是为了那第六天魔王，还是为了谋害你朋友的达图小和尚啊？"

那达图上师七老八十，然而这言午老先生却称呼他为小和尚，跟茧丽妹一个口气。不过我并没有感觉他在托大，真正有实力的人，说的话都是理所当然。心中不由得暗自戒备，嘴上说道："以上两者，皆不是。我就是路过，感觉这小村子里一股浓重的血腥味,就过来瞧一瞧,却没想到那魔罗害人,当下也只是想着除魔卫道而已。既然老先生您过来了,那便无须我这小辈出马了。我还要赶路,先行别过了!"

我向他,及其身后诸人拱手致意,然后也不管旁边被魔罗纠缠着的达图上师,牵着小妖往侧里走开。我用极低的声音与小妖说道:"小妖,一会儿若是闹起来,你便带着朵朵返回寨黎苗村,将这件事情告诉雪瑞师父,听到没?"

小妖摇头说:"不,生也好,死也好,我就要和你在一起。"

这小妮子的倔强让我火冒三丈,正想与她分说明白,这时一个身材高大的壮汉带着人拦在了我的前方,面色肃然地说道:"先生还没有发话,你着急跑什么?"我扭头瞧向了言午,他抚摸一下颔下飘逸的胡须,脸上带着亲切的笑容,朝我招呼道:"陆左小友,你我颇为有缘,既然来了,便到寒舍坐一坐吧,顺便我还有一些事情,需要找你印证,且留下。"

我也尽量装着心平气和的模样笑道:"老先生,并不是小子不肯去,只是这小孩子思乡心切,所以才要匆匆回国,此番就不便叨扰了,下一次倘若有机会,一定会登门拜访。"

我这边说着话,却见达图上师中了魔罗一爪,跌倒在我的旁边。他翻身爬起,一身的鲜血淋漓,瞧见当头这人,口中不由得厉声大叫道:"许应智,你这个老乌龟居然没死,又冒出来了?"

什么,站在我面前的这位唤作言午的老者,竟然是神龙见首不见尾的萨库朗二号人物,许先生?听到这话,我浑身一震,所有的疑惑都解开了。是啊,既是如此,事情方才会变成这样,定然是钟水月和郭佳宾投靠了萨库朗,许先生才会带着这么多人,前来接应。

言午言午,不就是许吗?

这个年龄仿佛刚刚六十岁的老头儿,想来应该过了百岁,不知道使了什么手段,才会显得比达图上师更加年轻。

我的心中五味杂陈,既然他就是许先生,那么师出同门的他,必然会要我的十二法门。看来此遭,我的劫难是逃不了了。

心中知晓了个大概,面对这样的传奇人物,我也没有什么反抗之心,当下紧紧抓着小妖的手,恳求她道:"带着朵朵离开,去给雪瑞师父报信,要不然,我们大家都得死了。"听我说得坚决,小妖终于妥协了,点头说好,她会见机行事。

我们这边刚刚说好,达图上师又被疯狗一般的魔罗缠上。这小东西个儿虽小,然而力气大、速度快、魔气浓郁,实在让人烦不胜烦。达图上师一边抵御着小魔罗的进攻,一边朝着许先生放狠话,大声骂道:"许应智,你这个老王八,你不要以为我契努卡没有人,尊者很快就要出山了,到时候,你们所有人都得覆灭!"

群星捧月,许先生微笑,淡淡地说道:"达图,时代不同了,当年神山之战的风光早已不再,整个契努卡虽然还是一个联盟,但如同散沙,便是博罗尊者亲自来,他也不过是一个高级打手而已,这一点,你应该很明白,要不然也不会对魔罗这小家伙这么上心了。我看你是一个人才,不如转投到我的麾下,到时候,新世界自然会有你一席!"

达图上师正在与魔罗激烈战斗,也抽不出心思来与他打机锋,一边将手中的禅杖舞弄成一道屏风,将魔罗给抵挡在外,一边大声呵斥道:"痴心妄想,告诉你,绝不可能!"

他这般说着,意志坚定无比,而我则不想再作停留,当下拱手道:"老先生,您既然有事,在下便不久留,先行告辞了!"

语毕,我转身飞奔而走,小妖紧随其后。刚刚跑出几步路,一直沉寂无声的钟水月突然发出了杀猪一般的叫喊:"许先生,抓住他,不能让这臭小子跑了,你看看,他们刚才欺负我,扇了我好几个大耳刮子呢!"这妇人的嘶喊声中,竟然还有一丝娇媚,楚楚可怜。先前拦着我的那个高大汉子快步拦在了我们的面前,口中高呼道:"先生让你们留下,你胆敢离开,是不是太不给面子了?"

我哪里还有跟他理论的工夫,当下伸手一抓,将他胳膊拿住,往着旁边就是一甩,大声喊道:"拦我者死!"

仓皇逃跑者,必须要有这般一往无前的气势。然而眼前这个小跟班的修为却是十分高明,我这奋力一甩,竟然拿不动他,两人竟成僵持。他冷冷一笑,口中喷出腥臭的气息,不屑地说道:"小子,真当老子这首席弟子,是那小杂鱼了?"此言方罢,他的胳膊陡然间就粗壮了半圈,我抓拿不得,滑脱开去,接着他一手蛟龙缠身,想要用双手将我给紧紧束缚住。

这大汉看着粗豪,然而手上的技法却是十分精妙。当下我也是有些心惊,后退两步,然后朝着前方一脚踹去。大汉与我硬碰硬地踢在一起,两人都是一声惨叫,往后跳开。小妖上前去攻击他,却被那家伙灌注鬼雾的黑拳给格挡,那青木乙罡滑落,杂草疯长,将他的双脚给缠住。

我再次上前,黑虎掏心,一拳即将击在他的腹部,突然四道黑雾旋转,当日我战那降头师巴颂时出现的水草鬼再次出现,手持修长镰刀,纷纷朝我跳来。

我知道逃开不得,于是一边迎战那水草鬼,一边叫小妖快些离开。

小妖也瞧出了那个许先生收敛起来的恐怖气息,知道事不可违,当下也是不再犹豫,一声"保重",人便朝外跑去。那汉子瞧见小妖想逃,一声冷哼,手中多了一个寺院佛钟一般的小铃铛,往小妖头顶一扔,立刻化作了四人环抱的大铜钟,将疾奔的小妖给罩在里面,嗡的一声响,那铜钟来回震荡,耳膜都要穿空。

我心中惊惧,正想冲上前去,却听身后一声惨喝,扭头一看,却是达图被许先生给一把掐住了脖子,高高地举了起来。

一招,他似乎只用了一招!

第四十二章　巫山镇宁，人皮封蛊

达图上师手中的禅杖不断挥舞，试图攻击许先生，挽回此刻崩坏的局势，然而并没有用，那抡起如鞭的禅杖打在许先生的背上，并没有预想中的那么激烈，仿佛变成了稻草一般，气力轻得让人诧异。转瞬之间，达图上师的生命力似乎被许先生给摄空了一般，完全地衰老下来，那光滑圆润的脑袋开始萎缩，本就不高的身子变得佝偻了，仿佛一个老猴子。几秒钟的时间里，达图上师仿佛老了几十岁，宛如一个临终之前的老人。而许先生这边，眉宇间明朗了许多，皱纹舒展，光华明显，让人有感觉得到却说不出的神采。

达图上师被许先生摄完生命力之后，所有的精气神都萎靡下来，四肢垂落，仿佛死去了一般。许先生没有多瞧一眼，将他像布袋一样，给扔在了地上，然后抬头看向正与他大弟子拼斗的我，和颜悦色地招呼道："陆左小友，少安毋躁，请平心静气地停下来，不要伤了和气。"

我一剑挑飞面前一杆黑铁镰刀，这些与我交手的水草鬼面貌凶恶，悍不畏死，可比往昔巴颂那几只要厉害许多。我心急要罩在铜钟里的小妖，下手也就没有了轻重，瞬间便斩杀了两头，弄得面前那汉子也来了火气，亮出手中武器，竟是一把沉重无比的寒铁鬼头刀，舞弄起来，气势如虹，一时间逼得我接连后退。

听得许先生的劝导，我扭过头去，却见小魔罗口中发出一声尖厉至极的嚎叫，浑身那柔软的鳞甲迅速变化为硬角质的凸起，每一块的末端都有尖锐如刀的锋利口子，乍一看，仿佛蜂巢构连，非常恐怖。我正诧异这是为何，那魔罗身子一缩，再一涨，竟然朝着许先生射去。

瞧见魔罗暴走，许先生分身乏力，我心中不由得一阵狂喜，也来不及分说，将鬼剑再次激发，长了一倍，将这剑抡圆了，一剑杀出，眼前那两头水草鬼手中的勾魂镰立刻断裂。我前冲一步，鬼剑以最诡异的弧形角度插入左边一头水草鬼的天灵盖，这凹槽藏水的鬼物倒也是个暴躁的性子，被我一剑刺中，扔开手中断开的勾魂镰，双手来抓鬼剑，那黑雾萦绕的鬼剑被这血淋淋的手一抓，气势顿时收了一圈。

我瞧这水草鬼也是拼了老命，不过那又如何，往昔或者它还能逞凶，此刻却并不在我的眼中，当下鬼剑放力一撬动，那坚若钢铁的颅盖立刻被我打开，洒落一大团豆腐脑儿一般的热浆，含愤死去。这物一死，一身戾气立刻被鬼剑吸收，气势又涨几分，我当下也是顺势而为，将最后一头水草鬼给收割完毕。当我将这些蛮横的水草鬼给全部收拾完毕，发现身前已聚集了十来号黑袍大氅的男女，手持各式法器，挡在我

与铜钟之间。

　　此时的我已经杀红了眼，想着小妖可能被镇压在那铜钟之下，顿时一股无名火烧起，仿佛全身血液都被点燃，当下将肥虫子放出来，举剑高喝道："挡我者死！"豪言喊出，我冲入人群，举起手中鬼剑，气势一震，便大开大阖地砍杀起来。然而这些人并不是王伦汗手下的那些草包士兵，个个都是精锐的降头师或者修行者，而且平日里配合十分默契，我才冲入几秒钟，便感觉自己仿佛一拳打在了棉花上面，落了个空，浑身都不得劲。

　　这些家伙的反应速度绝对都是一流的，并不与我硬拼，而是不断地回转盘旋，只留前方几个身手最为高明的家伙在前面顶着压力，其余人等，则在我的周围不断骚扰。我在人群中左冲右突，却感觉前方的路越来越少。那些家伙布阵，就仿佛弄了一个绳套，然后将其慢慢收拢，直至打上死结。

　　然而即使是在这样的高手围攻中，我依然势不可挡，先后砍伤了三四人，一时间鲜血飘射，让那些家伙心中畏惧不已。另一条战线的肥虫子那边，先后有五人发出了凄厉的叫声，捂着令人难堪的部位，要么蹲下，要么躺倒在地，浑身肌肉一阵抽搐。不过因为我心有余悸，肥虫子倒也没有如上次一般逞威，直接夺人性命，所以这痛苦的哀号声此起彼伏，仿佛奏响哀乐。

　　肥虫子的攻势在那个自称大弟子的汉子面前终止了。但见那人将手中的鬼头刀一收，掏出一个碧油油的竹筒来，打开遮盖的红布，里面飘出一种古怪的香味，有点像炒熟了的肥肉，但是又有腐烂的味道，正在伺机攻击的肥虫子闻到了，黑豆子眼睛一眯，刷地就钻了进去。

　　那汉子忙不迭地将竹筒收拢，在上面贴上一道纹绘得有咒文的符箓。这符箓的材质并不是普通的黄符纸，也不是别的什么，而是一张人皮，一经贴上，立刻将口子紧紧封闭。里面的肥虫子似乎觉察到自己上了当，不断撞击筒壁，但是挣脱不出。

　　我与肥虫子两位一体，它那边一沦陷，我这里就有些乏力了，鬼剑挥舞间，黑雾也黯淡了几分。那个将肥虫子给镇压起来的大弟子脸上浮现出得意的笑容，鬼头刀冲天而起，指着我大声喊道："兀那小贼，我师父便是玩蛊的高手，岂能没有一份准备？刚才倘若不是防备这小东西，老子早就将你拿下了，岂容你将我宠物砍杀！众人退下，待我麻贵拿下他的人头！"

　　得闻吩咐，旁边连绵不绝的攻击立刻退去，麻贵一个大踏步，冲到了我的近前，手中的寒铁鬼头刀高高扬起，以力劈华山之势，由上而下，呼地劈来。

　　我举起鬼剑格挡，轰！

　　我的身子往下一沉，而麻贵则直接一个倒翻，连退了好几步，当他终于站定的时候，脸色一阵白一阵青，握着鬼头刀的手止不住地发抖，旁人则都露出了惊疑不定的神情来。

　　"好剑！"麻贵对我手中那把吞吐不定的鬼剑称赞道。

153

一场激烈战斗，我的气息有点紊乱，当下也不说话，不断地调节气息。麻贵踏前一步，再次夸赞道："好身手！"我依旧不说话，目光跨越人群，瞧向了麻贵出手镇压小妖的那尊铜钟，心情十分沉重。

　　我算是瞧出来了，麻贵此人年纪并不算大，甚至还没有以前在江城攻击我们的巴颂大，却自称大弟子，想来手段是极为厉害的，平日里也自视甚高，然而此番率众围攻我，却被我干倒七八个，一剑挡回，心中自然是战意昂然，极想找回面子。

　　我将鬼剑一抬，直指前方，肃声喝道："放我们走，不然休怪我不客气！"

　　麻贵抱刀而立，冷冷地说道："要你留下来，是我师父的意思，没有人敢违背我师父，我不能，你也不能！"

　　我正想撂点什么狠话，却听身后一声尖厉的叫声，是小魔罗的。转头瞧去，见小魔罗给许先生像捏小鸡一样抓住了脖子。许先生左手上红色的雾气蔓延，将魔罗给笼罩着，那小家伙发出了"妈姆、妈姆"的叫声，声声悲戚，旁边的钟水月不由得热泪纵横，伸出手痛哭道："我的孩子……"

　　许先生没有搭理她，直接走到郭佳宾的面前，肃声问道："这魔罗的亲生母亲在哪里？"

　　郭佳宾瞧着气势凛然的许先生，嚅动了一下嘴，犹豫地说道："在，在……仰光吧？"许先生瞪了他一眼，郭佳宾不确定地说道："应该在国际饭店附近的那家精神病院里，叫什么名字来着？"

　　他连自己妻子所住的医院都记不得了，抓着头在想。许先生冷冷地瞪了他一眼，轻轻说了一声："人渣、废物！"这话说完，郭佳宾的脸色都变得雪白。许先生不管，转头吩咐了一声，手下点头，转身离去。许先生将手上陷入昏迷的魔罗抛给钟水月，吩咐好生看管，不要出了纰漏。钟水月不敢不应。

　　处理完这一切，许先生走到剑拔弩张的我和麻贵之间，和颜悦色地与我打招呼："陆左小友，好生叫你去我那里作客，你何必刀兵相见呢？"

　　人在屋檐下，不得不低头，为了小妖和肥虫子的安全，我也不敢与这传奇人物闹翻，将鬼剑收起，拱手说道："只是惶恐扰了先生清净。"

　　听得我服了软，许先生也不管死伤的手下，对着麻贵说道："收起巫山镇宁钟吧！"

　　麻贵得闻，口中一阵咒文念诵，那铜钟缩小，返回他的手中，然而瞧那下面，哪里还有小妖的半分影子？

第四十三章　身陷牢笼，达图交心

瞧见空地上鬼影都无，麻贵等人不由都愣住了神，而我则是心中狂喜。是啦是啦，小妖天生麒麟胎体没错，但是身为妖精，遁地之术她自然也知晓，当年我们在逃亡过程中遇到作恶的山神，她便是遁入地下，此时不过是故伎重演而已。

小妖得脱，不管是去找蛊丽妹报信，还是自行逃脱，她和朵朵都不会有事，我的心总算是放下了一大半，于是平静地交出了武器，束手就擒。

瞧见小妖逃离，麻贵自然是错愕加后悔，然而许先生却并不在意，挥挥手，说："走就走了吧，不必理会。今天过来，能够将魔罗控制在手，也算是完成了目标。而陆左能去我们那里做客，那更是惊喜之事。至于其他，就不必挂怀了。"

说罢，许先生走到我的面前来，轻轻一掌，拍在了我的额头之上。

我顿时就有一种想要呕吐的感觉，当下头就有些晕乎乎，眼皮沉沉的。瞧见我一副昏昏欲睡的表情，他淡淡称赞道："孩子，你实在是太厉害了。我的这些个徒弟，没有一人，能够及得上你，所以必要的防范措施，还是要做一下的，千万不要介意啊。"

他的声音是那么的温和，就仿佛长辈摸了摸我的头，鼓励一番，让我心中生不出抵抗的感觉来。世界在眼皮的一开一合间变换不休，有一个轻柔的声音不断地告诉我："睡吧，孩子，等你醒过来的时候，一切都会过去的……"于是，我感觉自己身子越来越发软，眼前一黑，便人事不知了。

之后我似乎恢复了一点知觉，感觉自己应该是被人给背着，山上山下地走。

背着我的是个男人，一身臭汗，混合劣质烟叶的熏臭味道充斥着我的鼻翼间，让我晕乎乎的，却又无力推开。更加过分的事情是，这人心理有病，走路一颠一颠的，让我和他的屁股之间，不断地亲密摩擦……呃，这种说不出来的恶心感，将我仅有的一点儿意识给吞没。

当我再一次从昏迷中清醒过来的时候，发现自己被戴上了镣铐，手上脚上都是铁制的，脚铐上面还挂着一个大铅球。更加让我感到恐惧的事情是，我感觉自己浑身无力，一点儿气劲都集聚不得。当日在萨库朗监牢中的回忆一点一点地浮现在脑海中，我知道自己又给喂下了那蚀骨草的草汁，大量的肌酸分解，使得我完全用不上力。

我左右打量了一下，发现自己身处于一栋砖石结构的屋子里，这房间分成了很多格，都是用婴儿臂粗的钢管分离，屋子里的窗子又高又小，洒落进一点儿阳光，让这黑沉沉的屋子里，多了几丝光明。

满屋子都是腐烂发霉的气味,我躺在一张木板床上面,喉咙干得似火在烧,不由得大声喊道:"水,水……"我喊了半天,没有一个人理我。勉强坐直身子,背靠着墙打量,发现屋子里关得有好多人,有的人在低声咒骂着,有的人在呼呼大睡。

瞧见这些,我勉强能够知道自己的处境,应该是给羁押在这里了,至于以后的处境,应该要看许先生召见我的情况吧。

我坐了一会儿,感觉喉咙干得越来越厉害,渴得都快要死了,不由得跌跌撞撞地爬下地来,在这仅可容身的地方摸索了一番,除了摸到一个豁口的破碗外,其他的什么都没有。干渴让我有些狂躁起来,用手上的镣铐敲打着钢管,哪哪哪、哪哪哪,在这屋子里显得十分高亢。很远的地方传来了一道吱呀声,铁门开启,三个手持着皮鞭的家伙走了进来,口中高喊着,哇啦哇啦,我也听不明白,瞧见牢房里面顿时乱成一片,哭喊声、咆哮声、高叫声……不绝于耳。我喊不出声来,只有继续敲,想要吸引来人的注意。

一个肚子老高的中年男人走了过来,我急忙伸出碗,祈求道:"给我点水喝!给我一点儿……"我话还没有说完,那人手持着皮鞭,隔着铁栅栏就冲我劈头盖脸地一阵痛打。

我忙不迭地往后退,离开了他的攻击范围,但手上还是挨了几下皮鞭,火辣辣的,那破碗跌落在牢外,碎成好几瓣。

瞧见我躲开了,那个肥人又是一阵痛骂,见我并不还嘴,心满意足,抽了几下铁栅栏,跑到别处去维持秩序了。我缩在角落里,被抽到的地方火辣辣地疼,语言又不通,心中好不郁闷。而就在此刻,旁边传来了一声幽幽的声音:"中国有句老话,叫做'阎王好见,小鬼难缠',人在屋檐下,你还是低调一点好些。"

我听着声音苍老,有些熟悉,扭过头看去,只见黑乎乎的地上,坐着一个容颜衰老、垂垂老朽的和尚,正是当日与魔罗对战的行脚僧人,达图上师。我上次瞧见他被许先生制服,没有想到他并没有死,而且还被带了回来。

或许是因为共患难的关系,面对这个平日里恨不得杀之而后快的老贼秃,我忽然起了交流的心思,于是问道:"达图上师,没想到你也被抓来了啊?"这老家伙倒也是一个要面子的人,听得我这般问,他冷哼一声,说道:"要不是被那魔罗给缠住了身,我哪里能够被许应智那个混蛋得了手?"

借着昏暗的光线,我瞧见这老和尚真的老了几十岁,便问他这是怎么回事。

说到这里,达图上师叹息了一下,说道:"神山一战之后,许应智这个老家伙离开了风口浪尖,隐姓埋名这么多年,没想到居然真的练就了不老神,抛开敌对的立场来说,他真的是一个天才啊!"

我问什么是不老神。达图自知必死,也不跟我计较,详细解释。

世人皆想长生,然而古今有几人能够成就?古人皆想成佛化仙,超凡入圣,通过修行、顿悟的手段,将这肉体舍去,超脱于物外,然而终究缥缈,难有具体之法。然而少有，却并不是没有。当年三藏返唐，北渡之时遗失一卷秘典，名曰"谶"，上面记载术法若干，其中最为深奥者，便是这不老禅。谶流暹罗，历代皇室有习，然而并无成效。后来许应智自北方而来，机缘巧合得一残本，故能闯下若大名头。只是神山一役之后，再无影踪，如今也到了期颐之年，世人皆以为他已死去，没想到他重出江湖，竟然能通过手掌，吸食他人生命力，想来是此法已然修至大成了。

世人修长生，各有手法，且不谈金丹炼炉、羽化成仙，便是我亲眼所见的，就有陶晋鸿勘破死关成地仙，蛊丽妹虫池给养返少年，洛十八生生世世轮回，至如今，许先生修这不老禅，吸食别人的生命力，也不算奇怪。

我问达图上师，此番栽在这里，可还有一线生机？

他靠在墙上，头往后仰，长长地叹息了一会儿，喃喃说道："我自是必死无疑，至于你小子，那我便不得而知。"我问他的小伙伴呢，契努卡那些豪雄，怎么一个也没有见？

谈及此处，达图又是长叹一声。我盯着他，他倒也诚实，犹豫了好一会儿之后，最终还是说出了原因："都怪我，太过贪心，孤身前来，以为能够虏获魔罗，到时候我隐居深山之中，炼制几年，再次出世之时，必是石破天惊之日。没曾想竟然还是中了敌人圈套，把许先生给招来了。"

我心中咯噔一下，得，这回连援军都没有了，这可如何是好？

我问达图："上师，那魔罗到底有什么好的，为什么你们都要抢夺呢？"他没有直接回答问题，而是问我："陆左，你很厉害，比我所见过的年轻人都厉害，但是你有没有想过你厉害在什么地方呢？"

我跟达图相交不多，而且此前多有仇隙，故而知晓不多，只是摇头。他则说道："今天出现在你身边的那个小妖精，瞧她周身玉质闪耀，定是宝玉成精。我还听说你有一头吉祥鬼妖，以及恐怖的蛊毒，这些，都是你实力的构成部分。而魔罗此物，虽然也经历过转世重生，然而它可是能够与佛祖为敌的魔头，他擅长控制洪水、火焰、雷鸣和闪电，控制人心和欲望，它是一切邪恶的代表，成长迅速，可以成为让所有人所敬仰的高贵存在，倘若在其幼年之时，将它降服，那么从此以后，谁还敢与其掌控者对敌？"

所有的一切，都来自于对力量的渴求，只是我还有疑问，说："魔罗既然能与未成佛祖的悉达多为敌，那你们怎么确定自己就能够控制住它？"

达图上师苦笑了一下，说长生无望，然而世间追求永生者，何其多也？

我终于明白了，这东西如同买彩票，中大奖的只有一个，但是每一个人，都执着地认为，那个人可能是自己。

我跟达图上师聊了好一会儿，这时牢房的门又开了，牢头领着一个人，径直走到我面前，说先生要见我。

第四十四章　毒枭基地，许家堂弟

瞧见这人，我的脸不由得变得黑如锅底，恨声说道："许鸣，你还敢出现在我的面前？知道我现在最想做的事情，是什么吗？"一身迷彩服打扮的许鸣还是那副斯斯文文的模样，笑起来阳光灿烂，然而在我的心中，宛如鼻涕虫一般，让我恶心。

听得我这含恨的话语，许鸣叹息一声，用最真诚的语气缓缓说道："陆左，你知道么，从开始到现在，我都没有与你为敌的想法；恰恰相反，对于你和萧道长当日对我身份的隐瞒，我一直感恩于心的，要不然也不会冒着巨大的危险，提前与你沟通。然而让我很不解的事情是，你当日说会考虑我的建议，现在却又搅和进来了，还弄成这番模样，让我说你什么好呢？"

说话间，牢头已经将我这边监牢的房门打开，然后恭谨地跟许鸣说了几句话，许鸣点头，走到我面前来，把我扶起来，我脚镣上的铅球三十公斤，他轻松地一只手拿着，然后搀扶着我走。有过之前那一次恶心的经历，我本来有些抗拒，不过浑身酸软无力，自己走肯定是不可能的，也只有由他扶着，一步一步地走出这个熏臭不堪的牢房。

这监牢很大，走了几道关口方才离开。等我出了牢房，回头一看，发现居然跟以前萨库朗基地一样，都是第二次世界大战时日本的建筑风格，上面刷着的日文油漆，过了大半个世纪都还在。除了牢房，还有高高低低的建筑，分布在一个山包之上，大都是些木质结构的，整体看上去有点像一个大的村落。不过周遭有巡逻的武装人员，眼神锐利，显然都是见过血的，这些人的出现，将这个不伦不类的村落弄得像个军事基地。

我被许鸣扶着，目光不断移动，当瞧见了山下大片肥沃的土地上，那些绿色植物时，我回过头来，问许鸣道："这里是王伦汗的地盘？"

许鸣惊诧地瞧了我一眼，也没有否认，点头说："是，你的观察力还真不错。"

押解我的除了许鸣之外，还有四个持枪的武装人员，跟那日我在龙血树林旁边遇到的那些打扮一样。路途有些远，我随着许鸣慢慢爬坡，那些家伙如临大敌，枪口不时地指着我的眉心和心脏位置，小心防范着我的任何动作。

许鸣瞧见了我情绪里面有些不满，笑着解释："这讲起来还是怪你，中午回来的人告诉我，说你一个人单挑十几个降头师，其中还有麻贵这样的大头目，结果到了最后，竟然给你伤了四五个，死了两个。就凭这战绩，哪怕是你就只剩下了一口气，他们也得怕你。"

我没有说话，此刻的我，小伙伴们全部失散，身上所有的法器被收，功力也被压制，如同死狗一条，谈那些威猛往事作甚？

我们一路走，旁边的木屋里时而有人探出头来看我，这些都是山里面的土著，皮肤黝黑，脸上纹着刺青，大都是些老人以及带孩子的妇女，至于成年男人和正值壮年的妇女，都到山下的罂粟地里面劳作去了。被这些人用瞧怪物一样的眼神打量着，我的心里面有些发麻，郁闷不已。

走了差不多十分钟，来到一座竹楼前面。竹楼坐北朝南，周围建筑稀少，方位十分独特。瞧模样，建得倒是蛮精致的，也颇合许先生的身份。院子门口有三个黑袍守卫，其中的一个，就是麻贵，他目光凶狠，死死地盯着我说，小子，你总算是醒过来了。怎么样，这一觉睡得还舒爽吗？

我没有说话，只是平静地看着意图挑衅的他。瞧见我不悲不喜的模样，旁边一个络腮胡男人笑了，推了麻贵一把，说："老麻，别在这里装了，刚才谈起他的时候你还佩服得五体投地，现在还想吓唬别人？有本事再打一场呗，我乐意看这戏码。"

麻贵与这络腮胡子关系应该是极好的，被拆穿了也不恼，笑闹两句之后，将门给打开，说："进去吧，我师父在里面等着你呢。至于能不能再跟你比一场，那就要看你能不能活着出来了，哈哈。"麻贵笑着，拍了拍许鸣的肩膀，说："小鸣，你在这儿先歇着，我带这小子进去。"

说完话，麻贵从身上摸出几把钥匙来，把我身上的手铐、脚镣都给解开了。瞧见我在旁边活动因血液流通不畅而发麻的手脚，他揪着我的衣领，低声警告道："小子，我再提醒你一句，我师父可是玩蛊毒降头的老祖宗，你倘若有什么异心，最好不要在他面前献丑，免得到时候他老人家震怒起来，谁都帮不了你！"

听得他这句话，我苦笑着抖了抖身上单薄的囚衣，说："我的家伙什儿都给你们收走了，拿什么来玩花活儿？"

麻贵笑了笑，说："这谁知道，上次我亲自埋的那小子，就是直接将降头媒介物藏在胯下老二处，结果在出手的时候，给师父一招了断，腰斩了。那场面，你是不知道，要多血腥有多血腥。我倒不是关心你，只是懒得收拾那场面而已。"

我笑了笑，跟着麻贵往前走，感觉这小子倒也有点儿意思，并没有我想的那么坏。

进了竹楼，缓步走过两道走廊，我们来到东面的一处小厅门前停下。竹楼吱呀，两壁都挂着龙飞凤舞的中国字，看着有点像是符文的技法，让人心中感觉到里面蕴含着神秘力量。这里的环境是如此的幽静凝重，连麻贵这般粗豪的汉子也放慢了步子，轻轻叩动木门，禀报道："师父，陆左给带来了。"

"门没关，你让他自己进来吧！"里面传来一声和缓的回答。

麻贵帮我推开门，却不进去，示意我直走即可。我进得厅内，发现这其实是一处视野很开阔的房间，宽敞的小厅中只在临窗处有一个黄花梨雕花矮茶几，别无他物。

茶几上面有宣德炉一个，泥陶茶壶一把，清茶数杯，香茗散味，手炉燃香，而鹤发童颜的许先生，正盘坐在茶几后面，专心致志地在泡茶。

这地板全部竹制，人走在上面，吱呀吱呀地响。瞧见我进来，许先生并不理会，而是沉浸在茶艺之中，当我走到茶几前，他方才抬起头来。我们四目相对，他的眼眸深邃仿若星空，有着无穷无尽的吸引力，我感觉自己的神魂都差一点要被吸进去。

不过这仅仅是片刻，他微笑着，点了点头说："来了啊，坐吧。"

虽然此前我对这位传奇人物有着各种好奇、猜测或者畏惧，不过既来之则安之，畏畏缩缩只会让人看轻，我坦然地在躬身之后盘坐了下来，不过眼睛还是忍不住地瞧向了茶几上面的热茶。此前我的喉咙干渴，瞧见这散发着迷人香味的茶汤，渴意更盛，喉结不住蠕动。瞧见我这副样子，许先生笑了笑，伸手邀请道："喝吧！"

听得这句话，我忙不迭地将身前一杯茶端起，往口中倒去。微黄的茶汤入口，立刻化作一道滚烫的热流，从我的喉咙滑过——"啊，好烫！"

我大叫着，不住地哈着气。瞧见我这副模样，许先生不由得微微一笑，宽言道："慢些喝，不着急！"

在许先生的注视下，我待茶汤稍微凉了些，接连喝了三杯方才停歇。瞧见我这副样子，许先生笑了，说："想起来了，服用了蚀骨草之后，大量的脂肪燃烧，体内的水分流失，通常会感到很渴。嗯？他们没有给你水喝吗？我这茶是大佛白龙井，你这么囫囵吞枣地喝，倒是有些浪费了。"

我被囚困于牢中，他却像是没事人一般，跟我谈起了茶道，心机城府让人警戒。我一抹嘴上的茶水，开门见山地说道："许先生，不知道您请我过来，到底有什么事呢？不瞒您说，这两天有一个很重要的朋友过生日，所以我也是归心似箭啊！"

许先生是个雅人，瞧见我这般直截了当地说出想要离开的话，摇了摇头说："我问问你，知不知道我为何要让你前来这儿做客？"

我摇头，说不知。许先生这会儿已经冲完第二道茶，抬起了头，一脸慈祥地盯着我的脸，说："陆左，如果我说得没有错，你的外婆是龙老兰，而她的师父叫做许邦贵，没错吧？"

我说没错。许先生点了点头，说，我就是许邦贵的堂弟。

第四十五章 弃徒遗恨，生死难消

我本以为许先生要跟我讲他是我师叔公这件事情，没想到他和我那惨死深山的师公许邦贵，居然还有这么一层关系，因而诧异地轻呼道："这怎么可能？"

瞧见我这激烈的反应，许先生淡然笑道："猜不到吧？别看我久居东南亚，但若是追根溯源，我也是晋平大山里面，那个苗寨子的放牛娃出身。离开敦寨差不多也有一甲子了，现如今回想起来，那里的山和水，还有风里面那油菜花的味道，那些一起玩耍的小伙伴们，还真的是我这一生中，最美好的记忆啊！只可惜……"他用一种惆怅的语气述说着，突然停顿了一下，饮了一杯茶，问我道："你可知道我和你师公许邦贵师出同门，而师父则是当年威震苗疆的那个汉蛊王，洛十八？"

我点头，说我太师祖是洛十八这件事情，的确也听人说起，不过说句实话，我并不知晓他到底是一个什么样的人，只是听说天资聪颖，厉害得很。

许先生点了点头，说："何止是天资聪颖。他在修行之路上，简直就是旷世奇才、一代天骄，不过他这个人呢，优点自不必谈，单说这缺点也是一大堆，脾气暴躁、性格执拗，有时候迂腐得跟一个榆木疙瘩一样，有时候又激进得打了鸡血一般，气量狭小，容不得他人……总而言之，他并不是一个完人，而是一个让人诟病的疯子！"

听到许先生这极富贬义的盖棺之论，虽然没有与洛十八有过交往，我仍然忍不住地反驳道："许先生，他可是你的师父，你怎么……"

我的话说到一半，许先生笑了，说："我这话可不是无中生有，他便是这么一个人，无论他的成就如何，也改变不了这个事实。再有，我当年或许是他众位弟子里面最聪明的一个，不过很可惜，仅仅因为一些观念上的分歧，假仁假义的他竟然将我给逐出了敦寨苗蛊，所以我不再是他的徒弟，而是一个穷尽一生之力，都要超越过他的对手。总有一天，我会堂堂正正地打败他，踢开他，成为苗疆三十六峒、敦寨苗蛊一脉的头人！"

这个威震东南亚的传奇大神在跟我谈及他昔日的理想时，脸上有着神圣的光辉，不过对于我来说却实在好笑。以他此刻的权势，说这番话就好比一个市委书记说我的理想是当某个村的村支部书记。

不过瞧见他一脸严肃的表情，我也不敢笑，只是提醒，说太师祖好像死在了洞庭湖底。

许先生一脸愤恨地说道："你看看，他就是个一意孤行的混蛋，总是说一些莫名其妙的话，做一些稀奇古怪的事情，结果赔了自己性命不说，还把其他人都给拖下了水,他就是个妄人,肆意妄为的混蛋!"

不知道怎么回事,瞧见许先生这么数落自己的师父,我感觉他或许在修为上已经是十分厉害,超脱物外了,然而当年被逐出师门之事,在心中形成了一个结,这个疙瘩让他这辈子都不能够放下,总想证明自己比那人强,然而憋足了一口气,却发现自己根本就没有机会了。

上一辈的恩怨,我不了解,也不敢发言,只听许先生像祥林嫂一般唠叨着洛十八的坏话,各种刚愎自用、虚伪作态的言辞,将洛十八描绘成了一个虚名之士。我也不敢辩驳,反正说的又不是我,过耳不入便行了。

然而这话听多了,我总感觉自己心头的血不断翻涌,似乎有一种狂躁的怒意在积蓄,仿佛许先生此刻所痛骂之人,就是我一般,好几次我都想拍案而起,直接辩驳:"你这个逆徒少在这里瞎咧咧,你自己也不是什么好鸟!"

然而这话还没有出口,我便打住了,虽然蛊丽妹说我是洛十八的转生,但是前尘往事一笔勾销,我干吗来这么强烈的代入感,骂就骂呗,关我屁事?

许先生说了一大通洛十八的坏话,把自己的师父给黑出了屎来,见我稳坐钓鱼台,一脸微笑,不为所动,终于停下了,歉意地说道:"陆左小友,抱歉了,洛十八虽然领我进入了这修行之门,然而人品实在太差,又将我那些情同手足的师兄弟给害死,一时间忍不住,说多了一些,你可别介意。"

我微微笑,说老一辈的恩怨,相隔太远,我也没有经历过,所以也不好表什么态。不过这么说起来,我倒是应该尊称您一声师叔公了。我站直起来,双手抱拳,腰弯成九十度,恭敬地行着礼。

我曾听过一句话,"男人是否成熟在于他是否善于妥协",此刻的我被困在此,贸然讲什么骨气啊、气节什么的,不但没人理会,说不定还给当作了罂粟地的肥料了,还不如攀攀亲戚,或许还能路转峰回;退一万步说,许先生的年龄资历在这里,也当得起我一拜。

果然,见我如此作态,许先生脸上的笑容更加明显,他坦然接受了我的拜见,然后请我坐下来,好言宽慰道:"陆左,不必拘礼,按照辈分,我的确是你的师叔公辈,但是我既然已经被逐出门墙,那便不必按照洛十八那家伙的道理来讲。你是我见过的后起之辈中,让人眼前一亮的一位,便是当年的小佛爷,也不过如此。你我做个忘年交,却也不错。好了,往事说完,我们谈谈正事。"

我恭敬地应了一声。

许先生摸了摸自己漂亮的花白胡子,说道:"开门见山地说吧,陆左,坦白说我很欣赏你,虽然你曾经与善藏这个蠢才为敌,并且将萨库朗的基地给捣毁一空,但是我想告诉你,这都没有关系,十个善藏,都不如一个你。"他长叹一声,说:"自从王洛和的师父二十年前在丛林里病死之后,敦寨苗蛊的传承就越发单薄了。你莫看我这里徒弟众多,但是能够得到真传的,真的没有几个。这世间蠢才太多,天资聪颖者少之又少。有时候我就在想，是不是我们敦寨那方水土实在是太好了，才会养育出我们这些人来？呵呵，有些啰嗦了。好吧，其实我想说的事情是，现在萨库朗是我做主，而我需要一个继承人，一个真正能够传承我事业和精神的人。我等待了很久，终于等到你来了——我觉得你就是我所等待的那个人。怎么样，加入我们吧？"

许先生的话语十分具有诱惑力。只要投效他们，我便有了继承人的身份。不过，世间哪里会有这么划算的买卖？

我已经不是头脑一热的毛头小子了，自然知道在这么一个庞大的组织里面，或许这位师叔公有着足够的威信，但是如果处事不公，那么所带来的后果一定会使得整个组织分崩离析。对于萨库朗来说，我有着不可饶恕的罪孽，如果突然间翻身成为他们的头领，我估计第二天就会有成员转投契努卡去了。更加关键的一点，那就是对于练就了"不老禅"的许先生来说，他要这继承人，有个毛用？

想通此节，我的心中明澈，脸上却不敢表现出来，而是一脸激动地说道："这怎么可以，承蒙前辈看重，只是……只是无功不受禄，陆左何德何能，怎么敢受此重恩呢？"

许先生挥挥手，说："你先别急，当年我堂兄许邦贵从洞庭返回，应该有带回一本书，名叫《镇压山峦十二法门》，是我敦寨苗蛊一脉所学重典。我虽然格调已定，不必再学，不过这是我敦寨苗蛊的根本，倘若想要将其发扬光大，必须有此书方可。当年我便想去找寻，然而事务太忙，无暇脱身，不知道你外婆龙老兰，有没有将此书交给你？"

果然，果然！之前说得天花乱坠，都是为了此刻的伏笔。"十二法门"在我手，这是确定之事，我也不好否定，当下只是推说，我得倒是得了，不过是一份残本，后来还给烧了。

许先生明亮的眼睛盯着我，与我对视，举起手中茶杯，淡然说道："好，那你回去，将它述诸纸上，什么时候完成了，我们的约定，就什么时候开始。"

许先生既然已经举杯送客，我也不敢久留，起身告辞，离开小厅。

门口的麻贵一直都在等待，见我出来，让我稍等，然后进去听师父吩咐，出来诡异地瞧了我一眼，也没有多说，将我给送回牢房。

回到牢房里，正好赶上晚饭，热腾腾的红薯虽然并不管饱，但是总比肉糜让我吃得心安。吃完晚饭，我本待跟达图上师聊几句，结果他根本就不理我，独自打坐沉眠。我无奈，躺在床上歇息。如此迷迷糊糊地睡，不知道过了多久，我听到牢房里面一阵闹腾，睁开困倦的眼睛，便听到有人在高声喊道："你们不可以这样，我们是许先生请来的客人！"

听得这声音，我疲倦的精神立刻一振，咦，这两个贱人怎么进来了？

第四十六章　狱花绽放，编撰法门

因为又给戴回了沉重的镣铐，我爬起来的时候有些勉强，借着走道处几盏昏黄的油灯，我瞧见郭佳宾和钟水月正被人推搡着，朝这边走来。厉声大叫的是那钟水月，她的脸色苍白，走路都无力，显然也是被灌了蚀骨草，不过即使如此，她的声音依旧中气十足，将牢房里面吵得一片混乱。

牢房里面为何会混乱呢？

与钟水月有关。这个正值妙龄的美艳少妇一出现在这里，顿时就有一大堆如饥似渴的壮汉嗷嗷直叫，全部围到了铁栏杆前面来，手往前面抓去，想着哪怕就摸到一点儿那牛乳一般滑腻的肌肤，死了也是情愿；更有甚者，直接就不求人，黑暗中左右舞动，不一会儿，一股难闻的洗衣粉混合苦栗子的味道，就飘散开来。

钟水月一开始还在大声抱怨着，然而瞧见这幅场面，顿时就心虚了，也不敢发声，让人带着，朝我们这边最里走来。

前面有讲，这日军第二次世界大战时期修筑的监狱颇大，里面关押着超过五十名囚犯，而且几乎都是男的。我不知道这些家伙因为什么而被关押至此，不过按理来说，越靠近门口的，罪行和威胁最低，像是我和达图上师这种的，则被安排在最里面。

一行人走得近了，我才发现跟着前来的竟是许鸣，他先是跟牢头将郭佳宾和钟水月安排在了我的对面，让人将门给锁好之后，带着一个盒子朝着我这边走过来。瞧见端坐在床上的我，他朝我笑了笑，说："怎么样，被吵醒了？"

我点头，然后用下巴指了指对面那两位，说："怎么回事啊，人家都已经投入你们门下了，怎么还给关了起来？"

许鸣一边翻着带来的盒子，一边跟我解释："这两位也真是闲得发慌。许先生已经同意收留他们了，并且还答应给一个合适的位置，妥善安排，不过他们呢，却并不满意，一会儿嫌住宿条件差，一会儿又对我们的安排不满，总想把魔罗控制在自己的手上，当作底牌，以此求得富贵。半个小时之前，他们趁着夜色，带着魔罗从南边逃离，还伤了王伦汗手下的几个士兵，结果给麻贵发现了，直接将他们给抓了回来。魔罗催眠单放，他们则被扔到牢房里面来，清醒几天，让他们晓得晓得什么叫艰苦，什么叫幸福。"

说完这些，他从盒子里掏出了一个牛皮纸包，说："这是我到厨房里面给你找来的食物，玉米饼还有饭团子，你要是饿了可以吃一点；这里有盒蚊香，你晚上点一下，不用那么受罪；还有纸、笔、蜡烛，这些是给你誊写法门用的。这事情许先生交待下来了，只是麻贵太忙，到现在才想起来。还有，这儿夜里会有些凉，我待会儿吩咐人给你送床毛毯，你睡觉时盖着。我已经吩咐过牢头了，你有事就叫他，他虽然不通中文，但是比划对了，应该都可以帮你……"许鸣这般唠唠叨叨地说着，我并没有说话，只是点头。他本来以为我会说些感激的话，见我无动于衷，自觉没趣，于是站起身来，与我告辞离开。

许鸣走后，我再次躺倒在床上，睁着眼睛，考虑现在的处境，到底应该怎么办。虽然小妖和朵朵得以逃脱，又有虎皮猫大人在，然而蛊丽妹身在虫池，走脱不得，这里又是萨库朗重地，外围有持枪的武装分子，内围有大批实力不俗的降头师，再加上许先生这个逆天的恐怖角色，总感觉前途一片渺茫。

我正想得头疼，旁边的达图上师有了动静，他轻轻地敲了敲铁栅栏，呼喊我的名字。对于这个同病相怜的仇敌，我还是能够保持着一定的尊重，起身来问什么事情。达图上师双手不断地在自己的身上挠着，小声地跟我商量，能不能给他一盘蚊香。

前些日子厉害之极的他，此刻也就只是一个普通的老人，光头之上有好多个红色斑点，显然那些凶猛的蚊子对他这肉乎乎的脑袋最感兴趣。他本来还有些傲气，不过此刻却也是被折磨得没了精神，可怜巴巴地望着我。我心中不忍，于是下床来，翻了一会儿许鸣给我的盒子，没有发现火柴，于是用铁链敲了几下铁栅门，招呼牢头。那大肚子的牢头颠儿着板油就跑了过来，许是得了许鸣的吩咐，他没有了最初的暴戾，恭敬地问我话。我听不懂，把手中一卷拆开的蚊香给他看，达图上师则在旁边翻译。那人倒也爽利，直接取下走廊上的油灯，过来给我点上。我借着这火，顺便把蜡烛也点燃了，弄一点蜡油到床头固定好，待那牢头转身离去之后，我将点燃的蚊香通过铁栅栏递给达图，还分了一半的玉米饼给他。

瞧见我这般仗义，达图上师颇有些感动，说："陆左，其实我们并没有什么利益冲突，当初倘若知道你的性子，不与你为敌就好了。"

我笑了笑，说："现在说这些有什么用。人嘛，很多的对立都不过是立场不同而已，落难了，既是对手，也是熟人，相互照顾一下也是应该的。"达图上师将玉米饼掰开，小心地放到嘴里，见我在整理纸笔，忍不住问我，你答应许应智的条件了吗？

我愣了一下，说你怎么知道他跟我说什么条件？

达图上师平淡地笑道："你们中国人讲'一叶落而知天下秋'。我不必知道全部，但也能够知晓事情的发展。"

我点了点头，没有说"是"，也没有说"不是"，只是抬头瞧着在吃玉米饼的他，说："依你的能力，只要肯低头，一定能够在萨库朗里面谋得一席之地，那又何必在此苦撑呢？"

听得我问，达图上师抬起头来，淡淡说道："就如同我以前并不会抢夺那个香岛商人的麒麟胎玉一样，我也绝不会屈服于萨库朗的淫威，这事关乎信念，宁死不屈。"

他说得坚决，我点了点头，不再说话，而是专心地誊写起十二法门来。

《镇压山峦十二法门》是我修行道路上的第一位老师，因为是自学，所以我并不能够通晓，只是囫囵吞枣地背诵下来。后来我谨遵外婆之意，将其销毁了，但是依然有电子文档存留下来，直到我后来真正能够了然于心的时候，才全部销毁。这经文总共有二十余万字，加上洛十八的注释，差不多有三十万字，煌煌大作。虽然经过了近三年的学习，以及虎皮猫大人的指导，但是我发现自己了解得越多，就感觉内容越发地深奥和晦涩，同样一句话，两年前和现在，我所理解的含义又各有不同。

这是一部需要人倾尽一辈子心血去研究的典籍，而我因为人生阅历和修行浅薄的关系，更多的时候只能断章取义，活学活用。但是许先生他不同，十二法门上面的东西，他应该通晓许多，只不过没有系统地融会贯通而已，倘若给他原著，到时候他的实力一定会有大幅度的提高。

倘若他是跟我一方的，那自不必言，但以他的性子和行事的手段，与我却是南辕北辙，倘若让他知道我便是他最痛恨的洛十八转世，只怕我活不过明天晌午。

不过万事都讲究圆融，我这番誊写，东抄一句，西编一句，实在不行弄点反意，将十二法门改得似是而非，云山雾罩，这一天千儿八百字的写出来，倒也能够拖延一段时间，让我不至于立马惨死在这牢房里。

当下主意打定，便开始殚精竭虑地造起假来。这可是一件十分困难之事，我的脑海里不断地回忆理解起其中的含义，然后再编撰，如此一番，倒也起到了复习和重新理解的效果，让我自己都受益匪浅。如此一用心，不知不觉时间就过得飞快，我仿佛有一种错觉，感觉自己被蚀骨草弄得枯萎的经脉中，似乎有一丝涓涓细流在涌动，将我整个身体给滋润得恢复了些气力。不过幻觉终究是幻觉，当我认真去查探时，却无影无踪。即使如此，我的精神似乎好了许多，越写越来劲儿，奋笔疾书，直把此刻的牢狱之灾，当成宁静下来的一次思考，重新审视自己。我整个人完全沉浸在前人的无上智慧中，突然对面一声甜美的呼叫，将我给吵醒了："陆左小哥，求求你，能不能给我们也来一根蚊香啊，求求你啦……"

第四十七章　心生种子，移步囚楼

我抬起眼皮，见钟水月站在对面两米处的牢房中，一脸春色，眉目含情地朝着我这边望来，红唇轻启，噘成了一个性感的造型，楚楚动人。瞧见我看过来，钟水月故作可怜状，继续软语哀求道："陆左小哥，同是天涯沦落人，我们此前多有误会，这里姐姐我给你道一个歉，可千万别伤了和气。你看看这牢房里面，又骚又臭，真真不是人待的地方。那蚊子又凶猛得很，今天晚上是消停不得了，还请你看在同是中国人的份上，给我们点一根蚊香吧？"

我不理正在搔首弄姿的钟水月，瞧向旁边的郭佳宾，他倒是蔫得很，低着头不说话，只是不时地拍打蚊子，挠一挠身上，显然对钟水月的卖好是持默许态度。

我这边还没有开口，在他们斜侧边就有一个一身脓包的汉子说话了："朋友，这缅甸的毒蚊子，我们这些糙老爷们勉强受得住，那娇嫩嫩的小娘子可遭不得，就给她一支呗？"这人说的是云省话，我倒是大概能听明白，笑了笑，没有理会，平静心情，自顾自地继续眷写起被我篡改得面目全非的"十二法门"初章来。

要说这写文码字，还真的是一件让人头疼的活计，非全神贯注而不得。不承想我刚刚开写一行字，那钟水月见我根本就不理会她，不由气得头顶冒烟，顾不得形象，破口大骂起来。

这妇人骂的话很粗俗，完全没有虎皮猫大人那种小清新，也不拐弯抹角，一阵国骂响亮，不堪入耳。我听了也不计较，自顾自地写。

恶人还需恶人磨，钟水月的骂声引来了正在打盹的牢头，那大肚子可是个粗鄙之人，更信奉拳头之下出真理，也没有那怜香惜玉的心思，当下扬起皮鞭，劈头盖脸就是一顿抽，一边抽一边破口大骂，吓得钟水月缩在郭佳宾的怀中，委屈得直叫"老公我怕"，小绵羊一般，完全没有之前那泼辣的气派。

人前人后、得势失势的两面派，这种人我见得多，不再理会，继续抄抄改改，直到蜡烛快要燃尽，终于鼓捣出一千多字来。我心力交瘁，通读了一番，感觉跟十二法门有些像，个别众所周知的理论完全没改，至于秘而不宣之法，则是南辕北辙，模棱两可。我暗自得意，将蜡烛吹灭，然后靠墙而坐，身子习惯性地呈打坐姿势。我下意识地从丹田之中提气行周天，让人诧异的事情出现了，本来一身修为受限的我突然感觉到一颗种子萌芽，那种生的力量，挣脱出所有的束缚，一段诀文自心头浮现："无极而太极，太极动而生阳，动极而静，静而生阴，静极复动。一动一静，互为其根；分阴分阳，两仪立焉。阳变阴合而生水、火、木、金、土，五行顺布，四时行焉。五行一阴阳也，阴阳一太极也，太极本无极也。二气交感，化生万物，万物生生而变化无穷焉。"如此奥义一入心头，那气劲便无中生有，一点儿、一点儿地滋润着我枯竭的身体，酸软无力的全身仿佛浸泡在暖洋洋的温泉水里面，所有苦难都化作了乌有，我感觉自己的灵魂一直在往上飘着，有一种让人深深沉浸其中的美妙感觉，满心的欢喜，想要高声歌唱。

融会、贯通、聚合、引导……

几乎是在刹那之间，我终于明白服用了蚀骨草之后的自己为何还能够有气劲在经脉中流转——这让人绝望的药草，只能够封住人体的气海以及经脉，而我的小腹之中，却有两股不属于我的神奇力量。一是来自于怒山峡谷青铜棺柩中的巫咸遗族；二是来自于青山界飞尸集千年而化出来的尸丹。这两者皆有洪荒远古的气息，并不是区区蚀骨草能够压制住的，经过我用正确方法的导引，便能够融聚而出，将我被蚀骨草封住气力的经脉给解开来。

这个过程虽然有些漫长，但是我并不在乎，因为有了希望，世界就是一片光明。怀着这样的信念，我打坐到天明，当早晨的阳光从那又高又窄的窗口洒落下来的时候，为了避免他人起疑，我还是躺卧在了牢头送来的那床新被褥上面，假寐一番。

幽闭的牢房里，其实蛮无聊的，所以才会发生那么多扭曲人性的事情，不过我却是难得这般闲暇，躺在床上仔细思考着十二法门和两部正统巫藏上经，总感觉每默诵一遍，就会有新的感悟，结合自己几年来的遭遇和见识，以及临战时的那些生死经验，越发地投入了，很多法子和手段，恨不得马上出去尝试一下。

不知不觉到了中午。用过午饭之后，门口突然来了一堆士兵和黑袍修行者，径直走到了牢房的最里面，许鸣从黑压压的人群中间越众而出，问我写好了没有。我将桌子上面写好的两页纸递给他，说这东西有二十多万字，一时半会儿也弄不出来，只好一点一点地写，这是第一卷坛蘸的部分内容，你过下目。

瞧见我如此配合，许鸣点头接了过来，不过并没有看，而是折好放进一个皮袋子里面封装。小心收好后，许鸣告诉我，这个地方的条件实在是太差了，今天要给你们换一个地方。

我虽然对蚊子并不害怕，但是这里面一股死气沉沉的霉臭味的确让人受不了，于是点头，并不多说。与我一同转离牢房的，还有达图上师以及钟水月和郭佳宾。在其他囚犯大声的咒骂声中，我们出了牢房，然后沿着山路，走向了西面的开阔地。我依旧是镣铐加身，不过许鸣这家伙也是让人刮目相看，那沉重的铅球一直都是他帮我提着，轻松自如。

走了差不多十分钟，在大批的押运者护送下，我们终于到了。那里有一栋造型别致的三层小楼，之所以说是别致，其实就是周遭都有宝塔镇守，屋檐上有红色绳索系挂着风铃，周边外墙都画有古里古怪的血纹，地面上用鹅卵石铺出了古怪的形状，远远瞧去，仿佛有沉重的气息屏蔽，显然是作了精心安排，防止我们在牢房里面作乱这地方离许先生所住的竹楼行程不过一分钟,以许先生的速度,几乎是转瞬即至。

我的心中不由悲凉,然而脸上却不表现,反而跟许鸣没口子地夸赞道:"这里不错,风景秀美,空气清新,跟牢房比,一个天堂一个地狱啊。"见我这般说,许鸣放心了,随口答道:"先前没有收拾出来,所以有些怠慢了你,昨天连夜加急弄了出来,也是希望你能够静下心来,不被旁人所扰。"

说话间,我们已经走到了楼门口,门是铁门,需要借助导轨的力量,才能够勉强打开来。我走进去的时候,回了一下头,瞧见远处有一道女性身影,正被人搀扶着走向山上,我觉得眼熟,正待分辨个清楚,却被许鸣拉着进了楼去。

灯火通明的一楼有四五个铁门紧闭的房间,正中大厅有一个长条桌子,旁边还有持枪戒备的武装分子。我的房间在二楼,里面东西不多,一床一桌一椅,桌上纸笔都有。因为需要长期誊写,所以我身上的镣铐都给取了下来。我感觉这栋屋子里面有很阴森的鬼气,知道里面有蹊跷,要不然也不会如此宽松。

达图上师也住二楼,钟水月和郭佳宾住三楼。这里面依然简陋,不过比起牢房来说却好了很多。我知道这是因为我们几人都有拉拢的价值,所以才会有这样的待遇。不过在许先生的眼皮子底下生活,这种感觉还是让我有些不习惯。

许鸣跟我交待,让我安心在房间里写东西,如果头脑疲倦了,可以去一楼逛一逛,但是最好不要出去。我说好,他又去找达图上师交待一番,然后上了三楼。

虽然没有察觉到什么,但是我总感觉受到了监视,于是不敢放肆,在书桌前伏案,装模作样了好一会儿,然后喝了点水,躺床上歇息。服用了蚀骨草的人本来就容易困倦,所以即使有监视者,我也不怕露馅。

我是真困了,眼睛一闭,人又迷糊过去,其间外面似乎敲了几次门,我都没有理会。

当月上中天的时候,我突然间就醒了过来,鬼使神差地走出了房门,瞧见一脸衰容的达图上师也在厅中。他看见我,用手指了指上面,我会意,一步一步地走到楼上去。在楼道口,我瞧见黑暗中站着一个人,正是钟水月,而本来应该消失无踪的小魔罗,居然又出现在了她的怀中,眯着眼睛,惬意地喝着奶。

第四十八章　天空之战，诡异来临

瞧见达图上师和我出现在楼道口，钟水月冷冷地瞧着我们，哼道："昨日之仇，我已经记在心头，以后必定奉还。"达图上师的眼睛也死死地盯着钟水月怀中那头眯着眼睛的小魔罗，咽了咽口水，难以置信地说道："他们居然又把魔罗还给你了？"

钟水月得意地说："对啊，小魔罗只有在我的手上，才能够收敛起那暴戾的脾气，他们自个儿带不了，没了法子，所以又将它交给了我。"达图上师脸上露出了不屑的笑容，说："别人不行，我可以理解，但是许应智这人，不可能会有这样的情况，你在说谎。"钟水月不置可否，说，你爱信不信。她瞪了在旁边默然不语的我一眼，脸上有着浓浓的恨意。我一笑，没想到跟人结仇是这么简单的事情，不过那又怎样？在这个房间里，所有的力量都被压制，即使是魔罗，也不过是一头普通的野兽而已，翻不起什么风浪。

知道了让我心绪不宁的源头来自于此，我没有再作停留，与达图上师说了一声，回到了二楼房间里。

既然已经醒过来，我就继续完成许先生交待的课业。达图上师不知晓，但我却知道许先生为何会把魔罗拿给钟水月养着，大概就是我今天弄出来的那一千多字的"十二法门"初章，让许先生无暇他顾。知道了许先生是如此的上心，我也知道自己接下来的行事，需要更加小心，不然被他发现了其中的破绽，只怕我就会被拖出去，头颅枭下，挂在山前。

沉浸在镇压山峦的十二法门之中，然后心连另外两部上经，如此专心致志地研究，便不觉得时间流逝。不知过了多久，我突然听到一声炸响，整个天地都在摇晃，这坚固的大楼也止不住地来回颤抖。铺天盖地的声音从头顶上传来，将我从沉思中唤醒。这栋房子是特制的，我的房间没有窗子，当下我惊异地推开椅子，旋风一般地冲向一楼。住在一楼的都是些监察人员，瞧见我猛冲下来，立刻持着手枪，对准我的眉心，大声警告着。

所幸留在这里值班的是许鸣，他刚才也被爆炸声给惊到了，正在挂电话联络，瞧见我冲下来，急忙吩咐道："陆左，你先回房间里面去，这里没事，一切有我呢。"

我问到底发生了什么事情，他没有回答我，而是专心致志地在打电话问询。这时有两个膀大腰圆的家伙朝着我走过来，口中大声斥责着。我瞧了一眼那封得死死的大铁门，还有根本就没有窗户的墙壁，做了一个手势，表示服从，然后转身朝着二楼走去。走在爬楼梯上，突然天空又是一阵落雷般的爆响，接着一个女人的声音幽幽说道:"许应智,你若有本事,便跟我滚到寨子里面来!"这声音遥远,然而在我的心头却是那么地亲切,因为发出这声音来的那人,正是我叫小妖去报信的蛊丽妹。

她来了吗?我的心头疑惑。另外一个苍老的声音立刻响了起来:"蛊丽妹,我敬你乃苗疆一脉,故而留你到今日,你今番前来,倒是让我有了借口。战便战,还真的当我怕了你不成?"

许先生的回应中充满了狂暴的霸气,并不比蛊丽妹弱上几分。两人言语交锋完了之后,天空上又传来了一连串炸雷般的响声,两者仿佛用精神力在空中作了对撞,差不多一分钟之后,这连绵不绝的炸响终于消失得无影踪,让人心中好不激荡。

这般虚空中的交手消失之后,死一样的沉寂便浮上心头。我不知道这一次交手到底谁胜谁负,但可以肯定的是,战斗并没有结束,而是朝着南方,渐行渐远。闻得这样恐怖的战斗,我的心中不由得一阵热血,要到什么时候,我才能够拥有这种强大的意志和力量?什么时候我才能够傲然屹立,一言九鼎,不再像此刻一般奔波忙碌,最后碌碌而无所得?

我在房间里待了差不多半个小时,门被敲响了,许鸣进来通报消息,说刚才有一个厉害的对手闯进来,结果与许先生交手之后,朝着南边逃窜,先生去追踪那个前来捣乱的人了,不必心惊。他说完这些之后回到一楼。我瞧见达图上师倚在门口,左右打量了一番,见四下无人,才走到我面前来,将门给关了,小声说道:"陆左,你倘若想走,今天就是最好的机会,你可知道?"

我瞥了一眼达图上师,感觉他整个人虽然衰弱之极,却仿佛藏在鞘里面的尖刀一般锐利,心中知道他并没有表面上看起来的那么衰弱,于是问,此话怎讲?

达图上师低声说道:"许应智被引走了,一时半会是回不来的。我们倘若能够趁这段时间控制住魔罗,然后冲破这座法阵,找到蚀骨草的解药,到时候天高海阔,还不是任你我逃离?"

我没有听信达图上师的话语。这个给雪瑞种下龟甲封神术的老和尚倘若善良,那么全天下被关进监狱的恶徒,就都化身为小白兔了。于是我出言问道:"那你为何还不快去?"达图上师说道:"我现在已经气力全无了,需要你的帮助才行。具体的计划,那就是我布一个可以擒获魔罗的阵中阵,然后你将钟水月和郭佳宾给控制住,等到我收服了魔罗,到时候自会带你一同离开。"

我眉头一掀,说:"你可有把握?"达图上师自信地笑了,说:"没有金刚钻,不揽瓷器活。只要你肯跟我合作,到时候自然就会知道了。"我盯着这连走路都在喘息的老头子,沉默不语,差不多两分钟的样子,我才缓缓说道:"不,我不愿意!"达图上师诧异,说:"怎么可能,你不是这种坐以待毙的人啊?难道你不知道,许应智必定会杀你的,现在留你,不过是想让你交出他需要的东西而已!"我依旧摇头,将他给推出门外去。

关上门,我听到了达图在门外的叹息声,他在我门口待了很久,方才离去。又过了一会儿，我把门打开，一道黑影从暗处飞进门中，瞧这肥硕的身子，不是虎皮猫大人是谁？大人闯入，我并不意外，直接抓着它问话：许先生真的离开了这里？

　　虎皮猫大人点头说是，蛊丽妹那妹子倒也给力，将意志转移到了青虫感身上，然后借降临之威，将他给挑衅勾走。

　　我问朵朵和小妖呢？虎皮猫大人说这鬼地方的阵法太强大了，它推导了好久才找到阵眼进来。至于朵朵她们，都还在外围等待着接应我们。我问肥虫子呢，它说好像被许先生给封印起来，不知道藏在哪里了，一会儿还要找一个高级点的舌头问一问。我指着楼下，说许鸣这厮的级别好像就蛮高的。它点了点头，我们正要继续谋划，突然听到楼梯口那儿有一阵吵闹哭喊声。

　　我不明就里，以为肥母鸡的秘密潜入被人发现了，呼唤它赶紧藏起来，然后打开门一瞧，却是麻贵正拉着本来应该在仰光精神病院养病的崔晓萱上楼来。这房间阴气森森，本就十分敏感的崔晓萱觉察出不对劲来，死命地挣扎，大喊大叫，就是不肯上楼。不过她一个女疯子，哪里能够比得上麻贵这种一身气力的修行者？于是被一路拖拽着，往三楼走去。

　　听得这动静，达图上师打开门来，又缩了回去，不作理会，而我的心中则是有些怒火，冲到楼梯口，大声说道："麻贵，你这是干吗？她就是一个疯子，你有完没完啊？"瞧见是我，麻贵嘻嘻笑道："没错，她就是疯子，不过也是那小魔物的老娘，血脉相连，舐犊情深。这是师父临走前布置下来的任务，陆左，你可别挡我啊！"

　　麻贵说着话儿，将披头散发的崔晓萱拖上了三楼。我怕出事情，也跟了上去。来到三楼，隐隐听到男女之间那种啪啪啪的声响从房间里传来，高亢的呻吟声婉转入耳，麻贵也不管，直接大声喊道："Mara，拉库嘎啦（音译）。"这一声喊，立刻从黑暗中射出一道油黑锃亮的身影来，这物三面六臂，一身黏稠黑鳞，正是那幼年魔罗。

　　魔罗正对着我们的这张脸上，满是疑惑，眼睛是红色的，死死地盯着崔晓萱看，鼻子不断地耸动着。崔晓萱在极力反抗麻贵的拉扯，瞧见从黑暗中蹿出来的魔罗，顿时一声凄厉惨叫，全身发软，一屁股坐倒在地上，口中哇哇地叫道："啊，怪物啊，怪物啊……"她这般惊魂地叫，那魔罗却如同一头凶悍的豹子，倏然前冲，朝麻贵抓着崔晓萱的那只手张嘴咬去。

　　麻贵此番前来，自然早有防备，当下立刻放开崔晓萱，退开三四米外。

　　崔晓萱人被放开，瘫软在地。魔罗也不追麻贵，而是直接扑在了崔晓萱的怀里，"啊呜啊呜"地叫唤着，像只小狗儿，十分亲密。瞧见这魔物与崔晓萱极为亲热的模样，麻贵不由得意地跟我笑了："师父说的事情，果真是准！"

　　而就在此刻，一直在房间里面嘿咻的郭钟二人胡乱披着衣服出来了。瞧见魔罗扑在了另外一个女人的怀里，钟水月不由一声尖叫："宝贝，我的孩子！"

第四十九章　真假圣母，驱凶伤人

　　小魔罗在崔晓萱怀中磨蹭得正欢，听到钟水月这一声呼喊，不由停止了动作，疑惑地回头望来。它出生不过一年，智商还没有发育完全，血脉中天生存在的东西让它对这个不断挣扎的女人倍感亲切，然而崔晓萱疯狂的叫喊声，又让它感觉到身下的这个女人，似乎并不是很喜欢它。此刻见到熟悉的钟水月出现在门口，小魔罗一时间就有些懵住了，像个犯错的小孩，不知所措，嘴巴里发出奇怪的叫声，像只小猫儿。

　　钟水月一开始瞧见这幅场面也是有些慌神，待瞧见那个地上大喊大叫的女人，正是魔罗的亲生母亲崔晓萱时，更是有些歇斯底里，大声地招呼魔罗回来。小魔罗虽然有些懵，但是它在崔晓萱的子宫里待了十个月，天性便亲近，这并不是后天所能够比拟的，所以六只小手紧紧地抓着崔晓萱的衣服，不肯离开。

　　魔罗如此黏着自己的母亲，但崔晓萱却没有想到这个一身鳞甲的怪物就是自己所生的孩子，她的精神早就崩溃了，此刻更是大喊大叫，脸上露出了惊悸的表情，无助地哭喊道："救救我，怪物啊，怪物啊……"

　　精神失控的人一般力气是极大的，然而相对于魔罗这种恐怖生物来说，却比不上挠痒痒，不过它瞧见这女人似乎不喜欢自己，不断地敲打它、踹它，踢它……这些动作虽然都不疼，但是在幼年魔罗的心中，每一下，都让它的心疼得难受。它也哇哇地哭了起来，口中发出奇怪的哭泣声，那场面，一时间让人颇感心酸。

　　钟水月不再旁观了，她从身上摸出了一个布袋子，打开，里面竟然是一块发黑发臭的胎盘，腊肉一般。那小魔罗闻到了这气息，终于放了濒临崩溃的崔晓萱，箭一般地投到了钟水月的怀中，头埋在她丰满的胸前抖动，似乎在哭泣。

　　钟水月小心地将胎盘收好，然后摩挲着魔罗黏稠恶心的背膀，柔声安慰道："好了，乖宝宝，不要害怕了，他们不爱你，妈妈爱你，妈妈是这世界上最爱你的人呢，所以你一定要听妈妈的话，对不对呀？"那小魔罗点了点头，似乎听懂了她的话语。

　　就这样，在崔晓萱惊悸的叫喊声中，钟水月冷静地抚慰着幼年魔罗，让这小魔头的心灵得到安慰，终于平息下来。而我也把崔晓萱扶起来，不动声色地注入一股温和的气息，让她几乎崩溃的情绪得到了一些好转。

　　当房间里恢复平静的时候，钟水月抬起头来，瞧向了正在轻声安抚崔晓萱的我，眼眸中充斥着炽热如火的仇恨，她咬着牙齿，一字一句地说道："陆左，你这个浑蛋，你到底想要怎么样？"

　　她定是被怒火冲昏了头脑，这崔晓萱明明就是麻贵奉了许先生之命带过来的，与我无关,我在这儿,只是因为与崔晓萱认识,放心不下,结果反倒被视为眼中钉子。不过即使仇恨加身,那又如何?除了像陶晋鸿、许先生、蛊丽妹这种老怪物之外,我还怕谁?当下我也是毫不犹豫地直接顶了回去,讥讽道:"我这辈子还没有见过这般无耻的人,抱着别人的孩子,喊自己妈妈。喷喷,你倘若有本事,自己生一个便是,何必做这种恶心之事,让旁人听了,浑身的鸡皮疙瘩都长了出来。"

被我这劈头盖脸地一顿骂,钟水月也是怒火中烧,死死盯着我,说:"你闭嘴,再说,信不信我让你死无葬身之地?"

听得她的威胁,我一笑,说:"许先生敢把魔罗交还给你,你以为就没有了防范?你自己瞧这屋子里面的布置,这每一道符文描绘,都将此处化作了一个倒扣着的铜钟,镇压着我们这些人的修为。在这里,这小魔罗也不过一条野狗而已,我有何可惧之处?"

我说的是再正经不过的实话,然而却抵不住这个怒火中烧的妇人的愤恨。

欢情过后的钟水月眼球鼓鼓,里面尽是血丝,嘴一咧,发出了疯狂的笑声来:"'桀桀桀',宝贝,你看看,这世界上总是有那么多愚蠢之辈,总以为自己胜券在握,殊不知,他只是一个跳梁小丑而已。宝贝,展现出来吧,让他们看看,你骨子里、血液深处的那股恐怖力量,有多么的强大!"她这般缓缓地说道,而那魔罗则在她如有催眠魔力的声音中,身子开始慢慢地僵直起来,仿佛吹气球一般,逐渐胀开。瞧见这异状,我扶着崔晓萱退后两步,回头瞧了麻贵一眼,小声说道:"麻贵,许先生叫你带魔罗的亲生母亲前来,可有什么交待?"

麻贵瞧见了魔罗此刻显露出来的暴戾,却是不慌不忙,凝神回答道:"没有什么交待,就是想看看这畜生除了天生带来的魔王本质外,到底还有没有人性。"

此时的小魔罗已经膨胀得有小妖那么高了,浑身黑黝黝的,鳞甲下面的皮肤像缎子一样油亮,它面对我们这边的脸开始变得类似于狗或者狼,嘴前突,有一些兽化的感觉。瞧见它那一副蓄势待发的模样,我虽然能够得一些气,但终究还是时间太短,只得扶着崔晓萱缓步后退,继续小声问麻贵:"这小楼不是由阵法封印么,怎么它还能变成这样?"

麻贵不急反笑,说:"倘若阵法能够压制它这魔性的话,那它第六魔王的名头,岂不是白叫了?"

这回答让我郁闷不已。瞧得出来,魔罗的实力在这里面受到了很强悍的压制,倘若我修为全在,装备齐全,恐怕早就冲上去了,只可惜现在的我仅仅比普通人厉害一点儿,所以很自觉地做起了观众,退到了楼梯边。钟水月瞧见我心虚了,大声地嘲笑道:"你怕了吧?怕了就赶紧滚过来,给姑奶奶我磕头认罪。"

有麻贵在前顶着,我根本就不急,嘿嘿笑着,说:"有本事你就来,要不然的话,就你这瞎嚷嚷的功夫,还不如将自己的衣服穿好呢。"

钟水月低头一瞧,原来自己出来得太急,衣服穿了一半,披在外面的衣服又被魔罗扯开，露出了大半个酥胸来，不由得气急而恼，大声喊道："宝贝，给妈妈咬死那混蛋！"

那小魔罗倒也听话，立刻如电一般，跨越过麻贵，朝着我这边射来。

瞧见这魔物凶猛，我身旁的崔晓萱双手护胸，再次蹲在地上放声尖叫，而这声音则让魔罗稍一迟钝。麻贵手一招，黑暗中突然出现了一头只有上半身的鬼灵，挡在了魔罗身前，将它给逼退回去。瞧见那空中吞吐不定的雾化鬼灵，钟水月的脸色十分难看，盯着麻贵说道："你也要帮他吗？"

麻贵一张麻将脸，淡淡地说道："他现在是在帮许先生做事，还不能死！"

钟水月的情绪瞬间爆发，指着蹲在地上惊恐尖叫着的崔晓萱，厉声喝问道："这个贱人，也是你给带过来的咯？"麻贵点头说："是，都是许先生的吩咐。"

听到这话，钟水月笑了起来，嘴角不由自主地一阵抽动，她仿佛受到了刺激，拼命地摇着头，说："骗人的，都是骗人的。说什么让我来带宝贝，竟然将这贱人也找过来了，看来是想把我一脚踢开啊？啊，许先生那老头子不在，这不是正好，对了，把那贱人吃掉，那就什么都没有了，没有人可以威胁到我圣母的地位了。哈哈哈，对，是这样的，宝贝，去吃了她，吃了那个蹲在地上鬼喊鬼叫的贱人。"她这般吩咐着，旁边一直默然不语的郭佳宾对崔晓萱到底还有一些夫妻之情，上前拉住新欢的袖子，恳求道："月，别这样，她已经疯了，何必难为她？再说了，让自己的孩子吃掉它的妈妈，这么残忍的事情，你怎么做得出来？"

已经陷入疯狂的钟水月扭曲着面容，大声骂道："谁是妈妈？我才是宝贝的妈妈，我才是！"她厉声驱使着空中的魔罗，大叫道："吃了她，吃了她！"

那小魔罗在空中悬浮着，一脸的惶然无措和纠结。而这个时候，我突然发现旁边多了一个人，扭头一看，却瞧见达图上师一张诡异的脸，正在朝着钟水月笑。

第五十章　达图逆袭，大人解药

达图上师突然出现，的确把我给吓了一大跳。按理说，同样服用了蚀骨草，而且还被许先生以邪恶佛功"不老禅"给吸食了大部分生命力，此刻的达图上师应该只是一位风烛残年的老人而已。许先生或许因为他之前契努卡高层人员的身份而不断拉拢，但是论战力，他辉煌的时代确实已经过去。然而就在我们所有人都对他放松警惕的时候，他却宛如鬼魅一般地出现在我们的身后，脸上带着扭曲的笑容，口中不断念咒。

瞧见达图上师乌紫的嘴唇上下翻动，我的心里面突然有一种很不祥的感觉。本来还在犹豫的小魔罗，此刻三双眼睛突然亮了起来，像灯泡一样，将三楼小厅照耀得如同白昼，而这样的光亮，散发出来的，却是让人浑身发寒的冰冷。

不对！不对！不对！

瞧见小魔罗这般的异常情形，我心中一阵狂跳，联想起达图上师之前的言语，我突然抓住了一丝线索——对了，虽然修为被蚀骨草封印，但是达图上师最强大、最可怕的地方，并不在于他的身手，而在于他迥异于寻常修行者的强大精神力。当年我给雪瑞解降，相隔万里，他都能够在我的身上下印记，而虎皮猫大人在香岛给麒麟胎驱降头，他也能够第一时间感应到，并与其意志交锋。这意志比之修为，更加虚无缥缈，非龟甲封神术之类的邪法而禁锢不得，也正是因为如此，达图上师方才能够有所凭恃，才会对我说出刚才那一番话来。

正在场中所有人都惊异万分的当口，小魔罗突然一张嘴，里面密密麻麻的牙齿蠕动着，洒下了好多黏液，接着它并没有朝着我们这边扑来，而是身子猛地一扭，径直扑向了正在指手画脚、大声使唤的钟水月。

或许是过于自信，沉浸于圣母威严的钟水月还在大声嚷嚷着，冲着小魔罗喊道："宝贝，去把那女人给咬死吧，你要听妈妈的话，要不然，妈妈就不喜欢你了。"她的话还没有说完，扑到她怀中的小魔罗突然发出了一声凄厉的兽性嚎叫，翻滚的黑雾将刚才的光华遮掩，它张开了嘴巴，一口就咬在她的脖子上面，用力一撕，气管断裂，使得钟水月最后一句话的音调陡然变化，拉得长长，颇为怪异，仿佛为她生命的消逝，在作最后的哭诉。

原来还在钟水月怀中如同乖宝宝的小魔罗，此刻如同最饥饿的野狗，将钟水月大半个头颅给啃了下来，果断而坚决，这魔物吃起人来的异常凶猛，口中那低沉的嘶吼以及咀嚼骨头的声音，让我们所有人都不寒而栗。

郭佳宾在旁边瞧见魔罗发疯，将钟水月的头颅啃食得血肉模糊，身子顿时不受控制地颤抖起来，指着达图上师发疯一般地大声叫道："啊、啊、啊！你这个老畜生，你到底对我老婆做了什么？"

达图上师早已沿着墙走到了侧面，远离我们，听见郭佳宾这般问起，他指着蹲在楼道口完全崩溃的崔晓萱，嘿嘿直笑："老婆？你的老婆不是这一位吗？"他这般讥讽，郭佳宾却完全听不进耳中，额头上青筋直露，大声喝问道："你到底做了什么？"

达图上师得意地指了指自己的脑袋，脸上有着胜利者的淡淡笑容："我什么都没有做，只是把它体内的魔性，给彻底引导出来了，哈哈……"

"你这个老混蛋，我要杀了你！"郭佳宾破口大骂道，想着眼前所有的希望一朝破灭，顿时不顾生死，朝着达图上师猛力冲来。蚀骨草名贵，而郭佳宾只是一个普通人，并没有享受到那样的待遇，所以还保留着普通人的气力，一旦发起疯来，当真如蛮牛一般凶猛。

这三楼小厅并不算大，郭佳宾很快就冲到了达图身前，结果眼前一道黏糊糊的黑影子出现，挡在了他的面前。这黑影正是小魔罗，它一脑袋的模糊血肉，都是钟水月尸体处刮蹭而来，刚才亮如灯泡的眼睛此刻暗淡下来，嘴里面不断地咀嚼着碎肉，冰冷的眼神死死盯着郭佳宾，仿佛他胆敢前进一步，它就立刻扑去。

虽然是这魔物的亲生父亲，然而郭佳宾对这相貌丑陋的怪物并没有什么感情，平日里还嫌弃这小东西一身古怪的黏液，抱都不肯抱一下，此刻瞧见这小畜生死死地盯着自己，更是心中惶恐，口中高叫道："不对，不对啊，它不会这样对待我的，我是它父亲！"

即使控制住了魔罗，但达图上师还是摇摇欲坠的样子，他环顾周围，为自己这番大逆转而得意："你说得对，它现在不是自己，而是我的意志，其实这也多亏了你们的布置。"他盯着麻贵，嘿嘿说道："我知道你们的意思，要想充分发挥魔罗的邪恶力量，就必须将它的魔性给完全开发出来，激发潜能。那么如何开发魔性呢？我熟知一切佛典，知道最好的办法，无外乎让它弑杀自己的父母，了断一切人性的情感，最后变成一头恐怖的、让所有人震撼的魔，而这座小楼，则是你们给它套上的枷锁。"

他朝着周围一指："这房子有着压制魔罗的力量，不过你们万万没有想到，正因为如此，才给了我最后的机会，使得我能够以微弱的优势，压倒了年幼魔罗的意志反抗，成了它的主宰，从此以后，魔罗是我，我即魔罗！"他狂热地说完这一段话，双膝跪倒在地，手朝天举起，口中喃喃地念叨着古怪的咒文。小魔罗的脸上突然露出了极为痛苦的表情，一点儿一点儿地移向达图上师，当他的咒文念至最高亢的时候，小魔罗一挥手，达图上师的头颅被它给活活从体内拉出来，下面带着一大团黏糊糊的内脏，热气腾腾。直到此刻，达图上师的脸上还带着微笑，眼睛一眨一眨，应该是施了极为恶毒的降头术，将自己的意识保存着，死而不休。

小魔罗将达图上师的脑袋给一下撬开，里面一团黑雾将它给萦绕住，它并不管这些，捞出白花花的脑浆子，开始咝溜咝溜地喝了起来。瞧见这幅场面，完全不受阵法束缚的麻贵却作壁上观，不管不顾，反而冷声笑道："看来师父的谋算是对的，这个老和尚，果真还留有后手，不过他这般努力，到最后，也只是为我们做嫁衣裳罢了，哈哈。"

连续两人被吃，三楼小厅一时间血腥气味浓重。我想起房间里虎皮猫大人还在等我，便不再停留，正要拉着崔晓萱下楼，麻贵看着我，严肃地说道："陆左，你且回房，关上门，专心完成你的任务。记住，无论听到什么动静，都不要管，至于这里，就交给我吧。"

我指着惊慌失措的崔晓萱，说，她怎么办？

麻贵很肯定地对我说："她是一个很重要的人物，你放心，我会保证她的安全。"

说话间，小魔罗已经将达图上师的头给啃食干净了，不过仿佛有些醉酒了一般，脚步蹒跚，不断摇晃着脑袋。这场面有些诡异，我不敢再作停留，跑到了二楼，发现下面人头济济，好多身穿囚服的男人，面目枯槁，正茫然地四处望着。有七八个武装人员正在维持秩序，还有两个头上扎着鸟羽的黑袍巫师在人群中跳跃。

许鸣也在人群中，瞧见了我，大声招呼："陆左，刚才敲你门半天没回应，原来你跑上面去了，快点回房间，一会儿不管听到什么声音，你都不要管。"

麻贵和许鸣两人都这般说，我心中越发觉得诡异，当下越过人群，跑回了房间。口中轻呼虎皮猫大人，那肥厮立刻从床底钻出来，飞到我的面前来。我将刚才发生的状况快速讲给虎皮猫大人听，它闭着眼睛想了一下，大叫不好。我说怎么了？虎皮猫大人忧心忡忡地说道："达图这老秃驴修为受损，这才想把精神意识转移到魔罗身上去；许先生则更加极端，直接想让魔罗通过弑父弑母，通过杀戮来开启魔罗的魔性；而外面那一堆人，应该都是给魔罗的饲料。他们想要揠苗助长，只可惜，终究还是低估了那个可以跟悉达多为敌的深渊恶魔，到底是什么样的恐怖敌人！"

我问，我们现在怎么办？虎皮猫大人摇摇头说，别的先不多说，越乱越好，我们趁着这当口逃出去！当下它与我商量一番之后，尖锐的爪子在我的手心处画了一个"卐"字血口，翅膀在我的背后拍了三记，立刻有墨绿色的腥臭脓汁冒出来，我的丹田之中开始不断旋转，气力逐渐恢复。几分钟之后，我打开一点儿门缝，瞧见厅中乱成一团，那些武装分子开始驱使着囚犯们上三楼去。在一片混乱间，我悄然出手，将一个武装分子给拉扯进房间里，一拳打晕。

第五十一章　离火隐身，魔罗暴走

我匆匆换上这名武装人员的衣服，瞧了一眼他那猥琐蜡黄的形象，再捏了捏自己的脸皮，感觉外面虽然混乱，但是就这般走出去，只怕浑水摸不到鱼，还是会给人认出来的。

没办法，谁叫咱的气质就像那黑夜里的萤火虫，实在是太璀璨夺目了呢？好吧，其实就是因为这儿的武装分子都太矮了，我比他们整整高出了一截。

外面持续传来古怪的咒骂声，我瞧见那几个黑袍巫师正在驱赶着囚犯们走上三楼，知道再等下去，只怕没有机会了，回过头来看虎皮猫大人，焦急地问怎么办？

这肥鸟儿嘿嘿一笑，说，你叫我一声女婿大人，便救你出去。

嘿，这死肥母鸡倒还有逗趣的闲情逸致！

为了自由，不得不暂时屈从于它，闷着头叫了一声"女婿大人"。这肥厮乐得肚皮颠颠，深吸一口气，朝着我脸上喷来，微微香甜，然后那爪子在屁股后面挠了挠，弄出一根色彩绚丽的尾羽，让我别在耳朵间。

弄完这一切，它志得意满地趴在我的头上宣布道："大人我当年从那崂山臭道士身上学来的离火隐身术，现如今倒是派上了用场。走、走、走，从一楼光明正大走出去，我看看这穷乡僻壤的窝子里，到底有谁能够拦得住你？"

它说得如此牛气，我下意识地伸出手来，瞧见被虎皮猫大人这一口气吹过之后，那手还是手，脚也还是脚，只不过周身迷离，有着古怪的光线游离，将我给折射得不成模样，那手就像是被打上了马赛克一样，模糊得很。

瞧见这诡异情景，我"哎呀"一声，说："啥玩意儿这么神奇，以前咋没看你用过呢？"

虎皮猫大人嘿嘿笑，心虚地说："没有用过吗？哈哈，可能吧。"

瞧它笑得这般诡异，我这才回想起来，难怪这肥厮神出鬼没的，原来它之所以总能如及时雨一般前来救场，或许早就猥琐地蹲在一旁瞧看，直到我们撑不住了，它才牛轰轰地闪亮登场，凸显自己的伟大。

瞧见我的眼珠翻转，似乎想到了什么。虎皮猫大人咳了咳，催促我道："快点吧，这玩意儿也支撑不了多久，倘若被人发现你不见了，或者魔罗真的发了狂，到那个时候，谁也救不了你！"

紧急时刻，我也没有心思跟肥母鸡计较什么，当下将那被我敲晕的男人给拖到床上，用被子蒙住头脚，整理一番后，推门而出，再回手将门给锁死。此刻，二楼的人大部分都已经挤到了楼梯处，被驱赶着到三楼去，末尾有两个武装分子扭过头来，往我这个方向瞧了一眼，但是并没有露出惊异的表情，枪口下垂，很自然地移开视线。瞧这情形，知道虎皮猫大人果真是打了包票，没有半点儿掺假，于是心中大喜，快步朝着一楼冲去。

一楼大门处有一个独眼黑袍巫师，这人个儿不高，然而浑身展露出来的气势，并不比麻贵淡薄多少，显然也是这边的高层人物；而在门外，则站着一大圈儿荷枪实弹的武装人员。灯光照耀，众人围着的正中一人，是个满脸刀疤的秃头汉子，这人有着鹰一般锐利的目光，以及虎狼一般雄壮的体魄，手上有一把很少在东南亚见到的 Desert Eagle，也就是大名鼎鼎的沙漠之鹰，雪白铮亮。这种原本设计用来猎杀大象的大型手枪，除非是拥有过人的臂力和精准的枪感，要不然只能成为装波伊的工具。然而这玩意儿在秃头汉子的手上，便仿佛一件小玩具一样，举重若轻。直觉告诉我，这人就是这几天从来没有露过面的大毒枭王伦汗，也就是这次行动的主事人。

瞧见下面这么一副大场面，我便知道今天麻贵的行动应该是预谋已久的，而达图上师的行为估计也在许先生的掌握之中，要不然像他这样表面上看来基本没有什么利用和拉拢价值的人，是不可能会被从那牢房里转移过来的。至于我，从许鸣和麻贵的反复叮嘱声中，也可以瞧得出来，他们对我还是蛮在乎的。

当然，这一切，其实都是看在那未誊写完成的《镇压山峦十二法门》的份上。如果我真的把全本写完了，只怕我早已经给塞入牢中，成为一堆烂肉了。

我被铁门处的那个黑袍巫师注视着，心中莫名地就有些慌了，下意识想要躲闪这些人的目光，结果给虎皮猫大人一抓，头皮发疼，方才想起自己已经被那肥母鸡作过法，隐去了身形。我不知道自己到底有没有被人瞧了个透彻，不过也唯有稳住心神，将脚步放缓。

在我与铁门之间，有十来个黑袍巫师，这些人在门口那个独眼巫师的指挥下，正在大厅中快速地布置，洒下了许多动物新鲜的血和内脏，勾勒出一个又一个古怪的符号来，让人瞧了，直感觉血煞满天，莫名心冷。

这些人不断地跑来跑去，将场中挤得满满，而且地上那么多东西，倘若不小心踩到，被心细之人瞧出不对劲，到时候必定会立刻曝光。瞧这阵仗，曝光就意味着死亡。

我的心中发虚，不敢直行，于是沿着墙边缓行。还没走几步，听到那个独眼巫师突然大声地尖叫起来，嘴里面高声咆哮着，那些正在中间布置的黑袍巫师都慌了手脚，有的速度加快，有的胆怯得直接撒腿想往外逃。关键时刻掉链子的家伙，自然会受到最严厉的惩罚，独眼巫师飞起一脚，将领头外逃的一个给直接踹飞了对面墙上去，只听到"啊"的一声叫唤，鲜血飙射一墙，好多都洒在了我的身上。

有了这样血淋淋的教训在前，其他人蠢蠢欲动的心也顿时被浇得冰冷，纷纷招呼着，继续忙碌起来。就在此时，从二楼传来了急促的脚步声，以及大声的呼叫，正沿着墙角缓步行走的我回头一看,见许鸣、麻贵以及那几个黑袍巫师,带着一堆武装人员急匆匆跑下来,而崔晓萱则早已昏迷,被麻贵扛在了肩上。虽然扛着一个人,但是麻贵的脚步如飞,三下两下,人便窜下了一楼,绕过正在布阵的黑袍巫师,朝着门口冲去。随后的许鸣则高声示警:"魔罗被达图这老鬼给附了身,并没有一味的杀戮和进食,而是有选择地进攻,事态的发展比计划更加危急,再不布完这金刚萨埵逆魔阵,那就只有将大阵封死,等待下一次月圆之夜,再行度化了!"

麻贵绕路,正好从我身边越过,我倘若给他撞到,别说是实力并未完全恢复的我,即便是全盛状态,我也定然冲不出这重围,当下收腹贴墙,让过了他,然后气都不敢呼出,随着他的身后往外溜。

独眼巫师听得许鸣的话,也是有些着急了,大声喊道:"给我半分钟,马上弄好!"

半分钟?半分钟对于平时的我们,或许只是眨眼之间,但此刻,根本就是一种奢望。事情到了这个地步,便有人不得不做出牺牲。王伦汗越众而出,走到了铁门中来,握着手中的沙漠之鹰朝着正匆匆跑下楼来的那些武装人员大喊,似乎想让他们折回楼上去,抵挡住暴起的魔罗。然而在这生死攸关的时刻,哪里还有人有勇气返回身去,直面死亡?更何况发起狂来的魔罗定然是恐怖非常的,那些人早已经吓破了胆子,脚步根本没有停。王伦汗做了一个与独眼巫师同样冷血的决定,手中的那把大型手枪直接开了火,枪声将整个房间都震得一哆嗦,当头的两个武装分子直接就化作了一团碎肉飞扬而出,洒落在一楼楼道口。

那些武装分子平日里对王伦汗唯命是从,此刻又瞧见这大毒枭展露出了无情的冰冷,咬了咬牙,终究还是折回了上面去。一阵爆豆般的枪声响起,连在一块儿的,还有人们绝望中迸发出来的疯狂嚎叫,以及凄厉的哭喊声。

麻贵背着崔晓萱从王伦汗的身旁穿过,后面跟着的我为了躲闪许鸣,让开了一个身位,结果许鸣也跟着出了铁门,而我则被王伦汗给拦住了。所谓拦住,并不是他瞧见了我,而是枪口前指,然后与独眼黑袍巫师并肩而立,将出口堵上了。

我出不去,忍不住回头瞧了一眼,却见从楼上滚下四五人来,接着一道黑影如同闪电一般,裹挟着腥风血雨,冲下楼来。

魔罗!

第五十二章　金刚降魔，魔罗异变

此时的魔罗，在吃过了二十多个活人之后，跟刚才的模样相比，发生了很多变化：本来还显得有些柔软的身体，此刻化作了坚韧的流线型；头也锐利了，双臂如刀；身后长出了一条如鞭的骨质尾巴，不断摇晃；在背脊两侧，还有肉膜一般的翅膀，宛如刀锋；那三张脸几乎重合到了一起来，六只眼睛从额头一直往下排，发出蓝莹莹的冰寒光辉；那嘴倒没有变动位置，只是变得更大了，这使得它的三张嘴几乎连成了一片，上下两排雪白铮亮的牙齿宛如刀锋，不断咬合着，里面的血肉翻滚。魔罗周身魔雾翻腾，变换出各种悲惨凄厉的鬼脸来，这使得它虽然只有三两岁小孩儿那般大小，却是真正具有了再世魔王的风范，凶恶非常。

浑身黑雾翻腾的魔罗出现在了楼梯口，那些黑袍巫师还没有布置妥当，三四个人正在收拾阵心处的一大摊血，准备弄出诡异的黑莲花造型。魔罗瞧见这副阵仗，心中也是大概明了的，根本不作停留，强而有力的后肢猛地一蹬，便化作利箭，朝着阵中射来。

它的速度简直让肉眼都难以把握，黑乎乎一道光，转瞬即至。眼看着就要冲入未成型的阵心，这时一名已完成任务、正在戒备的黑袍巫师却强悍地挡在它的前面，手掌一招，一方洁白如玉的人头骷髅浮现。那骷髅被打磨得圆润光滑，内里有金银镶嵌，在双眼之中，有碧油油的阴火各一缕，一经激发，气势立刻膨胀十数倍，幻化出偌大一个骷髅头，簸箕一般，将电射而来的魔罗给一下咬在嘴中。白玉骷髅头看来是一件毒辣的法器，我瞧见这威力，心想，到底是许先生之老巢，高手果然是层出不求，让人心生敬畏。

然而那黑袍巫师弄出来的白玉骷髅头，瞧着声势浩大，然而在血腥魔罗面前，就如梦幻泡泡一样，一戳即破，那碧油油的偌大骷髅头，仅仅阻挡了三两秒钟，便给魔罗撕开。那小东西裹挟着黑雾，射进了黑袍巫师的胸口，那名修为不错的巫师立刻身子僵直，整个儿腹腔都给魔罗搅作了一团，魔罗那骨鞭一般的尾巴，在他的身体外面无意识地摆动飘扬。

这场面异常血腥和诡异。不过也正因为这停顿，场中那些巫师得到了缓和的时间。就差最后几秒，那个独眼巫师终于扛不住了，一个箭步，从我的身边掠过，袍子翻飞，几乎拍打到了我的鼻尖，转眼冲到了骷髅头被破的黑袍巫师身后，挥起一掌，朝着这尸体的背脊之上挥去。这人也是一个狠角色，魔罗的尾巴忽然打来，他仅仅偏开一点儿，然后一掌，结结实实地印在了仅剩一张皮囊的背脊上。

砰！一声巨响，那尸体并没有飞开，而是化作十来块热气腾腾的血腥肉块，四处散落。漫天的血雨之中，一道快如闪电的利爪朝着独眼巫师的胸口划来。那独眼巫师手往虚空一招，立刻出现了一个面带诡异笑容的人形木偶，接下了魔罗这一抓。我本以为那人形木偶会立即碎裂开来，然而它竟然生生扛住了这暴烈若雷的攻击，不退反进，从身上伸出了十来道浸润了人油蜡膏的绳索，将魔罗和自己给紧紧缠在一起，滚倒在地上。

那血腥大阵终于布置完毕，场中幸存的黑袍巫师潮水一般地挤出了门口，我顾不得瞧看场内情景，跟着人群往外涌去。

然而我走到门口的时候，发现王伦汗正皱着眉头，目光朝着我这边看来，似乎发现了什么。

我心里清楚，常年在生死边缘漂泊的人，对于危险的预知是最强的，即使眼瞧不见，心中的警兆也是一样存在的。好在我一心只想逃脱，并没有趁乱杀敌的心思，故而没有让他感受到杀气。

当时兵荒马乱，我也顾不得许多，从他身边越过，往外面拥去。然而当我与王伦汗错肩而过的那一刹那，他突然伸手，朝着我这边抓来。这一下几乎是下意识而为之，我差一点就给他捉住了胳膊，好在我早有防备，手往回收了一点儿，然后脚步加快，迅速出了门外。一手抓空的王伦汗有些意外，似乎又觉得自己有些可笑，摸了摸鼻子，然后将注意力转移回了房子内。

我被刚才那突然的意外吓得有些心慌，当随着那些黑袍巫师退到了荷枪实弹的士兵们身后时，才感觉到了一丝可笑。这王伦汗当初能够跟善藏法师、黑央族并立山头，自然有其过人之处，但是虎皮猫大人这般气定神闲，却也不是寻常人能够勘破的。

我大概是因为力量处于低潮期，所以才会有这般的畏惧吧。

想通此节，我不再纠结，也没有立刻离开，而是瞧向了房间。那人形木偶最终还是没有束缚住发狂了的魔罗，被从中间给划开，断成两截。当魔罗再次冲向独眼巫师的时候，那金刚萨埵逆魔阵已经布置妥当，一团红得似血的雾气从地上蒸发出来，在空中形成了一个血气腾腾的怒目金刚。这金刚手持降魔杵，脸上有着诡异的邪恶笑容，伸出手，一把将这魔罗给捉在手上，然后拿带着血光的降魔杵，一下就砸在了它的头上。

此中有讲。莫觉得佛即是善良宽厚之意，道便是道，无关正邪，而在于使用者的心思。很多去请泰国佛牌回家来的朋友，会发现自己夜夜噩梦，恶鬼困扰，这便是力量用到了邪处的缘由。独眼巫师弄出来的这法阵，阵中金刚并无半分佛家气质，血气缠绕间，满目的邪恶恐怖，并不比魔罗差上几分。

血红降魔杵砸下，魔罗竟然躲不开来，生生摔在了地上，接着那金刚猛起一脚，大步踩向魔罗，那小东西居然呜嘤一声叫唤，给踩个结实。

像金刚这般的导引阵灵，在阵中是最能发挥其周身灵力的，便如同二毛当时在东夷迷幻杀戮阵中一般，不过它竟然能够这般凶猛，却实非我所能料。我忘记了赶紧逃离，只是躲在角落处瞧看。要知道，这头看着邪异的生物，可是神话传说中的魔物。虽说这神话故事里面的真伪有待考证，但是能够挤进佛经之中，必是了不得的大拿之辈，岂能被这样区区一个法阵就束缚住了？

难道真的是因为它年纪还太小的缘故吗？

在房中，瞧见魔罗倒地不起，独目巫师脸上并没有显露出喜色，而是更加严肃地站在旁边，双手作飞翔状，跳起了古怪的舞蹈来。

《镇压山峦十二法门》之中有祈雨和祀神两节，涉及传统跳大神的内容，这是一种用形体代替符箓，释放精神和信仰，借由沟通神灵的方式，各家有各法，不一而足。我知道他应该是试图用阵法来降服这魔罗，随着他的身子舞动，地上阵阵血雾腾起，化作十八道游绕不定的汽龙。这些汽龙之下，化出一片汽海，里面不断有晦涩难懂的符文飘荡出来，撒落在了魔罗低伏着的身子之上，金光闪耀，将它全身给衬托得一片朦胧。被金刚踩在脚下的魔罗身子不断颤抖，仿佛承受了很大的痛苦，嗷嗷地嚎叫着。

许鸣在远处瞧着，忍不住问旁边的麻贵："麻哥，这魔罗能够被降服吗？"

麻贵早将肩上扛着的崔晓萱递给旁边一个五大三粗的壮妇，手中拎起那把寒铁鬼头刀，凝神瞧着正在一楼大厅作法的独眼巫师，咽着口水说道："哈罗上师是老挝下寮一带，最有名的黑巫僧，对封印度化术，颇有手段。这才被师父特意请过来布阵的，应该没事。"他这般说，但是心中还是颇为忐忑，吩咐左右，让所有人都做好准备，随时将铁庄封闭。

一系列的舞动之后，独眼哈罗上师伸手一抓，将十八道翻滚不休的汽龙给控制住，直接打入了魔罗体内。此番打入，魔罗身体剧烈颤抖不休，几秒钟之后才停止，所有人的目光都注视在它的身上。它突然抬起头来，之前那兽性火焰不住燃烧的眼球里，迸发出了诡异的光芒，口中发出"桀桀桀"的厉笑声，在空中飘扬："到底是深渊魔头，果然不好控制啊。"

第五十三章 三人夺舍，谁人能成

在所有人惊诧的目光中，本来应该被金刚萨埵逆魔阵中十八道翻滚汽龙给降服意志的魔罗，突然表现出了极富有人类特征的情绪来，尽管被金刚阵灵镇压，它竟然还有足够的气力，缓慢，却坚定不移地站了起来。

那血色金刚，根本阻止不了它的站起。金刚萨埵逆魔阵边缘处隐隐存在的沉重力量，根本压制不住魔罗。

我的心中惊诧，之前达图上师将自己的脑浆子献祭，让魔罗生吞，我以为他能够夺舍成功，但结果魔罗有了一些智慧，却依旧不改吃人的习性，只以为达图上师意识被吞噬了。此刻，这一整段富有达图上师语气的话语在空中响起，我发现达图上师或者真的已经取得了控制权。

要知道来自深渊的魔物，一如小黑天，都是口不能言，或者它们的言语除了虎皮猫大人这种妖孽之外，基本上是无人可懂的。既然它说出这话儿来，说明达图上师的意识已经浮现了。达图这种老狐狸，再加上魔罗本身的天赋和优势，两相结合起来，实在是一件让人头疼的事情。

我们担心的事情终于还是发生了，应着哈罗上师的念诵声，魔罗也开始念起了相应的符咒来。作为契努卡高层人员，降头术造诣高深的达图上师，此刻寄托于魔罗身上，表现出了恐怖的实力，竟能够抵御整个法阵的攻击。

独眼哈罗代表的是金刚萨埵逆魔阵的红色，魔罗身上则激发出冉冉的黑色魔气，两者交锋，一时间成了胶着状态。正在门口指挥众人严防死守的麻贵难以置信地大声叫道："不可能，师父明明说过的，魔罗的魔性，是来自深渊中的罪恶，凡人根本就无法降服其心，你怎么能够占领它体内的主动权呢？"

魔罗三面合一，发出了古怪的笑声来："是啊，原本是不会这样的，然而你们偏偏为了满足自己的私欲，为了彻底地控制住它，将它的生母和养母给弄到了一块儿来，更巧的是钟水月那妇人还偏偏是一个不自量力、自我毁灭的娘们，竟然想让魔罗，将自己的生母给吃掉……"

魔罗的笑声颇为悲凉，指着眼前的所有人道："这一切，都符合你们的计划，然而你们却偏偏没有想到一个尚存人性的孩子，对于血脉、对于亲情的渴望。当它朦胧的世界观完全崩塌之后，能力又被这周遭大阵给彻底压制，终于给了我夺舍的最佳时机。当我让它将自己心中的妈妈给吃掉的时候，完全崩溃的魔罗终于没有了与我一战的意志，接下来的事情，你们都看到了。"

魔罗一边说着话，一边站直了身子，将气势激发到了最强盛的状态，强壮而有力的后肢将它弱小的身子给支撑住，微微翻转，绷如一张弓，目光犀利地望着场外所有人，声音里面突然充满了极度的怨恨："是你们，为了自己的利益，而毁了我的世界，那么现在，将轮到我来将你们送入那暗无天日的深渊之中，永坠沉沦了！"

我注意到了魔罗的最后一句话。它之前还在以达图上师的口吻与我们交流，而现在，它将自己真正地当成了魔罗。之前的小魔罗，只是丛林中的野兽一个，而此刻的它，才是来自深渊的真正噩梦。

说完，它整个的身子都在喀嚓作响，鳞甲下面的骨骼和肌肉正在高密度地蠕动，仿佛有数十头老鼠在身下钻来钻去一般，六只手好像开始融合，逐渐生出了一对强壮的臂膀来。那臂膀上面的肌肉，宛如钢浇铁铸。独眼巫师哈罗似乎恐惧于它的这种变化，正极力催动法阵之中的各种力量，全力阻止。此刻，魔罗周身覆盖着的坚韧鳞甲，下面开始喷射出一股又一股的浓黑雾气来，这些气息凝而不散，将它整个儿都笼罩着。被这种黑雾裹挟着的魔罗似乎不会被阵法左右，故而能够完全自由地变化躯体。

危急时刻，麻贵越众而出，朝着魔罗喊道："达图上师，你倘若能够投入我萨库朗麾下，我师父必定不会亏待于你，不但能够帮你压制魔性，成就新生，而且还能够让你成为这举世瞩目的王者，哪怕是那大黑天，也不会比你风光；但倘若你一意孤行……"

魔罗抬起三双蓝光紫气流连的诡异眼球，死死地盯着麻贵说道："我若不愿，那又如何？"

麻贵似乎得到了什么消息，傲然笑道："倘若你不愿，那明年的今朝，便是你的忌日。而魔罗的力量、世间的荣誉以及你拥有的一切，都会与你无关——我用我师父的名义保证！"

麻贵的表现有些反常，而他这强硬的话语让魔罗产生了更加强烈的抗拒感。虽然此前它曾经被灌服蚀骨草，虽然被这房子的法阵所压制，虽然它身在新设置的金刚萨埵逆魔阵中，但是转世之后的这具魔体，乃是最契合天地的媒介，一旦灌足饱饮了鲜血，藏于意识深处的魔气，便有让人恐惧的力量涌现。几秒钟之后，魔罗终于挣脱了金刚萨埵逆魔阵的力量控制，浑身一震，周遭气息狂敛，它身后那根狰狞毕露的尾巴从一个诡异的角度，朝着正前方的独眼巫师胸口扎去。

这魔物最大的优势便是速度，那骨节错落的尾巴几乎都瞧不见影子，刚一抬起，便出现在了哈罗上师的胸前。哈罗上师吓了一大跳，想都没想，直接将旁边那怒目金刚给唤至胸前来抵挡。轰，一声巨大的音爆声响起，哈罗上师疾退，怒目金刚则与魔罗战作一团。此刻的魔罗与先前被直接拍在地上的弱态没有半点儿关系，那金刚萨埵逆魔阵中的怒目金刚，根本就不是它的对手，手中的血色降魔杵不断抵挡，节节败退。

所幸的是那魔罗虽然能脱离阵法之中种种力道的束缚,却离不开金刚萨埵逆魔阵边界的阻拦,这一点儿优势才使得独眼巫师没有被当场击杀,逃脱出来。抹了一脑门的汗水,回头瞧了走上前来的麻贵,责怪说:"干吗要这么强硬,挑动得它完全失控了?"

麻贵还在为之前的诸番不顺而恼恨,瞧见阵中对怒目金刚不断打压的魔罗,愤愤地骂道:"别怕,这老秃驴害死了咱们这么多兄弟,真的是给脸不要脸了,今天我们就让它竹篮打水一场空!"

此话说罢,麻贵从怀中拿出了一面铜镜,在手上颠儿两下。我瞧得眼熟,探头一看,这不就是俺家的驱邪开光铜镜么,怎么在这厮手上了?我这边正心疼,却见麻贵得意扬扬地说道:"这是陆左那小子怀中之物,蒙得师父恩赐,现在归我所有,虽然里面的器灵并不是很听话,不过倒还好用!"说罢,他指间射出一道寒光,直入镜中,我似乎听到了人妻镜灵的一声惨叫,接着一大蓬蓝光,朝着正在与怒目金刚缠斗的魔罗身上兜去。

我瞧见自家的东西被别人耍得熟溜,心中好不愤怒,恨不得冲上前去,将震镜抢回来。却听见麻贵大笑:"哈哈哈,这小子给定住了,哈罗,还不驱使法阵,使那移魂夺魄之术?"

独眼巫师也是哈哈一笑,说了一声"好嘞",手中一扬,一道煞气冲天,笼罩阵中。我听到一声极为慌乱的叫喊,应该是达图上师的意志:"你们到底在这里布置了什么东西?为何我感觉自己意志开始销蚀了?"这声音慌乱不休,而魔罗则发了狂,四处乱舞,将怒目金刚给拍得一阵憔悴。

过了半分钟,魔罗终于一声厉叫,又出现了一个娇媚的声音来:"你这秃驴,想让老娘死,哪有那么容易。"我的眉头一皱,这不是钟水月的声音吗?接着的几分钟里,钟水月、达图上师交替不断地说着话,最后的那一刻,两双眼球突然全部炸开,眼珠子里面的液体洒落一地。一声恐怖的嘶叫,响彻了整个山谷,四下的鸟儿飞起,纷纷逃向远方。

麻贵拍手笑了:"好好好,它终于勘破一切了。魔罗,欢迎回来!"

第五十四章　魔罗逃逸，暗室中的那一抹刀光

魔罗一身戾气，杀气腾腾。而麻贵和哈罗上师等人却并不惊慌，一步踏前，口中不断念诵咒文，有如胶状的血雾从地上翻涌而出，将魔罗周身缠绕，仿佛想把它给拉扯到地上去，与大地融为一体。然而那魔罗根本不为所动，只是用双手捂住那炸裂开来的眼睛部位，呜呜地哭泣着。

作了一阵法，哈罗上师终于抵受不住那种游绕不定的魔气侵袭，回头与麻贵以及旁边的王伦汗商量："此时的魔罗虽然纯粹，但是恶，太恶，除非是许先生在，不然不能够降服。倘若再拖延下去，只怕它蹿出大阵，到时整个基地都要遭它毒手。心急吃不了热豆腐，我们暂且将阵门封闭，让它在里面先行停歇蜕变，等到下一个月圆之夜，再想办法吧？"

王伦汗点头同意，这个地方是他立身之地，有任何变故，到后面受损最大的都是他；而麻贵也肯定了哈罗上师的说法。他师父不在身边，一颗心总悬在半空中，空荡荡的不得着落，还不如等许先生返回。

三人商定之后，哈罗后退至门口，准备趁那魔罗还被金刚萨埵逆魔阵困住，不得解脱，而且神识又还在混乱之际，将那道沉重的大门拉下，而麻贵则驱使着周遭的黑袍巫师，给囚困内里的法阵作加持。这时，一直沉默在旁的许鸣突然出声喊道："不对，不对，你们怎么忘记了，还在二楼房间待着的陆左呢？"

听他这般说起，我鼻子一酸，是啊，我还真的是属于那种无关紧要的人，到了最后，只有许鸣想到了本应该待在二楼房间的我，其他人早将我给忘在了后脑勺外。

听得许鸣提醒，麻贵掂量了一番颇为好使的震镜，浑不在意地说道："对哦，倒是忘了那个家伙还在里面了。不过无妨，我们之前为了防止不测，已经在他的床下放了好多给养，足够他活上一段时间，节约一点，一个月也熬得住的。如果他听了我的招呼待在里面，自然不会有什么危险的！"

这家伙拿着本应该属于我的震镜，便起了占据之心，巴不得我这个原主人早点挂球。但许鸣却大声辩驳道："这怎么可以，他被灌入了蚀骨草，浑身无力，一旦有个什么闪失，许先生所要的东西，不就没有了吗？"

麻贵有些不耐烦了，不屑地说道："我师父一身业技，惊若天人，哪里还需要再参考什么莫名其妙的玩意儿？他要陆左整理出那典籍，不过是为了博采众家之长，为以后作长远打算，而这些与魔罗相比，孰重孰轻，你自己应该知晓，何必在此纠缠不休？"

麻贵这句话的口气有些重了，但是许鸣却还是不依不饶，再次提道："可是许先生十分看好陆左，还曾经提起，如果陆左能够加入我们萨库朗，以他的实力和资质，一定是我们组织最得力的一员大将，甚至还可以成为许先生的继承人。"

"够了！我师父说过，他离开之后，这里由我和王司令全权决定。许鸣，你废话说得太多了，别以为你是佛爷堂出身的人，就可以在这里指手画脚。所有人，听我命令，合拢闸门！"麻贵没有再理会许鸣，而是直接下了命令。

瞧见那铁门缓缓下沉，被麻贵无情训斥的许鸣脸色一阵白一阵红，额头青筋直跳，一咬牙，头也不回地朝着山上走去。

事已至此，我也没有了再看热闹的心思，转身悄然离开。

突然，那缓缓下降的铁门处传来了一声凄厉的惨叫："求求你们，别把我关在这里，不要啊，啊……"我回过头去，瞧见铁门已经轰然落下。仔细回想一下，那声音似乎是郭佳宾的，难道这家伙还没有死？

是啦是啦，达图上师也说过了，经历了转世重生，魔罗也沾染了一些人性，郭佳宾即使再不待见它，那血脉上的共鸣，也使得它不会对其下手。再说了，萨库朗在许先生的计划下，白送了这么多囚犯给魔罗作为血食，有了这些，不到万不得已，郭佳宾是不会死的。

换位思考一下，要是我与那样阴森恐怖的魔物共处一室，还要时时担忧着自己的性命何时丧失，而且又几乎没有补给，这样的日子，还真的不如早些被吃掉，来得干净利落。

想想还真的是天理昭昭，报应不爽啊。郭佳宾本来可以安安稳稳地做他的仰光分公司经理，撑两年场子再调回香岛总公司，几多自在，结果受了钟水月那女人的勾引，抛妻弃业，如此一番折腾，落得如此下场，真是自作自受。

不过这人的下场此刻已经与我无关了。跟虎皮猫大人说道："肥虫子在哪儿，我们要先找到它！"

虎皮猫大人也舍不得它的小伙伴，四处回望了一下，然后抬头看向了山坡上，指着山顶那座竹楼说道："如果大人我谋算得没错的话，小肥肥应该是被镇压在那儿了。"它翅膀指着的方向，正是许先生暂居的碧翠竹楼处。

那儿倘若有许先生在，还真的是龙潭虎穴，但是现在，我还是有些胆量去闯一闯的。思考了三五秒钟后，我深吸了一口气，转身朝着山上跑去。因为之前下了命令，大部分普通的村民都紧闭着门窗不露面，这座准军事基地的山村中，人迹罕见，只有武装人员在房前屋后巡视着，不过这也方便了我。差不多10分钟，我摸到了竹楼前面的竹篱笆处，站定身形。

瞧着黑沉沉的小楼，蹲伏草丛的我心中略微有些慌乱，这许先生的居所，要不然就有高手看管，要不然就有机关布置，倘若一不小心，鲁莽一些，只怕我又要栽在这儿了。

来的路上，虎皮猫大人早就先去通知在外面接应的朵朵和小妖了，而我在这竹篱笆外等待了一两分钟后，突然听到西面很远的那小楼处，传来一声让人震撼的兽性嗥叫，几乎将这整个夜空都震得一片颤抖。

瞧见大批夜寐的飞鸟从林间惊起，然后扑棱着翅膀，飞向远方，我一愣神，一股阴寒之意从心底里冒出来。眯着眼睛瞧过去，但见一股血煞直冲云层，通向天际，将头上的满月都遮掩得一片血色，仿佛全天下都感受到这一份凝重，以及深深的恶意。接着，那边的平地处一片混乱，好多人在奔走逃离，各色光华升起，绚丽夺目。竹楼里也有了动静，门被推开，一对佝偻着腰的老年夫妇出现，往西边瞧了一眼，一声大喝，直起了腰杆，脚一蹬地，人居然飞向了空中四五米，两人宛若大雁，飞快地朝着西边奔去。

瞧见这阵势，我方才知道这萨库朗中，许先生旗下，卧虎藏龙之辈，何其多也。

我一身冷汗，还好刚才没有摸进去，要不然被撞到了，还不是给小鸡一般地逮住？这时我听到身后有拍打翅膀的声音传来，是虎皮猫大人。我指着西面问它："快看，那魔罗似乎冲破了那房子的镇压，逃出来了，这到底是怎么回事？"

虎皮猫大人一拍脑门，懊悔地说道："哎呀，刚才潜进去救你的时候，在那法阵间隙开了一个暗门，扭曲了空间，出来时太紧张，忘记补回去了。现在定是被那魔罗给发现了，跟着摸了出来。"接着催促我道："既然魔罗吸引了火力，你赶紧进去解救了小肥肥吧！"

我推开院门进去，三两步便到了台阶前，推门而入，里面是黑漆漆的长廊，通往不同的房间。我上回来到这里，只到过茶室，别的地方没有去过。闭目感应，根本没有一丝肥虫子的信息回馈。我扭头瞧向虎皮猫大人，这肥厮拍打着翅膀，径直朝着茶室那边飞去。我也不作犹豫，快步跟上，那吱呀吱呀的地板声在空寂的房间里响起。

然而就在我推开茶室的那一刻，暗室中闪出一道雪亮的刀光，朝着我的脸上洒落下来。

第五十五章　瞎眼老头，背后暗算

这一刀凶猛，裹挟着尖锐的破空声，朝着我的头颅斩来。此刻月光如水，山村之中又燃起了熊熊烈火，这些光亮透过竹楼缝隙，照射进来，全部被这凛冽刀光所集聚，化作一团光亮。霎时，我竟然有一种头颅飞起的错觉。

反应倘若延迟一秒，我必死无疑，然而这些年来我屡经生死练就的那股敏锐意识，拯救了我的性命。我下意识地一个铁板桥硬马，劈开这凌空一斩。还没有反应过来，又有一拨铺天盖地的攻势如潮袭来，刀风骤起，深得刀客要髓。此人出刀，潇洒至极，与之对比的，则是屁滚尿流、狼狈逃窜的我。几秒钟后，我们两个从走廊中已经追逐到了旁边的一个大厅处，慌乱之中，我随手从走廊墙上的挂饰处摸到了一把收藏的古剑，与此人对拼了两记，直感觉那刀锋刚劲猛烈，刀法刁钻毒辣，震得我双手酥麻，差一点那手中的剑，都要甩出去。

从长廊误入旁边小厅，风铃晃荡，透过朦胧的月色，我这才瞧见在我面前站着的，是一个穿着宽松练功服的老人。老人留着凶悍的短寸头，额头绑着白色绷带，鼻下一圈杂乱的胡须，脸上尽是发黑的老人斑，光着脚板，一双眼睛翻白，耳朵不住耸动，听风辨物。

瞧见他这副模样，我心想自己暴露得还真的不冤，原来这是个盲人，全凭着耳朵辨物。

瞎眼老头冲进了小厅之后，并未继续追击，而是将手中那把凌厉的长刀收回，抱刀而立，摆了一个造型，脸色严肃地呱唧出了一段话儿来。这话并不是缅语、泰语，有过一段时间诸如《求婚大作战》、《一公升眼泪》之类追日剧经历的我很快就反应过来，这人说的是日语。

他说得慷慨激昂，我听得一头雾水。不得不回过头来，求助空中的虎皮猫大人。大人是语言天才，直接捏着嗓子低声叫道："八格牙鲁，你的，说中文可不可以？"

"梭嘎……中国人？来吧，不管你是哪里人，我大野坂田刀下，从来不斩无名之鬼，报上你的名字，我会在你死后，为你唱一支安魂曲的！"这瞎眼老头儿倒是颇有古风，杀人还一定要互报姓名，以示尊敬。

听得这老头儿牛烘烘的话语，我倒是没有正面对抗的心思，当下便是满口地胡诌，自言名叫陈二蛋，是许鸣新带的跟班，奉他差遣，过来这边叫人去西边帮忙的。那魔罗您知道么，它出世了，正在这山村之中大肆屠杀呢。

听我这般说，那瞎眼老头皱着眉头，说："那些猪狗一般的村民，有什么资格劳动我去关注？黑白双煞既去了，又何必劳烦我？"

我也是顺着编下去，说："我只是一个跑腿报信的，既然您不肯出山，我自回去通报便是，告辞了！"这话说完，我抱拳敬礼，然后提心吊胆地绕道一旁，准备蒙混撤离。

然而没走两步，那瞎眼老头儿手中的长刀再次祭出，指向我的喉结，非常肯定地说道："你骗我！我的责任便是守护竹楼，除此之外，便是有天大的事情，也与我无关，这一点许鸣不可能不知道。你是那个被关起来的陆左吧，上次来的时候，我感应过你的气息！"

他，能感应到我的气息？

我扭头瞧向虎皮猫大人，埋怨地问道："什么情况啊，你这偷学崂山压箱底的离火隐身术，到底有没有用啊，一个瞎子都能认得我？"

虎皮猫大人不屑地辩解道："我早就提醒过你，这术法是有时间限制的，你没事站在旁边瞧个毛啊，打了半天酱油，将最珍贵的时间都给耗没了，现在倒是好意思怪起我来？"

我们两人吵架斗嘴，呱唧呱唧，忽略了旁边这持刀的瞎眼老头儿。或许是平日里得到了太多的尊敬，骤然被冷落，使得他怒意勃发，一步前冲，扬手便是一刀："嗬，迎风一刀斩！"此人刀技已臻巅峰，一刀砍出，立刻有劲风扑面，让人瞬间便感受到凛冽寒意。

我退了两步，避无可避，唯有将手中长剑竖直一挡。那股劲力如巨浪扑来，我体内蚀骨草刚消，受不得这力道，整个人都不由飞了起来，朝着不远处一张屏风倒去。哗！屏风应声而裂，瞎眼老头再次递出一刀，准备将我了结。随着这刀风而来的，还有他极为鄙夷的一句话："还道是什么厉害角色，不过小杂鱼一条而已！"

这不屑的辱骂声让我心头一阵火起，人弹起，挥手迎上去，铛铛铛，长剑与那寒刀对拼三记，相撞之处有火花闪耀而出。那人势头极猛，出刀的一瞬间，几乎能够调集全身各处的精气神，唰地一下挥出，刚猛而强硬，弄得我双手酥软发麻。

我此刻有些乏力了，然而怒火上了心头，一时间也能够勉强抵住，但被压得连连后退，很快便被逼至了墙角处。眼瞧着漫天的刀锋将我周身罩笼，我也是有些头疼，情绪在那愤怒和恐惧的边缘游走，突然心中一跳，先前在囚室之中悟得的那一缕旋转之气，从胸口浮现。

这一缕气息分为两种属性，一黑一白、一阴一阳，相互追逐，相互融合，相生又相克，而在这两者交锋的中间那一点，则有源源不断的劲力通融于我的全身，将我枯萎退化的肌肉和经脉给灌浇回春。这一缕气息的出现，仿佛严冬到了最后一刻，腊梅绽放，小草顶出了黑土，世间万物充满生机，所有的颓然之气在这一刻，消逝无踪影。

随着全身精气逐渐复苏，我感觉自己大约可以统御住这一股气力。旧力未消，新力又起,所有的毛孔在那一瞬间绽放,吸收着炁场之中繁复的回馈,耳灵而目敏,一种前所未有的自信涌上心头。瞧见这瞎眼老头攻势凌厉,我也起了怒火,一声大叫道:"好你个老鬼子,瞧你垂垂老朽,我让你几分,却没想到你竟是一个给点颜料就开染房的货色,如此紧紧相逼,真的是逼我下杀手了。"言罢,我将手中的长剑一抖,与瞎眼老头针尖对麦芒,对着劈砍起来。

气海之中那阴阳鱼不停旋绕,我此番卷土重来,力气成倍增长,剑势凶猛。而瞎眼老头儿这边,虽然力道在瞬间就被我扭转,然而刀技实在了得,身法利落,出刀精湛,却也不差几分。我一开始还只是气愤反击,然而战至后来,感觉那阴阳鱼存于小腹,而活跃于心头,源源不断的气力积蓄于身体各处,六识敏锐,竟然在这场交锋之中,逐渐占了上风。

这可是了不得的成就,须知此老虽然名不见经传,但是能够被许先生留在这竹楼坐镇,必然是极为心腹的宿老之辈,这样的人物,莫说是许鸣,便是麻贵、王伦汗、哈罗上师诸人,瞧见了也会低头拜见,喊一声前辈,而此刻却被我这般压迫,着实难得。

得了那困境之中,由三部典籍引路,将我体内之力中和而孕育生出的阴阳鱼气旋,我这边是越战越勇,感觉热汗蒸腾,酣畅淋漓。而那狂妄的瞎眼老头则脸色越加凝重,终于在一记对拼之中,他手中的日本剑砰然断裂,而我手中这件不知名的典藏长剑,也飞了一截。

瞎眼老头哇啦一叫,将断剑朝我这边射来,我将手中长剑一引,然后甩飞,却见那老头的身影已退出了大厅,走廊处听到他光脚丫子在竹板上飞奔的声音。

此番我悄然而来,自然不愿意暴露身份,去面对外面那些人山人海,于是冲出大厅,疾步追去。然而我还没有追出几步,瞎眼老头去而复返,一道金光扑面,那气势比之前更加凌厉,我举剑来挡,却发现我这把剑竟然给人像削木头一般,剑影掠过,便从中断开。我提着断剑疾退,却见这老家伙手上紧握着的,竟然就是我的鬼剑。

鬼剑表面覆有精金,乃天下间一等一的坚锐之物,再配合如风的速度和娴熟力道,确实有断人兵刃的实力。我心中狂骂咒骂,却也不得不避其锋锐,不断周旋。

鬼剑在手,瞎眼老头立刻又回复了大剑豪的气势,一时间整个人宛若一道龙卷风,将我给困得死死。时间一分一秒地过去,想到魔罗出世,萨库朗全力捕杀,而这边也必然不会平静太久,我的心中隐忧渐生。过了几十招后,我面色凝重,将小腹那股力量攀升至巅峰,转化为意志,与鬼剑相交呼应,接着避开攻势,单掌击出:"疾!"

瞎眼老头杀得顺爽,却不料鬼剑仿佛有了自身意识,凝身不前,被我单掌劈来,闪之不及,整个身子便往后面跌去。

我一招得手,正想踏前追击,却听这瞎眼老头"啊"的一声叫唤,胸口莫名多出了一截剑尖。

第五十六章　许鸣带路，阴阳镇压

是许鸣。

这小子不知道什么时候，避开我、瞎眼老头和虎皮猫大人的感应，出现在这黑暗中，趁着瞎眼老头气力消散的那一刻，一刀扎穿心脏，将这个来自日本的瞎眼老头儿，一击毙命。

杀完人，许鸣小心地将瞎眼老头儿扶到地上躺下，检查完尸体之后，将鬼剑抛给了我，激动地打着招呼道："嘿，陆左，你真的神了，居然神不知鬼不觉地逃了出来，而且还能在剑道上使大野阪田这武疯子落于下风。简直是帅呆了！你身上的蚀骨草是怎么解开的，还有，你是怎么逃出来的？"

相较于许鸣的热情洋溢，我则显得冷淡许多，也不言语，伸手接过抛来的鬼剑。这剑入得我手，一抖剑花，立刻兴奋地发出一阵长鸣，嗡嗡嗡地颤动声不绝于耳。我凝望剑尖十几秒，然后才抬头看向许鸣，沉声问道："你怎么来了？"

许鸣见我脸色严肃，戒心满满，顿时便有一种热脸贴在冷屁股上面的感觉，不过他倒也是个懂得隐忍的人，将双手摊开，跟我解释道："陆左，你或许会觉得我在萨库朗，必然跟麻贵这些家伙是一伙儿的，不过我想告诉你，不是！我跟麻贵闹翻了，而且这个时候，你也看到了，魔罗挣脱束缚，已经完全恢复了魔性，这个地方不可久留，我们完全没有必要在这里内讧。不管你是怎么想的，反正我是不想与你为敌的。"

许鸣一脸坦诚，一双真诚的眼睛盯着我，脸上写满了无害。然而我早已经过了轻易相信别人的年纪，许鸣此人向来行为诡异，而且背景复杂，不但与十二魔星中的秦伯有关系，而且还是佛爷堂的高级执事，更是能够在萨库朗中自由出入。如此的能力和际遇，我若贸然相信他的话，这些年还真是活到了狗肚子里面去了。

不过我也不会完全将他给拒之于门外，毕竟我在此地形单影只，而许鸣却还有可以利用之处。当下也不再作冷脸，只是问他道："既如此，你且说说我的金蚕蛊被放在哪里，有没有被许映智给随身带着？"

肥虫子倘若被许先生贴身藏好，那我还真的是给人随意拿捏，动弹不得了——这是我最害怕的事情。然而所幸没有，许鸣摇着头回答道："怎么可能？许先生修炼的是不老禅功，平日里最讲究养生和调养，轻易不会与毒类沾染，你的金蚕蛊应该被奉在二楼灵堂的神龛前，五瘟神像之下。你若想找到它，我可以带你去。"

听得许鸣如此积极，我心中虽然有些疑惑，不过更多的是对肥虫子的担忧，于是也不作犹豫，让他在前带路。

许鸣见我点头同意，他倒也不着急离开，而是蹲身下来，在死去的瞎眼老头练功服里面翻弄了一下，最后摸出一块青鎏蟠龙玉佩，和一道血纹令符来，贴身放好，这才站起身来，朝着里面走去。

　　我跟在后面，吱呀吱呀的地板声在寂静的竹楼里回荡，与远处那震天的哭嚎声相互映照着。许鸣对此处还算是熟悉，穿过两个走廊和小厅，来到一个角落，拾级而上，到了二楼大厅处，四周都挂着旗幡，上纹蜘蛛、蜈蚣、长蛇无数，另有各类珍品，诸如宝剑美玉、铜鼎香炉、珊瑚银碗、美瓷古籍之类纷繁，在地上、木架上以及台子前，错落其间，虽然没有灯光照耀，但一股宝气袭来，让人觉得那世间的富贵荣华，皆在此处。

　　瞧见这副场景，虎皮猫大人欢呼雀跃，四处窜溜，没几秒钟便大声叫道："哇，小毒物，这是你的遁世环！"

　　"这是你的天吴珠！"

　　"哇，黄大仙狼毫笔和凌破桃木钉这种东西，都给扔在了角落了！"

　　"这是般觉老和尚送你的唐卡！"

　　……

　　这一刻虎皮猫大人宛如肥虫子附身，找东西倒是一流好手，不断地将我那些随身家伙什儿都翻将出来，然后丢给我。

　　我接过来收着，自然是十分欢乐，然而目光却被堂中正西方向那神龛所死死吸引。神龛前香炉一樽，里面有极品檀香，散发出让人心旷神怡的气息，上面供奉着一尊黑鎏玉雕的神像，此神像共有五人，身披五色袍，各执一物：一人执勺子并罐子，一人执皮袋并剑，一人执扇，一人执锤，一人执火壶。此五人在天为五鬼，在地为五瘟：春瘟张元伯，夏瘟刘元达，秋瘟赵公明，冬瘟钟士贵，总管中瘟史文业，统管世间万毒，日夜朝拜可赐神力。这神像乃大家所为，材质更是名贵，隐隐有神力笼罩，勾连天地，让人望而生畏。

　　能够被奉在这厅中的，自然不是凡物，我也不敢多瞧，目光移到了神像之前那碧绿竹筒之上，心中不由得大喜，快步上前，大叫道："肥虫子！"

　　我冲上前去，许鸣在我身后焦急大叫道："陆左小心！"

　　话音未落，神像上执火壶者眼睛一亮，闪露红光，接着一团红云从火壶中激发出来，朝着我周身笼罩。说时迟那时快，我下意识地激发刚孕育发生的阴阳鱼气旋，一道蕴含肥虫子气息的劲道分布在我的全身。那些红云与我周身气劲一触即收，凝于我的身前。借着月色和大厅之中的宝光，我瞧见这哪里是红云，明明就是由成千上万只细小虫瘿而组成，密密麻麻地凝聚在一起，让人望而生畏。倘若不是肥虫子在我体内久矣，让我沾染到了它的气息，这些细小虫瘿必然会顺着我的五官，或者皮肤，直接钻入体内血管去。

　　许鸣紧跟过来，那块从瞎眼老头儿身上搜出来的青鎏蟠龙玉佩被他紧紧握在手上，然后缓慢地移动到了这片密密麻麻不断蠕动的虫瘿之前，在玉佩的逼迫之下，那片红云渐渐往后移动。许鸣口中突然念了一句含糊不清的咒语，它便缓缓收回了火壶之中去。

许鸣抹了一把额头的汗，小声说道："这神像可通神，你所有的动作最好小心一些。"

有了刚才的教训，我也有一些戒备，指着被供奉在神龛上面的碧绿竹筒说，我现在能不能把它拿下来？许鸣点头说："可以，不过这东西被许先生在此供养几日，说不定已被动了手脚，你一会儿解开封口的时候，务必小心。"

听得他的提醒，我心中也有些没底。先前肥虫子失控，是我体内蕴含着的洛十八出来，方才将其制服，此刻它倘若再次暴走，我也未必能够镇得住它。不过此时并没有可容我深思熟虑的时间，我一狠心，上前一步将那竹筒给拿下来，将封口处绘满符文的人皮给揭开一个口子。顿时，一道金光从里面飞出，朝着我的眉心射来。我瞪眼，见这肥虫子的模样狰狞，并无几分神志，那双黑豆子眼睛里面也充满了暴戾和乖张，全部是负面能量在作乱。

我早已有了准备，手结大金刚轮印，降三世明王心咒默诵，一印即法，言出即镖，全身的劲力在那阴阳鱼气旋的作用下汇聚于手，镇压住了这金光。这两相一较力，它身上黑暗的暴戾情绪如潮水退去，浑身一震，黑豆子眼睛里面又恢复了萌萌的单纯和顽皮。

瞧见它眼神这光芒，我心中欢喜得紧，知道我这新生的阴阳鱼气旋，恰好能够镇压住肥虫子易怒暴戾的性子，如此一来，我便没有后顾之忧了。

我伸出手，小肥虫降落在上面，轻轻舔了舔手心，痒痒的，继而身子消融，从我手掌伤口处沉浸入内去。虎皮猫大人本来还待跟小伙伴打个招呼，没想到这家伙跑得忒快，正想骂几句，突然听到竹楼外面一片喧闹，于是出声警告道："有人回来了！"

许鸣侧耳倾听，脸色难堪地说道："黑白双煞负伤了，局势有些不妙，赶紧逃离此处！"说罢，他朝着东边跑去，我跟在后面。瞧见他从二楼一排窗户处直接一跃而下，身手颇为了得。我自然不甘落后，也跟着跳到了后面的草地上。听到竹楼前面有脚步声传来，当下不敢停留，顺着后院的竹篱笆翻出，朝着山下摸去。

从山上下来的时候，我才发现这个世外桃源一般的毒枭基地，此刻已经变成人间地狱。到处都是四散奔逃的人们，有妇人，有小孩，也有成年男子，他们脸上仓皇无助，漫无目的，仿佛身后有恶鬼在追赶着；地上好多伏尸，血肉模糊，有的支离破碎。我知道这是魔罗四处作恶，大肆杀生。

瞧见这么多死去的人，许鸣的脸上也满是不忍之色，不过脚步却加快了许多。到了山下，我们冲进一片肥沃的罂粟地里时，不约而同地提出分开走。

我忍不住问道："许鸣，你为何帮我？"

许鸣犹豫地看了我一眼，转身隐入夜色中："韩月以前告诉我，要做一个好人。"

第五十七章　生日快乐，小妖朵朵

　　许鸣的实力比之在香岛的时候，实在是厉害了太多，而且透着一股子神秘感，行事之诡异，如羚羊挂角，让人完全就想不透这里面的缘由，也不知道他下一步准备干吗，我甚至连他的心思都猜不透——到底是想要逃跑，分道扬镳，还是去寻找许先生？

　　我和虎皮猫大人目送他离开之后，回过头来，瞧见那整个山村都陷入了一片腥风血雨之中，想起之前的钟水月和郭佳宾虽然贪婪无度，但总算是束缚这小魔头的一根锁链，然而此刻，它被设计，种种巧合，将钟水月活活生吃完毕，又经历过了达图上师和钟水月的夺舍磨砺，早就将心中那最原始的恶给激发出来，邪恶狡猾。

　　此刻的它，并不会与麻贵、王伦汗以及哈罗上师一干人作纠缠，而是采取游击战术，四处出击，神出鬼没，专门找那些弱小得不堪一击的普通人击杀，然后吞噬脑浆，将这血食转化为自己的能量，滚雪球一般地发展，最后成为让所有人恐惧的魔头。

　　这使得村里炸了锅，所有人都在逃命，也有的朝着我们这边跑来。我和虎皮猫大人也没有办法阻止这样的事情，毕竟自身难保，唯有先行离开再谈，于是往山谷外逃去。跑了好几分钟，前面草丛摇动，明眸皓齿的小妖和粉雕玉琢的朵朵出现在了我的面前。

　　瞧见我，朵朵眼圈一红，哭喊着投入我的怀里，说："呜呜，陆左哥哥，你没死啊。"

　　这笨蛋萝莉的话语让我一阵郁闷，口中直念叨，童言无忌，童言无忌啊！

　　小妖在旁边瞧见我被朵朵雷得外焦里嫩，不由得咯咯直笑，在旁边幸灾乐祸地说道："是啊是啊，真是遗憾。好人不长命，坏人活千年。你陆左哥哥就是这么一个大坏蛋，所以他怎么可能死掉呢？"

　　这小狐媚子嘴虽然硬得很，总是忍不住地嘲笑我，但是心里柔软，脸上还是止不住地露出了关心之情来，不住地打量我身上各处的伤势。瞧见她这副模样，我忍不住过去抱了抱她，轻声说道："小妖，那天多亏你带着朵朵离开，才使得我今天得到营救。是你救了我们所有人，谢谢你。"

　　瞧着我这真挚无比的眼神，这刁蛮的小辣椒顿时就有些难为情了，脸色红红，害羞地想推开我，似乎浑不在意地说道："好了好了，这点小事有必要这么郑重其事吗？朵朵是我妹妹，我肯定是要照顾她的啦。至于你，顺带救一下，你不要放在心上啦。对了,你没事抱我,是不是想吃小娘我的豆腐?"

瞧着小妖奋力地要推开我,我的胳膊也用上了力,将她和朵朵一起搂住,这些天来被囚困折磨得快要发疯的心情,终于有了一些明媚的解脱。盯着这小狐媚子美丽得如同星辰大海的双眸,我凝声说道:"小妖,生日快乐!"

这句简单的"生日快乐"仿佛是世界上最有用的魔法,直接就让扭捏挣扎的小妖停止下来,她坚毅倔强的脸上有了一丝柔软的神色,低下头,从我这个角度看过去,一缕头发垂落,将她精致的脸颊勾勒得格外妩媚。

沉默了几秒钟,她点了点头,用罕有的温柔语气答道:"谢谢。"

小妖异常的反应让旁边的虎皮猫大人嘎嘎大笑,说:"嘿哟,害羞了,害羞了,我们的女王大人害羞了。那我也说一句:生日快乐。"朵朵也抱着小妖洁白如玉的脖子,亲了亲她微红发烫的脸颊,开心地说道:"陆左哥哥好讨厌啊,这话本来应该是朵朵第一个说的呢。小妖姐姐,生日快乐呀!"

大家纷纷送上祝福,便是刚刚融入我身体里面的肥虫子也出来凑趣,亲了亲小妖脸颊。热闹的起哄声让小妖恢复了先前的小娘子脾气,将我一把推开,伸出白如皓玉的小手,颐指气使地念叨道:"礼物、礼物、礼物,说好给我的礼物呢?"

瞧见这小狐媚子一百八十度大转变,回复成了满身是刺的小辣椒,我不由得苦笑,摸了摸穿在身上的因衣,除了虎皮猫大人先前给我找出来的一应家伙什儿,我还真没有什么东西可以送的。而就在我即将要被小妖给生吞了的这一刻,虎皮猫大人变成了我的救命及时雨,翅膀摸了摸尾股,弄出一颗硕大的蓝宝石来,递到了小妖的手掌之上。

"这个是刚才我们在许先生的藏宝库里面发现的,小毒物说特别合你小妖孤傲冷艳的气质,所以就让我给带着了,作为你的生日礼物!"虎皮猫大人如是说。

肥母鸡的这一番话儿,果真是让我泪流满面啊。什么叫做兄弟?这就叫做兄弟!这肥厮刚才在二楼挑挑拣拣,没想到居然还弄了这么一个东西出来,更加重要的事情是,它居然说是我叫准备的!

小妖拿着偌大蓝宝石,欣喜非常,翻来覆去地瞧了一会儿,惊喜地说道:"哎呀,这个东西不光是首饰,而且还有一股冰冰凉凉的气息在里面游动,仿佛蕴含着一整个森林的绿意在里面,这样的力量,并不比麒麟胎差几分,到底是怎么回事啊?"

虎皮猫大人也闹不明白,不过它也是极有眼光的家伙,二楼诸物品,它偏偏拿了这一个,自然是瞧着最为珍贵的。不过现在危险并没有解除,它没有解释,催促道:"先不说这些,魔罗横行,我们赶紧离开,小心被殃及了!"

它这般提醒,我们才从久别重逢的喜悦中醒过神来。危机犹在,此时的魔罗气势正盛,但它自有萨库朗的一干人等去应付。我们还是先折回寨黎苗村,找到蛊丽妹再作打算。

主意打定,我们出发,在大片的罂粟田里面走了好一会儿,才从山谷旁的小树林处退出。走到山腰处的时候，我回过头，满月之下，瞧见麻贵一行人朝着南方匆匆离去，在人群中我似乎看到了崔晓萱的身影，昏迷过去的她被一个男人给扛在肩上，飞快远去。

瞧见这情景，我的心中不由得一阵纠结，难道他们这么多人，竟然还挡不住一个魔罗？我要不要去救崔晓萱？还有，我的震镜可还在麻贵的怀里面呢！震镜，那可是我挫败过多少大拿的阴人神器，就这样让麻贵给据为己有了，我的心中实在不甘啊！想起他之前使用震镜的时候，人妻镜灵的那声声哀鸣，我就有一种自己女人给欺负了的感觉，心中充满怒意。

这念头在我的心中刚刚一闪过，回头瞧见两个可爱的朵朵，我又犹豫了。危急时刻，还是稳妥一些好，要为了震镜而搭上了小妖和朵朵，以及我自己的性命，那还真的是有些划不来。这般犹豫之下，那群人早已走远。回望王伦汗的老巢，那儿燃起了熊熊烈火，将大半个夜空照得透亮，在这样诡异的亮光中，我瞧见了一股血气，直冲云霄。

魔罗出世了，这个世界上，还有如同乔达摩悉达多这般伟大的人物，来降服它吗？

我带着两个宝贝离开，牵着她们的手，想起朵朵刚才流下着急的眼泪，和小妖另类的关怀，我便感觉到了这个世界上还有一些温暖，总是需要我用一生来守候，轻易地让自己处于险地，实在是一件太不负责任的事情。

我当时前来此处，是被敲晕了掳来的，自然是不辨方向，但是小妖却是万能导航，故而便由她来带路。我们一路南行，越过了好多深山林子，也途经过好几个山中小村庄。这些村子的周边都是罂粟田，显然还是在王伦汗的势力范围。魔罗出世的消息应该还没有传到这里来，我瞧见村口有武装人员在持枪巡哨，也不敢进，直接越过。

如此行了差不多两个小时，小妖的脚步突然停止了，站定在一片树林前，侧耳倾听，过了一会儿，她神情凝重地说道："呃，我迷路了。"

啊？我们所有人都惊诧万分，与山林天然亲近的这小妖，绝对不会出现这种状况的，今天是怎么了？

小妖也感觉十分郁闷，指着周遭的山林说道："刚才想抄一下近路，结果进到这里来，发现这边的地形复杂，似乎被什么人给布置过了一样。"

她还待解释，虎皮猫大人从天空降落下来，示警道："有人来了，小心！"

第五十八章　猴子偷剑，丢脸追踪

说句不好听的话，此时的我们还真的有点儿惊弓之鸟的意思，听到虎皮猫大人的警告，立刻躲入草丛之中，将遁世环给开启，气息也收敛起来，蹲伏着，瞧着来人到底是谁。

那人来的速度很快，不一会儿，丛林中便跃出一头颇为庞大的黑影，草丛中有腥风刮来，接着又是一声低低的咆哮。借着月光，我瞧见这黑影是一头巨大的野兽，上面还坐着一个人，身形矫健。瞧着这场景，我感觉有一些熟悉，待那人近了一些，我的眼睛不由瞪得硕大。这、这个骑在老虎背上的女人，可不就是当日单身一人前往寨黎苗村，然后被我一招生擒的黑央族御兽女央仓吗？这个身材健美的小黑妞，不是在被我擒获之后，一直都待在寨黎苗村，给熊明看管起来么，怎么会出现在这里？我心中充满疑问，不过这个时候也不敢出声，只是静静地瞧着她，更不敢流露出敌意，只把自己当作一棵树、一株草，或者别的什么，不让她察觉到这草丛之中，还蹲着这么一大家子。

央仓骑着座下变异的孟加拉虎，在我们刚才待着的地方停下来。那头被二毛完虐的畜生鼻头灵敏，在地上嗅来嗅去，不时打一个喷嚏，脑袋朝着我们这边望了一下，然后又扬起了头。我皱着眉头在草丛中看，这时从树林处突然跳下了一个黑衣男人来，跟这小黑妞儿招呼了一声。这个黑衣男人却是那天我们在龙血树林旁边，王伦汗的军营里遇到的那个使刀的黑央族青年。刚才我们并没有感应到，他应该也是刚刚赶到，不过这人轻身的手段倒是十分厉害，便是我，也不能够在那树上窜来窜去。这种人猿泰山的行为，除了那种从小在山林里面长大的妖孽，还真的少有。

这两人说的话，我自然是听不懂的，扭过头来瞧小妖。这小狐媚子手上攥着虎皮猫大人刚才给的蓝宝石，脸上笑盈盈，见我求助，她侧耳听了一会儿，指了指那两人，也不说话。我明白小妖的意思，这两人都是黑央族的佼佼者，耳力灵敏，倘若我们这边有什么动静，他们自然就会感觉到。虽然我们并不怕这两个家伙，也有信心将他们擒获，但危急时刻，多一事不如少一事，我们还是谨慎一些好。

好在他们也没有久留，草草说了一会儿话，然后朝着不同的方向离去。待两人远离，小妖告诉我，这处密林是黑央族的聚集地，我们到了他们的村子外围了。我奇怪，说那个骑着孟加拉虎的黑妞儿不是给关在寨黎苗村么，怎么会出现在这里？朵朵愣住神，说："陆左哥哥你不知道吗？蛊丽花婆婆说那个央仓姐姐是个好人，那次是为了避免村庄遭屠戮，所以才过去的，她是黑央族里面少数一些亲近苗人的，所以过两天就把她给放了。"我摇了摇头,表示不知道这件事情,可能是我被肥虫子弄昏迷的那几天发生的事情吧。

不过放了央仓,我也能够理解,寨黎苗村和黑央族虽然彼此形同陌路,互不交往,但因为都是玩弄神秘之术的传承之族,又同处一地,彼此之间应该还是有一些了解的。王伦汗是外来户,但是黑央族的老人想来应是听过蛊丽妹的大名,央仓也能知晓,所以私底下未必不会有一些交情在。

不过这些东西我也不想了解,说:"小妖,你之所以迷了路,应该就是黑央族在此处做了布置,将你的感应弄得乱糟糟。不过我们急于返回寨黎苗村,而且就目前形势,黑央族是敌非友,我们还是离开吧?"

小妖点头说:"好,我们这就离开,没事,放心吧,我瞧着天上的星星呢,它在给我们指引方向。"

正欲离开,忽然从左边的密林处传来了一阵咕叽咕叽的怪声,我皱着眉头瞧过去,黑暗中突然蹿出了一大群瘦弱的黑影子来,在树上、地上以及草丛中,密密麻麻的,足有上百个。这些东西越来越近,居然是一群棕毛猴子。这些小家伙獐头鼠目,瘦骨嶙峋,脏兮兮的,大的三四十公分,小的只有一二十公分,吱吱地叫唤着,似乎后面有什么东西在追赶着它们。

瞧见这些小东西仓皇地从丛林中往我们这边逃来,我们几个对视一眼,不由得感到浑身发冷。先前魔罗从房子里逃出来的时候,所有在山林中沉睡的鸟类都飞了起来,朝着远方没命逃去,而此刻这些猴子的异状,莫非也是感受到了魔罗的气息?倘若如此,那魔物不会是朝着我们这边飞过来了吧?

想到这个情况,我们不再停留,朝着斜侧面跑开。我心思沉重地跑了几步,脑子里乱乱的,那些猴子惊慌失措地从我身边越过,这些可怜的小东西吱吱乱叫,我也不作理会,朝着旁边跑去。冲出几步,突然我感到背上一轻,身后朵朵在大声叫唤:"小猴子,你干吗?"

我回过头,见朵朵朝着树上冲过去,似乎在追什么东西,下意识的,我伸手往身后一摸——我的鬼剑居然被那奔走的猴子给摸走了。

这、这……这什么个情况,这也太丢脸了吧?

刹那间我感到一股怒火在心头升起来。这些猴儿瞧着瘦瘦小小,一副皮包骨头的可怜模样,我也不理会它们,甚至都不提防,没想到这些猴子们,根本就没有一点儿顾忌,瞧见了我背上的鬼剑好玩儿,伸手就摸了过去,然后朝着树林逃窜。

朵朵钻进了树林,而小妖也是一个不肯吃亏的性子,自然是奋起直追,我满肚子的火,正想冲过去,突然发现周遭有些不对劲,那些本来还在亡命奔逃的猴子突然都停住了身子,扭头瞧向了我,眼中充满恶意。

我还没有反应过来,四五头身体强壮的公猴子已经朝着我的身上扑来,爪上指甲尖锐,声音也怪异,仿佛中了邪。

我这个人呢，心善，平日里不会杀生，便是去菜市场，也从来不买当场宰杀的鸡鸭，像这些仓皇逃窜的猴子我只是感觉到可怜，也无防范；然而一旦被惹恼了，我却又会变成了另外一副模样，咬着牙，可不管你是什么原因，你只要敢伤害我，我便先把你弄趴下，是人我会留你一条性命，然而这中邪的猴子，我可不管它可爱不可爱，直接就挥手拍去，毫不留情。

我下了狠心，那些发狂的猴子顿时就被我拳打脚踢，没有一个近得了身，要么摔在树上，一命呜呼，要么跌落草丛，再无踪影。瞧见我如此凶悍，那些家伙也有些怯了，攻势稍缓。我朝着朵朵离去的方向气急败坏地追去，虎皮猫大人在旁边哈哈地笑，嘲讽道："瞧瞧你，还真的可怜，连猴子都能欺负你！"

虎皮猫大人的话让我更加郁闷，只当不知，快步追了上百米，听见朵朵一声叫唤。我快速冲到前面，发现黑暗中前方竟然是一处深不见底的山崖，崖边怪石嶙峋，老藤垂落十数支。我的力量也是到了收放自如的境界，在即将踏空的那一刻停下了脚步，心中不由得一阵后怕。我若是不知收敛，说不定就跌落崖底去了。这可恶的猴子，我说不定就要被它们给害死。

我见到了悬空的朵朵，问，剑呢？小丫头指着山崖之下，说，那调皮的小家伙跳下去了，我们要不要下去？我的脸都黑了，这家伙可不是调皮那么简单，能够有胆子下手夺剑，然后又有这么多猴子不要命地阻拦，这里面倘若没有蹊跷，我还真的是有些不信了。

小妖这个时候也气哼哼地冲了过来，说，那些猴子着魔了，拦着不让走，害得小娘跟丢了剑。陆左，要不要把剑追回来？

我瞧了一眼山崖下面，深邃的山谷底似乎还有一些昏暗的光，想来是有人住着的，而这附近既然是黑央族的地盘，说不定这个地方就是黑央族的所在地。我想了一下，点头，说，好，下去。

说实话，鬼剑倘若真的给弄丢了，我的脸面都没有了。

第五十九章 崖底山谷,还我剑来

偷剑的那个猴子顺着山藤往下攀爬,并没有走多远。小妖自告奋勇,身子在空中一晃悠,连我的嘱咐声都没有听完,人便往下沉去。我怕山谷下面有什么厉害的角色,也不敢再作停留,让朵朵帮我照亮,也顺着这粗砺盘结的藤条往下摸。至于虎皮猫大人,这厮惯来喜欢独来独往,振翅一飞,说它去瞅瞅小妖,别让这狐媚子给人装到碗里去了。

说实话,在这样的夜色里,从悬崖上面攀爬而下,还是蛮危险的。普通人这般做,即使是在保险绳和登山道具的保护下,也是妥妥送死的节奏;即使是我,也是心中忐忑。不过这人一旦被怒火烧了心头,就不会有太多的顾虑。想着自己被那毛猴子给耍了一遭,我心中就有说不出来的憋屈,于是在朵朵的陪同下,借着这样美好的月色,缓慢摸下去。

我顺着山藤往下走,那藤条倒是蛮粗,而且一根接一根。这样往下攀爬,只要臂力足够,对于我来说其实倒不算是一件很难的事情。当然,我之所以敢下来,也是凭恃着自己一身的本事,以及刚开始炼就出来的阴阳鱼气旋。当我能够很好地掌控自己身上的力量时,那种油然而生的自信,让我有勇气面对任何艰难险阻,哪怕前面是刀山或者火海,也不过是哂然一笑而已。

如此攀爬,到了半山腰的位置,悲剧终于出现了,那从崖边一直垂落的粗藤,居然到此为止了!这事情让我几多郁闷,左右寻摸,只有四五米远的地方有一块坡型岩石,从那儿往内走十几米,才会再次出现大片墨绿色的玛瑙藤。

不过好在有朵朵,瞧见我这边没有路了,她便在后面推我,几下晃荡,通过荡秋千的方式,我身子一缩,翻腾一下,终于落在了那块突出的坡型石上面。

然而我这脚步都还没有站定,身形还没有平衡,突然一道黑影朝着我的手臂射来。这黑影呈长条形,烙铁头,全身碧绿,眼睛却似红宝石一般晶莹剔透,在月光之下,闪耀着诡异的光芒,是一条罕见的缅甸竹叶青。这东西或许是在对面就瞧见了我,早已蓄势待发,我一荡过来,它便弹射出来,嘴张得几乎180度,手掌般长。我不敢让它咬中,手一翻,直接将这蛇的三寸捏中。

这蛇的三寸,是它的脊椎骨上最脆弱、最容易打断的地方,我这手一捏,按道理它应该就挣扎不得,然而这玩意儿却违反常规,转头过来,再次张嘴咬。不过到了这个时候,已经轮不到我出手了,循味而出的肥虫子一口咬住了这碧绿之蛇的蛇唇,接着让人震撼的一幕出现了:那一米多长的绿色,几乎在一瞬间,通体变成了纸张燃烧之后的那种死一样的苍白。

在肥虫子钻入这蛇尸之中吞噬的时候,我已经开始了下一步的攀爬。接下来的旅程倒是十分顺利,十多分钟之后,我的双脚踩在了山谷肥沃的泥土上面。这个山谷面积十分大,几乎是一个小平原,四处都长着药草之类的植株,空气中有淡淡的药香味儿,中间还有几个起伏的山包。那中间的区域,有一些颇有当地特色的茅草屋,里面有昏黄的灯光,十分黯淡,从上面看根本就瞧不出来。

当然,除了药圃之外,这山谷中还有许多参天大树,在几个山包子的中间,我甚至还看到了高有四五十米的望天树,让人心中震撼。我所在的这悬崖旁边,有好多怪异的岩石,古里古怪,内中有好多空洞。那空洞深邃曲折,隔四五米就有好些个,阴气森森。风呼呼地吹来,发出了呜呜的声音,如鬼泣一般,让人心中发毛。

我几步跳下岩石,旁边是一片竹林子,并没有瞧见小妖的身影,至于虎皮猫大人,那更是不知踪影。我四处张望了一会儿,发现从东边走来了一队人,赶忙往竹林躲去。瞧见那些人走近了,是一列巡逻,这些人除了黑一点外,模样和缅北山林里面的山民并没有什么差异,唯有那额头,用特殊的颜料,涂出了很多白色的星星,在夜里面闪闪发亮,十分好辨识。我瞧着这些手上提弓捉刀的巡逻队,心想在热兵器时代,若是打夜袭战,这些额头有星星的家伙,倒是一等一的好靶子,根本不用什么好枪手。

这些人想来都是神秘的黑央族的族人,瞧着那动作,倒是个个身手矫健,必然也是在山上漫山遍野撵野物练就的身体,瞧着虽然也有厉害角色,不过能够与之前我们遇到的御兽女央仓和那个黑衣青年比肩的,却没有。世上并不会有那么多天才人物,黑央族年轻一代能够出现两位如央仓这般厉害的角色,也算是兴旺了。

我蹲在竹林里,瞧着那些人的背影消失在我的视线之外,刚要站起来,结果肩头被人拍一下,原来是小妖这妮子不知道什么时候出现在了我的身后,嘻嘻地朝着我笑。我压低声音,问:"怎么样,瞧见鬼剑落到哪儿去了没有?"

小妖指着不远处一栋独立的茅草屋,说:"就在那儿,那死猴子抱着鬼剑,直奔那儿去了。我刚要进去拿剑,有个老头儿咋呼了一声,我感觉我去的话,动静可能偏大,旁边又有巡逻队在,所以就先折回来找你了。"

我点了点头,说:"那便是了,还真的有人指使那猴群过来。不过夺我鬼剑,是什么意思?"

小妖耸了耸肩膀,说:"谁知道,说不定是别人感觉你这鬼剑实在是太过骚包了,起了拿过来袭玩一番的心思了呢?"我点了点头,顺着竹林前的小道往前走,一路开启遁世环,压低身形,很快便来到了那偏居一隅的小茅屋外面。

这种小茅屋跟当初错木克村的几乎一样,东南亚雨林里面潮湿多雨,房子多是离地半米而建,周边的墙壁是木板,做工并不算好,有的地方足有小拇指般粗的间隙。

我悄无声息地靠近,然后找了一个透光的间隙,贴脸瞧去,看见一个又枯又瘦、满脸黄斑的老头儿，正坐在地板上。油灯如豆，将房间里照得一片昏暗。里面一片杂乱，到处都是散落的药罐和制药的原始器具，角落有一个小孩一般大的毛猴，这小家伙正在啃着手上的什么东西，欢畅得很。至于我的鬼剑，则正被那黄斑老头儿捧在手上，仔细瞧看着。

那黄斑老头儿脸上除了黄色老人斑，还有白色的古怪花纹，这些花纹末端，则是额头上的星星，我数了一数，这星星足足有五颗，这个倒是很少见。他用抚摸美人儿一般的态度，仔细地摩挲着鬼剑那镀着精金的剑身，嘴中喃喃自语，眼神里充满了兴奋。随着他的摩挲，我瞧见鬼剑之上，有淡淡的黑雾渗出，在空中形成了一头茂盛的老槐树形状来。我阴着脸瞧，心中十分不爽，知道这老家伙应该是想抹去我在鬼剑之上留下的印记。

这时去周遭查探地形和人员的小妖返回来了，在我的旁边打了一个手势，表示万事皆无，我心中一紧，收敛气息来到了门口，暗自默数"三、二、一"，然后伸手敲了敲门。

我这边敲门，里面立刻传来一声愤怒的问候，我不解其意，不过也能够大概明白意思，无外乎是责骂以及询问的意思，于是闭口不言。接着我听到几下起落，是那小猴子被支使过来开门。当门被拉开的那一刹那，我一脚蹬开，朝着堂中的那个黄斑老头儿冲过去："还我剑来！"

第六十章　五星长老，剑劈僵尸

我足尖点地，越过开门的小猴子，右手化作龙爪，朝着屋中的那个黄斑老头儿抓去。

我这一招志在取剑，胜在突然，想要利用我对鬼剑的亲近力争取一点儿缓冲时间，快速解决战斗。然而当我即将得手之际，被我用意念控制得牢固的鬼剑却突然失去了与我之间的联系，然后剑尖反转，飞快地朝着我的脖子划来。

瞧他拿剑的这姿势，看得出这老头儿并不是什么用剑的高手，然而他的这一剑却是浑然天成，无论是力道、角度还是意念，都有让人眼前一亮之处。

一事通，百事通，这个老头儿也是个老辣的家伙，在我避开这一击之后，他手中的剑便化作了万千光芒，朝着我的周身笼罩而来。鬼剑的锋利，我是深有体会的，当时双手空空，也不敢硬掠其锋，只是在房中腾挪周旋，不与其作正面交锋。

战了几个回合，我瞧见小妖恼恨那猴子，满地乱追；而朵朵则在门口那儿，帮我们封堵退路，并且望风。这里可是黑央族的老巢，底蕴深厚，各路高手都在，我也不敢多留，随手捞起一方齐膝高的桌子，上面的瓶瓶罐罐被我甩飞出去，然后抓住其中的一腿，将这桌面当作盾牌，反扑了回去。

那黄斑老头儿拿着并不安分的鬼剑，剑出如电，虽然并不得章法，但是极具威胁性，削、砍、劈、刺，竟然将我当作盾牌的这方桌子给削得漏洞处处。

不过我这边心惊，那黄斑老头何尝不慌乱，面对着我这突然冲进屋子里面与他混战的家伙，黄斑老头儿口中朝着我大声吵嚷着，尝试与我沟通，然而他这语言虽然有些类似古苗话，奈何我只听懂几句。想着别闹出太大动静，到时候不好撤离，于是我手上的攻势又加快了几分，然后嘴中忍不住骂道："老贼，偷了我的剑，还不赶快还给我？"

之前我的那句"还我剑来"，说得太急，这老头儿或许是没有听清，但是后面这一句，他倒是听了个清楚明白，当下一惊，用口音古怪的中文说道："啊，中国人？"

我更加恼怒，举起桌子朝他砸去，口中嚷嚷道："哎呀，还会说汉话，那就把剑还给我吧，要不然，我让你死得眼泪直流！"我欺身上前，正想把桌子挡住他的攻击，然后取剑，却听到背后一阵风声响起，回过头去，竟然是那头偷剑的猴子袭来。

这家伙并没有刚才开门之时的那副毛茸茸模样，跟小妖追逐一番之后，此刻的它完全就变了模样，浑身毛皮不知道怎么回事全部脱落了，露出了红彤彤的癞皮，表面渗着体液，掺和着血浆，黏黏糊糊的；一双眼睛仿佛燃烧的煤炭，里面透着一股异火，仿佛碰到什么，就要将什么给烧燃了一般。瞧见这猴子的骇人模样，我便知道这小畜生应该并不简单，想来跟御兽女央仓座下的孟加拉虎一样，都经过特殊手法处理，早已变异。

这变异猴子来如电，朝着我的脑袋抓来。我并不怕这畜生，只是感觉倘若沾染上一些黏液，恐怕腐蚀，于是后退一步，将桌子反过来挡了一记。咚！那桌子发出了让人牙酸的碎裂声，我感觉仿佛有一颗沉重的铅球被抛射出来，正好撞在了这桌面上，震得我双手发麻。还没有等我反应过来，手里的桌子便碎裂成了好几块，而那猴子居然凭借着硬如石头的脑袋，直接撞破出一个窟窿来，伸手抓我。

不过它的凶残进攻也到此为止了，当它想再次探爪过来抓我的时候，后脚被一双洁白如玉的小手给抓住，使劲儿一抽，整个身体就往着后面甩去。小妖追了这灵活得不像话的小猴子半天，这回终于抓住了它，当下一阵蹂躏，将这可恶的畜生往那房柱上一通猛砸，咚咚咚，跟打地桩差不多。

这猴子有人处理，我回过头来，正想再次夺回鬼剑，却见那黄斑老头儿右手往着身后的柜子门摸索，正当我再次踏步上前的时候，他挥手一甩，立刻有好几道黑影子射来。我手中的方桌被那魔猴儿坚硬的头颅捣碎，不过手上还有一条桌子腿，一点儿也不作犹豫，挥手去挡。没承想这几道黑色长影是一条条活的毒蛇，我手上这又粗又短的桌子腿一挡住，立刻一个大甩头，朝着我的手腕咬来。

瞧见这毒蛇，我心中的疑惑稍解，我说平日里那些毒蛇闻到肥虫子些许气息便退避三舍，怎么在悬崖峭壁上，会有毒蛇突然出现袭击于我呢，原来这里的蛇都是被人驱使的，无法无天，不畏生死。

对于蛇这种阴森冰冷的冷血动物，我从小就很怕，便是那种无害的蜥蜴四脚蛇，都躲得远远，不过到了后来，我才发现一个道理，那就是：心中无畏，很多可怕的东西其实并没有我们想象的那么强大。这种外表丑陋阴冷的爬虫，一个三寸，即是脊椎最脆弱之处，一个七寸，便是心脏位置，这两个地方一旦攻击得力，再凶悍也难逃一死。伸手抓住这蛇三寸，我放劲一捏，骨头碎裂，接着将这蛇提拎着一抖，整个骨骼哗啦一阵响，软绵绵地掉落地上，不再存活。

黄斑老头儿的蛇镖又多又快，我接了几条，便顾及不得，正郁闷间，肥虫子拍马赶到。有了这小东西在，让人头疼的蛇镖就变成了一场另类的盛宴。肥虫子如闪电般在那些嘴巴张得巨大的长蛇脑子里飞蹿，一会儿这里吃吃脑浆，一会儿那边啃啃毒囊，好不惬意。

肥虫子的出现，让这场激烈的战斗变成了闹剧，黄斑老头儿瞧见这一道金光在空中来回飞蹿，手中的蛇镖全部落雨一般跌落，要么软绵绵地不作动弹，要么浑身抽搐，尾巴和脑袋绞成一团，心中不由得也慌乱了，一边后退，一边大声质问："你到底是什么人，想干吗？"

左小妖，右肥虫，我一副泰山压顶的高人气势，冷笑着靠近道："我是谁？我就是一个路过的酱油党，本来想着好好赶路的，结果被你这死猴子偷了我的剑。我想要的，也不过是把我的剑，拿回来而已！"

那老头儿脸上阴晴不定，看了看我，又瞧了瞧手中这把锋利沉静的鬼剑，眼中流露出十分不舍的神色，不过在沉默了几秒钟之后，他最终还是妥协了："好的，给你吧！"他将鬼剑反转过来，剑尖对准自己，剑柄则朝我伸过来。

我心中有些犹豫，此人一看就不是什么易与之辈，要不然也不会支使猴子来盗剑，平白无故地生出这么多事端了，却没想到他居然就这么快妥协了。不过我还是小心翼翼地伸手去接。

我的担心并不是没有道理，当我的手离那鬼剑剑柄还有一拳之远的时候，那个嘴皮一直在蠕动的黄斑老头儿脸上突然露出了一丝诡异的笑容，抽身往后面离开，然后往自身后那几扇连排的古旧柜子一拍，那几扇柜门突然往外面开启，轰，一股浓重腐烂的尸气便从里面喷薄而出，朝着我当头熏来。

其实我这边也早有计划，待那黄斑老头后退的那一刹那，将那癞皮毛猴子收拾妥当的小妖从侧面突出，一脚蹬在了黄斑老头儿的后腰处，这一脚虽然被那老头随手挡了，然而身子却是一晃，抓剑的手就不怎么用得上力，而就在这一刻，蓄谋已久的我口中一声真言喊出："洽！"此言说完，我双手捏就剑诀，朝着鬼剑一指。

那鬼剑自出世以来，除了杂毛小道之外，就一直在我的身边，和我心思牵连，当下终于冲破了黄斑老头儿的束缚，"嗡"的一声响，浑身震动，传递出如电一般的力道，那老头儿手一松，它便朝着我这边射来。鬼剑一入手，便如亲人重逢，好不雀跃。

我抖落两朵剑花，抬起头来，却见从那齐房顶高的柜子里扑出了三头僵尸，脸型僵固，表面油光，有红色的毛发，又粗又长，宛若老家挂在灶台上面发霉的腊肉。这些家伙一跳出来，张开口，发出一股让人直欲昏厥的浓郁尸气，接着朝着我扑来。

这些僵尸看着是有些年头，而且好像还有最基本的神识，不是简单角色。然而我一剑在手，顿时气魄凛然，朗声一笑道："让你看看鬼剑是怎么用的！"话儿一说完，我气海中的阴阳鱼气旋一动，恶魔巫手激发，气贯于剑，鬼剑陡然长了一倍，左一剑、右一剑，凌空一剑，由上至下，我总共出了三剑，结果是这三头僵尸要么腰斩，要么对半裂开，气息收敛，恶魄入得剑身，再不复鬼物模样。

此刻，眼珠子都要瞪出来的老头儿捂着肚子跪倒在地，喉咙里发出极度痛苦的嘶喊。我指着这个家伙，得意地笑道："跟你说了，我只是想拿回我的剑，但是你要卖骚，我就不能忍了！"我蹲下身来，正想与他细说，这时门口望风的朵朵突然出声说道："陆左哥哥，有人朝这边过来了！"

第六十一章　黑央先祖，半路被伏

有人朝这边过来了？

听到朵朵的警告，我不由得眉头皱起，对付一个性子孤僻、离群索居的老头，我倒还有些自信，然而倘若要从这黑央族腹地老巢一路杀出去，我想便是许先生亲至，估计也不会有这般的豪气吧？

不过我并没有慌乱，而是问朵朵："来了多少人，手上都是什么武器？"

朵朵关上门，凑在门缝上凝望了一下，回答说来了两个人，双手空空，只带了照明的灯烛。

听到这话儿，我不由得松了一口气，这两人应该不是听到动静出来探消息的，而是有什么事情过来禀报吧？时间还有一点儿，我将鬼剑的气息收敛，然后揪住黄斑老头儿的衣服领子，恶狠狠地说道："你若是敢将我给暴露出来，信不信我让你死得没有一块好肉，受那万虫吞噬的痛苦？"

黄斑老头儿捂着肚子，一脸黄豆大的汗珠子，嘴唇哆嗦，勉强地说着话，求饶道："这位小哥，有事好商量。我不过是喜爱你这把神剑，起了那贪婪之心，现在后悔得肠子都青了，你可千万别伤了老头子我的性命啊！"

我点头说："那你好好说，别让我听到什么乱七八糟的东西，只要一句不对，你自己会知道后果的。"我说完这话，肥虫子倒也配合，在他肚子里面翻江倒海一番，痛得这黄斑老头儿眼珠子都差点儿掉下来，不由得发出撕裂声带的喊叫，好在我早有防备，一把捂住了他的嘴巴，这才没有露出破绽。

外面两人已经走近了，有人在屋外高声喊话，小妖在我旁边作同声翻译："他信长老，您睡了吗？北边的王伦汗，带着许先生的几位弟子，还有好大一群人过来族里，族长找各长老到祖祠那儿去议事呢，让我们过来叫您。"

黄斑老头儿清了清嗓子，忍着疼痛问道："到底什么事？"

那外面的人答道："不知道，不过看着王伦汗挺狼狈的，过来的这二十几个人也都不正常，好像是在逃难一样。族长跟他们交谈完了之后，忧心忡忡，让长老们都去密议，说不定还要敲响警世钟呢。"

黄斑老头唔了一声，然后回答道："我这里在弄一个试验，停不了，你们先回去禀报，我完了立刻就来！"许是黄斑老头儿本性便是如此，总偏居一隅，而且整日跟动物毒虫打交道，那人并没有察觉出什么异常，朗声说好，他还要去各处通知，那就不等了。那人说完话，扭头便走，而黄斑老头儿也颇为倨傲，不再答应。

过了一分钟，躲在门后的朵朵转过头来，告诉我人已经走远了。

我点头，望着这个正直愣愣地瞧着地上僵尸碎块的黄斑老头儿，说道："他信长老，你们黑央族怎么就跟萨库朗给搭上了边，你们不知道这些家伙就是一头饿狼，迟早都会将你们给嚼得一根骨头都没有吗？"

黄斑老头儿回过神来，敬畏地瞧着我，摇头说道："我老头子躲在这山谷后面，整日就知道研究些蛇虫鼠蚁，还有僵尸长毛之物，至于族长还有那些族老是怎么想的，我哪里来得及关心？不过许先生倒是遣人送了两把好剑给我，做决议的时候，我也不好反对。"

我顺着他的手指方向看去，这才知道黄斑老头儿使手段偷剑，倒不是没有缘由，这家伙是个收藏宝剑的剑痴，他指给我的那一整面墙上，挂着二十多把剑，琳琅满目，有短又长，剑柄有牛角的、犀角的、珍木的、金玉纹饰的，各式各样，虽然都被剑鞘给遮掩住剑身，但是感知敏锐的我还是能够从好几把剑上面散发出来的气息中，感受到凛冽的寒意。剑都是好剑，比我在许先生竹楼那儿抓到，与那个日本的瞎眼老头儿对阵的剑一般不差。

从这屋子里面各式药柜、炉子以及藏剑和满地的毒蛇，能够看得出这个黄斑老头儿在黑央族的地位颇高，但应该是那种负责后勤研发的族老，手段繁多，然而身手却并不算厉害，故而才会被我擒获。转念想一想，并不是这老头儿不厉害，只是因为此时的我，已经达到了许多人一辈子都到不了的高度，倘若我有时间积淀下来，应该也是一方让人头疼的人物了吧。

我打量房中，被北边的一尊雕像给吸引住。这雕像并不是东南亚这边流行的佛像，也不是其他邪神，而是一个身型干瘦、面目枯槁的男人。雕像惟妙惟肖，十分传神，然而它的目光呆滞，整体呈现出一种诡异的死气，跟地上那三头僵尸倒有几分相似之处。

我指着这雕像问："这是什么？"

黄斑老头瞧见我直接用手指着这雕像，面带不敬，即使肚中有肥虫威胁，也愤然警告我道："这是我族的祖宗，异乡人，不要随手指着它，不然你会受到惩罚的。"

老祖宗？我瞧了一眼这个外观有些眼熟的雕像，隐约感觉似乎跟我有些牵连，于是也没有发火，将手放了下来，问："很厉害吗？"

老头昂着头，骄傲地说道："当年我族自北南来，便是在这位老祖宗的带领下。一路披荆斩棘，筚路蓝缕，硬生生在这山林中创下偌大的名头，威震宵小，击退了各路妖魔鬼怪，成就伟业。只可惜当年暹罗和安达曼海的信徒太过厉害，而我族繁衍又多不顺畅，地盘才越来越小，最后蜗居此处，默默无闻地生存下来。不过我告诉你，只要老祖宗苏醒过来，整个南征之地，都是我族的猎场！"

每一个族群都有着自己所骄傲的历史，便如棒子国的古地图上，能够囊括大半个北中国，现在更是将那星辰宇宙都给囊括其中。吹牛不用上税，我却不耐烦听他在这儿缅怀辉煌历史,揪着这老头的脖子,厉声说道:"他信长老,我知道你很不爽我,不过说实话,我对你也是一点儿好感都没有。我没有当场杀掉你,这是我的仁慈,但是作为回报,我需要你把我送出你们的地盘,并且允诺不会给我找麻烦。这一点,你能够答应吗?"

黄斑老头郁郁地看着满地的蛇尸,和自己炼制多年却一朝成为碎块的僵尸,沉默了一分钟,长叹一声道:"年前的时候,族长说我今年命中有劫。听这谶语,我整整一年都没有出过黑央山谷,结果还是出了事。贪婪是原罪啊。好吧,我送你出山谷,只求你能够走得远远的,不要与我们黑央族为敌。你这样的男人,千万别在我们这穷乡僻壤翻云覆雨,不然我们还真的承受不起。"

这家伙瞧着愣直,却是个油滑之辈,巧舌如簧,拍人马屁的时候,有那种随风潜入夜的水准。我瞧见他驯服了,也不再停留,收起鬼剑,催促着他离开。

有着生命威胁,那黄斑老头也不敢拿什么让我起疑的东西,起身便往外走,只是路过那只小猴子身边的时候,停顿了一下。这猴子给恼怒的小妖整治得奄奄一息,脑袋都塌了一块儿,不过还是活着,一双眼睛恢复了清明,水汪汪,可怜巴巴地瞧着黄斑老头儿,不时发出哼哼的呻吟声。瞧见这猴子的可怜样,黄斑老头儿的眼角有了些泪光。我想他跟这猴子的感情应该是十分深的,就如同当年的王洛和与那塔特原狐猴一般,伤心总是难免的。

小妖瞧见这老头落下了眼泪,不由噘着嘴说道:"别在这儿瞎咧咧了,这猴子被你用巫法改造过,脑壳硬得很,怎么锤都弄不开,回头养个一年半载,又生龙活虎了,这有啥?报应而已。"小妖的这话不是安慰,胜似安慰,那黄斑老头也不再纠结,推门而出。

夜风清凉,我们所处的这个地方是黑央族的后山谷地,周遭都是悬崖绝壁,想要出去,要么爬藤而上,要不然就得穿过核心区域,到达前面。我换了一件黑央族的粗布衣裳,随着黄斑老头朝外面走,一开始还有些担心,远远地在阴影中跟辍着,结果走了十来分钟,翻了好几个山包子,才发现除了刚才的巡逻队,这边就是荒山野岭,根本没有人。偶尔有从岔路出来的族人,行色匆匆,见到黄斑老头也是恭谨地打着招呼,根本就不敢多问一句话,黄斑老头也很是骄傲,除非是实力还算是不错的,不然根本就不作理会。

又走了十来分钟,前方一片亮光,星星点点的灯火错落地布满了整个山头,一夜奋战,现在的时间应该是凌晨三四点,也是一天最黑暗的时候,大部人都已经陷入沉眠,而此刻这般景象,显然是被王伦汗带来的消息给惊到了,正在紧急动员呢。

瞧着对面山上人声鼎沸的景象,我心中有些着急,倘若是沉寂的夜,悄悄混出去也不会太难,而现在,王伦汗、麻贵等人都认识我,倘若撞到,只怕难为。

我分神思考着,突然感觉前面的黄斑老头离我的距离似乎有些远了,正抬起头来想叫,但见一股白气从那家伙的身上冒出,将他给裹成冰雕倒下,而我四周的草丛中，则出现了麻贵的大叫声:"好你个陆左,居然是你?真能耐啊,你竟然跑到这儿来了!那魔罗,是不是你给放出来的?"

第六十二章　突出重围，祖宗陵墓

我身处的这个地方，是两山承接之处，山走阴，龙抬头，汇阴聚形之处，刚才走在这儿的时候我就感觉有些忐忑，心中不安，没想到这刚刚一走神，两侧的草丛中便是人影绰绰，四五道柔软的绳索朝着我的脖子、手臂以及脚踝处飞来，宛若毒蛇。

听到麻贵这得意的叫喊声，我暗道糟了，来不及思考，背脊一弓，鬼剑冲天而起，继而落在我的手上，唰唰唰三剑，如数斩在临身的软绳之上。这绳索乃用藤条所制，另一边又使了力道，能软能硬，结果以鬼剑之锋利，竟然也斩断不了一根，反而绳头一卷，直接缠在了鬼剑之上，来回拉扯，僵持不下。

我心中恼怒，感觉应该是那黄斑老头使了手段，下令肥虫子直接将那惹事的老头给了结。谁知道那家伙启动了一种神秘潜能，将自己冰冻得如坚石，肥虫子居然伤不得他。暴躁的肥虫子还待再作努力，我却没有时间了，吩咐肥虫子赶紧转回来。

我一边要顾及草丛中的飞索，一边还要联络肥虫子，注意力一分散，立刻有一道寒光从草丛中飞射出来，刀光剑影，朝着我兜头罩来。

这人是麻贵，此刻他一来便浑身黑烟袅袅，体格大了一圈儿，手上的寒铁鬼头刀宛如牙签一般轻巧，又疾又急，比当日与我单挑的时候厉害许多。我心知这个家伙倘若不是托大，凭借着许先生这些年来的悉心教导，必然是一代人物，十分难缠。我没有在此久留斗的意愿，扭头便走，扯动鬼剑之上的四五根绳索，朝着来路飞奔。

我这边想逃，敌人自然阻拦。第一波阻力便是来自于那些缠在鬼剑上面的绳索另一头。我力大，一拉扯之后立刻有五个壮汉给扯出了草丛，这些家伙完全不像当地人那种瘦弱矮小，个个都是体重超常的壮汉，膘肥体壮，气力十足，拽着绳索的另一头，奋力拉动，与我拔河。

我跑了两步，便发觉这些家伙死死抵住草丛，身子往后倾倒，一时间受阻太大，我逃不开，而麻贵已经舞动着鬼头刀，即将接近我了。我脸色一冷，劲气激发，鬼剑暴涨一倍，所有束缚在剑身上面特制的软绳立刻碎裂断开。这时候麻贵已经持着鬼头刀疾冲而来，一招力劈华山，由上而下地砍来。

我随手挡出一剑，刀剑交击，发出沉闷的声响，我退了好几步，而麻贵一个翻身落地，脸色如那猪肝一般，显然也是受到了震荡。瞧见麻贵与我的力量终究还是有一些差别，当下我将那剑势一带，逼退两个手拿猎叉的黑衣人，折身朝着林间遁去。

隐入林间没几步，我便听到一声沉闷如雷的轰响，接着身旁一株碗口大的桦树应声而断。我在集训营的时候接受过枪支培训，知道这种声音来自于 0.357 大口径手枪,想必王伦汗已经赶到,倘若他命令手下直接开枪扫射,这枪林弹雨的,要是中一枪流弹,我可真的是划不来。这般想着,我更加小心谨慎了,不断地变换位置,快速地在林间穿插着。当王伦汗把弹夹里面的子弹射完的时候,我已经跟他拉开了四十多米的距离了。

林间疾奔,除了要矫健的身手,还需要敏锐的意识,要不然地上或者树上垂落的藤条荆棘,便能够将人绊得失去平衡,腾飞而起。我奔得迅疾,突然左手边的丛林中传来一阵脚步声,几道破空声响起。我下意识地往左边一躲,立刻有三四道吹箭笃笃笃地射在我身边的大树上。

我隐入大树之后,鬼剑往身后一插,人便攀爬上去。听到那脚步声到了树边的时候,一跃而下,将这人扑倒在地。翻滚之下,我摸到一大团软绵之物,低头一看,是个女人,是一个满脸凶悍的肥婆。这女人瞧见我停住动作,立刻张开一口惨白的牙齿,朝着我的手上咬来。

瞧见她鼻子里喷出浊气,凶猛若狗,我收敛起同情之心,避开这一咬,一巴掌扇在她的左脸上,啪的一声巨响,肥肉晃荡,她脑袋都歪了半边。我不杀人,却也不会让这女人再有战力,于是一记手刀,将她敲晕,然后拔出鬼剑,招呼小妖、朵朵和肥虫子撤离。

我在林子里继续狂奔,能够追上我的人越来越少,这时我头顶一道黑影掠过,却是消失好一会儿的虎皮猫大人,它焦急地告诉我,在这黑央族的老巢里面,还是有几个惹不得的老家伙,万万不可轻敌,其中一个,似乎还朝着这边过来了,小毒物你要小心。

我应了一声,然后说,我这该往哪儿跑?

虎皮猫大人刚要说话,突然凝住了神,侧耳倾听了一会后,大惊小怪地叫了起来:"不对,不对! 怎么可能呢,这里怎么会有这么恐怖荒凉的气息呢? 小毒物,快跑,我有一种不好的预感,某种沉眠的意识开始苏醒过来,勾连这天地间的炁场。一旦完全醒过来,你一定逃不过,到时候死翘翘,这是妥妥的。"

什么情况?

我不明白虎皮猫大人讲的是什么意思,只是感觉背后的追兵越来越近,子弹好几次都擦着我的身子掠过,惊得我一身一身的冷汗。当时我心里面也有些发狠,想着这些家伙被魔罗搅得如同丧家之犬,没想到还有时间在我这儿胡搅蛮缠,真当我是好欺负的? 于是暗暗吩咐肥虫子潜伏在路上,给那个打手枪的家伙来个好看的。

将肥虫子留下之后,我们继续往前走。突然,前面的树林稀疏,眼前出现了一片从来没有见过的草屋,门口有寥寥香火,草堂前后都没有人,墙角一排随风摇曳的红灯笼,颜色颇为怪异。我已经冲到了林子边缘,后面有追兵,也不敢折回,只是想顺着前路跑,左冲右突,找寻一个出路。从那一排红灯笼下面走过时,身子突然一僵,浑身冰冷,然后感觉脚步轻飘飘的,仿佛灵魂都要脱离躯壳。这种感觉只是一刹那,很快我又稳住了心神，听到耳边丁零零声音响起，抬起头，瞧见屋檐挂着一串招魂铃，这才知道自己不知不觉间，遭了算计。

当我从恍惚中回过神来的时候，我的跟前出现了一个白衣女人，这女人脸色模模糊糊，让人瞧不出年纪，幽幽一股暗香，似檀似麝，这应该是让我心魂失守的罪魁祸首。

这女人瞧见我醒过来，不由得点头称赞道："果然是能够生擒他信长老的年轻高手，竟然能够从我四娘子的十香魂授术中，这么快地回过神来，厉害！"

这四娘子言语中，倒是有几分敬重。我这人对女人便有些心软，肃容说道："知道我厉害，便让开，不然便是你死我活。"

瞧见我将鬼剑举起来，四娘子一声娇笑，说："这位小哥，我何曾拦你？只不过你踩到了我们祖先的陵地了，我才迫不得已出手而已。"

她既然这么说，我便没有再理会，也没有生出杀心，只想绕路离开。然而正当我离得远远，想要跑入对面的山坳时，突然脚下一沉，双脚竟然给死死地吸在了地上，走脱不得。我使劲儿抬腿，却根本走不开，我心道不好，本以为离得远了，就不会出事，哪知道自己又遭了这女人的暗算。

四娘子瞧见我根本迈不开脚步，不由得拍手笑道："好啦好啦，现在却不是我在留你，而是老祖宗太喜欢你了，让你留下来，与他老人家做伴儿！"

我闭上眼睛，感觉吸附我双足的力量来自脚下，浑厚得很，根本就移动不得。不过我也不是坐以待毙之人，心中一默念，当下一股劲气从小腹升腾而起，咬牙睁目，人便朝着前方迈过去，一步两步，走得着实艰难。然而当我迈出第三步的时候，下面吸附的力道竟然少了一半，我转过头，却见朵朵和小妖落地，一掌拍在地面上。那地皮一阵波纹闪动，起伏不休。

我越走越快，很快就穿过了这片草堂，这时那个自称袖手旁观的四娘子甩出一道白色的绸缎，一片雪亮，口中冷喝道："老祖宗既然喜欢你，那你就留下来吧！"

第六十三章　两掌扇懵，先祖出土

当四娘子甩出一道白绸飞刃的时候，我刚才走过的那片密林，冲出了十几个人来，为首的是麻贵。他瞧见我正在与四娘子缠斗，一声狞笑，大声喊道："这位美女，你且缠住他，我们马上就来！"

我心中一怔，心想肥虫子断后，结果这些家伙这么快就赶过来了，难道这里面有什么差池？当下我将鬼剑一抖，抢身上前，想要将四娘子给逼退。

然而我的鬼剑虽然携着寒风黑雾，却割不断那蚕丝金缕编织而成的绸缎，二者搅在了一起，我们两个都用力拉，各自往前进了一步，这时我才发现这女人脸上之所以朦朦胧胧的，并不是劲力外放，而是戴了一张古怪的人皮面具。

这人皮面具，多见于跑路途中，平日里戴着，要么是长得太美、太惊艳，不想惹麻烦，要么就是丑得惊心动魄，自个儿照镜子都要吓一跳，整一副戴着，去除烦恼。不过此人的相貌与我无关，此时的我，心中只有逃命，当下飞出一脚，直踹她的心窝。旁边的小妖也飞出一脚，朵朵更是二话不说，一招癸水之力打出，激荡在这女人身上。

小伙伴们好是一番攻击，不过让人遗憾的是，她的身上有白色神光萦绕，可以祛除一切副作用，而且身手极为利落，手段也老辣，在与我的缠斗中防卫严密，根本不露出半点破绽，让我无从下手，时间便这样一点一点地耗下去。

值此黑央族腹地，到处都有身手了得的高手，我一旦不能够以倾倒之势碾压，那么就会陷入无穷的攻击之中。我心中郁闷，将气海之中的阴阳鱼气旋催动，生出了一股无形气力，贯足于全身，脚步一错，身子朝着那女人逼近。女人身低臂短，大开大阖的对抗并不适合她们，然而这短兵相接，恰恰是她们的长处。见我接近，四娘子右手一抖，一道寒光出现，这袖里剑锋利，朝着我的手腕扎来，狠戾非常。

我当下身子一转，顺着她的力道一扭，移到了她的身后，捉住雪白的手腕，那女人正想反抗，却见小妖满面含怒，大声喊道："你这个臭女人！"接着这四娘子的肚子便被小妖以极快速的一记窝心脚踹中，整个人弓成了一条煮熟的河虾。

我伸手一扯，将这女人揽在前面，鬼剑架在她脖子上，一口粗气喷在她的耳朵旁："不要动了，再动一下，我就把你的脑袋砍下来，信不信？"

那女人颇识时务，本来手中那白绸已经将我的腰部卷了一截，听得我的威胁，立刻答话说好。说完，她抛下右手的袖里剑和白绸，双手举起，背脊朝着我的胸口蹭了一下，柔声说道："哎呀，你还真的舍得杀了奴家啊。"这女人媚功了得，那滑腻的背部蹭了我一下，我半个身子都是一阵酥麻，过电一般，好不舒爽。然而四娘子还没有说出第二句勾魂儿的话，小妖一记响亮的耳光将她积蓄的所有蜜意柔情，都葬送了。捂着迅速肿起来、连人皮面具都撑肿的脸蛋儿，四娘子顿时嘤嘤地哭了起来，泪眼婆娑地撒娇道："呜呜呜，这小女子欺负人家，你到底管不管啊？"

这女人丰满的臀部不断磨蹭我的大腿，弄得我在这危急时刻，还露出了丑态。我正在躬身掩饰呢，听得四娘子在这儿找我讨要说法，而小妖则似笑非笑地瞧了我一眼，当下也是恨意十足，抬手一耳光，扇得这妞儿直发懵。我平静地说道："我管了，没事闭上你的嘴，做好俘虏和人质应有的本分，另外我提醒你一句，绑匪撕票，从来是不通知人质的。"小妖在旁边捂着嘴咯咯笑，瞧着这女人完全找不到北的模样，开怀不已。对旁边那些围上来的人，没有什么害怕之意。

麻贵一直都在最前面领跑，想要赶过来擒我，此刻尘埃落定了，他才停歇脚步，阴着脸走到我身前，将沉重的寒铁鬼头刀刀尖杵在泥地里，气喘吁吁地说道："跑啊，你怎么不跑了啊？"

我没有说话，只是将四娘子扭动不安的身子紧了一紧，鬼剑平静地架在她脖子上。

瞧见这情景，麻贵恨声说道："见到你，我就想起来了，那魔罗突然从布置周密的大阵之中窜出来，必然是有原因的，而所有的遗漏我都想过了，只有你、只有你能够做成这件事情。陆左啊陆左，上千多号人啊，这血债，可都在你的身上背着呢！"

我瞧着正在慷慨激昂呈词的麻贵，不由一阵冷声哼道："明明是自己拉的屎，却硬要抹到我的裤裆里面来，什么心态？害死那上千村民的人，是你们，是你们心中的贪婪和欲望，跟我有什么关系？在你们的心中，我不过就是一个死人而已，何必往我这里抹黄泥巴？好好反省吧，你们信仰的神也许会原谅你们，但是那些亡灵，会在你以后闭上眼睛的日日夜夜里，不断地哭泣；你们将……"

"够了！陆左，不要以为你随便抓到一个女人当人质，我就不敢动你，信不信我一声令下，让你死无葬身之地？"

麻贵跟黑央族打的交道并不算多，所以也不认识我面前这个女人，根本就无所顾忌，一步一步地走上前，脸上的肌肉无端抽搐，满含怒火地说道："陆左，只有将你砍成一堆碎肉，才能让我所有的气愤消解。"这人根本就不肯面对事实，或者说他见到我，便想着把所有的错误都归罪到我的身上来。

当初我对这家伙爽朗的性子生出来的一点儿好感，此刻一扫而空。冷笑着对旁边那些额头上面纹绘星星的黑央族人说道："我不管，只要你们敢再前进，我就杀了这个女人！"

那些人有的不懂中文，有的却懂了，当麻贵走了两步，一个额头上面有五颗星子的马脸老人拉住了他的手，平静地说道："四娘子是看守祖先陵墓的圣女，她倘若在陵前被杀，我族会遭到诅咒的。你不能一意孤行。"

麻贵这一番话早就将自己说得战意凛然，眼中有熊熊怒火，然而旁边这名黑央族长老拦住他，他又发作不得，只是朝着我大声喊道："陆左，你这个没有卵子的家伙，有本事就出来与我一战，躲在女人身后，有个鸟意思？"

我嘿嘿一笑，说："我也觉得没意思。不过第一呢，我打败过你；第二，你们这一堆人都要杀上来，我干吗就不能挟持一个人质呢？谁会在这个时候跟你们讲君子？除非是傻子。"

麻贵将鬼头刀指着我，厉声喝问道："有本事就过来，一对一，战胜了我，你走！"

我心中一动，说："这话可当得真？"麻贵傲然说道："那是自然。"

我目光巡视了一番，那个额头五星的马脸长老也点头，我想了一想，说："希望你们能够遵守自己的诺言。"说罢，我让小妖制住四娘子，然后提着鬼剑下到场中，问："可以开始了吗？"

麻贵一脸狞笑，鬼头刀飞起，人冲上了前来，厉声奚落道："真蠢啊，服用了蚀骨草的你，哪里还有与我一战的本事？"

听到他这话，我顿时就气得想笑了。敢情打了这好一会儿了，他居然妄想着我身上还残留得有蚀骨草的效能啊？不过所谓"人艰不拆"，我也不多言，鬼剑一抖，立刻暴涨一倍，朝着麻贵刺去。

我这边鬼剑凶戾，而麻贵则是用了邪功，将身型撑大，战了几个回合之后，麻贵便有些无力了，人朝着后边退去，而我全身劲力却在气海之中的阴阳鱼气旋作用下，战意正浓，鬼剑翻飞，将麻贵战得连连后退。

铛！一记互拼，我一往无前，麻贵则反身朝着后面跑去，我自然不会错过这机会，鬼剑一抖，便朝着他的心脏刺去。眼看着就要将这家伙捅成葫芦串儿了，结果这家伙猛一转身，左手上拿着一面铜镜，口中一声厉喝，那镜子便激发出蓝色光芒，将我给笼罩其间。

蓝光，这是我的震镜！

没想到麻贵的所谓杀手锏，居然就是这玩意儿。震镜只对邪物灵体有效，对人却几无作用，旁人或许还会觉得浑身一麻，而我却如春风拂面，鬼剑继续向前，厉喝道："这镜子还给我吧，我来教教你怎么用！"

鬼剑如电刺去，却被一面龟形盾牌挡住了，我一瞪眼，原来出手的却是那个马脸老头儿。说了单挑，却这般明目张胆地拉偏架，我正想破口大骂，突然，我们旁边的那排草堂开始颤抖起来，两秒钟之后，那房子便已经倒塌了，泥土飞溅，尘烟飞起，灯笼里面的火烛将茅草燃烧，迅速蔓延开来。而随之一起的，是一股磅礴而森严的滔天死气。

那马脸长老感觉到了，立刻跪下，朝着那震荡中心大声呼喊道："先祖显灵了，先祖显灵了！"

而一直在附近徘徊的虎皮猫大人则焦急地朝着我大叫:"小毒物,它要出来了,快跑,快跑!"

第六十四章 圣女引路，黑暗潜行

每逢乱世，必出妖孽。

看到那些额头上纹饰星星的黑央族人纷纷跪拜下来，麻贵等人吓得不停颤抖，连连后退，我听了虎皮猫大人的吩咐，吹了一记口哨，将正在与王伦汗纠缠的肥虫子唤回来，然后不作停留，拉着那个四娘子就夺路而逃。

我跑路，黑央族没有人过来拦我，麻贵这边却有两个黑袍巫师反应过来，堵在了我的前面。逃命时刻，自然是神挡杀神，佛挡杀佛。我快步冲在前面，朵朵比我更快，身形一摇，便出现在了左边一人的背上，一用力，那人整个儿就趴在地上，起不来了。我鬼剑一出，与另一人手中古怪的短杖交击，那人握不住手中法器，朝着旁边跌去。我直接上前一脚，将他给踹飞到附近的药田里。

这个时候草堂左右的建筑已经全部垮塌下来，地皮颤抖，我即使已经跑出四五十米远，也有一种脚底发麻的震荡感；跪倒在那排垮塌草堂前的那群黑央族人，即使是趴在地上，也支持不住，全部东倒西歪。

那两个追逐我们的黑袍巫师被我和朵朵以最快的速度打垮之后，又有三四个追了上来。虎皮猫大人冲着这些人骂道："那啥，你们的耳朵都聋了啊，你们老大说他输了就让我们走，你们这是想扇他的脸吗？"这一句话让那些人有些犹豫，回头瞧麻贵。麻贵的注意力已经被废墟中的一个黑影给死死吸引住，哪里有时间理会他们？我跑到对面的山脊上回头瞧，熊熊火光中，有一个身影从废墟中缓慢走了出来。是个身形干瘦的男人，肌肉萎缩，皮贴着骨头，眼睛发红，一脸黑毛，胳膊凝结似钢，指甲又黑又长，居然还闪烁着寒光，身上的衣服破破烂烂，一缕一缕的叫花装，遮掩不住它冲天的死气。

僵尸！而且还是极为恐怖的老僵尸，不知道它存在了多少年。我先前在黄斑老头那里斩杀的三头僵尸，跟它比起来，简直就是蚂蚁与大象的区别。

这鬼物想来应该就是黑央族一直供奉着的老祖宗。它一出场，整个空间都有浓重的死气蔓延，无数少女和婴儿的哭泣声在我的耳旁弥漫，无数僵直可怖的脸孔在我的眼前飘来荡去，空气里面仿佛都有着恐怖的气息，吸上一口，心脏都会莫名地抽搐。

我在小山包的顶上往回瞧，隔得有好几十米，然而在那熊熊燃烧的烈火映衬下，我瞧见了它两个黑窟窿一般的鼻子在不停耸动，接着那一双仿佛黑暗深渊的红色眼睛，朝着我这边，望了过来。

我心中惊慌不已，根本就不敢跟这样恐怖的目光相对，扭过头去，带着小伙伴们隐没在树林的阴影处。虎皮猫大人焦躁极了，仿佛被人抓到了尾巴一样，不断地大叫，让我快点儿跑。我也顾不得瞧稀奇，埋头一阵猛跑，结果又回到了山后的那一片药园里来。

到了这里，我才回想起来，这里要有路出去，我何必再跟着他信出去？难道，我要从这山崖边，攀着老藤爬上去吗？

我心中犹豫，之前没有选择这方法，其一是觉得前面好混出去；其二终究还是觉得攀爬山崖，实在太过危险，倘若消息传出去，敌人很容易找到半山腰的我，无论是从下面，或者上面攻击我，我连闪避迂回的地方都没有，根本就是案板上面的肥肉，任人宰割。

此刻的情形，比之前更加严峻，我环顾四周，突然想起来身边还有一个黑央族的族人，四娘子对这山谷各处的通道，应该是最了解的。于是一把将她给抓过来，揪着她的领子，恶声恶气地说道："这附近哪里有出山谷的通道，快说！"

那四娘子给小妖和我的两巴掌给打懵了，当那头老僵尸出世的时候，作为司职圣女的她立刻醒转过来，拼力想要返回，结果给小妖一记手刀给敲晕，刚才闻到了这满谷的药香，方才回过神来，脸上露出了古怪的笑容，死死地盯着我笑道："哈哈哈，先祖重返人世了，它将遵从千年来的约定，带领我族永镇南疆，你们这些蝼蚁一般的家伙，就期望着未来不要太悲惨，太黑暗吧。"

啪！又是一巴掌，将这个风骚圣女的神经质言语给打断后，小妖笑嘻嘻地朝着这个戴人皮面具的女人说道："小妞儿，在我们面前，少装什么神棍，你以为我们会害怕？这样的老僵尸，我们灭了不是一个两个，借你两双手都数不过来，有意思吗？我也不跟你废话，想活的话，赶紧说人话，你要还是这样装神弄鬼，"这小狐媚子的眼睛一转，瞧见肥虫子晃晃悠悠地在后面跟着，红色的鲜血染满蚕身，便指着这肥嘟嘟的小东西说道："让它去你肚子里面闹几圈，看你爽快不爽快？"肥虫子虽然没有听到小妖的话，但见自己被指着，屁颠屁颠地跑过来，露出凶神恶煞的模样，然后望着那四娘子的大腿爬去。

当肥虫子十几双腿抓着她大腿上的肌肤时，这个小神婆立刻崩溃了，指着崖边那些黑窟窿说道："谷里面有地道可以通向外面，这是最高机密，只有族长和几个老资格的族老才知道，不过我小时候曾经爬过那些洞子，里面有一些可以通向外面的暗河，泅渡几分钟，就能够出去了，就是不知道你们会水不？"

听得四娘子这般说，我不由得一阵欢喜。要说短时间攀上山崖，便是借我一双翅膀都搞不定，但是说到泅水，有着龙哥赠送的天吴珠，这对于我来说就是小事一件了。而且后有追兵，倘若黑央族的人跟那个刚刚出土的老僵尸谈妥了追来，我们潜入水中，应该还是能够避祸的。说来我也真够倒霉的，那僵尸瞧着得有几百年没出土了，怎么我一来，它就往外蹦，这什么节奏？

情形危急，我们不敢作停留，让四娘子引路。有肥虫子在大腿处晃荡，时不时地在腹股沟下滑行,这女人倒也不敢拒绝,只是犹豫地说道:"那个时候我还小,后来这些岩洞被设为禁地,之后我就没有来过了,要是带错了,你们可别怪我。"

我点头,作出一派温文尔雅的风范,含笑说道:"好的,我们不会怪你的,反正那个时候你已经死了。"

听得我这淡然而坚定的威胁,四娘子的脚步不由得一阵乱,差一点摔到药田里面去。好不容易站稳身子,她回过头来,幽怨地看着我,说:"你这个人好狠心啊,我自十岁之后,族中青年都奉我为女神,但有所求,莫不允从,为何你会这般对我?"

我摸了摸鼻子,说:"藏头露尾的家伙,我需要给你好脸色看吗?有本事你揭开面具,倘若是一个美女,我顶多下手的时候轻一些,让你死得自然一点。"

四娘子听我这满不在乎的话语,愤怒地转过头去,在一排排的黑窟窿中,找了一个最宽敞的山洞,埋着头往里走。

我在后面没有说话。其实世间之理皆是如此,我在乎你的时候,你是女神,不在乎你,管你是谁?在被我一次又一次的打击过后,四娘子显得有些颓丧,默不作声地行走。山洞里面黑乎乎的,而我这番逃命,背包里的强光手电早就不知道哪儿去了。没有光,小妖却道无妨,将虎皮猫大人给的生日礼物握在手上一激发,竟然有幽幽的蓝色光芒出现,照亮前后三四米的距离。这光虽然幽暗,但已经让我们看清了脚下的路。

我之前有谈过,我这人有幽闭恐惧症,最烦厌钻洞子,然而类似的事情干多了,却已经早无感觉,开始四处打量起来。我发现这悬崖山壁里面的洞穴,有点儿类似蜂窝煤,处处相连,感觉四通八达,并没有一条路走到黑的那种通道。而且让我惊奇的是,这里面应该还是以前黑央族聚居之地,因为一路上,我看到有好多人类生活过的痕迹,虽然看着年代有些久远,但是也能够肯定,在很久很久以前,这里住着上千口的人。不过作为万灵之长,没有什么东西能阻挡他们对阳光的向往,所以才会搬出岩洞。

我们在这四通八达的山洞里面行走了好一会儿,可是一直没有找到什么暗河之类的玩意儿,我没有耐心了,正想上前找这领路的四娘子质询,结果一声凄凉的吼声从山洞外传了过来。黑暗中,有大量带着翅膀的小东西被惊得四处飞舞,而我的心头一凉。

啊,这么快就追上来了?

第六十五章　空间崩溃，巨大石门

在这苍凉荒远的呼声中，四娘子全身颤抖，头颅不自然地摆动，双腿难以并拢，"啊"的一声，情不自禁地呼喊起来，在一瞬间就软了下去。

瞧见她这副模样，我立刻感觉这位守陵圣女，和白露潭那种侍奉山神的落花洞女，应该是一类的。不过我并不能因为白露潭诬陷于我，便对这类人充满仇恨，于是上前将她给扶住，手结狮子印，一下打在她光洁的额头上，那人皮面具下的肌肉一阵颤抖，接着她长长呼了一口热气，春意盎然。

我揪着四娘子的下巴，冷淡地说道："小妹儿，我知道你自小被灌输的信念，就是侍奉先祖，敬仰先祖，但是你有没有想过一件事情，那便是一具尸体，经过聚阴汇气，阴风洗涤，多少年岁月而成了一头浑身肮脏熏臭、脓水四冒的僵尸，它将变成怎样邪恶的存在？它对你美丽的容颜，和妖娆的身材一点兴趣都没有，你我在它的眼中，不过是一份或丰美或粗糙的食物而已，你懂吗？"

"不，不许你这么侮辱我们的先祖。南征大将军的荣耀和伟大，岂是你这种碌碌无为的凡人，所能够理解？"四娘子恢复了一些神志，立刻便像被踩到尾巴的猫咪，朝着我大声喊叫着，跟之前那个他信长老的表现一模一样。看来先祖的荣光已经在他们心中形成了一个图腾，是黑央族人心中最神圣的向往，不容亵渎。

跟疯子争执道理，实在是一件很蠢的事情，我没有继续说话，旁边的小妖却一把抓住了这女人的头发，恶狠狠地说道："好吧，如果你想活着见到你们的先祖，那么就先把我们带到暗河旁，带着我们出去。至于后面的事情，不管你想跟那头老僵尸玩什么花样，我们都不会管的！"

恶人还须恶人磨，从出现就一直饰演狠人角色的小妖，对这四娘子从来都不客气，反倒让这小狐媚子有了让人畏惧的威严。待她说完这话，四娘子不再磨蹭，继续在前领路。

我们一路疾奔，在幽深曲折的山洞中越走越远，这山崖下面的山洞，前一部分的确是蜂巢一般，孔洞极多，且又四通八达，然而越往里走，因为山体和地下暗河的走势，使得道路曲折而狭长，有的地方我们甚至要收腹提臀，方能勉强过去，还有的地方，出口离地两三米，攀爬也是十分困难。然而我越走，心情越沉重，不知道怎么回事，总有一些画面，让我感觉自己好像来过一样。

人总会有这样那样的经历，就是来到一个陌生的地方，或者发生一件事，会感觉十分熟悉，仿佛经历过一样。很多时候我们会归结于梦，但其实这是一种无意识的神游或者预知,以及隐藏在灵魂中的轮回记忆。当然,这事情也只是推测,作不得准。

我们走了很久,不知道有多远,仿佛穿过了一座山,又过了一座山,我的感觉是倘若有一个出口,我们早就已经出了黑央族的腹地。然而我们依旧没有找到暗河,也没有任何光亮。整个路线虽然曲曲折折,但总体来说却是倾斜朝下,我担忧地责问四娘子,得到的回答却是没事,她以前就走过,没问题。

这一路摸索着,我总感觉不对劲,那四娘子的身子总是时不时地抖动,似乎是在恐惧,或者担忧什么,不过当我问她,她又淡定自若地说没什么,就是有些冷。

路途遥远,然而终究还是有尽头。当我们来到了一个倒扣碗状的小厅前时,四处打量一番,这才发现,没有路了。

眼前是一个上百平方的洞穴,最高不过四米,矮的地方,只有平躺着才能够过去。我瞧着这些带着闪亮石英的岩壁,在蓝宝石的光辉照耀下发出亮光,眉头不由得皱了起来,一把抓过四娘子,厉声问道:"这是怎么回事,你不是说能够找到地下暗河,不是说泅渡一分钟便能够逃脱生天吗?我现在腿都走肿了,你就给我带到这个死胡同里面来?"

面对着我严厉的质询,一路上都处于恐慌状态的四娘子突然爆发了,一把推开我,厉声回应道:"都跟你说了,我以前进来的时候,年纪太小,那路早就已经忘光光了,刚才回忆起来,才想起那通道给落石堵住了,根本行不通。"

她眼珠通红,突然笑了起来:"你们这些强盗土匪威胁我,说找不到路,我就必死无疑,我带你们走到这里来,不过就是为了多活一会儿而已,你还真的以为顺着这条路,能够逃出去?你也太天真了吧,告诉你们,这山洞之所以被封闭起来,是因为,它根本就是直接通向地狱!哈哈哈,杀了我吧,我在黄泉路上,等着你们一起来……"四娘子疯狂地谑笑着,口沫飞溅,一双可含秋水的美眸中尽是红丝,显然这一路上,她受到了如同油锅一般的煎熬,正是这绝望的心情,将她逼至崩溃。

听得四娘子的这番疯狂言论,我和小妖互看了一眼,虽然心中愤怒,但是也没有把心思浪费在整治这女人上面,而是和虎皮猫大人、朵朵商量起对策来。

我们不理会这四娘子,她倒是发起了疯来,一口咬在左手腕上,将细皮嫩肉啃得血肉模糊,涌出来的鲜血洒落在地上,在蓝宝石那荧荧的微光照耀下,她那张朦朦胧胧的面具显得十分古怪,仿佛下面的肌肉在不断地扭曲。

我不知道她要出什么幺蛾子,只是出言警告道:"你别卖弄了,安静点儿,不然你会后悔的!"

我的警告似乎并没有起到作用,那女人一边洒落鲜血,一边在嘴里吟唱着不知名的小调。一开始我还没有在意,瞧她舞弄得恣意,酥胸都露出大半,怕小妖说我吃豆腐,只是皱眉瞧着。结果过了一会儿,我却感觉到这周遭的氛场发生了变化,种种神秘的力量,从虚空中狂涌而来,而虎皮猫大人则捏着嗓子大叫,小毒物,快阻止她!

还没有等我下命令,早就等得不耐烦的肥虫子挺身而上。正在疯狂吟唱的四娘子脸色一僵，舞动的双手全部朝着臀部捂去，发出了一声悲愤欲绝的叫声，朝着我痛斥道："你，你这个千刀万剐的淫贼！"

此刻的我已经顾不上辩驳，瞧见四娘子朝着地上跌坐而去，满地的鲜血，而周遭的氽场一片混乱，暗流涌动，我冲到她的面前，一把揪住这女人的衣领，放声咆哮道："你到底想干什么，真想死吗？"

肥虫子翻江倒海，四娘子的脸扭曲成一块，那人皮面具鼓的鼓、瘪的瘪，乱七八糟，显然是经受了极致的疼痛。然而即使这样，她还是恨意凛然，从牙齿中迸发出一句话来："要死，一起死！"

当她将这个"死"字说出口来的时候，我感觉仿佛火星掉进油桶里，整个世界轰然一声响，仿佛全然崩塌了。狂暴的风从四处吹来，而四娘子用鲜血构成的血泊，则成了风暴中心，巨大的风将我吹得一阵迷糊，不由自主地随风转动，那地上也有着深邃的吸力，有一种将人的灵魂都吸入的奇怪感觉。

我气愤极了，一脚把这女人踹翻在地，回手去拉小妖和朵朵的手，而虎皮猫大人则哇哇大叫着飞来，一双爪子紧紧揪着我的头发，我感觉自己的头皮都快要被揭下来了。最后的最后，脚底下坚硬的岩石陡然消失，然后人就往下放，直落了去。

这掉落的过程，我至今回忆起来，依旧是一片空白，多少时间，多少距离，多少高度……这些通通已经忘记，只感觉最后浑身一片冰冷，当我回过神来的时候，却是小妖那张天然妩媚的小脸儿在我眼前，头发如那最柔顺的丝绸，不断地飘浮。我发现自己处于一片水域里，手被一双冰凉的小手拉着，然后往上悬浮而起。

很快，我浮出了水面，视线之中，一扇巨大的石门。

第六十六章　耶朗南殿，龟腹藏符

我们身处一处寒潭之中，前方一扇大门，占据了整整一面山壁。潭边与山壁之间，有一块篮球场大小的平台，四周黝黑，唯有大门上下，有五盏安静燃烧的鲛人油灯，将空间里照得朦朦胧胧。

我眯着眼睛瞧向大门，上面有玲珑立体的粗犷浮雕，主体是一个身形巨大、背阔臂长的猪头怪人，面目丑恶而凶猛，猪鼻子、长獠牙；下绘青龙、白虎各一，皆伏于案前；背景的间隙处采用透视手法，绘有古怪的生物无数，这里面自然少不了蟾蜍与桂树的满月，身披羽衣的持节方士，交缠奔驰的双龙鸣凤；而猪头怪人的对手，则是一头身似羊而枭首张翅的怪物。

这些奇怪而古朴的浮雕，集中出现于这整面山壁之上，我一下子就反应过来，巫咸族人当年战胜并且驱逐深渊恶魔之后，分封东、南、西、北、中五处区域，设祭坛以永镇群山，而后耶朗在中央祭坛中得到了巫咸传承，从此联盟伟业，势力大起，纵横千里。这五处地方，北祭殿位于神秘幽深、密林遮天的神农架，中祭殿位于我老家晋平青山界中，西祭殿位于万鬼之都、道教名地的鬼城酆都，至于南祭殿，我当日被囚于萨库朗基地之时，就曾经梦入其中，似真似假，直以为已然去过，不承想这四娘子一番同归于尽之术，竟使得空间紊乱，打破了虚空法阵，转移到了这里。

虽然有着天吴珠避水，然而寒潭那冰澈肌肤的潭水，依旧能够将那让人脑浆子凝结的寒意传递而来。越是如此，我的头脑越是清醒，知道这一切并不是梦，而是实打实的真事儿。

我此刻陷入了深深的恐惧之中。这几年我一直奔波忙碌，发生的事情比我前半辈子所遇之事还要多，我总感觉冥冥之中，似乎有一种名为命运的东西，在指引着我，一切，都仿佛是为了让我前往这各处尘封千年的祭殿之中，走上一遭。

不知不觉，耶朗文明的五大祭殿，我竟然已来到了第四处，这是为何？

再说到洛十八，这老祖宗当年死于洞庭湖底，那已经是六七十年前的事情了，而我则是1986年生人，倘若他是我的前世，那中间的这段时间，他在哪儿待着呢？

这一切，到底是怎么回事？

我的心中充满疑惑，然而这寒潭冰冷，我也不敢久留，浮出水面之后，数一数小伙伴，发现朵朵、小妖和虎皮猫大人都在，至于那个将我们带至此处的罪魁祸首四娘子，也漂浮在水面上，表面凝结如冰，白霜挂体，瞧不出死活，但是她体内的肥虫子，倒是生命力强盛，与我交相呼应。

我驱动天吴珠，朝着岸边游去，很快就拖着生死不知的四娘子上了岸。因为没有天吴珠的庇护，这女人浑身僵直，双腿都合不拢，跟个冰棍儿一样。我将手指放在她的鼻子上面，有微若游丝的气息出来，断断续续，仿佛下一秒就要死去了一般。

　　虽然这女人之前发疯，想要我们死，但是因缘际会，竟然将我们弄到了这儿来，我总感觉这是宿命的指引，怪不得她，而且也不能见死不救，于是将双手按在她的颔下，劲气一吐，暖流汇入她的体内。我低头瞧，发现经过水的浸泡，四娘子脸上蒙着的人皮面具早已皱巴巴的了，像坨湿润的纸巾，于是下意识地替她揭了开来。那张皱巴巴的人皮面具一揭下来，我却是倒吸了一口冷气。这倒不是因为她长得太丑，恰恰相反，她长得极美，简直就是绝色美女。

　　当然，在这个偶像泛滥的时代，"绝色美女"确实有些俗了，但是我瞧见这四娘子精致如雕的柔美脸庞，乌发蝉鬓、蛾眉青黛、朱唇皓齿、红妆粉饰，那肌肤晶莹滑嫩如牛乳，又如雪一般白皙，并不似缅甸当地族群。至于她的身材，更是该肥的肥，该瘦的瘦，小腰一搦蛇一般，横看成岭侧成峰，远近高低各不同。这般粉雕玉琢、宛如画片上面走下来的人物，让我有一种极度惊艳之感。

　　小妖瞧见这地上躺倒的四娘子，竟然有这般好姿色，美艳成熟之处，似乎比自己更胜一筹，不由得噘着嘴巴说道："山窝窝里飞出了金凤凰，这小妞儿长得颇为美丽，陆左，她溺水了，你不给她做人工呼吸的话，说不定这美人儿就死掉了，你看着办吧……"

　　小妖拖长了语调，然后看了我一眼，而我则瞧向了正躺在地上昏迷不醒的四娘子，她的脸被我和小妖扇得通红，但是那一对宛若鲜花绽放的粉嫩唇瓣半张，里面露出一排洁白的贝齿，十分美艳，我不由自主地咽了一下口水。不过瞧见小妖似笑非笑的样子，我立刻收敛起心驰神移的心思，正色说道："这个就算了，要不然小妖你来渡气吧，这个你比较熟练，哈哈。"

　　听到我这般说，小妖似乎想起了什么，白了我一眼，将四娘子翻转过来，然后开始给她控水。

　　为了避嫌，我和虎皮猫大人朝着对面的山壁走过去。来到门下，仰望那有八九米高度的巨大石门，以及门上那些精美古朴的浮雕，我想着这各地耶朗祭殿上的门虽然都有相似之处，但是规模却大小不同，应该是跟当年动用的人力有很大关系。

　　只是这石门紧闭，仿佛直接与这山壁合为一体，根本就找不到半点缝隙，怎么打开，倒是让人头疼。我绕了这石门一圈，从左边走到右边，都没有找到方法进入。难道这地方，跟我们在西祭殿中所遇到的情况一样，必须由我的鲜血来作导引，方能开启？想到此节，我开始仰头寻找同样的入口。

　　然而就在此刻，从角落里传来一阵呜呜的声音，此起彼伏，如泣如诉，我仿佛后脑勺刮过一阵凉风，心中一阵发冷。扭过头去，我四处打量了一下，发现小妖和朵朵同样也朝着左边的黑暗中瞧去。在那个地方，石门之上的五盏千年黑鲛人油灯的光线根本就照不过去，黑黢黢的，只感觉视线里面，出现了密密麻麻的暗影，拥拥挤挤地在角落蹲着。

我们几个人对视一眼，朵朵将右手举起来，朝着左边甩去一道蓝荧荧的光芒。那蓝光明亮，积聚了癸水之力，经过朵朵用藏密方式激发，顿时将左边角落处给照了个通透。

我眯着眼睛，凝神瞧去，那儿是一个河湾浅滩，上面密密麻麻的，并不是什么怪物，而是一群南瓜脸盆大的绿毛乌龟。这些动物界的老寿星摩肩接踵，脑袋色彩斑斓，更加让人惊奇的事情在于，这些乌龟超过六成，居然是双头龟。

这是什么概念？近年来电视报纸上总会有连体婴儿的报道，但这种概率，几乎是几千万、甚至几亿分之一，然而在朵朵的照亮下，我瞧见了七八十只大乌龟，从绿色龟壳中探出来的头颅，竟然都是双数的。

瞧见这些玩意儿，我们都还没有反应过来，虎皮猫大人却是一声欢呼，说："欧耶，有这么多大王八，晚饭我们可以喝十全大补的王八汤了，天啊，想一想，我浑身都兴奋得颤抖呢！"

虎皮猫大人无端兴奋，然而朵朵却不乐意，她瞧着那些探头朝着我们这儿望来的乌龟们，那些黑豆子一般的眼睛与肥虫子颇有些异曲同工之妙，可怜巴巴的，仿佛还蕴含着泪水，不由得怜心大起，说："臭屁猫，这些小乌龟都好可怜、好可爱啊，我们不要吃它们好吗？"

虎皮猫大人已经飞到了离我们最近的一头乌龟上，在绿毛背壳上站着，瞧着这些南瓜大的老乌龟，一脸郁闷地打量着，说："哪里小了，瞧这些乌龟的年纪，随便一只，便是将我们所有人都加起来，可都不够呢。"它十分不愿意，然而这番托辞到了朵朵耳中，更是成了理由："那就更不能吃它们了，这些龟爷爷活了这么久，结果我们一锅汤给它们炖了，多不公平啊，太过分了啊。"

虎皮猫大人一边想着鲜美大补的乌龟汤，一边又不敢不听它这小媳妇的话语，抖了抖身上的羽毛，郁闷地作最后努力："可是，可是你不知道那千年王八汤，它有多么鲜美。"

这一对欢喜冤家正在斗着嘴，我心中的不安却并没有得到一点儿缓解，皱着眉头来到了左边这河湾浅滩处，翻开虎皮猫大人站着的这头双头龟，这家伙脸盆一般大，移动迟缓，翻过来后，肚子上面一片黝黑的泥垢，上面似乎还有些花纹，很像是一种符咒。我用手擦拭了一下，发现这文字跟我在青山界时，杨操抄绘出来的耶朗古文竟然有些相通之处，这些文字我当时看着直头晕，而此刻，却能够从龟腹中上面的符文中，读出一个模糊的含义来："黑天来临，万物归一。"

第六十七章　凶龟汹涌，寒潭出凶

　　黑天来临，万物归一；苍凉寂灭，死神永生。

　　我的脑海里，突然间就浮现出了这十六个大字。它并不是汉字，也不是我所瞧见过的任何一种文字，而是一种说不清道不明的感知，简而言之，我可以把它称之为"意识投射"。

　　我的心中发凉，不知道这到底是怎么一回事，也不知道这字面上所包含的，到底是个什么意义，一时间竟然愣住了神。就在我心神大乱的时候，地上那头不断挥舞四肢，想要翻转过身来的家伙突然一扭身子，其中的一个头颅便长了一截，一口咬在了我左手的大拇指上面。

　　我感觉到左手一阵剧痛，低头一看，发现这拳头大的头颅上面色彩斑斓，紫色、蓝色汇聚成一块儿，将它这梭形头颅弄得十分凶猛诡异，密密麻麻的碎齿紧闭，咬合力强大。我顿时就发了火，恶魔巫手一激发，宛如烙铁，那乌龟吃不住热，松开了嘴。我抽出来一看，发现拇指上面全部是细密的牙印，上面尽是鲜血。朵朵跟了过来，瞧见这乌龟好歹不分，直接开咬，气得一脚将这乌龟踢得直转悠，甩飞出去，哼哼直道："臭乌龟，不替你说好话了。臭屁猫，把它炖了吧，我可不拦着！"

　　虎皮猫大人在半空中听了这话，乐得嘎嘎直叫唤，说："好啊，这么多乌龟，可够我们吃一个冬天了。"

　　朵朵是个善良的小姑娘，但任何事情一旦涉及我，就纯粹地帮亲不帮理。此刻她抓着我流血的手，忿忿不平地说道："这乌龟太坏了，居然敢咬陆左哥哥，哼，全部都给吃了才好呢！"

　　我将气行于手指，伤口停止了流血。不过直到此刻，我还沉浸在那十六个字的意境当中，不能自拔，思维也有些堵塞，反应难免迟钝了许多。虎皮猫大人瞧见我脸色有些不正常，于是收敛起了嬉皮笑脸的模样，问我，小毒物，刚才你扒开那乌龟腹甲上面的泥垢，上面似乎有一些符文，怎么，你能够看得懂？

　　我摸了摸鼻子，说："对，我虽然从来没有见过这种文字，但是莫名其妙地看懂了里面蕴含的信息——'黑天来临，万物归一；苍凉寂灭，死神永生'。大人你说说，这到底是个什么意思啊？"

　　听我将这十六字说出，虎皮猫大人的眼神变得有些凝重了，闭口不言。

　　我知道它在沉思，也不搭腔，把鬼剑抽出来，将旁边另外一只双头龟给撬翻了，再打量那腹部，然而让人遗憾的是，上面除了黝黑的泥垢，就是一些天然形成的纹路。我连着掀翻了好几只，双头的、单头的，都没有瞧见与之前那只乌龟腹下一般的符文，便是类似的，也没有瞧见。我当时就起了疑惑，站起身来，朝着这拥挤的龟群中走去，想去找那个被甩到另一边儿的双头龟。

仔细数一数，这片浅滩上差不多有两百只乌龟，而这些老乌龟不知道存世多久，早练就了一身淡定功夫，并没有如那动物世界里面的小龟儿一样蹦蹦跳跳地逃避，见到我挤进来，稍有活力的也只是挪挪身子，而有的实在太懒，直接就将头颅和四肢一缩，不管不顾起来。乌龟一个挨着一个，还真的难找，我小心翼翼地在龟群中摸索了好一会儿，竟然没有瞧见那头暴起伤人的家伙。就在此刻，虎皮猫大人一声尖叫道："唉，该来的总是要来的，这就是命运轮回啊，这世上，有谁能够逃过？"

我抬起头问："咋了，这到底是怎么回事，难道你知道吗？"

虎皮猫大人一声长叹，正要发言，突然双眼瞪得滚圆，朝着我的身后一指，大叫道："小毒物，小心身后！"其实虎皮猫大人不提醒，我也感觉到身后有一股让人直冒寒气的气息正在快速接近我，有一道劲风朝着我的后脑勺甩来，那声势，分秒钟便能够将我给抽到对面山壁上去。

我飞身便往前扑，朝着前面一头体型尤为硕大的乌龟背上趴下。刚刚挨着这长着绿毛的龟壳儿，我便感觉到一道黑影裹挟着腥臭难闻的鱼腥气息，几乎是贴着我的头皮擦过，呼的一声响，我的耳膜都被这种高频率的风声给震得直发麻。就地一滚，鬼剑就朝着那黑影划去。然而我这全力一刺，还是捅了一个空。那道黑影往左边黑暗处的潭边缩去，当我翻身起来的时候，黑暗中已然全无之前突袭的影子，唯有那潭水上面的水纹，来回震荡。

我不由得一阵后怕，两个朵朵和虎皮猫大人围到了我的身边来，问我还好吧。我摸了一把脑袋，上面一股鱼腥味，有黏稠的液体粘在上面，放到眼前一瞧，呈现出墨绿色。我皱着眉头说，刚才那东西，到底是什么？

小妖也是有些吓到了，瞧见我没事，拍着胸脯说道："好像是一条触角，从水里面突然钻出来，一甩，有十多米长呢。快点往石门那儿退一点，要是再次袭来，你未必有刚才那种好运了。"

我的心中也有些虚，抬腿就往那山石处跑去。突然，空间中又有那呜呜的哭泣声传了出来，接着这声音变得杂乱，嘤嘤嘤、呜呜呜，一时间就成了儿童医院，各种各样的哭声渐起。

我暗觉不妙，踩着这些乌龟的间隙，朝山壁石门那儿跑去。刚刚跑出两步，那些刚才还安静得如同死物的乌龟突然全部探出了头颅，睁开了眼睛，原本还黑黢黢的眼珠子，这会儿竟然散发出绿色的光芒来，让人心中略微胆寒。

我知道事情有些不对劲了，正在朝着不可预知的方向发展，抬着腿准备离开，不料旁边一头乌龟突然猛伸头，朝着我一口咬来。

我知道那种凄惨的声音触发了这些乌龟狂躁的情绪，瞧见这些乌龟变得凶猛，也不敢与其纠缠,鬼剑挡住这一咬,人便朝着空隙处冲去。我奋力逃出龟群,回头一望,见那些拖着绿色龟壳的冷血动物,本来懒散不动弹的它们仿佛打了鸡血一样,高昂着头颅,一双双前肢正在奋力地拍打着地面,朝着我这边奔来。

我一边跑,一边仰头问虎皮猫大人,这什么个情况,这些乌龟怎么都发疯了?

虎皮猫大人飞在空中,倒是并不怎么在意那些笨重的乌龟,而是一直凝望着刚才那处寒潭水面,听得我问起,回答说不知道,可能吧。我说,这些疯了的,有得治?它摇头说,你有药吗?我摇头说没有。然而已经跑到石门处的朵朵却开始念起了"唵嘛呢叭咪吽"六字真言来,身体隐隐散发着微黄的佛光来。

修佛禅的鬼妖,对于心的领悟,并不像她表面上看起来那么幼稚。

我们奔到石门之前,转过头去,那些乌龟奔拥而来,拳头大的头颅上目光凶狞,嗷呜嗷呜直叫唤。这些被引诱得无比凶狠的乌龟速度不快也不慢,但是看着这济济的龟群,我们的后背都抵在了石门之上,心想着倘若这些乌龟扑上来,这弯腰攻击,还真是累呢。单个乌龟并不算麻烦,关键是这些发疯的凶龟将近两百头,而且还都活了不少岁数,人都说龟寿,属吉祥之意,这全部宰杀了,只怕我的阴德也要亏损许多。不过小妖倒是有了办法,一声嗯哨响起,二毛庞大的身体便从她怀中飞跃出来。一招"战争践踏",弄得那些凶龟仓皇四逃。

二毛逞着威风,,这畜生好久没有出现了,欺负这些乌龟倒是有些上瘾。正猖狂间,凭空飞出一道大腿粗的滑腻触手,前端一卷,便将二毛给勒了起来。

我瞧得真切,知晓这寒潭之中,定是藏有一头怪物,而我们的到来,应该是打扰到了它,所以才会屡次三番地发出恶意,想要置我们于死地。二毛被擒,我不能袖手旁观,当下鬼剑一抖,长了一倍,脚步滑动,飞身上前,一剑斩在了这黑色触手的中间部分。

鬼剑到底是极端锋利之物,与那触手一相接触,一开始还有一些坚韧感,然而当我用劲逼发之后,嘶的一声响,那跟我大腿一般粗细的触手应声而断,将近有四米长的前端给我砍了下来,另一头则缩回潭底。而断肢也凶狠得很,即使脱离了,仍然死死地勒住二毛不放松,还得小妖冲过来解围。

那断肢触手缩回了潭中,沉默了几秒钟,我们前面的这些乌龟也静止不动,然而在下一刻,仿佛发生地震了一般,整个空间都在颤抖,这般东摇西晃,足足有三分钟。我脚底一滑,跌坐在地,瞧见从左边的那潭水里,缓缓浮出了一个房间大的头颅肉丘来,猛然一睁眼,十八盏绿光,照耀当场。

第六十八章　鬼剑掷兽，小妖昏迷

我从未有见过这般恐怖的魔物，只见它挥舞着那根断裂的触手，口中发出了"嗷嗷"的怒吼。这音域，跟刚才驱使双头乌龟们攻击我们的声音，是同一种。瞧见这东西浮出水面，虎皮猫大人大声喊道："小心，小心，退后！"

其实根本不用它招呼，我们已经吓得直往后面退了。被这样绿荧荧的光芒关注，我心中惊悸——这到底是什么怪物啊？

它露出水面的头颅已经够大了，潭水下面藏着的，到底还有什么呢？

见那家伙浮出水面之后，并无动静，只是死死地盯着我们，像捕食的猎豹。我一边防备，一边问虎皮猫大人："这到底是什么东西？它怎么会出现在这儿？"虎皮猫大人竟然知道，它答话："没想到，传言是真的！十八睛、十八手、大口吞天地，身藏寒冰底，这个应该就是鲭鱼了！"

鲭鱼？《山海经》里面有载，说其状如鲋而彘毛，其音如豚，见则天下大旱，是与旱魃能够比拟的凶兽，不过因为其为异类，不通神鬼，所以才没有旱魃那般厉害罢了。但凡事皆有相对，它对付我们，却还是绰绰有余呢。

我说："来头这么大，是当年巫咸族人抓来，看管这祭殿的吗？"

这肥母鸡说："非也，你要知道，这祭殿是耶朗一族修葺，用来供奉巫咸的，所以它要么就是洪荒时期残留下来的远古遗种，要么就是从深渊缝隙里面游过来的漏网之鱼，不过不管是什么，我们都不可能力敌。"

朵朵问它："臭屁猫大人，那我们现在怎么做？"

虎皮猫大人毫不犹豫地振翅高飞，朝着我们右边的黑暗处扑腾过去，尖声大叫道："做啥？扯呼，跑啊！"

它的话语就像一道号角，我和小妖、朵朵、二毛在它话音未落的那一刻，就跟在它后面跑去。而我们这般一动，水底下突然就冲出四五道水柱，随之而来的，是与之前那根一般的触手。

我逃跑的时候背过了身去，然而注意力却一直紧张关注着身后，感觉生死只在一念之间。那些触手"嗖"的一声过来，我左闪、右闪，然后往前一扑，在躲避开第四次攻击的时候，我发现那十几米长的触手伸到了我的面前，居然再也伸不出一寸。

瞧见那触手奋力前伸，却再难进一分，我不由得心中狂喜，没有再跑，而是将鬼剑转了一个圆环，朝着这触手猛然斩去。触手缩了一点，避开这一击，然而因为绷得太长了，那触手有一点儿失去了灵活性，伸缩不便。我瞧着这情况，将鬼剑激发，六尺有余，黑雾萦绕，剑斩而去，想要给这个家伙来一点血的教训。然而那触角再次避开，它与我周旋几下，时不时地往回缩，我也不上当，只在那安全距离活动，死也不过线。

我自以为不过安全线，便无碍了，然而事实证明我终究还是太天真，就在我终于出剑刮到一块血口子的时候，突然间听到"砰"的一声响动，那寒潭鲭鱼整个身子都往岸边冲了一截，而就是这一下，使得它的触手一下子长了一大截。

我的注意力一直集中在与这黑黝黝的触手交锋上，没想到这老奸巨猾的家伙竟会有这般手段，四条触手将我给卷起来，耳边风声呼呼，人便朝着寒潭飞去，而旁边的朵朵、小妖都救援不及。

当我腾飞于空中之时，方才发现这个家伙的恶毒之处：那勾引我的触手让我心中痒痒，却是为了这最后一击。我几乎是在一瞬间给甩上了高空，在那巨大的离心力作用下，我仍然保持了镇定，鬼剑连出，将两条袭击过来的触手给斩断，那触手断口处有蓝色浆液洒出，浸染着我的双手，感觉这手越发灼烫得厉害。

恶魔巫手当年之所以被万三爷称为远古大拿的强力手段，就因为它是一种杀伐之术，杀的邪恶之物越多，它便越强大，也越受到邪物的仇视。这手一发烫，我的头脑却越发清醒，鬼剑往着缠住我腰身、死命儿勒紧的滑腻触手割去。

鬼剑割入，立刻又一道黑烟喷出，我听到惨烈的嚎叫，却毫不留情，使劲儿切，缠住我的那触手便断开，而我则顺着那惯性朝着对面山壁砸去。

眼瞧着我即将撞上山壁，化作一团碎肉烂泥，濒临死亡极限的我气海之中，升腾出一股灼热的气息，贯注全身，让我感觉到自己可以控制全身肌肉，当下蹲起身子，双足接触山壁，以膝盖为缓冲带，居然就这样，于山壁上站立起来。

与此同时，我听到一声极为阳刚的吼叫声，貔貅阵灵二毛跨越几十米，从潭水中跃起，正好出现在我的下方。我不作犹豫，跃上了它的背，从寒潭那头，踏着潭水，跃到了岸边来。

那寒潭鲭鱼贼心不死，再次出击，我也激起了拼死决战之意，骑在二毛身上，顾不得这传奇荒兽的威名，鬼剑激发，斗志昂扬。此时朵朵也是飞临空中，出手牵制，一股又一股蓝光激发，朝着鲭鱼头颅上面的那些眼睛射去。

大家都打出了火气，小妖也折身返回。我的这些小伙伴里面，最能惹事、也最能打的莫过于她，瞧见我们热血战斗，小妖更是激进，身子直接化作一道青蒙蒙的影子，朝着水面上的头颅冲去。

我们这边转守为攻，气势如虹，然而那头寒潭鲭鱼却是不慌不忙，伸出几条触手来应付。这家伙跟我们以前在青山界碰到的那头鱼一样，触手飞舞，让人眼花缭乱。当时的场面十分混乱，我骑在二毛背上，手持鬼剑，不断跟那从各个匪夷所思的方位袭来的触手交手，虽然手忙脚乱，却也有信心能够应付。

所谓信心，就是不断跟比自己强大的敌人战斗，并且战而胜之，积累下来的必胜信念。

　　我与寒潭鲭鱼斗了好几个回合,发现它并没有我想象中那么强大,除了那些神出鬼没的滑腻触手比较让人防不胜防之外,其他的都还好。我越战越勇,正准备进行反冲锋的时候,突然听到一阵惊天嚎叫,整个地皮都在颤抖。仰头瞧去,却见小妖不知道怎么回事,居然突破了寒潭鲭鱼的防守,抵临其头部,对着那一排排密密麻麻的眼睛好是一阵猛踹。她踢得凶猛,寒潭鲭鱼却张着巨大的嘴巴在乱晃,悲惨兮兮的。

　　然而不知道怎么回事,我总有一种不祥的预感,总感觉会发生什么不好的事情。同样的感觉,虎皮猫大人也有,突然间,它朝着正将那堆眼球踢得稀烂的小妖大声喊道:"小妖,回来,小心它的眼球汁液溅到你身上!"

　　然而为时已晚,我视线中的小妖已经被一团绿色的氤氲光芒给团团裹住,空间中大放光芒,将偌大的岩洞照得透亮,我听到右边似乎发出了一阵阵古怪的惊呼。我来不及回头,只是将手中的鬼剑激发到了最强盛的状态,朝着水潭上的那家伙使劲儿投掷过去。

　　鬼剑化作一道黑光,射入了寒潭鲭鱼稀烂的头部,一股黑气腾起,还没有见到其他,那如小山包的头颅便沉入了潭水,唯有被裹在一坨绿光中的小妖漂浮在水面上,生死不知。

　　一袭白影似箭,飞抵潭水上方,伸手将小妖给捞起来。是朵朵,她抱着小妖姐姐朝着我这边飞来,大大的眼珠子里面都是泪水:"陆左哥哥,你看看,小妖姐姐怎么了啊?"

　　鬼剑与我有一丝联系,离我手后,急速往下沉去,虽然我感觉不到方位,不过也知道那家伙是受到了重创,正在快速逃离。此刻我管不了鬼剑会不会沉落,也没有去追杀那寒潭鲭鱼的心思,冲上前去,从朵朵手中接过小妖来,低头一看,瞧见她周身绿莹莹的,双目紧闭,鼻息不存,不过内里的生命力倒是十分旺盛,被那股绿意包裹其间。

　　我不知情况,仰头问虎皮猫大人,这怎么回事?

　　虎皮猫大人神情凝重地落在小妖身上,鸟喙磨了磨小妖精致而滑嫩的俏脸,没有说话。而就在此刻,我听到右边传来了一阵急促的脚步声。

第六十九章　震木精元，骑虎女现

在这样的地下岩洞中，传来如此急促的脚步声，八成八不是什么好事情，我的眉头皱起，抱着小妖往墙壁上靠着，朝声音传来的方向瞧去。黑暗中跑出好几个黑袍人来，瞧着面善，这些不是麻贵的小伙伴儿吗？其中的一个，对，就是那个歪嘴斜眼的家伙，他不是给朵朵扑倒在草丛中，一拳打晕过去了吗？这些人，怎么会出现在这儿？

抱着陷入昏迷、柔若无骨的小妖，我朝远方瞧去，发现除了这几个倒霉蛋儿之外，并没有其他人——没有麻贵，没有那个马脸长老，没有王伦汗，也没有一干持枪士兵，更没有那个刚刚从陵墓里面爬起来的千年老僵尸。

瞧见这情景，我终于松了一口气，用手指着这三、哦，总共四个人，大声喝道："停住脚步，你们怎么进来的？"

他们瞧见了我在此处，一地缩头缩脑的龟壳，以及地上三四根断了一截还不断跳跃的黝黑触手，不由得一阵恐惧，有个懂中文的朝着我这边吼："大哥，给条活路吧，后面好多恐怖的怪物呢。"

我摸了摸鼻子，说："什么个情况？你们别再走近了啊，不然我就以为你们要袭击我了。"

那个汉子脸上乌漆墨黑，仿佛给什么烟雾熏到了，一听我这话，眼泪立刻唰地一下就流了出来，哭丧着脸说道："大哥啊，我们哪里还有心思跟您玩心眼啊。这个洞子里面，到处都是怪物，瞧瞧那些东西，我再瞧见您，就跟看到自己亲妈一样亲切。给条活路吧，那些东西马上就要追过来了。"

这家伙嘴倒油滑，我皱着眉头说："什么东西，我怎么没有看到呢？"

这话音一落，黑暗的尽头处又有一个跳跃的身影出现了，来速极快，而在那身影后面，则有着好多诡异的叫声。那四个人背脊顿时一紧，朝我求饶，我侧身让开他们，说："放你们过来也没有用，这边是个大水潭子，往那边过去，则是一条不知去向的暗河，在这儿，有比你们想象的更加恐怖的东西，当你们瞧见了它，只会觉得你们身后的追兵，其实比我更加可爱。"

我这般说着，那些家伙已经跑到了龟群里面去，瞧见潭边浅滩，不由得哭嚎起来。我拉着一个还没精神崩溃的家伙问，你们怎么过来的？

那个家伙三十来岁，操着一口云省腔，说他醒来的时候，被通知说前往岩洞里来，于是跟着大部队走，越过深谷，进了山壁里面的岩洞，走了好一会儿，突然感觉天地一阵摇晃，人便掉落到了下层洞穴，至于为什么，他也不知晓。

我心中释惑，原来四娘子弄出来的那个血咒，不但将我们那儿的空间给腾挪转移了，便是其他处，也受到了影响。想到这里，我举目四望，却没有瞧见刚才还在潭边的四娘子。

她刚才明明还在呢，难道她被寒潭鲭鱼给带走了？那她肚子里面的肥虫子呢？

我心里面满是疑惑，然而右边黑暗处的那道身影已经奔到了我们的面前，我抬眼一瞧，却正是黑央族的御兽女央仓，以及她胯下的孟加拉虎。

不过相比之前见到的飒爽英姿，此刻的她披头散发，一身香汗淋漓，身上、腿上好几处伤口，显得狼狈不堪。在她的身后，有十来条红色蜥蜴，这些蜥蜴一米多长，细密的鳞纹和富有攻击性的凶悍眼神，口中的信子"哧溜、哧溜"地吞吐着，如风赶来，火一般蔓延。

那御兽女虽然在逃命，然而瞧见我们，特别是旁边在卖乖哈气的二毛，也不由吓得一停顿。她座下那头孟加拉虎，更是连忙止住脚步，停滞不前，这头看看，那头看看，本是林间霸主，却罕见地畏首畏尾，显然是给二毛那风情一扑给弄怕了。

瞧见尾随而来的那十来条大蜥蜴，我心中焦急，也顾不上敌对身份，朝着央仓喊道："这些是什么？"

央仓瞧见我脸上并没有敌意，于是惶急地喊道："从黑暗中突然冲出了这一群熔岩蜥蜴，嘴里面能够喷出灼热的黑烟，熏得人眼睛都瞧不见，而且还一身毒，好几个人都给它们咬到，立刻化成了一摊烂泥，我挡不住了！"

那御兽女骑虎而来，与我擦肩而过，然而当她也冲到潭边浅滩前，不由得一阵沮丧，大叫道："怎么没有路了？"

我们所处的这处空间，背靠着的是巨大的封闭石门，左侧是一片浅滩，再深些是暗河，对面是我们刚才爬出来的深潭，唯有右边有出路，却有着这么一群熔岩蜥蜴前来，虎视眈眈。而且更加严重的事情在于，除了这些熔岩蜥蜴之外，在那黝黑的暗处，还有不计其数的怪物。

我头疼，到底是怎么回事，难道这里镇压的裂缝已经扩大了，根本就镇不住了吗？

当时的情形根本容不得我多想，当御兽女发出一声绝望的喊声时，那些熔岩蜥蜴已经冲到了我们这边来。受到了这边汹汹气势的威胁，那些厚壳老龟开始探出头脚，朝着潭边爬去，那四个黑炮巫师知道即使跳入水中也无济于事，反而连挣扎的机会都没有，于是也发出了绝望的嚎叫，手持武器，反冲回来，准备作垂死斗争。

我将小妖给单手抱在怀里，空出一只手来，俯身捡起一条两米长的触手。这东西末端断开，还在神经反射地不停跳动，我抖动一下，然后朝着一头朝我跃起的熔岩蜥蜴抽去。

啪！触手在空中抖落出一声炸响，生生抽在了那畜生的身上。

能够将御兽女赶得狼狈而逃的，自然不是凡物，不过我借助这寒潭鲭鱼坚韧的触手，一鞭抽去，力量却是十分猛烈，一下子就将这东西抽在石壁上，砸落一地的鲜血，滑落下来的时候，黑烟滚滚，却是把自己的尸体给腐蚀了。

　　一鞭得手，我信心倍增，左右开弓，将我周围抽得鞭影憧憧，竟无一条能够闯入其中，纷纷被抽得要么砸落墙上，要么飞越寒潭中。

　　旁边却是哀号声声，有两个黑袍巫师在接触不到两个回合，便被那熔岩蜥蜴口中喷射出来的黑浆射中，那黑浆比王水还具有腐蚀性，顿时一下就跪了，接着被扑倒在地，一阵猛啃之下，魂飞魄散。

　　虽然曾经是敌人，但是此刻的我能帮则帮，于是将那触手甩过去，紧急救援，将剩余两人，从死亡边缘给拉了回来。

　　苦战四五分钟，这些追来的熔岩蜥蜴在我们的一番围殴之下尽皆丧命，场中多出了十来团黑烟袅袅的尸体，散发出腐臭的气息。当一切都归于平静时，那两个黑袍巫师瞧着被腐烂得只剩下一堆黑色衣袍的同伴，不由得悲从中来，大声哭泣。他们一是为同伴哀悼，二则是为自己的命运悲恸不已。

　　我扛过了这一波攻击，也来不及询问这几人，而是将小妖放在平坦的岩石地上，担忧地问虎皮猫大人，小妖到底怎么回事？

　　虎皮猫大人刚才一直在琢磨，此刻落在小妖胸脯上，翅膀一直在与那团绿光较量着，摸清了来历，抬头，面带喜色地跟我说道："世间有五行之力，鱼属癸水，鲭鱼属震木，它集聚了这方圆百里森林的震木之精化，皆凝于十八只眼球经脉之中。我之前提醒小妖，是因为我担心她承受不了这样的力量，黯然陨落。没承想那鲭鱼目光凝视，根本阻止不了麒麟胎身又修炼青木乙罡的小妖，反而被这狐媚子将十八颗蕴含着震木之精的眼珠子给砸了个稀烂，力量随之转移。她此刻，不过是暂时承受不住，休眠了而已。"

　　我大喜，说，这力道，与朵朵的癸水之力一般？

　　虎皮猫大人点头说是，我也不再纠结，念诵咒诀，将小妖给收归槐木牌中。

　　收敛完毕，我回头看向御兽女和两个黑袍巫师，正想仔细询问，潭水边又传来了哗哗水声，只见黑漆漆的潭边，突然伸出了一只惨白色的手臂来。

第七十章 四娘中邪，鲭鱼再现

这只手虽然被潭水浸泡得惨白，但我依然能够瞧得出来是那个消失已久的黑央族守陵圣女四娘子，再感受到了肥虫子在那儿，心中大定。从潭水中爬起来的四娘子一身寒霜，那长长的头发散落开来，披散在了前面，将整个头颅给遮盖住。她身上白色的袍子湿透，将身体给裹得玲珑剔透，曲线毕露。当然，她这姣好的身材并不是重点，瞧见有混乱的水草将四娘子给缠绕着，而她那缓慢爬起来的动作，几乎就是电影中的贞子。

我喊了几声，没有得到回应。御兽女央仓与四娘子应该很熟，惊喜地叫了几声小豆儿，然而也是没有被搭理。

四娘子便这样摇摇晃晃地从寒潭中爬起，身上的白霜凝结，让她的动作显得格外僵硬。我从她的动作里感觉不到人的生气，下意识地防备起来，与朵朵、二毛往后退去。从潭边爬起来，摇晃了四五米，四娘子终于抬起了头来，那是一张绝美的脸孔，五官精致得像是动画上的人物，然而此刻却狞青一片，眼袋上有浓墨如炭的黑色，嘴唇青肿，一双眼睛里，有着如同寒潭鲭鱼一般邪恶冰冷的凉意。

瞧见这般造型的四娘子朝着我们这边缓慢走来，我不由得暗念了一遍九字真言，然后喝问道："你到底是谁？她这是怎么样了？"

听见我这般问起，那浑身白霜的四娘子用有着尖利指甲的手，去拨开垂落额前的长发，瞧向了我，喉咙里发出一种奇怪的语调来："惊扰先祖灵魂的所有外来者，都不能活着出去！你们全部，都得死！"

她的音调奇特，并不是从她的喉咙里面说出来的，而是一种精神力上面的共鸣，在这个空间里来回震荡，让人耳膜一直嗡嗡嗡的，直头疼。当她说完这句话的时候，身子便快如鬼魅，朝着我这边扑了过来。

我瞧见她眼神冰冷如异类，知道她是中了邪，也不敢伤及她，手中触手一抖，去卷她的双腿。然而此时的四娘子反应当真让人称奇，人跳起，避开我的攻击，身子在空中转了几个圈儿，抵临我的上空，身手敏捷如猎豹。这还不说，她的气力简直就如同九牛二虎附了身，即使是鼓足体内阴阳鱼气旋的我，竟然在她如潮攻势中也是连连后撤；御兽女央仓上前来，想劝慰一句话，结果给四娘子横空一掌，拍在那头魔化孟加拉虎的侧腹部。那头可怜的山林霸王中招，一声悲鸣，朝着墙上撞去，央仓也跌倒在地，给自己的坐骑压得死死。旁边一个黑袍巫师上前，四娘子避开我，双手齐出，在这个黑袍巫师的肚子里掏了好几个来回。她指甲宛若刀锋，划开肚皮，伸进了肌肉和内脏中去,手一攥,这黑袍巫师便哀鸣声起,腹腔的肠子给全部掏了出来,然后被放风筝一样抛起来,洒落一地鲜血。

死了人,空气中顿时有一种温热的血腥味。对于这个诡异的地方,我心中多少有了些恐惧,回过头来,瞧了一眼那封闭的石门,惦记着右边那处黑暗之中,或许会有更多的魔物前来,倘若找不到出路上去,还不如先进殿躲上一会儿。毕竟忙碌了这大半晚上,我实在是累得超出了极限。

我心中计较着,与四娘子的搏斗却并没有停顿半分,见招拆招,不断地后退,并不与她硬斗。在后退到了石门前面的时候,我手结智拳印,手印翻飞,在这美丽女人的眼前晃了两下,当她的注意力集中在了我印法积聚出来的能量和意境之中时,我立刻一声大吼:"裂!"此言一出,一股分裂一切阻碍自己的意志立刻蓬勃激发,四娘子身体一僵直,我错步而上,智拳印正好敲在了四娘子被水浸泡得发皱的额头之上。

啊……一声厉喝从她的口中发出来,随之而来的是一股黑色气息,里面有张不断扭曲的女人脸孔,极度仇恨地瞧了我一眼,不过当我点燃恶魔巫手,想将这恶灵掐灭的时候,那气息又缩回了四娘子的天灵气海穴,龟缩不出。

我这一番当头棒喝之后,一直在旁边默默不语的朵朵也终于出手了,她双手之上,宛若有两尊罗汉停住,降龙伏虎二位尊者的意识投影,化作一道光芒,射入四娘子的体内,口中也一声高喝道:"封!"

两相打击之下,四娘子浑身一阵颤抖,脚下一软,栽倒到了我的身前。四娘子身材火爆,我伸手一扶,将四娘子扶倒在地,正想仔细研究,那个仅剩下的黑袍巫师一声悲恸的嚎叫,举着一根铁棍子冲上前来,想要将这昏迷过去的四娘子砸死。我伸出手,制止住这个倒霉蛋儿,大声骂道:"她清醒的时候,你想怎么弄都行,但是一个昏迷过去的女孩子,你逞什么威风?"听得我的骂声,那人眼圈一红,回过头去找他死去的小伙伴痛苦去了。

我不管他,驱使二毛过去将压在虎身下面的御兽女央仓给救出来。这个黑妹子生命力倒也顽强,瞧那头孟加拉虎的体型,怕不得有一吨,但她爬起来后,却并无大碍,反而回过头去打量自己最信任的小伙伴。那头孟加拉虎中了四娘子一掌,活不成了,张开的嘴巴里大口大口地吐出成块状的黑血来,哼哼着,一双眼睛死死地盯着自己的主人,里面充满了眷恋和不舍。

央仓哭了,脸偎依在孟加拉虎的头边,伤心极了,晶莹的泪珠不停地滑落。那孟加拉虎一开始还伸出温润的舌头小心帮她拭去泪水,过了半分钟后,泯然长逝。

央仓悲恸不已,大声呼喊着自己爱虎的名字,这是一个富有缅甸风味的小名,我听不真切,不过这个时候也不得不打断她的难过心情,伸手拍了拍她的肩膀,缓声说道:"它去了,在那个地方温暖如春,大地祥和,这便是最好的归宿。往者已矣,你再伤心也没有用处,我们还是先想想自己吧。你是怎么来到这儿来的?"

御兽女抽噎一阵,想起此时的情形,于是收敛起悲伤情绪来。因为我之前几次出手，给她的印象太过深刻，故而现在她倒没有使性子，十分恭谨地回答道："自从你上次带人大闹军营之后，这几天就颇不平静。我本来奉命在族群外围巡逻，结果接到通知，说老祖宗已经醒了过来，下令我们进入禁地，搜寻你的踪迹。命令是'只要活，不要死，见到不与接战，速发信号'。"

她皱着眉头，似乎在恐惧："我没有见到先祖，而是在族中长老的带领下进入禁地，行了好久，突然感觉到空间崩塌，山体移位，我便与众人失散了，反而是遇到先前进洞的萨库朗一批人。黑暗里恐惧占了上风，我们想要出去，然而迷了路，转了好久，突然见到从一条山缝中爬出好多蜥蜴和带着黑烟的小人儿来，这些家伙见人就杀，我们抵挡不住，只有跑。"

我咽了咽口水，说，那裂缝中爬出来的东西，到底有多少？

央仓努力地回忆着，告诉我："不知道，当时的场面太混乱了。死了人后，我们就一直跑，我回头瞧了一眼，密密麻麻，成百上千个吧，一直跟在我们后面。"我指着陷入一片死寂的右边黑暗处，皱着眉头说道："成百上千？我除了见到几条大蜥蜴外，并没有瞧见什么东西啊。到底是什么，让你们如此慌乱，竟然失去了最基本的清醒？"

央仓使劲儿摇头，说："不可能啊，我明明看到的啊，可是……咦，这些家伙不是一直跟在我们身后的么，怎么只有熔岩蜥蜴，其他的带烟小人儿呢？"

一直在旁边沉默的虎皮猫大人突然插嘴，说道："情况很难理解，除非是出现了弱肉强食的强者，把这些追兵变成了食物。"

强者？我听到虎皮猫大人冷静的话语，心不由自主地凉了起来，感觉石门对面的寒潭底，有一股熟悉的血气在积累萦绕。此刻，那潭水开始咕嘟咕嘟地冒起泡来，水泡足有篮球大，破开之后，一股又一股的血腥之气传递上来。

再接着，我感受到了鬼剑的气息。

那寒潭鲭鱼准备再来一波吗？

我心中惊疑，那蛤蟆头再次浮出来的时候，瞧见在它稀烂的头颅上，站着一个小小的黑影子。

第七十一章 魔罗狡诈,借尸攻击

寒潭鲭鱼之前遭受重创,然后被我含怒而出的鬼剑射入,潜入寒潭底部,不知踪影,我本以为它会顺着暗河潜走疗伤,没想到它居然再次浮出水面来。

不过让我惊疑的事情,并不是这家伙的再次出现,而是此刻的它,早已经没有了一点儿生机,而在它那两个卡车头一般大小的蛤蟆头上面,除了一把深深插入脑中的鬼剑之外,还有一个瘦小的黑影子,正静静站立着。这个黑影子大半个身子都埋在那一堆被小妖砸得血肉模糊的稀烂眼珠内,唯有上半身露出来。

随着寒潭水顺着角质和鳞甲滑落,以及在石门上面鲛人油灯的照耀下,我瞧清楚了这个瘦小的黑影——六只胳膊,宛如虫子口器一般的嘴巴以及三面重叠的脸孔,似人而非人,仿佛人类噩梦中最恐怖的梦魇,那蓝色红色的血浆将它变得格外的恐怖凶悍。我感觉自己被那冰冷非人的目光注视着,仿佛有毛毛虫在背上缓慢爬动一般,痒得我就想高声叫唤,把心里面的恐惧,给全部释放出来。

魔罗!

我万万没想到,从水中冒出来的这个瘦小黑影,竟然是本应该在几十里外山村中逞凶威的魔罗。此刻的它,与我在错木克初见以及在王伦汗基地小楼里面所见的,完全不同了。那个时候的魔罗,就像一头小兽、一只雏鹰,虽然凶戾彪悍,但骨子里面还是有一些初生婴孩儿的柔弱;然而在经历了昨夜的激化之后,此刻的它,完全就是一头魔焰滔天的大魔头了。

它在寒潭鲭鱼头上,几乎没有动,只是用目光巡视全场,而我们都能够立刻感受到那种凝重的、几乎呼吸不过来的气场,仿佛下一秒,这魔物就要出现在我们的身边,将我们的身体给肢解、吞噬了一般。

瞧见魔罗这般诡异而安静的出现,在我头顶的虎皮猫大人开始了碎碎念,大声说道:"完了完了,魔罗竟然感应到了裂缝生成,灵界生物破网而来,过来就食了。不行了,小毒物,我帮不了你了,只能帮你把遗言带回去了,你好好想一想,有什么要跟你父母说的?快些说,我好带朵朵跑路!"

我被这肥母鸡弄得哭笑不得,不由得问道:"难道就没有办法,将这个家伙给弄死了吗?"

虎皮猫大人展翅高飞,在空中回答我:"有,但是你不行,我们都不行。朵朵,上大人我背上来,我载着你离开这里,快,不然就来不及了。"

虎皮猫大人这般大呼小叫,然而朵朵却不愿意离开,紧紧拉着我的手,说:"不,我不走,我要跟陆左哥哥把这些怪物全部打败,不然就是死,也不逃。"

朵朵心思单纯,怎么说都不为所动,虎皮猫大人也无能为力,不由得一阵急躁,脑筋开始飞快开动,过了几秒钟,它又惊又喜地喊道:"咦,他怎么过来了?"

我奇怪,说谁来了……

这话儿还没有问完,我突然就听到了一声贯彻天地的嚎叫声。出现在寒潭鲭鱼身上的魔罗开始从宿主身上站了起来,此刻的它已经完全没有一两岁婴儿的弱小模样,瞧那上半身,跟十来岁的少年差不多,浑身精瘦的鳞甲,以及锋利的尾刺。

魔罗双目赤红,手臂指着天空,作仰望状,有苍凉的呼声从天际传来。而在我们的头顶处,突然出现了一道不断旋转的气流,将所有的黑暗给搅动,在这样波涛汹涌的气流中,无数分子摩擦,于是产生了光。光亮将整个空间给照得透亮,我终于瞧见了右边的黑暗处,那是一个深邃而冗长的洞穴,呈现出喇叭状,越往里去口子越小,而在我的视线之中,各种各样纷呈出奇的妖魔鬼怪都在那边儿累积,它们的形象已经完全超出了我的想象范围,有悬空停浮的骷髅头,有流着鲜血的断肢巨手,有喷着火焰的虫子,有一团迷雾的黑烟,还有许许多多我从来没有见过的东西,模模糊糊,总之是汇聚了世间所有的丑恶……

瞧见这些玩意儿,我几乎有一种立刻躲到那高大而厚重的石门之后,永远也不要再见到的冲动。

然而在下一秒,却是乖乖的朵朵一声大喝:"唵、嘛、呢、叭、咪、吽!"

此言一出,天下皆清,之前映入我眼帘中的各色魔物,都消失不见,只有一片狼藉的堆叠尸体,想来应该都已经遭了魔罗毒手。瞧见这魔罗居然能够影响我的心灵,我不由得一阵后怕,要知道,我的心志经过这几年,早已坚硬如铁了,而这东西在短短的时间内,竟然已经能够运用幻术,将我给迷惑,这魔物已经狡猾得可怕了啊。

我心中震撼,不过朵朵在我身边,小妖在我胸口的槐木牌中,倘若我露出半分害怕的情绪,只怕这些小宝贝们也逃脱不了被这魔物屠戮的命运,一想到这里,我的心中便满是激情,恐惧退却,将手前伸,开始去感应深深插在那蛤蟆头上面的鬼剑,试图与它产生一些联系。

朵朵的六字真言将漫天的幻光震得粉碎,身上也开始散发出如肥虫子一般的土豪金光芒。此乃佛光,传承自藏边鬼妖婆婆之手,照在我的身上,暖意洋洋,感觉有数不清的气力产生。

魔罗之前对那些从裂缝中穿过来的诸番魔物大肆屠戮,而后又潜入寒潭之中,将这寒潭鲭鱼残余的生命力吸收,不过此刻似乎挣脱不了那大蛤蟆加触手怪结合的寒潭鲭鱼尸身的缠缚。不过它并不是没有办法对付我们,在下一秒,在它的指挥下,呼的一声,之前那些神出鬼没的触手,便再次出现,朝着我们这边飞来。

这种攻击手段,之前的寒潭鲭鱼使起来对我都没有什么用处,魔罗刚刚接管了它的身体,使起来也有些僵硬,并不方便,我很容易就躲开了。魔罗几次攻击无效之后，也有了些火气，瞧见旁边那个正在哀悼同伴而傻乎乎哭嚎的黑袍巫师，那触手便横空飞去。

嗖——

风声响起，我瞧见那人傻不愣登地不动，暗叹了一口气，一扬手中触手，将他给甩到那头虎尸之上，然后吩咐朵朵和御兽女央仓，让她们带上被封印住的四娘子，以及那个傻了的黑袍巫师朝着右边跑开，暂且避开这魔罗的锋芒。

朵朵扶起四娘子，将她和黑袍巫师甩上二毛的背上，然后带着央仓往着右边跑开，虎皮猫大人也屁颠屁颠儿地跑开。我呼叫肥虫子，这家伙终于舍得离开那美女的身体，飞到了我的前面来，帮我一起抵挡魔罗控制的寒潭鲭鱼攻击。

没了鬼剑，我抵挡这攻击并没有什么有效招数，只是躲闪，不过肥虫子倒是补上了这一空缺，这小东西并不大，然而力量却出奇的恐怖，而且也敏捷，每当那触手横空飞来的时候，它便扑上去，然后一口咬下，凶狠非常。就是这一口，被咬中的触手立刻枯萎，不一会儿，几条触手都被咬中了，一开始甩过来还滑滑腻腻，到了后来，则有一种秋天枯黄树叶的无力之感。

肥虫子威武，弄得魔罗一点儿脾气都没有。不过我瞧见肥虫子好似有些怕魔罗。想来也是，最初的肥虫子，也是十分恐惧矮骡子这种灵界来客，也正是因为如此，我方才有机会将它给收服，而当时让我所恐惧的矮骡子，现在看来，其实早就已经不是什么厉害之物。可以想象，肥虫子应该对此类的魔物有着天然的畏惧，至于是什么原因，那就不得而知了。

我瞧魔罗暂时没有招，也不敢去招惹它，鬼剑都不敢拿，朝着右边的去处逃开，想着即使有千种魔物，也未必有魔罗这般恐怖。然而我还没有走开几步，发现二毛又从黑暗中奔回来，朵朵正站在二毛的头顶上，大声叫道："陆左哥哥，那些家伙过来了！"

第七十二章　双亲齐出，头颅飞扬

还没有等朵朵回答，黑暗中麻贵一马当先冲了出来，脸上露出了残忍的笑容，哈哈大笑道："天意啊天意，没想到这一番兜兜转转，我们竟然在这里重逢了。陆左，连老天都在帮我们，看你这次还往哪里逃？"

我眉头一皱，只见在麻贵后面，还有手持定制版沙漠之鹰的大毒枭王伦汗，有独目凶悍的缅甸国手哈罗上师，萨库朗诸多黑袍，还有一群额头上面纹绘星星的黑央族人，其中至少有三个长老级别的家伙包括那个神秘的马脸长老。数一数，竟然有三十来号人，难怪朵朵会带着二毛返回来。

瞧见这些人，我不由担忧地朝着央仓和那个吓掉了魂、歪眉斜脸的黑袍巫师瞧去，就怕这两人瞧见自己大部队赶上来了，便起了坏心，想要暗算朵朵。

不过也许是我多虑了，央仓竟然有些戒备地看着自己的族人，而那个黑袍巫师，完全就已经吓破了胆子。

我阴着脸，瞧这一大群人靠近，心中在飞速思虑到底应该怎么办。而麻贵也是个极有眼色的人，知道自己一个人并不足以将我给制服，故而在离我八米处的安全距离站定，眯着眼睛，瞧我和旁边飞舞不休的肥虫子。直到左右的人都赶了上来，麻贵才缓慢说道："陆左，你仅凭借一人之力，便将我萨库朗闹得鸡犬不宁，说实话，我真的很佩服你。不过，敢和我们作对，你的人生，也就到此结束了！"

一个麻贵并不可怕，真正可怕的是这三十来个全副武装的人，并不亚于魔罗带给我的强大压力。他们每一个人挑出来，我都有一战的信心，然而倘若一拥而上，我必定是顾头不顾腚，分分钟就沦陷其中。

目光放远些，并没有瞧见那头从陵墓中爬起来的僵尸，心中稍安，然后并不理会嫉妒之心熊熊燃烧的麻贵，而是瞧向了其他人，抱拳说道："诸位，之前的事情，孰对孰错，在这里我便不争论了，有的事情，三天三夜都辩不明白，我请大家看在大敌当前，而我们有着共同敌人的份上，看在同为人类的份上，暂且搁置仇怨，共同对付这头从地狱中爬起来的恐怖生物吧。今天倘若不能够将它给消灭，只怕明天的缅北，那便是赤地千里、血流成河了！"

我指着将身子融入寒潭鲭鱼头颅上面的恐怖魔罗，慷慨激昂地说着。这群赶过来的家伙才瞧见在寒潭中间，竟然还有这么一位恐怖的存在，一时间人群里就骚动起来，议论声起。

萨库朗的人对于魔罗，那是深有体会，他们之所以连夜逃离，便是因为这凶魔逞威,如今瞧见魔罗竟然也出现此地,哪里能不惊恐?萨库朗诸位人心惶惶,黑央族也不好受。既然能够入得洞来,必是族中有能之辈。世间的道理是相通的,这修为越高,就越懂得敬畏,对未知的力量也怀着敬而远之的心态,如此方能活得更加长久,故而一瞧见那再次陷入沉默的魔罗,他们的心情也随之沉重起来。

沉默足足维持了一分钟,一个年轻的黑央族人越众而出,朝着二毛背上的御兽女央仓大声喊道:"央仓,你怎么会和敌人在一起?"

这个年轻人便是夜里在崖上与央仓接头的那个"人猿泰山"。央仓瞧了我一眼,回答说是陆左救了我们,准备带着我们逃离此处。

那个马脸长老瞧见了央仓怀中的四娘子,也沉着声问她,圣女怎么样了?

央仓告诉马脸长老,说四娘子中了邪,她的那头孟加拉虎也是被圣女一掌打死了,不过她现在已经被我给封印住了,暂且没事。通过这一问一答,那些黑央族人瞧向我的眼神也柔和了许多,马脸长老以手抚胸,朝我打招呼道:"北边来的养蛊人,松日落向你问好,你的行为赢得了我的尊敬,我谨代表全体黑央族人向你致敬。强大的你,在此时此刻,我们可以成为并肩而战的朋友,一直到先祖堵住缝隙,前来裁决之时。"

听到马脸长老的话语,麻贵顿时一阵急躁,大声打断道:"松日长老,你不能这样,你们黑央族是跟许先生有协议的,你不能单方面破坏你族族长和长老会所作的决议,你没有这个权力,请你收回刚才所说的话语,不然,不然我就……"

被麻贵这般色厉内荏地喊叫,马脸长老狭长的脸上露出了一丝不屑,平静地说道:"虽然我们与许先生达成了协议,在与契努卡的斗争中出人出力,壮大我族,但是,一切都是以我族能够生存下来为前提。皮之不存,毛将焉附?你仔细看看那头地狱来的生物,倘若不将它加以消灭,只怕我族就要沦陷到了万劫不复之地。我终于明白为什么先祖会在此刻苏醒过来,因为连它都已经感应到了,此时此刻,正是我黑央族南来千年的历史中,生死存亡、最危险的时刻。"

听得马脸长老神情严肃,如此重视那寒潭之中的魔罗,麻贵脸上有着诡异的笑容,说:"哦,原来你是怪我们将这魔罗引至此处啊?其实有意见我们都可以沟通,不必太过僵硬。这魔罗,我们既然有信心将它放出来,便也自有整治它的手段。"

这话说完,他拍了拍手,立刻有两个黑袍巫师抬着两个箱子过来,打开第一个箱子,滚出一个浑身被绑得严严实实的男人来。我定睛一瞧,却是原本被封在小楼里面的郭佳宾,不知道麻贵怎么就把这家伙弄到这儿来了。另外一口箱子,则是全身素白的崔晓萱,这个可怜的女人并没有被捆着,她从箱子里面缓缓站起来,脸上没有了之前的那种疯癫,双眼直勾勾地盯着潭中的魔罗,口中轻轻呼唤道:"宝宝,宝宝……"她的声音轻柔温和,充满了亲和力。我感觉远在寒潭那儿静默着的魔罗,周身的魔气似乎淡了许多,目光朝着崔晓萱这边看来。

我就这样瞧着,心中疑惑,想着崔晓萱之前已经疯了,怎么现在又是一幅完全清醒的样子呢？

我正疑惑，虎皮猫大人落在我的肩头，沉声说道："你看看崔晓萱的后脑勺那儿。"

从我这个角度来看，只见在崔晓萱刻意梳理过的长发后面，有一团朦朦胧胧的黑雾，瞧得并不很真切，我摇摇头说："还是看不清楚。"

虎皮猫大人将翅膀往我的眼前挥舞一下，这会儿我终于瞧清楚了，那儿竟然附着一只硕大的黑色蜘蛛，八只腿脚紧紧抓在崔晓萱的脖子上，然后不断地吐出黑丝，将崔晓萱的四肢缠绕着。

我们站在侧面，瞧得清楚，但是魔罗却瞧不见，因为那大蜘蛛浑身毛孔都往外散发出一种古怪的黑气，能够扭曲光线，倘若不是虎皮猫大人这个阵法大拿的招呼，只怕我也是瞧不见的。

见我脸露惊容，虎皮猫大人低声说道："抱脸蜘蛛，这东西是深山罕有的物种，常见于青藏高原至昆仑山脉附近，祭炼过后能够控制人的神经系统。估计那个可怜的女人就是被人控制住了，现在就如同别人的木偶一样，叫做什么，就做什么。顺便说一句，这种蜘蛛吐出来的丝，具有很高强度的韧性和硬度，是绝佳的材料，小妖的缚妖索里面，便含得有一些。"

虎皮猫大人说着话儿，麻贵已经用鬼头刀挑开郭佳宾身上的绳子，恶狠狠地威胁道："你只要肯配合我，以前我答应你们的条件，还可照样实行，你看怎么样？"

事已至此，郭佳宾没有半点儿节操，也忘了钟水月被吃掉的仇恨，忙不迭地点头说好。然后一把鼻涕一把泪地走上前去，大声哭嚎道："宝宝，不是爸爸不要你，只是爸爸还没有做好迎接你的准备。你知道么，爸爸很爱你的，我在腰上文了蜻蜓，代表你，我愿意为你付出我的生命。"

在生命威胁之下，郭佳宾发挥了百分之一百的演技，热泪肆流，朝着潭水边缓缓走过去。而另一边，崔晓萱也朝着魔罗招呼："宝贝，宝贝，到妈妈这儿来。"

这般亲情感召，我的心也提了起来，想着莫非那魔罗，真的还能残存着一些人性？

而就在此刻，在我们期冀的目光注视下，一道血光飞出，郭佳宾的头颅，冲天而起。

第七十三章　千年召唤，头破门开

　　血光冲天，宛若一朵朵绽放的鲜花，有着一种恐怖的美丽。然而当郭佳宾那满面惊恐的头颅哐啷一下，砸落在地上的时候，我们的心也被一个大锤使劲儿地敲了一下，轰！麻贵的脸色立刻变得一片惨白，不由自主地后退了一步，皱着眉头说道："不可能啊！"

　　是啊，不可能。我们根本就没有瞧见魔罗出手，它依然如同死物一般没有动弹，身子随着寒潭鲭鱼在水中浮浮沉沉，唯有那投向崔晓萱的炽热目光，让它有一丝活物的感觉。

　　然而即使我们再怎么不愿意承认，那郭佳宾也实实在在地死在了我们面前。他至死，都还在演戏，仿佛他的人生里面，充满了谎言。郭佳宾死了，然而崔晓萱在那抱脸蜘蛛的驱使下，还在缓步往前走着，口中依旧温柔地呼唤着魔罗："宝贝，宝贝，来妈妈这里。"

　　瞧见崔晓萱越过那些缩头缩尾的龟群，走过潭边的滩涂，朝着魔罗走去，我忍不住地朝着麻贵大喊一声道："够了！你要再继续下去的话，她会死的！"

　　麻贵的脸色狰狞，朝着我一阵轻佻而疯狂地笑，说："你心疼了？这娘们是你的姘头不成，你的口味挺重的啊，疯子你也上？实话跟你说了吧，我接到的命令，就是让魔罗将它的双亲给亲手杀掉，这个女疯子是它老母，所以就必须死！"

　　瞧见这张麻子脸，我心中顿时就感觉到无比的厌恶，一阵怒火中烧，当时就想冲上去将这畜生给弄死。然而我身子刚动，旁边的王伦汗和几个亲随立刻把手中的枪指向了我，那大毒枭厉声喝道："陆左，我知道你很厉害，甚至可以出其不意地毒死我们，但如果你执意起冲突的话，不过就是同归于尽而已。"

　　被沙漠之鹰和几把手枪指着，这种感觉并不好受，虽然我很有自信闪过子弹，甚至直接将二毛身上那个黑袍巫师，给抓下来挡子弹，但终究不想在这个节骨眼上再节外生枝，于是冷哼一声，不作理会。

　　我们这边吵完，崔晓萱已经走到了潭水边，她并没有走过去，而是将双足浸在水里，轻轻地呼唤着。

　　这个时候，那头魔王终于有了动静，低伏的头颅抬起，浮在潭面的鲭鱼蛤蟆头也开始往岸边缓缓移动，最后是那张巨嘴，都已经碰到了崔晓萱的小腿处。魔罗抖了抖身子，从寒潭鲭鱼的头颅中拔腿而出，顺着鼻梁往下走，然后来到了崔晓萱的面前。

　　这魔罗站在自己亲生母亲的面前，头颅只到她的胸口处，仿佛很瘦弱的一个少年。然而从我们这个角度看过去,特别是炁场感应中,我却感觉崔晓萱仿佛站在一头滔天巨兽之口前。

魔罗走到崔晓萱的面前来,两人对望一会儿,它伸出一只手,摸了摸崔晓萱的额头,那可怜的女人立刻跪了下去。然而她才跪到一半,仿佛有另外一种意志在左右着她,接着她突然伸出手,狠狠地将魔罗抱住,张口朝着魔罗伸出的那只手咬去。

"啊"的一声尖叫,崔晓萱开始变得疯癫,富有攻击性,而与之对应的,却是魔罗的淡定。

崔晓萱即使疯狂,力量也不大,刚才的攻击行为,也只是为了惹出魔罗的杀戮本性。而让我惊讶的事情在于,魔罗居然很小心地接住了崔晓萱的攻击,一下子将暴躁不安的她给制住,继而翻转过来,瞧见了自己母亲后脑勺上面的抱脸蜘蛛。

此刻的魔罗已经有了人类的智慧,它用一种极为恶意森寒的目光扫视全场,然后"吱"的叫一声,超高的频率让所有人的耳膜一阵嗡嗡发懵,仿佛脑袋被大锤击打了一般,疼痛欲裂。

正当我抱头痛苦的时候,那魔罗往后退了一步,身后那条骨节修长的尾椎倏然刺向那头海碗大的黑蜘蛛身上。"唰"的一声响,那头被人祭炼过的毒虫就给魔罗剥离下来,摔在地上,那尾椎如暴风一般锤打,啪啪啪,如此泄愤之下,毒蜘蛛早就变成了一堆烂泥。

抱脸蜘蛛离体,崔晓萱立刻失去了力量,软软地跌倒下来,而魔罗则伸手将她给扶住,小心翼翼地将这个可怜的女人抱上了刚才待着的血肉中,深情地凝望着这个生育自己的普通女人。

此刻,魔罗方才将视线投向了我们,投向了一脸狰狞和忿恨不平的麻贵。此刻的它有一种神奇的魔力,当它注视人的时候,那个被注视者,心头立刻是一片阴霾,仿佛被瞧了个通透。此刻的麻贵便有着这般的感觉,不过他倒是豁得出去,将手中的鬼头刀一抖,舞动得虎虎生风,一番舞动下来,热汗蒸腾,发狂大叫道:"来啊,来啊,你敢来,我就把你斩成七八块!"

魔罗默不作声,它深情地瞧了一眼陷入沉眠中的崔晓萱,然后往前走了两步,将六只手臂舒展开来,深深地伸了一个懒腰,那连成一片的大嘴里咀嚼了一下,将里面的肉丝血沫子给吐出来,六双眼睛,朝着右边的方向望去。

啊——

我听到有人在颤抖,也有人在喊叫,接着有人居然根本抵受不住魔罗的这一瞥,转头就朝着黑暗中的洞穴逃去,一开始是一个,接着三五成群,到了后来,就连那个马脸长老和另外两个黑央族高手都转身撤离。几乎是一溜烟的功夫,这三十来个闯入者,居然跑了一大半。

我心中生疑,这黑央族的几个家伙,便是虎皮猫大人也说厉害,怎么一招都没有交手,人就逃离了?什么个情况?

黑央族的人化作鸟兽散去，我本来也想打一壶酱油，转身离开，然而王伦汗等萨库朗人却并没有离开，依然用枪指着我，我只好缓慢移动身形，躲入二毛侧面。而就在我们这边勾心斗角的时候，那魔罗便已经化作了一团黑影，出现在麻贵的身前，伸出一爪，朝着麻贵的下身挠去。

　　麻贵为人虽然下作，但还是有着一身好本事的，那一把寒铁鬼头刀挥舞起来，却如同一道龙卷风，那魔罗试探一回，竟然给一刀劈开，火光四溅。

　　瞧见这情形，我的心中不由得又多了几分希望，看来这魔罗到底还是太年幼了，并不能够如同小黑天一般，镇压全场。当然，它也应该是开启了智慧，知道自己的弱处，于是一直都在进食，争取尽量让自己的实力回复巅峰。见到麻贵实在太硬了，魔罗立刻转移了攻击对象，朝着旁边那些黑袍巫师和王伦汗带来的手下进攻。

　　当魔罗转移了攻击对象，立刻便有人死去，鲜血飙射，断肢飞扬。魔罗虽然没有武器，但是利爪如刀，此为其一；那张嘴比鳄鱼的撕咬力强过十倍，此为其二；更加恐怖的是它新生出来的那根尾椎，锋利诡异，不知不觉就会出现在某位的胸口，用力一搅，里面的内脏立刻炸射开来。

　　场中有那熔岩蜥蜴尸体滚滚的浓烟，借着这烟雾，魔罗身形如电，不到一分钟的时间里，便已经收割了四五条人命。它曾经朝着我这边顺便来一击，结果我抖动手上那条触手，一鞭甩去，将它逼得不敢再往前来。

　　场面变得无比混乱，王伦汗等人也顾不上再盯着我，手中的枪开了火。不过在这样相对禁闭的空间里，面对着魔罗这种高敏捷度的对手，除了王伦汗勉强能够捕捉到魔罗的身影之外，其他人基本上都打了一个空，不多时，便被尾椎插死。

　　随着枪声在空间里砰砰响起，流弹乱飞，我躲入二毛身子内侧，四处张望一番，发现魔罗和麻贵等一干萨库朗都在右边通道处混战，我们倒是没有人管了，那么，我能够逃向哪儿呢？

　　我这般想着，突然心脏就是一阵狂跳，眼睛不由自主地朝着那扇巨大的石门瞧去。我盯着那个猪面怪人，这般古朴的雕刻手法，竟然将它给塑造得栩栩如生，我之前只是觉得有些奇怪，而此刻瞧见，越发地觉得它似乎已经活了过来，那一双眼睛也由灰白色逐渐转成黑色珠子，接着一点儿、一点儿地开始渗出红色的血来。

　　瞧见这血，我心中突然升出一种古怪的心思，仿佛一种千年来的召唤，让我不由自主地走到了那石门前，当耳朵边的朵朵大声叫唤"陆左哥哥你要干吗"的时候，我猛地跳起了身子，将脑袋往着一处凸起的圆珠儿，使劲撞去。

　　砰，立刻有鲜血飙出来，而耳朵边似乎也听到了一个人十分用力的肯定声。

第七十四章 三方合力，夺门之战

我的脑袋一阵眩晕，过了好几秒钟才回过神来，感觉眼角处有一道黑影掠过，睁开眼睛一瞧，占据了整面山壁的那扇巨大石门，此刻竟然轰隆隆地开启了，朝着上方提起来。

天啊，我到底做了什么，我竟然将这祭殿的门给撞开了，我到底想要做什么？

我突然有一种我不是"我"的感觉。头上一道风吹过，朵朵悬停在了我的头上，朝着我哈气，脑袋上那阵剧痛立刻得到了一些舒缓。我浑身都感觉到不对劲，心中一动，估计此刻是洛十八的意识觉醒了，方才会做出这种古怪行为，于是双手结内狮子印，口中大喝道："洽！"此言喝完，顿时一股灼热的意志传遍全身，清除阴霾。神智一回过来，我突然有一种十分渴望鬼剑的情绪，于是很自然地将右手一伸，大喝一声："鬼剑过来！"远在寒潭处的鬼剑闻此声音，立刻一阵蜂鸣，叮的一声，隔空飞来，出现在我的前方。我伸手将鬼剑抓在手里，瞧见右边有一道黑影朝我冲来。鬼剑下指，然后返撩，我朝着那黑影猛力割去。

唰——鬼剑与空气产生了剧烈的摩擦，一道曲线闪现，斩落在那道黑影上面，铮然作响，我被巨大的力量撞得往后一动，那黑影也跌落一边。我连退了好几步，瞧见这道黑影竟然是魔罗，此刻的它已经将萨库朗来人杀得七零八落，除了七八个修为实在厉害的高手，其余人等，要么死要么伤。

两者相斗，各有损伤，魔罗杀了不少人，它身上也有几道狰狞的伤口，有的瞧着是利刃斩开的，有的则是手枪轰上去的。王伦汗到底是有真本事的人，枪法十分准，居然能够在这种高速运动的情况下，击中魔罗，并且朝着没有鳞甲的地方钻去。不过即便是如此，魔罗浑身的肌肉坚韧，那本来可以将大象都轰倒的沙漠之鹰，此刻打中魔罗，也不过是让它停顿一下，虽有血流，但依然奋战不休。

当我将大门打开的时候，魔罗竟然放弃了与王伦汗、麻贵和哈罗上师一伙人的拼斗，舍命地朝着我这边攻来，倒是真的让人郁闷。对魔罗苦苦相逼的明明就是麻贵一伙，这般的深仇大恨都不理，为何要朝着我这边攻来？很快我就明白了，魔罗乃深渊来的魔王，它可是付出了巨大代价，损耗一生修为才重返人间，投胎重修；而耶朗祭殿则是封印之地，倘若能够将这个渠道打通了，那么它的旧部便能够源源不断地出现，到了那个时候，它才能够算得上真正的第六天魔王。

我不知道此时的魔罗是否有了这样的智慧，我感觉到它与之前有着质的转变，攻势极端凶狠，六只手上的爪子几乎能够与鬼剑直接拼斗，那根新出现的骨节尾椎更是

恐怖，神出鬼没，稍不留意它就会以不可思议的角度，朝着我的要害扎来。

交手不过十多秒钟，头上还不断流着血的我便被魔罗给一下扎中了右腿，血花在一瞬间绽放，我单膝跪地。魔罗张嘴咬来，我的肩膀被朵朵抓住，朝着后面拖去，旁边的二毛抖落背上几人，低着身子朝魔罗猛力撞去。二毛高大，魔罗瘦小，然而彼此相较量的战绩从来不以体量来决定。当我在朵朵的帮助下重新爬起来的时候，二毛被魔罗瞅准机会，尾椎一下扎进了腹中，呜咽一声，然后给魔罗好是一阵啃。二毛在坚持了几秒钟之后，终于身形一阵恍惚，全身化作了一道白光，射入了我的胸口。我胸膛一震，知道阵灵二毛已经溃散了，下一次见到它能够成形，不知道什么时候了。

在二毛与魔罗纠缠的时候，我、朵朵、御兽女央仓以及那个回过神来的黑袍巫师都已经进入了石门内，里面有开阔的空间，满地昏黄的光线，不过我已经来不及瞧看打量。倘若让魔罗也冲进来，后果不堪设想。于我个人则在门内门外差别都不大，毕竟在哪儿死，也都是死。我站在了门口，鬼剑被我激发得越发巨大，宛若门板，当魔罗将二毛咬得溃散的时候，我倒提着鬼剑前冲，朝着这魔物扫去。一剑、两剑、三剑，我唰唰唰连出三剑，魔罗皆轻松躲过，这时，被遗忘在地上的四娘子突然跳了出来，朝着魔罗扑了过去。

这情形让人意外，要知道四娘子体内邪灵已经被我封印，为何此刻又苏醒过来了呢？不过四娘子参战，将魔罗对我的攻势减轻了许多。此刻的她仿佛尸灵附体，走的是极为强硬的路线，而且居然能够与魔罗的力量相抗衡。我在旁边策应，鬼剑使如疾风，连环刺去，一时之间，魔罗竟然被我们两个弄得有些应接不暇。

魔罗此刻的迟钝，跟朵朵也有一定关系。小萝莉此刻已经进入了暴走模式，原本粉嫩精致的小脸此刻一片青狞，眼袋黑黑，然而双手挥舞间，却又有佛家的气派庄严。在这样的氛场渲染下，魔罗的行动越加迟缓。我这边轻松了一下，有时间打量全场。这一瞧，刚才与魔罗纠缠的萨库朗，此刻由哈罗上师带队朝着后面退去，显然是想趁我在这儿拖延住魔罗，他们逃命。然而让我惊奇的是麻贵并没有逃，反而持着手中的寒铁鬼头刀，奋力朝着这边冲了上来。至于王伦汗，我没有瞧见，不知道他究竟潜匿到了哪儿。

魔罗攻势如潮，这魔物无论是爪子，还是牙齿，又或者是尾椎，都有着十分犀利的攻击力，我不敢再开小差，鬼剑连出，不断抵抗。在阴阳鱼气旋的引导下，鬼剑身上附着的黑雾越发强盛，但凡以往被鬼剑斩杀的鬼魂妖魔，都被收留其间，此刻一经激发出来，立刻有恐怖的威效，将魔罗好几次强力的攻击给减弱。这时，麻贵来了。

他不知道究竟有什么凭恃，居然没有随着哈罗上师一起逃跑，而是舞弄着他的寒铁鬼头刀，朝魔罗的后背袭来。我、四娘子以及麻贵，三个原本互为仇敌的人，居然在此刻，没有任何言语交流就携起手来，一时间刀来剑往，竟然将魔罗逼得左冲右突，气势弱了好些分。

然而魔罗便是魔罗，它怎么可能会被我们给长久压制？在一段时间的纠缠之后，它突然将身子一直,六只眼仰望上空,立刻有隐隐的雷鸣声传了出来,接着一道又一道的蓝色电芒在黑暗中隐现,滋……滋……蓝色的电芒在上空游走,突然有一道降落在了四娘子的身上,这个美女浑身颤抖了一阵,我瞧见她雪白冰霜的肌肤上面立刻渗出了一片黄色脓汁,身形一僵,动弹不得了。

第六天魔王,掌控洪水、火焰、雷鸣和闪电,要是让它的所有能力觉醒,只怕我们都要躺下了。

我身后又传来了轰隆隆的响声,听到虎皮猫大人扯着嗓子朝我喊道:"小毒物,快往回走,我把这门给关闭了!"听得此言,我二话不说,就朝门内跑去,路过四娘子这儿,我的心一软,伸出手抓住她,一阵电芒将我的右手给电得酥麻,不过我还是咬着牙抓起她,朝着那往下降落的石门冲了进去。

我这边一撤,麻贵立刻面临着魔罗全部的恶意,脸上顿时露出了极度的气愤。不过作为许先生的大弟子,他倒是一个有着急智的人,伸手入怀,一面铜镜出现,他往前一照,然而这回并无功效,显然是那人妻镜灵感受到了我的气息,拼死造反了。我回到门内,瞧见了不由得大喊一声:"无量天尊!"听得这久违的声音,人妻镜灵立刻喷射出大量的蓝光,笼罩在魔罗身上。魔罗身形一滞,正欲拼力朝着前方冲来,突然猛地一扭头,朝着寒潭那边瞧去。在那里,王伦汗出现在了崔晓萱的身前。

魔罗再也没有理会我们,待震镜效用一停,便朝着寒潭那儿射去,石门也轰然落了下来。安全了吗?我的心还没有放下来,见到左边一道身影,几乎是擦着那石门滚了进来。

是麻贵。

第七十五章　势不可挡，头降神光

瞧见麻贵一骨碌地滚了进来，我佩服这个家伙倒是懂得把握机会，而且胆子也大得出奇，竟然在这么惊险的境况下滚了进来。倘若是差上一两秒钟，那么此时他已是一摊血浆肉糜了。上这万斤的石门从上面合拢下来，可不是人力所能够抵御的。而且正因为耶朗祭殿的特殊原因，这门一关上此处便是连朵朵这样的魂体，都是进入不得的。

麻贵一阵翻滚之后，弹身跳起来，左右打量一番。我们身处的这门后，其实是一个小平台，再过去有一个台阶，往下走，才是祭殿的主体，那边有好多石雕。不过我们都来不及瞧，所有的注意力，都被对方给死死地吸引住了。

麻贵盯着我，脸上的肌肉一阵扭曲，鬼头刀拄地，恨声骂道："陆左你这个驴日的，狗东西，居然让我一个人去迎战魔罗，自己却跑开了，你还有没有一点儿人性？"

他骂得实在难听，我眉头一掀，寒声笑道："麻贵，你可别忘了，从开始到现在，我们一直都处于敌对关系。之前在门外，那魔罗是异类，是所有人类的大敌，故而我们并肩作战。但是请问一下，你是谁，我是谁？前一分钟你还要杀死我，后一分钟，你居然还想让我给你挡刀？哎呀，麻贵，是你太幼稚了，还是我太健忘了，我们什么时候，有这样的交情了？"

麻贵听得我的嘲讽，脸上的肌肉不断地抖动，几次想骂出口，然而又都忍住了，回过头来打量四周，瞧见了御兽女央仓，还有那个黑袍巫师，脸上的神色不由得又好了许多，掂量了一下手头大刀，嘿然笑道："陆左，你以为自己胜券在握了，对吧？"

我耸了耸肩膀，指着他左手上面的震镜，说："别的先不谈，把我的东西还给我。"

麻贵将震镜收回怀中，用猩红的舌头舔了一下自己的鼻尖，指着我旁边不远处的那一男一女说道："不、不、不，小子，你可能没有明白状况，这个黑妹子跟我们萨库朗是同盟，而袁良是哈罗带来的得力手下，换言之，他们都是我的人，你懂吗？这面破地狱铜镜，是我师父亲手给我降服的，我不能够把它给你；而你手中的这把精金木剑，我本来看上了，奈何师父把它给了大野坂田那个老鬼子，不过现在嘛，嘿嘿，没有人再有理由，把它从我的手中夺走了。"

麻贵，我将目光瞧向了旁边的御兽女央仓和叫做袁良的黑袍巫师。袁良听得麻贵的话，立刻跳到了同伴的身边，他手中的兵器早已遗失，此刻也只是空着双手，不过还是表明态度道："麻头，你说什么，就是什么。"

我将昏迷的四娘子放在地上,扭头瞧向了御兽女,而这个黑妹子则嘿嘿一笑道:"松日长老都说过了,陆左是我族并肩作战的朋友,长老的话,我没有什么理由不听从的,任何想要对我们黑央族的朋友动手的,都是我们的敌人!"

麻贵的眉头一跳,厉声喊道:"大胆,萨库朗跟黑央族的同盟关系,可是你们族长亲自定下来的,你居然敢违背?你还想不想活了!"

央仓笑了,指着这周边的环境,嘲笑道:"你觉得,我们都到了黑央族圣地,还有什么机会,活着出去了?我的生命,应该都要奉献在我族守护千年的这个地方了,唉!"央仓一声长叹,十分惆怅。然而麻贵却被惹怒了,挂在地上的鬼头刀高高扬起,怒声喊道:"吃里扒外的东西,要你何用,去死吧!"他步踏星罡,身似流星,朝着央仓疾奔而去。

这平台小,而我们几人又离得近,央仓没想到麻贵说翻脸就翻脸,不由得有些惊慌,往后退去。而我则欺身上前,将鬼剑挡在了麻贵的前面,与那鬼头刀对抗一下,两人齐身后退。瞧着脸上红一阵白一阵的麻贵,我笑道:"麻贵,何必欺负女人?其实你要他们站队也没有用,说一千道一万,终归还不就是我们两个人来见真章?来吧,战!"

麻贵双目一瞪,大声吼道:"你这个北边来的臭小子,莫得意,我师父传我一身业技,岂是你能够比拟的?受死吧,看我今天不将你整治得死去活来,我就不姓麻!"

他这般说着,一直潜伏在他身后的肥虫子化作一道金光,朝着他的身后射去,而此人却仿佛身后长了一只眼睛,从身上一个布袋子里面掏出一个瓶子,朝着空中一甩,肥虫子与那瓶子一撞,立刻将其砸碎,结果里面的液体泼洒了它一身,搞得肥虫子的身子居然变得无比凝重,直接如同秤砣一样,坠落下来。

瞧见自己的出手制止了肥虫子的偷袭,麻贵一阵得意:"我师父就是玩蛊的老祖宗,算起来,我还算是你师叔,这种招数,我岂能够不做防范?还敢在我的面前使出来,实在是让人笑掉大牙。"

他的话还没有说完,已经被我狂烈的攻击给终止了。瞧见肥虫子给他弄得僵直,虽然我并没有感受到太多的危险,不由得也着起了急,抢起鬼剑,好是一阵猛攻。麻贵一开始还鼓着劲儿与我拼了好几记,结果才发现这力量实在是太悬殊了,手发麻,根本就握不住刀把了,于是一边战,一边朝着旁边招呼:"袁良,过来助我!"那袁良在旁边酝酿许久,在麻贵的催促下,手抓黑砂,朝着我这片甩来。

我怕这东西有毒,叫朵朵将地上被药得僵硬的肥虫子给收起来,后退几步,这才发现那黑砂就是一些骨灰碴子,挥洒空中,立刻有鬼脸出现,再之后,便是南洋降头师最常用的古曼童出现,总共两个一脸阴郁的鬼娃娃,若隐若现地出现在我的周围,一阵阴魂鬼叫,朝着我的身上凶猛扑来。

瞧见这般柔弱无力的攻击,我不由得笑了,一剑逼退麻贵,伸出左手,抓住一头三角眼的古曼童,恶魔巫手激发,接着结了一个大金刚轮印,口中猛喝道:"镖!"一言,那古曼童立刻被超度,化为乌有。再一个古曼童,也被我在下一秒给果断解决掉。这种当年还能够威胁我生命的小东西,到了此时此刻,在我面前根本就不算什么,连阻挡我脚步的作用都起不了。

我大步上前,瞧见麻贵往后躲闪而去,前面的袁良仓皇地朝着旁边闪开,我将鬼剑竖起,用剑脊朝着这个农夫怀中的毒蛇使劲儿拍去,他避无可避,只一下,就给我拍落了台阶,翻滚下去。

麻贵瞧见我这威势,不由得胆裂心寒,朝着台阶下跑去。我哪里还给他绕圈圈、躲猫猫的机会,从平台上一跃而下,鬼剑在空中摩擦,生出几缕黑烟来,猛地斩落在麻贵的头顶。

这家伙感知到了危险,往旁边一扑,我的鬼剑便斩在了台阶上,我将鬼剑一翻,朝着旁边横削,麻贵举刀来挡,两人对拼一击,刀剑胶着在一起。

我瞧见麻贵也是发了狠,不由得狞厉一笑,小腹之中的阴阳鱼气旋一阵爆发,麻贵手中的鬼头刀终于承受不住这巨大的力量,铮然碎裂,而他整个人,也朝着台阶下面的青石板摔去。

我飞身扑下,将躺倒在地的麻贵一把抓住,劈头盖脸就是一通乱打,将这熊人给打得一佛出世,二佛升天,一双熊猫眼肿得不成样子。麻贵被我打得进气少出气多,终于求饶了,说"别打,有事好商量。"

我甩了他一巴掌,说:"商量什么啊,刚才对付我蛊虫的,到底是什么?"

麻贵哭丧着脸说道:"一种植物麻醉剂,是我师父配的。说如果万一遇见你的这种金蚕蛊,就用这个,危害不大,昏迷几个小时而已。"

听他这般说,我提起的心终于放了下来,正想回头交代朵朵,突然感觉到头上有什么怪怪的,仰头瞧去,什么都还没有瞧见呢,便感觉一道黑光从天垂落在我的头上。紧接着,一股磅礴的意志便冲击到了我的脑海里,轰的一声,我感觉自己的脑袋在那一瞬间就爆炸了,眼前一黑,人便伏倒在麻贵的胸口。

第七十六章　黄粱一梦，魔罗冰封

　　昏迷之后，便是永恒的黑暗吗？
　　非也，"蛇之扰我也以带系，雷之震于耳也似鼓入"，人生如梦，梦如人生。在昏迷的一刹那，一阵磅礴宏大的意志，在我的意识之海中爆发开来，随之四周一暗。复明时，周边都是燃烧的城池，漫天铺地的黑潮在火焰中穿梭跳动，黑潮中有不计其数的节肢和口器，以及飞溅的黏液，还有许许多多如我一般的战士。他们披着犀牛甲，握着寒铁枪，反复厮杀，然后被黑潮吞没。在我的身边，人群涌动，他们是我的战士、我的国民、我的亲人，他们的每一张面孔我都是那么的熟悉，每一个人我都能够叫得出名字。这燃烧的城池，每一块砖石都凝聚了先祖的心血，此刻，它们都沦陷了，被邪恶侵入，不得安宁，唯有毁灭。我仰望天际那些在背后捅刀子的带翅膀者，这些方士们隐没于山林中，准备坐收渔翁之利。我的心在滴血，然而不能崩溃，我对着我的王后、我的大将军、我的大祭司、我的统领侍卫以及我的王弟说道："去吧，去吧，只要神在，则我在，我们永远也亡不了。千年之后，所有的敌人，包括那些想要灭亡我们的'朋友'，都会得到报应的——我以我巫咸的血脉，对天起誓，终有一天、终有一天……
　　"我还会再回来，所有仇恨的怒火都将再一次点燃，到了那个时候，所有人，都要受到惩罚！"
　　荒凉的、寂静的高呼声在我的耳边回荡不休，它仿佛是我的声音，又仿佛是别人在我的耳边。接着火光遮天，我瞧见了自己的身子瞬间爆裂开来，将整个疯狂颠倒的空间笼罩住，所有的意识都在疯狂旋转，最后被碾碎，与敌人同归于尽，与大地同沉。
　　我死了，却化作了另外一个我，静静地浮立在虚空中。我朝着远方望去，瞧见一切都回归黑暗，而在我的王城，一个身穿北方帝国官服的男子率轻骑突出，将我留镇王城的继承人头颅砍下来。
　　咦？这个人的脸，怎么这么熟悉……
　　一切都泯入黑暗，无数破碎的意识开始充斥我的脑海，无数悲欢离合、生离死别，或高高在上，或底层挣扎，我仿佛经历过无数次生死轮回，无数次人生，拥有无数的父母、子嗣以及爱人，我在轮回之海中孤独地游泳，却永远也到不了彼岸。
　　彼岸就在前方，与我只差一步之遥，然而它又远在天边，让我今生都无法触及。
　　所有的悲凉、愤怒和难过都集聚在我的心头，这些情绪让我拥有了无穷的力量，某一刻我感觉自己翻手间似乎能够将所有的敌人给覆灭,而在下一刻,我竟然睁开了眼睛,脑子里面一片空白,只是呆呆地瞧着我面前那个仙风道骨的老者,瞧着他那真诚而不作伪的笑容,默不作声。

过了很久,这个老者平静地对我说道:"你醒了,想起来了么,洛东南?"

这人是谁?我是谁?

我皱着眉头,过了好一会儿,才想起了这两个问题的答案:他是许先生,而我,是陆左。

轰!这问题一想明白,所有的记忆立刻如同爆炸了一般,充斥到了我的脑海里,我"啊"的一声叫喊,想要伸手捂头,这时才发现我全身被绳索绑住,勒得紧紧,半坐在地上,根本就动弹不得。

我的身后是一尊石头塑像,我用后脑勺使劲往后磕,感觉脑壳碎了,方才能够释缓一些脑子深处的疼痛。我这般痛苦的样子落在了许先生眼中,这个向来一脸慈祥的老者嘴角浮现出了一丝不屑,冷冷说道:"洛东南,你也有今天?当年我被你逐出师门,远走南方,不知道吃了多少苦头,本以为能够学得一身本事,便能够让你后悔当年的决定,却不承想你的命这么短,居然直接死在了洞庭湖底。我本以为今生再无机会让你屈服,没想到你居然又出现在我的面前。哈哈,这就是天意吗?"

许先生说这一番话的时候,我的视线一直在游离。我看到了被捆成粽子的御兽女央仓,躺倒在地上昏迷不醒的四娘子,分立在许先生旁边的麻贵和黑袍巫师袁良,我还看到了朵朵,她被一道游离的白光笼罩在了对面石墙上,正瑟瑟发抖地朝着我这边望来。瞧见我苏醒过来,她一边流着眼泪,一边大声地叫唤我,然而那白光似乎能够屏蔽声音,我只瞧见她张嘴,却没有听到任何动静。

瞧着朵朵这可怜兮兮的模样,我的心也似滴血一般,一股怒意从心头勃发,咬牙切齿地怒喊:"你到底对她做了什么?放开她!"许先生正宣言得起劲,听我这么喊了一句,不由一愣,回过头去瞧了朵朵一眼,不解地说道:"一个小鬼而已。当年你将我堂姐祭炼为鬼,后来挑战湘西土司的时候消亡,连眉毛都没有皱一下,现在倒是怎么了?"

我不耐烦地大声骂道:"许映智你这个老乌龟,你这个懦夫,一躲东南亚就是大半辈子,有本事你杀回中国去啊?在这地方耍威风,欺负小辈,算什么意思?很牛啊?别跟我讲那些陈年往事,关我鸟事啊。要杀就杀,要剐就剐,你就不能痛快点吗?"

我这一通怒骂将许先生直接给弄懵了,然而旁边的麻贵瞧见我这般羞辱自己奉为神灵的师父,直接冲上前来,对准我的脸就扇了十几个大耳刮子,他一边扇一边怒骂道:"你这个傻瓜,你什么态度。"

这一阵耳光抽得我双颊火辣辣地疼,口鼻处尽是鲜血流出,再加上头上的血,将我弄成了一个血人,狼狈不堪。麻贵抽得爽快,那一张熏臭的嘴巴不断喷溅出口水到我的脸上，我一阵难受，胃中翻腾，于是果断地吐了，隔夜饭全部喷在了麻贵的手上、身上。

被这馊臭的呕吐物沾到，麻贵怒火更盛，正想举起手掌，给我来一下更狠的，结果浑身一震，直接瘫软在地。躺倒在地的他回过头来，瞧了自己师父一眼，脸上露出了难以置信的表情，而许先生则若无其事地将手收回，淡淡说道："够了，他说到底，也是你师公，做得太难看了，我的脸上也没有光彩。"

说完这话，他又瞧向了我，皱着眉头说道："也就是说，你还是你，对吧，陆左？"

我点头，说："对，我就是我，一直都没有变过。"

许先生点头，说："也是，他是一个多么骄傲的人，怎么可能忍受这种屈辱呢？再说了，他如果回来了，我们的对话就不会是这样了。"

我皱着眉头说道："我想起来了，我在开门的时候，有一道影子飘进门中，那个就是你，对吧？原来从一开始，从魔罗破阵而出，都在你的计划之中，对吧？"

听我突然说起这件事情，许先生也不隐瞒，点头说是，不但如此，这里的空间裂缝，也是他使了手段弄开来的，那些林林总总的黑暗生物，都是他放出来的，所为的，不过就是让魔罗快速成长而已。

听得许先生坦承，我的心越加沉了下来。陷入绝境的我，此刻唯一的希望，也只是祈求那个消失不见的肥母鸡，能够带给我们惊喜了。面对着这个外表如同仙人，心中藏有恶魔的老者，我还是忍不住问道："魔罗太可怕了，你这样做，你以为你就能够控制得了它吗？靠它的亲生母亲？"

确定我并不是洛十八的意识之后，许先生倒是变得正常了许多，微微笑道："亲情怎么可能感动那魔头？跟你实话实说吧，魔罗不管变成什么样子，只要我想要掌控它，它便逃脱不了我的手心。"

我摇摇头，表示不信。他站了起来，想了一想，说："那魔物在外面也吃了不少血食，是时候将它给收入笼中了，要是我们的实力折损太多，到时候跑腿的事情都没有人干了。"这话说完，他让麻贵扶着我，朝着台阶上走去。

不理会御兽女和四娘子，我们四人来到了门前，许先生应该是研究通透了这大门开启关闭的原理，在一处岩石后面摸索一阵，结果那轰隆隆的声音便从石门上传了过来。石门刚刚露出一条缝来，便立刻有滚滚的黑气，蔓延过来。许先生并不理会，继续让其上升，当石门升至齐膝高的时候，一道黑影如电，朝着站位最前的许先生射来。

如此速度，自然是魔罗。它化作一道流光，冲到许先生的身前，那根长达两米的尾椎都已经抵达了许先生的胸口，许先生缓缓伸出右手，突然一顿，魔罗全身都出现了纷繁的符文亮光，将它整个身子都照得透亮。下一秒，魔罗全身僵直，表面挂着白色冰霜，仿佛一具冰雕一般，不作动弹。

这个被逐出门墙的弃徒朝着我微微笑道："巴夫尔氏寒地长虫，又名寒冰虫，经过五瘟神像祭炼后的寒冰蛊，深入灵魂，再厉害的魔头，都抵不过这种手段。"许先生这般说着，而我的视线中，则出现了另外一个全身冰霜的人，从台阶下缓慢走上来。

第七十七章　双手异变，四人聚首

我一直不明白四娘子到底是怎么回事。她之前似乎是中了邪，攻击我，差一点就将我给哨了；此后，她居然突破我的封印，与我并肩战魔罗；之后被击溃昏迷，直至现在，再一次地站了起来，居然悄无声息地出现在台阶之下，眼中冰冷寒光，正死死地锁定在许先生身上。

许先生何等人物，当四娘子站立起来的那一刻，他也知晓了。将魔罗冰封之后，他转过身来，凝神瞧向了四娘子，见这个美丽的女人嘴唇乌紫，满面寒霜，双手指甲长一寸，锋利如刀，他不由得皱起了眉头，朝着这大殿四周望一眼，疑惑地说了一声："怎么回事？我刚才大致察看了一下殿中，并没有发现什么厉害的意志啊？"

耶朗祭殿，千古传承，这里面自然会有一些古怪而强大的东西在，许先生也有些忌惮，眯着眼睛，凝望着这女人，试图从外表上打量出这东西的来历。然而四娘子却没有理会许先生，而是瞧向了我，沉默几秒钟之后，她终于说话了："王，你回来了！"

王？

许先生听到这话语，不由得一阵惊疑，他转过头来看着我，脸上露出了莫名的震撼，一字一句地问道："难道你当年说的话，都是真的？"

我被麻贵和袁良扶着，面对着许先生的凝重，不由诧异，说："什么话？"

许先生不管我到底是不是洛十八，直接问道："当年你将自己的外号改为洛十八，还在私底下说自己已经转了十七世，此为第十八世。当年我们只以为你在吹牛皮，学那西省活佛的典故，为自己开宗立派来装神弄鬼。现在想起来，你当年其实并没有宗教的想法。这话儿，莫非是真的？"

十八世转世重修，这事情在我心中差不多有了个大概，不过脸上却并没有表现出来，依旧装着糊涂，一脸茫然地说道："我不知道你在说什么，我是陆左，冤有头债有主，你是不是找错人了啊！"

我们两人说着话，而那四娘子则已经循阶而上，走到了我们面前来，死死地盯着我，说："王，你是被人困住了吗？"我也不客气，点头说："是的，不过对方太强大的了，不管你是谁，都请赶紧离开吧，不要枉送了自己的性命。"

听得我这般说话，许先生不由得点头，说："你倒是个识时务的家伙，比那个又臭又硬的老家伙，好上不知许多倍。"

他这话音未落，空间中的气温顿时就下降了好几度，四娘子化作了一道白影，朝着我们这边射来。二话不说便开打。许先生不由得有些恼怒,他一甩衣袖,右手朝着这道影子正中猛力拍去。两者速度实在是太快了,简直就不能用肉眼来捕捉。

我被麻贵朝着门口拉过去,只听到一声脆响,啪的一声,整个空间都有嗡嗡嗡的回响。许先生退后两步,四娘子直接倒飞出去,身子跌落到了台阶之下。这第一回合貌似四娘子输了,然而在同一时间,我瞧见一道白光从她的胸口浮现,朝着我们这边射来,直指麻贵。

麻贵这人的识感倒也敏锐,扭身躲过,而袁良却中了招,白光从他的额头钻入,立刻以此为中心,白霜将他整张脸都凝结起来,接着一阵红光从他的眼中浮现。我被他推了一把,滚落地上,翻滚间,我发现将我全身捆得死死的绳索,在这一刻,居然已经全数散断开来。好厉害的手段,跟之前的四娘子简直就是天壤之别,难道这就是在耶朗祭殿之中的主场优势吗?

我知道时机难得,不及多想,从地上翻身跳起,听到此刻的骨骼一阵咔嚓响,郁积已久的怒火瞬间爆发。我朝着旁边的麻贵伸手抓去,那家伙此刻正在躲避被附身的袁良的攻击,没想到我竟然出现在他的后面,一下被我抓个正着,往地上跌下来。

我瞧见自己的鬼剑被他挂在背上,上面贴着一张黄符纸,想也不想便去拿,上面突然跳出一股黑气缠绕我手,然而我的恶魔巫手一激发,立刻将其湮没。当我的手握在了鬼剑之上时,麻贵也稳住了身形,手中一根铁棍朝着我这边敲来,而袁良也给许先生捉住了臂膀。我鬼剑在手,却并不与其拼斗,抽身远离,朝着台阶下跃去,冲到了被封印在墙壁上的朵朵身前。

瞧见一脸痛苦的朵朵,我将鬼剑举起,朝着那片白光刺去。那白光立刻化作一道气旋,朝着我的鬼剑猛击而来。咚!我的右手一阵酥麻,感觉仿佛被万斤巨锤给敲中了剑尖,差一点就想将鬼剑扔开。然而我知道此刻绝对不能示弱,为了朵朵,我便是咬碎了牙,也得硬扛下去。

主意打定,我立刻集聚全身力量,传递到鬼剑之上,然后使劲儿一吸,那片朦胧白光在挣扎了几秒钟之后,被鬼剑给吸入体内,随即镇压。白光一脱离,朵朵立刻重获自由,从墙上跳下来,冲到我的怀里,委屈地大声哭喊道:"陆左哥哥,呜呜,朵朵好没用啊。"

我正待安慰一下她,突然感觉脑后一道劲风,抱着朵朵往旁边闪开,回头一看,是麻贵出了手,将铁棍投掷过来,力道之大,竟然深深地扎入了石壁之上,碎裂的石头四处乱射。

救下朵朵,我才有时间往上瞧去。只见袁良的右臂给许先生给直接抓住,奋力一撕,鲜血飙现,而那道白色幽灵则脱体而出,再次朝着麻贵扑去。麻贵身上有许先生所赐防御法器,能够抵御金蚕蛊,自然也能够防备这幽灵附体,一番阻挡之后,那白光复朝着台阶下的四娘子身体投射而来。麻贵掷出铁棍之后,身若苍鹰,从小平台上飞跃而下,朝我这边杀来,而许先生也跟在后面,准备将那作乱的白色幽灵给降伏。

然而就在麻贵腾于空中的时候，一道黑色鞭子将他给卷中，拉扯到地面上，使劲儿一砸，这个高手便被摔得七荤八素，刚要翻身起来，一道寒光临体，唰的一下，竟然将他的头颅给直接削了下来。出手的是一直被捆着丢弃在一旁的御兽女央仓，此刻她右手长鞭，左手短刃，站在麻贵的尸身旁。

        瞧见爱徒性命顿失，即使以许先生这般薄凉的天性，也不由得一阵恼怒，放弃了对四娘子的追杀，朝着央仓一掌拍了过来。许先生这一掌颇为恐怖，一时间旋风扑面，黑烟滚滚，然而这个黑妹子将长鞭绕成一个又一个的圆圈，居然将这股气息给全数缓和消逝，然后一抖长鞭，朝着许先生甩去。两道身影在场中飞快交换位置，央仓和许先生交手的几个回合看得我目瞪口呆。这个女人，还是那个被我一招拿下的央仓吗？

        瞧见四娘子和央仓都变得如此厉害，我感觉有一种做梦的不真实感。

        两人身形错乱好几个回合之后，许先生也发现了不对劲，站在台阶上，一脸铁青地说道："不对，你身上有蛊丽妹的气息！"

        央仓将手中的长鞭舞弄如飞，脸上露出了古怪的笑容，平静地说道："许映智果真是许映智，这么快就发现了。不过这也怪你，你假意与我决战，却偷身闯入这洞中，就不允许我假借他人之手，与你再斗上一场吗？"

        我双目一睁，直接呆住了，这声音，可不就是蛊丽妹吗？

        原来她将央仓放归黑央族，还是有所谋算的啊！我在这边震惊，许先生却是笑了起来，声音低沉地说道："蛊丽妹啊蛊丽妹，你倘若真身来临，我还敬你几分，然而此刻这神识驻留，就不要怪我没有手下留情了。今天你既然使诈，便不要怪我收了你这一缕残魂！"此言说罢，他衰老的身子突然腰杆一直，整个人宛如打了鸡血，充斥着年轻人那种青春活泼、澎湃的激情，脸上的皱纹也迅速舒展开来，整个人都高大了好几公分。

        瞧见这老家伙的气势越发强大，央仓朝着我喊道："陆左，愣着干什么？招呼那个亡灵一齐上，将这个老鬼斩杀了再说！"听得此言，我举剑踏前，四娘子也站直了身子，与我们并肩而立。许先生瞧着我们3人，脸上露出了倨傲的笑容，淡淡说道："就你们三个，便想将我拿下，实在是太不自量力了！"

        他的话音刚落，消失已久的虎皮猫大人突然从门口出现，扯着嗓子大喊道："再加一个如何？"

        许先生扭过头去，瞧见一道凛冽剑光，朝着自己的心脏刺来。

第七十八章 杂毛杂毛,许生逞凶

许先生吓了一跳,瞬间变换了两个身位,手一挥,立刻有一个脸若鹰鹫的猴子出现在他的身前,口中喷出一道黑气,将这横空飞来的剑光逼退开去。

许先生一招结束,人已经退到了台阶之上,定睛瞧看石门处,却见一道灰色的影子从那儿跨越进来,伸手接住旋回的剑光,抖落几许之后,与自己遥遥相对。

此人身着灰色道袍,踩杏黄布鞋,小腿上面绑着一道纸甲马,头挽道髻,虽然长相并不算佳,但是脸颊清瘦,眼神发亮,瞧那整体气势,好一派剑仙风流。许先生的眉头皱起,沉声说道:"来者何人?"

许先生诧异非常,然而我却是欣喜过望,我万万没想到虎皮猫大人消失不见,却是去给杂毛小道领路了。我心中激动,朝着这位久违好友打招呼:"嘿,你怎么来了?"

杂毛小道正观察着许先生,听得我言,不由摇头叹气道:"我就知道你们忒能惹祸,这老家伙可不比杨知修差上多少,便是我师父亲至,也未必敢说能够生擒下此人,没想到竟然让你给招惹了。所幸我在湘湖旁边的时候左思右想,放心不下,直接就坐了飞机前来,紧赶慢赶,终究算是赶到了正当口。怎么样,瞧你一副猪头模样,没有什么大问题吧?"

杂毛小道这般说,其实我也很郁闷,摸着自己一头的鲜血和肿胀的脸颊,抱怨道:"你以为我真想惹这些麻烦啊?我倒是想跑路,结果就像吸铁石,麻烦如铁屑,躲都躲不开,没办法,我也算是尽力了!"

他点了点头,说一路赶过来的时候也瞧了大概,这次麻烦确实是有些大,不过放心,一切都会过去的。我手持鬼剑,走上台阶,问:"其余的援兵呢,多来些人,我们就能将这个为祸东南亚的幕后大鳄给宰杀了,也算是给我师门清理门户吧。"

"清理门户?什么个情况啊?"杂毛小道不由好奇地问。

许先生的忍耐已经到了极限,他不再容忍我们的寒暄,桀桀地笑了起来,深深吸了一口气,感觉人都庞大了一些,见我们将目光瞧向了他,他脸上不由露出了几分畅意,战意凛然地说道:"我听说当年善藏那个老秃驴,之所以会将萨库朗基地丢失,陆左和一个茅山人在里面起到了重要作用。你就是那个茅山道人萧克明吧?我本来以为要很久才能够报得此仇,没曾想你竟然千里迢迢地送上门来,还真的是让人惊讶啊,如此倒是可以让我少费不少工夫呢。"

许先生说着话,那只从虚空中诞生的鹰嘴猴不断地在他的身边跳跃翻滚,瞧着左右围攻上来的我、杂毛小道、四娘子还有御兽女央仓,龇牙咧嘴,吱吱直叫唤。许先生瞧着被蛊丽妹神识附身的央仓,凝声说道:"这一切,是不是都在你的计划当中?"

央仓摇了摇头,平静地说道:"这是老天的意思,你的不老禅有违人伦,过于邪恶,所以你不得不死!"

"放屁!要说邪恶,你为何还能够活到现在?少废话,凡人的世界太过浅薄,我何必与你们分说!来吧,让你们瞧一瞧魔罗的手段吧。用你们的鲜血,来为它的重生作祭奠吧!"他大笑着,手朝着旁边的魔罗一挥舞,被冻得僵直如冰雕的魔罗身上寒冰开始融解,露出了丑恶的面容来。杂毛小道一阵惊奇,说:"小毒物,这又是什么玩意儿,怎么这么大的魔气呢?"

我将鬼剑举起,跟他解释:"第六天魔王,魔罗,曾经能够跟佛祖打擂台的恐怖怪物,你说呢?"

我这边方才说完,旁边的央仓一声厉喝:"不要说废话了,速杀许映智,不然到时候所有的人,都逃脱不出去!"她从我身边越过,手中的长鞭转了几个圈,朝着许先生甩去;与此同时,四娘子硬凭着变异之后的身体,朝着前方直冲;而杂毛小道的飞剑也已经出现在空中,死死盯住了许先生,只要一有机会,立刻就落下去。

诸多攻击,我没有凑趣上前,而是蹲下身来,在麻贵的尸身上好是一阵翻弄,终于摸到一块圆形铜镜子,正是我的震镜,当我的手指一触及镜身,里面立刻传递过来一阵兴奋的意识,那是人妻镜灵的欢呼。除此之外,有一股黑色火焰从中冒出来,想要灼烧于我。我换了右手,放力一招,那火焰立刻熄灭,至此,震镜总算是完璧归我。

将震镜上面的神识抹擦干净之后,我抬起头来,却见四娘子戒备魔罗,杂毛小道则与央仓双战许先生,场面混乱不堪。生死之际,大家都放下了最后的一丝动摇,几乎都是以命搏命的节奏。

那许先生倒也没有展现出当日战达图的那种秒杀手段,轻描淡写地抵御住我们的攻击之后,他拍拍手,淡然说道:"魔罗,过来,将他们都给我收拾了!"冰封消解之后便一直默不作声的魔罗闻得许先生言,立刻身子一直,朝着小心翼翼试探自己的四娘子射去。

魔罗面貌丑恶,一身都是攻击手段,四娘子却并不怯懦,腿法极好,不时与魔罗较力,竟然不落下风。魔罗虽然年轻,手段却极为厉害,见到四娘子一身坚韧,而且身形又宛若鬼魅,久战不下之后便起了真火,从细齿密布的嘴里面吐出了几口血沫子来。那玩意儿见风即燃,散发出极高的火温,几经燃烧之后,那血沫子变幻出几朵交相叠映的花朵,层层密密,宛如寒冬腊梅。

这高温火焰一出,将四娘子给克制住了,须知主导她战斗的并不是她本人,而是那团白色幽灵,其性属阴,对热源最是敏感不过,这般火力烘烤,让它难以靠近。

我见杂毛小道和央仓勉强扛住了许先生,而四娘子这儿则呈现出一边倒的趋势,不由得着急起来，手提鬼剑，便冲进战团。与我一起的还有朵朵，她瞧见自己在旁边实在是很难为敌，于是钻入了鬼剑，使得鬼剑的气势和锋芒更盛，吞吐不定。

我跨步上前，鬼剑朝着魔罗周身缠去，捅、削、转、停，诸般手法一起施出，倒也是有模有样。那些盛开的火梅在空中悬浮，一旦沾染到了我的鬼剑，吸附其上，火力大盛，然而在我绵长气息的压制下，那些火焰都化作了黑雾，与鬼剑本身融为一体。

我们战得疲累，然而许先生却是一脸轻松，仿佛在这儿郊游，在与杂毛小道、央仓战了数个回合之后，他多少也对两人的实力有了初步了解，于是将肩头的鹰嘴猴扔上空中，防备杂毛小道时不时戳来的飞剑，而后反守为攻，以碾压的态势，将杂毛小道和央仓逼退到台阶之下。

在这样的老家伙面前玩飞剑并不是一件容易的活计，在接连被那鹰嘴猴针对之后，杂毛小道将雷罚拿在手上，一套茅山入门剑诀抖落而出，这种经过前人智慧千锤百炼的剑法倒也厉害，总算是将劣势给扳回来了。战得憋屈，杂毛小道大声抱怨道："小毒物，你到底惹到了哪路神仙，怎么这么厉害啊！"

我与四娘子共战魔罗，也是步步惊心，容不得分神，只是大声回应道："这老家伙便是萨库朗最神秘的许先生，也是洛十八当年的弃徒！"

"来头竟然如此之大？"杂毛小道一声惊呼，结果那许先生狂暴起来，手臂陡然长了一节，一把抓住央仓手中的绳子，使劲儿一拉，那黑妹子便朝着他飞了过去，鹰嘴猴从空中落下，朝着她的脑袋抓去。杂毛小道回身去救，而我们这边的魔罗突然将三双手都指向了上空。

头上，是弧形岩顶，上面有许多石刻的壁画，虽然瞧不出什么模样来，但能够感受到其中的威严。魔罗手指头顶，立刻从虚无处，出现了一瓢冰冷寒彻的水，淋在了我们身处的这一片区域，随即而来的，则是蓝色的电芒，出现后迅速集聚在魔罗的手掌上。它突前好几步，避开我的鬼剑，一掌印在了四娘子高耸的酥胸上。

砰！胸口中掌，一道激烈的电流绞缠，四娘子浑身一阵猛抖，那股白色幽灵尖叫着逃出。鹰嘴猴倏然出现在前面，张嘴朝着那白色幽灵咬去。

我正好在旁边，瞧得机会，出剑、收剑，那鹰嘴猴便被割破喉咙，喷着血落下。一直在与许先生僵持的杂毛小道瞧见了这场景，后撤几步，将雷罚高举过头，大声喊道："三清祖师在上，三茅祖师返世……"

第七十九章 南征大将，熊氏蛮子

瞧见杂毛小道直接就将新学会的正版神剑引雷术使用上来，我的心中不由得一愣。我之前与他闲聊的时候，曾经听他说过，这神剑引雷，并不是剑法有多厉害，而在于沟通天地，借助天地威势，方能成事。所以使用此术，最好的场所应该是在野外，或者开阔的地方，最好的时间莫过于雷雨交加的夜晚，而在地底岩洞这样的地方，除非特殊原因，哪里有什么雷电可引？即便是雷罚本身蕴积得有雷意，但杂毛小道倘若此番使出来，绝对是史上威力最小的一次，即使正面击中，说不定也不可能有什么严重伤害。心念一动，我立刻知道杂毛小道这是在虚张声势，让敌人自乱阵脚了。

果然，当他弄出这等架势来的时候，雷意横生，对此最敏感不过的魔罗立刻放弃了对白色幽灵的追杀，转身朝着杂毛小道飞过去。

同样感觉到不对劲的，还有许先生，当他瞧见杂毛小道呼喊出这等神秘咒文，隐隐有术法中最为暴戾的雷意浮现，本来轻松的面容立即一肃，双手开始结出古怪的印法，我瞧着有些面熟，竟然是某种施放蛊虫的手法，便焦急地朝着杂毛小道大声喊道："小心蛊毒！"

杂毛小道平日里十分自信，但是对蛊毒一物却最是害怕，故而往日一直对肥虫子又爱又怕，此番听得我的提醒，二话不说，朝着后面飞身退去。但见许先生单掌击出，一道浓黑如墨的雾气便淹没两人交战的空地，杂毛小道刚才踩过的地方，石头立即软绵，化为粉灰，继而有一只又一只的小虫子爬出来。这些虫子小指头大，身形瘦弱而呈流线型，共八只腿，六腿矗立，前面那双腿则进化为一对刀锋，青黑色的翅膀贴着身子，三角眼里面闪烁着寒冷光芒，口器处分泌着黑色汁液，从碾碎的石粉中生出后，立刻振翅高飞，朝着前面的央仓和远方的杂毛小道飞去。

杂毛小道因为受到了重点关注，不但要防备魔罗那神出鬼没的攻击，而且还被这些密密麻麻如蝗虫的小虫子追逐，于是果断放弃了先前的装腔作势，将雷罚上面的雷意激发，立刻有蓝色电芒四处游弋，在身前形成一道剑网，封住所有方向。那些小虫子一旦振翅而来，必定被那电芒击中，还来不及吞吐口中剧毒汁液，便跌落地上，化作一团灰烬。

而面对着这些诡异小虫，白河蛊苗神女附身的央仓十分淡定，她双手做了一个祭拜五瘟神像的标准动作，身上立刻闪耀出一股凉茶般颜色的光芒，将自己紧紧围绕，分泌出一种似香似臭的体液，接着那些已经冲到了她面前的毒虫都停止了动作，纷纷

绕道而行。

瞧见许先生这番使蛊的潇洒动作,身为同行,我不由得击节称赞,意识勾连朵朵,问,肥虫子呢?然而我得到的回答,却让我心情一下子就变得极为恶劣了起来——不见了!

是的,肥虫子消失了,不知道何时何地,这肥厮就悄然无影踪了,连我都感应不到。倘若是以前,我定会以为它调皮开小差,然而被麻贵那手法弄了一下之后,肥虫子基本上都已经失去了行动能力,为何会变成这样?

不过当时的情况也容不得我多想,当我冲上前去的时候,对手已经由魔罗变成了许先生。背面对着我的许先生似乎能够感知到我的到来,在放完那铺天盖地的诡异虫子之后,他猛然回过头来,左手一扬,我瞧见了他手上戴着银丝手套,上面有一团丝线在不断蠕动,仿佛有着生命一般。

见到我冲上前来,一把鬼剑差不多有两米长,四十公分宽,气势惊人,他却不慌不忙,挥挥手,我顿时感觉前方的空气凝结,如水中逆行,速度几乎被减弱四成,待冲到他面前的时候,身子几乎都僵直了。接着他手套上面的银丝扬起,数十根插入了鬼剑凝结而成的黑雾中去,一阵又一阵的吸力传来,结果被我全身劲力充斥得庞大的鬼剑在几秒钟之后,像被戳破的气球,迅速消减下去。

瞧见这状况,我暗道不好,鬼剑顿时一阵旋转,将这些附骨之疽一般的银丝绞断,正想提剑攻击的时候,一只脚出现在我的腹部,几乎没有一点儿反应时间,一股巨大的力道降临在我的身体,轰然一阵响,我便如同出膛的子弹,朝着石门之外飞了出去。

嗖,我的耳边尽是呼呼的风声,四周景物飞快地从我的视野中掠过。仅仅这一脚,我便明白了这个对手,到底有多么强大,简直已经到了让人绝望的程度。

风声呼啸,我费力地扭动身体,努力调节自己的位置,避免撞在山壁之上。眼瞅着自己越出石门,朝着寒潭跌去,我将怀中的天吴珠开启,正准备入水一沉呢,结果感觉到一股缓和的气息将我的身子给承托住,一双手扶住了我的肩膀,将我给接应回了地上来。

我心中一惊,好厉害的手段,这回又是来了什么高手,竟然能够如此举重若轻,将我给救下来?脚踏实地,双腿站定之后,我扭过头来,映入眼帘的,却是一张饱经岁月沧桑腐蚀过的脸孔。这脸上有着紧贴骨头的粗糙皮肉、露出了黑色骨头的鼻孔窟窿、一双红宝石一般的眼眸以及额头上一只用古怪油彩纹绘出来的假眼睛。

僵尸!

我万万没有想到,接住我身子的,竟然是那头从陵墓中爬出来的恐怖僵尸。不过瞧着它这副造型,我突然有一种莫名的熟悉感,思绪发散,一秒钟之后,我不由得失声大叫道:"龙哥?"

此言出口,我立即醒悟过来,不对,我面前的这个僵尸并不是远在耶朗西祭殿的冰尸龙刺,它明显地高出了龙刺一大截,整个人足足有一米八,比我还高出半个头,倘若在古代,它定然是一个妥妥的巨汉。

将我扶稳,又听我这般喊出口来,这头僵尸红宝石一样的眼睛里突然闪烁出了一丝智慧的光芒,接着它瞧向了我怀里的天吴珠,缓缓地直接在我脑海里响起了荒凉而苍老的声音:"这么说来,你已经见过龙矮子了?"

我莫名其妙地镇定下来,出言问道:"你是谁?"

僵尸叹了一口气,黯然说道:"你终究还是忘了我,忘了同吃一锅烂菜的袍泽。你若不记得,便叫我熊蛮子吧。"

"南征大将军,熊嘎邋?"我的心念一动,几乎都没有经过思考,下意识地便呼喊出来。那熊蛮子浑身一震,干涸的眼眶里面涌出了几滴油乎乎的尸液,居高临下地瞧着我,说:"你记起来了?"

我摇头,又点头,想起龙哥当日见我的情景,说:"你为何不跪拜?"

听到这话儿,熊蛮子有些柔和的脸上立刻变得一片严肃,低头嗅了嗅,然后缓缓说道:"你虽然是他的转世,但你还不是王,而我也不是龙矮子那种卑躬屈膝的家奴。只有当你成为真正的王,才有资格,来接受耶朗大联盟战绩最辉煌最彪悍的大将军的敬意!"

在我脑海中回荡的这语气似乎有些冷淡了,我心里面就有些焦急,想着这头僵尸不会是被我惹恼了吧?我心中懊悔,想起了祭殿之中的战斗,牵肠挂肚,连忙拉着熊蛮子的手,大声喊道:"大将军,那里有外来人闯入祭殿,妄图将封印揭开,荼炭生灵,你能不能帮我们把他给制服了?"

我小心翼翼地仰望熊蛮子的脸,就怕他说出半个"不"字,然而它并没有,而是点了点头,冷哼了一声:"刚才那里的裂缝被人破坏打开,我便感觉有不对劲了,没想到他竟然趁我离开,闯入殿中去,这可就真的不能再拖了。"它话还没有说完,身子一直,人就射入了石门里去。我心中牵挂着杂毛小道,于是也紧随其后。

再次从石门处返回祭殿之中,还没有瞧见台阶下面的情形,我便听到一声巨大的爆炸声响传来,一道身影朝着上方抛飞而起,身形曼妙,竟然是被蛊丽妹附身的御兽女央仓。我跳起身来,将她接住,平放妥当之后,探头一瞧,只见杂毛小道驾着血虎,正在下面大殿中间,绕着那些石雕奔跑,而在他的身后,魔罗宛若猎豹,奋起直追。

许先生刚刚把央仓轰飞,正要收工,却见熊蛮子飞身而下,朝着他冲来,不由得诧异万分,大叫道:"啊,什么东西?"许先生一句话未完,熊蛮子便已经与他交上了手。那恐怖的僵尸一阵抢攻,每一击,便仿佛集聚了空前恐怖的力量,许先生交了两下手,不由得失声大叫道:"等等,有事好商量啊……"

第八十章 杀人青竹，魔罗化灵

俗话说得好，强中自有强中手，一山还比一山高，没有对比，就不知高低。

许先生之所以能够气定神闲地将所有人都纳入他的棋盘中，任意摆布，就是因为他的实力已经恐怖到了极点，即使以我、杂毛小道这样被大师兄当作王牌的一流高手，再加上顶级蛊师蚩丽妹神识附身的黑央族御兽女央仓，以及厉鬼附体的四娘子，四人围攻许先生，却都已落败，反而成就了他恐怖的威名。这个练就了谶经之上"不老禅"的男人，在一定意义上，他已经不算是人类了，实力已然跻身于陆地神仙一流，然而他的一切威名，在这头刚刚从陵墓中爬起来的老僵尸熊蛮子面前，又变得那么的脆弱。

傲视全场的许先生终于有了一个真正意义的对手，这个早已经不是人类的南征大将军一出现，立刻显示出了当年征讨杀伐时的恐怖实力，二话不说，那僵硬的拳头挥舞起来，几乎都没有挨到人，便已经感受到了强大的拳意，倘若是普通人，只怕早就已经身形飞起，五脏俱裂了。

熊蛮子彪悍，许先生也不差。倘若那老僵尸是一名战阵上无往而不胜的大将，那么许先生就是羽扇纶巾的书生谋士，那动作永远都充满了文质彬彬的气息，身形飘逸，不断地游走，不断地回击。两人身形如电，在大殿中留下了一道又一道的影子。那影子淡淡，在石雕的间隙穿梭不定，整个场中都弥漫着一股化散不开的凝重，那鼓荡的气场，让人感觉仿佛有一座山峰压在每一个人的心头，连气都透不过来。

一般人瞧不见这一道又一道的影子中，到底蕴含着多少的凶险和危机，但我却隐隐能够感知得出来，因为大部分时间里，熊蛮子都是在进攻之中，处于主动的追逐状态，而许先生虽然时不时地返身还击，但终究还是给压着打。

变故在一分钟之后出现了，许先生可能感觉这样一直被追逐下去，终究不是正理，于是在经过一段时间的力量积蓄后，返身向，双手泛着银色光芒，朝着僵尸攻去。他使的是很简单的一招白鹤探囊，左手隔挡，右手则朝着脐下三寸、也就是人体的命门宫中探去。

他这一手十分讲究。前文我也有提及，僵尸之所以会产生，其一是因为风水地势，藏凶之所，其二则是因为执着，怨念不消，故而那残魄作用于尸体之上，天长日久，经过长毛、褪毛、邪法炼制而成。大部分僵尸只有本能而无意识，但倘若能够通晓生前生后，而那主导僵尸的意识只可能存在于三宫之位，要么上丹田，要么中丹田，而最有可能的则是下丹田处。许先生深谙此理，故而一出手就直指要害。

不过他终究还是算错一步，龙哥、熊蛮子乃至死于藏地的那头飞尸，它们可不能与寻常僵尸相比。守卫祭殿上千年，这么多年的岁月，已经让它们修炼得魂体合一，不分彼此了。对于战斗，熊蛮子这征讨沙场的大将军虽然沉寂千年，但到底还是有着绝佳的天赋，它竟然卖了一个破绽，让许先生击中自己，然后一躬身，以腹间软肉夹住了这拳头，伸手去搭他的肩膀，张嘴朝着脖颈处咬去。

　　许先生因为这老僵尸的身体优势，一直与之相隔较远，保持距离，然而这一番短兵相接，却也不甘示弱，左足微微一蹬，立刻便有一股杏黄之气游绕上了他的全身，接着他根本就不怕这身体经过千年锤炼、宛若精钢的熊蛮子，直接就厮打起来。

　　这两人一战，整个场中就遭了殃，到处都是纷飞的石头雕像，之前那些从石粉中爬出来的毒虫也纷纷朝着许先生这边支援而来。几分钟之内，场中密密麻麻，爬满了墨绿色的虫子，然后不断被碾碎，腥臭的味道四处飘扬。

　　此刻，我已经和杂毛小道汇合在了一起，有了我的加入，杂毛小道有了与魔罗一战的勇气，雷罚离手，朝着魔罗射去。

　　与魔罗交战，感觉不到许先生那种碾压力，这魔物还没有成长起来，幼年期的它虽然各种狡诈，然而终究不能形成压倒性的力量，只有依靠恐怖的敏捷度来弥补，故而我的加入使得它压力大增，面对着我滔天气势的鬼剑，它发现可以腾挪转移的空间越来越小，不断地被我们挤压着。

　　这东西性子暴烈，一旦攻击不畅，便大喊大叫，它的声音频率极高，极具穿透性，听在我们的耳朵里，如魔音贯脑。小脑失衡之后，准确率便不断下降，屡次出现了视线偏移的状况，一时间形势又危急起来。

　　杂毛小道见这般状况肯定不行，于是手往胸口一拍，立刻有道青色的影子出现。他神情凝重，大喊了一声："杀人青竹，急急如律令，疾！"此言一出，那道青色影子便朝着魔罗射去。

　　这影子速度极快，转瞬即至。然而魔罗哪里能够被这等玩意儿射中？稍微一避开身子，那杀人青竹便射了一个空，插入地上。瞧见这极富威胁性的东西落空，魔罗一阵得意，翘起坚硬如铁的尾椎，想要冲上前来，然而当它冲前三两步的时候，身形突然一滞，仿佛后面有一道巨大的力量将它给拉扯住，不让离开。

　　我本来预计它会突前，鬼剑奋力朝前斩去，结果落了一个空，不由得诧异，怎么回事？

　　杂毛小道手持雷罚，大步踏前道："哈哈，任它矫健如鬼魅，但是影子被我钉住了，哪里还能动弹？"杂毛小道这般分说，我才瞧见七八米外的地方，魔罗正在奋力地拉扯，而与它较力的那道黑影，却是它自己的影子。在影子的末端，钉着一块青竹，深入地板。魔罗自然知晓让自己移动不得的，便是这块造型普通的青色竹片，然而它几次用尾椎去攻击那青竹片，虽然将地板砸得稀巴烂，却根本伤不得那竹片半分。

这会儿我终于瞧清楚了,原来那杀人青竹,居然也跟那影子一样,根本没有实质,只是一道二维投影而已。

魔罗影子被钉住,勉强能在周遭四五米的范围行动,它不断地拼力拉扯影子,就像人永远都不能将自己举起来一样,终究还是不能摆脱那影子的束缚。一番拼斗之后,它气喘吁吁,六双眼睛里面喷发出炽热的怒火,空气中的温度都提高了好几度。即使被限制活动,此刻的魔罗依旧是一个浑身长刺的刺猬,我们并不上前攻击,而是在安全距离之外,伺机行动。

趁着这当口,我盯着那青色竹片,好奇地问杂毛小道:"这玩意儿怎么来的?"

杂毛小道指了指它,又指向自己小腿处的纸甲马,告诉我,说他此番前来东南亚,卦象大凶,非常力所能胜之,所以他师父托了大师兄给他准备了这两样物件,钉人跑路皆可。

我下意识地咽了咽口水,说:"有个好师父,少奋斗一百年啊。"

听我在这儿各种羡慕嫉妒恨,杂毛小道指着场中翻滚混战得正酣的熊蛮子,不屑地说道:"这也比不上你这个开挂的家伙啊,这么猛的僵尸,居然跟你是一伙的,而另外一个,他居然是你师叔?哪个师叔,巴颂的师父?"我点头说:"是啊。"

瞧着那边打得热闹,我们也知道时间不能拖久,像许先生这样的家伙,必定有几招压箱底的手段,倘若被逼急了,使出来,说不定就能够翻盘逆转呢,我们还是要先将这助纣为虐的魔罗制服,再去增援的好。

此番主意打定,我俩却对魔罗有些束手无策起来。按理说镀过精金的雷罚和鬼剑都是当世间一等一的利器,然而这魔罗一身坚韧角质,却并不虚分,倘若是与其接近,那两米尾椎骤然甩来,一个躲闪不及,反而被它弄死。

也就是这短暂一犹豫,魔罗却开始出牌了。它的手段恐怖而血腥,在徒劳无功之后,它直接将左下方的手臂举到自己的口中,使劲一咬,竟然将大半截手给咬了下来,蓝色的鲜血洒满了它的身上,以及周边的地上,化作符文。这番鲜血洒落,它直接将断手扔在了血泊中,那蓝黛色的血泊立刻一阵青烟冒出,那截断手居然开始变形,化作了一个古怪的人头骷髅框架。接着熊熊火焰升起,将魔罗全身点燃。跳跃的火焰中,魔罗的身体开始如同橡胶一般软化,化作橡皮泥人儿。

这变故将我和杂毛小道都给弄懵了,不知道是什么节奏。而这时台阶高处传来一声震惊全场的轰然响动,那石门居然再次合拢,一道肥硕的身影飞在半空,朝着我们大声喊道:"小杂毛、小毒物,快阻止它!这魔罗在焚烧自己的肉身,倘若让它转化成灵体,谁也逃脱不了被它寄身的命运!"

第八十一章　临死反击，金蚕渔利

　　虎皮猫大人的见识自然要比我们强上许多，听得它这般大力叫喊，我全身一弓，脚走箭步，朝着那团火舌高达一丈的焰火冲去。谁知道我还没有冲到，有一道蓝芒闪电射入我的身体。

　　魔罗可以掌控雷电，静室生电这一招玩得熟溜，在转换形态的这一刻，那电芒威力更盛，猝不及防之下，我感觉全身发麻，肌肉不断颤抖，小腹部的括约肌一阵收缩舒张，再之后，就是一股热流从膀胱处流出，湿了一裤裆，热乎乎的，臊臭不已。

　　然而此刻我也顾不得羞耻，勉强将鬼剑由上而下地劈砍，结果那火焰中又伸出一道火柱，瞧这模样，仿佛是那只骨节嶙峋的尾椎，唰的一声，剧烈的温度几乎能够将我的头发给点燃。

　　鬼剑与火柱对撞，我感觉一阵巨力涌动，不知不觉就退了七八步，砸落在一片碎石砾中。鬼剑一阵哀鸣，我举起一看，它表面的精金居然都给高温熏得快要熔化，斑驳结堆。

　　我翻身起来，瞧见杂毛小道正使弄飞剑，朝着火焰中的魔罗射去，连忙出声阻止，大声叫道："老萧，别，它的温度足以将雷罚的精金镀层给吞噬了！"

　　杂毛小道爱剑如命，闻得此言，不由得犹豫了。正惆怅间，东面扑来一个身影，却是脱离了熊蛮子纠缠的许先生，他全身衣襟散乱，大汗淋漓，脸上手上都是黑乎乎的尸油泥垢，就跟从煤矿里面爬出来的苦哈哈一般。

　　他也感知到了魔罗的这行为。当魔罗以自己的鲜血为引，以断臂重构头颅，准备化作灵体的时候，便已然脱离了他寒冰蛊的束缚。寒冰蛊虽然能够控制神经系统，却不能做到他所吹嘘的深入灵魂。

　　许先生一直把魔罗当作自己的王牌，然而魔罗却向往自由，想着逃离所有人的束缚，恣意妄为，竟然不惜抛弃自己的魔身，重附新体。此间力量最强盛的，除了那头守殿的千年僵尸之外，莫过于修炼不老禅的他了。魔罗诡异，便是许先生也未必敢保证自己能够安全，故而拼死脱离了南征大将军的纠缠，冲上前来，双手作了一个古怪的姿势，朝着燃烧的魔罗凌空一印。一印击出，场中的空间顿时一滞，我感觉到呼吸困难，仿佛到了青藏高原一般，不由得心中震撼：许先生竟然通过印法，将此间的氧气给抽离，使燃烧变得十分困难。焚烧不尽那躯体，魔罗便得不到灵魂的升华，化不得幽灵状态。

　　与此同时，许先生还驱动之前在魔罗身上所做的布置，寒冰蛊作用，一时间银白色的符文在那橘黄色的火焰中激发出来，两相交锋，便如颜色的交融汇聚，彼强则此消，彼消则此涨，如此反复，倒也将魔罗的转化给拖得长久。

许先生断然出手的时候，杂毛小道开始进入了冥想。

所谓冥想，其实就是将心集中在身体的灵性意识中枢内，继而入定，流向专注对象的连续意识流，然后在冥想中，对象的真实本性放出光芒，不再受感知者的心的扭曲。佛家的坐禅和道家的打坐修行，即是如此，无关修为，而在于大智慧、大毅力、大悟性，凡人也可，不过甚难，而在这战场冥想，实在是一件极为困难和危险的事情。然而我旁边这猥琐道人，却能在瞬间"凝神、入定、三摩地"，然后将雷罚高举，由上而下地劈出一剑。

这一剑速度不快，力道也不大，就好像小孩舞剑，劈入前方，立刻有一道虹光甩出，不断旋转，朝着火焰中心飞去。此虹光有色而无形，唰的一下破入火光之中。让人诧异的事情出现了，魔罗那最具攻击性的尾椎被这虹光击中之后，空间一阵扭曲，消失无踪了。

瞧见这场景，我不由得大喜。当日伦珠上师转世重生，指定自己修炼一生的虹光由杂毛小道继承，至如今，终于有所成就，竟然能够一剑斩破虚空，将魔罗尾椎直接弄得消失无踪。唯一可惜的，便是威力尚小，并不能直接将魔罗给斩空。

尾椎一去，火焰陡然蹿起一倍高，直接将头顶的岩壁熏得发黑。隐约中有一道尖锐的叫声，好几道火焰化鸟，朝着许先生和我们这边扑来。瞧见烈焰逼身，我和杂毛小道连忙朝着旁边退开，一道灼热之意从身边划过，射入身后石像上，灼热的火鸟直接将那石像迅速消融，化成了一大坨黝黑如釉的烂泥。

天啊，好恐怖的温度！

当我们躲开这一击之后，瞧见魔罗即将进入最后的升华过程，整个空间出现了响彻天地的雷声，天摇地晃，我们的心，以及灵魂都止不住地颤抖，感觉在那一刻，魔罗似乎都已经化作了天神，操纵山体暗河。然后在下一秒，一股清光从火焰中升腾而起，之后空间中那热意竟然在一点一点地消散，接着火焰收敛，光线由明转暗，最后消于无形之中。

火焰消失了，空间氽场却有一股又一股恐怖的气息在流转，这股无形的气息从岩壁顶泻落，滑过台阶，游过石像前，在我们的脚下游绕，继而又消失无踪。

在这样即将到来的恐怖面前，我感觉自己的每一根毫毛都在竖起，感受着这种让人战栗的恐惧。耳后凉飕飕，仿佛有人在用舌头舔舐，死亡就像左轮手枪里面的子弹，我们永远也不知道谁会被选中，做那个最倒霉的人。

我浑身僵直几秒钟，瞧见许先生的身上突然黑光大放，从里面传来一股巨大的排斥力，将我们给推开好几米。刚站稳脚跟，杂毛小道突然用雷罚指着不远处的一尊巨大石鼎，大喝道："它在那儿！"话音一落，雷罚立出，朝着大鼎上飞去。

我跑出两步，突然耳边传来了熊蛮子的声音："那大鼎是镇压裂缝法阵的阵眼，倘若它将这阵眼开启，便能够从黑暗深渊中，召唤出足够强力的身体，将我们所有人都给消灭！"听得这话，我不由得一阵惶急，敢情人家魔罗根本就没有瞧中咱们这人类的躯体，而是直接叫外援了。

当下我也管不得太多，飞身过去，怀中的震镜亮起，将那尊四米多高的石鼎给照得蓝光荧荧。杂毛小道突然叫道："不对，它跑了。小毒物，它是勾引你打开这石鼎，你可得小心了！"

我一听，暗道糟了。果然，被我震镜一照，空间立刻开始颤抖起来，"喀、喀、喀"的声响在耳边回荡，那石鼎居然移开了一点儿来。我疾走十数步，飞身朝着那石鼎扑去，用力扳回，而就在这个时候，杂毛小道和虎皮猫大人一齐大叫："小毒物，小心！"

我听闻，扭头一看，却见一道透明的薄膜朝着我的脸上扑来。我"啊"的一声喊，举剑去挡，心想着这回我可完了。而就在此时，从西面射来一道金光，直接插入这气息的正中心去——这道金光便是被朵朵弄丢的肥虫子，这肥厮不知道从哪儿爬了出来，克服了对魔罗那种篆刻在灵魂之中的恐惧，直接扑了过来。

我感觉一阵大浪滔天扑来，整个人给吹得一阵迷糊，跌倒在地，翻滚不休。当天地宁静，空间黯淡下来的时候，我发现在石鼎前面的地上，躺着一只拳头大的肥虫子，头尾相连，蜷缩着身子，而偌大的魔罗阴灵却早已消失无踪影，只有一个古怪的骷髅头颅在上空闪着蓝光，一明一暗，就如同警报灯一般。

事情竟然是这样的结局，谁也没有想到，就在魔罗即将挣脱肉体的束缚，化作魔灵，而所有人都束手无策的那一刻，竟然被肥虫子给终止了进程。

瞧见肥虫子被撑得大了十几倍，我心中也担忧得要命，这肥厮的肚子里仿佛直接藏着一个黑洞，根本就不会饱腹，然而此刻这般模样，可是从来都没出现过的情况，可想而知，魔罗能量化、灵魂化之后，会有多厉害。

当一切都归于平静，旁边的许先生却抓狂了，他所有的计划都是建立在魔罗身上，而此刻，那费尽无数心机掌握的魔罗就这般泯灭，他怎么可能淡定？当下他身形似电，朝着灰烬中心的肥虫子射去。

肥虫子吃撑了，没有一点儿行动能力，直接躺倒在地，无法动弹，倘若被许先生拾起，后果不堪设想。我顾不得身上的伤势，二话不说，也奋力前冲，护在肥虫子前面，鬼剑积聚了全身精力，一剑劈出，有轰隆之声。然而下一秒，我胸口又中一脚，直接擦过石鼎，砸在墙上，眼前一黑，几乎都要昏了过去。

一招将我解决，许先生正待对肥虫子下手，一个高大而魁梧的身体出现在他面前，平伸双手，接住了许先生的疯狂攻击。

南征大将军熊蛮子，前来护驾。

第八十二章　大人前世，先锋布阵

　　许先生熊蛮子两人一记硬碰硬的交手之后，脚下的砖石碎裂成无数块，双双退了三步，方才止住。

　　南征大将军身上还有好多爬行的小虫子，这些都是许先生鼓弄出来的，然而它根本就不在乎这等蛊虫，千年的岁月，它已经见多了恐怖，任那虫子在自己的皮肤孔隙钻来钻去，它也不作理会，只是死死瞧着许先生被真气鼓荡得猎猎作响的衣裳，眼睛眯起，仿佛猛虎，在打量自己的猎物一般。

　　熊蛮子不动，许先生却动了，他见魔罗终被镇压消逝，情形变得十分危急，当机立断，身似流星，朝着石门平台前射过去，然而石门早已被虎皮猫大人给封闭了，一丝缝隙都没有。当他去之前那个操控的石头后面摸索一阵，却发现被人动了手脚，根本就没有任何效果。瞧见这情形，许先生顿时一阵大怒，抬手便是一掌，拍在那石门上面。

　　轰，他含愤出手的力量竟然如此之大，整个山体似乎都在抖动，然而即便如此，那石门在微微的共振中，却一点儿也没有开启的意思。许先生眉头紧皱，头顶落下一泡热乎乎的液体来，微微一闪避过，却是腥臊得很，直钻鼻孔里去。

　　他抬起头，瞧见一头体型肥硕的鸟儿朝着他地喊道："你这个恶毒的老东西，总算是逃不了了吧？你以为你能够掌控天地，到头来，却发现被人关门打狗，困在了这里。哈哈，我最喜欢瞧见你们这些高高在上的人，那愤怒而无助的眼神了，这种颠倒的感觉，真难以形容的美啊！"虎皮猫大人大肆地羞辱许先生，言语之污秽，光去想一想，轻口味的人都会忍不住呕吐出来。许先生何等骄傲的人物，岂能容一头肥鸟儿辱骂，手往虚空一抓，想将这鸟儿先杀了泄愤，然而虎皮猫大人翅膀一振，反而飞得更高。

　　高空之上，这肥母鸡大声骂道："直娘贼，你这个老乌龟，死到临头了还想害大人我，你倒想得美。告诉你，今天你会死得很惨，我会亲自看着你死去，以祭奠那些曾经在二九惨案中被你毒死的亡灵……"

　　"二九惨案？1932年你在香岛？"许先生一愣，这才收敛仇恨，正视着面前这只身材肥硕的鸟儿。他沉默了，也不理会从台阶下缓慢走上来的我、杂毛小道和南征大将军熊蛮子，思绪似乎陷入了回忆之中。

　　过了一会儿，他的脸色露出了极度的惊讶，失声喊道："我认出了你的生命印记，你是邪灵教的护法右使屈阳，当年与茅山李道子、苗疆洛十八并誉为近百年来'最天才'的史上第一阵法师?"

"屁个头啊,请叫我虎皮猫大人!"这肥母鸡似乎十分不愿意听到这两个字,气急败坏破口大骂道,"都快要归西了,你娘咧,还有闲心翻别人的黑历史,有意思没意思啊?"

"哎哟喂,大人,想不到您去幽府之前的身份这么显赫啊,好大的名头,翔上第一阵法师,邪灵教右使,我勒个去,这节奏,敢情您是潜伏在我们身边的卧底啊?"杂毛小道刚才发出一道斩空刃,心情大好,收了杀人青竹,提着雷罚上前调侃。而此时的我已将硕大的肥虫子融入体内,鲜血糊住眼睛,被打成了猪头,形象极为猥琐,不过也上前凑趣道:"你没听秦伯骂屈阳这狗东西是大叛徒吗?'最天才大人'倒不至于拿俺们开心玩耍,只不过这老鬼天天围着我家朵朵叫媳妇,啧啧啧,这样的大人物竟然是个萝莉控,唉,这人品还真的让人害怕啊。"

我们这番轮流调侃,虎皮猫大人的脸上就挂不住了,指着我破口大骂:"小毒物你大爷的,还好意思说我,要是这么算起来,你都几千岁了,还天天跟几个小姑娘亲亲昵昵,大人我都不稀得说你,所以你就闭嘴吧!"

它说完,我便闭嘴了,不是骂不过它,而是许先生将双手凝在胸前,结了一个奇怪的印法。他这一招使弄完成之后,周遭的空间便开始扭曲起来。我们刚刚准备上前阻止,旁边的南征大将军便在我脑海开了口:"雕虫小技!这祭殿之中的所有材料,都经过先祖祭师呕心沥血的祭炼,莫说是他,便是那深渊裂缝,也可封印。"果然,当许先生顺利结完印法之后,身形一动,下一秒出现的所在,竟是那七八米外的石壁上,直接就撞得头发晕,却根本无遁逃不出去。虎皮猫大人不再理会我们,朝着许先生说道:"不要再尝试了,要么拼死反抗,要么举起双手投降。你玩了一辈子的阴谋诡计,是时候做些痛快的事情了。"

听得虎皮猫大人这番最后宣言,许先生哈哈笑了起来,他环顾四周,瞧着我、杂毛小道、熊蛮子以及那两个从地上勉强爬起来的女人,脸上露出了森然寒意,缓声傲然说道:"想我许映智,纵横天下70年,树敌无数,杀过的人数都数不过来,没承想竟然还会被你们这几个毛头小子以及残年老鬼威胁。屈阳,凡事莫说得太绝对,这头千年老僵尸或许是有些麻烦,我轰杀不了它,但是其余所有人,包括你,我要杀掉,也不过是举手之间的事情。凡事逼迫得太过分,反弹所带来的损失,你们未必能够承受得住,既然如此,我们还不如彼此退一步,握手言和吧,未必要弄得悲伤收场。"许先生到底是活了多年的老狐狸,一瞧见形势不对,立刻出言辩解,蛊惑人心。

众人脸上露出了深思之色,想着事情也的确如此,虽然他此刻出手,并没有展露出恐怖大招,但是仅仅刚才那几手,便已经让人心寒,倘若是全力施为,其他人休提,倘若是我和杂毛小道挂一个,还真的是太不划算了。然而许先生此人,谋虑深远,说出来的话,从来都是在肚子里倒腾三周才摆明,这里面的弯弯绕绕,足以将一个正常人绕晕,这妥协未必不会是又一次拖延。

我们这边疑虑不休，其余人等却并不害怕。四娘子被白色幽灵附了体，央仓给蛊丽妹控了身，至于熊大将军，它甚至连跟许先生交流的意愿都没有，瞧见我们不说话，以为是默认了攻击，再次前冲，如一列轰隆隆的列车，朝着许先生举拳轰去。

许先生见我们沉默不语，直以为说中了我们的心思，然而瞧这熊蛮子彪悍无比，杀将上前，不由得厉声喊道："好、好、好！既然如此，那么我便是死，也要拉你们下来陪葬，黄泉路上，我一个人太过寂寞了。"他这话说完，并不与熊大将军硬拼，而是结了一个奇怪的印法，人便出现在了我们的左边，举手朝天，口中默念，手掌上面的银丝手套使得空间里亮如白昼。然而，一道绳索飞鞭卷来，捆住他的手臂，将他这祈愿给中断。

出手的是伤痕累累的御兽女央仓，蛊丽妹附身的她有着极为敏锐的意识，虽然囿于身体潜力上限不高，并不能起到什么实质性的伤害，但是往往能够将许先生的神识分开，集中不了注意力。

许先生的手被拉扯下来，双眉立刻往上一竖，身形又换位置，避开了杂毛小道的一记飞剑，出现在央仓身前，与这黑妹子快速交手几回合，突然抓住了她的左手臂，狞笑一声道："蛊丽妹，第一个死的就是你啦。黄泉分离，人生不老！"

说话间，一股杏黄色气息便从他的手掌中浮现，接着我们瞧见央仓被抓的那只手臂，居然以肉眼可见的速度干瘪下去，立刻便只剩下一截皮包骨头，手掌如鸟爪蜷缩，而这股能够令人衰老的气息，还在朝着她的身上蔓延开去。

许先生能够吸食别人的生命力，也便是此功，使得他年过百岁，而身体健康如壮年。不过，这小小的一停顿，却让熊蛮子得了手，这位大熊哥出手从来没有留手的概念，伸手就是一抓，那生长千年的指甲宛若最锋利的宝剑，唰的一下，逼得许先生不得不放开央仓，连着退了十几步。

接下来的时间里，许先生且战且逃。而除了熊大将军能够在与许先生的交锋中占上风，其余人对上发狂的许先生，都走不出三招，于是便形成了熊蛮子追许先生、许先生追我们的僵持之势。

熊蛮子到底是沙场上运筹帷幄的战将，瞧见此景，知道不可久为，便朝着旁边的四娘子望去，而我的耳边也响起了苍凉的声音："江先锋，开启镇压十万山峦大阵，你来主阵！"

那四娘子头顶一道白光浮现，一个犀甲武士拱手而立，大声喊道："谨遵大将军之命！"

第八十三章　镇压十万山峦大阵

万万没想到，附在四娘子体内的白光，竟然是这么一个粗豪的纯爷们！

但见一道宛若圣光的白光朝着头顶射去，我仰起头，那白光附在了头顶壁画的一片祭台上，那里也有一个如熊蛮子额头的那巨大眼睛。我之前进入大殿之内，似乎就是从这儿射出一道神光，笼罩着我，才使得我被许先生给擒住。

白光入得画彩里面，那坚硬的岩顶一阵起伏，如同波浪一般，感觉好像瞬间活了过来，再接着，从东、西、南、北四个方向各喷出一股气息，红黑黄白四色，然后各化作一樽巨鼎，分镇四周，鼎脚都有齐人高。

当这巨鼎出现，隐隐勾连，空间中的重力似乎立刻沉重了好几倍。虎皮猫大人猝不及防，砰的一声摔落在地，大呼小叫；而我则连举手投足，都显得有些困难，一切都有点儿慢动作的感觉。

镇压十万山峦大阵！

我终于明白十二法门为何会以"镇压山峦"为名，这所谓镇压，便是为了守护。

还没等我们回过神来，头顶射落几道流光，朝着我们几人额头飞来。这流光一入体，全身所承受的压力一轻，恢复常态，然而正处于场中的许先生却面容一肃，全身散发出一股杏黄色的光芒，正努力与这种重压作抵抗。四娘子昏迷，央仓受创，我和杂毛小道跟在熊蛮子的身后，冲到了许先生的面前，呈三角形围住，冷冷瞧着此人。

虎皮猫大人摔在地上，破口大骂，好不容易飞了起来，晃晃悠悠地飞到我们身边，大声嘲笑道："怎么样，许映智，感觉如何？在别人的主场上，你倒是逞什么威风呢？"

许映智阴沉着脸，不说话，只是一甩手，衣袖翻卷间，一道红光舒展出来，朝着虎皮猫大人飞射而来。

这东西的初始速度快得让人诧异，几乎连炁场灵觉都捕捉不了，不过还没有飞出几米，立刻就被那大阵中的压力所影响，往下斜斜插入，到了我这儿的时候已经没了前进的力量，往着地上掉坠而去。我下意识地退开了两步，瞧见这是一条十几厘米长的变异赤练蛇，又细又长，蛇头仅有尾指大，寒芒从它那黑玻璃珠子的眼睛中闪露出来，瞧着毒性应该巨大。

许先生待这蛇镖落地，大概算计清楚了场中增加了多少重力，继而出手，连续三镖，分袭向了我、杂毛小道和虎皮猫大人。那蛇镖高高抛去，借助这巨大的重力从空中准确地朝着我们射来，即使以此刻的阵法牵绊，许先生依然能够保持最佳的速度和准确性。不过我并不会让他得逞，回复常态的鬼剑再次黑雾翻滚，长了一倍，朝着蛇镖斩去。

然而鬼剑一旦触及那飞射而来的蛇镖，那玩意儿立刻爆裂开来，化作一大团密密麻麻的灰末，朝着我扑散开来。

瞧见此景，我心中又惊又疑，快步后退，鬼剑上面生出一道旋风，却是附在剑身里的朵朵出手，将这东西给吹散开去。瞧见这东西有蹊跷，我抖落鬼剑，上面吹出几道相通的旋风，朝着旁边的蛇镖喷去，然后退出一大片安全范围，低头一瞧，这地上竟然分布着蚂蚁窝一般密密麻麻蠕动的虫子，比蚂蚁还要小，将这古老的石砖给咬了个通透。

杂毛小道和虎皮猫大人也纷纷避开，瞧见这散落一地的蛊虫，不由得咂舌不已，没想到许先生被这阵法给困得死死，竟然还有这般手段，差一点就着了他的道。倘若如此，只怕他来跟我们谈条件，我们就不得不答应了。好险恶的用心，好不屈的意志！瞧着这个不断移动脚步，让自己保持完美爆发状态的许先生，我心中充满了恐惧和敬意，与旁人面面相觑。正犹豫间，见熊蛮子从角落中折返而来，手上竟然提着一把表面裹覆着岩石的大刀。这刀的造型有点类似于麻贵的鬼头刀，然而更加简陋古朴。

手上提着这么一把大刀，大将军气势十足，朝着场中许先生悍然冲去。

在这最为危险的一刻，许先生发挥出了他作为蛊师应有的实力，从衣服内掏出一个布囊，然后开始朝前面抛洒。让人惊愕的画面出现了，在许先生周身八米处，竟然有密密麻麻的虫子从虚无中诞生，这些虫子各种形态，蝎子、蜈蚣、蜘蛛、蚂蚁、蟑螂、蝇蛆……诸如此类，林林总总，不过都极为细微，不比那粟米大上多少。一只蚂蚁能够拉动自己体重一千七百倍重量的东西，所以场中压力对于它们来说几乎不存在太大的问题，活动自如，四处扩散。

然而熊蛮子根本不管这些，奋力朝着许先生冲锋。待走到虫海之中时，那些黑色、红色、白色、蓝色的虫子几乎都听闻命令一般，纷纷爬上了这大将军的腿上，几秒钟内，布满了熊蛮子的全身，彼此的爪子勾连，展现出了惊人的力量，居然将熊蛮子给直接定在了离许先生还有四米的前方。

我们听到那宏大力量在与微小力量博弈时，生发出来的那种古怪声响，仿佛整块地皮都要掀起来一般，当熊蛮子被那些蛊虫完全覆盖住的时候，许先生的脸上不但没有笑容，反而往后缓慢地移动了几步。

那被无数蛊虫覆盖的高大黑影突然有幽蓝的冷光出现，一开始只有一点儿，接着迅速蔓延开来，周边那些蛊虫也被这冷焰给燃烧起来，从黑影一直蔓延到了地上，并且朝着四周散开而去。

幽冥之火，可燃生命之魂。熊蛮子并非只有蛮力，它有着太多的岁月沉淀，探索世间那些未知的事物，并且这里可是它绝对的主场，没有人能够撼动它的位置。

瞧见自己弄出来的虫海给熊蛮子全数燃烧,所有虫子如同泼了汽油一般噼里啪啦地直作响,空气中一股焦香混合腥臭的怪味不断盘旋萦绕,让人脑袋晕晕的,许先生怒火中烧,奋力大吼道:"你们,真的要做得这么绝吗?"

瞧着一代天才即将陨落,虎皮猫大人嬉皮笑脸,在空中兜圈子,绕来绕去地呼喊道:"我们倒是想放你一马,可是你擅闯人家陵墓,惊扰了先灵,现在明明是这位高大威猛的老哥跟你过不去,为何还要问我们这种问题?"

熊蛮子还在继续用幽冥之火焚烧那些蛊虫,而许先生则将视线投向了我,开始好声许诺道:"陆左,我刚才都瞧明白了,那个白色幽灵,以及这头千年僵尸可都与你有关,我知道你能够跟它们联系。你看这样好不好,你我止干戈,而我这些年在东南亚闯下的偌大产业,都可由你来继承。"

他用低沉舒缓的语调说道:"出去之后,我退居幕后,由你来坐这头把交椅。我知道你是半路出家,没有人给你系统的教学,不如这样,我来教你,手把手地帮带,相信你一定可以超越洛十八,成为名震天下的苗疆蛊王,怎么样?"

我还没有说什么,一直在与那些蛊虫搏力的熊蛮子怒吼一声,整个空间都在不断地回荡他的怒意,下一秒,这南征大将军出现在了许先生的面前,用手中的大刀打断了许先生的蛊惑。

铮!一声巨大响动,许先生举手拍在了那大刀侧面上,然而终究是受不住这巨大的力道,朝着后面退了两步,跌倒在地。熊蛮子反手上撩,一阵血光冲天而起,许先生的左手立刻脱离了自己的身体,朝天飞去。

啊!许先生终于喊出了只属于弱者的呼叫声,左臂朝着天空飞起,继而坠落,被他用脚勾住,然后踢到自己胸口,断肢立刻伸出几缕肉丝,朝着喷血的伤口连接而去。我心中诧异,这家伙竟然可以断肢重生?许先生实在是太让人惊讶了,倘若不是在这样复杂的大阵中,我们怎么能够杀得了他啊?

我诧异非常,熊蛮子却毫不停顿,大刀再次下劈,复一斩,许先生的右脚也齐膝而断。如此两招,许先生被熊蛮子给直接弄残。如此,他就会老实了吗?

第八十四章　我心即禅，朵朵定音

　　熊蛮子这蛮横凶猛的攻势，完全传承自战阵搏杀的凶残手段，几乎没有虚招，直接以力胜之，唰唰两刀，便果断地将许先生的左手和右脚给卸了下来。
　　许先生翻身躺倒在地，从小腹气海处游绕出一股杏黄色的纯净之光，贯彻全身，接着喷血的断肢处立刻停歇愈合，然后生长出十数条肉触，将那断肢给收回体内。就在熊蛮子出第三刀的时候，许先生突然黄光闪耀，似乎脱离了阵法的束缚，一跃而起，凌于空中，那完好的右手与刚刚连接回来的左手相交于一处，虚心合掌，二食指相背而屈指尖部分，复以二拇指压二食指前端，作弹指状。
　　瞧见他做得这般印法，我不由得再次心中震撼。此印，在十二法门中有所阐述，以宝瓶为三昧耶形，称宝瓶印，又作摩利支天隐形印、尊胜宝瓶印，最早见于尊胜陀罗尼经、尊胜仪轨经中，此印结出，即代表着"我心即禅，万化冥合"，与佛境勾连，能够沟通世间佛陀的力量。此印是九字真言中境界最为高深的一法，倘若不得法门，触摸不到其中境界而贸然使用，不但感知不了佛陀真意，而且还有损身体，功力消减，危险的甚至直接闭气死亡。我从出道以来，也只使用过一次，然而当日蒙对了，竟收奇效。此番倘若是许先生全力施展，并且万一奏效，说不定这大好局势，立刻崩盘。想到这儿，我不由得朝熊蛮子大声喊道："小心他的印法！"
　　然而为时已晚，许先生在空中翻滚两圈之后猛然扑下，朝着熊蛮子当头印去："禅！"此言一出，他那一对银丝手套突然光芒大放，中间是最纯粹的光亮，宛若太阳，以此为中心，周遭皆是金黄灿烂的光，并幻化出红、橙、黄、绿、青、蓝、紫的七色光环，辉煌如佛陀降临。这光芒似镜，抵在了那高速斩来的石化大刀，两相交触，那佛光之上有湖面波纹一般的光线传递，上抵穹顶，下接岩地。熊蛮子这堪比几十辆东风重卡冲击力的一刀，竟然停止了劈势，这恐怖的南征大将军在随后的一秒钟之内，朝着身后跌飞而去，而两人交击的那处地方，整块坚石铺就的地板居然裂开了七八米长、半掌宽的裂缝来。那裂缝里面，有刺骨的风吹出，继而出现了很强的吸力，那些被冥火焚烧成灰的蛊虫皆被徐徐纳入。
　　熊蛮子受到重创，身子跌飞，重重摔落地上，许先生也并不好受，他直接就一口老血喷出，上半身的衣服竟然被熊蛮子的刀意给隔空震裂，化作数十道布条，露出了一身健壮的肌肉疙瘩，上面纹绘得有密密麻麻的文字，蝇头小楷，瞧着跟佛经差不多。
　　到了此刻，许先生那被熊蛮子砍断的手脚末端出现了数十条肉色触角，而这些触角飞快接触，彼此勾连，竟然开始重新长回了他的身上去。

瞧见许先生竟然快速愈合了，我和杂毛小道对视一眼，不约而同地握紧了手中的剑，朝着许先生飞奔而去。我们彼此的距离并不算远，以我们的修为，几乎抬脚便至，我在左，杂毛小道在右，两人都只出了一招最为简单的提剑横切。

许先生右脚尚未接驳成功，避无可避，血花飘射，左右臂各中一剑，左手雷意盎然，酥麻一片，而右手则是鬼气森森，化作冰凉。我和杂毛小道双剑得手，与许先生错肩而过，扭身过来的时候，却瞧见这老家伙腾身飞至半空，朝着我们的胸口踢来。

凌空二段踢，许先生竟然在身受重创的那一刻，还能够使出国术中这么精华的一招来，我和杂毛小道躲闪不及，直接被他踹中心窝，浑身如同雷轰，狂跌出去。

我再次砸落在先前那口巨大石鼎之上，轰然撞上，然后软软滑落下来，瞧见此时的许先生竟然再次将手脚装好，朝着被那佛境轰到魂魄的熊蛮子冲了过去。

大将军本来胜券在握，却不料许先生手段迭出，竟然在这等劣势下扳回了局面；而更加让人诧异的事情是，这个家伙明明没有得到那流光入体，却如同根本没有受到阵法的重力限制一般，大步流星地走动着。不过那法印击出，虚空之中传递而来的佛陀能量并不能够长久维持，便如请神，也会消散，我本指望着熊蛮子会迂回作战，然而这个性子刚烈的大将军根本就不作理会，勉强爬起身，再次提着石化大刀猛劈。

许先生此时气势正盛，瞧见面前这个恐怖僵尸再次袭来，根本就不作躲闪，直接冲上去，双掌齐出，银丝手套上面的丝线不住飞扬，居然缠住了这柄巨大的石化大刀，再飞速踢出两脚，结结实实地揣在了熊蛮子的大腿之上。

轰隆！熊蛮子直接跪倒在地，右手的石化大刀给扯住，左手则在防备着许先生的下一脚。

许先生在此刻，居然完全占据了战场主动权。

然而果真如此吗？杂毛小道显然并不赞同这说法。他从一堆碎石之中勉强爬将起来，脸上露出了痛苦纠结到了极致的狰狞表情，咬着牙，手结剑指，朝着许先生的后背使劲儿一招，那雷罚便带着电光，朝着那心窝子掠去。

此时，疼痛刺激得我全身充满力量，小腹处的阴阳鱼气旋开始疯狂地转动起来，人从地上弹起，不由自主地手持着鬼剑，朝着许先生冲过去。

熊蛮子双膝被踢，骨骼喀嚓响，跌跪在地上，瞬间感觉到了巨大的羞辱，仰头狂吼一声，无尽的苍凉从四周传来，随之而来的是那四方石鼎集束而来的四色气息，疯狂灌注到了他的身上去。吼——大将军发出了恐怖的吼声来，顶着许先生恐怖的力量站了起来，石化大刀一震，覆盖在表面之上的岩石朝着四周碎裂开去，露出了锈迹斑斑的刀面来。

然后它再次出了一刀，古朴、简单、直接，气势惨烈。一如它当年血战疆场的时候，挥洒出来的那份宁死不屈的豪气，以及对胜利最强烈的渴望。寒光闪现，空气中传来巨大的音爆声，许先生朝着后面跌飞出去。

又是一道寒光，雷罚从许先生的身体里透体而过，带着喷溅的血浆。

所有人都使出了全力，都疯了，疯得只剩下一腔的热血。我瞧着斜斜跌下来的许先生，积聚全身的气力，将鬼剑的黑色剑刃给撑得超过了三米。我高举过头，然后使劲深吸了一口气，正想往前劈下，哪里料到那胸腔被雷罚穿透、皮肉电得焦煳的许先生，竟然还能够凌空倒转过身来，朝着我劈出了一掌。

这一掌积聚了他毕生的功力，乃至刚才使用宝瓶印时所勾连到的佛陀之力。除了无形的疾风之外，还有丝丝缕缕的红芒，那红芒乃蛊毒，间夹着银色丝线，却是他那一双水火不侵的银丝手套上面的物件，能够生扛住熊蛮子石化大刀的恐怖法器。

这样一掌凌空拍来，即使没有正面拍中，我也感觉仿佛整个天地都朝着我碾压而来，握在手上的鬼剑在那一刻竟然都没有抓紧，直接从我的手上脱飞，而我整个人也直接朝着后方再次跌落。许先生太强了，简直就不似人类，我在朝着后方滚倒过去的时候，瞧见这人嘴角的那抹微笑，心中一阵绝望，想着就连大将军都被这个陡然爆发的家伙压制住了，我们难道真的战胜不了他了吗？

就在我绝望得几乎透不过气来的时候，我瞧见鬼剑居然依着我之前的方向，朝着许先生坚定地斩去。三米鬼剑，气焰滔天。只一剑，许先生就从中间分离开来，变成了两截！

我的心脏剧烈跳动起来，是朵朵，这个时候仍然在战斗的，是身藏于鬼剑之中的朵朵，就是她，在我被拍飞的那一刻，稳定住了鬼剑的剑势，将许先生给直接斩杀！

我的天，决定战局的，竟然是朵朵啊！

第八十五章　逆徒伏法，逃脱生天

　　鬼剑斩断许先生的身体之后，所有的黑芒收敛，跌落在地上，仿佛一件破烂玩意儿。我本以为这一切都结束了，然而让所有人都惊异的情况出现了：这许先生在被一剑斩成两截的情况下，居然还有意识存在，那平整光洁的截面处居然出现了之前一般的肉丝触手，彼此相连，将他再次合拢起来。

　　这哪里是什么不老神，分明就是打不死的小强神功啊！

　　杂毛小道停顿一下，气力恢复了些，跌跌撞撞地往前走来，手一招，雷罚晃晃悠悠地飞至他的手中，然而终究出不了第二剑。

　　不过，鬼剑之上带着极为阴厉的寒气，已然将许先生的生机葬送，他现在不过是临死前的回光返照而已。明白这一点的，除了我，还有此祭殿的守卫者熊蛮子。大将军刚才被许先生的佛光照体，差一点就将神魂吹飞，然而终究是凝练千年，身形合一，在短暂的恍然失神之后，终于恢复了先前那种霸气。他缓缓地走到了悬于空中、正在努力将断成两截身子合一的许先生面前，张了张嘴，然后一股苍凉遥远的声音在空间中响了起来："你是真正的勇士，我将会给你最有尊严的死法，那就是将你的头颅砍下，然后放在祭台上，让诸神庇佑你的英灵永存！"

　　许先生听得这话嘿嘿直笑，他瞧见熊蛮子提着石化大刀，再次走到他的面前时，终于停止了对自己身体的补合，盯着面前这个不知道存在了多少岁月的恐怖僵尸说道："什么最有尊严的死法，不过就是将我炼制为护翼阵灵，这种事情你们想都别想。"他长叹一声，道："我今天死于此处，倘若是败在你的手里，那也并无遗憾，然而最让我痛心的事情在于，时隔一甲子，我居然又栽在了洛东南的手上，难道这是命运吗？我不服啊。"许先生的眼眸中有着最阴寒的冷意，他转过头来，死死盯着我，厉声喊道："为什么？我潜心修炼，日夜不敢怠慢，我所做的一切都是为了证明我比你强，我是对的，而你是错的，然而为什么还会变成这样的结局？为什么！"

　　我瞧着他一双眼神严厉宛如尖刀，吞咽了一下口水，想了想，又回望了四周的伙伴，认真地给出了一个答案来："所谓'得道者多助，失道者寡助'。你自幼性格暴戾，先祖爷曾经在文中有载，说你虽为当世之奇才，奈何从来没有对世间一切，包括对生命，心存敬意。在你的眼中，一切都只不过是你的工具而已，你惯于高高在上地操控一切，从不理会卑微者的意志。殊不知，舞台之上虽然都是风云人物，然而真正代表天下的，恰恰是你视如蝼蚁的平民百姓。"

　　我郑重其事地宣判道："你杀的人太多了，这个世界已经对你充满着深深的恨意了，所以你的败亡，也只不过是顺理成章的过程而已。"

听得我的解释，许先生的整张脸都扭曲了，他拼命地摇头，像个孩子一样哭泣着，狂喊道："不对，不对！这个世界就是胜者为王，弱肉强食，少来你这一套！你这个暴君，你也好意思谈仁慈？是啦，是啦，胜者为王，你们赢了，所以随便你们怎么说，不过我想告诉你，你以为你没有对手了吗？我最得意的弟子，他在北方已经成了最强大的王者，青出于蓝，他比我更加厉害，你迟早要被他来清理门户，你等着吧，哈哈哈。"

许先生似乎把我当成了洛十八，整个人都扭曲了，疯狂地大叫着。与此同时，他手上居然还在不动声色地结着印法，第一个发现的，是最为敏感的虎皮猫大人，它瞧见此景，大声喊叫道："小毒物，这个家伙在准备临死一搏，快让那僵尸老大弄死他！"

闻得此言，熊蛮子直接前跨好几步，一刀斩出，将许先生横着再切一记。

在即将化作四截的那一刻，许先生疯狂大笑道："哈哈哈，你们全都陪着我去死吧——不老禅之终极奥义，那就是衰老风暴！"

石刀划过许先生的腰间，应声而裂，然而在下一秒，许先生砰然化作一团血雾，将全场笼罩。我感知到了一种恐怖的力量诞生，仿如黑洞，以许先生为中心开始由外而内地吸收进来。那是一种让人恐惧的力量，它能够使得生物体的生命飞快流逝。

这股血雾还在不断扩大，即使那四周巨鼎不断喷出四色光芒来，也无济于事。我在血雾袭来之时，连连后退，瞧着中心被吞没的浓重雾霾里，南征大将军已然被完全吞噬，心中担忧不已，正焦急间，耳边突然响起了另一道沧桑之声："王，这死亡之气正在蔓延，很快就要充斥在这大殿里面，你不能久留，大门已开，请速速离去！"

我抬起头，朝着大殿顶上那只巨大的眼球喊道："江先锋，那你们怎么办？"

主导大阵的江先锋连声催促我道："我们本就是死物，这等死亡衰败之气，就是最纯净的补品，你不必担心。大将军现在正在调动大阵的力量，让这气息不要蔓延出殿外。不过王你现在是凡人之体，受不得这侵蚀。快走，不要留了！"

听得他这般解释，我终于释怀了，与身边的杂毛小道相互搀扶，收拾好自己的东西，跌跌地朝着台阶上走去。

朵朵从鬼剑中飞了出来，一脸灿烂阳光，冲着我乐，说："陆左哥哥，我厉害吧？"

我抱着她，不由得一阵感慨，激动地说："是啊，我家朵朵最厉害了。"抱了一会儿，虎皮猫大人不乐意了，冲着我大骂道："小毒物，放开我媳妇，让我来！"

这家伙的打诨插科让紧张的气氛稍微释缓了一些，我见到台阶上面的平台上躺倒着四娘子，还有抱着枯萎左手的御兽女央仓。瞧见我冲上来，央仓脸上没有一点儿痛苦，朝我招呼道："我这样附身，对神识影响很大，许映智既死，那我便走了。你这边事了，再来寨黎苗村一趟，我有事情要与你分说。"此话说完，这小黑妞双眼一翻，身子就软了下去。

我们已经是精疲力竭了,走路都成问题,瞧着许映智那血雾蔓延开来,地上这两人不救又不是一个事儿,我皱着眉头,正头痛,却见杂毛小道一个唿哨,不知蹲伏藏匿在哪儿的血虎从黑暗中蹿了过来。

血虎的身材比二毛小了两个等级,跟那头孟加拉虎差不多,在朵朵的帮助下,好歹将这两女人驮起,朝着门外撤离。我们一出门外,那万斤巨门便轰隆隆地关闭下来。而在石门前面这一片空地上面,则围着一堆人,瞧见我们冲出来,跪倒一片。

望着这黑压压的人头,我有点儿发愣,却听到一声云省口腔的汉话喊道:"黑央族长老松日落,带领众族人,拜见神使大人!"

神使大人?我和杂毛小道对视一眼,然后回头看了看紧紧封闭的巨大石门,没有看到哪儿有个劳什子神使啊?却发现这些人都朝着我投射来尊崇敬畏的目光。杂毛小道用胳膊肘子捅了捅我的肩,说:"小毒物,这些人跪的,不会是你吧?"

瞧见这情形,我想着也有点像,走上前问明,才知道是熊蛮子刚才进来的时候告诉了他们,说出去之后,务必要听我的使唤,待我,如待它一般,不然所有的黑央族人都要受到它的惩戒。

对于大熊哥的话语,黑央族人莫敢不从,才有了这么一幕。这马脸长老说话倒是有些紧张,生怕我会追究他们之前追杀我的事情,然而我却是一个头两个大,不知道许先生蔓延过来的那股血雾会不会渗透而来,也没有多说,指着血虎身上颠簸不已的两个女人,让他们给接过去照顾。说话间我扭过头,瞧见崔晓萱还趴在死去的寒潭鲭鱼头上,旁边是被分尸数块的王伦汗,于是叫黑央族的人过去,将崔晓萱给接过来,一并带着。

大战过后,一身病伤,我们连正常走路都无法坚持,好在有血虎在,我和杂毛小道跨上脊背,正要与这马脸长老说几句话,结果天地一震,我们身边的那处石门在轰隆隆摇动,仿佛里面在运转什么让人恐怖的大阵。下一秒,那石顶便开始簌簌跌落下来,最大块的石头足有桌面那么大,虎皮猫大人在空中大声催促道:"快走,快走,不然我们都要被这石头给埋了!"

我们都不清楚发生了什么事情,只有朝着右边的通道快速撤离,一路上瞧见好多尸体,有人的,也有各种许多千奇百怪的兽类,不一而足。

山体一直在摇晃,我们马不停蹄地跑了大半个小时,瞧见前方有微微亮光传来,纷纷朝着那儿拥了过去。我收起朵朵,骑着血虎冲到那尽头,却见到了一副既陌生又熟悉的场景。

天啊,我们兜兜转转,居然来到了萨库朗往昔的那个军事基地来。

第八十六章　战后余韵，再朝黑央

从通道里摸出来，我发现一行人竟然来到了两年前我们曾经被囚禁过的萨库朗基地。此处没有任何人类生活的痕迹，里面的东西，能用的都被穷凶极恶的军政府搜刮一空，连那巨大的铁门都给拆走，只剩下空荡荡的大厅和长廊。

我和杂毛小道骑在血虎背上，从这黑暗的长廊中行走，古丽丽、加藤原二、巴通、天残地缺泰拳高手以及还活着的威尔，这些人的音容笑貌，从我的眼前走马灯一般地掠过，让人觉着是那么的遥远，那么的生疏。

出了地下基地，外面阳光灿烂，已经是清晨，前方成片的望天树林高耸百米，林间绿草如茵，清风吹拂，这样美丽迷人的清晨，让在黑暗中摸索已久的我们，心中的阴霾全都消散不见了，脸上不自觉地露出了微笑。

在这样美好的阳光照耀下，昏迷的四娘子和央仓陆续醒了过来，两人早已经忘记了被附身后并肩作战的场景，央仓倒还好，只是捂着自己失去知觉的手难过不已，四娘子却指着我，想招呼族人过来将我擒获，好好教训一番。然而当她得知我便是先祖口中的神使，在人世间就代表着先祖的意志，这个消息直接将她给击溃了，好半天都没有缓过劲来。

出了萨库朗基地，马脸长老松日落过来与我商量，让我们先去黑央族走一遭，将先祖的意志传达给族人，不然他这里可不好交待。通过与松日落长老的交谈，我们得知，黑央族便是当年大熊哥自北而来，带着的一票耶朗武夫和南征子民，当年把这里的土著打得那叫一个鸡飞狗跳、泪流满面。然而经过千年沧桑转变，世代传承，早就已经和当地人融合到了一起，血统不纯，到了如今，则成了一个隐居在缅北丛林的小部族。说是小部族，却还有近四千人口，有着完整的巫术传承，修行者便有两百人，比例惊人，其余众者，也皆是优秀的丛林猎手，大部分居住在我昨夜误入的峡谷里，耕种渔猎，与世隔绝。

我又不是傻子，既然有着大熊哥临别照拂，给我罩了"神使"这么碉堡的名头，而这样实力强大的部族，即使对其没有野心，如果能够与其交好，那么以后我再来，有着黑央族和蛊丽妹的名头在，横着走倒不敢说，至少不会有太多的麻烦，像果任这种乡野土豪，想动我或者我的人，那也要好好掂量一下才是。除此之外，我和杂毛小道皆身受重伤，行动不便。想到这里，我点头同意，说好，一定要去瞧一瞧的。

得到我的同意，马脸长老十分高兴，因为我们身上都有伤，便用随身所带的药品给我们包扎完毕，召集人给我们做了五副担架。

乘着这空当，我想起先前带着萨库朗诸人逃离不见的哈罗上师，向他问起，他摇头表示不知，王伦汗给魔罗硬生生撕成碎片，回来的路上也伏卧着几具尸体，但是没有瞧见哈罗那个老光头。这一路曲折，倘若不是你的肥鸟指路，只怕我们也出不了这地下，重见阳光。

说到肥鸟儿，大战过后的虎皮猫大人正懒洋洋地伸展身子，躺倒在我们旁边，像个死鸟一般。杂毛小道逗它，说："大人，你瞒得我们好苦啊，现在可以说一说了吗？你当年是怎么回事，怎么死的？死后又是怎么从那幽府中逃脱出来，附身在这头肥母鸡身上的？"

大人在这样暖洋洋的阳光下睡得正酣，也不作理会，懒洋洋地伸展了一下翅膀，骂了一声："二货，你全家都是肥母鸡。"话儿还没有说完，就再次睡了过去。

我和杂毛小道相视一眼，知道这个家伙不想说起往事，既然如此，我们也不必再问，免得彼此尴尬。至于它前邪灵教右使的身份，我们倒没有太介意，我们毕竟不是那种疾恶如仇的假道学；再说了，这么多次生死极限，虎皮猫大人已经用最实际的行动，证明了它对我们的关切之意，似长辈，似朋友。

话说回来，即使是邪灵教现任的护法右使洛飞雨，我们对她也很有好感啊。

所以说，邪灵教中，并非没有可爱之人。

简易担架很快就做好了，大家稍微停歇了一阵，将身上带的干粮和饮用水凑在一起吃了些，然后开始抬着我们往黑央峡谷方向行去。黑央族此番能够前来岩洞探查的，都是有把子好气力的汉子，抬起我们来并不吃力，特别是抬着四娘子、央仓还有崔晓萱的那几个光膀子大汉，更是兴奋得鼻头发亮，上山下山，一路不停歇，激动起来还会喊几声号子。

黑央峡谷与望天树林后面的萨库朗基地相隔甚远，在地底并不觉得，这地面走着却是难行，即使一路马不停蹄，也差不多到了中午时分，才穿过一层又一层的热带植物林，到了峡谷前。

黑央族本身就是战斗与狩猎的民族，而且又身处于百战之地的缅北，入口极为隐秘，防范也森严。马脸长老派了之前与央仓交好的那个年轻人去喊山门，很快就开了，从里面走出一队身穿蓝色粗布短装的人群，为首者是一个须发皆白、佝偻身子、头上缠着一圈粗布的老苗子，旁边几位长者，其中还有那黄斑老头他信长老。

这老头儿倒是命格挺硬的，并没有死掉。瞧见他，我方才回想起来，倘若当时让肥虫子将他给干掉了，只怕此刻黑央族的诸人虽然表面上要遵从先祖之意，但心中难免会有芥蒂，更有蛮横者，到时候若是使手段，只怕我一不小心就着了道。

那他信长老脸色蜡黄，好像是受了惊吓，不过他的眼珠子倒是蛮尖，一眼就瞧见躺在简易担架上面的我，不由得一阵激动，未待居中的那老苗子开口，便大声叫道："松日落，你还真厉害，竟然将这个臭小子给擒获了。他受了什么伤，干吗不将他捆起来？我跟你说，这小家伙十分厉害，再严重的伤势也不能放松警惕。交给我，交给我，我要给我家宝宝报仇，亲自将他做了实验。"

  他信长老满腔热情，却给马脸长老一瓢冷水浇灭，松日落并不理会这个巫术狂人，而是朝着正中的那个老苗子行礼，将进入岩洞里面发生的事情大致作了汇报。这个年纪颇大的老苗子正是黑央族的这一代族长，眯着眼睛听着马脸长老的汇报，不时点点头。

  我躺在担架上，瞧着他信长老充满恨意的眼睛以及那个老苗子不动声色的样子，心中不由得有些忐忑。稍微明白一些政治的朋友应该都能够理解，作为一族之长，或者是处于权力巅峰的那几个长老会成员，他们有力量、有权力，是黑央族高高在上的统治者，没有几个会乐意头上突然再多出这么一个人来主宰生死，即使这个人，是他们竖立起来的旗帜、先祖，或者是被称为神使的我。不过不乐意归不乐意，既然族民已经知道有了这么一个我，他们不得不硬着头皮接受，不然就会损伤到他们的统治基础。

  我躺在担架上等了几分钟，听到一声"参见神使大人"，然后面前所有人都朝着我这边跪来，这里面也包括了那个精神内敛的黑央族族长，以及不情不愿的他信长老。

  瞧见这一场景，我的心总算是落了下来，勉力坐直身子，招呼大家，说："诸位无需多礼，我只不过是一个很普通的人，也拿大家当作最亲密的朋友，快快起来。我在刚才与魔罗的战斗中受了些伤，就不扶大家了。"

  那老苗子表现得极为有礼，推托再三之后勉力站起，迎了上来，与我亲近，说了好些个好话，不打不相识之类的，我也装作糊涂，点头说是。黑央族一票人马纷纷表达了马首是瞻的意思，我瞧见杂毛小道在人群缝隙中朝我举起了大拇哥儿，暗暗一笑，还是礼数尽到，与这些族老周旋。

  不过我一夜奔波，又有伤病在身，终究还是太过疲累，精力不济。族长看出来了，安排人带我去歇下治伤，临走前，当着我面吩咐，将那些留在族中的萨库朗成员抓起来，留待我来裁决。听得此言，我放宽了心，在颠簸的担架上，闭上了疲惫的眼睛，颓然睡去。

第八十七章　峡谷养伤，畅谈离别

睁眼闭眼，天色已暗，山谷里有微微的风从敞开的窗口吹来，带走了一天的凉意。我躺在床上，朵朵正坐在我的旁边，用一双清澈似水的大眼睛直愣愣地望着我，瞧见我醒了过来，笑着与我打招呼，阳光灿烂。

我深深吸了一口气，感觉胸口火辣辣的，掀开薄薄的被子，瞧见胸口正中贴着一块偌大的狗皮膏药，上覆纱布，边缘处有绿色的草药膏子溢出，臭烘烘的，有点像抠脚大汉那几个月都没有洗过的脚丫子，难闻得很；不过被伤到的肋骨，倒没有那么刺痛了。

除了胸口，我的手臂、脖颈以及整个头颅都给缠得严严实实，内敷良药，或清凉，或热辣。睡梦中我迷迷糊糊地感觉到有人在给我治伤，不过不知道竟然是弄成这般，根本就是裹粽子。我稍微扭头，瞧见隔壁还有一铺床，上面的薄毯掀开，人影无踪，不过旁边还放着杂毛小道的行囊，在床头的竹柜上，则有一头体型痴肥的虎皮鹦鹉正在打着瞌睡。这肥母鸡脑袋一栽一栽的，我还真怕它会摔下来。

我抬起被绷带缠得结实的手臂，指着隔壁木床，问朵朵："你杂毛叔叔呢？"

朵朵指着屋子外，说："杂毛叔叔跟那个黄脸老爷爷聊天去了，他说巫医之道也多有可取之处，要跟那老爷爷取取经。"我又问我睡了多久，朵朵扳着手指数了数，说，两天一夜，陆左哥哥，你可真能睡。那些人都来看了你好几次，都没有敢叫醒你。他们说你现在是这个地方地位最高的人呢，好多事情，都要等你醒过来再做决定。

我一脸汗颜，大熊哥当时随口一吩咐，没想到还真的有人把鸡毛当作了令箭。我早先还以为他们也就只是走一个过场，没想到倒是认起了真来。黑央族的事情太复杂，想起来都头疼，我没有理清楚这乱七八糟的关系，便懒得再去想，心念一动，轻轻一拍胸口的那狗皮膏药，低喝一声道："有请金蚕蛊大人现身！"

然而我这一阵呼喊，并没有得到任何回应，将心神沉入气海，在全身巡游一番，我发现在心脏和肺部之间的位置，那拳头大的肥虫子正蜷缩在里面，酣然而睡，呼噜呼噜正香甜，却是再次沉眠了。我早已经熟悉了它的这种节奏，不过还是有些焦虑。

肥虫子最近越来越让我看不透了，或者说它已经有些脱离我的掌控。上一次军营发威、大肆屠戮不说，单说这一次，它先是莫名地被麻贵迷晕，然后从朵朵的手中神秘消失，之后，在魔罗化灵那最危险的时刻，它居然突然出现，将魔罗所有的能量吸入其中，给自己蓄积了恐怖的能量，陷入沉眠，而这一切，我都不能知晓它的行踪。

当时虎皮猫大人的急躁我们是都看得到的，便是以许先生的实力，也是第一时间地使出了手段，让自己避免被附身的命运，如此恐怖的威胁，反而让肥虫子一下子得手了，难怪许先生会这般诧异，便是我，也觉得相当不可思议。

　　我呼唤了好一会儿，见没有回应，只有作罢，催动丹田之气在全身行走，在阴阳鱼气旋的驱使下，竟然行了五个大周天，感觉通体舒泰。

　　此番缅甸之行的损失重大，收获也不小，且不说肥虫子、小妖朵朵的大药服食，便是我在绝境崩溃，继而那巫力上经练至小成，将我体内的诸般力量汇集成为这阴阳鱼气旋，阴生阳、阳汇阴，朝夕不绝，使得自己能够最大限度地控制住自己潜在的能力，终于一跃成就了上乘修为，便是黑央族这些气息悠长的高手，抛开劳什子神使的身份，瞧见我，也是一脸敬畏。

　　这便是力量，是令人敬畏的源泉。

　　我闭上眼睛，仔细体会着此行的得失，静心行气。过了好一会儿，有一个垂髫童子进了屋来，招呼朵朵，说："这位小姐姐，我家长老说神使应该会在傍晚醒过来，遣我过来问一下，他有没有醒了？"

　　我睁开眼睛，刚刚行完周天的双眼暗室如电，那幼龄童子"啊"的一声叫，被吓了一大跳，回过神来的时候连忙趴在地上问好。瞧着这只有八九岁年纪的小男孩趴在地上瑟瑟发抖，我也不多言，点头说好，让他去叫他信长老过来。

　　我盘坐床上，过了几分钟，杂毛小道和他信长老挑开帘子走了进来。瞧见我这情形，杂毛小道嘿嘿直笑，说："我说吧，这家伙的命硬得很，躺在那儿睡上一个大觉就好，你们无需担心的。"杂毛小道在这边缓和气氛，他信上前来与我问好，言语间颇为恭敬，脸上却满是古怪，显然并没有释怀自己猴儿身受重伤的那件事情。所幸他并没有待太久，在问完我的病情之后，起身告辞离开。

　　这老头离去，我长舒了一口气，瞧着身上还绑着绷带的杂毛小道，说："你倒是闲不住，伤还没有好利索呢，就到处乱蹦，怎么样，有没有什么收获？"

　　杂毛小道脸上不由得露出颇为猥琐的笑容，说："还别说，隔壁那两个女孩儿，就是前天夜里在洞子里面跟我们并肩作战的那两个，那叫一个水灵，白的那个媚骨天生，外表端庄圣洁，骨子里那个小风骚，啧啧啧。还有那个小黑妹子，哇，那一身骨头柔软得跟棉花一样，倘若一同修炼那欢喜禅，你说说，那得有多么爽利？"

　　瞧着他一副悠然向往的模样，我便气不打一处来，板着脸回应两句。杂毛小道便嘲笑我假正经，做人也忒不踏实了。偏偏正在打盹的虎皮猫大人还接过茬来，回了我一句："有贼心没贼胆，怕小妖怕得就像个气管炎，不稀得说你。"这两人一番嘲弄，说得我哑口无言，知道再这样说下去，这两个土贼指不定还会说出什么更加荒唐离谱的话儿来，于是搁下此事，问起央仓的伤势来。

　　这黑妹子虽然当日骑虎挑衅，其实人还不错，对寨黎苗村、对我都很友善，而遭此一劫，不但自己日夜相伴的那头孟加拉虎死了，自己的左臂也被许先生吸成肉干,实在让人不忍。不过杂毛小道说:"她的情况倒还算好,他信这老头儿人品不咋地,但是杂七杂八的医术倒还不错,是黑央长老里面最有钻研精神的一个。据说许映智生前很看重他,还屡次送了收藏的宝剑给他。刚才我们在外面药圃里面讨论过了,他会熬制一种回天还阳汤,给那黑妹儿泡澡,九九八十一天之后,她将重新拥有一只臂力过人的左手。臂力过人啊,可惜她是个女孩子。"杂毛小道的猥琐无所不在,防不胜防,我也习以为常,问了他一些国内之事,杂毛小道说赵承风召集人马,在西川达州一带设伏,历经三天,终于将那些从宝窟法王手中逃脱出来的血族一网打尽。因为此事,赵承风获得了极高的荣誉和威望,据大师兄私底下透露,上面对袖手双城的表现极为满意,他将有望在明年年中的时候,等老局长完全退下来转入教学工作之后,登上西南局того扛把子的位置。

除此之外,在湘湖那边依旧没有真龙身影,但是因为大量行内人员集聚,倒是产生了两起小规模的摩擦,中南局的相关领导大为恼火,已经着手驱散了大部分去凑热闹的人员。在这样的大背景下,对真龙有兴趣的各路人马也由明转暗,蛰伏起来,他也是瞧见并没有太大的进展,才跑到缅甸来的。

杂毛小道还告诉我,他跟顾老板通过电话,也跟留守在大其力市的阿洪照过面了;另外,他之所以能够这么及时地赶到那岩洞中,虽然有虎皮猫大人指引,也是得了萤丽妹的帮助。

我们两人有好长时间没有见面了,自然有好多事情要说。虽然杂毛小道听旁人侧面提起,但还是问起了我来到缅甸时所经历过的种种事情。我也不隐瞒,将给李家湖解蛊、营救雪瑞、路上巧遇他侬以及在这山林子中发生的种种事情,都与他说个清楚。

杂毛小道仔细听着,听到后来,不由得击节赞叹,说:"小毒物,果然,还是跟你在一块儿,人生方能如此精彩,不像我平白蹲守在那湖边,每日除了望穿秋水地等待,没有什么好事情做,闲得牙疼。"

我苦着脸,说我倒是想过几天安分日子,可是人家根本就不容我好好生活啊。

瞧着我愁眉苦脸的模样,杂毛小道哈哈大笑,说:"也是,你就是个麻烦制造器。"

我们两人畅聊好久,先前那童子进来,带着我们去一处药房里面泡澡,半人高的木桶里面尽是气味古怪、黑乎乎的药水,浸泡三个钟头,筋骨松散,感觉舒畅不已,胸口也不疼了,回去一觉到天明。

次日,他信长老又过来找我,说族长和长老会要找我谈话。我和杂毛小道对视一眼,知道这该来的,终究还是来了。

第八十八章　得此强援，黑央尊者

考虑到我的伤势，谈话的地点并没有选在黑央族的会议厅，而是在病房不远处的一个小亭子里，而且还有人专门过来，用滑竿软轿抬着。我谢绝了这种封建大爷的待遇，在一个花香遍体的小美女引领下，与杂毛小道一起，缓步前往。

亭子位于小山包上，周边皆是药圃和花海，芬芳扑鼻，内里宽敞，中间桌椅皆有，上置茶盏，倒也是个谈事情的好去处。我们过来的时候，亭内已经坐了五个人，正中的一个，正是那日在山门前身形佝偻的老苗子，神光内敛，其余四位也皆是不凡之人，瞧着表现出来的精神意志，并不会比萨库朗的麻贵以及王伦汉、哈罗上师等人差，诸如马脸长老松日落者，实力似乎还强上许多，与达图上师不分高下。如此看来，黑央族当真是高手林立，不可小觑。

来的路上，我和杂毛小道还在心中暗自揣测，谈话地点选在此处，这里面大有深意。我自省得，也不言语。走到亭前，黑央族的族长以及四个长老都颇讲礼数，出门来迎，又装模作样地准备跪拜，被我拦住了。

瞧着这几人，我用最真诚的声音苦苦请求道："各位，各位，你们都是我叔爷爷辈分的长辈，岂能总是行此大礼，折杀了小子的福寿了。山前之时，我身上有伤，拦之不及，此番诸位倘若再这般讲究，我便拼得旧疾在身，也不敢久留，直接出了此处才好。"

听得我这铿锵有力的劝告，族长方才止住这等礼数，但还说道："神使大人过谦了，您是老祖宗亲口指定的黑央族贵人，自身的实力也惊艳绝伦，的确当得起我们一拜。"

这话说得真诚，不过我也不是小孩儿，知道我倘若顺坡下驴，说不得要被人忌恨，于是连忙摇手说道："族长，各位前辈，陆左当日并不知道我们还有这等渊源，故而多有冒犯，如今经过大熊哥这一番联系，才感觉我们还真是失散千年的亲人。既是亲人，便不要讲太多礼数，疏离了情感。小子陆左呢，也只是一个很普通的人，当不起大家如此对待，你们就把我当作一个客人、一个亲戚，或者一个朋友，如此，我们相处起来，才能轻松自在、彼此无碍，诸位前辈觉得可行？"

黑央族族长和高层在此之前，应该也是有过商议的，他们最担心的不过就是我这个家伙借由祖宗之名，妖言惑众，然后充当神棍，抢班夺权，将他们给高高挂起来，倘若如此，他们必然是一番雷霆手段，可管不得先祖南征大将军，是否会从陵墓中再次爬出来。

我的这番态度，让这一圈老头子长长舒了一口气，知道我根本就看不上他们在这山窝窝里面的产业，既然如此，和平友好的基调便已经定了下来，彼此客套一番之后，进入亭中安坐，由族长给我介绍在座诸人。

　　这四位长老，除了相当于二号人物的大祭师松日落和负责后勤装备研究的他信之外，一个负责族中财务的矮个儿老头，一个负责孩童教育的斯文老者，都是深藏不露的高手，相比之下，倒是他信的修为最为弱小。即便如此，他信也能够与那哈罗上师比拟，专长之处，便是连许先生也极为赞赏。

　　我也给在座诸人引荐了杂毛小道。北国中原之地的茅山，即使是远在南疆僻壤的黑央族也曾有闻；掌门弟子的威名，以及杂毛小道正经时展露出来的气度，更让黑央族的高层震惊不已，都流露出了恭敬的神态来。

　　双方没有什么利益冲突，那么谈话就显得颇为愉快。族长跟我解释了黑央族和萨库朗合作的经过，说黑央族本来与世无争地在这缅北山林中自给自足地生活，可惜那许先生自东而来，对四散零落的萨库朗进行整合，将大毒枭王伦汗招于麾下，然后又兵逼黑央峡谷，亲自前来谈判。当日族长瞧见复出之后的许先生实在是太厉害，倘若当时起了冲突，只怕整个黑央族都有覆灭之危，于是也只有委曲求全，暂居人下，同意了依附听遣的条件。而许先生恩威并施，黑央族的确也帮着王伦汗做了不少错事，心中惶恐。所幸神使驾到，先祖复出，终于将许映智这个滔天魔头给降服，他们自然不会放过痛打落水狗的机会。昨日已经大队杀出，将王伦汗的老巢给疏理一空，并且将这一片区域所有的萨库朗残余分子都清除，关的关，杀的杀，倒是狠狠出了一口恶气。

　　听闻此言，我不由得一阵诧异，说，萨库朗曾经是与契努卡并肩而立的大组织，怎么这么容易就给剿灭了？

　　听得我的话语，族长朝我恭谨地行了一礼，说："这多亏了神使……呃，陆左小兄弟你啊！萨库朗强，强在这些顶尖的高手之上，其余分散在各处的分部，皆是收敛钱财的居所，并没有什么战斗力。现在的情形是，萨库朗基地的高手在这两年来分崩离析，死的死，散的散，早已不成气候，那些分部也是乐得自在悠闲。我们得知，许先生将大头目仓差拿杀害吸食，鸠占鹊巢，此番出山重整萨库朗，在与契努卡的交锋中屡次得手，凶悍非常。本来以他的绝世武力，可成大业，然而今朝死于你手，大厦将倾，树倒猢狲散，麾下近年来新培养出来的弟子，成不了气候了。"

　　说到这里，他脸上出现了颇为傲气的神色："许先生既死，其余人等，又怎么能够入得我黑央族眼中，自然是有一个，灭一个了！"

　　萨库朗以及格朗教派，绑架少女，炮制人彘，提炼人油，种种恶行罄竹难书，是一个十分邪恶的邪教组织，如今覆灭，确实是一件大快人心的事情。我们脸上不由都露出了欢欣鼓舞的表情，虽然余孽仍在，但是并不影响我们的心情，当下也是以茶代酒，痛饮一杯。

茶乃粗茶，入得喉中，却有一股淡淡芳香。族长问起我接下来的打算。我的根在中国，自然是准备回国的。然而他和旁边几位长老却极力挽留，说他们都已经逐渐衰老，族内近年来虽然涌现出来的年轻人不少，但是真正能够服众的却没有一个，以我的实力，再加上先祖的认可，留下来，带领黑央族走上辉煌，如此最好不过。

黑央族世外桃源，风景优美，人物灵秀，留下来养老或者休闲度假，那是再好不过的事情，不过让我留下来奋斗终生，带领族人走向辉煌，我却是力有不逮。再说了，现在是和平时期，这四千多口子人也做不成什么事，脱贫致富倒是正理。

责任太大，我也不敢答应，只是说在中国有自己的事业，分不得神，但是黑央族但凡有所需要，一句话，我立刻便会赶过来的。

如此一番推托，面前诸位老者终于明白我真的没有心思留在此处，只得遗憾地叹息，也表了态，说我永远是黑央族的尊者，日后但有所求，无论万里，他们都会前来，听奉调遣。

如此一番言语交流之后，谈话便已经接近尾声。这个时候松日落长老突然提出，护陵圣女本来该在祖陵前守护先祖，可是先祖走入了地下，而我则是代表着先祖的神使，我走可以，圣女需要陪同我一起，也算是有个联络。

听到这话，我不由得一阵头大。四娘子身手其实非常不错，然而这样一个娇滴滴的美娇娘让我带回去，回头再给我使点媚眼和小风骚啥的，我可怎么扛得住？正待推托，杂毛小道却是两眼放光，直接就替我应承下来，还与几位长老相谈甚欢，将我给略过，憋得我肝儿都差点儿坏损。

我们在黑央族又待了四天时间，总算是将伤势养好，精力充沛，于是与族长辞行。临行前的头天夜晚，黑央族举行了盛大的宴会，富有民族特色的美食佳肴和舞蹈，让人目不暇接，倒也畅快。次日早晨，黑央族全体高层十里相送，隆重之极，直到我们再三告辞，方才离去。

待人离开之后，我、杂毛小道以及被族中长老指派跟来的四娘子，便朝着寨黎苗村快步行去。四娘子这妹子莫看当日交战妩媚风骚，正经起来，却是那天上的仙女作派，让人难以亲近。她此番前来不情不愿，我心里也窝着一肚子的火，好在杂毛小道居中周旋，又使些小手段与四娘子逗乐，好歹没有打起来。

一路疾行，我们在午后两点就赶到了苗村外不远的福龙潭，正想进村，从林子侧面突然杀出了一队荷枪实弹的人马，朝着我们这边围了过来。

第八十九章　丽妹失望，恍然如梦

　　这一票人马从林子和草丛中出现，都是黑瘦模样，端着自动步枪，小心翼翼地围了上来，如临大敌。瞧见这差不多有一个连的武装军人，四面八方围上来，我弓起了腰，作猎豹捕食状，用凶狠的目光巡视着每一个人的喉结处，鬼剑在手。而杂毛小道则并指作剑，雷罚铮然一声响，冲天而起，在半空中遥遥罩着所有的人。以他的功力和敏锐灵觉，任何人倘若有所异动，在扣动扳机的那一刻，也就是雷罚临身之时。

　　不过对峙仅仅维持几秒钟，很快我就看见了一张熟悉的脸孔，穿着黑衣的吴武伦带着他的一干小弟从人群后面走了过来，招呼这些军人放下枪，然后离开潭边，去外围警戒。

　　吴武伦的话实在管用，吩咐了几句之后，这百十来号军队精锐便调转枪口，朝着林中再次潜伏而去。瞧见那些人转身离开，我才出言问吴武伦道："武伦法师，这到底怎么一回事，你能够跟我解释一下吗？"

　　吴武伦旁边的小弟并没有露出愤愤不平的怒容，个个都低眉顺眼，便是吴武伦本人，听得我的话语，也热情上前来招呼："陆左，真没有想到我们竟然会在这里碰面，不好意思，这几天局势颇为紧张，结果出了乌龙，别见怪，别见怪哈。"

　　吴武伦态度好得出奇，我也没有再纠结刚才突然而来的惊吓，问吴武伦怎么会带着大队人马突然出现在这儿。吴武伦走到我们面前来，说道："这几天缅北风起云涌，契努卡大肆寻找失踪在这儿的达图上师，影响太大了，所以我们决定官方介入。然而来到这里时才发现魔气冲天，整个山林都蔓延着魔罗恐怖的气息，鸟兽惊悸。可是不到一天时间里，风云突变，盘踞在这片地区的王伦汗给人端了老窝，一片狼藉，到处都有黑央族的猎手穿林而过，追杀萨库朗的余孽。"

　　吴武伦述说着，然后尊敬地望着我说道："这整个一片区域，都在流传着你一人团灭王伦汗精锐部队，成了黑央一族最高领导人的传说。每一个不懂汉语的山民，都能够将双手合拢，喊出一声'陆左王'来。这几日我们跟黑央族的猎手有几次照面，也逮捕了一些萨库朗的残余分子，小心翼翼，所以才闹得如此紧张。"

　　"陆左王？"听到这名号，我不由得有些啼笑皆非，然而吴武伦却是严肃地点起了头。他跟我说道："这话是从黑央族猎手口中传出来的，他们说格朗教派行事有违天和，与佛祖之法南辕北辙，故而天降王者，名为陆左，成为黑央族的首领，在陆左王的旗帜下，黑央族降服了地狱来的恐惧恶魔，又将格朗教派的领袖许映智击杀，从此人间太平，再无争斗。陆左，魔罗果真被降服了？许映智真的是被你杀的？"

吴武伦一连串问题弄得我哑口无言，脑袋轰的一下炸开来，嗡嗡嗡，连他后面的几句话都听不清楚，扭头过来瞧四娘子，只见这女子脸上露出一副幸灾乐祸的表情，洋洋得意地说道："神使大人，我族人所说的，都是事实啊，你为何要用这种目光瞧着我？"虽然蒙着一层人皮面纱，但是四娘子脸上那贱贱的笑容却能够展露出来，我心中一阵恶心，顿时就感受到了黑央族的险恶用心。

　　显然，这个曾经辉煌荣耀的部族并不满意此时的境况，便借由魔罗覆灭以及许先生故去的机会，宣扬起了自己的威名。这本来无可厚非，然而那些老狐狸却未经我同意，直接将我的名头给抬了出来，这可就真的是给我招仇恨了。如此一来，那些散落各地的萨库朗余孽便都有了明确的目标，有仇报仇，有冤报冤，接下来，我估计就真的是闲都闲不住了。

　　瞧见我脸色不对，吴武伦跟我解释道："在这一片山林里，生活着超过三十万的山民，黑央族对他们有着巨大的影响力，而经过他们之口宣传出去，只怕这事情便已经确定下来了。陆左，这些事情，到底是不是你做的？"

　　我心情糟透了，百口莫辩，只有阴冷着脸说道："是我做的如何，不是我做的又如何？"

　　吴武伦见我情绪不高，似乎并不乐意讨论这个问题，便收了口，跟我说道："陆左，不管怎么样，我们都很感激你能够出手降服魔罗，并且将王伦汗和萨库朗余孽这些寄生在原始森林中的毒瘤给铲除。我这次前来只有一个目的，那就是想确认一下魔罗的去向，这也是为了那些无辜的平民百姓安全着想，还请告知。"

　　吴武伦盯着我的眼睛，我则直接告诉他："死了，灰飞烟灭！"

　　得到这个答案，他并不意外，或许他已经从别的渠道得到了消息。吴武伦朝我抱拳致意，说他代表自己就职的政府部门，向我表达感谢，以后在缅甸这地界，任何事情，只要不违反国家刑法，都可以找他帮忙。说完这些话，他与我还有杂毛小道告辞，转身朝着回路走去。而他旁边的那个青年也恭恭敬敬地朝我行了一礼，然后一个唿哨，隐在丛林中的那些军人从我们的身侧走过，渐行渐远。

　　瞧着这些人远去，杂毛小道收起雷罚，嘿嘿笑道："小毒物，这回你可出大名了。"

　　我白了他一眼，埋着头朝苗村走去。到了寨黎苗村，我发现原本紧闭的寨门此刻敞开着，村民们都已经出来劳作了，瞧见我们，远远地行礼打招呼。很快，熊明听闻我们到来，便热情地迎了出来，旁边还跟着在这儿养伤的小和尚他侬，和他师兄乃篷。

　　熊明引我们到他家歇脚，一路上对我大为称赞，把我夸到了天上去，旁边的他侬师兄弟也不住地点头附和，弄得我还真的有些飘飘然，心情也好了一些。

　　我们在熊明家坐了一会儿，油茶还没有喝几口，头人黎贡、熊付姆和神婆虿丽花接踵而至，询问起我离开之后发生的事情来。我将大部分事情经过都作了讲述，几人连声惊叹,当真是路转峰回,生死一线,让人的心肝儿都直颤动。

事情说到一半,蛊丽花突然站了起来,拉着我,说她醒过来了,让我去她那儿。我点头,留杂毛小道在这儿跟熊明他们演绎,我则跟着蛊丽花来到虫池。

在阴森的地底虫池旁,我再一次见到蛊丽妹,她比上次更加精神了,瞧着我,颔首微笑,说:"你做得比我想象中更加好,不错,不愧是他的传人。"

我心情郁闷,将自己身上发生的事情讲与她听。这位宛若天仙的美女脸上挂着淡淡的笑容,说:"黑央族并没有你想象的那么龌龊。如果我料想得不错,他们应该是想逼你上位,不让你在远走北方之后,对他们不加理会。无妨,只要有本事,声名鹊起是必然的,强者生来就是要被人尊敬的。当年洛十八名震苗疆,可从来没有你这么担忧。"

她盯着我的眼睛,缓缓说道:"在我看来,你远比他厉害,最重要的,就是你有一颗仁慈而知进退的心,不像他那么暴躁冲动。性格决定命运,终有一天,你会超越他,成为新一代苗疆蛊王的。"

我苦着脸,说:"我的愿望,就是娶妻生子,找一个稳定点儿的工作,幸福快乐。"

我这话还没有说完,蛊丽妹的脸就冷了下来,说:"你唯一的缺点,就是胸无大志!你以为你的命运是自己可以决定的吗?自出生开始,你的道路就是不进则退,倘若不能强大,那么你就不是你了,永远也没有自我。你自己好好想一想吧。"

训斥了我一番之后,蛊丽妹就没有了谈兴,她冷着脸告诉我,说她瞧见魔罗回到深渊了,身受重伤,神魂失位,不知道多长时间才会恢复过来;至于雪瑞,她会在虫池里面待着,一直到她能够顶着白河苗蛊的名头,行走天下的时候,才会出山。让我将这件事情,告知她的亲人。

瞧着沉睡在虫池白茧中的雪瑞,我长叹了一口气,点头表示知晓。

蛊丽妹不喜我平淡的性格,也不多言,沉入池中,不再理会我。我怀着忐忑的心情离开,总感觉蛊丽妹似乎对我有着特别的期待,而我却让她失望了。

雪瑞不走,我们并没有在寨黎苗村待多久,当天便离开,前往大其力,而他侬和乃篷师兄弟则要返回泰国清迈,准备上演一场基督山恩仇记。

我们在大其力市与阿洪汇合之后,才得知他收到一个神秘信笺,里面有一个瑞士银行的账户和密码,他查过了,大致和李家湖缅甸分公司损失的金额相近。我猜测这件事应该是许鸣干的,如此兜兜转转一个月,总算是所有的事情,都有了一个完整的结局。

仔细回想起来,恍然如梦啊。

图书在版编目（CIP）数据

金蚕往事. 12 / 南无袈裟理科佛著. —上海：上海社会科学院出版社，2020
ISBN 978-7-5520-3022-8

Ⅰ. ①金… Ⅱ. ①南… Ⅲ. ①长篇小说－中国－当代 Ⅳ. ① I247.5

中国版本图书馆CIP数据核字（2020）第001241号

金蚕往事. 12

著　　者：南无袈裟理科佛
责任编辑：王　勤
封面设计：人马设计
出版发行：上海社会科学院出版社
　　　　　上海市顺昌路 622 号　　邮编 200025
　　　　　电话总机 021-63315947　　销售热线 021-53063735
　　　　　http://www.sassp.cn　　E-mail:sassp@sassp.cn

印　　刷：上海盛通时代印刷有限公司
开　　本：890 毫米 ×1240 毫米　1/32
印　　张：9.625
字　　数：364 千字
版　　次：2020 年 10 月第 1 版　2020 年 10 月第 1 次印刷

ISBN 978-7-5520-3022-8/I·386　　　　　定价：49.80 元

版权所有　翻印必究